कार्यालयीय हिंदी

कार्यालयीय हिंदी

डॉ. कैलाश नाथ पांडेय

ज्ञान गंगा, दिल्ली

प्रकाशक : ज्ञान गंगा, 2/42 अंसारी रोड, दरियागंज, नई दिल्ली–110002
 / संस्करण : 2024 / मूल्य : आठ सौ रुपए
मुद्रक : नरुला प्रिंटर्स, दिल्ली ISBN 978-93-82901-46-4

KARYALAYEE HINDI

by Dr. Kailash Nath Pandey ₹ 800.00

Published by **GYAN GANGA**

2/42, Ansari Road, Daryaganj, New Delhi-110002

आमुख

तमाम तरह के प्रतिरोधों-अंतर्विरोधों, बहस-मुबाहिसों, लश्करकशी और जद्दोजहद के बाद हिंदी अब निःसंदेह 'लोकल' से 'ग्लोबल' बन रही है, बल्कि यह भारत में नए बन रहे बाजार की भाषा भी बन चुकी है। चूँकि बाजारवाद का ढाँचा 'ग्लोबल' होता है, अतः यह 'करणत्रयी' अर्थात् भूमंडलीकरण, वैश्वीकरण और बाजारीकरण की भी भाषा बन इन्हें विमर्श की नई राह दिखा रही है। कुल मिलाकर भूमंडलीय गाँव (Global Village) की भाषा बनने की दौड़ में रफ्तारे वक्त यह अव्वल बन गई है। सारांशतः यह कि आज के बाजार के लिए अगली साँस की तरह हिंदी मौजू बन गई है। इस नव साम्राज्यवादी-नवसुधारवादी दौर में बहुराष्ट्रीय कंपनियों के उत्पादों को भारतीय बाजार में खपाने के लिए प्रचार का यह संप्रति सशक्त माध्यम सिद्ध हुई है। दरअसल, इस 'बाजार' शब्द का फिलवक्त अर्थ-विस्तार हुआ है। आज 'बाजार' का अर्थ गाँवों में लगने वाली साप्ताहिक हाट-बाजार और चट्टी-चौपाल नहीं है, बल्कि सूचना तकनीक के नए संसाधन इ-मेल, इंटरनेट, शॉपिंग-मॉल, सिटी-मॉल, पब, बड़े होटल तथा बड़ी पूँजी आदि बाजार की नई शक्ल-शबीह मुकर्रर कर रहे हैं।

पर दुर्भाग्य से पूँजीवादी व्यवस्थाधारित आज के बाजार की बुनियाद ही लूट और झूठ पर खड़ी है। उपभोक्तावादी समय और बाजार ने भारत में सबकुछ उलट-पलट दिया है। वैश्वीकरण के प्रभाव में बाजार ने भारतीय मानस में अनियंत्रित और बेशुमार उपभोगवादी लालसाओं को पैदा कर मूल्यों के क्षरण-छिजाव की स्थिति पैदा कर दी है। इतना ही नहीं, आज के बाजार ने भारत में छद्म, छिन्नमूल, खतरनाक और जिद्दी-क्रूर आधुनिकता को जनमा है। इस नई सद्यःप्रसूता आधुनिकता ने हमसे हमारा सबकुछ छीन लिया है। तकनालॉजी और पावर संचालित आधुनिकता की निर्मम चपेट में भारतीय संस्कार टूट रहे हैं, सारे सनातनी शील-संस्कार बेघर हो, लोगों के जीवन से विस्थापित हो बेमानी हो गए हैं। नई तकनीक ने समय को मुट्ठियों-चुटकियों में समेटकर जैसे भाषा की जरूरत को जीवन से ही खत्म कर दिया है। नई तकनीक और आधुनिकता के कंधों पर चढ़कर आई

आवारा पूँजी की बाढ़ ने इस देश में जबरदस्त आर्थिक विषमता पैदा की है। दरअसल, महात्मा गांधी ने अपनी सुप्रसिद्ध कृति 'हिंद स्वराज' में भारतीय समाज को लेकर जो चिंता व्यक्त की थी, 'एलियंस' की तरह आक्रामक 'ग्लोबल' आँधी और अंधड़ ने उसे साकार कर दिया है। परिणाम सामने है—पूरा भारतीय समाज तीखे विखंडन-विच्छेदन और खल्वाट का शिकार हो रहा है। आज हर वस्तु, साहित्य, मेला-ठेला, धरम-करम, संस्था, परिवार, समाज, दोस्ती, नातेदारी, आपसदारी साफ शब्दों में रिश्तों की संपूर्ण-संहिता 'हाई टेक' हो गए हैं। इतना ही नहीं, बाजार ने सांस्कृतिक क्षेत्र में भी दखल और घुसपैठ कर लिया है। शहरीकरण और यांत्रिकता ने हमारे मूल चरित्र को खाकसार कर दिया है। संप्रति हमारा समाज मूल्यहीन, भ्रष्ट और पूँजी-केंद्रित हो गया है। भूमंडलीकृत होता हमारा समाज उपभोक्तावादी संस्कृति के दबाव में विरोधाभासी एवं विषम स्थितियों में जी रहा है। हिंदी आज इसी भूमंडलीकृत बाजार और कारपोरेट पूँजी से नियंत्रित मीडिया की भाषा बन और आकी-बाकी बन रही है। कुल मिलाकर बाजार, भारतीय समाज और हिंदी के परस्पर अंतर्संबंधों का यह एक छोटा खाका है।

बहरहाल, भारतीय समाज के लिए बाजार और तकनीक की भूमिका नीक-निकाम जैसी भी हो, एक सुखद आश्चर्य है कि हिंदी उनकी भाषिक पैरहन बन रही है, बहुराष्ट्रीय कंपनियों और बड़े घरानों से संवाद के लिए पुल का काम कर रही है, किंतु इसका दुखद-दुर्बल और कृष्णपक्ष यह है कि 'चिराग तले अँधेरा' कहावत को चरितार्थ करती यह भारत के संपूर्ण नागरिक समाज और आमफहम की सर्व एवं सहज स्वीकृत भाषा आज भी नहीं बन पाई है। साफ शब्दों में, आज यह बाजार की भाषा बन गई है, रोजगार की भाषा बन गई है, तीर्थाटन की भाषा बन गई है, देशाटन की भाषा बन गई है, कल-कारखानों की भाषा बन गई है, पर कार्यालयों की भाषा नहीं बन पाई है। संपूर्ण कार्यालयों में अब भी इसका प्रवेश निषिद्ध और वर्जित है। भारत और हिंदी के लिए यह गहरी चिंतनीय विडंबना और विद्रूप स्थिति है। भारत के अधिकांश तटवर्ती या अहिंदी प्रदेशों में तमाम दावों के बावजूद यह हाशिए पर है। संपूर्ण भारतीय अंत:करण के आयतन में अब भी यह अँट नहीं पाई है।

वस्तुत: अपने देश में हिंदी को कार्यालयीय कामकाज की भाषा न बनने देने में 'रोड ब्रेकर' की तरह कई कारण हैं। अव्वल तो यूरोपीय बौद्धिक अनुशासन से पीड़ित लोग और उनकी अंग्रेजी ने हिंदी को विरूपित-विकृत किया है। ये अंग्रेजीदाँ लोग हिंदी में कई तरह की खामियों की ओर इशारा करते हैं। अंग्रेजी का यह प्रभुवर्ग अंग्रेजी को हर तरह से संपन्न पूँजी और तकनीक की भाषा मानता है। उनकी दृष्टि में अंग्रेजी चमकदार और विज्ञापनबाज भाषा के रूप में सफल है। अंग्रेजी के इन फकीरों का विचार है कि भारत का भविष्य हिंदी में नहीं, अंग्रेजी में सुरक्षित है। संभवत: इसीलिए ये लोग हिंदी में

भोजन की जगह 'लंच', वर्षा जल की जगह 'रेन वाटर', श्रेष्ठतम पाँच की जगह 'बेस्ट फाइव', नियमित की जगह 'रेगुलर' तथा महाविद्यालय की जगह 'कॉलेज' शब्दों के प्रयोग के कायल और पैरवीकार हैं। दरअसल, हिंदी में यह उनकी 'क्रियोलीकरण' की गुपचुप साजिश और जुंबिश है। ये अंग्रेजी पसंद लोग 'स्ट्रेटजी ऑफ लैंग्वेज-शिफ्ट' (Strategy of language shift) और 'डिस्लोकेशन ऑफ वोकेबुलरी' (Dislocation of Vocabulary) की रणनीति के तहत हिंदी शब्दों को विस्थापित कर उनकी जगह अंग्रेजी शब्दों को चलाना चाहते हैं और चला भी रहे हैं, तभी अपने स्वाभाविक स्वरूप से खिसककर संप्रति हिंदी—'हिंग्लिश', तमिल—'तमलिश' और बांग्ला—'बंग्लिश' बन रही है। ये लोग हिंदी को हिकारत भाव से, गोबरपट्टी के लद्धड़ और बुद्धू लोगों की भाषा घोषित कर उसे अपने विचारों की फूहड़ किल्लत और खुदफरोशी का शिकार बना रहे हैं। इनका आरोप है कि हिंदी में साहित्य तो है, विचार नहीं है, जबकि उन्हें यह जानना चाहिए कि महात्मा गांधी ने अंग्रेजी को यथार्थ वहन की क्षीण-क्षमता से अपनी वायवीय और कल्पनाशीलता की सख्त अभाववाली भाषा बताया था। स्नायुदौर्बल्य से संपृक्त अंग्रेजी को उन्होंने मूल्यों के त्रासद क्षरण की भाषा कहा था। उनके विचार से अंग्रेजी सामाजिक दुर्घटनाओं को जन्म देनेवाली भाषा है।

इसी तरह, हिंदी अपने देश में अनेक सरकारी कार्यालयों के दरवाजों पर अपनी मरगिल्ली और दलिद्दर शक्ल लिये अपने अस्तित्व की रक्षा का हक माँगने के लिए अभी खड़ी ही हो रही थी, इसी बीच अंग्रेजों और कठमुल्लों के साथ-साथ वोट की लहलहाती फसल काटने वाली यहाँ की बोसीदा राजनीति ने हिंदी के सामने अगली चुनौती के रूप में उर्दू का 'बैरियर' खड़ा कर दिया। हिंदी की कोखजाया उर्दू को इन्होंने अलग घर बसाने के लिए मजबूर किया। सभी सुविज्ञ और भाषा-चिंतक जानते हैं कि एक ही हाड़-मांस के साझे प्लेटफॉर्म पर आगे-पीछे पली-बढ़ी उर्दू और हिंदी में कोई फर्क-फाँक नहीं है। दोनों आपस में अकरम-असगर हैं। डॉ. राममनोहर लोहिया ने इन दोनों को शरीर के दाएँ-बाएँ हाथ, भारतमाता की दो आँखें, गंगा-यमुना तथा सती-पार्वती की तरह बताया था। दरअसल, इन दोनों को अलग-अलग दो स्वतंत्र भाषाएँ घोषित करना महज 'पोलिटिकल स्टंट' और शोशेबाजी के अलावा कुछ भी नहीं है। हाँ, यदि इन दोनों में अंतर है तो सिफत लिपि या रस्मुलखत का। भाषाविज्ञान के विचार से इन्हें अधिक-से-अधिक एक भाषा की दो शैलियाँ, उपरूप या विभाषा (Sub-dialect) माना जा सकता है। इसी तरह अखिल देशीय कार्यालयों में हिंदी के कामकाजी भाषा न बनने देने में तीसरी समस्या के रूप में क्षेत्रीय या तत्संबंधी प्रदेशों की दूसरी राजभाषाएँ भी हैं।

बहरहाल, कार्यालयीय हिंदी पर हिंदी में लिखी छोटी-मझोली कई पुस्तकों को मैंने पढ़ा है। पढ़ते समय यह महसूस किया कि इनमें अधिकतर पुस्तकें कई कोणों और

पड़ावों पर अधूरी-अधकचरी हैं, वैविध्य तथा वैचित्र्य से भरपूर हैं, कुछ बेडौल तथा हास्यास्पद हैं तो कई अनुमान और कल्पना की जमीन पर खड़ी हैं। इसी तरह कई पुस्तकें छिछोर, सतही और कई संदर्भों में अप्रासंगिक एवं बासी लगीं तो कई जटिल अभिप्रायों और अनावश्यक अर्थों के बोझ से दबी-हाँफती पाठकों से सीधा संबंध और संवाद बनाने में नाकाम लगीं। ऐसा लगा, जैसे ये महज रस्मिया तौर पर लिखी गई हों। अतः ऐसी स्थिति में कार्यालयीय हिंदी पर अनुभव संपदा की विपुल मूल दस्तावेजी सामग्री से संपृक्त एक गंभीर विमर्श करनेवाली पुस्तक लिखने की गरज और जरूरत मैंने महसूस की। कार्यालयीय हिंदी के विविध पहलुओं पर मुकम्मल और पुख्ता रूप में फोकस डालने वाली, तीन खंडों में बँटी 'कार्यालयीय हिंदी का नया संदर्भ' नाम की यह भरी-पूरी, हिंदी में अपने ढंग की सर्वथा अकेली पुस्तक आपके हाथों में है। मैंने यहाँ यह प्रयास किया है कि कार्यालयीय हिंदी से संबंधित जो सामग्री अन्य पुस्तकों में आने से छूट गई है, वह सब इस नए ढंग और ढब में लिखी पुस्तक में एक साथ एक मंच-मचान पर उपस्थित हो। मेरी अगली कोशिश रही है कि कार्यालयीय हिंदी पर लिखी गई पुरानी पुस्तकों की जकड़बंदी से मुक्त हो यह कृति अपने पाठकों पर अपना वांछित और अपेक्षित प्रभाव डाले। मेरी भरसक कोशिश यह भी रही है कि यह ग्रंथ किसी भी तरह के भदेसपन से दूर, शब्दों के अनावश्यक जाल, जंजाल-संजाल से हटकर अपने होने की अर्थवत्ता और सार्थकता सिद्ध करे। दरअसल, इस पुस्तक-प्रणयन में मेरा अपना निजी अंदाज है, मुहावरा एवं शब्दावली है। पुस्तक में भाषा और शिल्प की नई और सुंदर जुगलबंदी, शिल्प और रूप नया, भाषा जाग्रत्-जीवंत और अर्थमय जैसे कमनीय और मनोरम संगीत। उर्दू और अंग्रेजी के कई शब्द यहाँ अचानक आकर खामोश बैठ गए हैं। भाषिक शुद्धता के उभार और आग्रह पर मेरा विशेष ध्यान रहा है। स्पष्टतः यह कि इस पुस्तक में मैंने यथासंभव अशुद्धियों को छाना-फटकारा और निथारा है, फिर भी वे पुस्तक के कोने-अँतरे लुक-छिपकर यदि कही रह गईं हों तो इस धृष्टता के लिए क्षमा चाहूँगा। अंत में मेरा विश्वास है कि कार्यालयीय हिंदी पर लिखी गई पुस्तकों की भीड़ में यह पुस्तक मसाल-मिशाल स्थापित करते अपने पाठकों से सीधा और सार्थक संवाद-सहकार स्थापित करेगी। मेरा यह भी विश्वास है कि यह कृति अपने ढंग की बिलक्षण और दिलचस्प तो होगी ही, सदैव प्रासंगिक और ताजा-टटकी भी बनी रहेगी।

पुस्तक-प्रणयन में मेरे कई मित्रों-शुभचिंतकों ने अपने सहयोग का मुक्त मन से भरपूर साझा किया है। हिंदी के सुप्रसिद्ध चिंतक-आलोचक, काशी हिंदू विश्वविद्यालय, वाराणसी के हिंदी विभाग के प्रोफेसर डॉ. अवधेश प्रधान ने पुस्तक की भूमिका लिखी है, अतः मैं उनका आभार व्यक्त करता हूँ। इसी क्रम में जाने-माने भाषा-चिंतक और अध्यापकीय चरित्र को मुकम्मल रूप में जीनेवाले, श्री गांधी शताब्दी स्मा. स्नातकोत्तर

महाविद्यालय कोयलसा, आजमगढ़ के हिंदी विभागाध्यक्ष डॉ. हरिसेवक पांडेय, भाषा-विदुषी और कुशल वक्ता तथा वसंत कन्या महाविद्यालय-राजघाट, वाराणसी की हिंदी विभागाध्यक्ष डॉ. वंदना झा, सुप्रसिद्ध कानूनविद् और काशी हिंदू विश्वविद्यालय के 'फैकल्टी ऑफ लॉ' के डॉ. मनोज कुमार सिंह एवं 'यूनिवर्सिटी ऑफ पेट्रोलियम ऐंड एनर्जी स्टडी', देहरादून के 'लॉ फैकल्टी' के ख्यातिनाम प्रोफेसर डॉ. सुधीर चतुर्वेदी ने इस पुस्तक-सर्ज़ना में समय-समय पर काफी मदद की है, एतदर्थ आप सभी को मैं नमन करता हूँ। पत्नी श्रीमती आभा पांडेय के निर्व्याज सहयोग के लिए क्या लिखना? इसके अलावा जिन विद्वान् लेखकों की पुस्तकों, ग्रंथों आदि से प्रत्यक्ष या परोक्ष रूप से जो भी मदद ली गई है, उसके लिए मैं हृदय से आभारी हूँ और उनका पुनः-पुनः धन्यवाद करता हूँ। कहते हैं, जिस पत्थर पर 'राम' लिख दिया जाता है, वह डूबता नहीं, अतः अभावों के घटाटोप और सफ्फाक सन्नाटे में मैंने जब-जब उसी सीतारामजी के अनन्य सेवक पवन तनय-अंजनी नंदन और अपने इष्ट आराध्य श्री बजरंग बली का स्मरण किया है, बेशक हमेशा हमारे आगे-पीछे खड़े हो, उन्होंने मेरी अकूत मदद की हैं। भविष्य के आसन्न संकटों से उबारने में मदद के लिए उनकी आराधना करते हुए पुस्तक मैं आपके हाथों में क्षमा चाहते हुए सौंप रहा हूँ—

''हनुमन्त महावीरं वायुतुल्य पराक्रमम्।
मम कार्यार्थमागच्छ प्रणमामिमुहुर्मुहः॥''

—डॉ. कैलाश नाथ पांडेय

नवकापुरा, लंका,
जनपद-गाजीपुर (उ.प्र.)

भूमिका

टेलीफोन और मोबाइल के जमाने में पत्रों का महत्त्व आज भले घट गया हो, लेकिन इससे पहले के हमारे जीवन में सुख और दुःख के क्षणों में पत्रों ने जो महत्त्वपूर्ण स्थान बना लिया था, उसकी गहरी छाप हमारे शिष्ट और लोक साहित्य में उजागर है। पत्र, पत्री, पत्रिका, चिट्ठी या चीठी, पाती, नामा, खत, रुक्का, लेटर—हर शब्द के साथ उसका विशिष्ट भाव-परिवेश भी लगा हुआ है। इसकी एक बड़ी विशेषता यह है कि इसे बार-बार पढ़ा जा सकता है, कई बरसों के बाद भी पढ़ा जा सकता है, कई लोगों को पढ़ाया जा सकता है। हर बार अकेले पढ़ने और पढ़कर औरों को सुनाने, एकांत में अपने लिए पढ़ने और औरों के साथ बैठकर सुनने-सुनाने का अलग-अलग आनंद है।

रामचरितमानस का एक प्रसंग लेते हैं। जनकपुर से दूत संदेश लेकर आए हैं। दशरथजी को लंबे समय के बाद राम-लक्ष्मण का समाचार मिलता है। दूतों को बुलाकर अपने हाथ से 'पाती' लेते हैं—करि प्रनामु तिन्ह पानी दीन्हीं, मुदित महीप आपु उठि लीन्हीं। पाती बाँचते हुए आँखें भर आईं, रोमांच हो आया, दिल भर आया—बारि बिलोचन बाँचत पाती। पुलक गात भरि आई छाती। हृदय में राम-लक्ष्मण के स्मृति-चित्र उभर रहे थे, हाथों में वह प्यारी सी चिट्ठी थी, जिसमें राम द्वारा धनुर्भंग और जनक-नंदिनी द्वारा उनको जयमाला पहनाने का समाचार था, बरात लेकर जनकपुर आने का आमंत्रण था, कहाँ तो बेटों से बिछोह के पल काट रहे थे और कहाँ एक बारगी उनके ब्याह का समाचार! दशरथ कुछ कह न सके—न खट्टी, न मिट्ठी—राम लखन उर कर बर चीठी। रहि गए कहत न खाटी-मीठी। पत्र की तुलना में 'पाती' अधिक रमणीयता का बोध कराती है और 'पाती' से भी अधिक 'चीठी'। 'खाटी-मीठी' का तो खैर जवाब नहीं। तुलसीदास ने कितने कम शब्दों में इस खट्टे-मीठे अनुभव का वर्णन किया है। फिर उन्होंने धीरज धरकर 'पत्रिका' सबको बाँचकर सुनाई, जिसे सुनकर सारी सभा हर्षित हो उठी। भरत-शत्रुघ्न कहीं खेल-कूद में मस्त थे, उनको खबर लगी तो वे भी

दौड़ पड़े, एक ओर उमड़ता हुआ स्नेह, दूसरी ओर संकोच, फिर भी पूछ ही लिया—पूछत अति सनेहँ सकुचाई, तात कहाँ तें पाती आई। राजा ने उन्हें फिर पढ़कर सुनाया। सुनि पाती पुलके दोउ भ्राता। अधिक सनेहु समात न गाता। दशरथ ने यह पत्र फिर गुरुवर वसिष्ठ को पढ़कर सुनाया। अंत में रनिवास में पहुँचे—राजा सबु रनिवास बोलाई, जनक पत्रिका बाँचि सुनाई। सुनि संदेस सकल हरषानीं…। जनकपुर से आई एक चिट्ठी ने अयोध्या में कैसी हर्ष की हिलोर उठाई है।

अब एक दूसरा प्रसंग लेते हैं। विभीषण ने रावण को सीख दी कि सीताजी को सादर राम को सौंप दो, वे तुम्हें क्षमा कर देंगे। रावण ने क्रुद्ध होकर उसे लात मारी, उसे डाँटा, अपमानित किया, विभीषण राम की शरण में आ गए और राम ने उन्हें प्रेम से अपना लिया। राम-लक्ष्मण और वानर-सेना की उदारता, सज्जनता देखकर रावण के दूत, जिन्हें विभीषण के पीछे लगाया गया था, बड़े प्रभावित हुए। उन्होंने लौटकर रावण से सब हाल कह सुनाया, राम-लक्ष्मण और वानर योद्धाओं की खूब बड़ाई की। सब कुछ सुनकर रावण जल उठा। उसने दूतों को फटकारा—मूढ़ मृषा का करसि बड़ाई। रिपु बल बुद्धि थाह मैं पाई। विभीषण ही जिनका सचिव हो, उनको संसार में भला विजय-विभूति कहाँ? यह सुनकर दूत ने वह चिट्ठी निकाली, जो लक्ष्मण ने रावण के नाम लिखी थी—रामानुज दीन्ही यह पाती, नाथ बचाइ जुड़ा वहु छाती। लक्ष्मण की इस 'पाती' और राजा जनक की उस 'पाती' में बहुत अंतर है। उसे दशरथजी ने उठकर स्वयं अपने हाथ से लिया था, किसी से बँचवाया नहीं, स्वयं बाँचा था और औरों को बार-बार बाँचकर सुनाया था। इस पाती को रावण ने उपेक्षा से बाएँ हाथ से लिया और सचिव को बुलाकर बँचवाना शुरू किया—बिहसि बाम कर लीन्ही रावन, सचिव बोलि सठ लाग बचावन। यह पाती एक तो रामानुज लक्ष्मण की थी, दूसरे रावण को लिखी थी, उसे तेज और तीखा होना ही था—

बातन्ह मनहि रिझाइ सठ जनि घालसि कुल खीस।
राम बिरोध न उबरसि सरन बिष्नु अज ईस॥
की तजि मान अनुज इव प्रभु पद पंकज भृंग।
होहि कि राम सरानल खल कुल सहित पतंग॥

हमारी साहित्य परंपरा में एक और 'पाती' प्रसिद्ध है—कृष्ण की पाती गोपियों के नाम, जिसे लेकर उद्धव वृंदावन में आए थे। यह वार्त्ता सुनते ही गोपियाँ दौड़ पड़ीं—

पाती मधुबन ही तैं आई।
सुंदर स्याम आप लिखि पठई, आइ सुनौ री माई॥
नैननि निरखि निमेष न खंडित प्रेम तृषा न बुझाई।

यह पाती स्वयं प्रियतम श्यामसुंदर ने लिखी थी, उसके एक-एक अक्षर में उनकी

छाप लगी थी, फिर उसे गोपियाँ बार-बार छाती से क्यों न लगातीं। पाती पर टप-टप कर प्रेम के आँसू टपकने लगे, आँसुओं में कागज की स्याही घुल-घुलकर फैलने लगी और 'स्याम जू की पाती' स्वयं 'स्याम' हो गई—

निरखति अंक स्याम सुंदर के बार-बार लावति छाती।
लोचन जल कागद मसि मिलि कै ह्वै गई स्याम स्यामजू की पाती॥

श्याम की पाती का स्वयं श्याम हो जाना! यह प्रेम की प्रगाढ़ता है कि प्रियतम की पाती प्रियतम का सा सुख देती है। 'मेघदूत' में कालिदास ने कहा है कि सुहागिनों को प्रियतम का समाचार पाकर जो सुख मिलता है, वह प्रियतम के संगम से मिलने वाले सुख से थोड़ा ही कम होता है···सीमन्त्रिनीनां कान्तोदन्तः सुहृदुपगतः संगमात् किं चिदूनः।

पहले अपने परदेशी पिया को संदेश भेजने का एक ही विश्वसनीय उपाय था, अपने किसी सुहृद के द्वारा कहला भेजना, इसीलिए कालिदास ने 'सुहृदुपगतः' का उल्लेख किया है। रामगिरि पर जब कोई सुहृद न मिला तो यक्ष को मेघ को ही अपना दूत या संदेशवाहक बनाने की सूझी। कबूतरों से संदेश भेजने की परंपरा तो हाल की फिल्मों तक में जारी है—कबूतर जा, जा, जा। कबूतर जा, जा, जा। पहले प्यार की पहली चिट्ठी साजन को दे आ···। डाक व्यवस्था से यह काम आसान हो गया। देहातों में लड़कियों के लिए अक्षरज्ञान की उपयोगिता इसी बात में समझी जाती थी कि रामायण बाँच लेगी या चिट्ठी-पत्री कर लेगी। कवि त्रिलोचन ने अपनी प्रसिद्ध कविता 'चंपा काले काले अच्छर नहीं चीन्हती' मैं चंपा को पढ़ने-लिखने की यह उपयोगिता समझाई—

मैंने कहा कि चंपा, पढ़ लेना अच्छा है
ब्याह तुम्हारा होगा, तुम गौने जाओगी
कुछ दिन बालम संग-साथ रह चला जाएगा जब कलकत्ता
बड़ी दूर है वह कलकत्ता
कैसे उसे संदेसा दोगी।
कैसे उसके पत्र पढ़ोगी
चंपा, पढ़ लेना अच्छा है!

गाँव के लोग जिस होली में अपने प्रवासी स्वजनों को पत्र लिखते या लिखाते थे, उसकी एक सजीव बानगी हमें कवि त्रिलोचन की उस कविता में मिलती है, जिसका शीर्षक है 'परदेसी के नाम पत्र'

सोसती सिरी सर्ब उपमा जोग बाबू रामदास को
लिखा गनेसदास का राम-राम बाँचना। छोटे बड़े का सलाम
असिरबाद जथा उचित पहुँचे।
आगे यहाँ कुसल है। तुम्हारी कुसल कालीजी से

रात दिन मनाती हूँ।
वह जो अमोला तुमने धरा था द्वार पर,
अब बड़ा हो गया है। खूब घनी
छाया है। मोरों की बहार है। सुकाल
ऐसा ही रहा तो फल अच्छे आएँगे।
और वह बछिया कोराती है। यहाँ
जो तुम होते। देखो कब ब्याती है।
रज्जो कहती है बछड़ा ही वह
ब्याएगी, देखो क्या होता है।
पाँच-पाँच रुपए की बाजी है।
देखें कौन जीतता है।
मन्नू बाबा की भैंस ब्याई है। कोई
दस दिन हुए। इनरी भिजवाते हैं।
तुमको समझते हैं, यहीं से, हालचाल
पुछवाते रहते हैं।
तुम्हें गाँव की क्या कभी याद नहीं आती है
आती तो आ जाते
मुझको विश्वास है।
थोड़ा लिखा समझना बहुत,
समझदार के लिए इशारा ही काफी है
ज्यादा शुभ।

'सोसती सिरी सर्व उपमा' से लेकर 'ज्यादा शुभ' तक समूची कविता पुरानी देहाती पत्रलेखन-परंपरा का सच्चा रूप प्रस्तुत करती है। शब्द बहुत कम हैं। गृहस्थन स्त्री ने यह पत्र बोलकर लिखाया हो या खुद लिखा हो, इसमें उसकी अपार मर्यादा शीलता देखते ही बनती है। बाबू रामदास को अपने बेटे गनेसदास का राम-राम लिखवा भेजा है। द्वार पर धरे अमोले का, बछिया का, मन्नू बाबा और उनकी भैंस का समाचार है, कहीं अपना उल्लेख नहीं। बस, अंत में हलका सा संकेत कि 'तुम्हें गाँव की क्या कभी याद नहीं आती है।' समूचे पत्र में वह अनुपस्थित है, लेकिन कुछ इस तरह कि उपस्थिति से भी अधिक गहरी छाप छोड़ती है। समूचे पत्र से उस गृहस्थ कुलवधू का गंभीर प्रेम, अपार धैर्य, पवित्र घरवारीपन और दृढ़ विश्वास साँस लेता सा मालूम होता है।

ऐसे व्यक्तिगत पारिवारिक पत्रों से भिन्न राजनीतिक पत्रों में शिवाजी का पत्र अपना एक अलग ही महत्त्व रखता है, जो उन्होंने राजा जयसिंह को औरंगजेब का सहयोग

करने से विरत करने के लिए लिखा था। उस पर निरालाजी ने बड़ी ओजस्वी कविता लिखी है। इस कविता में निरालाजी ने शिवाजी के पत्र को उस समय की ऐतिहासिक सीमा से आगे बढ़ाकर राष्ट्रीय स्वाधीनता संग्राम की चेतना से जोड़ दिया है। आधुनिक युग में स्वामी विवेकानंद के पत्र उनके व्याख्यानों की ही तरह प्रेरक और प्राणवंत हैं। स्वामी रंगनाथानंद उनके 'भारतीय व्याख्यानों' के बाद सबसे अधिक उनके पत्रों को ही पढ़ने पर जोर देते थे। राष्ट्रीय नेताओं में संभवतः महात्मा गांधी ने सबसे अधिक पत्र लिखे। नेहरूजी के लिखे 'पिता के पत्र पुत्री के नाम' तो बहुत प्रसिद्ध हैं। कवि रवींद्रनाथ ठाकुर का वह पत्र भी अपने भावावेश, ओज और अभिव्यक्ति शैली की दृष्टि से अभूतपूर्व है, जो उन्होंने जलियाँवाला बाग हत्याकांड के विरोध में ब्रिटिश सरकार को लिखा था। आजादी के बाद के महान् क्रांतिकारी नक्सलपंथी नेता नागभूषण पटनायक ने अपनी फाँसी के सिलसिले में जो पत्र राष्ट्रपति के नाम लिखा था, उसने अनेक कलात्मक और साहित्यिक रचनाओं को प्रेरणा दी। उत्पलेंदु चक्रवर्ती ने उसी से प्रेरित होकर 'चोख' नाम की फिल्म बनाई और मराठी कथाकार अनिल बर्वे ने उपन्यास लिखा।

महापुरुषों, नेताओं और साहित्यकारों के पत्रों का संकलन, संरक्षण और प्रकाशन आधुनिक युग में शुरू हुआ। पं. बनारसीदास चतुर्वेदी ने इस दिशा में बहुत कार्य किया। भारतेंदु युग, द्विवेदी युग, छायावाद युग के पत्रों के संग्रह प्रकाशित हुए। अमृतराय ने प्रेमचंद के, जानकीवल्लभ शास्त्री ने निराला के, रामविलास शर्मा ने निराला और अन्य साहित्य-महारथियों के पत्र प्रकाशित किए। बच्चनजी ने पंतजी के पत्र प्रकाशित किए। नेमिचंद्र जैन ने मुक्तिबोध के पत्रों का संग्रह निकाला। उर्दू में गालिब के पत्रों का ऐतिहासिक और साहित्यिक महत्त्व असाधारण है। हिंदी साहित्यकारों में सबसे आरंभिक पत्र संभवतः भारतेंदु के होंगे। उनमें से कई पद्यबद्ध हैं। उनमें भारतेंदु के जीवन-संघर्ष की झलक तो है ही; उनके सरस गद्य का नमूना भी मौजूद है। उदाहरण के लिए अपने भतीजे कृष्णचंद्र को लिखा उनका पत्र—

"चिरंजीव, श्रीकृष्ण, प्यारे कृष्ण, राजा कृष्ण, बाबू कृष्ण, आँखों की पुतली। तुम्हारा जी कैसा है? सर्दी मत खाना, रसोई रोज खाते रहना। तुम को छोड़कर हमारा अख्तियार होता तो क्षण भर भी बाहर नहीं आते। क्या करें, लाचारी से झक मारते हैं। कृष्ण, तुम्हारा अभी कोमल स्वच्छ चित्त है। तुम हमारे चित्त को ध्यान से जान सकते किंतु बुद्धि और वाणी अभी स्फुरित नहीं है। इससे तुम और किसी पर उसे प्रकट नहीं कर सकते हो। परमेश्वर के अनुग्रह से उसको उस स्वाभाविक रूप से, जो आज तक इस वंश पर है, तुम चिरंजीव हो, तुम्हारे में उत्तम गुण हों। हम इस समय बुलंदशहर में हैं। आज कुत्तेसर जाएँगे।"—हरिश्चंद्र।

अभी हाल के साहित्यिक पत्रों में राम विलास शर्मा और केदारनाथ अग्रवाल के

एक-दूसरे को लिखे पत्रों का संग्रह—'मित्र संवाद' अत्यंत महत्त्वपूर्ण है।

यद्यपि फोन और मोबाइल आदि दूरसंचार संबंधी अत्याधुनिक सुविधाओं का चलन हो जाने से व्यक्तिगत, पारिवारिक, साहित्यिक-सामाजिक पत्रों की धारा धीरे-धीरे सूख चली है और विज्ञापन, आवेदन, साक्षात्कार से लेकर नियुक्ति-पत्र और ज्वॉइनिंग तक इंटरनेट पर ऑनलाइन होने लगी है, फिर भी सामान्यतः प्रशासनिक और सार्वजनिक क्षेत्रों में हस्तलिखित अथवा टंकित पत्रों का ही चलन है। जनता और प्रशासन के बीच का संपर्क अब भी पत्रों के माध्यम से हो रहा है। यद्यपि व्यक्तिगत, पारिवारिक या साहित्यिक-सामाजिक संपर्क के दौरान लिखे जाने वाले पत्रों में भी एक हद तक शिष्टजनोचित पद्धति का पालन किया जाता है, फिर भी वे बहुत कुछ अनौपचारिक होते हैं। लेकिन सार्वजनिक क्षेत्र में, विशेषतः प्रशासनिक या कार्यालयी क्षेत्र में पत्रों की भाषा-शैली पूरी तरह औपचारिक होती है। इसलिए ऐसे पत्रों में औपचारिक शिष्टता का ध्यान रखना बहुत जरूरी हो जाता है। उसकी लेखन-पद्धति भी बहुत कुछ सुनिश्चित और रीतिबद्ध होती है, जिसका अनुपालन अपेक्षित होता है।

अब हिंदी राजभाषा के रूप में रेलवे, बैंक, जीवन बीमा और अन्य सरकारी प्रशासनिक क्षेत्रों में व्यवहृत होती है। इन क्षेत्रों में कार्य करने वाले कर्मचारियों और अधिकारियों के लिए यह आवश्यक है कि वे कार्यालयों के विभिन्न कार्य हिंदी माध्यम से करने का तरीका जानें और सीखें। अगर स्कूलों, महाविद्यालयों और विश्वविद्यालयों की शिक्षा में इसे एक आवश्यक तत्त्व के रूप में शामिल कर लिया जाए तो इससे हमें कार्यालयों के लिए सक्षम कर्मचारी और अधिकारी प्राप्त करने में सुविधा होगी। इसी उद्देश्य से प्रयोजनमूलक हिंदी, राजभाषा हिंदी, व्यावहारिक हिंदी, कार्यालयी हिंदी आदि के पाठ्यक्रम जगह-जगह चालू किए गए। डॉ. कैलाशनाथ पांडेय की यह पुस्तक भी इसी उद्देश्य से लिखी गई है और इस आवश्यकता को बखूबी पूरा करती है।

जहाँ तक मुझे ज्ञात है, इस तरह की पहली पुस्तक महाकवि विद्यापति की 'लिखनावली' है, जिसकी रचना उन्होंने 1418 ई. में बनौली के राजा पुरादित्य की आज्ञा से की थी। उसमें विभिन्न प्रकार के पत्रों के नमूने संकलित हैं। संभवतः यह पुस्तक विद्यापति ने पत्र-लेखन की शिक्षा के उद्देश्य से लिखी थी। डॉ. कैलाशनाथ पांडेय ने इस पुस्तक में कार्यालयी हिंदी के अंतर्गत सरकारी पत्र-व्यवहार के विविध रूपों के सिद्धांत और प्रयोग का परिचय दिया है।

पुस्तक के पहले अध्याय में सूचना विस्फोट के युग में पत्र-लेखन की परंपरा के आगे जो अस्तित्व का संकट आया है, उसका विवेचन किया है और सरकारी/कार्यालयी पत्रों की आवश्यकता का प्रतिपादन करते हुए उनकी विशेषताओं का उल्लेख किया है। दूसरे अध्याय में कार्यालयी पत्राचार के विविध रूपों का विशद विवेचन किया है। इसके

अंतर्गत विशुद्ध सरकारी पत्र, अर्द्धसरकारी पत्र, अशासकीय पत्र, ज्ञापन, मेमो, आवेदन, परिपत्र, समापन पत्र, राजपत्र टिप्पणी, संपादक के नाम पत्र, त्वरित पत्र, स्वीकृति पत्र, घोषणा पत्र, पावती, ध्यानाकर्षण पत्र, हुक्मनामा, अनुबंध पत्र, अनुमति पत्र, क्रयादेश पत्र, आदेश पत्र, सूचना, अधिसूचना, शोक सूचना, अधिनियम, विज्ञापन, अनुमोदन, प्रतिवेदन, सम्मन (तलबनामा), विज्ञप्ति, अपील, तार आदि के साथ-साथ इंटरनेट, स्पीड पोस्ट सेवा, संविदा, लैपटॉप, इ-मेल, ब्लॉग आदि की भी चर्चा की है। तीसरे भाग में आलेखन, प्रालेखन, टिप्पण, संक्षेपण, पल्लवन आदि की विशद चर्चा है। डॉ. पांडेय ने विभिन्न प्रकार के पत्रों के स्वरूप की तात्त्विक चर्चा की है और यथास्थान उनके नमूने भी दे दिए हैं। सबसे बड़ी बात यह है कि डॉ. पांडेय ने यह सबकुछ स्तरीय एवं मानक भाषा में ऐसी सफाई से लिखा है कि विषय सुस्पष्ट और सुगम हो।

डॉ. कैलाश नाथ पांडेय स्नातकोत्तर महाविद्यालय, मलिकपूरा (गाजीपुर) में हिंदी विभाग के रीडर और अध्यक्ष हैं। उन्होंने सब प्रकार से अपने को एक श्रेष्ठ आचार्य के रूप में स्थापित किया है। एक श्रेष्ठ अध्यापक होने के लिए केवल कुछ उपाधियाँ पास होना पर्याप्त नहीं है। डॉ. पांडेय ने वह सब अर्हता तो हासिल की ही है, लेकिन वे नियुक्ति पाकर ही संतुष्ट नहीं हो गए। उन्होंने जी-जान से पढ़ाया, साथ-साथ ही स्वाध्याय का क्रम कभी मंद या बंद नहीं होने दिया। उपनिषद् में ऋषि ने शिक्षा दी है—स्वाध्याय और प्रवचन में कभी प्रमाद न करना। एक श्रेष्ठ अध्यापक एक श्रेष्ठ अध्येता भी होता है और अगर वह स्वाध्याय व प्रवचन के साथ-साथ लेखन की भी साधना करता है तो फिर क्या पूछना! डॉ. कैलाश नाथ पांडेय ने जितने परिश्रम से शिक्षा ग्रहण की, उस परिश्रम से उन्होंने शिक्षा का अनवरत दान किया। लेखन उनके शिक्षा-दान रूपी यज्ञ का ही विस्तार है। वे अध्यवसायी पंडित हैं, साथ ही अत्यंत निष्ठावान् कर्मयोगी भी हैं। इसीलिए उन्होंने स्वाध्याय और अध्यापन की अनवरत साधना करते हुए भाषाविज्ञान और हिंदी भाषा के विविध पहलुओं पर एक से एक पुस्तकों की रचना भी जारी रखी है। जैसे उनकी अन्य पुस्तकें छात्रों और अध्यापकों के बीच अत्यंत लोकप्रिय हुई हैं, उसी प्रकार यह पुस्तक भी शिक्षा-जगत् में अपनी उपयोगिता असंदिग्ध रूप से प्रमाणित करेगी। मेरी मंगल कामना है कि डॉ. कैलाश नाथ पांडेय इसी प्रकार खूब स्वस्थ और सक्रिय रहते हुए लंबी जिंदगी और स्वाध्याय, अध्यापन एवं पुस्तक-रचना का अटूट सिलसिला जारी रखें।

काशी

—डॉ. अवधेश प्रधान
प्रोफेसर, हिंदी-विभाग
काशी हिंदू विश्वविद्यालय
वाराणसी

अनुक्रमणिका

भाग-दो

सरकारी/प्रशासकीय या कार्यालयीय पत्र-व्यवहार के विविध रूप

(Types of Official Letter)

भाग-3

राजभाषा हिंदी के कुछ अन्य प्रमुख प्रकार्य (Functions)

अथवा

कार्यालयीय कार्य पद्धति के विविध आयाम

भाग-1

सूचना विस्फोट और पत्र-लेखन : अस्तित्व का संकट

1

पत्र शब्द की व्युत्पत्ति तथा अर्थ

पत्र अपने समय और समाज का जीवंत दस्तावेज होता है। तत्कालीन परिवेश, राग विराग और जीवन की जटिलताओं तथा भोगे गए यथार्थ की जितनी सुंदर तसवीर और शक्ल-सबीह पत्र में खुलती-खिलती है, कदाचित् अन्यत्र कहीं नहीं। पत्र दूर बैठे व्यक्ति से परस्पर संवाद स्थापित करने का सशक्त माध्यम होता है। इसमें व्यक्ति अपने जीवन की मनोर्मियों को सूक्ष्मातिसूक्ष्म शब्दावली में पिरोता है। पत्र में व्यक्ति अपने जीवनानुभव के टुकड़े, दृश्य, भावव्यंजना को मनोरम ढंग से अभिव्यक्त करता है। जीवन के सुख-दुःख, पीड़ा, यातना, निराशा, तड़प आदि मनोभावों के प्रकाशन-प्रकटीकरण का पुख्ता माध्यम, मंच या मचान यह पत्र ही होता है। यहाँ व्यक्ति स्मृतियों को जीता और जिए को 'जस्टिफाई' करता है। पत्रों का रचना-संचार निजी अनुभवों या भोगी गई अनुभूतियों की गोपन छवियों को अदृश्य ताने-बाने में बाँधकर बड़े सहज भाव से हमारे सामने पेश करता है, अतीत और वर्तमान के महीन स्मृति-तंतुओं को बड़ी सफाई और खूबसूरती से बिना शोर किए चुपचाप हमारे समक्ष रख देता है, विलुप्त होती या धुँधली पड़ चुकी याददेहानी को शब्द देता है तथा कागज के कैनवास पर अक्षरों का मनोरम 'कोलॉज' बनाता है।

पत्र अकेलेपन की पीड़ा, दुःख और यातनाओं का सजीव तथा मार्मिक बयान होता है। यह कभी जितना निजी होता है, बाद में उतना ही दुनियावी भी बन जाता है। एकाग्रता, संयम, अनुशासन, सुगठन, तालमेल, अल्प-कथन, संतुलन आदि मोहक-उत्तेजक तत्त्वों के सुंदर समायोजन से लिखे गए पत्रों में कई तरह के गहरे आशय और संदेश निहित होते हैं। व्यक्ति के जीवन में पत्रों की बेहद रचनात्मक भूमिका होती है। कुंठा और नैराश्य के निविड़ अंधकार के एकांत में घिर गए व्यक्ति को वह सृजन, विचार,

ज्ञान और संवाद के जरिए जन-बहुलता के परिसर में ले जाने की प्रेरणा देता है। पत्रों के अपने कुछ सामाजिक उत्तरदायित्व भी होते हैं। दरअसल, पत्र अपनी जमीन से उखड़कर भटक गए लोगों को अँधेरे में मशाल थमाता है। वह हताशा और दुःख से लड़ने का औजार भी होता है। प्रेषक और प्रेषिती के बीच वह जीवित संवाद बनता है। वह परंपरा, संस्कृति और विचार की धरोहर को वहन करते हुए इन सबको अपने अंदर अक्षुण्ण रखता है। विचारों के बंजरपन, द्वंद्व और संशय में इससे जीवन-संघर्ष की जीवटता और सृजन की प्रेरणा मिलती है। कुल मिलाकर, यह हर तरह की जड़ता के विरुद्ध जीवन में स्पंदन और गतिशीलता की लड़ाई भी लड़ता है।

पर यहाँ विचारणीय सवाल यह है कि आजकल पत्र कौन लिखता है? जिन पत्रों में व्यक्ति अपनी अभिलाषाओं, इच्छाओं और सपनों को बुनता था, पत्र-लेखन और पठन के वे दिन अब लद-बीत गए, तो क्या यह मान लिया जाए कि व्यक्ति के सपने मर गए? सपनों को तो सभ्यता का पहिया कहा गया है। सपनों का मरना सभ्यता पर विराम लगना माना जाता है। सपनों के बिना भविष्य संदिग्ध-संदेहास्पद हो जाता है। क्रांतिकारी कवि पाश 'सपनों' को व्यक्ति और राष्ट्र के लिए बेहद जरूरी बताते हैं—

> **"मेहनत की लूट सबसे खतरनाक नहीं होती,**
> **पुलिस की मार सबसे खतरनाक नहीं होती,**
> **गद्दारी-लोभ की मुट्ठी/सबसे खतरनाक नहीं होती,**
> **बैठे-बिठाए पकड़ा जाना बुरा तो है,**
> **सहमी सी चुप्पी जकड़ जाना बुरा तो है,**
> **पर सबसे खतरनाक नहीं होता…**
> **सबसे खतरनाक होता है मुरदा शांति से भर जाना,**
> **न होना तड़प का, सब सहन कर जाना…**
> **सबसे खतरनाक होता है/हमारे सपनों का मर जाना।"**

जो पत्र कभी मानवीय संबंधों और रिश्तों की संहिता का कागजी पैरहन और वेशभूषा होता था, जो कभी पुस्तकों के सफों और पन्नों में सूखे फूलों के साथ स्मृतियों और अनंत उम्मीदों के रूप में चिपका रहता था—

> **"तब रंगीन लगती थीं श्वेत-श्याम तसवीरें,**
> **और किताबों के बीच चुपके से रखे गए सूखे फूल,**
> **बोसीदा कमरे में भर देते थे सुगंध…।"**

संप्रति वे पत्र अब नहीं लिखे जाते। क्या समय बदल गया है—

> **"वह कोई दूसरा समय था…**
> **इतिहास का एक बनता हुआ कालखंड,**

समय की खराद पर
उसी में ढलता था हम सबका जीवन।''

संवेदना और शिल्प की जिंदा-जीवंत प्रतिमूर्ति उन पत्रों को क्या समय ने अपने आगोश और लपेटे में ले लिया है—

''दुनिया बदलती जा रही है पल-प्रतिपल,
तमाम जतन और जुगत के बावजूद
हर ओर सतत जारी है कुरूपताओं का कारोबार,
बढ़ता ही जा रहा है कूड़ा-कबाड़,
फिर भी मन का कोई कोना
खोजता है एकांत ...।''

अब भी मन कागज पर सीधे-सादे, टेढ़े-मेढ़े अक्षरों में उगे भावप्रणव-प्रधान पत्रों को न पाकर कुलबुलाता रहता है—

''अब भी मँडराती हैं,
ढेर सारी कटी पतंगें,
तलाशती हुई अपनी डोरियाँ
अपनी लटाइयाँ,
और अपने-अपने हिस्से का आकाश।''

कुल मिलाकर यह कि पत्र-लेखन अब महज स्मृतियों की टटोल की वस्तु या स्कूली पाठ्यक्रमों में सिमट-बटुरकर रह गया है। कुछ लोगों का विचार है कि अब 'पेपरलेस कम्युनिकेशन' का वक्त आ गया है। पत्र-लेखन के विकल्प के रूप में इ-मेल, सोशल नेटवर्किंग वेबसाइटें आदि संचार साधनों की सहज, सरल और सस्ती उपलब्धता ने इस दिशा में उदासीनता पैदा की है। अब निखालिस व्यवसायी, नौकरी-चाकरी, सरकारी आवेदन, बुलावा संबंधी आदि पत्र ही यदि बहुत आवश्यक हुआ तो लिखे जा रहे हैं। सामाजिक-पारिवारिक पत्र अब हमारे जीवन के हाशिये से चुपके या दबे पाँव सरक गए हैं। व्यक्ति के जीवन में पत्रों के महत्त्व को देखते हुए ही प्रत्येक साल इकतीस जुलाई (मुंशी प्रेमचंद के जन्म दिन) को पूरी दुनिया में 'विश्व पत्र-दिवस' मनाने की परंपरा शुरू हुई। इसी दिन इंग्लैंड में पहला पत्र भी 'पोस्ट' हुआ था, किंतु इस समय 'शॉर्ट मेसेज सर्विस' अर्थात् एसएमएस ने डाकघरों, डाकबाबुओं, डाकिए और जीवन के कीमती सरमाया खतों का इंतजार ही समाप्त कर दिया है।

'पत्र' शब्द बहुलार्थी है। विद्वानों के अनुसार इस शब्द के कई अर्थ होते हैं। कुछ लोग 'पत्र' शब्द की व्युत्पत्ति 'पततीति पत्रम्' अर्थात् जो गिरता है, वह 'पत्ता' या 'पत्र' है—करते हैं। यह कर्तृवाच्य है। कुछ विद्वान् इसकी व्याख्या 'पत्यते अनेन इति पत्रम्' भी

करते हैं। यह करणवाच्य है। एक विद्वान् के अनुसार पत्र का दरअसल, एक अलहदा अर्थ 'साधन' भी है, जिसके माध्यम से एक स्थान से दूसरे स्थान तक गमन होता है। इसी अर्थ में पत्र का अर्थ 'वाहन' या 'वाहक' भी होता है—'पत्यते गम्यते अनेन इत पत्रम्।' साफ शब्दों में, किसी भी वाहन को 'पत्र' कहते हैं। अत: यहाँ इस संदर्भ में 'पत गतौ' धातु होगी। पद् धातु अर्थात् 'पद्यते गम्यते अनेन इति पत्रम्' यथा—हंस सरस्वती का पत्र है। स्पष्टत: यह कि सरस्वती हंस के माध्यम से गमन करती हैं, इसलिए हंस यहाँ 'पत्र' कहलाता है। सूचना के माध्यम के रूप में आजकल करण अर्थ में 'पत्र' की उत्पत्ति देखी जा सकती है। भाषा-विज्ञान में अर्थ-विस्तार (Expansion of meaning) की दृष्टि से सूचना का कोई भी माध्यम 'पत्र' हो सकता है। अत: इस दृष्टि से आज सूचना के उपलब्ध सभी प्रिंट और इलेक्ट्रॉनिक संसाधनों-माध्यमों यथा—अखबार, जरीद, ई-मेल, इंटरनेट, मोबाइल, ब्लॉग, ब्लब, कंप्यूटर, वेब, लैपटॉप, वाई-फाई अर्थात् वायरलेस फिडेलिटी फैक्स, एसएमएस तथा जमीनी दूरभाष आदि को हम स्थूल रूप से 'पत्र' के वर्ग में शामिल कर सकते हैं। यही सारे शब्द आज विश्व बाजारी भूमंडलीकरण के संवाहक हैं। सूचना-संप्रेषण के उक्त तमाम यांत्रिक उपकरण ही संप्रति संपूर्ण पूँजी बाजार की ताकत हैं। इन्हीं से बाजारी-विनिमय, साइबर-संजाल और आर्थिक प्रक्रिया की सक्रियता बनी हुई है तथा इन्हीं से आज 'इन्फॉर्मेशन कम्यूनिकेशन' (Information Comnunication) में क्षिप्रता तथा त्वरा आई है।

अब आइए, 'पत्र' शब्द की प्रामाणिक और पुख्ता व्युत्पत्ति के लिए संस्कृत, हिंदी तथा उर्दू के कुछ सुप्रसिद्ध शब्दकोशों के सफों को पलटा जाए। वामन शिवराम आप्टे शब्दकोश के अनुसार पत्र शब्द की व्युत्पत्ति 'पत्' धातु और 'ष्ट्रन' प्रत्यय से हुई है। आप्टे के इस 'संस्कृत-हिंदी कोश' में पत्र शब्द की निर्मिति के संदर्भ में लिखा है कि 'पत्रम्' [पत्+ष्ट्रन] 'पत्ता', जिसके ऊपर लिखा जाए—'कागज', लिखा हुआ पत्र—''पत्रमारोप्य दीयताम्'', 'पत्र', 'दस्तावेज'। वहीं बगल में 'पत्रिका' शब्द का अर्थ 'चिट्ठी', 'लेख', 'प्रलेख' दिया गया है। प्रसिद्ध कोशकार श्री छैल बिहारी मिश्र अपने 'अभिनव हिंदी-अंगरेजी हिंदी कोश' में 'पत्र' शब्द की व्युत्पत्ति पर प्रकाश डालते हुए लिखते हैं—"Patr, n; 1. Leaf, 2. Letter, 3. Paper" [सं. पत्र पत्+ष्ट्रन], 'चिट्ठी', 'पत्री', 'खत'। इधर सुप्रसिद्ध हिंदी ध्वजवाही और कोशकार फादर कामिल बुल्के अपने शब्द कोश 'अंगरेजी हिंदी कोश' (An English Hindi Dictionary) में 'पत्र' शब्द की व्युत्पत्ति के साथ उसके संबंधित अन्य क्रियाकलापों पर सम्यक् रोशनी डालते हैं, 'पत्र', 'चिट्ठी', 'खत', 'पत्र' (Document), 'सूचना पत्र' (Of Advice), 'प्रत्यय पत्र' (Of Credence), 'साख पत्र' (Of Credit), 'अधिकार लेख' (Patent), 'पत्र-पंजी' (Letter/ Book), 'पत्र-पेटी' (Letter-box), 'पत्रक' (Letter Card), 'डाकिया' (Carrier),

'पत्र-पैड' (Pad), 'पत्र का कागज' (Paper)।

भाषा-विज्ञान संबंधी कई चर्चित कृतियों के लेखक, भाषा-चिंतक डॉ. हरदेव बाहरी ने 'पत्र' शब्द की व्युत्पत्ति बताते हुए पत्र से अनुस्यूत कुछ अन्य तथ्यों की ओर हमारा ध्यान आकर्षित किया है, यथा—

पत्र—(1) 'चिट्ठी', 'खत'; (2) 'पत्ता' (3) ऐसा कागज जिस पर कोई बात लिखी हो, कोई बात छपी हो—ऐसा कागज; (4) अखबार, समाचार-पत्र; **पत्र पंजी**—आने-जाने वाले पत्रों की संख्या आदि लिख जानेवाला रजिस्टर; **पाल**— डाकपाल; **पत्र पेटी**—(1) पत्र डालने के लिए डाक विभाग द्वारा विभिन्न जगहों पर लगाया गया लाल रंग का डब्बा, (2) पत्र रखने का संदूक, (3) घरों के मुख्य प्रवेश द्वार पर लगा लकड़ी, लोहे का बना छोटा डिब्बा, जिसमें डाकिया व्यक्ति-विशेष का पत्र डाल जाता है; **प्रेषक**—पत्र भेजने वाला व्यक्ति; **पत्र-मंजूषा**—पत्र पेटी; **पत्र वाहक**—(1) पत्र ले जाने वाला व्यक्ति; (2) डाकिया; **पत्र व्यवहार लिपिक**—वह सरकारी एवं गैर-सरकारी कर्मचारी, जो पत्र-व्यवहार करता है; **पत्र-व्यवहार स्कूल**—ऐसा विद्यालय, जहाँ पत्राचार के माध्यम से पढ़ाई होती है; **पत्र शैली**—पत्रकारिता की शैली; **पत्र-संपादक**—(1) भेजे गए समाचार को समाचार-पत्रों में संपादित करनेवाला। (2) दैनिक पत्रों के संपादन एवं संचालन कर्ता; **पत्र-सूचना विभाग**—ऐसा विभाग, जो पत्रों के आवागमन का विवरण रखता है; **पत्र-सूची**—आने-जाने वाले पत्रों की सूची; **पत्रक**—(1) स्मृति पत्र, (2) पत्र संबंधी, (3) पत्र के रूप में होनेवाला।

उर्दू में पत्र को खत, परवाना तथा 'राजादेश' कहते हैं तो खतो-किताबत को चिट्ठियों का आदान-प्रदान।

हिंदी में अखबार को समाचार-पत्र और विविध प्रकार की मैगजीनों को साहित्यिक पत्र, धार्मिक पत्र, राजनीतिक पत्र आदि कहा जाता है। अखबारों-मैगजीनों के साथ 'पत्र' शब्द जोड़ देने का कारण संभवत: यह होगा कि पत्र अर्थात् 'लेटर' किसी बात को एक व्यक्ति से दूसरे व्यक्ति तक या एक स्थान से दूसरे स्थान तक पहुँचाने का माध्यम है। 'पत्र' शब्द का प्रयोग प्रस्तुत संदर्भ में, 'लेटर' के ही अर्थ में किया जा रहा है। जब एक व्यक्ति किसी दूसरे व्यक्ति के पास कोई प्रत्यक्ष संदेश भेजे तो उसे पत्र कहेंगे। आधुनिक पत्र सामान्यत: लिखित होता है, बातचीत की शैली में लिखा जाता है और डाक द्वारा भेजा जाता है। प्राचीन काल में पत्र किसी मध्यस्थ के हाथों भेजे जाते थे और यह मध्यस्थ-संदेशवाहक, पत्रवाहक, दूत या कासिद—संदेश पाने वाले को संदेश पढ़कर सुनाता था। □

2

'पत्र' शब्द के लिए विभिन्न भाषाओं-बोलियों में प्रयुक्त होने वाले शब्द

सूचनाओं के मौखिक संप्रेषण के बाद जब लिपि, अक्षर, कागज, कलम का आविष्कार हुआ, तब ये सूचनाएँ लिखित रूप में सरकारी-गैर सरकारी स्तरों पर विश्वसनीय माध्यम से यहाँ से वहाँ भेजी जाने लगीं। कागज या पत्ते पर लिखे इन संदेशों-सूचनाओं के लिए पत्र शब्द का इस्तेमाल किया गया, पर यहाँ एक सुखद और प्रीतिकर आश्चर्य होता है कि देश के एक छोर से दूसरे छोर तक अधिकांश भाषाओं-बोलियों में 'पत्र' को 'पत्र', 'चिट्ठी' या सरकारी स्तर पर 'राजाज्ञा' कहते हैं। इसे हम विलक्षण समानता मान सकते हैं। यह हमारी भाषाई विविधता में एकता का प्रतीक है। यह हमारे लिए गरिमा बोध का विषय है। कुल मिलाकर पत्र शब्द की व्यापकता की कोई ठोस सीमा-रेखा नहीं है। बकौल कबीर—

''हदै छाँड़ि बेहद गया, जहाँ निरंतर होय।
बेहद के मैदान में, रहा कबीरा सोय॥''

बहरहाल, 'पत्र' शब्द के लिए भारत की विभिन्न भाषाओं, बोलियों में अधोलिखित शब्दों का प्रयोग किया जाता है, यथा—संस्कृत, मराठी और कन्नड़ में इसे **'पत्र'** ही कहते हैं। हाँ, कन्नड़ में इसे 'पत्र' के अलावा **'ओले'** तथा **'कागद'** भी कहते हैं। बँगला भाषी लोग इसके लिए **'पत्र'** शब्द का इस्तेमाल तो करते हैं, लेकिन उनके यहाँ अनेक शब्दों का उच्चारण विवृत्ताकार-गोलाकार (Surraunded) होता है, जैसे 'नमस्कार' यहाँ 'नोमोस्कार', जानवर 'जानोआर', वकील 'ओकील', खजूर 'खेजूर' तथा तामसिक 'तामोशिक' के रूप में उच्चारित किया जाता है, अत: 'पत्र' शब्द को ये लोग विवृत्ताकार **'पोत्र'** के रूप में बोलते हैं। पूर्वोत्तर, खासकर असम के कई हिस्सों में इसे **'चिट्ठी'**

कहते हैं, तो कई ठिकानों में '**पोत्र**'। चूँकि असमिया, बँगला और उड़िया भाषाएँ कई संदर्भों में एक लाद से पैदा हुई सगी बहनें मानी जाती हैं, अतः बँगला के उच्चारण की लौछार-लवलेस असमिया के '**पोत्र**' पर भी साफ-साफ झाँक जाती है। 'पत्र' के लिए '**चिट्ठी**' शब्द का प्रयोग पंजाबी, उड़िया, बुंदेली या बुंदेलखंडी तथा दक्षिण भारत की मलयालम और सिंधी में भी होता है। सिंधी में '**लिफाफे**' को '**टपाल**' कहते हैं, पर गुजराती में पत्र के लिए अमूमन स्थूल रूप से '**टपाल**' शब्द का उच्चारण करते हैं। दक्षिण की प्रमुख भाषा तमिल में 'पत्र' को '**कटिदम्**' या '**कडिद**' कहते हैं, तो वहीं बगल में दक्षिण की एक अन्य सुप्रसिद्ध भाषा '**तेलुगु**' में पत्र को '**लेख**', '**उत्तरमु**' या '**उत्तरम्**' और '**जाब**' कहते हैं। उर्दू में पत्र को '**खत**' कहते हैं, लेकिन यह उर्दू का 'खत' शब्द परसियन और अरबी में अपना अर्थ बदल देता है। परसियन में '**खत**' को '**नामा**' कहते हैं तो अरबी में इसके लिए '**रुक्का**' (Rukka) शब्द व्यवहृत करते हैं।

□

3

पत्र लेखन की प्राचीन पद्धति, शीराजा या स्वरूप

बदलाव या परिवर्तन की निर्मम लपेट से धरती की संभवतः कोई भी वस्तु अपने को अनछुई नहीं रख सकी है। हर वस्तु विनष्ट होकर समय के अनुसार नए की सर्जना करती है। बीते हुए क्षण, दिन, महीने और साल हमारे लिए स्मृति और इतिहास बोध की वस्तु बन गए हैं। बकौल कबीरदास, **'जो ऊगा सो आथवैं, जे चिड़ियाँ सो ढहि परैं।'** काल के अछोर तटों को छूकर स्मृति का अनंत कोष रच रही विराट् संस्कृति पर बदलाव के पहिए ने घूमकर उसे बिलोबाट और नेस्तनाबूद कर दिया। कुल मिलाकर यह कि समय-समय पर हुए परिवर्तन में कुछ नया जुड़ता है तो कुछ छूटता भी है। पूर्व की तुलना में आज हमारी आस्था, परंपरा, रवायत और धर्म के स्वरूप में बदलाव आया है। सामाजिक संबंधों में टुच्चापन और विकृति आई है। साफ शब्दों में जीवन में तमाम तरह की विकृतियाँ-विद्रूपताएँ हालिया प्रवेश की हैं, संवेदनहीनता एवं वैचारिक शून्यता बढ़ी है। काल-प्रवाह ने खान-पान, रीति-रिवाज, वेशभूषा, रहन-सहन, जीवन-शैली, बोलचाल के ढंग और ढब के साथ-साथ भाषिक बदलाव भी किया है। बदलाव की रही-सही, आकी-बाकी कोर-कसर पूरी कर दी—'भूमंडलीकरण' और 'ग्लोबलाइजेशन' ने।

बाजार के दबाव के कारण तथाकथित आधुनिकता की चपेट में आया भारतीय समाज विषयों की फूहड़ किल्लत और खुदफरोशी का शिकार हो गया। जिन पत्रों में स्मृतियाँ सुरक्षित-संरक्षित हो जीवित रहती थीं, जो पत्र अकेलेपन की कुंठा और नैराश्य में व्यक्ति के लिए उम्मीदों के चिराग और संवाद के सशक्त माध्यम बनते थे—आज सूचना, समाचार-संप्रेषण के उपलब्ध तमाम संसाधनों—इ-मेल, फैक्स, इंटरनेट, जमीनी दूरभाष, मोबाइल, एस.एम.एस. आदि की वजह से उपेक्षा के हाशिए पर फेंक दिए गए

और यदि लिखे भी जा रहे हैं तो अपने पुराने स्वरूप-शीराजा से एकदम अलहदा हटकर। पत्र के रूप में स्याही में रँगे और कागज पर उगे अक्षर अब 'दूर की कौड़ी' का मुहावरा चरितार्थ कर रहे हैं। आज की भौतिकवादी भगदड़ और आपाधापी में सबकुछ पीछे छूट रहा है। पत्र लिखने की अब किसी को फुरसत नहीं और यदि कुछ लोग बहुत दबाव में पत्र लिख भी रहे हैं तो पत्र लिखने की पुरानी शैली और पद्धति को छोड़कर। इधर, जब से देवनागरी में इ-मेल लिखने का चलन चला है, खतो-किताबत की दुनिया लगभग समाप्त हो गई है, यदि वह बराए-नाम कहीं-कहीं जीवित भी है, तो पुरानी पद्धति को नकार और सलाम बोलकर।

बहरहाल, बाजारवादी दबाव से पहले हमारे यहाँ पत्र लिखने के कुछ नियमन, अनुशासन और आचार-संहिताएँ हुआ करती थीं। इन्हीं देसी मर्यादाओं की सीमा में पत्र-लेखक पत्र लिखने का काम करता था। पत्र-लिखना प्रारंभ करते समय सबसे पहले ऊपर '**श्री गणेशाय नमः**' लिखते थे। श्रीगणेशजी ज्ञान, बुद्धि और विवेक के लिए हर भारतीय घरों में पूजे और माने जाते हैं। वे विघ्नहर्ता हैं। घर में किसी शुभ कार्य के प्रारंभ में श्रीगणेशजी को सबसे पहले याद किया जाता है। शिवजी के गुस्से और पार्वतीजी की ममता को भी गणेशजी ने अपने विवेक से समाहित किया था। इसी तरह कुछ लोग पत्र लिखना प्रारंभ करते समय—'**ॐ नमः शिवाय**' जैसे तीन शब्द लिखते थे। इसके बाद—'**ईश्वर तुम्हें प्रसन्नता और दीर्घायु प्रदान करे**', '**तुम सदा सुखी रहो**' शब्दों से पत्र आगे बढ़ता था और अंत में—'**शुभ कामनाओं के साथ तुम्हारा ही अपना**', '**पत्र का यथाशीघ्र जवाब देना**', '**ढेर सारे प्यार के साथ तुम्हारे माता-पिता**' जैसे आश्वस्ति बोधक शब्दों के साथ पत्र समाप्त होता था। बीच में—'**नमस्कार**', '**प्रणाम**', '**शुभाशीष**', '**आशीर्वाद**' जैसे संबोधनों का प्रयोग संबंधों की जरूरत के अनुसार किया जाता था।

पर सौभाग्य या दुर्भाग्य से गूगल, ब्लैकबेरी, फेस बुक, विकीलीक्स जैसे खूँखार सूचनाओं के इस संजाल ने जब से रिश्तों के स्थापत्य की नई भित्तियाँ खोजना शुरू किया है, तब से निजी पत्र लेखन के क्षेत्र में गहरी खामोशी और सन्नाटा पसर गया है। चिट्ठियों में लिखे जाने वाले—'**अत्र कुशलम् तत्रास्तु**', '**आदरणीय पिताजी को सादर चरणस्पर्श**', '**आगे समाचार यह है कि मैं यहाँ पर ठीक प्रकार से हूँ और आशा करता हूँ कि ईश्वर की कृपा से आप भी कुशल मंगल से होंगे**', '**ज्यादा क्या लिखूँ**' जैसे वाक्य अब जैसे अतीत में कहीं गुम हो गए हैं। संदेश का सबसे सशक्त माध्यम माने जाने वाले अंतर्देशीय, लिफाफे और पोस्टकार्ड पूरी तरह उपेक्षित हैं। संचार के नए-नए माध्यमों के चलते अब खतों का दौर जैसे समाप्त हो गया है। कभी हर दिल अजीज माने जाने वाले खतों का संसार संप्रति हमसे विदा ले रहा है। दूरदराज या सात समंदर पार रहने वाले अपनों की कुशल-क्षेम के इंतजार में लोग कभी डाकिए की बेसब्री से राह देखते थे।

पति-पत्नी, प्रियतम-प्रेयसी के बीच तो खतों के अल्फाज की कहानी कुछ अलग ही हुआ करती थी, जो दिलों को कभी शृंगार तो कभी वियोग रस से सराबोर करती नजर आती थी, लेकिन आज सबकुछ बदल गया है। रिश्तों को जोड़ने वाली पाती की जगह अब प्लास्टिक और धातु के यंत्रों ने ले ली है, जिनमें भावनाओं का वैसा प्रकटीकरण नहीं हो पाता, जो कभी खतों से हुआ करता था। पत्रों की भाषा में एक अजीब सी मिठास हुआ करती थी, जिससे दिल को अद्‌भुत खुशी का अहसास हुआ करता था, लेकिन अब ऐसा नहीं रह गया है। खतों के महत्त्व को बहुत सी फिल्मों में दरशाया गया है। 'बॉर्डर' फिल्म को एक उदाहरण के रूप में प्रस्तुत किया जा सकता है, जिसमें पत्रों के जरिए सरहद के रखवाले फौजियों और उनके मन की खुशी व व्यथा झलकती है।

बहरहाल, मूल विषय को स्पर्श करते हुए मैं बता रहा हूँ कि कभी-कभी पत्र प्रारंभ करने के लिए—**'आनंद सर्व मंगल मंगलम्'** जैसे सांस्कृतिक, ऐतिहासिक एवं सामाजिक परिवेश को दरशाने वाले वाक्यों का भी प्रयोग करते थे। पत्र के माध्यम से अपने मित्र को बुलाने के लिए—**'अथ स्वागतम्, सुस्वागतम्'** जैसी मोहक भाषा का इस्तेमाल करते थे। पत्र-लेखन में संबोधन के रूप में 'श्री' शब्द का प्रयोग किसके लिए और कितनी बार करना चाहिए, यह निम्नलिखित दोहे से ध्वनित होता है—

"श्री लिखिए षट्‌गुरुन को, स्वामि पाँच, रिपु चारि।
तीन मित्र, दो भृत्य को, एक पुत्र अरु नारि॥"

अर्थात् माता-पिता तथा गुरुजनों को 'श्री' 6 बार, स्वामी को 5 बार, शत्रु को 4 बार, मित्र को 3 बार, नौकर को 2 बार तथा स्त्री और पुत्र को 'श्री' 1 बार लिखना चाहिए। राजा, महात्माओं को 'श्री' 108 या 1008 बार लिखा जाता था।

देश के अलग-अलग प्रांतों और बोलियों-भाषाओं में पत्र-लेखन की अपनी-अपनी विधियाँ अख्तियार की जाती रही हैं, लेकिन पत्र लिखना प्रारंभ करते समय मंगल बोधक शब्दों का प्रयोग हर जगह होता रहा है। इन शब्दों में **'श्री'**, **'स्वति श्री'**, **'सिध श्री'**, **'राजे श्री'**, **'श्री हरि'** आदि लोकप्रिय रहे हैं। 'फॉरेन पोलिटिकल डिपार्टमेंट' (Foreign Political Department) के पत्रों में प्रयुक्त उक्त शब्दों के प्रयोग को इस प्रकार देखा जा सकता है—

॥ श्री दुर्गा सहाय।
स्वस्ति श्री सर्वोपमा योग्येत्यादि सकल गुण गरिष्ट॥
हरिहरम्ब वंदनीय चरण श्रीश्रीश्रीश्री
चंद्रशेखर उपाध्यायजी के चरणतलइत रमाकांत।
उपाध्यायकाकोटिकोटि दंडवत्सेवापूर्वक॥

इसी तरह के एक अन्य उदाहरण से युक्त बघेलखंड एजेंसी के सन् 1813 ईस्वी

की एक फाइल में उपलब्ध निम्नलिखित पत्र प्रस्तुत है, जहाँ 'श्री' शब्द के प्रयोग को देखा जा सकता है—

॥ श्री साहिब वाला मुनाकिव श्री साहिब आलीसान श्री मिस्तर
मोदी साहिब बहादुर जू येते दीनमहंमदाअसवार की—हजूर
मालिक हजूर उहा तुम अपनी विंती
मालिक हजूर है सो इहा का हवाल इस
तौर का है पीछे तैं चौवे जी कौ लै कै
हाजिर होता हौं फागुन सुदि 12 संवद 1880 नवो
गांऊ'''

एक और पत्र का नमूना देखिए। सन् 1846 से हरजी (मारवाड़-राजस्थान) और मणादर (सिरोही-राजस्थान) के मध्य सीमा विवाद उग्र रहा। अधोलिखित पत्र इसका बयान है, देखिए—

''राजेश्री कपतांन वलीयम ईदरसेन साहब बाहादुर जी : गाम मणादा थी सपड़ासी रूपारी अरजी श्री हजूर से मालुम हौवे अपरांच मांस हरजीरी मवेसी मणादररी सीम म सरावां जाते हे और अपणी मवेसी वारे और घास वालां रे सांग जाबवा के वास्ते सवार 7 और पाला बादुकावाला 15 भेज देते है'''।''

□

4

पत्र-लेखन की कुछ महत्त्वपूर्ण प्राचीन वैश्विक परंपराएँ

अभिव्यक्ति प्रकाशन और वैचारिक लेन-देन आदिम युग से ही व्यक्ति का नैसर्गिक और सहज स्वभाव रहा है। संप्रेषण और संवाद से रहित व्यक्ति मूक पशु, जंगली जानवर, जीवित शव या मूर्त मृत्यु माना जाता है। संचार जीवन का अमृत तत्त्व या गोरस है। इसके बिना जीवन खाली, स्वादहीन और उबाऊ लगता है। संवादों में जीवन जीने की अटूट लय, अदम्य जिजीविषा और आकर्षण होता है। दरअसल, हर संप्रेषण अपने-आप में संवाद होता है। कुल मिलाकर संप्रेषण और व्यक्ति का रिश्ता धरती पर बहुत पुराना है। व्यक्ति ने अपनी भावनाओं के प्रकटीकरण के लिए समय-समय पर नानाविध उपाय किए। भाषा, शब्द और लिपि के जन्मने से पहले संपूर्ण विश्व में व्यक्ति अपनी अभिव्यक्ति के लिए हाथ-पाँव डुलाकर, विभिन्न किसिम की आवाजों और संकेतों से काम लेता था। देहभाषा या शरीर की भाषा (Reflexes), संकेत, पोषाक या मेकअप (Artifacts), स्पर्श (Tactiles), चित्र (Picture Graph), चिह्न, शारीरिक मुद्राएँ, हाव-भाव आदि के माध्यम से व्यक्ति सूचना या समाचार-संप्रेषण करता था। इसी तरह विचारों के आदान-प्रदान के लिए शोर मचाने, मशाल जलाने, डुग्गी पीटने, चीखने-चिल्लाने, विभिन्न तरह के इशारों, मुद्राओं के बनाने-बिगाड़ने, वृक्षों, शिलालेखों या नदियों, तालाबों को विचारों और पिछली याद की हुई बातों की शिनाख्त, पहचान या निशान के रूप में इस्तेमाल करने की प्रक्रिया अपनाई जाती थी।

कालांतर में भाषा जन्मी और उसे लिखने के लिए लिपि का जन्म हुआ। परिणामत: समाचार संप्रेषण के संदर्भ में अभूतपूर्व परिवर्तन हुआ। सूचना-संप्रेषण के तत्कालीन सशक्त लिखित माध्यमों में से एक, 'चिट्ठी-पत्री' लिखने की परंपरा का दरवाजा खुला।

आकाश में उड़ने वाले तोता, कबूतर, मैना, हंस, लोकनी, कुरनी तथा सुग्गे आदि के गले में बाँधकर चिट्ठियाँ एक जगह से दूसरी जगह भेजी जाने लगीं। बाद में थोड़ा विकास होने पर इन पत्रों-चिट्ठियों को यहाँ से वहाँ ले जाने की व्यवस्था पैदल हरकारों, घोड़ा-डॉक, ऊँट-डॉक, नावों, स्टीमर, हाथियों, डाक बग्घियों, ताँगों, खच्चर, पालकी एवं कई देशों में बैलगाड़ी आदि से होने लगी।

बहरकैफ, खबरों के संप्रेषण और ईशदूतता के लिए लिखित माध्यमों में न तो चिट्ठी-पत्री का उस समय कोई जोड़ था, जब इसके लिखने का चलन शुरू हुआ और न ही इसी समय के सूचना-संप्रेषण के तमाम इलेक्ट्रॉनिक माध्यमों, यथा—इ-मेल, इंटरनेट, टेलीफोन, रेडियो, दूरदर्शन, टेपरिकॉर्डर, वीडियो कैसेट रिकॉर्डर, फिल्म, कंप्यूटर, लैप टॉप, मोडम, इ-कॉमर्स, मोबाइल, साइबर स्पेस, सेलुलर फोन आदि के जन्मने के बाद भी कोई अन्य साधन या दूतकर्मी इसकी टक्कर का बन पाया है। साफ शब्दों में अपने करीबियों तक अपने कुशल-क्षेम, समाचार-सूचनाओं को पहुँचाने के लिए विश्व में जितने भी साधन समय-समय पर ईजाद किए गए, उनमें चिट्ठी-पत्री जैसी भरोसेमंद, विश्वसनीय और सबसे बड़ी संचार-संप्रेषण का पुख्ता-मुकम्मल साधन कोई दूसरा नहीं। मनुष्यता के विकास में पत्रों के अमूल्य योगदान को झुठलाया नहीं जा सकता। पत्रों ने इस धरती पर होने वाली तमाम गतिविधियों को प्रभावित किया है। इसने टूटे घरों को जोड़ा-बसाया है, परिवार और उससे जुड़े नाते-रिश्तों के बीच परस्पर अनुराग पैदा किया है और काव्य, कला, साहित्य, संस्कृति, अध्यात्म, मानवता तथा समाज को भी प्रभावित किया है। उसने प्रेरणा पैदा कर बहुतों की जीवनधारा को बदल दिया है। यही है—पत्र का वैश्विक महत्त्व और इयत्ता।

यह एक ऐतिहासिक तथ्य है कि मार्क्स और एंजिल्स के बीच ऐतिहासिक मित्रता का सूत्र पत्र ही थे। इनकी पत्र मित्रता विख्यात है। इसी तरह रवींद्रनाथ टैगोर ने दीनबंधु एंड्रूज को जो पत्र लिखा था, वह **'लेटर टू ए फ्रेंड'** (Letter to a Friend) नाम से एक पुस्तक का आकार लेने में सफल रहा। इसी तरह टालस्टॉय द्वारा रोम्यारोलाँ को लिखे गए पत्रों ने उनकी जीवनधारा ही बदल दी। कहा जाता है कि डी.एच. लॉरेंस की विश्व विख्यात कृति **'लेडी चटर्ली का प्रेमी'** कुछ पत्रों की प्रेरणा के चलते ही लिखी गई थी। इसी तरह पंडित जवाहर लाल नेहरू ने कारागार में जिन पत्रों को लिखा, वे स्वयं में महान् रचना का रूप ले चुके हैं। जॉर्ज बर्नार्ड शॉ के पत्रों के बारे में तो जाने कितने किस्से-कहानियाँ हैं। उन्होंने अभिनेत्री पेट्रिक कैंपबेल को 239 पत्र लिखे थे, जिनकी नीलामी 25 फरवरी, 1984 को 3,000 पौंड में हुई। उन्होंने एक अन्य अभिनेत्री एलेन टेरी को भी कई प्रेम पत्र लिखे थे। इसी तरह जाने-माने फ्रांसीसी कवि प्रो. वेरो के प्रेम पत्रों की नीलामी भी लाखों में हुई थी। ये प्रेम पत्र सन् 1937-

45 के बीच लिखे गए थे। इसके अलावा उन्होंने अपनी प्रेमिका पर 133 कविताएँ भी लिखीं। ब्रिटिश संग्रहालय में 800 पन्ने तक के प्रेमपत्र रखे हैं।

अब सवाल पैदा होता है कि धरती पर पहला पत्र किसने, कब और कहाँ लिखा? बहुत छानबीन के बाद भी इस की कोई ठोस और प्रामाणिक जानकारी नहीं मिलती। पूर्वी अफ्रीका के लामू, मोंबासा, जांजिबार, मेसोपोटामिया में बगदाद तथा बसरा, दुबई, मस्कट, अरब में अदन, ईरान, बुशायर, बहरीन, नेपाल, सिक्किम, मलेशिया, बर्मा (मयनमार या म्याँमार), तिब्बत, सिंगापुर, पुर्तगाल, तुर्की, कुवैत, रोम, चीन, जापान, ब्रिटेन आदि देशों में पत्र-लेखन की पुरानी परंपरा की आहट मिलती है, फिर भी दुनिया का सबसे पुराना ज्ञात पत्र सुमेर का माना जाता है। यह पत्र मिट्टी की पटरी पर लिखा गया था और इसका समय 2009 ईसा पूर्व का कालखंड है। इसी समय पत्थर, पत्ते और कई अन्य साधनों पर पत्र लिखे गए। आदिवासी कबीलों में इस समय पत्र-लेखन की प्रथा का जन्म नहीं हुआ था, सो ये लोग महज संकेतों से संदेशों का आदान-प्रदान क़रते थे। यहाँ एक तथ्य ध्यातव्य है कि लिपि के प्रयोग में आते ही पत्र-लिखने की परंपरा की जब शुरुआत हुई तो व्यक्ति ने संदेशों के आदान-प्रदान के पुराने माध्यमों को बहुत तरजीह न देकर पत्रों को सुरक्षित भेजने के लिए डाक प्रणाली का विकास किया। जगह-जगह डाकघर खोले गए।

सुप्रसिद्ध पत्रकार आदरास्पद श्री अरविंद सिंह का विचार है कि लिखित संवाद पाषाण युग में ही (3000-1000 ईसा पूर्व) शुरू हो गया था। करीब 1200 ईसा पूर्व के कालखंड के दौरान मिस्र में कई प्राचीन भित्ति चित्र (वाल पेंटिंग) तथा पट्टियाँ मिली हैं। इसी दौरान रोम के नागरिकों ने लकड़ी के छोटे-छोटे पट्टों के माध्यम से संदेश भेजना शुरू किया। इस प्रकार चीन में भी कुछ प्राचीन पट्टियाँ मिली हैं, जिन्हें ईसा से लगभग एक हजार साल पहले उस दौर के चीनी शासक ने अपने सूबेदारों को पत्र में भेजा था। सच तो यह है कि 4000 ईसा पूर्व चीन ने एक हजार मील लंबा डाक मार्ग विकसित कर लिया था। जाने-माने यात्री मार्को पोलो ने अपनी चीन यात्रा के विवरण में वहाँ 10,000 डाक चौकियों के विशाल तंत्र का उल्लेख किया और कहा कि वहाँ डाक व्यवस्था के लिए तेज रफ्तार वाले घोड़ों के प्रबंध के साथ उम्दा कार्यबल तैनात था। हर डाक चौकी पर पर्यवेक्षकों की तैनाती की गई थी, जिनका काम सभी प्रकार के आने-जाने वाले संदेशों पर निगाह रखना था। चीनी संदेशवाहक डाक की गति बनाए रखने के लिए अपने साथ सीटी रखता था और निर्धारित डाक चौकी पर पहुँचने के पहले सीटी तेज बजाकर अपने दूसरे सहयोगी को आगाह कर देता था, ताकि प्रतीक्षा किए बिना अगला घुड़सवार मुस्तैद रहे और उसके पहुँचते ही डाक लेकर अगले पड़ाव की तरफ रवाना हो जाए। कालांतर में वैज्ञानिक प्रगति के साथ चीन में रेल तंत्र का विकास हुआ। चिट्ठी-पत्री रेल

से भेजी जाने लगीं। यद्यपि यह बात अलग है कि सन् 1900 तक भारतीय रेल नेटवर्क की गिनती दुनिया के चौथे और एशिया के सबसे बड़े रेल नेटवर्क में होने लगी, जबकि चीन में 1870 तक रेलतंत्र स्थापित नहीं हो पाया था। सन् 1900 तक उसके पास कुल 665 मील रेल लाइन थी और जापान के पास 3700 मील रेल लाइन थी।

कुल मिलाकर यह कि व्यक्ति अपने अंतर्मन के निश्छल और सहज भावबोध को पत्रों के माध्यम से समय-समय पर व्यक्त करता रहा है। यह भावाभिव्यक्ति धरती के हर कोने से हुई है। इन पत्रों में पत्र लेखक ने अपनी मनोहारी भंगिमाओं के साथ-साथ अपने जीवन के विकट समय को चित्रित किया है। यूनानी इतिहासकार हैरोडोट्स (500 वर्ष ईसा पूर्व) ने फारस के डाकघरों पर रोचक वृत्तांत लिखा है और बताया है कि घोड़ों के साथ साँड़ भी संदेश भेजने का काम करते थे, जिनके लिए 200-200 मील के अंतराल पर चौकियाँ बनी थीं। हैरोडोट्स ने तो प्राचीन फारस के संदेशवाहकों के बारे में यहाँ तक लिखा है कि इनके समान तेज चलनेवाला संसार में और कोई नहीं। चिट्ठियों तथा अन्य तरह की संचार व्यवस्था के लिए यही प्रबंध सिकंदर ने भी किया था। तब यही संचार के सबसे बेहतर और क्रांतिकारी तरीके माने गए थे। बेबीलोन में तो 3500 ईसा पूर्व में किसी-न-किसी रूप में डाक सेवा का अस्तित्व पाया गया। जाहिर है, यहाँ पत्र-लेखन का सिलसिला बहुत पुराना है। इसके बाद कई शासकों ने संदेशों को जल्दी पहुँचाने के लिए वेतनभोगी संदेशवाहकों या हरकारों की नियुक्ति शुरू की। रोम में तो इतिहास के लंबे कालखंड में कबूतरों का उपयोग संदेश पहुँचाने के लिए किया गया। उक्त तथ्यों से स्पष्ट है कि उक्त देशों में पत्र-लेखन का प्रारंभ लिपि के आविष्कार के साथ ही शुरू हो गया था।

यूनान धरती का प्राचीनतम और श्रेष्ठ सभ्यता वाला देश माना जाता रहा है। सूत्र और संकेतों से ज्ञात होता है कि यहाँ भी पत्र-लेखन का अंकुरण बहुत पहले ही हो चुका था। यहाँ की रानी क्लियोपात्रा की चिट्ठी कबूतर के गले में बाँधकर रोम के ऐटोनी तक पहुँचाई गई थी। स्विट्जरलैंड में भी पत्रों को पहुँचाने का कार्य बहुत दिनों तक कबूतर ही करते रहे। पत्र-लिखने की परंपरा का उल्लेख बगदाद में भी मिलता है, क्योंकि सन् 1146 में बगदाद के खलीफा सुल्तान नुरुद्दीन खलीफा के समय में भी पत्रों के नियमित आदान-प्रदान का कार्य कबूतर ही करते थे। सिंध तथा पाकिस्तान में पत्रों के ले आने और ले जाने का कार्य कबूतरों की जगह ऊँटों से किया जाता था। यहाँ ऊँट डाक काफी लोकप्रिय थी, किंतु चूँकि चोर, ठगों और डाकुओं के गिरोह डाकों को लूटने में काफी सक्रिय रहते थे, अतः इनकी सुरक्षा के लिए कई जगह चौकीदारों की व्यवस्था की जाती थी। तत्कालीन शासन व्यवस्था डाकों की सुरक्षा के लिए क्षेत्र के जमीदारों और बड़े लोगों को सक्रिय रहने का निर्देश देती थी। इसी तरह तुर्की, अरब, कुवैत तथा बर्मा में चिट्ठी-

पत्री लिखने का पुराना संकेत मिलता है। प्रमाण बताते हैं कि सन् 1840 से 1937 तक बर्मा भारतीय डाक प्रशासन के अधीन था। मस्कट में बंबई और सिंध पोस्टल सर्किल के अधीन डाकघर खोले गए। तुर्की और अरब में सन् 1923 तक भारतीय डाकघरों ने काम किया।

न्यूयॉर्क में पत्रों के ले आने-ले जाने का कार्य कबूतरों या अन्य जमीनी साधनों की तुलना में हाथियों से होता था। प्रमाण है कि न्यूयॉर्क के जैकब लाउंस फील्ड ने सन् 1797 में भारत से एक हाथी अपने यहाँ पत्रों को ढोने के लिए खरीदा था। इधर, अमेरिका में पत्रों को एक स्थान से दूसरे स्थान तक लाने-ले जाने के लिए कोई उपयुक्त और मुकम्मल व्यवस्था नहीं थी, अतः अमेरिका ने भारत से भेजे गए जैकब लाउंस फील्ड के हाथी को 10,000 डॉलर में खरीदा। बाद में तीस हाथी भारत से अमेरिका भेजे गए। चूँकि उस समय भारत में हाथियों के दाम बहुत अधिक नहीं थे, अतः हाथियों के प्रति बच्चे को 166 डॉलर में और मादा हाथियों को 583 डॉलर में बेचा गया। बाद में एक सूचना यह भी मिलती है कि न्यूयॉर्क में पत्रों के आदान-प्रदान का कार्य कबूतरों द्वारा भी काफी दिनों तक हुआ। 'न्यूयॉर्क इवनिंग जर्नल' (New York Evening Journal) के पास तो पत्रों को ढोने के लिए एक बहुत बड़ी सेना ही थी। इतना ही नहीं, यहाँ तक बताया जाता है कि 'वाटरलू' विजय की सूचना न्यूयॉर्क से कबूतर के माध्यम से ही लंदन भेजी गई। पेरिस में भी कबूतरों ने ही बहुत दिनों तक डाकिए का काम किया। प्रथम विश्वयुद्ध में वहाँ के तत्कालीन मेजर जनरल फाउलर ने पत्रवाहक के रूप में इन्हीं पर सबसे ज्यादा भरोसा किया। यही नहीं, पेरिस के घेरे के दौरान सन् 1870-71 में कबूतर बहुत ही उपयोगी भूमिका में दिखाई पड़े और दुनिया भर में उन्हें सुर्खियों में आने का मौका मिला। संदेशवाहक हूमर कबूतरों के पंख पर संदेशों को बाँधकर मोम के सहारे चिपका दिया जाता था। पर कुछ समय बाद संदेशों को और विश्वसनीयता प्रदान करने के लिए फिल्मों पर संदेश भेजा जाने लगा। एक फिल्म में 25,000 तक संदेश आ सकते थे और एक कबूतर 12 फिल्म आसानी से ले जा सकता था। एक कबूतर ने तो 18 फिल्मों के साथ चार लाख संदेश पहुँचाकर नया कीर्तिमान बनाया। 300 कबूतरों ने शहर में हस्तलिखित माइक्रोफिल्म गंतव्य तक बहुत सुरक्षा के साथ पहुँचाई।

इधर, विचार और चिंतन के संप्रेषण के लिए पत्र-लेखन का कार्य जापान में भी हुआ मिलता है। जापान में पत्रों के ढोने का काम अधिकतर हरकारा ही करते थे। रात में इन हरकारों की मदद के लिए इनके डंडे पर एक लालटेन टाँग दी जाती थी और साथ में इनके लिए एक सहायक की भी व्यवस्था की जाती थी। ऑस्ट्रिया में जीवन के अनेक संदर्भों को उजागर करने तथा अभिव्यक्ति अंकन के लिए पत्र-लेखन की बहुत पुरानी परंपरा का पता चलता है। यहाँ भाव की अभिव्यक्ति के लिए पत्र-लेखन इतना लोकप्रिय

था कि अक्तूबर 1869 में दुनिया का पहला पोस्टकार्ड यहीं से जारी किया गया। जर्मनी भी पत्र-लेखन कला में बहुत पीछे नहीं था। विचार-संप्रेषण के साधनों में पत्र लिखना यहाँ के लोगों का प्रिय शगल था। सन् 1865 में ही यहाँ की डाक-सेवा के सबसे बड़े अधिकारी ने पोस्टकार्ड सेवा की वकालत की थी। ब्रिटेन में पत्रों के आदान-प्रदान के लिए 'ग्रेट बैरियर पिजनग्राम कंपनी' ने 65 मील की एक कबूतर लाइन स्थापित की थी। यहाँ पहला 'लेटर बॉक्स' 1852 में स्थापित हुआ। जहाँ तक इंग्लैंड का सवाल है तो महारानी एलिजाबेथ प्रथम ने वहाँ सन् 1591 में विधिवत् डाक एकाधिकार रायल पोस्ट को सौंप दिया था। सन् 1637 में चार्ल्स प्रथम के कार्यकाल में औपचारिक रूप से पत्रों पर सरकारी एकाधिकार शुरू हो गया था। इंग्लैंड में सन् 1512 में ही रायल पोस्ट का एक स्थायी ढाँचा बन गया था और थामस विथरिंग को डाक प्रणाली का मुखिया बनाकर 80 मील के लिए एक पत्र की दर 2 पेनी तय की गई थी।

कुल मिलाकर हम कह सकते हैं कि अंतर्मन की हँसी-खुशी, अंतर्मन की गाँठ खोलने, समस्याओं के उलझे धागों के सिरे को ढूँढ़ने की कोशिश, दर्द, जिज्ञासा, प्रतिक्रिया, कड़वाहट और विचारों के आदान-प्रदान तथा राग-विराग को साझा करने तथा अंधकार एवं सफ्फाक सन्नाटे की अभिव्यक्ति तथा बुनावट के लिए विश्व के अधिकांश देशों में व्यक्ति ने पत्र-लेखन किया, लिपि और इबारत भले ही टूटी-फूटी रही हो, भावाभिव्यक्ति ठोस थी। लिपि के उगते ही यह कार्य कभी पत्तों पर, तो कभी प्रस्तरखंडों पर और कभी कागद-कागज पर हरफ के रूप में संपादित होता था। बाद में संसाधनों के विकसित होने पर पूरी दुनिया में पत्रों को भेजने के लिए, डाक प्रणाली, विकसित की गई। जो पत्र कभी उड़ते कबूतरों, सुग्गों, कौओं, साँड़ों, खच्चर, पालकी, नावों, बैलगाड़ी, बग्घी, स्टीमर बाद में रेल से यहाँ से वहाँ ले जाए जाते थे, वही 'डाक' आज वैज्ञानिक प्रगति के शिखर पर पहुँचने के कारण हवाई जहाज से 'हवाई डाक सेवा' नाम से पूरी दुनिया में भेजी जा रही है।

□

5

पत्र-लेखन की प्राचीन देसी परंपरा और भारतीय डाक सेवा

''जिंदगी के डाकिए को सब पता है दोस्तो।
कितना मुश्किल मेरे घर का रास्ता है दोस्तो॥''

जीवन और परिवेश के बीच आदिम युग से ही 'जिंदगी के डाकिए' से एक संवाद निरंतर चलता रहा है, भले ही उसकी आहट लोगों को न सुनाई पड़ती हो। अक्षरों के उगने से पहले भाव जब कलम में नहीं उतरते थे, तब व्यक्ति अपने अंतर्मन की विविध भावनाओं, भूख के रुदन, वियोगों-शोकों की भड़ाँस, भीतर घिर गए अपरिचित दारुण अँधेरे, उग्र उठापठक, बेचैनी, छटपटाहट तथा द्वंद्वों की अभिव्यक्ति एक-दूसरे से स्पर्श और आहटों से करता था। साफ शब्दों में, हर कालखंड में व्यक्ति अपने मन की अंतर्वृत्तियों और आदिम राग तथा गंध के दबे-ढके कोनों को संकेतों, इशारों तथा मूक हलचलों से अनावृत्त करता रहा है। विवशताओं, संवेदनाओं, शंका तथा भय की अभिव्यक्ति और धूल-धूप से भरे हुए सुखों-दुःखों के शीशे को वह मूक-मौनता के इशारों से साफ करता रहा होगा। कुल मिलाकर यह कि व्यक्ति जिंदगी-जहान के वृहद् 'स्पेक्ट्रम' के अनेक दृष्ट-अदृष्ट रंगों का संधान-विधान आंगिक हलचलों या अंगों को हिला-डुलाकर सैन-संकेतों से करता था। इसे हम समाचार-संप्रेषण-माध्यमों का प्रथम काल कह सकते हैं।

समाचार संप्रेषण के माध्यमों के दूसरे काल में व्यक्ति ने अपनी आधारभूत आवश्यकताओं के अनुरूप सूचना भेजने के उपकरणों, माध्यमों-उपायों में तब्दीली की। जरूरतें बदलीं। इस काल में व्यक्ति पारिवारिक साधनों के इस्तेमाल से थोड़ा हटा। कई साधनों का जन्म हुआ। घोड़ों पर बैठकर संदेश भेजने की प्रथा शुरू हुई। अंतस् की बातों के प्रकटीकरण के लिए चित्रांकन किया जाने लगा, सूचनाएँ देने के लिए ढोलक, मृदंग,

मादल और नगाड़ों से मुनादी का चलन प्रारंभ हुआ। कभी जलती आग और धुआँ के संकेतों से भावनाएँ व्यक्त होने लगीं तो कभी वैचारिक लेन-देन के लिए जोर-जोर से चीखना-चिल्लाना, शोर मचाना, विभिन्न संकेतों, मुद्राओं, इशारों और हाव-भावों का बनना-बिगड़ना शुरू हुआ। कभी नदियों, तालाबों, वृक्षों और शिलाखंडों को प्रतीक और निशान बनाकर विचार संप्रेषण की परंपरा की शुरुआत हुई। कुल मिलाकर नारे लगने, ध्वजों, पताकाओं, साज-सज्जा, वेश-भूषा, शोभा यात्रा, जलसा-जुलूस, घंटा-घड़ियाल, शंखनाद, मेला-बाजार, सभा-समूहगान, मौखिक निमंत्रण, झंडे, निशान, चित्र, साँप-नेवले का तमाशा, गोष्ठी-आयोजन, कथा-वाचन, गीत, नृत्य, लोक, रंगमंच, भजन, नुमाइश-प्रदर्शनी, मुनादी, कुंभ तथा सूर्य ग्रहण के मेले जैसे सूचना-संप्रेषण के माध्यमों में बदलाव हुआ। भारत में कई जगह खास तौर पर शासकीय प्रयोजन से संदेशों के लिए नगाड़ों का उपयोग किया जाता था। पहले 12 मील की दूरी पर नक्कारखाने (ड्रम हाउस) बनाए गए थे और राजा की मौत, राजकुमार के जन्म, शाही समारोह, हार-जीत, विद्रोह तथा आपदा जैसे मामलों में इनकी मदद से लोगों को ध्वनि संकेतों से संदेश पहुँचाए जाते थे। पर संकेतों की यह भाषा लोगों को संतोष कभी नहीं दे पाई और अधिक विश्वसनीय प्रणाली विकसित करने का प्रयास जारी रहा। भारत में प्राचीन काल में द्रविड़ पत्थर या भोजपत्रों पर संदेश भेजते थे। पाषाणखंडों, मिट्टी से बनाई गई कच्ची ईंटों, लकड़ी, पत्तों तथा अन्य प्रयोगों से एक विश्वसनीय संकेत भाषा उभरनी शुरू हुई। संदेश पहुँचाने के लिए भारत में आदिकाल से स्वर या संकेतों की भाषा के साथ लिखित या अंकित विधि का उपयोग होता रहा है। पर विश्वसनीयता दूसरी विधि की ही रही और यही कालांतर में फली-फूली। लिपि और लेखन सामग्री के विकास से यह लगातार उन्नत हुई।

समाचार संप्रेषण के तीसरे काल में लोगों को अक्षर-बोध हुआ, लिपि जनमी। मौखिक सूचनाओं की जगह लिखित सूचनाएँ जाने लगीं। भारतीय डाक प्रणाली कई कालखंडों में उन्नत और विकसित हुई। सिंधुघाटी सभ्यता, जो दुनिया की तमाम सभ्यताओं के बीच बहुत उन्नत और विकसित मानी गई, में भी हमें संकेत लिपियाँ मिली हैं। उस दौरान भी संदेशवाहकों का अस्तित्व था। इसी प्रकार ऋग्वेद संहिता में संदेशवाहकों द्वारा संदेश भेजने का उल्लेख है। वैदिक कल्प-सूत्र में शासकों द्वारा प्रशिक्षित संदेशवाहकों की नियुक्ति की बात सामने आती है। ये संदेशवाहक संदेशों को काफी लंबी दूरी तक पहुँचाते थे। पाणिनि (600-550 ईसा पूर्व) ने 'जनघटक्रा' शब्द का उल्लेख संदेशवाहकों के लिए ही किया है। इसी तरह राष्ट्रकूट राजा (753-973) सरकारी डाक को तेज गति से भेजने के लिए साँड़ों का प्रयोग करते थे। उस समय अलग डाक महकमा भी था और दूतों के द्वारा भी संदेश भेजे जाते थे। दूतों के द्वारा तो संदेश भेजने की परंपरा बहुत पुरानी है और इसके न जाने कितने उदाहरण विद्यमान हैं। महाकवि कालिदास ने तो अपनी

कालजयी रचना 'मेघदूत' में बादलों की डाकिए के रूप में कल्पना कर डाली थी। वस्तुतः विद्वानों ने लेखन का रिश्ता सीधे लिपि से माना है। मानव ने जब से भाषा और लिपि को विकसित किया, प्रायः उसी समय से पत्र-लेखन का भी प्रादुर्भाव हुआ। वैसे सांकेतिक भाषा एवं आंगिक संकेतों के माध्यम से भी पत्र-लेखन होता रहा। इस दिशा में अब तो सांकेतिक भाषा और संकेतों का उपयोग सेना, स्काउट, राजनयिक क्षेत्रों तथा गुप्तचर संदेशों को भेजने एवं प्राप्त करने में धड़ल्ले से हो रहा है। अतः पत्र-लेखन, संदेश-प्रेषण तथा आंतरिक भावों की अभिव्यक्ति का एक अति विश्वसनीय एवं प्रभावकारी माध्यम पत्र रहा है। भारत के संस्कृत वाङ्मय में पत्र-लेखन और प्रेषण का उल्लेख अति प्राचीन काल से होता रहा है। नल-दमयंती की कथा अति प्राचीन है। दमयंती अपने संदेश को ताल-पत्र व भोज-पत्र पर लिखकर तथा चित्रांकन कर हंस के माध्यम से अपने प्रेमी राजा नल के पास भेजती थी। राजा नल और दमयंती के प्रेम को मिलन तक पहुँचाने वाला माध्यम पत्र ही तो था। संयुक्ता को पत्र के द्वारा संदेश भेजकर ही पृथ्वीराज उसे प्राप्त करने में सफल हुआ था। यह दोहा प्रसिद्ध भी है।

"चार बाँस चौबीस गज, अंगुल अष्ट प्रमान।
ता ऊपर सुल्तान है, मत चूको चौहान॥"

इधर, संस्कृत व्याकरण के प्रकांड विद्वान् प्रो. धर्मनारायण कहते हैं कि भारतवर्ष में इतिहास प्रायः मौखिक रहा है। लिखित इतिहास की प्रामाणिकता असंदिग्ध होती है। प्रमाण के रूप में पश्चिम के विद्वानों में मौखिक इतिहास अमान्य है। प्रामाणिकता की दृष्टि से भारत में सर्वप्रथम लिखित इतिहास का प्रामाणिक ग्रंथ 'कल्हण की राजतरंगिणि' आधुनिक विद्वानों में स्वीकृत है, लेकिन यह राजनैतिक इतिहास की सीमा है, लेखन के इतिहास की नहीं, क्योंकि लेखन (पत्र-लेखन) का सीधा संबंध लिपि के विकास से है। इस दृष्टि से ईसा पूर्व 5वीं शताब्दी में रचित पाणिनीय व्याकरण ग्रंथ अष्टाध्यायी 'इन्द्र वरुण भव सर्व रुद्र मृड हिमारण्य यवयवन मातुलाचार्यारणांमानुक' का विशेष महत्त्व है। इस पद में आए 'यवन' शब्द से बने 'स्त्री प्रत्यान्तयवनानि' शब्द का अर्थ वार्तिककार कात्यायन ने अपने वार्तिक 'यवनल्लिप्याम्' में यवनों की लिपि बताया है। चूँकि यह लिपि अपने विकसित रूप में है, अतः तभी यह व्याकरण ग्रंथों में स्थान पा सकी है। उसका प्रचलन तो कहीं सुदूर अतीत से हुआ होगा। अशोक के स्तंभों और शिलालेखों में ब्राह्मी एवं खरोष्ठी लिपियों का प्रयोग हुआ है। ये दोनों देवनागरी से भी पुरानी हैं। इनका भी उत्स सुदूर अतीत में ही माना जा सकता है, क्योंकि अपने विकसित रूप में यह स्तंभों और शिलालेखों में स्थान पा सकीं। यह सुदूर अतीत हमें सैंधव सभ्यता के तल तक पहुँचाता है, जहाँ की लिपि का अर्थ अभी लगाया जाना बाकी है। लेकिन इतना तय है कि वह अभी विकसित अवस्था में है। अतः इस आधार पर इस देश में ईसा पूर्व तीन हजार

वर्ष से भी कहीं अधिक प्राचीन कालखंड में लिपि का प्रयोग आसानी से माना जा सकता है। इसके अतिरिक्त लिपि के विकास के लिए यदि 5,000 वर्ष भी रख लें तो भारत में आज से कम-से-कम साढ़े पाँच हजार वर्ष से लिपि का प्रयोग हो रहा है। यह काल-गणना भी यद्यपि संकोच के साथ अपनाई गई है। इसकी जड़ें और गहरी उतर सकती हैं। अतः लिपि है तो लेखन है और लेखन है तो 'पत्र-लेखन' आदि सांस्कृतिक विधाएँ या तत्त्व साकार होते हैं।

इन सबके बावजूद सच तो यह है कि **भारतवर्ष में पत्र-लेखन की शुरुआत कब हुई**, इसके लिए कोई निश्चित तिथि या ठोस तथा प्रामाणिक समय का निर्धारण करना 'लोहे का चना चबाना' जैसा क्लिष्ट-कठिन काम है। चूँकि इतना हम स्वीकार करते हैं कि लिपि के जनमने के साथ ही पत्र-लेखन का चलन शुरू हुआ। अब यहाँ सबसे बड़ा संकट हमारे सामने यह खड़ा होता है कि अभी लिपि के जन्म को लेकर ही देशी-विदेशी विद्वानों में गहरा मत-मतांतर है, अतः ऐसी स्थिति में पत्र-लेखन की शुरुआत के ठीक-ठीक समय का निर्धारण कैसे हो? बहरहाल, लिपि की उत्पत्ति के संबंध में कुछ प्राच्य-प्रतीच्य विद्वानों के कुछ प्रमुख अभिमत को नीचे इस प्रकार देखा जा सकता है। इन्हीं मतों में से आप पत्र-लेखन काल का अटकल-अनुमान लगा सकते हैं। पाश्चात्य विद्वान् बर्नेल (Burnell) लेखन कला का श्रीगणेश चौथी, 5वीं शताब्दी ई.पू. तो मैक्समूलर (Maxmuller) ई.पू. चतुर्थ के बाद इसका आरंभ मानते हैं। डॉ. बूल्हर (Buhler) 800 ई.पू. के लगभग इसकी शुरुआत मानते हैं। चीनी यात्री ह्वेन-त्सांग भारत में बहुत पहले ही लेखन कला की बात कहते हैं। अरब विद्वान् अलबरुनी ने संकेत किया है कि भारत में लेखन-कला के समाप्त होने के कारण सभी को साक्षर करने के लिए महर्षि पाराशर पुत्र व्यास ने 15 अक्षरी वर्णमाला की खोज की। जॉर्ज व्यूलर के अनुसार ई.पू. पाँचवीं-छठी शताब्दी में भारतवर्ष में जनसाधारण में लेखन-कला का प्रचार हो चुका था। प्रख्यात पुरातत्त्ववेत्ता डॉ. एस.आर. राव (Dr. S.R. Rao) के अनुसार ईसा से 3,000 वर्ष पूर्व लिपि लिखी गई। भारतीय परंपरा के अनुसार लिपि के प्रथम आविष्कारक ब्रह्मा थे। नारद स्मृति (लगभग 500 ई.) के अनुसार यदि ब्रह्मा ने लेखन-कला का आविष्कार नहीं किया होता तो यह विश्व अभी तक आज जैसी सुस्थिति में नहीं आ पाता—

> **''नाकरिष्यद्यदि ब्रह्मा लिखितं चक्षुरुत्तमम्।**
> **तत्रोयमस्य लोकस्य नाभविष्यत् शुभा गतिः॥''**

बृहस्पति का 'वचन' है कि किसी बात को यदि केवल छह महीने तक याद रखने का प्रयास किया जाए तो उस अल्पावधि में ही उसमें भ्रांति की संभावना बढ़ जाती है, इसीलिए सृष्टि-सर्जक ब्रह्मा ने पुराकाल में ही पत्रों पर रेखांकित किए जा सकने वाले

अक्षरों का निर्माण किया—

"षाण्मासिके तु समये भ्रान्ति सञ्जायते यतः।
छात्राक्षरणि सृष्टानि पत्रारूढाव्यन्तः पुरा॥"

वैयाकरण पाणिनि (800 ई.पू.) द्वारा प्रयुक्त 'लिबि' शब्द का प्रयोग मिलता है। उपनिषदों में भी अक्षर का संकेत है। कालिदास, कौटिल्य तथा बौद्ध एवं जैन साहित्य में भी लेखन-कला की प्राचीनता की चर्चा हुई है। इधर, अर्द्धनारीश्वर (Elephanta Caves) के नारी भाग के हाथ में भी पुस्तक है। आधुनिक भाषा-वैज्ञानिक डॉ. भोलानाथ तिवारी के अनुसार प्रायः 4,000 ई.पू. के आस-पास से लिपि का व्यवस्थित रूप मिलने लगता है।

मेरा निजी विचार है कि पत्र-लेखन की शुरुआत भरतमुनि के समय में ही हो गई थी। भरतमुनि प्रणीत 'नाट्यशास्त्र' भारतीय नाट्य-परंपरा में सर्वाधिक प्राचीन ग्रंथ है। यह श्लोकबद्ध विशाल ग्रंथ है। इसमें कुल 36 अध्याय हैं। इसका समय 200 ईसा पूर्व है। आचार्यश्री भरतमुनि ने 'नाट्यशास्त्र' में नायिकाओं की प्रेमाभिव्यक्ति के लिए चार उपाय बताए हैं—1. प्रेम पत्र-संप्रेषण, 2. प्रेमपूर्ण दृष्टिपात, 3. प्रेम भरी बातें, 4. दूती संप्रेषण।

जाहिर है, उसी समय या उससे पहले भी पत्र-लेखन की परंपरा रही होगी, तभी तो आचार्यजी ने नायिकाओं की प्रेमाभिव्यक्ति के जितने उपाय बताए हैं, उनमें पत्र-लेखन को प्रमुखता दी है। इधर, 'कुमारसंभव' में भी कहा है कि विद्याधर लोग भोजपत्र पर धातुओं के रस से प्रेमपत्र लिखते थे—'न्यस्ताक्षरा धातुरसेन मम··· अनंगलेख क्रिययोप योगम्।' तथा इसी तरह 'ललितानां पदानां बन्धनम्।' ताम्रपत्र, स्वर्णपत्र पर सुनारों द्वारा लिखने की भी चर्चा होती है। कुल मिलाकर यह कि संस्कृत वाङ्मय में पत्र-लेखन और प्रेषण की पुरानी परंपरा का पुख्ता और बड़ा मनोहारी उल्लेख मिलता है। कुछ लोग मानते हैं कि पत्र-लेखन का प्रारंभ शकुंतला द्वारा दुष्यंत को संबोधित करके लिखे पत्र से हुआ। शकुंतला ने इस पत्र को शुक के उदर की भाँति कोमल कमल के पत्ते पर अपने नखों से लिखा—'एतस्मिन् शुकोदर सुकुमारे नलिनीपत्रे नखैर्निक्षिप्ता वर्णं कुरु।' पत्र लिखकर शकुंतला इसे अपनी सखियों को सुनाती भी है। इस प्रेम पत्र को 'मदन लेख' भी कहते हैं—

"तव न जाने हृदयं मम पुनः कामो दिवाऽपि रात्रावपि।
निर्घृण, तपति बलीयस्त्वयि वृत्त मनोरथाया अङ्गानि॥" (संस्कृत में)

"तुज्झण आणे हिअअं मम उण कामो दिवावि रक्तिम्पि।
णिग्घिण तवइ बलीअं तुइ वुत्तमणोरहाइं अंगाइं॥" (प्राकृत में)

अर्थात्—हे निर्दय! मैं तुम्हारे हृदय को नहीं जानती, परंतु तुम्हारी कामना वाले मेरे अंगों को कामदेव रात-दिन अधिक तपा रहा है।

बताते हैं, इस तरह के प्रेम पत्र या प्रेम संदेश बादल, चाँद, भौंरे, तोता, कबूतर, मैना, हंस, दूती, लोकनी और कुरनी से भेजे जाते थे। संदेश काव्यों में कालिदास का 'मेघदूतम्' बहुत प्रसिद्ध है। यक्ष अपने वियोग की बेबसी का बेहद मार्मिक और हृदयस्पर्शी संदेश मेघ द्वारा अपनी प्रियतमा को इस प्रकार भेजता है—

''प्रत्यासन्ने नभसि दयिताजीविता लम्बनार्थी।
जीमूतेन स्वकुशलमयीं हारयिष्यन्प्रवृत्तिम्॥
स प्रत्यगैः कुटजकुसमैः कल्पितार्घाय तस्मै।
प्रीतः प्रीतिप्रमुख वचनं स्वागतं व्याजहार॥''

पत्र गीत के रूप में भी शकुंतला का दुष्यंत को पत्र-लेखन महत्त्वपूर्ण है, यद्यपि वह स्वतंत्र अथवा मुक्त न होकर नाटक का अंशमात्र है। दमयंती राजा नल के लिए भोजपत्र पर चिट्ठी लिखती है—''नैषध! नल होकर भी तुम मेरे लिए अनल हो गए हो। मानरूप सागर से भरे हुए अबलाओं के मानस को इस प्रकार ग्रहण करना तुम जैसों का धर्म नहीं है। दैव भी दुर्बल को ही सताता है।'' नल-दमयंती का यह पत्राचार हंस के माध्यम से होता था। प्रसिद्ध है कि रुक्मिणी का पत्र श्रीकृष्ण को एक विप्र पहुँचाता था। कबीरदास को पत्र लिखने की अपेक्षा नहीं हुई, क्योंकि—

''प्रीतम को पतियाँ लिखूँ जो कहूँ होय बिदेस।
तन में मन में नैन में ताको कहाँ संदेस॥''

बिहारी की नायिकाएँ भी अपने नायकों को पत्र लिखना चाहती हैं, लेकिन अतिशय शील-शर्म के कारण पत्र न लिखकर केवल कागज का टुकड़ा ही पत्र के रूप में संदेशवाहक से भेजवा देती हैं—

''कागद पर न लिखत बनत, कहत संदेश लजियात।
कहिहौं सब तेरे हियौ, मेरे हिय की बात॥''

इधर मीरा भी प्रियतम को पत्र लिखना चाहती हैं, लेकिन कबीर की तरह उन्हें भी लगता है कि जब उनका प्रियतम उनके हृदय में ही बसा हुआ है तो कागद, कलम और स्याही क्यों खर्च करें—

''सबके प्रिय परदेस बसतु हैं, लिखि-लिखि भेंजें पाती।
मोरा पिया हिरदय मों बसता, गूँज करूँ दिन राती॥''

सूर की गोपियों ने कृष्ण को जो संदेश भेजे, वे लिखित नहीं थे, क्योंकि 'मसि खूटी, कागद जल भीज्यौ, सरदौ आगि जरै।' इधर, श्रीकृष्ण ने गोपियों को पत्र लिखा था, जिसके संबंध में सूर की उद्भावना है—

''निरखत अंक स्याम सुंदर के बारि-बारि लावति छाती।
लोचन जल कागद मसि मिलि के ह्वै गई स्याम स्याम की पाती॥''

चंद्रहास और राजकुमारी विष्या की एक प्राचीन कथा प्रसिद्ध है, जिसमें 'पत्र' ने ही चंद्रहास को 'विष' देने से बचा लिया था और उसकी शादी 'विष्या' नामक राज कुमारी से हो गई।

गोस्वामी तुलसीदास द्वारा भी भगवान् श्रीराम के यहाँ माँ जानकी के माध्यम से पत्र भेजा गया था—

"कबहुँक अंब! अवसर पाइ।
मेरियो सुधि द्याइबी कछु करुण कथा चलाइ॥"

महाकवि जगन्नाथ दास रत्नाकर की गोपियाँ ज्ञानमार्ग के उपासक उद्धव से महज कृष्ण को प्राप्त करने की अभिलाषा व्यक्त करती हैं। उन्हें कृष्ण के बदले अन्य किसी भी शर्त पर समझौता स्वीकार नहीं है। श्रीकृष्ण का पत्र आते ही वे छटपटाकर सवाल करती हैं—

उझकि-उझकि पद कंजन के पंजनि पै पेखि-पेखि पाती छाती छोहन छबै लगीं।
हमको लिख्यौ है कहा हमको लिख्यौ है कहा कहन सबै लगीं॥

भगवान् श्रीकृष्ण के अमूल्य पत्र को जीवन की पूँजी मान अपनी छाती से दबा उसी में वे निमग्न हो ऊभ-चूभ रही हैं—

दाबी-दाबी छाती पाती लिखन लगायौ सबै,
ब्यौत लिखिबै को पै न कोऊ करिजात है,
सूखि जाति स्याही लेखिनी कै नेकु डंक लागै,
अंक लागै कागद बररि बरि जात हैं।

वे उद्धव से पूछती हैं—

ह्याँ तो विषम ज्वर-वियोग की चढ़ाई यह
पाती कौन रोग की पठावत दवाई है।

छत्रपति शिवाजी ने महाराजा जयसिंह को एक बहुत ही ओजस्वी पत्र लिखा था। मराठी भाषा में लिखित उस पत्र की मूल प्रति पूना के एक संग्रहालय में अब भी सुरक्षित बताई जाती है। कालांतर में हिंदी के कालजयी यशस्वी, लब्धप्रतिष्ठ कवि निराला ने उसका हिंदी में इस प्रकार भावानुवाद किया था—

वीर! सरदारों के सरदार! महाराज,
बहु जाति क्यारियों के पत्र-पुष्प दल भरे,
आन बान शान वाले भारत उद्यान के नायक हो,
रक्षक हो,
वंशज हो चेतन अमल अंश
हृदयाधिकारी रघुनाथ मणि रघुनाथ के

किंतु हाय वीर राजपूतों की गौरव प्रलंब ग्रीवा-अवनत
हो रही है आज तुम से महाराज

मेरे पास यद्यपि प्रमाण तो नहीं हैं, लेकिन सूचना मिलती है कि रामायण और महाभारत काल में भी राजाओं के संदेशों तथा पत्रों का परस्पर आदान-प्रदान उनके दूतों द्वारा होता था। साफ शब्दों में महाभारत काल में और पौराणिक युग में शब्दबद्ध पत्रों या पत्र-संदेशों का उल्लेख मिलता है। हिंदी के आदिकालीन साहित्य में भी पत्रों का व्यवहार वर्णित है, जिसमें प्रेम-पत्र, विवाह-पत्र, रक्षा-पत्र की सर्वत्र चर्चा की गई है। उस समय पत्रों के वाहक पुरोहित, दूत-दूती और नाई आदि हुआ करते थे। इसी प्रकार भक्तिकाल में 'भ्रमरगीत' प्रसंग में श्रीकृष्ण, कुब्जा, बलराम आदि के पत्रों का उल्लेख मिलता है तथा रीतिकाल में महाराणा प्रताप, शिवाजी आदि के पत्र-व्यवहार मिलते हैं। 322 ईसा पूर्व में अफगानिस्तान से बर्मा (म्याँमार) तक विशाल भूभाग पर शासन करने वाले चंद्रगुप्त मौर्य के शासनकाल में डाक विभाग होने की सूचना मिलती है। गोपनीय सूचनाओं के आदान-प्रदान के लिए इस समय प्रशिक्षित कबूतरों का प्रयोग होता था। इन कबूतरों के गले में कैप्सूल बाँधकर उसमें संदेशों को छुपाकर भेजा जाता था। ये प्रशिक्षित कबूतर ही उस समय डाकतंत्र अर्थात् चिट्ठियों के आदान-प्रदान के मुख्य माध्यम थे। चंद्रगुप्त मौर्य के पोते महान् सम्राट् अशोक के शासनकाल (268-277) में डाकतंत्र की यह व्यवस्था जारी थी। यद्यपि सम्राट् अशोक ने चिट्ठियों को ले आने-ले जाने के लिए सड़क और उसके किनारे फलदार वृक्ष, सराय तथा कूएँ खुदवाए थे, पर कबूतरों का प्रयोग इस समय भी सतत जारी रहा। ये कबूतर चिट्ठियों को गले में बाँधकर 400-500 किलोमीटर की दूरी आसानी से तय कर लेते थे, जिससे संदेश-संप्रेषण में क्षिप्रता आ जाती थी।

मुगलकाल में संचार साधनों में कोई बहुत बदलाव तो नहीं हुआ, बल्कि कह सकते हैं कि संचार साधनों के पारंपरिक लेंस में थोड़ी वृद्धि हुई, उनकी गति बढ़ी। रास्ते दुर्गम और जोखिम भरे होते थे, इसलिए साधनों के संख्या-बल में जरूरत के अनुसार थोड़ी बढ़ोतरी हुई। वही पुराने संचार साधन अर्थात् हाथी, घोड़े, खच्चर, पालकी, ऊँट, हंस, कबूतर, बैलगाड़ी, ताँगा, डाकबग्घी, स्टीमर, नाव, घुमंतू आदि थे। हाँ, इस काल में हरकारों के स्वरूप में परिवर्तन हुआ तो कुछ नए संचार के साधन—खबरनवीस मशालची, ढोलकिए, बहँगी आदि—तलाशे गए। साधन धीमा और रास्ता कठिन, फिर भी इन संचार साधनों ने मध्ययुगीन इतिहास में अपने साहस की लकीर खींची। हरकारों को अंग्रेजी में तेज गति से दौड़ने वाला मेल रनर्स (Runners) कहते हैं। हिंदी में हरकारा का वास्तविक अर्थ होता है—हर कार्य में माहिर या हरफनमौला। अंग्रेजों ने इन हरकारों को अंग्रेजी में एक अन्य नाम 'पोस्ट बॉय' (Post Boy) दिया था। बाद में इन हरकारों को भारत में

'पट्टामार', 'कासिद', 'टप्पी', 'पाइक' आदि कई नामों से जाना जाता रहा है। गरीब कुनबे से आने वाले ये हरकारे उस समय संचार साधन के सबसे विश्वसनीय और पुख्ता नेटवर्क तथा संजाल थे। इन्होंने अपने नन्हे पाँवों से इस देश में हजारों साल तक संदेश पहुँचाने का काम संपन्न किया। रात में मशालची और डुगडुगी बजाने वालों के साथ तेजगति से चलने वाले ये हरकारे कालांतर में अंग्रेजों के भी बहुत विश्वसनीय संचार साधन बने। ईस्ट इंडिया कंपनी ने भारत में जब अपनी डाक व्यवस्था को आकार देना शुरू किया तो हरकारा प्रथा को ही अपनाया। मुगलकाल में संचार संप्रेषण के लिए आकाश में मुक्त रूप से उड़ने वाले किंतु तीखी और चौकन्नी दृष्टि संपन्न कबूतरों का भी खूब प्रयोग हुआ है। कहते हैं, प्रथम विश्वयुद्ध में अंग्रेजी सेना के एम-1 कबूतर पत्रवाहक ने एक भटकी हुई सेना बटालियन को सही रास्ता दिखाया था। इन कबूतरों की गिरहबाज या हूमर, लोटन, मुक्खी, शीराजी, बगदादी तथा लक्कम आदि कई प्रजातियाँ होती हैं। इनमें गिरहबाज को सबसे शातिर और चालाक माना जाता है। भारत में आज भी उड़ीसा पुलिस के पास अनूठी 'मोबाइल कबूतर सेवा' है। इतना ही नहीं, भारत के प्रथम राष्ट्रपति डॉ. राजेंद्र प्रसाद तथा प्रधानमंत्री पंडित जवाहर लाल नेहरू भी 'कबूतर डाक सेवा' की मुक्तमन श्लाघा कर चुके हैं।

मध्ययुग में वर्ष 711-713 में मुहम्मद बिन कासिम ने सिंध तथा मुलतान क्षेत्रों में जीत हासिल की। उसकी इस जीत में भारत और इराक के बीच सूचनाओं के आदान-प्रदान हेतु घोड़ों तथा हरकारों ने विशेष योगदान दिया था। कुतुबुद्दीन ऐबक के समय चिट्ठियों के लेन-देन के लिए खबरनवीस रखे जाते थे। बलबन के समय इस व्यवस्था का विस्तार हुआ। मुहम्मद बिन तुगलक के शासनकाल में सूचनाओं के लेन-देन के लिए पुख्ता इंतजामात किए गए थे। इस शासक के डाकतंत्र की तुलना चीन के विकसित डाकतंत्र से की जाती है। कहते भी हैं, तुगलक के लिए हरिद्वार से दौलताबाद के बीच गंगाजल महज 40 दिन में पहुँचा दिया गया था। पैदल तथा घुड़सवार हरकारों की बहुत अच्छी व्यवस्था थी। तीन-तीन मील पर डाक चौकियाँ बनी होती थीं। हरकारों को पीतल की घंटी लगे हुए दो गज लंबे डंडे दिए जाते थे। ये हरकारे इनके सहारे अपने कंधे पर चिट्ठियों का थैला लादकर लंबी दूरी की यात्रा करते थे। बाबर के समय पत्रों के हेर-फेर के लिए वाकियानवीसों की व्यवस्था की गई थी। तमाम गोपनीय सूचनाएँ और सिक्के इन्हीं वाकियानवीसों से यहाँ से वहाँ ले जाए जाते थे। इधर, हुमायूँ ने सूचनाओं, पैगामों-संदेशों को भेजने के लिए तेज घुड़सवारों की व्यवस्था की थी, जो आगरा और काबुल के बीच अपनी सेवा देते थे, पर एक स्रोत से यह सूचना मिलती है कि हुमायूँ के अनुचर विपान शेख ने सन् 1528 में सड़कों के खराब होने के बावजूद 1878 किलो-मीटर की यात्रा केवल 31 दिन में ही पूरी कर ली थी।

सम्राट् अकबर (1556-1605) के शासन में भी पत्रों, सूचनाओं, राजाज्ञाओं के आदान-प्रदान हेतु डाक व्यवस्था की मुकम्मल व्यवस्था थी। यहाँ प्रशिक्षित हरकारे, संदेशवाहक, घोड़े, हाथी, ऊँटों और कबूतरों के माध्यम से चिट्ठियाँ यहाँ-से-वहाँ भेजी जाती थीं। अकबर के पास 4,000 तेज गति से चलने वाले इन हरकारों को 'हरफनमौला' कहा जाता था। इस समय ऊँटों का रेगिस्तानी क्षेत्रों में तेजगति से डाक ढोने के लिए प्रयोग किया जाता था। अकबर के पास सूचना संप्रेषण हेतु 1,633 ऊँटों के होने की जानकारी मिलती है, जो एक दिन में 50 कोस की दूरी तय करते थे। इतना ही नहीं, अकबर के पास 20,000 प्रशिक्षित कबूतर भी थे, जिनमें 500 बेहद चतुर-चालाक माने जाते थे। इन सबके अतिरिक्त अकबर के पास 2,000 से लेकर 5,000 रुपए तक के अरबी घोड़े थे। इनकी देखरेख के लिए अकबर के पास बड़ी संख्या में घसियारे थे। महाराणा प्रताप का घोड़ा अरबी नस्ल का ही था। जहाँगीर के समय में भी सूचनाओं-चिट्ठियों के लेन-देन का काम अधिकतर कबूतरों से ही लिया जाता था। इनके यहाँ शाही कबूतरों के नाम 'चरवाह' एवं 'बाजी' रखे गए थे। मुगल शासक अलाउद्दीन खिलजी के समय सूत्र बताते हैं, डाकतंत्र अन्य शासकों के सापेक्ष सुदृढ़ स्थिति में था। अपने कारोबार, सामान्य जन के कुशल-क्षेम तथा गुप्त सूचनाओं के आदान-प्रदान हेतु खिलजी ने खबरनवीस नियुक्त कर रखे थे। खिलजी अधिकतर घोड़ा और पैदल हरकारों का ही प्रयोग करता था। सिकंदर लोदी (1488-1518) के शासनकाल में डाकतंत्र सक्रिय था, लेकिन संचार सुविधाओं की दृष्टि से शेरशाह सूरी (1472-1545) का शासनकाल सुदृढ़ व्यवस्था का 'स्वर्ण युग' माना जाता है। शेरशाह के शासनकाल में ही कलकत्ता से पेशावर तक 2,000 मील लंबा ऐतिहासिक जी.टी. रोड का निर्माण हुआ। बताते हैं, पूरब से पश्चिम तक फैली इस सड़क पर 1,700 सराय बनाई गई थीं, जिनमें चिट्ठियाँ और अन्य तरह की सूचनाएँ इकट्ठा की जाती थीं। इन एकत्रित सूचनाओं को एक साथ आगे ले जाने के लिए दो घोड़े तैयार रखे जाते थे। यद्यपि शेरशाह के पास 3,400 उम्दा नस्ल के घोड़ों के होने की भी सूचना मिलती है, जो समाचारों-सूचनाओं को निरंतर यहाँ से वहाँ ले जाते थे। कुल मिलाकर अन्य मुगल हुक्मरानों के सापेक्ष शेरशाह सूरी के पास सूचना-संप्रेषण के विकसित तंत्र थे। कलकत्ता से पेशावर तक बने जी.टी. रोड से तत्कालीन डाक-व्यवस्था को सुदृढ़ आधार मिला। एक सूचना के अनुसार, इस सड़क पर उस समय साल भर में कम-से-कम 5,73,230 यात्री पैदल यात्रा करते थे। कालांतर में कट्टर मजहबी सम्राट् औरंगजेब के शासनकाल में भी डाकतंत्र की सक्रियता की सूचना मिलती है।

आधुनिक काल में अंग्रेजों के भारत आने पर पत्र-लेखन परंपरागत पत्र-लेखन से विलग हुआ और व्यावहारिक स्तर पर प्रशासन और व्यापार के क्षेत्र में इनके रूप भी

भिन्न हुए। स्वतंत्रता-प्राप्ति के बाद राष्ट्रभाषा हिंदी ने व्यावहारिक पत्र-लेखन का दायित्व अपने ऊपर ले लिया, जिसका विस्तार आज हर क्षेत्र में हो चुका है। आजादी के बाद सूचना-संप्रेषण के मुख्य साधनों के रूप 'भारतीय डाक-विभाग' के रूप में एक नया और अहम् पन्ना जुड़ा। यद्यपि आज सूचना संजाल की नित नई दुनिया बन और विकसित हो रही है, नई तकनीक ने पूरी दुनिया में पलक झपकते सूचना-संप्रेषण का एक विराट् तंत्र खड़ा कर दिया है, सूचनाओं के लेन-देन के ढेर सारे विकल्प खुल गए हैं, कहीं इंटरनेट पर बन रही 'सोशल साइट्स' की एक पूरी दुनिया खड़ी है, तो कहीं इ-मेल, फेसबुक 'सोसल-नेटवर्किंग साइट्स' के रूप में भारतीय डाक महकमा को ताल ठोंक रहे हैं। आज की सूचना प्रौद्योगिकी ने 'मैसेजिंग' के एक पूरे 'पैकेज' का अवतार किया है, जहाँ 'इंस्टैंट मैसेज', 'फेसबुक मैसेजेज', 'चैट', 'एस.एम.एस.' आदि के जरिए अपने दोस्तों से जुड़ने और बात करने में नई गति प्राप्त हुई है, फिर भी आपको बता दें कि 'अपनों' को पत्र लिखकर समाचार भेजने में मन को जो शांति, जुड़ाव और रससिक्तता का आनंद है, वह इन यांत्रिक उपकरणों में नहीं। संदेश भेजने के ये यांत्रिक उपकरण आज भी पत्र-लेखन के समक्ष बौने हैं। इनसे भेजे गए संदेश बेरस, अतृप्त और दिमाग पर बुरा असर डालनेवाले होते हैं। भारतीय डाक-विभाग को 'निजी कोरियर सेवाओं' ने कुछ चुनौती देने की कोशिश की, किंतु चूँकि ये 'कोरियर सेवाएँ' महज शहरों तक सीमित और भारतीय डाक विभाग की तरह विश्वसनीय नहीं हैं, सो इनका भी कुछ असर नहीं हो पाया।

कुल मिलाकर संचार संप्रेषण के तमाम वैकल्पिक साधनों के जनमने के बाद भी 'भारतीय डाक सेवा' की रीढ़ 'पोस्टमैन' (Postman) की प्रतीक्षा ग्रामीण इलाकों में आज भी संदेश का सबसे बड़ा साधन डाकिए द्वारा दी गई चिट्ठी ही है। हमारे देश में आज भी एक बहुत बड़ी दुनिया देहातों में बसती है, जहाँ का सबसे बड़ा संचार साधन यह चिट्ठी-पतरी ही है। इस चिट्ठी को घर-घर जाड़ा, बरसात प्रचंड लू में पहुँचाने वाले डाकिए या पोस्टमैन को लोग 'चिट्ठीरसां' भी कहते हैं। वह अपने इलाके का 'मानव कंप्यूटर' भी माना जाता है, वहीं कुछ लोग इसे स्वर्ग लोक का देवर्षि 'नारद' भी कहते हैं। ये चिट्ठियाँ तो सरहद पर सीना ताने खड़े सैनिकों की प्राण और ऑक्सीजन होती हैं। कहते भी हैं, शहादत के बाद अगर सैनिकों के पास अपना कुछ निजी सामान उनकी जेब से निकलता है, तो वह चिट्ठी ही होती है। युद्ध के मैदान में शांति काल में किसी फौजी के लिए चिट्ठी रोटी से भी अधिक महत्त्वपूर्ण मानी जाती है।

और अंत में यह कि तमाम ना-नुकुर और अंतर्विरोधों के बावजूद चिट्ठियाँ लिखी जा रही हैं और खूब लिखी जा रही हैं। तमाम आधुनिक तकनीक पत्र-लेखन को चुनौती भले ही दे, पर चिट्ठी-पत्री लिखने और भेजने की संभावना निरंतर जीवित रहेगी। साफ

शब्दों में, नित नई आधुनिक संचार और सूचना प्रौद्योगिकियों से लोगों के बीच दूरियाँ भले ही घटती जा रही हैं, लेकिन चिट्ठी-पत्री की अहमियत अब भी बनी हुई है। लोगों के पास भले ही टेलीफोन और इंटरनेट की सुविधा हो गई है, लेकिन अब भी जिन गाँवों में टेलीफोन सुविधा नहीं पहुँच पाई है या सीमा पर बसे होने के कारण जिन गाँवों में टेलीफोन नेटवर्क संबंधी परेशानी है, वहाँ लोग चिट्ठियों का बेसब्री से इंतजार करते हैं। डाक सेवा की अहमियत इस बात से भी साबित होती है कि जहाँ आजादी के समय देश में 23,344 डाकघर थे, वही उनकी संख्या आज बढ़कर 1,55,015 हो गई है। यानी डाकघरों की संख्या में करीब सात गुना वृद्धि हुई है। भारत की डाक सेवा दुनिया का सबसे बड़ा नेटवर्क है।

डाक-विभाग की एक रिपोर्ट के अनुसार हर एक डाकघर औसतन 21.21 वर्ग किलोमीटर में 7175 लोगों को डाक सेवाएँ मुहैया कराता है। एक आँकड़े के मुताबिक 2008-09 में 1982 लाख पंजीकृत और 63,527 गैर-पंजीकृत चिट्ठियाँ भेजी गई थीं। पंजीकृत (Registered) डाक संख्या में यद्यपि 0.82 फीसद की कमी आई, लेकिन गैर पंजीकृत डाक संख्या में 2.44 फीसद की वृद्धि हुई। गाँवों में अब भी लोगों को परदेश में कमाने गए अपने बच्चों के मनीऑर्डर का इंतजार रहता है। रिपोर्ट के मुताबिक 2008-09 में 866.9 लाख मनीऑर्डर भेजे गए। डाक-विभाग हाल के दिनों में नए कलेवर के साथ लोगों के समक्ष आया है। उसने सेवा और राजस्व सुधार के लिए हाल के वर्षों में प्रोजेक्ट ऐरो, त्वरित मनीऑर्डर, इ-टिकटिंग, डाकघरों में टेलीफोन, बिजली आदि बिलों का भुगतान, सोने के सिक्कों की बिक्री शुरू की है। इन योजनाओं के अलावा डाक विभाग ने एक ठोस नीति के तहत स्पीड पोस्ट, बिजनेस पोस्ट, रिटेल पोस्ट, डायरेक्ट पोस्ट, मीडिया पोस्ट, एक्सप्रेस पार्सल पोस्ट, इ-पोस्ट, नेशनल मेल सर्विस, लॉजिस्टिक्स पोस्ट समेत कई सेवाएँ शुरू की हैं, जो काफी सफल रही हैं। नई माँग के मुताबिक लोकल एक्सप्रेस मेल, सिटी पोस्ट, इंटरसिटी पोस्ट, प्रीमियम पोस्ट तथा हाल ही में शुरू की गई कारपोरेट इ-पोस्ट सेवा को भी गति प्रदान करने का प्रयास शुरू किया गया है। इन उत्पादों से डाक विभाग का राजस्व बढ़ा है। 2009-10 के दौरान इन सेवाओं से उसे 1,625 करोड़ रुपए का राजस्व मिला, जो 2008-09 के 1,435 करोड़ रुपए से 13.24 फीसद अधिक है। सूचना के अधिकार अधिनियम का प्रभाव इस विभाग पर भी देखा जा रहा है। विभाग ने 4707 केंद्रीय जन सूचना अधिकारी बनाए हैं और देश भर में हर तहसील में इस तरह का एक अधिकारी है, जो आर.टी.आई. आवेदनों को स्वीकार करता है तथा उनका जवाब देता है।

☐

6

हिंदी में पत्र-लेखन की अनूठी दुनिया संक्षिप्त सिंहावलोकन

पत्र साहित्य की ललित विधा मात्र नहीं है, बल्कि साहित्यकार के वैयक्तिक जीवन की अंतरंगता का ऐसा कोना है, जिसके प्रकाश से साहित्य जगमगाता है। संभवत: इसीलिए हिंदी के सुप्रसिद्ध कवि, आलोचक एवं 'जनसत्ता' के लोकप्रिय स्तंभ 'कभी-कभार' के लेखक डॉ. अशोक वाजपेयी ने कभी एक अनौपचारिक बातचीत में यह आकांक्षा व्यक्त की थी कि हिंदी साहित्य का एक इतिहास अकादमिक ढंग से अलग साहित्यकारों के पत्रों, डायरियों, जीवनी, आत्मकथाओं एवं साक्षात्कारों के आधार पर लिखा जाना चाहिए। सच तो यह है कि समय के यथार्थ को अपनी अनुभव परिधि में लपेटकर अपने समय का जीवंत साक्ष्य प्रस्तुत करनेवाला पत्र-साहित्य हिंदी में संप्रति बहुत अपरिचित विधा नहीं रह गया है और न ही इस साहित्य का हिंदी में बहुत अभाव ही रह गया है। बड़े-बड़े ख्यातनाम रचनाकारों ने इस विधा को बहुत निष्ठा से पुष्ट किया है। अखबारों-पत्रिकाओं के जरिए आज भी कुछ-न-कुछ नया, महत्त्वपूर्ण और उपयोगी पत्र-साहित्य आगामी कड़ी के रूप में इस विधा में जुड़ रहा है, वह इसलिए कि पत्र समय के एक सहज, अर्थगर्भी तथा जरूरी संवाद होते हैं—अंतरंगता की दुर्लभ थाती होते हैं।

इस दृष्टि से यदि हम पत्र-साहित्य के लेखन पर विचार करें तो हिलोर-पछोरकर निष्कर्ष के इस पड़ाव पर पहुँचेंगे कि हिंदी पत्र-लेखन ने बेशक एक लंबी यात्रा तय की है। इन पत्रों ने हिंदी साहित्य को समृद्ध बनाया है। हिंदी में लिखे ये पत्र स्थानिक एवं वैश्विक दोनों दृष्टियों से महत्त्वपूर्ण हैं, खासकर हिंदी के नक्शे और मानचित्र में इनका असाधारण महत्त्व है। इन पत्रों में इतिहास और भविष्य दोनों एक साथ झाँकते हैं। यहाँ निजी संसार की बुनावट से लेकर वृहत्तर फलक का स्वर सुनाई पड़ता है। साफ शब्दों में,

इन पत्रों में निजता-बोध के साथ बाहर फैला हुआ एक विराट् संसार भी है। इन साहित्यिक पत्रों में एक ओर मोहक और दिलसाज चित्र हैं तो दूसरी ओर जीवन की सक्रियता के कई आत्मीय विशिष्ट रंग भी हैं।

समय-समय पर पत्र-पत्रिकाओं, रिसालात, ग्रंथों, पुस्तकों, अखबारों में प्रकाशित निजी पत्रों से इतर इन साहित्यिक पत्रों की मुख्य चिंता अपनी जमीन, मिट्टी, स्वदेश, राष्ट्रीयता बोध, भाषा, साहित्य, जनपद, जाति और मनुष्य रहे हैं। ये पत्र महज ऐतिहासिक भग्नावशेषों में मनुष्यता की खोज ही नहीं करते हैं, बल्कि पूरी सच्चाई और आवेग के साथ पीड़ित मनुष्यता की आवाज भी बनते हैं। दरअसल, इन साहित्यिक पत्रों का अनुभव संसार व्यापक-विराट् है। पत्र-लेखकों ने अपने इन पत्रों में एक और अपरिचित और अमानवीय होती दुनिया पर फोकस डाला है, तो वहीं दूसरी ओर से पत्र आज के सत्तालोलुप समाज द्वारा हो रहे शोषण के कारुणिक बयान भी हैं। इन पत्रों में भाव, भाषा और मुहावरे के साथ-साथ संवाद के शिल्प और कथानक में नयापन भी है। भाव, भाषा और मुहावरों को मौलिक परिवेश में प्रतिबिंबित करने के कौशल ने इन साहित्यिक पत्रों को इतना ताजा, टटका बनाया है कि इनमें कहीं भी, किसी भी कोण पर बासीपन और मेहरापन का एहसास ही नहीं होता। इस तरह इन सजीव और जीवंत साहित्यिक पत्रों में न कहीं ऊब-उबन है और न कहीं बेवजह का भटकाव ही। कलमकारों की जादुई कलम के कारण हिंदी में लिखे पत्र आज भी उतने ही प्रासंगिक और समीचीन हैं, जितने अपने जन्मने के समय।

'टेक्नोलॉजी की नई ग्लोबल इंटरकनेक्टिविटी', उपभोक्तावाद और बाजारवाद की बदहवास भागमभाग ने दुनिया की शक्ल-सबीह बदल दी है। समाचार, सूचना-संप्रेषण के क्षेत्र में नए-नए यांत्रिक उपकरणों ने अभूतपूर्व बदलाव किया है। इंटरनेट, फेसबुक, इ-मेल के चैटबॉक्स, आईपोड, एस.एम.एस. तथा मल्टीमीडिया के कारण सूचनाएँ-संदेश अपेक्षित व्यक्ति के पास छूमंतर से उड़कर पहुँच रहे हैं। कुल मिलाकर इस धरती पर सूचना-संप्रेषण की एक नई सृष्टि निर्मित हो रही है, फिर भी आप यह जानिए कि 'निजी' और 'साहित्यिक पत्रों', 'पंजीकृत पत्रों' तथा अन्य अनेक तरह की डाक की आवाजाही कम नहीं हुई है। यादों को तहफ्फुज और सुरक्षित रखने वाले करोड़ों पत्र आज भी पते, ठिकानों, मुकामों-मुहल्लों को तलाशते इधर-से-उधर धरती पर पुरलुफ्त सैर करते सूचनाएँ पहुँचा रहे हैं। भारत में डाक-विभाग के हालिया आँकड़ों के अनुसार आज भी रोज साढ़े चार करोड़ चिट्ठियाँ लोगों तक सूचना, संदेश और मुद्रित साहित्य को पहुँचा रही हैं। इसी से पत्र-लेखन की विधा और उसके प्रति अभिरुचि की थाह लगाई जा सकती है।

दरअसल, पत्र-लेखन की एक अजीब, अलमस्त और फक्कड़ दुनिया है। पत्र

व्यक्ति के मित्र, दोस्त और सखा होते हैं। जो काम पत्रों से सधते हैं, सूचना-संप्रेषण के तमाम शुष्क तथा बेजान यंत्र वह काम कहाँ कर पाएँ? इनका असर तो गरम रेत पर पड़ी जल की बूँद की तरह असरहीन होता है। राजनीति, कला और साहित्य के क्षेत्रों में समय-समय पर लिखे गए पत्रों ने तमाम तरह की बौद्धिक बहसों को जनमा है। ढेर सारा साहित्य पत्रों की जमीन पर खड़ा है। सभ्यता के विकास में इन पत्रों का गंभीर और तहदार योगदान रहा है। सुप्रसिद्ध पत्रकार और विद्वान् श्री अरविंद कुमार सिंह का विचार है कि आज देश में ऐसे लोगों की कमी नहीं है, जो अपने पुरखों की चिट्ठियों को सहेज और सँजोकर विरासत के रूप में रखे हुए हैं। महात्मा गांधी से लेकर पंडित नेहरू जैसे शीर्ष राजनेता रहे हों या फिर बड़े-बड़े लेखक, पत्रकार, उद्यमी, कवि, प्रशासक, संन्यासी या किसान इनकी पत्र-रचनाएँ अपने-आप में अनुसंधान का विषय हैं। अगर आज जैसे संचार साधन होते तो पंडित नेहरू अपनी पुत्री इंदिरा गांधी को फोन करते। पर तब 'पिता के पत्र पुत्री के नाम' नहीं लिखे जाते, जो देश के करोड़ों लोगों को प्रेरणा देते हैं। पत्रों को तो आप सहेजकर रख लेते हैं, पर एस.एम.एस. संदेशों या फिर फोन संदेशों को आप जल्दी ही भूल जाते हैं। कितने संदेशों को आप सहेजकर रख सकते हैं? तमाम महान् हस्तियों की तो सबसे बड़ी यादगार या धरोहर उनके द्वारा लिखे गए पत्र ही हैं। भारत में इस श्रेणी में राष्ट्रपिता महात्मा गांधी को सबसे आगे रखा जा सकता है। दुनिया के तमाम संग्रहालय जानीमानी हस्तियों के पत्रों का अनूठा संकलन भी हैं। तमाम पत्र देश, काल और समाज को जानने-समझने का असली पैमाना हैं। भारत में आजादी के पहले महासंग्राम के दिनों में जो कुछ अंग्रेज अफसरों ने अपने परिवारजनों को पत्र में लिखे, वे आगे चलकर बहुत महत्त्व की पुस्तक तक बन गए। इन पत्रों ने यह साबित किया कि यह संग्राम कितना जमीनी मजबूती लिये था।

आगे श्री सिंह कहते हैं कि महात्मा गांधी के पास दुनिया भर से तमाम पत्र केवल 'महात्मा गांधी इंडिया' लिखे आते थे और वे जहाँ भी रहते थे, वहाँ तक पहुँच जाते थे। आजादी के आंदोलन के कई अन्य दिग्गज हस्तियों के साथ भी ऐसा ही था। गांधीजी के पास देश-दुनिया से बड़ी संख्या में पत्र पहुँचते थे, पर पत्रों का जवाव देने के मामले में उनका कोई जोड़ नहीं था। कहा जाता है कि जैसे ही उन्हें पत्र मिलता था, उसी समय वे उसका जवाब भी लिख देते थे। अपने हाथों से ही ज्यादातर पत्रों का जवाब देते थे। जब लिखते-लिखते उनका दाहिना हाथ दर्द करने लगता था, तो वे बाएँ हाथ से लिखने में जुट जाते थे। महात्मा गांधी ही नहीं, आंदोलन के तमाम नायकों के पत्र आपको गाँव-गाँव में सहेजे मिल जाते हैं। पश्चिमी उत्तर प्रदेश में कई इलाकों में लोग आपको चौ. चरण सिंह तथा बाबू बनारसीदास जैसे नेताओं के पत्र दिखाकर गर्व महसूस करते हैं। उन पत्रों को वे किसी प्रशस्ति-पत्र से कम नहीं मानते हैं और कई लोगों ने तो उन पत्रों को फ्रेम

कराकर रख लिया है। यह है पत्रों का जादू। यही नहीं, पत्रों के आधार पर ही कई भाषाओं में जाने कितनी किताबें लिखी जा चुकी हैं। श्री सिंह के अनुसार वास्तव में पत्र किसी दस्तावेज से कम नहीं हैं। पंत के 'दो सौ पत्र बच्चन के नाम' और निराला के पत्र 'हमको लिख्यौ है कहाँ' तथा 'पत्रों के आईने में दयानंद सरस्वती' समेत कई पुस्तकें आपको मिल जाएँगी। हाल में, 'प्रेमचंद : पत्रों में' नाम से एक पुस्तक सामने आई, जिसमें 15 साहित्यकारों को लिखे गए पत्रों का दिलचस्प संकलन है। संकलन का यह काम डॉ. मंगलमूर्ति ने किया है। कहा जाता है कि प्रेमचंद खास तौर पर नए लेखकों को बहुत प्रेरक जवाब देते थे तथा पत्रों के जवाब में वे बहुत मुस्तैद रहते थे। सव्यसाची भट्टाचार्य ने महात्मा और कवि के नाम से महात्मा गांधी और रवींद्रनाथ टैगोर के बीच सन् 1915 से 1941 के बीच के पत्राचार का एक संकलन प्रकाशित किया है, जिसमें बहुत से तथ्यों और उनकी मनोदशा का लेखा-जोखा मिलता है।

हिंदी के पुरोधा आलोचक डॉ. रामविलास शर्मा की कृति '**कवियों के पत्र**' की बेहद संतुलित समीक्षा और ललित टिप्पणी हिंदी के ख्यातनाम समीक्षक आदरणीय डॉ. भारत भारद्वाज इस प्रकार करते हैं—आधुनिक हिंदी साहित्य में आचार्य शिवपूजन सहाय के बाद जिस साहित्यकार ने अपने लंबे जीवन में तमाम साहित्यकारों के दुर्लभ पत्रों को सुरक्षित रखा, उनमें डॉ. रामविलास शर्मा का नाम अन्यतम है। 'निराला की साहित्य साधना' के तीसरे खंड में न केवल अपने नाम लिखे निराला के तमाम पत्र उन्होंने प्रकाशित किए, बल्कि तमाम साहित्यकारों के उपलब्ध पत्र भी। '**मित्र संवाद**' (केदारनाथ अग्रवाल और रामविलास शर्मा के पत्रों का संकलन) तो साहित्य की दुर्लभ थाती है। सन् 1979 में 'तीन महारथियों के पत्र' में उन्होंने वृंदावनलाल वर्मा, बनारसीदास चतुर्वेदी एवं किशोरीदास वाजपेयी के पत्र संकलित किए हैं। '**कवियों के पत्र**' में द्विवेदी युग के कवि मैथिली शरण गुप्त, उत्तर छायावादी युग में सुभद्रा कुमारी चौहान, दिनकर, नरेंद्र शर्मा, बच्चन, सप्तक के कवि—अज्ञेय, गिरिजाकुमार माथुर, प्रभाकर माचवे, शमशेर बहादुर सिंह, प्रगतिशील कविता के—त्रिलोचन, नागार्जुन, केदारनाथ अग्रवाल, शिवमंगल सिंह सुमन एवं छायावादी कवि सुमित्रानंदन पंत तथा महादेवी वर्मा के पत्र संकलित हैं। इस पुस्तक की भूमिका में वे लिखते हैं—"ये पत्र हिंदी साहित्य की धरोहर हैं। यह मानकर मैं इनकी रक्षा करता आया हूँ। सन् 1943 से 1961 के बीच मैंने आगरा में अनेक मकान बदले थे। इस संग्रह में सबसे पुराना पत्र पंतजी का है, यह सन् 1938 का लिखा हुआ है। उस समय मैं शोध का छात्र था। अंतिम पत्र सुमन का है, जो अभी नवंबर 1998 में लिखा गया है। इस तरह लगभग 60 वर्षों की अवधि में लिखे हुए पत्र मैं सँजोता रहा हूँ और यद्यपि भरसक उनकी रक्षा करने का प्रयत्न किया है, फिर भी कुछ पत्र खो गए हैं या नष्ट हो गए हैं, फिर जो बच गए हैं, वे मेरे लिए और शायद पाठकों के लिए भी बहुत उपयोगी हैं।"

डॉ. भारद्वाज के अनुसार डॉ. शर्मा ने भूमिका में तमाम साहित्यकारों द्वारा लिखे गए पत्रों के पीछे स्थित इतिहास का खुलासा किया है। वे लिखते हैं—''सन् 1943 में मैं 'हंस' के कविता विभाग का संपादन कर रहा था। मैंने गुप्तजी को सहयोग के लिए लिखा। उन्होंने उत्तर दिया, आज के प्रगतिवाद में मैं तो स्वयं को पिछड़ा हुआ अनुभव करता हूँ।'' सबसे दिलचस्प पत्र अज्ञेय का है। एक पत्र में 'समालोचक' के लिए डॉ. शर्मा द्वारा सुझाए गए विषय पर अज्ञेय लिखते हैं—''भविष्य में उसके लिए कुछ भेज सकूँगा अवश्य, यह नहीं कह सकता कि आपके सुझाए विषय पर ही। गालियाँ जब खाने का मन होता है, तब खा लेता हूँ। पर निमंत्रित होकर गालियाँ खाना अच्छा नहीं लगता। इसलिए नई कविता और यथार्थवाद पर तभी लिखूँगा, जब स्वतंत्र रूप से लिखने की प्रेरणा होगी।'' डॉ. भारद्वाज कहते हैं कि पंत डॉ. शर्मा की पसंद के कवि नहीं थे, बल्कि बाद के दिनों में पंत उनको निराला का आदमी समझने लगे थे। पंत उन दिनों 'रूपाभ' पत्रिका निकाल रहे थे। इसी पत्रिका के लिए उन्होंने डॉ. शर्मा को लिखा था—''कोई साहित्यिक निबंध भी रूपाभ के लिए भेजिए।'' डॉ. शर्मा इस पुस्तक में पंतजी के बारे में लिखते हैं—''वह नए कवियों को कैसे प्रोत्साहन देते थे, इसका उदाहरण 27 मई, 1938 के पत्र में है। 'आपकी कविता मुझे बेहद याद आई।' फिर एक बार बातों-बातों में पंतजी ने कहा, 'तुम्हारी कविताएँ नरेंद्र की कविताओं से मुझे ज्यादा अच्छी लगती हैं।' मैंने कहा, 'इतना ही लिखकर दे दीजिए।' मैं अपना कविता-संग्रह छपवा दूँ। उन्होंने कहा, 'इतना ही नहीं, मैं एक अच्छी भूमिका लिख दूँगा।' बाद में मैंने उन्हें अपना कविता-संग्रह भेजा। अनेक कारणों से वह उसकी भूमिका न लिख सके। अंत में मैंने वह संग्रह उनसे वापस मँगवा लिया। 54-55 वाले पत्रों में इसी संग्रह का जिक्र है। कहना न होगा, गुप्तजी से लेकर शिवमंगल सिंह 'सुमन' तक के इन पत्रों में हिंदी साहित्य के 55 वर्षों के विकास की, बल्कि हिंदी साहित्यकारों के बीच हुई आत्मीय नोंक-झोंक की भी झलक है।''

इसी तरह सुप्रसिद्ध आलोचक-समीक्षक डॉ. कर्मेंदु शिशिर लिखते हैं कि करीब दो दशक पहले केदारनाथ अग्रवाल और डॉ. राम विलास शर्मा के पत्रों का जो दुर्लभ संकलन '**मित्र संवाद**' छपा था, उसमें 147 नए पत्रों को शामिल करते हुए दूसरा संस्करण हाल में प्रकाशित हुआ है। सन् 1935 से 1999 तक की दीर्घ अवधि में इन दोनों के बीच इस पत्राचार को पढ़ते हुए आप विविध जानकारियों के साथ अनेक अदीठ और अछूती बातों से ही परिचित नहीं होते, बल्कि हिंदी के दो श्रद्धेय साहित्यकारों की अटूट मैत्री के अनुभवों से भी समृद्ध होते हैं। इन अनुभवों में निजी पारिवारिकता और समकालीन परिवेश के विविध सामाजिक-राजनीतिक संदर्भ तो हैं ही, अनौपचारिक गद्य की उत्कृष्ट कला का ऐसा वैभव है, जिसका पाठ आपको सहज विस्मित भी कर दे। 'मित्र संवाद' जितना सहज है, उतना ही अर्थगर्भी भी। इन पत्रों की सबसे बड़ी खूबी इनकी अनौपचारिकता

है। दोनों के संवाद दोनों की मानसिक बुनावट और सोच-सरोकारों के अनुषंग में हैं, इसलिए इनके प्रेम, चुहल, चिढ़ और बेबाकपन की सच्चाई तथा सहजता आपको गहरी आत्मीयता से बाँध लेती है। इनके संवादों का दायरा इतना विस्तृत है कि इनके साथ भटकते हुए आप न कभी थकते हैं, न ही ऊबते हैं, बल्कि निरंतर नए अनुभव से समृद्ध होते जाते हैं। शिशिरजी आगे संकेत करते हैं कि दोनों के पत्रों को पढ़ते हुए आपको दोनों की भाषा या गद्य में ही भिन्नता नहीं मिलेगी, बल्कि दोनों के उत्तर देने की शैली और राम विलासजी के लेखन का फर्क उनके स्वभाव के अनुरूप ही भिन्न और मौलिक दिखेगा। समकालीन राजनीतिक संदर्भों में चाहे चरण सिंह की संविद सरकार का ओछा अवसरवाद हो अथवा विश्व राजनीति में स्वेज नहर का प्रसंग, रूसी नेताओं को नासिर के आदेश की प्रतीक्षा, अमेरिका, इंग्लैंड की अंतरराष्ट्रीय किरकिरी—केदारजी की प्रतिक्रिया कुछ-कुछ नागार्जुनी शैली वाली या सामान्य नागरिक बोधवाली है। मगर रामविलासजी व्यंग्य करते हुए या अनदेखी के बावजूद वैचारिक गंभीरता से प्रतिक्रिया व्यक्त करते हैं। पढ़ीसजी के सुपुत्र के निधन पर रामविलासजी की गोपन सहायता भावना का प्रसंग हो या नरोत्तम नागर के मतभेद और आत्मीय होने की चर्चा, आपको पता चलेगा कि ये दोनों वाकई अंदर से संत थे, सच्चे थे और गहरी मानवीय करुणा से भरे थे। उनके बीच एकता के तंतु सिर्फ आत्मिक ही नहीं, बल्कि बौद्धिक और विचारक भी हैं। केदारजी रामविलासजी के प्रभाव में इतिहास की ओर उन्मुख होते हैं। अकसर उनसे वैचारिक सवाल भी पूछते हैं, जिज्ञासाएँ करते हैं, लेकिन साहित्यिक प्रसंगों में वे दृढ़ता से असहमत भी होते हैं। खासतौर से रोचक प्रसंग तब आता है, जब रामविलासजी बार-बार उनके गद्य की प्रशंसा करते हैं तो केदारजी को लगता है कि वे उनकी कविताओं की अनदेखी कर रहे हैं। यह आत्मीय चुहल और चिढ़ भर नहीं है, क्योंकि वे अपनी भूमिका में उनके पत्रों के गद्य की उन विशिष्टताओं का भी विश्लेषण करते हैं, जिसे पढ़ते हुए हम बार-बार महसूस करते हैं।

वैजनाथ सिंह विनोद द्वारा संकलित '**द्विवेदी पत्रावली**' (1954), पं. बनारसीदास चतुर्वेदी और हरिशंकर शर्मा द्वारा संकलित '**पद्म सिंह शर्मा के पत्र**' (1956) पं. किशोरी दास वाजपेयी द्वारा संकलित साहित्यिकों के पत्र (1958) उल्लेखनीय हैं। हिंदी पत्रिकाओं में प्रकाशित होने वाले ऐसे जिस पत्र-साहित्य को ख्याति मिली, उसमें बालमुकुंद गुप्त के '**भारत मित्र**' में प्रकाशित 'शिवशंभु के चिट्ठे' और विश्वंभर नाथ शर्मा द्वारा 'चाँद' में प्रकाशित '**दुबेजी की चिट्ठी**' प्रमुख हैं। तत्कालीन वायसराय लॉर्ड कर्जन के नाम लिखे गए '**शिवशंभु के चिट्ठे**' ने उस समय के पाठकों में तहलका मचा दिया था। इन चिट्ठों में देश के सर्वोच्च शासक, वायसराय की बड़ी तीव्र आलोचना की गई थी। दरअसल, यह चिट्ठा सरकारी ओहदों पर बैठे अनैतिक मुखौटों और वायसराय के भीतरी खोखलेपन तथा चालाकियों का मुकम्मल खुलासा हमारे सामने करता है। इस पत्र में

आदमी के भीतर की तथाकथित ईमानदार मानवीयता के बने रहने का थोथापन दिखाया गया है। इसी प्रकार हरिवंश राय बच्चन ने '**प्रणय पत्रिका**', शैलेश मटियानी ने अपनी कहानी '**चिट्ठियाँ और दायरे**' (1959), अमृता प्रीतम ने अपनी महान् कृति '**रसीदी टिकट**', चिरंजीत ने अपने नाटक '**चिट्ठी की कहानी—कबूतर से हवाई जहाज तक**' (1956), रांगेय राघव ने 'ओ प्रवासी' (1966), राजेंद्र यादव ने '**तुम्हारा पत्र आया है**' और सोहनलाल द्विवेदी ने '**प्रतीक्षा के प्रहर**' रचना को पत्र पर ही केंद्रित किया है। राम अवतार त्यागी, सर्वेश्वर दयाल सक्सेना, डॉ. भगवत शरण उपाध्याय, लक्ष्मीकांत वर्मा तथा देवेंद्र उपाध्याय ने पत्रों को केंद्र में रखकर ही बहुत अच्छी रचना की है। इन पत्रों में अंतर को छू जाने वाली नवीनता-मौलिकता है, यही कारण है कि ये पत्र-संग्रह बहुत ही प्रभावशाली एवं आकर्षण बन पड़े हैं। अमृतराय द्वारा '**कलम का सिपाही**' तथा डॉ. लक्ष्मीशंकर व्यास द्वारा संकलित '**पराड़करजी और पत्रकारिता**' विशेष रूप से उल्लेख्य हैं। इनमें शिवप्रसादजी गुप्त, श्रीप्रकाशजी, श्री गणेश शंकर विद्यार्थी, डॉ. संपूर्णानंद, पद्म सिंह शर्मा, महावीर प्रसाद द्विवेदी, अंबिका प्रसाद बाजपेयी, काका कालेलकर, पुरुषोत्तम दास टंडन, बनारसीदास चतुर्वेदी, माखनलाल चतुर्वेदी, महामना मालवीय, राजेंद्र बाबू आदि के पत्र महत्त्वपूर्ण हैं। इसी तरह श्रीराम शर्मा का '**गालिब के पत्र**', वीरेंद्र गुप्त का '**प्रसिद्ध व्यक्तियों के प्रेमपत्र**', सुभाष चंद्र बोस से संबंधित '**पत्रावली**' (1966) तथा ज्योतिर्मयी ठाकुर का 'पत्नी के पत्र' चर्चित हैं। डॉ. भगवती सिंह का **पत्रालोक** के साथ-साथ **मुक्तिबोध ग्रंथावली—खंड-6** (1980), **डॉ. हजारी प्रसाद द्विवेदी ग्रंथावली—खंड-11** (1981) **माखन लाल चतुर्वेदी रचनावली—खंड-8**, निराला रचनावली, खंड-8 (1983) में साहित्यकारों के पत्र संगृहीत हैं। सुकर-सुपरिचित इन पत्रों में पत्र-लेखकों ने अनावश्यक अर्थ-संधान से बचने का प्रयास किया है। जीवन के छोटे-छोटे ब्योरे यहाँ सूक्ष्म बिंब गुच्छ के साथ सुंदर लगते हैं। इन पत्रों की भाषा सहज, स्वाभाविक एवं प्रभावशाली है। मस्ती और फक्कड़पन कुछेक पत्रों में लगातार देखा जा सकता है। उपर्युक्त पत्र-लेखकों में कुछ बहुविधावादी हैं। अतः इसका असर अनेक पत्रों में तथ्य, शिल्प तथा भाषा के स्तर पर देखा जा सकता है। स्थानीय लहजा और 'टोन' भी साफ-साफ दिखाई पड़ता है। कहीं-कहीं गाँव-जवार के कटु यथार्थ का साहसिक चित्रण भी इन पत्रों की ताकत है।

जानकीवल्लभ शास्त्री का '**निराला के पत्र**' (1971), वृंदावनलाल वर्मा का '**बनारसीदास चतुर्वेदी के पत्र**' (1971), श्री रत्नशंकर प्रसाद का '**प्रसाद के नाम पत्र**' (1976), भदंत आनंद कौशल्यायन का '**भिक्षु के नाम पत्र**', डॉ. हजारी प्रसाद द्विवेदी का '**शांतिनिकेतन से शिवालिक तक**', मधुरेश का '**यशपाल के पत्र**', विजयेंद्र स्नातक का '**अनुभूति के क्षण**', कन्हैया लाल फूलफगर का '**दिनकर के पत्र**' (1981),

मुकुंद द्विवेदी का पत्र '**हजारी प्रसाद द्विवेदी**' (1983), जीवन प्रकाश जोशी का '**अंचल पत्रों में**' (1983), नेमिचंद्र जैन का '**पाया पत्र तुम्हारा**' (1984), नरेंद्र कोहली का '**नागार्जुन के पत्र**' (1987), सुप्रसिद्ध हैं। इन पत्रों में कहीं एक ओर काशी की भोर में गंगा तट पर बजने वाली शंख ध्वनि सुनाई पड़ती है, वहीं यहाँ दूसरी ओर ये पत्र चतुर्दिक् पसरी जड़ता को तोड़ने के लिए रचनात्मक साँचा भी तैयार करते हैं। कहीं-कहीं इन पत्र-संग्रहों में 'विट' और 'ह्यूमर' की छींटें अंतर्मन को भिंगोती हैं, तो कहीं-कहीं लोकभाषा के शब्द वातावरण को जीवंत भी बनाते हैं। कुल मिलाकर समय की नब्ज पकड़ने में ये पत्र माहिर हैं।

जून 1999 में सुप्रसिद्ध आलोचक-चिंतक डॉ. नंद किशोर नवल का पत्रों से संबंधित एक संकलन '**मैं पढ़ा जा चुका पत्र**' छपा। जीवन के विभिन्न रंगों से रँगा-बुना यह पत्र-संकलन अपने समय का एक सुंदर और प्रभावशाली 'कोलॉज' है। भाषा में प्रवाह और तरल संवेदना इस पत्र-संग्रह को प्रभविष्णु बनाती है। सुप्रसिद्ध चिंतक, समीक्षक डॉ. रामकुमार कृषक इस पत्र-संकलन के विषय में लिखते हैं, कि पत्र-साहित्य साहित्य की ही एक विधा है। अब चूँकि साहित्य की श्रेणी में आने वाले पत्र साहित्यकारों के होते हैं और साहित्यकारों को लिखे जाते हैं, इसलिए साहित्य उनमें हो या न हो, साहित्य की दुनिया अवश्य होती है। यहाँ संबंधों के केंद्र में हैं—सुपरिचित आलोचक नंदकिशोर नवल और परिधि पर नागार्जुन से लेकर धूमिल तक उन्नीस साहित्यकारों के करीब पौने पाँच सौ पत्र। इनमें से अगर उपेंद्रनाथ अश्क, भवानी प्रसाद मिश्र, रघुवंश, मन्नू भंडारी और अशोक वाजपेयी को थोड़ा अलग रखा जाए तो अधिसंख्य लेखक मार्क्सवादी हैं। नवल अपने समय से खुलकर संवाद बनाए रखना चाहते हैं। इस संदर्भ में अपनी वामपंथ विरोधी जमीन पर खड़े वाजपेयी का एक पत्र (7 नवंबर, 1986) खासा महत्त्वपूर्ण है। इस संग्रह में सर्वाधिक पत्र—152—नागार्जुन के हैं। इनकी विशेषता नई पीढ़ी के प्रति असाधारण अनुराग, वैयक्तिक और पारिवारिक सौहार्द, सतर्क साहित्यिक खुलेपन और उनकी उस रचनात्मकता में निहित है, जो पत्रों को सचमुच साहित्य का दर्जा देती है। नागार्जुन के बाद आलोचक द्वय—डॉ. रामविलास शर्मा और डॉ. नामवर सिंह के पत्र बड़ी संख्या में संगृहीत हैं। रामविलासजी के बारे में नवल की टिप्पणी है—डॉ. शर्मा बहुत अच्छे शिक्षक हैं, इसलिए उनके पत्रों में सिखावत है। पत्रों के माध्यम से उभरते नामवर सिंह के व्यक्तित्व को डॉ. नवल ने 'आत्मीय पारिवारिक' और 'अत्यंत स्निग्ध' कहा है। पुस्तक में शामिल अन्य पत्र-लेखक हैं—केदारनाथ अग्रवाल, त्रिलोचन शास्त्री, अमृतलाल नागर, शमशेर बहादुर सिंह, नेमिचंद्र जैन, भीष्म साहनी, हरिशंकर परसाई, शिवकुमार मिश्र, केदारनाथ सिंह, अमरकांत और धूमिल। इधर, हाल में डॉ. विवेकी राय का एक पत्र-संकलन '**पत्रों की छाँव में**' (2004) छपा है। गद्य-शिल्पी विवेकी राय

को लिखे मूर्धन्य साहित्यकारों के पत्रों का दस्तावेजी संग्रह है—'पत्रों की छाँव में'। संग्रह में कुल एक सौ ग्यारह शब्द-शिल्पियों, पाठकों, शोधछात्रों और साहित्यानुरागियों के पत्र संकलित हैं, जिनमें अमृतलाल नागर, रामधारी सिंह दिनकर, हजारी प्रसाद द्विवेदी, नागार्जुन, नामवर सिंह आदि के पत्र उल्लेखनीय हैं। कुल मिलाकर इस संग्रह में कहीं किस्सा है, यात्रावृत्त है तो कहीं विवरणों में संवादों के बीच स्मृति-विस्मृति की लय है। कहीं-कहीं वस्तु में 'रिपोर्टिंग' की गंध है, तो कहीं 'ट्रेवलॉग' की सोंधी गमक। कुल मिलाकर ये पत्र-संग्रह हमारे जीवन के सहज पाठ हैं। इनसे हमें नई आस्था, दृढ़ता, संबल और जटिल समय में धैर्य तथा पुरसुकुन मिलता है।

□

7

अद्यतन सूचना-विस्फोट और पत्र-लेखन की संभावनाएँ या पत्र-लेखन का भविष्य तथा चुनौतियाँ

पत्र अंतर्मन के 'कैनवास' या चित्र होते हैं, हृदय के गवाक्ष और झरोखा होते हैं। पत्र लिखने और पानेवाले के बीच परत-दर-परत संबंधों की नई खिड़कियाँ खोलते हैं। कभी ये प्यासे हृदय का उद्वेलन होते हैं, तो कभी तड़प को अभिव्यक्ति देते हैं। कभी ये पत्र जीवन की कुंठा साझा करते हैं, तमाम दुनियावी रिश्तों की दास्तान बनते हैं, कभी अगाध आंतरिकता को मूर्त रूप देते हैं तो कभी-कभी ये पत्र जीवन की भ्रांति, दिशा शून्यता औद दर्द-दंश को दूर करने में भी सहायक होते हैं। कुल मिलाकर पत्र व्यक्ति के जीवन में अपनी अनगिनत भूमिकाओं में जीते हैं। स्पष्टतः यह कि कुंठित और अवसादग्रस्त मनुष्य के भीतर पत्र जीवंत संसार की निर्मिति करते हैं। सुलझे हुए अदीब की तरह जीवन के सरोकारों को बड़े सलीके और सहजता से सामने रखते हैं। पाठक उसके प्रवाह में अनायास बहता चला जाता है। अलग-अलग शिल्प और शैलियों में लिखे ये पत्र विचार और हस्त कौशल के सराहनीय समन्वय होते हैं।

सच तो यह है कि पत्र जिंदगी की कोमल संवेदनाओं और मधुर अनुभूतियों के बारीक तंतुओं को भी उद्‌घाटित करते हैं। नवीन भंगिमाओं के साथ नए निकष तय करते हैं, व्यक्तित्व की पारदर्शिता को पूर्णता के साथ खोलते और रूपायित करते हैं तथा प्रेषक एवं पानेवाले के बीच सुंदर-सार्थक संवाद स्थापित करते हैं। एक मुकम्मल और परिपक्व पत्र जीवन के हर कोने में झाँककर हमारे सामने यथार्थ का एक विराट् संसार, इतिहास, संस्कृति और परंपरा की अनंत अबूझ दीप्तियाँ बिखेरता है। आसपास के जीवन और

समाज को पूरी तल्खी ईमानदारी और जीवंतता के साथ हमारे सामने परोसता है। यही नहीं, ये पत्र जीवन के महत्त्वपूर्ण और नाजुक संबंधों के रिश्तों और संहिताओं को परस्पर पिरोते भी हैं। मन के भीतरी जगत् का उद्घाटन तो ये पत्र करते ही हैं, तमाम तरह के द्वंद्व और हलचलों का लेखा-जोखा और ब्योरा भी प्रस्तुत करते हैं, तो कभी दृश्यों और कथ्यों को बहुत अधिक बहुरंगी टुकड़ों में बाँट मानव जीवन की अनेक विसंगतियों को रेखांकित करते अनुभवों का दस्तावेज बन जाते हैं। कुल मिलाकर पत्र भोगे-जिए अनुभव-अनुभूतियों की संपदा के विशाल मंजर और भंडार होते हैं।

पर दुर्भाग्य से जिन पत्रों में व्यक्ति अपने अंतर्मन की गाँठ और निजता के दरवाजे को खोलता था, जिन पत्रों में ख्वाबों की एक उम्मीदबर दुनिया बुनी जाती थी, जो पत्र हदों-सरहदों के पार जाते कष्टों के बयान होते थे, वे पत्र अब नहीं लिखे जा रहे हैं। फिलवक्त, यह सच है कि पत्र-लेखन की परंपरा और चलन का लोप हो रहा है। कुछ अपवादों को छोड़कर लगता है, पत्र कुछ समय बाद जैसे महज संग्रहालय की वस्तु बन जाएँगे। जाहिर है, जब पत्र ही नहीं लिखे जा रहे हैं, तो 'डाकिया डाक लाया' घर के दरवाजे पर कैसे चिल्लाएगा? अब—

**''चिट्ठी आई है, आई है, चिट्ठी आई है,
बड़े दिनों के बाद, भूले-बिसरों की याद,
वतन की मिट्टी आई है॥''**

चलचित्र का यह गाना केवल मनबहलाव के निमित्त गुनगुनाने के लिए ही किसी गली-खोरी एवं कूचे में सुनाई पड़ता है। संबंधियों के जिन पत्रों के समय से न आने पर बहनें, माताएँ, पत्नियाँ, परिजन तमाम तरह के टोने-टोटके, मनौती, सगुनोच्चार करते थे, वे पत्र अब जैसे गूलर के फूल या आकाशी पुष्प हो गए हों। अनुराग की पयस्विनी से सराबोर, खला की खलिश में पोर-पोर डूबे प्रियतम के जिन पत्रों को विरहणियाँ अपने गले का हार बनाकर लंबी उच्छ्वास लेती निविड़ एकांत और सफ्फाक सन्नाटे में पढ़ती थीं, वे पत्र अब स्मरण या याद्दाश्त की वस्तु हो गए। सिर्फ सरकारी कार्यालयों में ही संप्रति बहुत जरूरी हो तभी पत्राचार हो रहा है, अन्यथा अब यहाँ भी इ-मेल और वेबसाइट में सारे तथ्यों को डाला जा रहा है। निजी पत्र अब चलन से बाहर हो रहे हैं। केवल राखी भेजने, शुभ-अशुभ अवसरों, शादी-विवाह, स्थानीय आकाशवाणी केंद्रों से गाना सुनने की फरमाइश तथा अन्य कार्यक्रमों के लिए पत्र अवश्य लिखे जा रहे हैं। कुल मिलाकर पत्र-लेखन का दायरा सिमट-संकुचित हो गया है।

लब्बोलुबाब यह कि पत्र-लेखन का यह संकट काल है। पत्र-लेखन की संस्कृति हाशिये की ओर खिसक रही है, तदर्थ पत्र-लेखन, ज्ञान-विज्ञान जनित यांत्रिकता के दबाव में विरल हो रहा है। समाचारों-सूचनाओं के झटपट यहाँ से वहाँ भेजने के बाजारवाद के खाऊ दर्शन के कारण दिन-ब-दिन पत्र-लेखन से लोग विमुख और उदासीन-आलसी

होते जा रहे हैं। लगता है, लोगों के लिए पत्र-लेखन अब जरूरी और मौजू नहीं रहा। अगर इस कृति के पाठकों को हमारी बात पर एतराज हो तो वह स्वयं बताएँ कि उन्होंने पिछली चिट्ठी कब और किसको लिखी है? याद्दाश्त के तौर पर यदि किसी का चित्र आपके जेहन में कभी दबे-पाँव उतरता भी है तो उसे आप 'कॉल' कर लेते हैं। एस.एम.एस. कर बधाई, धन्यवाद, मुबारकवाद या सांत्वना दे देते हैं। स्याही में लिपटे पन्नों पर उगे अक्षर पत्र के रूप में अब बराए-नाम ही दिखते हैं और यदि दिख जाते हैं तो सुखद आश्चर्य होता है कि क्या पत्रों का अस्तित्व अभी बचा हुआ है? अब शायद ही किसी घर में चिट्ठियों की सजावट और 'कोलॉज' दिखाई देते हों। अब घर के सामने चिट्ठियों को लेकर—

''कौन आएगा यहाँ कोई न आया होगा।
मेरा दरवाजा हवाओं ने हिलाया होगा।''

यदि कहीं से कोई पत्र आता भी है तो पत्र-लेखन के प्रति उपजी नई उदासीनता के तहत उसका जवाब पत्र पानेवाला जल्दी देता ही नहीं—

''नामावर तू ही बता तूने तो देखे होंगे।
कैसे होते हैं, ये खत, जिनका जवाब आता है॥''

कभी ये पत्र ही टूटी खपरैलों वाले घरों-झोंपड़ियों से लेकर गगनचुंबी अट्टालिकाओं में रहने वालों के लिए समाचार और सूचना-संप्रेषण के माध्यम बन 'चिराग' के रूप में जलते थे, पर आज गाँव-जवार से लेकर कस्बों, शहरों, महानगरों तक के लाल रंगी डाकखाने (Letter Box) या पत्र-पेटिकाएँ अपने सगोतिया और सनातनी मित्र पत्रों के न पाने से उदास व मायूस हैं। इन पत्रों के आने से घर-घर में विराट् उत्सव और जश्ने-चिराग जैसा माहौल बनता था, स्नेह, दुलार, ममत्व, उलाहने-उपालंभ, मान-मनुहार की रागात्मक अनुभूति होती थी, सपनों और खुशफहमियों का एक नव-नवल संसार घर में खड़ा हो जाता था, अँधेरे कोने रोशन हो जाते थे, भावपन के आँगन में मीरा की तरह विरह-विदग्ध हृदय उपशमित हो जाते थे। आज स्थिति इसके ठीक उलट और बरक्स हो गई है। गाँव-गिराँव के सिंदूरी प्रभामंडल वाले डाकखाने क्षतिग्रस्त हो चुके हैं। अधिकांश में जंग लग चुकी है क्योंकि सूचनाओं-समाचारों की आहट और गमक अब इनसे नहीं निकलती, सूचनाओं के विस्फोटक केंद्र तो अब यांत्रिक और भरे हुए बेजान, संवेदनशून्य यंत्र हो गए हैं। कभी पत्रों के रूप में असंख्य लोगों के अरमानों को सुरक्षित, गोपन रखने वाले इन डाकखानों की काया अब झड़-झर गई है। झुलनी की तरह उनमें कभी लटकने वाले तालों से अब उनका कोई रिश्ता ही नहीं रहा। जो कुछ बचे भी हैं, वे खामोश और भावशून्य खड़े हैं। कुल मिलाकर अब ये डाकखाने जैसे अंतिम साँसें गिन रहे हैं। मैं अपने गृह जनपद गाजीपुर (उ.प्र.) के हर विकास खंड में लगे डाकखानों की एक छोटी सूची-फेहरिस्त दे रहा हूँ—जमानिया विकास खंड में कभी 127, रेवतीपुर में 64, भदौरा में 69,

भाँवरकोल में 147, करंडा में 92, मरदह में 134, बिरनो में 134, देवकली में 217, सैदपुर में 253, सादात में 186, मनिहारी में 206 एवं जखनियाँ में 211 पत्र-पेटिकाएँ लगाई गई थीं, पर अब इनमें से अधिकांश अपने होने का कोई अर्थ न होने के कारण लोगों को मुँह बिरा-चिढ़ा रही हैं। पत्रों के आदान-प्रदान के साथ-साथ अब इनके जरिए 'मनी ऑर्डर' (Money Order) भी नहीं आते। अब तो बैंकों में लोगों के एक खाते का रुपया दूसरे खाते में इंटरनेट, कंप्यूटर आदि के माध्यम से सीधे स्थानांतरित हो जाता है। अत: ऐसी स्थिति में ये पत्र-पेटिकाएँ बेमतलब या सारहीन हो गई हैं।

पत्र-लेखन के प्रति विमुखता को लेकर अब यहाँ कई सवाल दरपेश हैं, जिनमें एक तो यह कि पत्र-लेखन के प्रति लोगों के रुझान का 'ग्राफ' क्यों घट रहा है? क्या कागज-कलम बहुत महँगे हो गए या पत्र-लेखन के लिए व्यक्ति के पास समय का अकाल और संकट हो गया? स्पष्टत: यह कि 'खत और फुरसत' के बीच तालमेल अब क्यों नहीं रहा? खासतौर से भारतीय मध्य वर्ग तो इन पत्रों का मुख्य उपभोक्ता रहा है—भागमभाग और आपाधापी की इस दुनिया में वह भी 'खतो-किताबत' से एकदम उचट-विमुख महरूम हो गया है। कुल मिलाकर यह कि पत्र-लेखन संप्रति अपने अस्तित्व की टकराहट से गुजर रहा है, इसके पीछे दरपर्दा-मुराद-मंशा क्या है?

दरअसल, पत्र-लेखन के प्रति लोगों के मन में घटती रुचि के लिए मैं प्रमुख रूप से दो कारणों को उत्तरदायी मानता हूँ। अव्वल तो यह कि सूचना-समाचार-संप्रेषण की नितांत नई तकनीक 'सूचना प्रौद्योगिकी' का तालठोक जन्म ले पत्र-लेखन को चुनौती देना और दूसरा यह कि भौतिकता और बाजारवाद की अंधी तथा दिशाहीन दौड़ में व्यक्ति के शामिल होने से उसके पास समय का बेहद अभाव और टोटा होना। यद्यपि पत्र-लेखन अभी मुकम्मल रूप में प्रचलन से बाहर या खारिज नहीं हुआ है, लेकिन आधुनिकीकरण, फैशनेबुल और सूचना-क्रांति के इस दौर में अधुनातन सूचना-संप्रेषण की तकनीक ने पत्र-लेखन की रवायत या चलन को हाशिए से बाहर करना अवश्य शुरू कर दिया है। बेशक, पत्र-लेखन की परंपरा सिकुड़-संकुचित हो रही है। जीवन के ठाठ और उसके विविध अनुभवों को अपने भीतर सुरक्षित रखने वाले पत्रों का लोप हो रहा है, यह चिंता की बात है।

फिलवक्त, धरती पर सूचना तंत्र के ढेरों अमानवीय-अमानुष चेहरे उग आए हैं। विश्व के साथ-साथ भारत में भी सूचना-संप्रेषण की नितांत नई तकनीक, नए संसाधन उपज आए हैं। इस सूचना प्रौद्योगिकी और तकनीकी क्रांति ने हमारे भीतर की मनुष्यता, संवेदना, भावुकता, सहयोग एवं भाईचारा को हमसे छीन लिया है। इस तकनीक ने आज 'आदमी को भी मयस्सर नहीं इंसा होना' बना दिया है। इतना ही नहीं, इस शुष्क और बेरहम तकनीक के कारण कवि अरुण कमल के शब्दों में—

''पेड़ को पत्थर बनने में लगा है हजार वर्ष
आदमी देखते-देखते पत्थर बन रहा है।''

इस तकनीक के कारण देखते-देखते हम 'मॉडर्न' बनने की होड़ के शिकार हो गए हैं। हमारे मूल्य, आदर्श, हमारी शालीनता सब ध्वस्त हो गए हैं। हम कवि मुक्तिबोध की कविता 'अँधेरे में' के संशय और दुविधाग्रस्त नायक बनकर रह गए हैं। इस संचार-तंत्र ने पूरी दुनिया को आज 'ग्लोबल विलेज' अर्थात् 'विश्वग्राम' में तब्दील कर दिया है। क्रूरतम शोषण की जमीन से पनपा एक बाजार हमारे सामने खड़ा हो गया है। आज हर व्यक्ति जिंदगी की तेज रफ्तार में सबसे आगे निकल जाना जाहता है। इस भगदड़, छीना-झपटी में हम बर्बर और भुक्खड़ समाज में तब्दील हो महज खेत के ढेले की तरह बेजान-बेदम हो गए हैं। तब सवाल है, पत्र-लेखन की फुरसत हमें कहाँ है? सूचना संचार के वटवृक्ष 'कंप्यूटर', राजपथ (Information High Way) इंटरनेट, देवनागरी 'इ-मेल', 'जी-मेल', एस.एम.एस. द्वारा भेजी गई सूचना, 'फेसबुक पर हुए संवाद', 'ब्लॉग', 'ट्विटर', 'जमीनी दूरभाष' या 'मोबाइल दूरभाष' (Mobile Telephone)—इन सभी ने समय को वामन की तरह 'तीन पग में' निचोड़-सिकोड़कर रख दिया है। लैपटॉप, पाल्म टॉप्स, व्यायस, वीडियो, ग्लोबल पोजीशन सेंटर (G.P.S.), सेल्युलर, लेजर, माइक्रोवेब रेडियो प्रणाली, रेडियो ट्रांसमिशन, साइबर स्पेश, डिजिटल कंप्यूटर, वायरलेस, डेस्क टॉप, सेटेलाइट फोन आदि द्वारा भेजे गए संदेश, सूचनाएँ-समाचार पलक झपकते पूरी धरती को लील जा रहे हैं, अत: ऐसी स्थिति में बैलगाड़ी की तरह ढकर-ढकर श्लथ गति से रेंगने-सरकने वाले पत्र-लेखन के लिए लोग कागज, कलम-दवात, स्याही आदि बासी संसाधनों को जुटाने की तोहमत क्यों उठाएँगे? 'स्पीड पोस्ट' के इस युग में भी 'पत्र पहुँचा कि नहीं' जैसी उबाऊ प्रतीक्षा क्यों करेंगे। कुल मिलाकर यह कि आज के इस तीव्र-तीजारती, सर्वग्रासी वैश्वीकरण बाजारवादी या बाजार केंद्रित माहौल या दौर में दूरभाष, इंटरनेट, ब्लॉग, ट्विटर आदि त्वरित संप्रेषणों का चलन जिस क्षिप्र गति से बढ़ा है, 'इ-मेल' ने 'स्नेल-मेल' को जिस तरह से ढक लिया है, उसका यह प्रतिफल हुआ है कि हाथ से लिखे गए पत्रों में लोगों की, लेखकों-पाठकों दोनों की रुचि निरंतर कमतर होती गई है।

अगली बात यह कि आज समय 'हम जल्दी में हैं' की मानसिकता से लैस हो गया है। भौतिक इच्छाओं की प्रपूर्ति संतुष्टि के लिए व्यक्ति अनैतिक कार्यों में लिप्त है। मीडिया के दृश्य माध्यमों के द्वारा नई आयातित संस्कृति ने रिश्तों की दुनिया को बहुत तेजी से बदला है। हमारे देश में नई 'रैडिकल' बल्कि उग्र आत्यंतिक (Extreme radical) आधुनिकता ने लोगों के बीच सदियों पुराने संबंधों और संवेदनाओं को निर्ममतापूर्वक तोड़ा है। आज का व्यक्ति यांत्रिक जीवन के छल, दंभ, दिखावा और कृत्रिमता के असहनीय बोझ से हाँफ रहा है। संप्रति, दिखावे की आधुनिकता और रूढ़-परंपरा के बीच कशमकश सतत जारी है। जीवन में तनाव बढ़ा है। व्यक्ति लालसा और लाचारी के बीच झूल रहा

है। 'ग्लोबलाइजेशन' और बाजारवादी नारों के बीच हारी हुई खंडित त्रासदी को आज का आदमी झेल रहा है। दुर्दांत भूमंडलीय पूँजीवादी अर्थ-व्यवस्था के मारक दंश से इस समय व्यक्ति पीड़ित है। बाजारवाद के उपभोक्तावादी मूल्य व्यक्ति को 'शॉर्टकट' संपन्नता की ओर ढकेल रहे हैं। अपने चारों तरफ तमाम तरह के शोरोगुल होने के बावजूद व्यक्ति अपने भीतर के निपट अकेलेपन की बीहड़ साँय-साँय से जद्दोजहद और संघर्ष कर रहा है, फिर भी उसके पास पत्र-लेखन के लिए अवकाश-अवसर कम होते जा रहे हैं, आज के मशीनी और भागमभाग के जीवन में पत्र-लिखने का समय लोगों के पास नहीं रह गया है। एक शब्द में, बाजारवाद के भयावह संसार में कैद व्यक्ति के जीवन की चहचहाहट लगभग खत्म हो रही है—

"सौ में सत्तर आदमी फिलहाल जब नाशाद हैं।
दिल पे रखकर हाथ कहिये देश क्या आजाद है॥"

जिंदगी की इस हड़बड़ी-आपाधापी में हर व्यक्ति अपने मकसद को एक निश्चित मुकाम तक पहुँचाने के लिए कदमताल और रस्साकसी कर रहा है। भौतिकता की इस अंधी दौड़ में व्यक्ति के पास नितांत अपनों के कुशलक्षेम और हालचाल पूछने तथा जानने-समझने के लम्हों ने दम तोड़ दिया है, फिर जिस देश में पढ़े-अनपढ़े अधिकांश लोगों के हाथों में 'रोजी-रोटी-रोजगार-मआश' की जगह चलते-फिरते मोबाइल की सर्वव्याप्ति हो गई हो, जिससे वह पल भर में सूचनाओं-समाचारों का थोड़े ही खर्च में देश-विदेश में आदान-प्रदान कर लेता है, जहाँ टेलीग्राफ (Telegraph), टैलेक्स (Talex), टेलीप्रिंटर (Teleprinter), फैक्स (Fax), इंटरकॉम (Entercom), वीडियो, रेडियो, डाटा पेजिंग सर्विस, दूरदर्शन (Television), टेलीकॉन्फ्रेंस (Teleconference) जैसे अद्यतन सूचना-संप्रेषण के सशक्त साधन हों, वहाँ व्यक्ति के मन में पत्र-लेखन के प्रति अनुराग-आकर्षण क्यों हो? अतः ऐसी स्थिति में जाहिर है, व्यक्तित्व और विचार के अनेक अनजाने और गुमनाम पहलुओं का उद्घाटन करने वाले पत्र-लेखन की शानदार और समृद्ध परंपरा का लोप हो रहा है। कवि नचिकेता की अधोलिखित पंक्तियाँ देखिए—

"नहीं हाथ में मेहँदी,
झाड़ू चूल्हा चौका है,
देवर रहा तलाश निगल जाने का मौका है,
और जेठ की जिह्वा पर भी रखी दुधारी है,
कुशल-क्षेम से पिया गेह में बहन तुम्हारी है।

□

8

फिलवक्त पत्र-लेखन की प्रासंगिकता, सार्थकता-उपयोगिता, महिमा एवं महत्त्व

आज के ग्लोबल कल्चर और विश्व बाजार के उत्तर-पूँजीवादी समय में भले ही पत्र-लेखन पर खतरा पैदा हो गया हो, पर वह हमारे जीवन के मूल भावों का रागदीप्त सच है। आज पत्र-लेखन को हाशिए की विधा बताने वालों की कमी नहीं है, पर उसके अतीत का गौरवमय इतिहास है। वह हमारे जीवन का दस्तावेज है। नई बाजार संस्कृति में पैदा हुआ नया उपभोक्तावादी समाज भले ही पत्र-लेखन के लिए समय न निकाल पाता हो, लेकिन पत्र हमारे अंग-संग रहते हुए हमारे संसार को अपने भीतर समेटे रहते हैं, विमर्श के नए आयाम खोलते हैं। अपने गुंजलक में एकाकी मन की व्यथा-कथा तथा हताशा-निराशा को समेटे रहते हैं, वक्त आने पर जीवन जीने की ललक भी पैदा करते हैं। मानव मन की परत-दर-परत को खँगालकर नितांत अबूझ और अनजाने लोक की यात्रा कराते हैं। इस तरह तमाम बहस-मुबाहिसों और अंतर्विरोधों के बावजूद पत्र हमारे साहित्य की महत्त्वपूर्ण विधा और अनिवार्य चेहरा है।

इसके बावजूद, इन दिनों सामान्य जन से लेकर बौद्धिक हलकों तक एक गंभीर बहस होती रहती है कि सूचना-संप्रेषण की नई-नई तकनीकों के समक्ष पत्र-लेखन की उम्र अभी कितनी बची है? इस सवाल का बहुत ठोस, सुलझा हुआ, सर्वमान्य तथा मुकम्मल उत्तर तो यक-ब-यक नहीं दिया जा सकता, क्योंकि कुछ पुराने विचारकों के साथ-साथ नव-उपभोक्तावादी समाज के नक्शे में पत्र-लेखन का अंत हो रहा है। मेरे विचार से इतना सच है कि पत्र का भूगोल अपनी व्याप्ति में सर्वव्यापी है। अपने अनोखेपन और अन्य ढेरों विशेषताओं के कारण पत्र समय-समय पर बौद्धिक विमर्श और मंथन का माध्यम रहा है तथा पुख्ता सच यह भी है कि वह भविष्य में भी बना रहेगा।

अंग्रेजी के एक विद्वान् जेम्स हावेल (James Howel) ने अच्छे पत्र के महत्त्व को रेखांकित करते लिखा है—

"As key does open chests
So letter do open breasts."

अर्थात् जिस प्रकार चाभी या कुंजी से बंद पेटी या बॉक्स खुल जाता है, ठीक उसी तरह पत्र हृदय के विभिन्न आवरणों या परतों को स्पष्ट कर उन्हें मूर्त आकार देते हैं। वस्तुतः पत्र जीवन की स्निग्ध-स्मृतियों का अनंत कोष और अपने समय का दर्पण होता है। व्यक्ति और सामाजिक शिराजा को एकता के मजबूत लंगर में बाँधने की इसमें अकूत क्षमता होती है। पत्र में व्यक्ति जीवन के सुख-दुःख के डरावने, कुछ गुमसुम अँधेरों, अँधेरी त्रासदियों और मृदुल स्वप्न खंडों को भावों के अदृश्य धागों की गाँठ से बुनता-पिरोता रहता है। पत्र यदि अपूर्ण और एकांगी न हो तो वह पत्र-लेखक के मिजाज की मुकम्मल तसवीर पेश करता है। इसकी प्रासंगिकता और सार्थकता इसलिए भी सतत बनी रहेगी कि वह समाज के वर्तमान से निरंतर संवाद करने का जरिया बना रहता है। वह जीवन की जड़ता को तोड़ता है।

कहते भी हैं, मानवीय संबंध तभी सच्चे माने जाते हैं, जब संप्रेषण माध्यम पूर्ण हो। कई लोग पत्रों को जीवन की खुराक भी मानते हैं। ये पत्र हमें कभी जीने के ढंग और ढब बताते हैं तो कभी अपने भीतर सपनों, आकांक्षाओं और उदासियों के जज्बाती संसार के विभिन्न मंजरों का सृजन कर उन्हें हमारे सामने परोसते हैं। इस तरह से इनकी 'रेंज' बड़ी व्यापक होती है। फिर भी पत्र-लेखन को आज भी बाजार और 'पब्लिक स्फियर' के बीच कड़ी स्पर्धा से जूझना पड़ रहा है। इन सबके बावजूद आज भी पत्र-लेखन निजी और सार्वजनिक, दोनों प्रकार के प्रतिष्ठानों के बीच समकालीन समय में अधिक सुरक्षित और सम्मानित है। विश्वविद्यालयों, स्कूलों से लेकर सांस्कृतिक संस्थानों, प्रादेशिक और केंद्रीय उपक्रमों तथा अन्य अकादमियों के बीच इसकी महत्ता को नकारा नहीं जा सकता।

कुल मिलाकर यह कि आवेग त्वरित कालयात्री की तरह 'पत्र' इस धरती पर अनथक यात्रा कर रहा है। सृजन की इस महत्त्वपूर्ण विधा ने सतत गतिमान-गतिशील रहते हुए विश्व को अपने से पार देखने का निरंतर हौसला आफजाई करते नया संदेश दिया है। इसने समय-समय पर कभी एक तो कभी दो भिन्न भाषाभाषी व्यक्तियों, समुदायों-समाजों को जोड़ा है। इस तरह से इसने सह-अस्तित्व की आश्वस्तिकर मिसाल स्थापित की है। पश्चिम के सुप्रसिद्ध कवि रुडयार्ड की कविता 'द ओबर लैंड मेल' (The Over Land Mail), रवींद्रनाथ टैगोर का नाटक 'द पोस्ट ऑफिस' (The Post Office), इविस प्रेसले का गीत 'रिटर्न टू सेंडर' (Return to Sender), कालिदास, का 'मेघदूतम्' तथा कई अन्य रचनाएँ पत्रों के महत्त्व-महिमा का बखान खूब करती हैं। पत्रों

के बारे में गिरिजाकुमार माथुर की राय है—

"खत निजी अखबार है घर का
अकेले का सहारा है
मुहब्बत दोस्ती की
सुख की निशानी है..."

वहीं दूसरी ओर अज्ञात साथी के नाम खत में कवि गोपाल दास नीरज कहते हैं—

"लिखना चाहूँ भी तुझे खत तो
बता कैसे लिखूँ
ज्ञात मुझको तो तेरा
ठौर ठिकाना भी नहीं।"

कुँअर बेचैन की पाती कुछ अलग संदेश देती है—

"दो चार बार हम जो कभी हँस-हँसा लिये,
सारे जहाँ ने हाथ में पत्थर उठा लिये।
अब भी दराज में मिल जाएँगे जरूर,
वे खत जो उनको न दे सके, लिख लिखा लिये॥"

वहीं गालिब का कुछ अलग ही बयान है—

"चिट्ठियाँ लिखूँ कब तक,
जाऊँ उनको दिखला दूँ।
उँगलियाँ फ़िग़ार (जख्मी) अपनी
खामा (कलम) खूंचका (खून से लथपथ) अपना।"

कुल मिलाकर पत्र जीवन का अक्स होता है। वह हमारे भीतर एक सुखद संसार का निर्माण करता है। वह हमारे सामने बीते हुए कल और आगत भविष्य को खड़ा करता है। रिश्तों की मजबूत पकड़ के लिए वह अदृश्य पुल का निर्माण करता है। इस तरह उसका महत्त्व अक्षुण्ण और असंदिग्ध है। जब तक पत्र के निजी, व्यक्तिगत और सामाजिक सरोकार बने रहेंगे, अपनी इन भूमिकाओं में तो आज वह जी ही रहा है, कालांतर में भी जिंदा-जीवंत बन वह जीता रहेगा।

□

9

पत्र-लेखन : हुनर तथा कला-कौशल

"पत्र लिखना भी एक कला है। मुझे पत्र लिखना है और उसमें सत्य ही लिखना है तथा प्रेम उड़ेल देना है, ऐसा सोचकर लिखने बैठोगे तो सुंदर पत्र ही लिखोगे।"

—महात्मा गांधी

पत्र-साहित्य के विशेषज्ञों के बीच बेहद शिद्दत से एक सवाल बहुत दिनों से बहस मुबाहसे का विषय बना हुआ है कि नाट्य कला, संगीत कला, शिल्प कला, चित्र कला तथा नृत्य कला जैसी ललित कलाओं की तईं क्या पत्र-लेखन भी कला है, तकनीक है, शिल्प-शऊर या हुनर है? दरअसल, पत्र-साहित्य हमारी स्मृतियों का रोजनामचा है, लेखक और पाठक के बीच संवाद एवं सहकार को पोसता है, जीवन के छोटे-बड़े ब्योरों को बुनकर उन्हें बहुत जतन और करीने से अपने भीतर के 'लॉकर' में सुरक्षित रखता है। अनेक अदीठ और अछूती बातों से हमें परिचित कराने वाला आज का पत्र-लेखन हिंदी की महज एक सशक्त विधा ही नहीं बन चुका है, बल्कि निर्धारित प्रचलित रूप (फॉर्म) और शिल्प को भी तोड़कर इसके रूप में एक ऐसा स्वरूप हमारे सामने आया है, जो चकित-विस्मित कर देने वाला है। भाषा , शिल्प और रूप के स्तर पर आज का पत्र-साहित्य अनौपचारिक गद्य की सर्वोत्कृष्ट कला का सुंदर निदर्शन और वैभव है।

बहरहाल, हम पुनः प्रत्यवर्तित हो सवाल की मूल जमीन पर खड़े होकर विचार करेंगे कि पत्र-लेखन कला की चौहद्दी एवं दायरे में आता है कि नहीं? अब यहाँ एक प्रश्न उपजता है कि आखिर कला क्या है? विद्वानों का विचार है कि कला मानव संस्कृति की उपज है। कला के नंदनवन में प्रवेश करते ही भाव का सारा मनस्ताप गल जाता है।

कला का जन्म मन की जिस मधुमयी भूमिका से होता है, वह सर्वत्र एक है। कला में क्षोभ और श्रम का परिहार है, मनरंजन और उद्‌बोधन है, विगत अनुभवों की सुखद पुनरावृत्ति है, कला का 'ललित कला' और 'उपयोगी कला' में विभाजन किया जाता है और यह बताया जाता है कि उपयोगी कला व्यवहारजनित एवं सुविधाभोगी है तथा ललित कला मन के संतोष के लिए है और उसमें उस विशिष्ट मानसिक सौंदर्य की योजना है, जो उपयोगितावाद से भिन्न वस्तु है। परंतु यह स्पष्ट है कि कला के इन दोनों भेदों का विकास साथ-साथ हुआ और मानव के सहजीवन तथा उसकी माधुर्य साधना के फलस्वरूप ही ये दोनों नित्य विकासमान रहे। कर्म कुशलता ही कला है। कला और मनुष्य का संबंध अविभाज्य है।

उपर्युक्त संदर्भों के आलोक में हम तटस्थ विचार करें तो छन-निथरकर एक महत्त्वपूर्ण तथ्य का खुलासा होगा कि पत्र-लेखन भी एक कला है। इसका लक्ष्य भी मानस क्षितिज को उदार, उन्नत और संकीर्णताओं की परिधि से निकालकर विराट्-व्यापक बनाना है, मनुष्य जीवन में माधुर्य और सौंदर्यशीलता को जन्मना है। इस प्रकार पत्र-लेखन में ललित और उपयोगी, दोनों प्रकार की कलाएँ अंतर्भुक्त हैं। व्यक्ति और सामाजिक संस्थानों के बीच संबंधों का पुल निर्मित कर उनके सुचारु संचालन में पत्र की अक्षुण्ण इयत्ता तथा महत्त्व को नकारा नहीं जा सकता, एतदर्थ यह उपयोगी कला की पाँत में खड़ा दीखता है। पत्रों के अभाव में सामाजिक शीराजा और संरचना ध्वस्त हो सकती है। यदि यह कहा जाए कि लक्ष्यों की उदात्तता के कारण पत्र-लेखन सभी कलाओं के फलक का मधुर संस्पर्श करता है, तो कोई बेजाँ नहीं होगा। अतः हिलोर-पछोरकर हम निष्कर्ष के मुहाने पर पहुँचते हैं कि पत्र-लेखन को एक व्यापक और भव्य सरोकारों वाली कला कहा जा सकता है। बड़ी संजीदगी और जतन से सँवारकर लिखे गए पत्र अपनी विशिष्ट कलात्मकता के कारण दुनिया के व्यापक सरोकार और संदर्भ बनते हैं। विशिष्ट टोन (Tone-स्वर), लहजा, टेक्सचर (Texture-बुनावट) गठन, तंतु-विन्यास के समन्वय या सामंजस्य समंजन, फॉर्म (Form), रूप-विधान, आकार, थीम (Theme), विषय-वस्तु (Object), प्रकरण-प्रसंग और 'लाइन-लेंथ' आदि का ध्यान रखकर लिखे गए पत्र स्वतः कला संपृक्त होते हैं।

पत्रों की अनौपचारिकता ही उसकी कला है। अगली बात यह कि जिस पत्र में अनौपचारिक गद्य का वैभव दिखाई दे, जो पाठक को सहज, मुदित-विस्मित कर दे, ऐसा पत्र अपने आप में सर्वोत्कृष्ट कला से लबरेज माना जाएगा। पत्र सरल-सहज, आत्मीय लगना चाहिए। जो पत्र बेबाकपन की सच्चाई, अभिव्यक्ति की सुंदर बुनावट, ठोंक-बजाकर तथ्यों की करीने से प्रस्तुति, सूक्ष्मता और बारीकियों का खयाल रखने वाला तथा एक-एक परत को उकेरते हुए तमाम अलक्षित विशिष्टताओं को उजागर करे, ऐसी

रचनात्मक शक्ल वाला पत्र पठनीय, प्रशंसनीय और आदर्श माना जाता है। पत्र स्मृतियों को सुरक्षित रखने की मंजूषा होते हैं। जीवन में झेले गए तमाम दु:खों, तकलीफों, विरोधों-प्रतिरोधों और संघर्षों के पुख्ता प्रामाणिक बयान होते हैं। स्पष्टत: यह कि पत्र जीवन के अनछुए-अनुद्घाटित पृष्ठों को अपने भीतर सहेजते हैं। अत: ऐसी स्थिति में पत्र में लेखकीय ईमानदारी होनी चाहिए, तथ्यों की प्रस्तुति सलीके एवं नम्रता से होनी चाहिए। पत्र में वाचालता न हो। पत्र में भरसक अशुभ-अमंगलकारी खबरों के लेखन से बचना चाहिए। पत्र एकायामी और एकपक्षीय न हो। वह पूर्वग्रहग्रस्त न हो। कुल मिलाकर पत्र की मौलिक प्रकृति बनी रहे। वह पाठक को मुग्ध करनेवाला हो—किसी भी पत्र की यही कलात्मकता होती है।

पत्र की कुछ अगली कलात्मकता यह है कि वह विद्वत्ता के पाखंड से दूर हो। अनावश्यक नाटकीयता, बड़बोलापन और अतिरंजना पत्र के कलात्मक 'स्ट्रक्चर' और सौंदर्य को ध्वस्त कर सकती हैं। पत्र में यदि ज्ञान संयम, तर्क और भाषा का संतुलन सधा हुआ है, तो बेशक वह पत्र उत्कृष्ट माना जाएगा। वस्तुत: पत्र को कलात्मक बनाने और उसमें जागरूकता पैदा करने के लिए हमें यह ध्यान रखना चाहिए कि पत्र की भाषा को हम उतना ही लचर-लचीला बनाएँ, जिससे वह क्षरित और खंडित न हो। अगली ध्यातव्य बात यह कि उसमें हम देशज और स्थानीय शब्दावली का उतना ही प्रयोग करें कि भाषा बहावदार और प्रवाहित तो बनी रहे, गैस की तरह फुर्र से उड़ न जाए। कहते भी हैं—भाषा परिभाषा में ही सामूहिक होती है। अत: पत्र में कलात्मकता बनी रहने देने के लिए हमें देशज शब्दों और बोलियों के इस्तेमाल में 'दस फॉर नो फर्दर' (Thus for no further) का खयाल रखना चाहिए। एक अन्य महत्त्वपूर्ण बात यह कि पत्र में गंभीर विचार व्यक्त करते समय भाषिक खिलंदड़पन या शब्दजाल का प्रयोग कतई न हो। बीहड़ शब्दों का उलझाव और जटिल विचारों का खोल पत्र-लेखन की कला को इकहरा और यांत्रिक बना सकता है। वस्तुत: पत्र-लेखन की कलात्मक परिपक्वता ही पत्र-लेखन को पूर्णता देती है। पत्र की भाषा में कुनकुनी ऊष्मा पत्र में ताजगी बनाए रखती है।

परिपक्व भाव और सधी हुई भाषा ही किसी पत्र की कलात्मकता को बोध और विस्तार देते हैं। वैचारिक कठोरता को भी सीधे रचने-बुनने की सामर्थ्य रखनेवाली भाषा पत्र को मनोहारी-मनोरम बनाती है। जड़-पांडित्य का बोध और गरिष्ठ सैद्धांतिक धमक पत्र में अकलात्मकता का प्रदूषण पैदा करते हैं। पत्र में जीवन के कटु-मधु बिंब इतने सधे हाथों से सधी-सिद्ध भाषा में प्रस्तुत होने चाहिए कि वह पाठक को मुग्ध कर दे। पत्र में व्यक्त घात-प्रतिघात, नाटकीयता और एकरसता उसकी कलात्मकता को खंडित करते हैं। अटपटे-अनगढ़ वाक्यों का प्रयोग, स्थानीय बोली के अपरिचित शब्दों और उक्तियों का प्रयोग तथा कष्टसाध्य अभिव्यक्तियाँ पत्र के कलेवर और चेहरे को चटकाती हैं।

इससे पत्र की पाठकीयता तो बाधित होती ही है, उसकी स्तरीयता का भी क्षरण होता है। भाषा की ऋजुता, रसबोध और ग्राह्यता के साथ-साथ अभिव्यंजना में भी सड़क का 'ब्रेकर' बनती हैं। अत: पत्र-लेखक को चाहिए कि वह पत्र में कलात्मकता की रक्षा के लिए सिद्धहस्तता के साथ-साथ संयम बरते। पत्र में बार-बार दुहराव का संकट पत्र के शिल्प को तोड़ता है और शिल्प के टूटने का आशय पत्र की कलात्मकता का स्खलन, क्षरण-छिजाव। अत: हमें यहाँ उक्त बात का ध्यान रखना चाहिए, फिर शिल्प को तो विद्वानों ने 'मूक काव्य' भी कहा है।

□

10

पत्र-लेखन में प्रयुक्त भाषा-शैली

भाषा भावों की द्वारपाल और शैली विचारों की पैरहन या वेशभूषा होती है। भाषा ही भावों का आईना और मुकुर होती है। आकर्षक भाषा और शिल्प-शैली नैपुण्य से सगुंफित पत्र प्रभावकारी होते हैं। यह भाषा ही पत्र में कथ्य और शिल्प में संतुलन साधती है। पत्र में भाषा और कथ्य का नाभिनाल संबंध होता है। अत: यदि संतुलन बिगड़ा तो पत्र बदशक्ल भी हो सकता है, इसलिए पत्र-लेखन में भाषा एवं शैली पर खास ध्यान देने की गरज और जरूरत होती है। वस्तुत: भाषा पत्र की शक्ति होती है। भाषा की सादगी ही पत्र की ताकत और आकर्षण का प्रमुख कारण बनती है। पत्र की भाषा चमकते सिक्के की तरह बीच सड़क पर पड़े किसी मोहक सिक्के की तरह होनी चाहिए। साफ शब्दों में, पत्र निहायत सीधे-सादे अंदाज में लिखे जाने चाहिए। भाषा सधी होनी चाहिए। सहज और प्रभावशाली भाषा में लिखा गया पत्र, पत्र को असरकारी और प्रभविष्णु बनाता है। सहज-सुचिक्कण भाषा रिश्तों की जटिलता को खोलती है। पत्र की भाषा सजीव हो, भरसक वाक्य छोटे-छोटे हों, बल्कि भाषा प्रांजल, सुष्ठु और प्रसादगुण संपृक्त हो तो उत्तम है, क्योंकि इस तरह की भाषा के संस्पर्श से कथ्य या भाव का मनोरम चित्र पत्र में उगता-बनता है। कभी-कभी देशज शब्दों के प्रयोग से पत्र की स्वाभाविकता बनी रहती है, क्योंकि कथ्य और शिल्प एक-दूसरे के पूरक होते हैं।

कहते हैं, माँ और भाषा तो सभी का पहला प्यार होती हैं, इसलिए पत्र में माँ जैसी विनम्र, निष्कलुष, मुलायम और सीधी-सादी भाषा का प्रयोग करना चाहिए। तनाव पैदा करनेवाली परुष और रूक्ष भाषा का पत्र में कतई प्रयोग नहीं करना चाहिए, बल्कि प्रयास करना चाहिए कि पत्र की भाषा शिष्ट, सभ्य, शालीन, उच्छल, प्रसन्न और क्षिप्र प्रवाही हो। साँस रोककर गढ़े गए बेडौल शब्द पत्र के चरित्र को क्षरित करते हैं। साफ

शब्दों में, क्लिष्ट, कठिन भाषा पत्र में रसभंग पैदा करती है। इस तरह की शब्दावली से पत्र के 'कंटेंट' की अकाल मृत्यु हो जाती है। साफ शब्दों में, क्लिष्ट शब्दों, प्रतीकों और बिंबों की अनावश्यक झिलमिल-झुटपुटापन (Twilight) में कहीं ऐसा न हो कि पत्र का अर्थ-आशय पकड़ने और समझने में मुश्किल पेश हो। कुल मिलाकर पत्र में अति अनुशासनबद्धता अर्थात् भाषायी शुद्धतावादिता और अतिअराजकता के बीच यदि संतुलन असाधित है, तो पत्र अपने कलात्मक सौंदर्य से महरूम ही माना जाएगा। पत्र की भाषा में डॉ. रघुवीर के शब्द—"**आपके निलंबन में विलंब की सूचना अविलंब दी जा रही हैं**" जैसी पाकीजगी और शुद्धतावादी शब्दावली का प्रयोग पत्र की कलात्मकता पर संकट पैदा करेगी। वस्तुत: यह शब्दावली दस्तावेजों के साथ ही अभिलेखागार की संपत्ति बन गई है।

बहरहाल, हमें यह ध्यान रखना चाहिए कि पत्र में भले ही दार्शनिकता का अंदाज वर्णित हुआ हो, कोई गंभीर विश्लेषण प्रस्तुत हुआ हो, यहाँ तक कि क्रोध, खीझ और आक्रोश व्यक्त किया गया हो—एक-एक शब्द नपे-तुले और सधे हुए प्रयुक्त होने चाहिए। मन के भीतर उठ रहे भावनात्मक और वैचारिक तूफान, तल्खी एवं अंधड़ को सरल-सजीव भाषा ही संजीदगी से अपने स्नेह और आत्मीयता की आँच से उपशमित करती है। स्पष्टत: यह कि पत्र की सभी बातें आसान-ओ-तलब भाषा में सरस ढंग से कहनी चाहिए। भाषा पत्र को पठनीय, लजीज और दिलचस्प बनाए रखने में सक्षम हो। अगला ध्यान हमें यह रखना चाहिए कि पत्र में बरते गए एक-एक शब्द भावार्थ को रजाई में भरी गई रुई की गाँठ की तरह खोलने में काबिल हों। वैचारिक सहमतियाँ-असहमतियाँ तो पत्र का अनिवार्य अंग हुआ करती हैं, किंतु पत्र में प्रयुक्त भाषा तो पत्ती के टूसे की तरह कोमल होनी चाहिए, जिससे पत्र में व्यक्त प्रारूप और परिदृश्य यथासंभव पाठक को बोधगम्य हो जाए। पत्र बहुत तार्किक बौद्धिक और बोझिल न हो, क्यों कि इससे पत्र में व्यक्त होने वाला कथ्य अर्थात् प्रयोजन संदर्भ ही छूट जाने का खतरा बना रहता है। भाषा रचाव के सुंदर प्रयास में कहीं पत्र की भाषा चौंकानेवाली और संवेगी न बन जाए। हाँ, इतनी संवेदनशीलता अवश्य हो जो अनुभूतियों को झकझोरने की ऊर्जा से लैस हो। भाषा में आंचलिक मुहावरे और देशज शब्दों का प्रयोग सुंदरता सलोनापन प्रदान करते हैं। बहरकैफ, यदि पत्र-लेखक पत्र में मुहावरों का प्रयोग करना ही चाहता है, तो उसे चाहिए कि वह इतिवृत्तात्मकता से बचे।

समग्रता में यह कि पत्र में शब्द-शैली की इतनी सुंदर बुनावट हो कि वह पत्र को पाठक के साथ बाँधे रखे। अगली बात यह कि भाषा में सादगी के साथ-साथ सरलता, निश्छलता हो। इससे कई लाभ होते हैं, जिनमें अव्वल तो यह कि पत्र में अनावश्यक उत्तेजना एवं तसर्रुफ पैदा नहीं होती, दूसरा यह कि सरल-सहज भाषा और शैली में

अंतर्मन के भावानुराग बिना लाग-लपेट के अक्षरों के रूप में पत्र में उगते चलते हैं। पत्र की भाषा ध्यान खींचनेवाली हो, भाव गोशाला की गायों की तरह ठूँसे हुए न हों, इससे कभी-कभी पत्र में भाषिक शैथिल्य उपजने की संभावना बनी रहती है। भरसक पत्र-लेखक को प्रयास करना चाहिए कि वह पत्र में सयानी, समझदार एवं कथ्य-स्मृति समृद्ध भाषा का इस्तेमाल करे। इससे फायदा यह होगा कि पत्र निरंतर चित्ताकर्षक बना रहेगा, अन्यथा वह दुचित्तेपन का शिकार हो जाएगा। भाषा में दुहराव का दोष न हो। यदि पत्र इस दोष से मुक्त है तो उसमें पाठकीयता का प्रवाह और लय निरंतर बनी रहेगी। एक बात और, अप्रचलित शब्द-प्रयोग प्रवाह में बाधक होते हैं, इसे भी ध्यान में रखना चाहिए। पत्र की भाषा असंयोजित पैबंद और चकत्ती न लगे। पत्र में भाषा और भाव की मंजुल संगति बनी रहनी चाहिए। कई बार पत्र में अनूठापन और नयापन लाने के फेर में पत्र-लेखक साँस रोककर गढ़े गए कृत्रिम एवं मेझड़ा शब्दों का प्रयोग करते हैं, परिणाम होता है, पत्र भाव और भाषा के स्तर पर खुद अपने ही अंतर्विरोधों की गिरफ्त में आ जाता है, अतः पत्र के सामने विश्वसनीयता का सवाल खड़ा हो जाता है। एक अन्य बात यह कि भाषा के धरातल पर पत्र में उनका उपयुक्त प्रयोग हो। भरसक भाषा अलंकार हीन हो। भाषा में भावुकता की रूमानियत न हो, बल्कि संजीदा-कसीदा होने के साथ-साथ संपूर्ण दृश्य को सामने खड़ा करने में समर्थ हो। पत्र में भाषिक और शैल्पिक कच्चापन न आने पाए। शैली के स्तर पर एक महत्त्वपूर्ण बात का खयाल करें कि लंबे-लंबे आत्मालापों से पत्र-लेखन का आशय स्पष्ट नहीं होता, लिहाजा पत्र उबाऊ होने लगता है। थोड़े में बात कहने का प्रयास अर्थात् पत्र में समास शैली का प्रयोग करें। शैली में अनावश्यक प्रसंगों को ठूँसकर कथ्य को अनावश्यक विस्तार नहीं देना चाहिए।

सच तो यह है कि कल्पित एवं बनावटी शैली, बनावटी अभिव्यंजना, निरर्थक शब्द योजनाएँ, कथ्य के साथ गंदा पुरमजाक या खिलंदड़पन, संदर्भों को न पकड़ पाना आदि दुर्गुण पत्र की अच्छी भाषा-शैली को मुँह चिढ़ाते-बिराते हैं। इन कमजोरियों से पत्र का ताप तेज मरता है। पत्र में भाषिक गठन (Structure) की कमियाँ लक्षित न हों और अंत में यह कि पत्र में शैली एवं भाषा तथा शिल्प और संवेदना का समंजन-संतुलन सतत अजस्रम् बना रहे, तभी पत्र की श्री और तासीर बनी रहेगी।

□

11

'पत्र-लेखन' शब्दों के अक्षरों में निहितार्थ

'पत्र-लेखन' शब्द में प्रत्येक शब्द के अपने कुछ विशिष्ट अर्थ हैं, जिन्हें क्रमशः इस प्रकार देखा जा सकता है—

1. पठनीय—पत्र पठनीयता के गुणों से युक्त होना चाहिए। लिखावट सुंदर हो, साफ हो, अक्षरों के बीच उपयुक्त जगह बनी रहे। वह संपूर्ण अर्थों को व्यक्त करने में सक्षम हो। कुल मिलाकर उसे पढ़ने और अर्थ-आशय पकड़ने में किसी तरह की परेशानी न हो। वह पठनीय हो।

2. त्रष्टा-दृष्टि से रूप-निर्माण—त्रष्टा का अर्थ यहाँ कारीगर से है अर्थात् पत्र को अपनी प्रज्ञा की कुशल छेनी-रेती से तराश-निखारकर या काट-छाँटकर उसके स्वरूप को सुंदर बनाना। कुल मिलाकर पत्र के स्वरूप की चारु और सुंदर निर्मित हो।

3. लेखन संबंधी त्रुटियों का समाहार—इसका अर्थ होता है—वस्तु, शिल्प, भाषा और व्याकरणिक स्तर पर पत्र में किसी तरह की अशुद्धियों का न होना। साफ शब्दों में, पत्र में यदि किसी स्तर पर अशुद्धियाँ हैं तो उन्हें बीन-बराकर, छान-निथारकर पत्र में से निकालना और इस प्रकार पत्र को निरा शुद्ध एवं अनाविल बनाना।

4. खंड-विभाजन—पत्र की प्रस्तुति यदि विषय-क्रम के अनुसार टुकड़ों में बाँटकर की जाए तो यह पत्र पाठक को मोहित करेगा। पढ़ने-समझने में सहूलियत होगी। कई खंडों में बाँटकर लिखा गया पत्र पाठक को अपनी पूरी बात मुकम्मल ढंग से कह लेता है।

5. भाषा—पत्र की भाषा रोचक, विनम्र एवं पत्र में प्रस्तुत कथ्य के पूरे परिवेश के दृश्यों को विशेष छटा के साथ प्रस्तुत करने वाली हो। भाषा प्रवाहमय हो, उसमें

एकरसता, जड़ता या ठहराव न हो। पाठकीयता के रस से लबरेज हो। कुल मिलाकर, भाषा ऐसी हो, जो पत्र के कमजोर कथ्य या वस्तु को सँभाल ले। अरुचि पैदा न होने दे।

अतः इस प्रकार हम देखते हैं कि प्रत्येक शब्द के प्रथम अक्षर के मेल या योग से शब्द बन जाता है—'पत्र-लेखन।'

□

12

अच्छे या कुशल पत्र-लेखक के गुण

उपन्यास, कहानी, नाटक, निबंध आदि हिंदी की सशक्त विधाओं की तरह पत्र-लेखन भी एक प्रभावशाली नवीन गद्य विधा है, अंतर्मन की भावनाओं को रूपाकार देने की एक विशिष्ट-प्रविधि है। दूर देश-परदेश में बैठे व्यक्ति से सुख-दुःखों को साझा करने का एक पुख्ता लिखित माध्यम है। वस्तुतः पत्र संदेशों का वाहक, समाचारों का दूत या हरकारा होता है। यदि पत्र अपने देश से बाहर किसी देश में भेजा गया है तो वह उस देश की संस्कृति का प्रतीक होता है। अपनी-अपनी प्रकृति और मिजाज में पत्र के कई प्रकार होते हैं। अतः पत्र चाहे अखबार-पत्रिकाओं में छपने के लिए लिखा गया हो, चाहे एक मित्र ने अपने दूसरे मित्र को साहित्यिक पत्र लिखा हो, चाहे पत्र पारिवारिक, व्यापारिक, सामाजिक, कार्यालयीय या सरकारी संदर्भ में लिखा गया हो—इन्हें अच्छी और उत्कृष्ट प्रस्तुति के लिए पत्र-लेखक के पास ज्ञानसंबंधी कुछ बुनियादी जानकारियाँ-जरूरतों का होना नितांत आवश्यक होता है। जो पत्र-लेखक इन जानकारियों को जानते हैं, वही श्रेष्ठ या उत्तम-कुशल पत्र-लेखक माने जाते हैं।

दरअसल, पत्र व्यक्ति के अंदर स्थित मौन को कागज पर शब्दों के रूप में उतारकर उसे वाणी या जुबान देते हैं। यदि पत्र की प्रस्तुति सलीके से हुई है तो वह अज्ञानता-अकर्मण्यता की नींद के नीम अँधेरे में सो गए व्यक्ति को झकझोरते हैं। राजा जयसिंह को लिखा गया कविवर बिहारीलाल का पत्र इसका पुष्ट प्रमाण है—

''नहिं परागु, नहिं मधुर मधु नहिं विकासु इहि काल।
अली कली ही सौं बँध्यौ, आगै कौन हवाल॥''

पर यह सब तब संभव है, जब पत्र-लेखक पत्र-लेखन के कुछ महत्त्वपूर्ण गुणों से वाकिफ हो। यदि पत्र-लेखक को पत्र लिखने का लहजा और ढंग-हुनर ज्ञात है, तभी उसका पत्र प्रभावशाली और उपयोगी सिद्ध होगा।

अत: इस संदर्भ में पहली बात जो हमारा ध्यान खींचती है, वह है—पत्र-लेखक के पास दृष्टि की साफगोई और दृढ़ता होनी चाहिए। उसके दृष्टिकोण का फलक विस्तृत और सुलभ हो। एकांगी एवं पीत विचार न हों। जीवन की जटिलताओं का बयान यदि पत्र-लेखक अपने पत्र में कर रहा है, तो उसका विश्लेषण और समाधान भी उसे प्रस्तुत करना चाहिए। उसके पास सृजनशील तर्क वृत्ति हो। पत्र में वस्तुओं और स्थितियों का खुलासा बड़ी सादगी से करना चाहिए। पत्र में पत्र-लेखक नितांत निजता की हदों को पार न करे, पत्र-लेखन के श्रेष्ठ गुणों में यह भी एक है। साफ शब्दों में उसे अपने पत्र-लेखन की सीमाओं का चेतन संज्ञान ज्ञात होना चाहिए। व्यावहारिक एवं अनुभव संपन्नता से पत्र-लेखन के 'मोनोटोन' की निष्कंप लौ पत्र में निरंतर जलती रहती है।

अच्छे पत्र-लेखन की एक अगली शर्त है कि उसे सामाजिक संबंधों, सरोकारों की पूर्ण जानकारी हो। पत्र पत्र-लेखक का अग्रदूत माना जाता है। पत्र पानेवाले से वह संवाद, सहकार और आपसदारी कराता है। अत: उत्कृष्ट पत्र-लेखक पत्र को निरंतर पठनीय एवं दिलचस्प बनाए रखने के लिए उसमें क्षुद्र स्वार्थ, स्पर्धा और टुच्चेपन की बात नहीं लिखता। सच तो यह है कि पत्र में पत्र-लेखक की सुरुचि, उदारता और समझदार-सुलझी दृष्टि का पता चलता है। गहरी अंतर्दृष्टि, विचार, अनुभव और उत्कृष्ट-लजीज शैली में लिखे गए पत्र में जड़ता पैदा नहीं होती। यदि अन्यथा न लिया जाए तो कहा जा सकता है कि विनम्रता और सहजता के साथ लिखा गया पत्र लेखक के भीतर स्वत: परिपक्व दृष्टि और समझ का सुंदर परिसर तैयार करता है।

यदि पत्र अपने देश से बाहर भेजा जा रहा है तो अच्छा पत्र-लेखक वहाँ की संस्कृति, सभ्यता, कला, काव्य, साहित्य, समाज, इतिहास, पृष्ठभूमि, परंपरा, जीवन संदर्भ आदि की बखूबी जानकारी रखता है, तभी उसका पत्र-लेखन सटीक, विश्वसनीय और प्रामाणिक माना जाता है। एक अलहदा बात यह कि अच्छा और अनुभव तथा ज्ञान संपदा-संपृक्त पत्र-लेखक अपने पत्र में अपनी उपलब्धि या अपनी प्रतिभा का बखान अतिरंजित या अधिमूल्यित करके नहीं करता। अत: ऐसी स्थिति में पत्र आत्मपरक नहीं होना चाहिए। उसका चरित्र बहुआयामी होना चाहिए, तभी वह पत्र व्यावहारिक तथा उपयोगी होगा।

अच्छा पत्र-लेखक अपने पत्र में उत्तेजना-उत्ताप पैदा करनेवाली भाषा का प्रयोग नहीं करता है। उसकी भाषा में एक 'क्लासिकल' संयम और सख्ती शुरू से अंत तक बनी रहती है। वह पत्र में कभी भी हताशा और पराजयबोध की भाषा का इस्तेमाल नहीं करता। अच्छा पत्र-लेखक वही माना जाता है, जो अपने पत्र में समकालीन जीवन की विडंबनाओं-विद्रूपताओं, त्रासदियों और चुनौतियों को आशा व आस्था का स्वर दे। कुल मिलाकर सरल और रुचिकर भाषा में लिखा गया पत्र जिज्ञासा वर्धक तो होता ही है, वह पत्र-लेखक के पारदर्शी मन और सयानी समझ को भी पुष्ट करता है।

□

13

उत्तम या श्रेष्ठ निजी पत्र की विशेषताएँ या गुण

1. पत्र सहजता-सरलता के गुणों से संपृक्त होना चाहिए

समाचार, संदेश और सूचनाओं को पल भर में ही विश्व के कोने-अँतरे तक निर्बाध-बेखटक पहुँचानेवाली सूचना तकनीक के हालिया जन्मने के कारण पत्र-लेखन एक कठिन और कशमकश दौर-दबाव से गुजर रहा है। साफ शब्दों में यह कि संप्रति उथल-पुथल से भरे इस संक्रमणशील समय में निजी पत्र-लेखन का अस्तित्व हमारे सामने सवाल की तरह खड़ा है। अत: ऐसी विषम स्थिति में पत्र-लेखन की लय को सतत् बनाए रखने के लिए हमें कुछ महत्त्वपूर्ण सूझबूझ से काम करना चाहिए। अव्वल तो यह कि पत्र की भाषा-शैली नितांत सरल-सहज हो। दरअसल, निजी पत्र अपने नितांत निजी लोगों को ही लिखे जाते हैं। इन पत्रों में हर अनुरागी मन अपने अंतर्मन की गाँठ अपनों के सामने खोलता है। यहाँ 'अपने' सामने नहीं होते, पत्र ही वहाँ संवाद की भूमिका में होता है। अत: पत्र बहुत अकादमिक नहीं होना चाहिए। उसमें प्रतीक विधान, गूढ़-बिंब योजना और मिथक रचना नहीं होनी चाहिए। वस्तु तत्त्व के प्रभावशाली संप्रेषण के लिए अनगढ़, जटिल, भदेस और विचारोत्तेजक भाषा का प्रयोग नहीं करना चाहिए। निजी पत्र लिखते समय प्रयास करना चाहिए कि उसकी रोचकता-रंजकता भंग न हो। पठनीयता का प्रवाह बाधित न हो। नकार, आक्रोश और खीझ भी यदि पत्र में व्यक्त करनी हो तो वह शिष्ट-सरल, संयमित भाषा में अभिव्यक्त हो। जिन प्रयोजनों को लेकर पत्र लिखा गया है, खयाल रखना चाहिए कि पत्र में वे सभी मूल आशय छूटने न पाएँ। पत्र में संपूर्ण अभिप्राय विन्यस्त हो जाना चाहिए। पत्र में मंतव्य का मूलचित्र खड़ा हो जाए। पत्र वस्तुत: नैतिक जिम्मेदारी की अभिव्यक्ति होता है, अत: पत्र में कोई प्रसंग न छूटे। पत्र भ्रामक शब्दों की गर्द से रहित हो। अतिरेकी

भाषा पत्र को लघुता के पतन की ओर ले जाती है, अत: हमें पत्र को स्वयंप्रभ और आकर्षक बनाने के लिए उपर्युक्त आग्रहों पर ध्यान देना चाहिए।

2. संक्षिप्तता पत्र को आकर्षक बनाती है

'संक्षिप्तता' का आशय यहाँ अलग-अलग संदर्भों में अलग-अलग हो सकता है, यथा—यदि पत्र 'सरकारी/शासकीय' है तो जाहिर है, वह नपी-तुली भाषा-शैली में ठोस स्वरूप और आकार-प्रकार में छोटा और लघुकाय होगा, किंतु वही पत्र एक मित्र अपने दूसरे मित्र को, माता-पिता अपने पुत्र-पुत्रियों को, बड़ा भाई अपनी छोटी या बड़ी बहनों को, पत्नी अपने पति को और प्रेमी अपनी प्रेमिका को लिख रहा है—तो पत्र इनकी आवश्यकतानुसार लघु-लंबा, दोनों हो सकता है। निजी पत्रों में उनकी छोटाई के लिए पत्र की लंबाई छाँटने में कहीं 'भावुकता' तो कहीं 'वत्सलता', कहीं 'ममत्व' तो कहीं शृंगार के संयोग-वियोग की 'रति' आड़े आ जाती है। दरअसल, यहाँ अभिव्यक्ति की भूख के कारण सारे नियमों की हदें टूट जाती हैं। यहाँ पत्र-लेखक/लेखिका पर उपर्युक्त तत्त्व भारी पड़ जाते हैं। निजी पत्र इन लिखनेवालों के लिए खुली खिड़की की तरह होते हैं, जहाँ खरी-खरी टिप्पणियाँ भी होती हैं, उलाहने-उपालंभ होते हैं, अपने भीतर की टीस, व्यथा, चुभन और कसक की भड़ाँस भी होती है तो कहीं नैतिक शिक्षा का उपदेश तथा नैतिक जीवन जीने के अनुशासन का पाठ भी होता है। अत: ऐसी विषम स्थिति में निजी पत्र की संक्षिप्तता की बात मुझे बेमानी ही लगती है, फिर भी पत्र-लेखक को चाहिए कि पत्र में एक ही बात बार-बार पिष्टपेषित न हो, प्रस्तुति सीधी-सरल हो, पत्र में शब्द-शक्तियों का अनावश्यक प्रयोग न हो। पत्र इतना लंबा भी न हो कि उसे पढ़ते-पढ़ते ऊब-उबन और थकान तथा नीरसता पैदा हो, पत्र में व्यंग्य की बेधक मार न हो। पत्र नाटकीयता के प्रपंच से दूर हो। कुल मिलाकर यदि पत्र में हाजिर जवाबी, भाषा में बोलचालवाला लहजा प्रयुक्त हुआ है तो इस तरह के पत्र से मन मुदित होगा। नई-नई अर्थ-दीप्ति से पत्र भर जाएगा तथा वह जिंदा-जीवंत एवं आकर्षक भी बना रहेगा।

3. पत्र का मूल मंतव्य स्पष्ट होना चाहिए

पत्र में लिखा गया मूल आशय स्पष्ट और साफ होना चाहिए। भाव के स्तर पर पत्र दुविधा-द्वैध का शिकार न हो। पत्र में लिखी गई बात यदि भ्रामक अर्थ पैदा करती है, तो यह पत्र-लेखक का दोष और पत्र का कमजोर बिंदु माना जाएगा। इसके लिए हमें सरल-सहज, आत्मीय भाषा और शैली का इस्तेमाल करना होगा। पत्र की भाषिक 'टोन' बंद गाँठ की तरह भाव को खोलने वाली होनी चाहिए। प्रापक को रिझाने वाली आलंकारिता एवं शाब्दिक फिजूलखर्ची से यहाँ बचना होगा। साफ शब्दों में, शब्दों की मितव्ययिता अर्थात् कम-से-कम शब्दों में न लिखा जाए, क्योंकि यदि भाव साफ नहीं हुआ तो पत्र-लेखन

का मंतव्य ही अधूरा रह जाएगा। पत्र में लटके-झटकेबाजी और कोरे शब्दाडंबर नहीं होने चाहिए। भाषा बहुत सख्त और खुरदरी न हो तो बेहतर है। कुल मिलाकर शैली-शिल्प और भाषा पत्र में व्यक्त विचार के पीछे उसकी रक्षा करते हुए वैसे ही चलें, जैसे कोई पतिव्रता, सुशीला, संकोची दुल्हन जीवन भर अपने पति के पीछे एक निश्चित अनुशासन में चलती रहती है।

4. पत्र निश्चित अर्थ देनेवाला होना चाहिए

पत्र एकार्थी हो, क्योंकि अर्थ-बहुल पत्र पाठक को संशय के दोराहे पर खड़ा करता है। वस्तुतः पत्र कोई कहानी, उपन्यास या सूरदास के काव्य का कोई कूट पद नहीं है, जहाँ अर्थ निकालने के लिए अटकल-अनुमान की वर्जिश करनी पड़ती है। पत्र में विन्यस्त आशयों को पकड़ने-समझने के लिए यहाँ अभिधा, व्यंजना या लक्षणा अथवा कल्पना, संकेतों, इंगितों, आभासों और अंतर्ध्वनियों की गुंजाइश या संभावना कम बनती है, इसलिए पत्र अपने संपूर्ण ब्योरों में सिलसिलेवार अपनी पूर्ण अर्थाभा में खुलना चाहिए, तभी वह पठनीय और ग्राह्य बनेगा। दरअसल, पत्र में कही-लिखी गई बात का आशय-अर्थ यदि टुकड़ों में या कटा-पिटा निकलेगा तो वह पढ़नेवाले पाठक के मन में असंतोष, खीझ, आक्रोश पैदा करेगा। तनाव, विसंगति, असंतुलन पैदा करने के कारण वह पत्र अपने लक्ष्य में विफल होगा, अतः ऐसी स्थिति में पत्र-लेखक को चाहिए कि वह पत्र को पूरे मनोयोग के साथ इस तरह लिखे कि उसमें निश्चित अर्थ का क्रमबद्ध प्रवाह बना रहे। वह अर्थहीन, द्विअर्थक या विकृत न लगे। उसका चरित्र सुरक्षित रहे, वह किसी कोण पर खंडित न लगे और पढ़नेवाला उस पत्र का उत्तर तत्काल बहुत गर्मजोशी से दे।

5. पत्र शिष्टाचार एवं विनम्रता से लबरेज हो

शिष्टाचार एवं विनम्रता व्यक्ति जीवन की प्रारंभिक पाठशाला का पहला सबक, पाठ या ककहरा है। सत्ता, समृद्धि, यश और शक्ति के हिमालय पर बैठा व्यक्ति यदि शिष्ट-विनम्र नहीं है, तो वह उपहास का पात्र है। वस्तुतः विनम्रता श्रद्धा पैदा करती है, तो उद्दंडता क्षोभ एवं संताप। 'अभिज्ञान शाकुंतल' में कालिदास कहते भी हैं—

''भवन्ति नम्रास्तरवः फलागमैर्नवाम्बुभिर्दूरविलम्बिनो घनाः।
अनुद्धताः सत्पुरुषाः समृद्धिभिः स्वभाव एवैष परोपकारिणाम्॥''

अर्थात् वृक्ष में फल लगने पर उसकी शाखें, कंछियाँ, टहनियाँ विनम्रतापूर्वक नीचे ही झुकती हैं। अतः निजी पत्र-लेखन में हमें भी इन उपदेशों का पालन करना चाहिए। पत्र में जो भाषा प्रयुक्त की जाए, वह विनयी-विनम्र हो। रूखी, गरूरी, गैर-वाजिब या अप्रिय-कर्णकटु भाषा पत्र के चरित्र को क्षतिग्रस्त करती हुई पत्र-पाठक के मन को ठेस-क्लेश पहुँचाती है। विनम्र भाषा पत्र-लेखक के व्यक्तित्व को पत्र में विस्तार से खोलती है। विनम्रता,

सदाशयता, शिष्टाचार संबंधी जितने भी संबोधन हैं, यथा—'कृपया', 'धन्यवाद', 'आदरणीय', 'सेवा में', 'क्षमा के साथ', 'भूलों के साथ' आदि का पत्र में यथास्थान प्रयोग करना चाहिए, क्योंकि पत्र-लेखक से पत्र में यदि जाने-अनजाने किसी तरह की अवज्ञा-अनुशासनहीनता हो भी गई होगी, तो पत्र-पाठक उसे नजरंदाज कर देता है। शिष्टाचार एवं विनम्रता से बिगड़ा काम भी बन जाता है, इसलिए हमेशा पत्र की भाषा विनम्र, भाव-प्रवण, सुंदर-सजीव चित्र गढ़ने वाली होनी चाहिए। पर यहाँ यह भी हमें ध्यान रखना होगा कि शिष्टाचार एवं विनम्रता की भी एक सीमा-रेखा होती है। साफ शब्दों में, पत्र में प्रयुक्त अतिशय विनम्र भाषा से कहीं खुशामद, चापलूसी, चाटुकारी (साइकोफेंसी) आदि गंदी प्रवृत्तियों की दुर्गंध न फूटने पाए। कुल मिलाकर पत्र में आपका व्यक्तित्व कहीं दुर्बल न दिखाई दे, इस बात का सतत ध्यान रखना चाहिए।

6. प्रभविष्णुता पत्र का सुखद समापन है

कहते हैं, अंत भला सो सब भला, अर्थात् पत्र का समापन यदि प्रभावशाली ढंग से हुआ तो मान लिया जाता है कि वह अपने उद्देश्य में सफल हो गया। पत्र में यह प्रभविष्णुता कई स्तरों, यथा—खूबसूरत विषय-वस्तु, ताकतवर शिल्प, मोहक भाषा आदि पर होती है। दरअसल, पत्र वही सार्थक-सफल और प्रभावशाली माना जाता है, जो एक कुशल वकील की तरह पत्र के भीतर लिखी सामान्य सी लगने वाली विषयवस्तु को भी इतनी मनोरमता के साथ बयान करे कि पत्र पानेवाला चकित और प्रभावित हो जाए। अधिकांश निजी पत्र सादे, कोरे पन्नों पर हाथ से लिखे जाते हैं, अतः यहाँ पत्र-लेखक को यह ध्यान रखना चाहिए कि वह पत्र की वर्तनी (Spelling) को शुद्ध लिखे। लिखावट इतनी सुंदर और उम्दा हो कि बीमार पत्र-पाठक भी उसे देख-पढ़कर प्रसन्नता से उठकर बैठ जाए। संबोधनों, अभिवादनों का उपयुक्त स्थल पर प्रयोग किया जाए। अच्छे भाव की कभी-कभी फूहड़ प्रस्तुति पत्र को बदरंग और सतही बनाती है। यहाँ एक बात का ध्यान रखना चाहिए कि यदि पत्र सरकारी/कार्यालयीय/शासकीय हो तो उसे मुद्रित शीर्ष (Letter Head) पर लिखना चाहिए। पत्र-पर्णिका (Letter Pad) या पत्र की शीर्ष साज-सज्जा मुग्ध-मोहक होनी चाहिए। कुल मिलाकर पत्र में किसी भी स्तर पर जटिलता न हो, वैचारिक भटकाव न हो। पत्र-लेखक को चाहिए कि वह अपनी शर्तों को पाठक के ऊपर जबरिया न लादे। पत्र में यदि प्रश्न उठाया जाए तो उसका समाधान भी प्रस्तुत होना चाहिए, अर्थात् पत्र आश्वस्तिकर भी हो। इस तरह से अपने पूर्ण लिबास से सुसज्जित पत्र प्रभावशाली होगा और वही पाठक को मधुर संस्पर्श भी देगा।

□

14

निजी पत्र का स्वरूप या निजी पत्र के अंग

पत्र का बाहरी स्वरूप या कलेवर

भूमंडलीकरण का देवता जब से पश्चिम से बाजार की सवारी पर आरूढ़ होकर धरती-आकाश को वामन की तरह नापता भारतवर्ष में आया है, तभी से हमारी सोच विकृत और अस्मिता खंडित हुई है। हमारी भाषा, साहित्य, कला और संस्कृति को पश्चिमी बाजार की जरूरत के अनुसार ढालने की कोशिश हो रही है, बल्कि यह कहा जा सकता है कि पश्चिम की उपभोक्तावादी, भोगवादी, उन्मादी, खुली बाजारवादी व्यवस्था की चपेट में हम आ भी गए हैं। इसका परिणाम यह हुआ है कि हमारी संस्कृति, मूल्य, स्वदेशी-सुरुचि, चरित्र एवं चिंतन चोर दरवाजे से हीनताबोध के शिकार हुए हैं। हमारा जीवन जीने का तौर-तरीका बदला है, जो बहुत शुभ नहीं है। इसी क्रम में हमने इस बाजारी दौड़ में झटपट शामिल हो, सूचना, संचार-संदेश भेजने के नए-नए आविष्कारों का प्रयोग करते हुए अपने देसी पत्र-लेखन की परंपरा को यह सोचकर लगभग छोड़ दिया है कि कहीं हम सूचना-संप्रेषण में किसी से पीछे न छूट जाएँ। फल यह हुआ कि अंदर की खामोशी कागज पर व्यक्त करनेवाला पत्र एवं उसे एक पूर्ण साँचा देने वाले कागज, कलम आदि का प्रयोग कमतर हो गया।

अब यहाँ पर सवाल के कई कल्ले फूटते हैं कि पत्र-लेखन के प्रति लोगों के मन में वही पुराना अनुराग कैसे पैदा हो? पत्र की अस्मिता, उसका वजूद कैसे सुरक्षित रहे? यह चिंतनीय है। वस्तुत: इलेक्ट्रॉनिक माध्यमों द्वारा भेजे गए संदेश सूचनाएँ तो हवा में फुर्र से उड़ जाती हैं, किंतु पत्र में व्यक्ति जीवन के अनेक महत्त्वपूर्ण प्रसंगों, मधुर स्मृतियों और मूल्यवान अनुभवों की संपदा को टाँक-पिरोकर सुरक्षित रखने का प्रयास

करता है। ये मूल्यवान अनुभव न सिर्फ प्रेरणास्पद और व्यावहारिक बल्कि घुँघराले बालों की तरह ऋजु-टेढ़ी जटिलताओं के प्रति समझदारी भी पैदा करते हैं। पत्र में ढेरों मार्मिक, दिलचस्प प्रसंग आते हैं। ये प्रसंग कभी-कभी हमें रोचक 'क्लाइमेक्स' पर भी ले जाते हैं।

पत्र के प्रति लोगों के मन में चाव और ललक बनाए रखने के लिए हमें प्रथमतः पत्र के बाहरी-भीतरी कलेवर पर भी ध्यान देना चाहिए। पत्र का कलेवर अर्थात् उसका लिबास मोहक और अपने प्रति आकर्षण पैदा करनेवाला हो। उसकी भाषा कमजोर न हो, अशुद्ध न हो, सीधी-सादी हो। भावना की सघनता को व्यक्त कर सकने वाली हो। बगैर ऊँची आवाज में नारे लगाए पत्र में व्यक्त सारे विचारों को कह सकने का माद्दा रखती हो। कागज सुंदर, साफ लिखावट, उचित स्थान पर संबोधन-अभिवादन, विषय-वस्तु, प्राप्त करने वाले का पता-ठिकाना आदि सबकुछ ठीक-ठाक होना चाहिए। पत्र में व्याकरणिक अनुशासन सख्ती से बरता गया हो। पत्र में भाषा और कथ्य की मित्रता अंत तक बनी रहनी चाहिए। तथ्यों की प्रस्तुति इतनी खूबसूरती के साथ हो कि वह पत्र पाने वाले को अंदर से जगाए। कथ्य का व्यूह पाठक को परेशान करनेवाला न हो। पत्र, अतिवर्णात्मक और अति सरलीकरण का शिकार न हो। अतः हमें पत्र के भीतरी कलेवर के साथ-साथ बाहरी कलेवर पर भी विशेष ध्यान देना चाहिए, क्योंकि पत्र पाने वाले की दृष्टि सर्वप्रथम पत्र के बाहरी कलेवर पर ही जाती है और यही प्रभाव पत्र पाने वाले के ऊपर अंत तक बना रहता है, यथा—

1. कागज स्वच्छ-सुंदर होना चाहिए—मानव मन गुहा-गह्वर के सूने कोने में स्थित रंगारंग भावनाओं-संवेदनाओं को व्यक्ति पत्र-लेखन के रूप में, जिस कागज पर शब्द के रूप में आकार देना चाहता है, वह स्वच्छ और देखने में सुंदर तथा छूने में सुचिक्कण-चिकना, मुलायम होना चहिए। साफ शब्दों में कागज खूबसूरत होना चाहिए, जिस पर लिखते समय स्याही का फैलाव न हो। लिखते समय अक्षरों के 'शेड' कागज पर सुंदर उगते जाएँ। यद्यपि संप्रति आधुनिकता के दौर में पत्र-लिखने के अनेक शौकीन लोग श्वेतवर्णी कागज की जगह लाल, पीले, गुलाबी रंगों के कागज का प्रयोग करते देखे जाते हैं, किंतु सच्चाई यह है कि सफेद रंग का कागज शालीन, सौम्य, शांत विचार का द्योतक माना जाता है। कुछ लोग कागज पर ही टाइप मशीन या कंप्यूटर से अपना नाम एवं पता छपवाकर पत्राचार करते हैं, इससे भी पत्र आकर्षक लगता है।

2. पत्र लिखने की स्याही स्तरीय हो—कागज और कलम को स्याही ही परस्पर पुल के रूप में जोड़ने का काम करती है। साफ शब्दों में, स्याही इन दोनों के बीच मेल-मिलाप का रिश्ता जोड़ती है। अतः पत्र-लेखन में प्रयुक्त की जाने वाली स्याही उत्कृष्ट स्तर की होनी चाहिए, क्योंकि यदि कागज उत्तम कोटि का है और इसके बरक्स

स्याही यदि घटिया किसिम की है तो कागज और उस पर लिखे अक्षर पत्र-प्रापक को मुँह बिराएँगे। अगली ध्यातव्य बात यह कि यदि स्याही गाढ़ी नहीं है, उसमें चमक नहीं है, तो वह पाठक को पत्र पढ़ने में असुविधा पैदा करेगी। अर्थ का अनर्थ होगा। इसलिए पत्र-लेखन में प्रवीण, चालाक लोग भरसक काली या नीली स्याही का ही प्रयोग करते हैं। हाँ, शादी-विवाह जैसे निमंत्रण-पत्र या अभिनंदन पत्रों में लाल स्याही का प्रयोग उपयुक्त एवं शुभ माना जाता है।

3. पत्र सुंदर अक्षरों में लिखा जाना चाहिए—पत्र में वस्तु तत्त्व के सुंदर निर्वाह, सार्थक और दिलचस्प शब्दों की अपार भीड़ के बावजूद यदि पत्र-लेखन में अक्षर सुंदर ढंग से नहीं लिखे-सजाए गए हैं, तो पत्र-लेखक का यह एक दुर्गुण माना जाएगा। जैसे कभी-कभी किसी गौरांगवर्णी, टाई-कोट पहने, डील-डौल से ठीक-ठाक, चाक-चौबंद किसी सुदर्शन व्यक्ति को दूर से देखने पर मन प्रसन्न होता है, लेकिन उसके पास जाने पर किसी रोग के कारण उसके मुँह से यदि दुर्गंध फूटती है, तब उस व्यक्ति के प्रति वितृष्णा का भाव पैदा होता है। ठीक यही स्थिति फूहड़ अक्षरों में लिखे पत्र की है। पत्र में अक्षरों की ज्यादा कट-पिट, बेतरतीब लिखावट से पत्र-पाठकीयता का रस मर जाता है। पत्र अपने उद्देश्य में अर्थवान नहीं रह जाता, इसलिए पत्र-लेखन में हमेशा अक्षरों को सुंदर ढंग से लिखना चाहिए। अस्पष्ट अक्षर एक खीझी उदासी पैदा करते हैं और सुलेख अर्थात् मोती की तरह सुंदर अक्षर पत्र को धारदार और खूबसूरत बनाते हैं।

4. पत्रों की प्रकृति के अनुसार लिफाफा, अंतर्देशीय या पोस्टकार्ड का प्रयोग करना चाहिए—पत्रों की प्रकृति अलग-अलग होती है। कुछ पत्र अत्यंत गंभीर सूचनाओं से लैस होते हैं। उनकी गोपनीयता भंग होने से कई तरह के खतरे पैदा हो सकते हैं। अतः उनकी गोपनीयता भंग न हो, इसलिए उन्हें चारों ओर से बंद कागज के ही सुरक्षा कवच 'लिफाफे' के माध्यम से पत्र-प्रापक के पास भेजा जाता है। इसके ऊपर कभी-कभी 'अति गोपनीय' लिख दिया जाता है। कुछ लोग इसकी निश्चित पहुँच के लिए इसे 'पंजीकृत' (Registered) भी करा देते हैं। लिफाफे से कम महत्त्वपूर्ण सूचना के लिए अंतर्देशीय पत्र का प्रयोग करते हैं। यहाँ समाचार लिखने की एक तयशुदा सीमा होती है। इसे हम 'अधखुला' पत्र कह सकते हैं। इससे भीतर कोई सादा कागज या लिखित पत्र नहीं डाला जाता। लिफाफे या अंतर्देशीय की तुलना में कम पैसे में बिकनेवाला पोस्ट कार्ड पूर्ण रूप से 'खुला पत्र' होता है। यह अति सामान्य लोगों का पत्र होता है। वस्तुतः पोस्टकार्ड को गरीब के संचार की लाठी माना जाता है। तेजी से बदल रही दुनिया में यह आज भी सबसे सस्ता संचार माध्यम है। यह अधिकतर पारिवारिक कुशल-क्षेम का संवाहक होता है। यहाँ न तो कोई गोपनीयता-गोपन होती है और न समाचारों का दुराव-छिपाव। सबकुछ बेबाक और खुला हुआ।

5. पत्र की रूपरेखा—पत्र की वस्तु, शिल्प-शैली और भाषा यदि सामान्य या परले दर्जे की है, पर पत्र की रूपरेखा अर्थात् जो चीज जहाँ लिखनी है, यदि वहाँ वे सुव्यवस्थित ढंग से लिखी गई हैं, तो पत्र सुंदर लगता है, रोचक लगता है और वही पत्र आदर्श पत्र के संपूर्ण मानकों को पूरा करता हुआ पूर्ण एवं परिपक्व पत्र कहलाता है; अतः किसी पत्र को 'मॉडल' रूप देने में अधोलिखित अनुशासनों का पालन पत्र-लेखक के लिए मौजू होता है—

(क) पत्र-लेखक का पता, दिनांक—पत्र का यह प्रथम खंड होता है। इसे 'सरलेख' भी कहा जाता है। यह सबसे ऊपर का भाग होता है। पत्र-लेखक को चाहिए कि पत्र-लिखना प्रारंभ करते ही सर्वप्रथम पत्र के आरंभ में दाईं ओर अपना पूरा पता लिखना चाहिए। ठीक उसके नीचे दिनांक भी लिखना चाहिए, यथा—

श्री ऋषभ चतुर्वेदी
पुत्र श्री रविशंकर चतुर्वेदी
श्री नगर कॉलोनी
भारतीय जीवन बीमा रोड
पहड़िया, वाराणसी (उ.प्र.)
दिनांक 15 अक्तूबर, 2013

(ख) संबोधन तथा उसका ढंग—इसके बाद पत्र-लेखक को चाहिए कि दिनांक की पंक्ति के ठीक नीचे बाईं ओर पत्र पाने वाले का पूरा पता लिखे, लेकिन यहाँ यह ध्यान रखना चाहिए कि यदि पत्र व्यक्तिगत रूप में लिखा गया है, तो प्राप्तकर्ता का पता न लिखे। पत्र पाने वाले के पते के नीचे उससे अपने संबंध के आधार पर संबोधनों का प्रयोग करना चाहिए। संबोधनों के प्रयोग के लिए निम्नलिखित शब्दों में से किसी उपयुक्त शब्द का प्रयोग करें, यथा—

अपने से बड़े पुरुष के लिए : पूज्य, पूजनीय, आदरणीय, माननीय, श्रद्धेय।
अपने से बड़ी स्त्री के लिए : पूज्या, पूजनीया, आदरणीया, माननीया, श्रद्धेया।
अपने से छोटे के लिए : प्रिय, प्रियवर, चिरंजीव।
मित्र के लिए : प्रिय, प्रियवर, प्यारे, स्नेहिल, सुहृद, मित्रवर।
सखी के लिए : प्रिय, प्यारी, स्नेहिल।
पति के लिए : प्रिय, प्रियतम, प्राणप्रिय, प्राणनाथ, सर्वेश, प्राणेश्वर आदि।
पत्नी के लिए : प्रिये, प्राणप्रिये, प्रियतमे, प्राण, प्राणेश्वरी आदि।
पुरुष अधिकारी के लिए : मान्यवर, माननीय, आदरणीय, श्रीमान्,

महानुभाव, महोदय आदि।

स्त्री अधिकारी के लिए : माननीया, आदरणीया, श्रीमतीजी आदि।

व्यापारी पुरुष के लिए : श्रीमानजी, प्रिय महोदय, महोदय आदि।

व्यापारी स्त्री के लिए : महोदया, प्रिय महोदया आदि।

(ग) अभिवादन, अभिवेदन, अधोलेख—पत्र-लेखन में प्रयुक्त होने वाले सरलेख, अभिवादन, संबोधन, अभिनिवेदन तथा अधोलेख के उपयुक्त रूपों की तालिका—

पत्र लिखे जाने वाले से संबंध	*संबोधन*	*अभिवादन*	*अभिवेदन/अधोलेख*
बड़ों के लिए पिता, माता, चाचा, शिक्षक बड़ा भाई, बड़ी बहन, अन्य अधिक उम्र के संबंधी	आदरणीय, श्रद्धेय पूज्य, पूजनीय मान्यवर, आदरणीया, पूजनीया	सादर प्रणाम नमस्कार चरण स्पर्श सादर नमन	आपका, आपका पुत्र आपकी पुत्री, आपका आज्ञाकारी, स्नेहाकांक्षी आपका शिष्य, आपका अनुज
समान आयु वालों मित्रों को	प्रिय बंधुवर प्रियवर, प्रिय मित्र	सप्रेम अभिवादन सप्रेम नमस्कार नमस्ते	तुम्हारा, तुम्हारी तुम्हारा मित्र, तुम्हारी सखी
अपने से छोटों को	प्रिय, चिरंजीव	शुभाशिष्य, शुभाशीर्वाद खुश रहो, प्रसन्न रहो	तुम्हारा शुभ चिंतक, शुभाकांक्षी, तुम्हारा हितैषी, तुम्हारा स्नेही
पति को	प्रियवर, प्राणेश्वर	प्रणाम, सादर वंदन सादर चरण स्पर्श	आपकी आपकी अर्द्धांगिनी
पत्नी को	प्रिये, प्राणप्रिये, प्राणेश्वरी	सस्नेह, सप्रेम स्मरण	तुम्हारा प्रिय, तुम्हारा ही तुम्हारा जीवन साथी
अपरिचित पुरुष या महिला को	प्रिय महोदय, प्रिय महोदया, आदरणीय, आदरणीया	प्रणाम, नमस्कार नमस्ते	भवदीय, विश्वस्त
व्यावसायिक पत्र पुरुष अथवा स्त्री को	प्रिय महोदय, आदरणीय महोदय प्रिय महोदया आदरणीय	इस प्रकार के पत्रों में अभिवादन का प्रयोग नहीं होता	आपका कृपाकांक्षी विश्वस्त
सरकारी पत्र : कार्यालय प्रधान को	प्रिय, महोदय महोदय/महोदया	आपका विश्वासी	विश्वस्त
परिचय पत्र	प्रिय, मान्य, आदरणीय प्रिय महोदय	वही	आपका विश्वासी विश्वस्त
विज्ञप्ति	विषय-शीर्षक तथा तिथि	अभिवादन/संबोधन इसमें नहीं	मात्र हस्ताक्षर तथा पदनाम एवं पता

(घ) मुख्य खंड या विषय-वस्तु का निरूपण—इसे मुख्य खंड भी कहते हैं। पत्र-लेखक आपने मनोभाव, संदेश तथा विचार इसी खंड में अंकित करता है। प्रारंभ के दो-एक वाक्यों में औपचारिकता का निर्वाह होता है तथा अंत में सद्भाव व्यक्त अथवा पत्रोत्तर की आशा का उल्लेख किया जाता है। वस्तुतः इसी मुख्य खंड में मनोभाव, विचार अथवा संदेश अंकित किए जाते हैं। सच तो यह है कि विषय ही पत्र का प्राण है। अतः इसे भूमिका, प्रस्तुतीकरण और उपसंहार के रूप में आवश्यकतानुसार अनुच्छेदों में विभाजित करके प्रतिपादित करना चाहिए। इसे इतना आकर्षक और प्रभावशाली होना चाहिए कि पत्र-लेखक का मूल उद्देश्य सुगमता-पूर्वक सिद्ध हो सके। आत्म-संबोधन और हस्ताक्षर-पत्र के अंत में दाईं ओर पत्र प्राप्तकर्ता के संबंध के अनुसार संबोधन कर हस्ताक्षर करने चाहिए।

(ङ) पत्र पानेवाले का पता या पत्र प्राप्तकर्ता का पता-ठिकाना—अंत में ऊपर पत्र पाने वाले का स्पष्ट, स्वच्छ और सुलेख लिखावट में पता लिखा जाता है। यदि पोस्टकार्ड है तो यह पता उसकी पीठ पर बनाए गए निर्देश-निशान के भीतर लिखा जाता है और यदि पत्र लिफाफे के भीतर लिखकर डाला जाना है तो पता उसकी पीठ पर दाईं ओर लिखा जाता है। यहाँ यह ध्यान रखा जाना चाहिए कि पत्र को सही समय, सटीक जगह पहुँचने के लिए नाम, ग्राम, पत्रालय, मुहल्ला, जिला के साथ-साथ पिन कोड तथा नए 'फैशन' के अनुसार 'दूरभाष' नंबर भी अंकित कर देना चाहिए। प्रदेश का नाम नीचे बगल में लिख दें तो और भी उत्तम है।

□

15

पत्रों के प्रकार, कोटियाँ या भेद

अभिव्यक्ति की सुविधा के लिए आज के विज्ञान ने मनुष्य को नई-नई तकनीकें और नए-नए उपकरण, यथा—मोबाइल फोन, लैपटॉप, ब्लॉग, आई-पॉड, वाकी-टाकी, इ-बुक आदि न जाने कितने ऐसे अत्याधुनिक अजूबे तोहफे दिए हैं कि वह चुटकियों में किसी समाचार-संदेश को जहाँ चाहे, वहाँ भेज रहा है। आज देश की कुल आबादी के आठ फीसद देशवासी इंटरनेट का इस्तेमाल कर रहे हैं। संप्रति देश में हर महीने एक से डेढ़ करोड़ लोग फोन के जरिए परस्पर जुड़ रहे हैं। वर्तमान में 75 करोड़ लोगों के पास फोन की सुविधा है, साथ ही प्रति सौ भारतीयों में से 63 लोगों के पास फोन है। साफ शब्दों में, सूचना-संप्रेषण के ये उपकरण आज के व्यक्ति के प्रिय शगल बन चुके हैं। इन उपकरणों ने पत्र-लेखन के लिए व्यक्ति का हाथ तंग किया है। इन सूचना-प्रेषण उपकरणों, यंत्रों के कारण पत्र-लेखन फिलवक्त हदे-नजर हो गया है वहीं भूमंडलीकरण ने भी पत्र-लेखन के प्रति उदासी-खामोशी पैदा किया है। इस भूमंडलीकरण के बढ़ते शोर के कारण हमारी बहुआयामी और बहुभाषी संस्कृति, कला, परंपरा, विरासत, सामाजिक परिवेश लुप्त होने के करीब हैं। पहले अपने देश की भिन्न संस्कृतियों से हमें किसी तरह का खतरा या भय नहीं था, क्योंकि वही हमारी पहचान और शै थी। अपनी देसी संस्कृतियाँ परस्पर कभी संघर्ष नहीं, संधि करती थीं, पर भूमंडलीकरण के इस भयावह दौर में सभी कुछ के साथ-साथ पत्र-लेखन भी सिकुड़-बटुर रहा है।

इन सब चुनौतियों के बावजूद एक सुखद समाचार यह है कि भारत में वर्तमान में 1.55 लाख डाकघर हैं, जो विश्व के सबसे बड़े देश चीन से तीन गुना ज्यादा हैं। आज भी लोगों की डाक-सेवाओं में आस्था है। इन डाकघरों का सीधा संबंध पत्र से है। पर दुर्भाग्य से इन पत्रों के कितने प्रकार या मुख्य भेद होते हैं, यह बड़ा पुराना सवाल समय-

समय पर बहस का बायस बनता रहा है। आज भी हिंदी में पत्रों की कोटियों या भेदों पर पत्र-साहित्य के मर्मज्ञों में एक राय का अभाव है। बहरहाल, मैंने काफी चिंतन-मनन, सोच-विचार और मंथन के बाद पत्रों की कुल मुख्य सात कोटियों का निर्धारण किया है, किंतु कई ऐसे लोग भी हैं, जो पत्रों की इन कोटियों को स्थूल रूप से तीन टुकड़ों में बाँटकर शेष को इन्हीं में अंतर्भुक्त या समाहित करते हैं। इस प्रकार ये लोग पत्र की कुल जो मुख्य तीन कोटियाँ निर्धारित करते हैं, उनके नाम इस प्रकार हैं—1. सामाजिक पत्र, 2. व्यापारिक या व्यावसायिक पत्र, 3. सरकारी पत्र।

पत्रों की पाँत या जमात में एक नई कोटि 'कूटनीतिक या राजनयिक पत्र' को शामिल किया जा सकता है, जिसकी चर्चा यथास्थान होगी। यहाँ पर मैंने पत्रों की कुल मुख्य सात कोटियों पर प्रकाश डाला है, जिन्हें संक्षेप में इस प्रकार देखा जा सकता है—

1. व्यक्तिगत पत्र,
2. व्यावहारिक पत्र,
3. आधिकारिक पत्र,
4. सार्वजनिक पत्र,
5. कूटनीतिक या राजनयिक पत्र,
6. सरकारी, प्रशासनिक या प्रशासकीय अथवा कार्यालयीय पत्र तथा
7. व्यापारिक, वाणिज्यिक या व्यावसायिक पत्र।

अब इनके संबंध में क्रमशः इस प्रकार देखा जा सकता है—

1. व्यक्तिगत पत्र : स्वरूप तथा अर्थ

इस तरह के पत्र को कुछ लोग '**अनौपचारिक पत्र**', '**असरकारी पत्र**' और '**निजी पत्र**' (Private Letters) भी कहते हैं। इस तरह के पत्र अपने पारिवारिक सदस्यों, स्नेही जनों, स्वजनों, मित्रों आदि के मध्य लिखे जाते हैं, जैसे—पुत्र का पत्र पिता के नाम, पुत्र का माता के नाम, पुत्री का पत्र माता के नाम, पुत्री का पत्र पिता के नाम, बहन का पत्र अपने बड़े भाई के नाम, भाई का पत्र अपनी छोटी बहन के नाम, भानजे का पत्र मामा के नाम आदि। इस तरह के पत्र-लेखन में पत्र लिखने का कोई अनुशासन या नियम-कानून काम नहीं करता। यहाँ भाषा भाव-प्रवण या भावुकता-प्रधान हो जाती है। पत्र का आकार-प्रकार बड़ा हो सकता है, व्यक्तिगत या निजी पत्रों में पत्र लिखने और पढ़ने की स्थिति—'**अंक बिहीनियों सूचित तौं, सूने बाँचत जाय**' की हो जाती है। यहाँ भाव किसी तरह से निकाल लिया जाता है। यहाँ सारी वर्जनाएँ, सारे निषेध टूट जाते हैं। विद्वानों ने व्यक्तिगत पत्रों को भी दो मुख्य टुकड़ों में बाँटा है, यथा—

(अ) पारिवारिक पत्र तथा (ब) सामाजिक पत्र।

(अ) पारिवारिक पत्र : स्वरूप तथा अर्थ—अपने परिवार के नितांत अभिन्न के लिए लिखे गए पत्र 'पारिवारिक पत्र' कहे जा सकते हैं। उदाहरणार्थ, माता-पिता, भाई-भाभी, बहन, चाचा-चाची, मामा-मामी, आदि के नाम लिखित पत्र इसी श्रेणी में आते हैं। इन पत्रों की मूल भावभूमि पारिवारिक होती है अर्थात् इस तरह के पत्र पारिवारिक कुशल-क्षेम अर्थात् पिता-पुत्र के बीच संबंधों के अनेक पहलू, सास-बहू के बीच तनाव, पति-पत्नी के आपसी मन-मुटाव, भाई-भतीजा के बीच संबंधों की अनेक विसंगतियाँ आदि की जमीन पर खड़े होते हैं। कुल मिलाकर यहाँ विषय-वैविध्य हो सकता है, लेकिन इनका दायरा होगा अपना परिवार और उससे संबंधित नातेदार-रिश्तेदार तथा लग्गू-भग्गू।

इस तरह के पत्रों में पूर्ण आत्मीयता होती है। भाव सच्चा-सहज होता है, कोई छल-कपट नहीं, बल्कि पत्र में व्यक्त भावों में इतनी ताकत होती है कि दूर चले गए अपने नितांत पास लगने लगते हैं। पत्र की खामोश सरल भाषा प्रेषक-प्रेषिती के बीच संवाद बनती है। पत्र-लेखन शब्दों की कोमल नरम कल्पना की कूची से अपने परिवारजनों के समक्ष पत्र में भावों का सुंदर 'लैंडस्केप' तैयार करता है। इस तरह के पत्रों में पत्र-लेखक भावना लोक में ऊभ-चूभ जाता है। मन की भड़ाँस और उलाहने, गिले-शिकवे निकालता है। यहाँ किसी तरह की औपचारिकता की गुंजाइश नहीं बचती है। इस तरह से पारिवारिक पत्र की 'रील' बेहद अपने सगे-संबंधियों और जिनसे हमारा रक्त का रिश्ता-लश्तगा है, के बीच घूमती है।

पारिवारिक पत्र का नमूना

1. पिता का पत्र पुत्र के नाम

रामपुर माँझा
जनपद-गाजीपुर
तिथि : 10.7.2013

प्रिय ज्ञान,

शुभाशीष।

बहुत समय के बाद तुम्हारा पत्र मिला। मुझे यह जानकर अतीव प्रसन्नता का अनुभव हुआ कि एक ही साथ तुम्हें कई उपलब्धियाँ प्राप्त हुई हैं। हॉस्टल के मिलने का समाचार सुखद स्पर्श दे गया। 'इलेक्ट्रिकल इंजीनियरिंग' में प्रवेश और नामांकन का समाचार पूरे परिवार को प्रसन्न कर गया। एक ओर छात्रावास मिलने से नियमित खान-पान, रहन-सहन में जहाँ सुविधा होगी, वहीं उपयुक्त विषय में दाखिला हो जाने से विषय की अनिश्चितता खत्म हो जाएगी, पढ़ाई में भी मन लगेगा।

आजकल तकनीकी पुस्तकें काफी महँगी हो गई हैं, इसलिए इनकी खरीद में काफी पैसे की आवश्यकता होगी। अत: पुस्तक खरीदने के लिए मैं तत्काल दो हजार रुपए भेज रहा हूँ। शेष पैसा मैं अगले महीने के वेतन मिलने के बाद अवश्य भेज दूँगा। किसी बात की चिंता मत करना। कक्षा में नियमित जाना।

घर पर सब लोग ठीक-ठाक हैं। गुड़िया, रिंकू, मीनू—तीनों बहनें तुम्हें बार-बार याद करती हैं। माँ की ममता तो जानते ही हो। बहरहाल, घर-परिवार के सभी लोग तुम्हें कुशल इंजीनियर के रूप में देखना चाहते हैं। हाँ, अवकाश मिलने पर सूचना तकनीक की भी पढ़ाई करना। शेष ठीक है।

पत्र का उत्तर समय निकालकर देना। गुरुजनों का बहुत सम्मान करना।

तुम्हारा ही पिता
कैलाश नाथ पांडेय

2. माता का पत्र पुत्र के नाम

कंकड़ बाग
राजेंद्र नगर,
पटना
तिथि : 01.09.2013

प्रिय सीटू,

शुभाशीर्वाद।

विश्वास है, स्वस्थ और प्रसन्न होंगे। तुम्हारा पत्र अभी-अभी मिला है। सभी समाचारों से हम लोग अवगत हुए। सी.ए. की परीक्षा में तुम अव्वल आए, इस समाचार से और भी अधिक प्रसन्नता हुई। मैं तो चाहती हूँ कि तुम दो-एक साल 'सिविल' की तैयारी करो, क्योंकि इस परीक्षा में बैठने के लिए अभी तुम्हारी उम्र बची हुई है। बहरहाल, यह मेरा सुझाव है, जैसा तुम्हारे लिए उचित हो, वैसा ही करना। अपने भविष्य के कार्यक्रमों के संबंध में अगले पत्र में संकेत करना।

यहाँ तुम्हारे पापा, बहन गोल्डी एवं मामा गुड्डू सभी लोग कुशल से हैं। बड़े पापा को भी कभी-कभी पत्र भेज दिया करो। मेरा आशीर्वाद और शुभकामना सदैव तुम्हारे साथ हैं।

पत्रोत्तर शीघ्र देना।

तुम्हारी प्यारी माँ
पूनम पांडेय

(ब) सामाजिक पत्र : स्वरूप तथा अर्थ—परिवार का वृहत्तर आयाम और रूप समाज होता है। पारिवारिक घरौंदे से बाहर निकलकर व्यक्ति इसी समाज में रहकर

अपने तमाम संबंधों को निबाहता या निर्वाह करता है। इस समाज में रहकर ही वह अपने जीवन के नए मूल्यों की तलाश में कभी बिखराव-भटकाव तो कभी संत्रास और तल्खी से तीखी मुठभेड़ लेता रहता है। चूँकि व्यक्ति समाज का एक महत्त्वपूर्ण बिंदु है, अतः समाज और व्यक्ति का रिश्ता बहुत पुख्ता होता है। एक-दूसरे के अभाव में दोनों की कल्पना और इयत्ता संभव नहीं। दोनों एक-दूसरे के पूरक होते हैं। गरज और जरूरत के अनुसार व्यक्ति इसी समाज में रहकर अपने संबंधों को एक-दूसरे से नया-पुराना बनाता रहता है। संबंधों के इस बनाव-बिगाड़ में जो माध्यम काम करते रहे हैं, उनमें एक सशक्त माध्यम 'पत्र' है। इस तरह के पत्र को हम 'सामाजिक पत्र' कहते हैं। स्पष्टतः यह कि परिवार के सदस्यों के अतिरिक्त व्यक्ति के कुछ संबंध समाज में रहने वाले कुछ दूसरे कुनबे के लोगों से भी होते हैं। समय-समय पर संबंधों को प्रगाढ़ बनाने हेतु व्यक्ति अपने इन मित्रों, शुभ-चिंतकों को पत्र लिखता रहता है। अतः इस तरह के पत्र को ही 'सामाजिक पत्र' कहा जा सकता है। इन पत्रों में व्यक्ति के निजी सुख-दुःख, हर्ष-विषाद और पीड़ाओं का व्यथा-राग झरता है, कोमल चीख आकार पाती है। अतः इस तरह के पत्रों में भाषा-शैली सरस, कशिशपूर्ण एवं भावों के 'कैनवास' पर शब्दों का सुंदर 'कोलॉज' बनाने वाली होती है।

शादी-विवाह, जन्म-दिन, बधाई पत्र, उछाह-आनंद के अवसर, वर्षगाँठ, धार्मिक अनुष्ठान, गृह-प्रवेश, पारिवारिक उत्सव, संतान प्राप्ति, प्रीति भोज, श्राद्ध और शोक-पत्र आदि इसी श्रेणी में आते हैं। ठीक इसी तरह इष्ट-मित्रों को पत्र, संबंधियों-शुभेच्छुओं की उत्कृष्ट उपलब्धि, सम्मान, पुरस्कार आदि का प्राप्त होना, पदोन्नति, मुकदमे में जीत, किसी अच्छे ओहदे पर नियुक्ति आदि संबंधी बधाई के पत्र इसी श्रेणी में आते हैं। गणतंत्र दिवस, दशहरा, दीपावली, होली, नए साल जैसे उत्सवी अवसर पर लिखे गए पत्र भी सामाजिक पत्र के अंतर्गत ही आते हैं। कुल मिलाकर किसी दुःख-सुख के अवसर पर मंगल-कामनाएँ, शुभ-कामनाएँ तथा शोक का प्रकटीकरण, सांत्वना, समय से न पहुँच पाने के लिए क्षमा-याचना और कृतज्ञता से संबंधित लिखे गए पत्र भी इसी श्रेणी में आते हैं।

यहाँ हमें यह ध्यान रखना चाहिए कि सामाजिक पत्र लिखने की तमाम खुली छूट होने के बावजूद यहाँ कुछ अनुशासन, नैतिकता और सीमाएँ भी हैं। पहली बात तो यह कि इस तरह के पत्रों का कलेवर छोटा रखना चाहिए। बात ठोस और सार्थक लिखी जाए। बेजां या असंगत प्रसंगों का उल्लेख पत्र में न किया जाए। पत्र में आत्मश्लाघा और आत्मलिप्सा से बचा जाए। अर्थस्फीति न हो। एक ही बात का दुहराव बार-बार पत्र में न हो। अगली बात यह कि किसी मित्र या शुभ-चिंतक के सुख-दुःख या बतौर ढाढ़स लिखे गए सामाजिक पत्र उत्साह, साहस, नई स्फूर्ति प्रदान करते हैं, अतः यहाँ शब्दों का

चुनाव और उनका संयोजन बहुत सटीक और उपयुक्त हो। अपने मित्र के उत्साह और आत्मीयता के संदर्भ में जो पत्र आप लिख रहे हैं, वह नैराश्य के खालीपन में उम्मीदों की अरुणिमा एवं चिराग की तरह चमके और प्रभासित हो। सन्नाटे और अंधकार में बंद हो गई मित्र के जीवन की खिड़की को नई आस्था और विश्वास के साथ खोले। कुल मिलाकर अवसर विशेष के अनुकूल संदेश, अपनत्व की भावना, निश्छलता, उल्लास मिश्रित संवेदना साफ-सुथरी अनलंकृत भाषा और संक्षिप्तता आदि इस तरह के सामाजिक, पत्र की अपनी कुछ विशेषताएँ होती हैं।

सामाजिक पत्र की लेखन-शैली पर प्रकाश डालते हुए डॉ. विजयपाल सिंह ने लिखा है—''पत्र के ऊपर दाहिनी ओर पत्र-प्रेषक का पता और दिनांक होना चाहिए। दूसरी बात यह है कि पत्र जिस व्यक्ति को लिखा जा रहा है, जिसे प्रेषिती भी कहते हैं, उसके प्रति संबंध के अनुसार ही समुचित अभिवादन या संबोधन के शब्द लिखने चाहिए। यह पत्र प्रेषक और प्रेषिती के संबंधों पर निर्भर है कि अभिवादन का प्रयोग कहाँ, किसके लिए, किस तरह किया जाए। अंग्रेजी में प्रायः छोटे-बड़े सबके लिए 'My Dear' का प्रयोग होता है, किंतु हिंदी में ऐसा नहीं होता। पिता को पत्र लिखते समय उनके प्रति आदरभाव सूचित करने के लिए 'आदरणीय' या 'श्रद्धेय' जैसे शब्दों का प्रयोग करते हैं। यह अपने-अपने देश के शिष्टाचार और संस्कृति के अनुसार चलता है। अपने से छोटे के लिए हम प्रायः 'प्रियवर', 'चिरंजीव' जैसे शब्दों का प्रयोग करते हैं। इस प्रकार पत्र में वक्तव्य के पूर्व (1) संबोधन, (2) अभिवादन और वक्तव्य के अंत, (3) अभिनिवेदन का संबंध के आधार पर अलग-अलग ढंग से होता है। इसके रूप इस प्रकार हैं—

संबंध	*संबोधन*	*अभिवादन*	*अभिनिवेदन*
पिता-पुत्र	प्रिय अनिल	शुभाशीर्वाद	तुम्हारा पिता
पुत्र-पिता	पूज्य पिताजी	सादर चरण स्पर्श	आपका स्नेहाकांक्षी
माता-पुत्र	प्रिय पुत्र	शुभाशीष	तुम्हारी शुभाकांक्षिणी
पुत्र-माता	पूजनीया माताजी	सादर चरण स्पर्श	आपका स्नेहाकांक्षी
मित्र-मित्र	प्रिय भाई—मित्र या प्रिय प्रेमस्वरूप	प्रसन्न रहो	तुम्हारा
गुरु-शिष्य	प्रिय शिव कुमार	शुभाशीर्वाद	हितैषी, शुभचिंतक
शिष्य-गुरु	श्रद्धेय गुरुवर	सादर चरण स्पर्श	आपका शिष्य
दो अपरिचित व्यक्ति	प्रिय महोदय	सप्रेम नमस्कार	भवदीय
अग्रज-अनुज	प्रिय	शुभाशीर्वाद	तुम्हारा
पुरुष-स्त्री (अनजान)	प्रिय महाशय		भवदीय
पुरुष-स्त्री (अनजान)	प्रिय महाशया		भवदीय
पुरुष-स्त्री (परिचित)	कुमारी पन्नाजी		भवदीय
पुरुष-स्त्री (परिचित)	प्रिय मोहनजी		भवदीय

पति-पत्नी	प्रिये या प्राणाधिके	शुभाशीर्वाद	तुम्हारा
पत्नी-पति	मेरे सर्वस्व, प्राणनाथ	सादर प्रणाम	आपकी स्नेहाकांक्षिणी
छात्र-प्रधानाध्यापक	मान्यवर महोदय	प्रणाम	आपका आज्ञाकारी छात्र

सामाजिक पत्र का नमूना

1. मित्र का पत्र

वाराणसी
(आशापुर, सारनाथ)
दिनांक : 5.4.13

प्रिय मित्र दिनेश,

नमस्कार।

विश्वास है, कुशल से होगे। मुंबई के कुर्ला स्टेशन से 'पवन एक्सप्रेस' से मैं वाराणसी पहुँच गया। चूँकि 'सीट' आरक्षित थी, इसलिए रास्ते में मुझे किसी तरह की कोई परेशानी नहीं हुई। तुम मुझे स्टेशन तक छोड़ने आए, इस कष्ट के लिए तुम्हें धन्यवाद। फिर तुम मेरे मित्र हो, औपचारिकता किस बात की? मैं चाहता हूँ कि तुम एक बार बनारस घूमने आओ। भगवान् शंकर के त्रिशूल पर बसी काशी विश्व की प्राचीनतम धार्मिक नगरी है। यहाँ कई विश्वविख्यात विश्वविद्यालय हैं। गंगा के अनुपम घाट हैं। वस्तुत: यह शहर मंदिरों का है। यह नगरी तीनों लोकों से न्यारी मानी जाती है। अत: एक बार बनारस आने का कार्यक्रम बनाकर मुझे सूचित करना। माता-पिताजी को प्रणाम कहना। भाई-बहनों को मेरा स्नेह-दुलार।

शुभकामनाओं के साथ।

तुम्हारा ही शुभचिंतक
सदानंद यादव

2. बधाई पत्र

समीक्षा अपनी सहेली माला को परीक्षा में प्रथम श्रेणी में उत्तीर्ण होने पर बधाई-पत्र भेजती है—

नवकापुरा, लंका,
गाजीपुर (उ.प्र.)
दिनांक : 14.2.13

प्रिय माला,

आज इंटरनेट पर तुम्हारा परीक्षा फल देखा। प्रथम श्रेणी में उत्तीर्ण होने पर बेहद प्रसन्नता हुई। इस अतीव प्रसन्नता को व्यक्त करने के लिए मेरे पास शब्द नहीं

हैं। कहते हैं, परिश्रम का फल मीठा होता है। वही तुम्हारे साथ हुआ, इसके लिए मेरी बधाई स्वीकार करो। हाँ, इस बात पर बराबर ध्यान देना कि अगली परीक्षाओं में भी हमेशा तुम्हारा परीक्षाफल उत्तम श्रेणी में आए। प्रथम श्रेणी में उत्तीर्ण होने पर मेरे पापा ने अपनी लिखी एक पुस्तक तुम्हें उपहारस्वरूप भेजी है। पुस्तक मिलने पर मुझे सूचित करना। अगली मुलाकात होने पर ढेर सारी बातें होंगी। मेरी मिठाई रखे रहना।

शुभकामनाओं के साथ
पत्रोत्तर की शीघ्र प्रतीक्षा में,

तुम्हारी ही सदैव से
समीक्षा पांडेय

2. व्यावहारिक पत्र : स्वरूप तथा अर्थ

दैनंदिन जीवन की समस्याओं को आधार बनाकर लिखे गए पत्र 'व्यावहारिक पत्र' कहे जाते हैं। व्यक्ति के जीवन में समय-समय पर अनेक परेशानियाँ, कठिनाइयाँ आती रहती हैं। ये कठिनाइयाँ कभी एकल तो कभी समूह के रूप में आती हैं। साफ शब्दों में ये समस्याएँ कभी व्यक्तिगत तो कभी सामाजिक चिंताओं का कारण बनती हैं। इन कठिनाइयों के निदान-निराकरण के लिए व्यक्ति समाज के जवाबदेह पदों पर बैठे लोगों से पत्र-व्यवहार कर आग्रह करता है। इस तरह के पत्राचार विद्यालय के प्रधानाचार्य, बैंक, जीवन बीमा, नगर पालिका, पोस्ट ऑफिस, डॉक्टर, वकील, आयकर विभाग अर्थात् सार्वजनिक-सरकारी उपक्रमों, प्रशासनिक अधिकारियों या सरकार के किसी उत्तरदायित्वपूर्ण पद पर बैठे लोगों से किए जाते हैं। अपनी कठिनाइयों को दूर करवाने के लिए व्यक्ति स्थानीय स्तर पर अपने निजी प्रयासों से या बाद में सामूहिक रूप से उच्चाधिकारियों से आग्रह का पत्र लिखता है। इस तरह के पत्र 'व्यावहारिक पत्रों' की श्रेणी में आते हैं। व्यावहारिक पत्राचार में उल्लिखित समस्याएँ छोटी-बड़ी, कोई भी हो सकती हैं। व्यावहारिक पत्र के चरित्र की यही मुख्य पहचान होती है। कुल मिलाकर व्यक्ति के निजी मुद्दों की जमीन पर ही इस तरह के पत्र खड़े होते हैं। इस तरह के पत्र पूर्ण रूपेण औपचारिक होते हैं।

व्यावहारिक पत्रों की प्रभावशाली प्रस्तुति के लिए या अधिकारियों का ध्यान समस्याओं के निदान-समाधान के लिए अधोलिखित बिंदुओं पर ध्यान देना चाहिए। यहाँ यह खयाल रखना होगा कि यह पत्र पारिवारिक या निजी पत्र नहीं है, बल्कि मुद्दों, समस्याओं को हल या निराकरण के लिए लिखा गया हर कोण से परिपूर्ण 'व्यावहारिक पत्र' है, अत: यहाँ इन बातों को बराबर स्मरण रखिए—

1. भाषा व्यक्ति के व्यक्तित्व को प्रकाशित करती है, अतः यहाँ शिष्ट-शालीन भाषा का ही प्रयोग किया जाए। शब्दों के अप्रचलित प्रयोगों का आग्रह समस्याओं के निराकरण में अवरोध पैदा कर सकता है।

2. भाषा में कहावतों, मुहावरों, शब्द-शक्तियों का प्रयोग न हो। व्यंग्य का प्रयोग न हो। अनलंकृत भाषा अर्थात् साफ, सरल भाषा का पत्र में व्यवहार होना चाहिए।

3. पत्र में मुद्दों, समस्याओं को मुख्य रूप से प्रधानता देनी चाहिए, बल्कि उन्हें क्रमबद्ध लिखा जाए तो बेहतर होगा। इन समस्याओं में भी जो समस्या बहुत मुख्य हो, अधिकारी के ध्यानकर्षण हेतु उसके नीचे रेखा खींच दी जाए या उसे मोटे अक्षरों में लिखा जाए।

4. पत्र में समस्याओं के उभार के साथ-साथ उनके हल न होने से होनेवाली परेशानियों की ओर भी तत्संबंधी अधिकारी का ध्यान दिलाया जाना चाहिए।

5. पत्र में संबोधन से लेकर अंत में भवदीय लेखन तक अर्थात् आपादमस्तक पत्र-लेखन का उचित क्रम बना रहना चाहिए। एक ही बात बार-बार दुहराव की शिकार न हो।

6. पत्र आग्रह प्रधान हो। पत्र में किसी तरह की उत्तेजक बात न लिखी जाए। संयम व अनुशासन पत्र में निरंतर बना रहना चाहिए, तभी पत्र प्रभविष्णु हो समस्याओं के निराकरण में सहायक होगा।

व्यावहारिक पत्र का नमूना

बीमारी के कारण अवकाश स्वीकृति के लिए प्रार्थना-पत्र

नवकापुरा, लंका,
गाजीपुर (उ.प्र.)
दिनांक : 3.2.2013

सेवा में,
आदरास्पद प्राचार्यजी,
पी.जी. कॉलेज
मलिकपूरा
जनपद-गाजीपुर (उ.प्र.)

मान्यवर,

सविनय निवेदन है कि मैं कल शाम से बुखार से पीड़ित हूँ। चिकित्सक की सलाह के अनुसार मुझे कम-से-कम दो दिन विश्राम अवश्य करना होगा, तदर्थ मैं आज तथा कल महाविद्यालय में उपस्थित नहीं हो सकूँगा।

अतएव आपसे अनुरोध है कि 5 और 6 जनवरी, 2013 अर्थात् महज दो दिन का अवकाश स्वीकृत कर मुझे अनुगृहीत करने की महती कृपा करें।

धन्यवाद के साथ,

आपका आज्ञाकरी शिष्य
गोविंद राय
बी.ए. भाग-तीन

3. आधिकारिक पत्र : स्वरूप तथा अर्थ

आधिकारिक पत्र को कुछ लोग चरित्र और स्वभाव में व्यावहारिक पत्र का पड़ोसी और समानधर्मी बताते हैं। पत्र-लेखन के कुछ जानकार लोग आधिकारिक पत्र के लिए '**आवेदन-पत्र**' और '**प्रार्थना-पत्र**' नाम देना उचित समझते हैं। बहरहाल, इतना तय है कि आधिकारिक पत्र का हमारे जीवन में बहुत महत्त्व है। दरअसल, यह आधिकारिक पत्र महज संबंधित अधिकारियों को ही लिखा जाता है, जबकि व्यावहारिक पत्र गैर-सरकारी लोगों को भी लिखा जा सकता है। इस तरह के पत्र की विषय-वस्तु निश्चित और तयशुदा होती है। नौकरी पाने, वेतन वृद्धि, अवकाश, पदोन्नति, सरकारी ऋण की प्राप्ति आदि के लिए लिखे जाने वाले पत्र आवेदन-पत्र की श्रेणी में आते हैं, यथा—जिस पत्र के माध्यम से नौकरी प्राप्ति हेतु किसी कार्यालय, कारखाना या सरकारी संस्था में आवेदन किया जाता है, वह 'आवेदन-पत्र' या 'प्रार्थना-पत्र' कहलाता है।

आधिकारिक पत्र या आवेदन-पत्र लिखने का एक विशिष्ट हुनर, शऊर या कला होती है। इस तरह के पत्र की भाषा शुद्ध, संयत, विनम्र होती है। शैली में औपचारिकता होती है। पत्र में जो कहना है, वह बहुत साफ और स्पष्ट होना चाहिए। तथ्य को समझने में पत्र-पाठक को बहुत असुविधा नहीं होनी चाहिए। सच तो यह है कि इस तरह के पत्र के माध्यम से आवेदक अपनी सेवाओं को नियोक्ता के हाथों बेचना चाहता है। अतः इस दृष्टि से यदि विचार करें तो यह एक तरह का 'विक्रय पत्र' भी माना जाएगा। इस पत्र के माध्यम से आवेदक अपनी कला, गुण, सेवा आदि का विक्रय करता है। अतः उस आवेदन-पत्र में इतनी कलात्मकता और आकर्षण होना चाहिए कि पत्र का पाठक या नियोक्ता उस पत्र को देखकर बाग-बाग और आह्लादित हो जाए और पहली ही दृष्टि में आवेदक के कार्य की पूर्णता पक्की हो जाए। अपने आवेदन-पत्र को बहुत प्रभावशाली, रोचक और विशिष्ट बनाने के लिए आवेदक को चाहिए कि वह नीचे लिखे कुछ प्रमुख बिंदुओं पर ध्यान अवश्य दे।

आधिकारिक पत्र लिखते समय ध्यान देने योग्य कुछ बातें—

1. भाषा सहज हो—पत्र की भाषा प्रारंभ से लेकर अंत तक स्पष्ट और प्रभावशाली

होनी चाहिए। भाषा में कोई जादूगरी न हो तथा शिल्प-शैली के स्तर पर कोई नया प्रयोग न हो। भाषा यथार्थ का अंकन करने वाली हो। भाषा अपने-आप में इतनी सक्षम-समर्थ हो कि पत्र में लिखी गई बातों का मुकम्मल बयान कर सके।

2. कथ्य को बिंदुवार सजाना चाहिए—पत्र-लेखक को चाहिए कि आवेदन-पत्र में लिखे जाने वाले प्रत्येक बिंदु या महत्त्वपूर्ण तथ्य को टुकड़ों में बाँधकर लिखे। इससे पत्र पढ़ने और समझने में सुविधा होती है। इसके लिए पहले से ही मुख्य बिंदुओं की क्रमबद्ध सूची बना लेनी चाहिए, जिससे कोई प्रमुख बिंदु पत्र में लिखने से छूट न जाए।

3. विज्ञापन का उल्लेख—पत्र-लेखक को चाहिए कि अपनी शैक्षिक उपलब्धियों के उल्लेख से पहले मोटे अक्षरों में 'विषय' शीर्षक देकर उस विज्ञापन का उल्लेख करे, जिसके संदर्भ में आवेदन-पत्र भेजा गया है।

4. कृतित्व एवं व्यक्तित्व की प्रस्तुति सलीके से हो—आवेदक को आवेदन-पत्र में अपने जीवन-वृत्त से संबंधित तथ्यों की प्रस्तुति बहुत ही सम्यक् और कलात्मक ढंग से करनी चाहिए। इसमें शैक्षिक उपलब्धियाँ, यथा—शैक्षिक योग्यता, कार्यानुभव, प्रशिक्षण, स्वास्थ्य और प्राप्त प्रशंसा आदि का उल्लेख होना चाहिए। कुछ लोगों का विचार है कि यहीं पर न्यूनतम योग्य वेतन तथा साक्षात्कार के लिए प्रार्थना करने के साथ-साथ अपना संक्षिप्त जीवन-वृत्त और शैक्षिक प्रमाण-पत्र भी संलग्न कर देना चाहिए, क्योंकि पत्र का मुख्य भाग यही माना जाता है।

5. भावी नियोजक का नाम और पता—जिस नियोजन के यहाँ नौकरी के लिए आवेदन पत्र भेजा जा रहा है, आवेदन-पत्र के प्रारंभ में ही बाईं ओर उसका नाम और पूरा पता लिखा जाना चाहिए।

6. संबोधन-अभिवादन—संबोधनों का प्रयोग नौकरी की हैसियत पर निर्भर होता है, यथा—बड़ी नौकरी के लिए संबोधन-अभिवादन के रूप में 'प्रिय महोदय' शब्द का इस्तेमाल करते हैं और छोटी या साधारण-सामान्य नौकरी के लिए 'महोदय' शब्द का प्रयोग करते हैं।

7. पत्र के समापन में शिष्टाचार के शब्द—आवेदन-पत्र लिखने के अंत में भावी नियोजक के लिए विनम्रता प्रदर्शित करते हुए शिष्टाचार व्यक्त करने वाले कुछ शब्दों का प्रयोग नीचे दाईं ओर करना न भूलना चाहिए, यथा—आपका शुभेच्छु, हित-चिंतक, शुभ-चिंतक, आपका ही अपना सेवक, भवदीय आदि।

8. संलग्नक—आवेदन-पत्र में आवेदनकर्ता ने यदि अपनी शैक्षिक योग्यता, प्रशंसा-पत्र, अनुभव या 'टेस्टीमोनियल' का प्रमाण-पत्र भेजा है तो नीचे बाईं ओर 'संलग्नक' शब्द लिखकर आवेदन-पत्र में लगाए गए संलग्नक की संख्या लिख देनी

चाहिए। इससे लाभ यह होता है कि पत्र में रखे गए सारे कागजातों की जानकारी पत्र पाने वाले को आसानी से हो जाती है।

9. तिथि का उल्लेख—संलग्नकों के उल्लेख के नीचे ही तिथि लिख देनी चाहिए।

10. आवेदन-पत्र का प्रारूप—सरकारी नौकरियों, प्रतिष्ठानों में आवेदन के लिए आजकल छपे-छपाए निश्चित आकार-प्रकार के प्रारूप (Form) मिलते हैं। अत: आवेदक को चाहिए कि इन्हीं प्रारूपों पर वह अपनी नौकरी के लिए आवेदन-पत्र भेजे। सूचना प्रौद्योगिकी के इस युग में अब आजकल इ-मेल विज्ञापन निकल रहा है, प्रार्थना-पत्र की स्वीकृति भी उसी ढंग से हो रही है। इसके लिए तत्संबंधी वेबसाइट जानने की जरूरत होती है।

11. आवेदक का नाम और पूरा पता—आवेदन-पत्र के एकदम नीचे 'भवदीय' शब्द लिखने के बाद आवेदक को अपना हस्ताक्षर स्पष्ट नाम के साथ करना चाहिए। यहीं पर अपना पूरा पता भी लिखना चाहिए।

आधिकारिक पत्र का नमूना

श्रीमती श्वेता पांडेय
नवकापुरा, लंका,
गाजीपुर, (उ.प्र.)

सेवा में,
व्यवस्था निदेशक,
प्रभात प्रकाशन
नई दिल्ली

महोदय,

गत दिनांक 7.2.2013 के 'जनसत्ता' (लखनऊ संस्करण) में प्रकाशित विज्ञापन से ज्ञात हुआ कि आपके कार्यालय में लेखाकार का एक पद रिक्त है। उक्त पद के लिए मेरा आवेदन-पत्र आपकी सेवा में समर्पित है। मेरी शैक्षिक योग्यताएँ निम्नांकित हैं—

(क) जन्मतिथि

(ख) शैक्षिक योग्यताएँ—

1. हाई स्कूल—प्रथम श्रेणी
2. इंटरमीडिएट—प्रथम श्रेणी
3. बी.एस-सी. (गणित ऑनर्स)
4. एम.सी.ए.—गोरखपुर

(ग) व्यावसायिक क्षमता—

1. हिंदी टंकण—50 शब्द प्रति मिनट
2. कंप्यूटर का अपेक्षित ज्ञान
3. खेलकूद में विशेष रुचि

अत: श्रीमान से विनम्र प्रार्थना है कि मेरे आवेदन-पत्र पर सहानुभूतिपूर्वक विचार करते हुए मुझे अपने प्रतिष्ठित प्रतिष्ठान में नियुक्ति प्रदान कर सेवा का अवसर देने की कृपा करें। मैं अपने कार्य और आचरण से प्रबंधन को संतुष्ट करने की कोशिश करूँगी।

विनीत प्रार्थिनी

श्वेता पांडेय

4. सार्वजनिक पत्र : स्वरूप तथा अर्थ

ऐसा पत्र जो संबोधित करके लिखा जाए—व्यक्ति-विशेष को—लेकिन उससे हित सधता हो बड़े वृहत्तर समुदाय या सर्वजन का, उसे 'सार्वजनिक पत्र' कहते हैं। साफ शब्दों में, निजी स्तर पर लिखा गया पत्र यदि अपने से इतर अन्यान्य लोगों के हित की बात करे, तो उसे सार्वजनिक पत्र कहा जाएगा। कई विचारक इस पत्र के कई अन्य नाम यथा—**'संपादक के नाम पत्र'**, **'सार्वजनिक जीवन के पत्र'** तथा **'जन सूचना पत्र'** भी सुझाते हैं। मेरे एक विद्वान् मित्र सार्वजनिक पत्र को **'सामाजिक पत्रों'** की कतार-कोटि में रखते हैं उनका तर्क है कि इसमें आवेदन-पत्र, याचिकाएँ और अभ्यावेदन आदि समाहित हो सकते हैं, वहीं एक अन्य पत्र लेखक चिंतक सार्वजनिक पत्र को **'प्रशासनिक पत्रों'** की श्रेणी में परिगणित करते हैं।

सार्वजनिक पत्र या संपादक के नाम पत्र एक तरह का खुला पत्र होता है। इस तरह के पत्र में निजी या वैयक्तिक स्तर पर उठी समस्याएँ समूह विशेष की हो जाती हैं। दरअसल, अपने दिनानुदिन के जीवन में हम अनेक घटनाओं को घटित होते हुए देखते हैं। हमें आए दिन अनेक वैयक्तिक एवं सार्वजनिक घटनाओं एवं समस्याओं का भी सामना करना पड़ता है। प्राकृतिक आपदाएँ, सामाजिक अन्याय, शांति व्यवस्था एवं प्रशासनिक भ्रष्टाचार से संबंधित समस्याएँ भी हमारे जीवन में आती ही रहती हैं। जीवन को प्रभावित करनेवाली ऐसी समस्याओं, घटनाओं और त्रासदियों को निश्चय ही हम संचार माध्यमों के द्वारा व्यापक अभिव्यक्ति देना चाहते हैं। हम सरकार, प्रशासन तथा जन समुदाय को इनसे अवगत कराकर द्रुत एवं अपेक्षित समाधान की अपेक्षा करते हैं। अत: स्वाभाविक ही है कि हम समाचार-पत्र, पत्रिकाओं में समस्याओं, घटनाओं, आपदाओं के बारे में प्रकाशित कर जन समुदाय एवं प्रशासन, सरकार का ध्यान आकृष्ट करते हैं। ऐसे पत्रों को 'संपादक के नाम पत्र' की श्रेणी में रखते हैं। ये पत्र बहुत

महत्त्वपूर्ण होते हैं। ऐसे पत्रों में प्रधानतः समसामयिक घटनाओं, ज्वलंत प्रश्नों, शिकायत, अपील, स्थिति विवरण तथा सार्वजनिक समस्याओं को स्थान दिया जाता है।

सुबह का अखबार समाज के अधिकांश लोगों की बौद्धिक खुराक होता है। 'संपादक के नाम पत्र' कॉलम में छपी समस्याएँ अखबार के पाठकों के समक्ष अल-सुबह ही पहुँच जाती हैं। हर जिले का सूचना-विभाग तथा समाचार-पत्रों में छपी समस्याओं से संबंधित अधिकारी भी इन पर गौर करते हैं। परिणाम होता है, जो कार्य महीनों में बहुत ध्यान दिलाने के बाद भी नहीं होता, अखबारों में उन्हें छपने के बाद उन पर तत्काल अमल किया जाता है। बताते हैं, संपादक के नाम से छपे पत्रों की नोटिस सर्वोच्च न्यायालयों से लेकर उच्च न्यायालयों तक ने जनहित में कई बार लिया है। इसी से इस तरह के पत्रों के महत्त्व का अंदाजा-अनुमान लगाया जा सकता है।

सार्वजनिक पत्र-लेखन में बरतने लायक कुछ सावधानियाँ

1. पत्र सूत्रात्मक शैली में लिखा जाना चाहिए—संपादक के नाम पत्र के माध्यम से अभीष्ट प्रभाव डालने के लिए पहली बात तो यह कि पूरा पत्र ही सूत्रात्मक शैली में लिखा जाना चाहिए। व्यर्थ का विस्तार न हो। पत्र नपा-तुला, संक्षिप्त और ठोस तथ्यों से भरा एवं विश्वसनीय होना चाहिए।

2. पत्र की प्रस्तुति रोचक-मनोरम ढंग से होनी चाहिए—पत्र स्पष्ट, मुखर तथा लल्लो-चप्पो से रहित होना चाहिए। भाषा जटिल संपुंजन से रहित हो। सरल, सहज भाषा में तथ्यों की प्रस्तुति रोचक-रुचिकर ढंग से होनी चाहिए। शैली-शिल्प सरल ठाट के हों।

3. पत्र में किसी तरह की गलत बयानी न हो—सार्वजनिक पत्र में छपे तथ्यों में किसी तरह की कोई गुमराह करने वाली गलतबयानी न हो। सच्चाई और हकीकत जमीनी हो। उनकी प्रामाणिकता असंदिग्ध हो, क्योंकि जाँच-परख में तथ्यों के झूठा होने पर बनती बात बिगड़ सकती है।

4. पत्र-लेखन क्रमबद्ध और बिंदुवार होना चाहिए—इस तरह के पत्र-लेखन में जिन समस्याओं का उल्लेख-उभार किया जाना है, उन्हें भरसक उनके महत्त्व के अनुसार क्रमबद्ध करके तब बिंदुवार पत्र में लिखना चाहिए। इसका परिणाम यह होता है कि इन समस्याओं को अधिकारी प्रमुखता से देखते और उनका निराकरण करने का प्रयास करते हैं।

5. पत्र निजी आक्षेप, आरोप-प्रत्यारोप से रहित हो—इस तरह के पत्र में किसी के ऊपर निजी आक्षेप, चारित्रिक आरोप-प्रत्यारोप नहीं लगाना चाहिए। किसी अधिकारी या व्यक्ति-विशेष के लिए असभ्य, उजड्ड या गंदी भाषा का इस्तेमाल नहीं

करना चाहिए, बल्कि शालीन, शिष्ट और ध्यानाकर्षक भाषा से पत्र के प्रति पठनीयता का आकर्षण बढ़ेगा।

6. पत्र भावुकता और बहक से रहित होना चाहिए— चूँकि यह पत्र आत्मपरक या वैयक्तिक समस्याओं को आधार बनाकर लिखा जाता है और बाद में यह बहुआयामी चरित्र का हो जाता है, सीधे-सीधे जनता के हित-आकांक्षा से जुड़ जाता है, अतः पत्र-लेखक को चाहिए कि वह इसे बहुत ध्यान से लिखे। पत्र में शामिल विचार चुस्त-दुरुस्त हों, भावों में लचीलापन न हो तथा उन पर भावुकता और बहक न हो। पत्र में अनावश्यक वक्तव्यों का बहुरंगी कोलॉज न हो। पत्र में व्यक्त दृष्टिकोण व्यापक हो, उदात्त हो।

सार्वजनिक पत्र-लेखन का नमूना

संपादक के नाम पत्र

ग्राम व पत्रालय-रामपुर माँझा
तहसील-सैदपुर
थाना-करंडा
जनपद-गाजीपुर (उ.प्र.)
दिनांक : 5 फरवरी, 2013

सेवा में,
संपादक
जनसत्ता
दि इंडियन एक्सप्रेस लिमिटेड प्रेस
सी-26, अमौसी इंडस्ट्रियल एरिया,
1/8, विवेक खंड, गोमती नगर
लखनऊ

प्रिय महोदय,

आपके प्रसिद्ध दैनिक पत्र द्वारा मैं अपने शहर गाजीपुर (उ.प्र.) में दिन-प्रतिदिन बढ़ रही अराजकता, गुंडागर्दी की ओर आपका ध्यान दिलाना चाहता हूँ। एक तो शहर प्रदेश के सबसे पिछड़े शहरों में से एक है, उसमें भी यहाँ बिजली, पानी के साथ-साथ गलियों-नालियों की सफाई बहुत कम होती है। बिजली कम मिलती है, जाहिर है पानी भी कम मिलेगा। गंजेड़ियों-नशेड़ियों का आतंक अलग से। दिन-दहाड़े महिलाओं के गले से सिकड़ी छीनना आम बात है। लंका बस-स्टैंड के पास चोरों-पॉकेटमारों का दिन भर जमघट लगा रहता है। कॉलेजों-स्कूलों के पास, खासकर लड़कियों की संस्थाओं के पास मनचलों को घूमते देखा जा सकता है।

अत: यहाँ के संबंधित अधिकारियों से मेरा आग्रह है कि वे तमाम समस्याओं से यहाँ की जनता को मुक्ति दिलाएँ, जिससे लोग भयमुक्त हों।

आपका विश्वस्त
चंद्रशेखर राम प्रजापति

5. कूटनीतिक या राजनयिक पत्र

हिंदी में पत्र के उक्त मुख्य रूपों के अलावा भी कई अन्य रूप होते हैं, यथा—आध्यात्मिक पत्र, चिकित्सक रोगी के बीच आदान-प्रदान होनेवाला पत्र, संवैधानिक एवं विधिक पत्र, विवरणात्मक-शिक्षात्मक पत्र, मैत्री पत्र आदि, किंतु इन्हीं पत्रों की तरह एक और महत्त्वपूर्ण पत्र का नाम है—'कूटनीतिक' या 'राजनयिक पत्र'। इसे अंग्रेजी में Diplomatic Letters कहा जाता है। राजनयिक पत्र की श्रेणी में वे पत्र आते हैं, जिनका आदान-प्रदान किसी देश की सरकार तथा उसके अन्य देशों में नियुक्त राजदूतों के बीच होता है। ऐसे पत्रों का आदान-प्रदान दो अथवा अनेक देशों के बीच उनकी आपसी समस्याओं के लिए भी होता है। कुल मिलाकर जब एक देश की सरकार दूसरे देश की सरकार को पत्र लिखती है तो इसे हम कूटनीतिक अथवा राजनयिक पत्र कहते हैं। हमारे देश में विश्व के प्राय: सभी देशों के राजदूत (Ambassador) रहते हैं। जब राजदूत किसी देश की सरकार को पत्र लिखता है तो यह माना जाता है कि वह अपने देश की सरकार की ओर से पत्र लिख रहा है, न कि व्यक्तिगत स्तर पर।

कूटनीतिक पत्र लेखन का उदाहरण

गुप्तचर गतिविधियों के संबंध में पत्र

भारतीय दूतावास
पेइचिंग, चीन
दिनांक : 25 जनवरी, 2013

सेवा में,
विदेश सचिव,
विदेश मंत्रालय,
भारत सरकार,
नई दिल्ली-110001

महोदय,

अपने राष्ट्रीय हित में अधोलिखित सूचनाएँ निवेदित हैं—

चीन की खुफिया एजेंसी के 5 लोग, जिनमें एक महिला भी है, उत्तर प्रदेश के

बहराइच जिले में बिना उचित कागजात के पकड़े गए हैं। ये लोग भारत में किस रास्ते से प्रवेश कर पाए, अभी स्पष्ट और पुष्ट रूप से पता नहीं चल पाया है। बहरहाल, फिलवक्त ये लोग भारतीय जेल में निरुद्ध हैं। पूरी दुनिया जानती है, चीन भारत के अरुणाचल प्रदेश और जम्मू-कश्मीर में अनावश्यक हस्तक्षेप कर रहा है। कहीं ऐसा तो नहीं कि पकड़े गए ये सभी लोग किसी साजिश-षड्यंत्र का हिस्सा हों। अतः भारत सरकार को सख्त चौकसी करनी चाहिए।

विश्वास भाजन

भारतीय राजदूत

6. सरकारी, प्रशासकीय या कार्यालयीय हिंदी तथा सरकारी, प्रशासकीय या कार्यालयीय पत्र

(क) सरकारी, प्रशासकीय या कार्यालयीय हिंदी : एक राय नामकरण का अभाव—हिंदी, हिंदुस्तानी में विराट् भूगोल की भाषा है। विश्व फलक पर बोलनेवालों के लिहाज से अंग्रेजी और चीनी भाषाओं के बाद यह तीसरा स्थान रखती है। 'रोड रोलर' अंग्रेजी के रोड़ा बनने के बावजूद अपने उदार, लचर-लचीले, अलमस्त और फक्कड़ मिजाज के कारण हिंदी अब बहुत बड़े बाजार की भाषा बनने की ओर अग्रसर हो रही है। निसंदेह अब हिंदी 'ग्लोबल' भाषा बन भी चुकी है। यही हमारी अस्मिता का प्रतीक है, भावों की सुंदर चित्रशाला है। इसने बाजारवादी आहटों और चुनौतियों से लाम ले उन्हें परास्त किया। आज यही हिंदी इस देश में बाजार और विज्ञापन की शक्ति है। बिना इसकी मदद के कोई बाजार खड़ा नहीं हो सकता। आज के बाजार को इसने नया संस्कार दिया है। बाजार इसके पीछे खड़ा है। इतना ही नहीं, यह देश की सभी भाषाओं के रंगों का सम्मिश्रण और घुलावट है। यह वह सरगम है, जिसमें देश की विभिन्न संस्कृतियाँ और भाषाएँ विभोर हैं। कुल मिलाकर अपने भीतर तकलीफ, कल्पना, स्मृति, बिंब और दृश्यों को सीधा-सपाट बुनने में सक्षम हिंदी सभी भाषाओं का मूल स्वर है। इसकी 'अभिव्यक्ति क्षमता' एवं 'सक्षम भाषा' के रूप में किसी को द्वैध-दुविधा नहीं है। हिंदी के एक विद्वान् की बात मानें तो यह हिंदी समूची भारतीय परंपरा से जुड़ने और उसे समझने का उपकरण है। हिंदी की अपनी जातीय तेजस्विता और प्रखरता ऐसी है कि इसे किसी एक रंग में रँगने का यत्न अंततः विफल हो सकता है। साहित्य, भाषा, समाज, संस्कृति आदि को देखने की हिंदी में अनेक ढंग और विचारदृष्टियाँ हैं। हिंदी के पास अपनी स्पष्ट दृष्टि-बहुलता है।

साहित्य की पुख्ता भाषा होने के साथ-साथ पिछले कुछ दशकों से हिंदी का एक प्रखर तेजस्वी '**प्रयोजनमूलक**' रूप सामने आया है। संपर्क भाषा, जनभाषा, राजभाषा,

बनने के साथ-साथ अब हिंदी 'काम काज की भाषा' के रूप में अवतरित हुई है। साफ शब्दों में, अब हिंदी 'ऑफिशियल' (Official) अर्थात् कार्यालयीय/प्रशासनिक भाषा बन चुकी है। यह हिंदी का नया किंतु प्रभविष्णु शिशु रूप है। पर दुर्भाग्य से आज भी हिंदी को दो प्रमुख चुनौतियाँ ताल ठोंककर ललकार रही हैं। ये चुनौतियाँ हिंदी अस्मिता के लिए खतरा और संकट हैं। हिंदी के सामने पहली चुनौती है—विश्वसनीय अनुवाद का संकट और दूसरी है—मानकीकरण की अनसुलझी पीड़ा। अनुवाद की समस्या-संकट पर प्रकाश डालते हुए डॉ. कृष्णदत्त पालीवाल कहते हैं कि उत्तर-आधुनिकता की अनिश्चयात्मक ध्वनियों से 'ट्रेडीशन' की नकार का संदर्भ प्रबलता से उठ खड़ हुआ है। हिंदी आलोचना में 'ट्रेडीशन' का भ्रमवश कुछ विद्वानों ने अनुवाद किया—'परंपरा'। जबकि ट्रेडीशन का पर्याय परंपरा नहीं है। मुझे लगता है कि इस संदर्भ को समझते हुए अज्ञेय ने 'ट्रेडीशन' का अनुवाद 'रूढ़ि' और 'मौलिकता' किया था, परंपरा नहीं, क्योंकि परंपरा का अर्थ बहुत व्यापकता लिये हुए है, जिसे ट्रेडीशन के संकुचित अर्थ में लिया ही नहीं जा सकता। आचार्य हजारी प्रसाद द्विवेदी ने 'परंपरा और आधुनिकता' शीर्षक निबंध में यह बुनियादी विचार उठाया है कि ऊपर-ऊपर से ऐसा लगता है कि परंपरा अब तक के सभी आचार-विचारों का एक जमाव है। सभी पुरानी बातें परंपरा कह दी जाती हैं, जबकि सत्य यह है कि परंपरा भी एक गतिशील प्रक्रिया की देन है। यह तो एक छोटा सा उदाहरण था—अनुवाद-संकट का।

हिंदी के साथ खल परिहास का दूसरा पीड़ादायक उदाहरण है—इसका मानकीकरण। हिंदी की अवहेलना और इसके साथ हो रहा पाखंडी आचरण का खेल अब भी सतत जारी है। स्पष्टत: एक ओर यह अनुवाद की क्लिष्ट भाषा बनकर रह गई है तो दूसरी ओर अलग-अलग प्रांतों में एक ही शब्द के भिन्न-भिन्न प्रयोग हिंदी को बौना और विवादास्पद बना रहे हैं। हिंदी के साथ यह एक कुत्सित छल है, गुरेजी, मक्कारी, धूर्तता का प्रपंच है। बहुश्रुत-बहुपठित लोग भी इस मानकीकरण के सवाल पर खामोश और मौन हैं। अपनी जड़ों से कटे-पिटे, विच्छिन्न, कुछ नासमझ-मनशोख, शून्य-सिफर पल्लवग्राही ज्ञान-संपृक्त लोग हिंदी में नवीनता, मौलिकता, अन्वेषण तथा अर्थ-मीमांसा के नाम पर मानकीकरण के नए-नए प्रयोग करते रहते हैं। इन्हीं ओछे-तुच्छ तथाकथित 'मॉडर्न' लोगों के कारण हिंदी विकृत और विस्मृत हो रही है। उदाहरण के लिए हम 'कार्यालयीय' शब्द को ही लें। इसके लिए कहीं 'कार्यालयीन' तो कहीं 'प्रशासनिक', कहीं 'कार्मिक', कहीं 'दफ्तरी', कहीं 'जर्नलीज' अर्थात् अखबारी तो कहीं 'ऑफिशियलीज' आदि अलग-अलग शब्दों का इस्तेमाल करते हैं। इसी तरह इंजीनियर को हम उत्तर प्रदेश में 'अभियंता' कहते हैं, तो मध्य प्रदेश में 'यंत्री', 'पुलिस' को हम उत्तर प्रदेश में अधिकांशत: 'पुलिस' ही कहते हैं, किंतु बिहार और मध्य प्रदेश

में 'रक्षक' या 'आरक्षी' कहते हैं। इसी क्रम में 'फुटपाथ' को कहीं 'पदातिपथ', 'फ्लाइओवर' को 'उपरिमारक' तो 'हाइवे' को कहीं 'उच्चपथ' तो कहीं 'महामार्ग', 'कलेक्टर' के लिए कहीं जिले का 'मुख्य अधिकारी' तो कहीं 'उपायुक्त' कहीं 'समाहर्ता', कहीं 'दंडाधिकारी' तो कहीं 'जिलाधीश' या 'जिलाधिकारी' या 'जिलापाल' (उड़ीसा) कहते हैं। इसी तरह 'प्रयोजनमूलक हिंदी' को कहीं 'प्रयोगपरक हिंदी', कहीं 'प्रयोजनी हिंदी', कहीं 'व्यवसायी हिंदी', कहीं 'व्यावसायिक हिंदी', कहीं 'व्यावहारिक हिंदी', कहीं 'प्रायोगिक हिंदी' तो कहीं 'कामकाजी हिंदी' आदि नामों से नवाजते हैं। डॉ. बालेंदु शेखर तिवारी कहते हैं—प्रशासनिक हिंदी के मार्ग में आज सबसे बड़ी समस्या बनी हुई है—इसकी शब्दावली में एकरूपता का अभाव। अंग्रेजी के विभिन्न शब्दों के लिए हिंदी में जिन शब्दों को अपनाया गया, उनमें एकरूपता का पर्याप्त अभाव है। एक ही शब्द के लिए केंद्र द्वारा अलग-अलग शब्द को अपनाया गया है और विभिन्न राज्यों द्वारा अलग शब्दों को। उदाहरणार्थ—'Gratuitues' के लिए केंद्र ने 'आनुग्रहिक' तथा 'मुफ्त' शब्द बनाए, जो राजस्थान द्वारा स्वीकार किए गए पर उत्तर प्रदेश ने इसके लिए 'निःशुल्क', बिहार ने 'अयाचित' और 'बेमाँग' तथा मध्य प्रदेश 'निर्मूल्य' शब्द को गढ़ा है। इसी तरह अंग्रेजी शब्द Hall के लिए केंद्रीय सरकार द्वारा स्वीकृत 'हॉल'/'भवन' को अपनाते हुए भी उत्तर प्रदेश ने 'सभा', बिहार ने 'प्रशाल', मध्य प्रदेश ने 'बड़ा कमरा' आदि शब्दों को गढ़ लिया है। इसी तरह की विभिन्नताएँ हमें Homage, Implementation, Designer, Marketing officer, Icentive आदि असंख्य शब्दों के साथ देखने को मिलती है। अतः इनके बीच अभी भी एकरूपता लानी है। इसके बिना विभिन्न राज्यों के बीच सरकारी पत्राचार में काफी असुविधा होगी।

उपर्युक्त तथ्यों की ओर आपका ध्यान इसलिए खींचा कि हिंदी के साथ ढेरों अंतर्विरोध दही के थक्के की तरह लभराए-लिपटे हैं, अतः ऐसी स्थिति में यदि इसके 'कार्यालयीय' नाम के समानांतर ढेरों शब्द हम गढ़ेंगे तो वह संशय और भ्रम पैदा करेंगे। कभी-कभी इसके लिए लोग बाजारू और सतहा समाधान तलाशते हैं, पर इसका असल समाधान यह है कि इसे मानकीकारण और उचित तथा तर्कसम्मत अनुवाद के 'फ्रेम' के भीतर कसा जाए।

(ख) सरकारी, प्रशासनिक या कार्यालयीय हिंदी—अर्थ, प्रकृति और स्वभाव—'कार्यालयीय हिंदी' नाम से ही स्पष्ट है—'कार्यालयों में प्रयुक्त होने वाली हिंदी।' जाहिर है, यह हिंदी आम बोलचाल की हिंदी से इतर होती है। साहित्यिक हिंदी से इसका लगभग दूर का भी रिश्ता नहीं होता, तकनीकी और वैज्ञानिक शब्दावली से इसकी कोई संगति नहीं। दरअसल, कार्यालय संबंधी कामकाज निपटाने या संपादित करने के लिए हिंदी के जिस रूप का हम इस्तेमाल करते हैं, उसे 'कार्यालयीय हिंदी' कह

सकते हैं। कार्यालय के लिए उर्दू में 'दफ्तर' शब्द का प्रयोग होता है, तो अंग्रेजी में 'ऑफिस'। इस 'ऑफिस' का विशेषण अंग्रेजी में 'ऑफिशियल' (Official) है। इस ऑफिशियल की ही हिंदी बनती है—'कार्यालयीय'। स्थूल रूप से 'ऑफिस' का अर्थ हमारे जेहन में सरकारी, राजकीय/शासकीय या प्रशासनिक कार्यालय बैठ गया है, क्योंकि जब हम सुनते हैं कि अमुक के विरुद्ध 'ऑफिशियल कार्यवाही' हो रही है, तो इसका आशय हम प्रशासकीय—प्रशासनिक कार्यवाही से ही लेते हैं, जबकि सभी लोग जानते हैं, 'कार्यालय' केवल सरकारी या राजकीय ही नहीं होते, बल्कि निजी क्षेत्रों, यथा—उद्योगों, कल-कारखानों, चाय-बगानों, चिकित्सालयों, प्रकाशन केंद्रों, विद्यालयों आदि के भी अपने-अपने 'कार्यालय' होते हैं।

बहरहाल, प्रकृति, मिजाज, रूप-रंग और स्वभाव से 'कार्यालयीय हिंदी' हिंदी के अन्य रूपों से अलहदा होती है। वस्तुत: इस हिंदी का प्रयोग हम सरकारी रिपोर्ट, प्रतिवेदन, सरकारी पत्र-व्यवहार, मसौदा-लेखन, टिप्पणी लेखन, संकल्पों, संक्षेपण और पल्लवन, नियमों-अधिनियमों आदि के लेखन में मुख्यतया करते हैं। इसकी अपनी विशिष्ट शब्दावली होती है। पद-रचना और वाक्य-विन्यास के स्तर पर भी यह भिन्न होती है। अपनी उक्त शब्दावली-संपदा, पद-रचना और वाक्य-विन्यास के माध्यम से ही यह सभी कार्यालयीय/प्रशासनिक कार्यों को संपादित करती है। हिंदी ने क्रमश: विकसित होते हुए जिस प्रशासनिक भाषा का कलेवर तैयार किया है, उस पर आरंभ में संस्कृत का, राजपूतों व देशी राजाओं के शासनकाल की देशज भाषाओं का, मुगलों के समय उर्दू-फारसी का तथा अंग्रेजों के समय अंग्रेजी भाषा का वर्चस्व रहा है। फलस्वरूप हिंदी ने संस्कृत के साथ-साथ शब्दावली के निर्माण में देशज भाषाओं, उर्दू और अंग्रेजी के प्रचलित शब्दों का दामन नहीं छोड़ा है। एक जीवंत भाषा बदली हुई परिस्थितियों में अपने-आप को ढालकर नए शब्दों एवं अर्थों को अपनाती है। हिंदी ने भी ऐसा ही काम किया है। यही कारण है कि हम मुसलमानों के समय सरकारी काम-काज में प्रयुक्त होने वाले शब्दों, यथा—सरकार, तहसीलदार, वकील, चपरासी, सिपाही, अमीन, दफ्तर, खजांची, माल, मकान आदि को आज भी धड़ल्ले से प्रयुक्त होते देखते हैं और ऐसा नहीं लगता कि ये शब्द हिंदी के नहीं हैं। अंग्रेजी शासन के दौरान शिक्षा, ज्ञान-विज्ञान, भाषा और राजनीति के क्षेत्र में अनेक परिवर्तन हुए। इन नए आयामों एवं नई दिशाओं को वाणी देने के लिए हिंदी ने अंग्रेजी के भी असंख्य शब्दों को अपनी शब्दावली का अंग बनाया।

(ग) सरकारी, प्रशासकीय या कार्यालयीय भाषा के रूप में हिंदी का इतिहास-विकास—

''मेरी भाषा के लोग मेरी सड़क के लोग हैं
सड़क के लोग सारी दुनिया के लोग

पिछली रात मैंने एक सपना देखा
कि दुनिया के सारे लोग
एक बस में बैठे हैं और हिंदी बोल रहे हैं
फिर वह पीली सी बस हवा में गायब हो गई
और मेरे पास बच गई सिर्फ मेरी हिंदी
जो अंतिम सिक्के की तरह
हमेशा बच जाती है मेरे पास हर मुश्किल में
××× तुम झाँक आओ सारे सरकारी कार्यालय
पूछ लो मेज से दीवारों से पूछ लो
छान लो फाइलों के ऊँचे-ऊँचे मनहूस पहाड़
कहीं मिलेगा ही नहीं इसका एक भी अक्षर
और यह नहीं जानती इसके लिए
अगर ईश्वर को नहीं तो फिर किसे धन्यवाद दे।
मेरा अनुरोध है···भरे चौराहे पर करबद्ध अनुरोध
कि राज नहीं···भाषा
भाषा-भाषा—सिर्फ भाषा रहने दो···।''

हिंदी के प्रतिष्ठित-चर्चित कवि आदरास्पद डॉ. केदारनाथ सिंह की उक्त कविता हिंदी की समसामयिक विडंबना और विद्रूपता का तल्ख किंतु प्रामाणिक बयान करती है। बेशक, संप्रति राज और भाषा के अंतर्द्वंद्व के बीच घुटती हिंदी संशय के दोराहे पर खड़ी अपने अस्तित्व पर झँख रही है। कभी यही हिंदी देश, काल, धर्म, संप्रदाय, जाति, राग-विराग और वैमनस्य की सीमाओं को तोड़ती हुई एक नई सरहद की सुबह बुनती थी, कभी यही हिंदी संपूर्ण देश को एकसूत्र में बाँधनेवाली सांस्कृतिक और राष्ट्रीय धारा बन भाषागत विद्वेष के भेदक पुल को तोड़ती थी, कभी इसी हिंदी में अहिंदी भाषी अपनी मिट्टी, फसल, मौसम, अवसाद, हास-परिहास, परिवेश तथा रोजमर्रा की जिंदगी को अभिव्यक्त कर इसे तात्कालिक सामाजिक सरोकारों की भाषा बनाते थे और कभी जो हिंदी सत्ता में हिस्सेदारी से लेकर परंपरा, आस्था, तत्कालीन समाज का मिजाज, जीवनयापन, टूटन-बिखराव, यातना, अनवरत संघर्ष, मूल्यबोध, आकांक्षा, तनाव-बेचैनी, अनिश्चय और विकृति-विकार आदि की अभिव्यक्ति का माध्यम बनती थी, आज वही हिंदी विरोध की जड़ और राजनीतिक धूर्तता के गंदे पुरमजाक का शिकार बन गई है।

अपनी मूल प्रकृति, प्रकार्य और उपयोगिता में हिंदी सदियों तक पीढ़ी-दर-पीढ़ी किसान-मजदूर, उच्चवर्गों से लेकर मध्यवर्गीय और निम्नवर्गीय शहरातियों तक, सामंतों-जमींदारों, नौकरों-चाकरों द्वारा घर-बाहर, हाट-बाजार में रोजमर्रा उपयोग में लाई जाती

थी, महानगरों से लेकर शहरों-कस्बों, गाँवों तक फेरीवाले, खोमचेवाले अपना सामान बेचते थे, गली-मुहल्लों में अपनी खास बोली-बानी और अंदाजे बयाँ में इसका प्रयोग करते थे, लेकिन आज रोज नए-नए खुलते चेन स्टोर, सुपर मार्केट, सुपर स्टोर, शॉपिंग कॉम्प्लेक्स या लकदक मार्केट के नए 'मॉल' तथा तरह-तरह की नई विज्ञापनी हिंदी और हिंग्लिशीकरण ने हिंदी के स्वाभाविक स्वरूप को बिगाड़ दिया है। यद्यपि हिंदी का जनम-करम, लालन-पालन और संपोषण उर्दू की तरह किसी सत्ता की गोद में नहीं हुआ, लेकिन अपनी विलक्षण-रचनात्मक ऊर्जा और क्षमता, असीम संभावनाओं, अभिव्यक्ति के निरालापन, औघड़ अंदाज तथा सर्व समावेशी मिजाज के कारण वह समय-समय पर विभिन्न सत्ता-व्यवस्था की सक्षम भाषा बनती रही है। स्पष्टतः यह कि कभी यह सत्ता के 'दरबार' की भाषा थी तो आज यह 'बाजार' की मौजू भाषा बन गई है।

दरअसल, हिंदी को समय-समय पर कभी बाहरी आक्रांताओं एवं लुटेरों से लाम लेना पड़ा है तो कभी भीतर के भीतरघातियों से भी जद्दोजहद करनी पड़ी है और आज भी उस संघर्ष का क्रम सतत जारी है। यह कितना दुखद तथ्य है कि अपने समृद्ध और गौरवशाली अतीत तथा बोलनेवालों की तादात के लिहाज से चीनी और अंग्रेजी भाषा के बाद विश्व में तीसरा स्थान रखनेवाली हिंदी आज तक संयुक्त राष्ट्र संघ की प्रशासनिक भाषा के रूप में शामिल नहीं हो सकी है। वस्तुतः संयुक्त राष्ट्र के गठन के समय उसके प्रशासनिक कार्यों के संपादन हेतु पाँच भाषाएँ स्वीकृत की गई थीं—अंग्रेजी, रूसी, चीनी, फ्रेंच और स्पेनिश। इन भाषाओं की स्वीकृति के पीछे इनके स्थायी सदस्यों का हाथ था। बहुत दिनों तक उक्त पाँचों भाषाएँ ही संयुक्त राष्ट्र संघ के प्रशासनिक कार्यों के लिए प्रयोग में लाई जाती रहीं। बाद में अरबी भाषा संयुक्त राष्ट्र संघ की प्रशासनिक भाषा बन सकी। पर दुर्भाग्य से हिंदी की मुकम्मल पैरवी न हो सकी, अतः हिंदी संयुक्त राष्ट्र संघ की प्रशासनिक भाषा बनने से वंचित हो गई। बहरहाल, भारत में तमाम ना-नुकुर, हाँ-ना, ना-हाँ जैसे अंतर्विरोधों के बाद भी समय-समय पर हिंदी तथा अहिंदी प्रांतों में इसे प्रशासनिक भाषा बनाने की प्रामाणिक सूचना मिलती है।

नब्बे के दशक में भूमंडलीकरण, उदारीकरण और बाजारीकरण—ये तीन 'करणत्रयी' संचार माध्यमों की उड़न तश्तरी पर आरूढ़ होकर भारत में नए पाहुन की तरह आए। बिला शक यह कहा जा सकता है कि भारत में इनके पाँव रखने के बाद सामाजिक-आर्थिक परिवर्तन हुए। नई-नई देशी-विदेशी कंपनियाँ स्थापित हुईं। इन्होंने अपने-अपने उत्पाद तैयार किए। उन उत्पादों को बेचने के लिए उन्हें अपने विज्ञापनों में सरल, सहज, जन सामान्य में प्रिय-प्रचलित भाषा की जरूरत पड़ी। चूँकि इस देश में हिंदी बहुलांश की भाषा है, सो इन्होंने हिंदी को अपने 'विज्ञापन की भाषा' बनाया। हालाँकि यह 'विज्ञापन की हिंदी' महज उपभोक्ता की भाषा है, विमर्श और चिंतन-मनन

की नहीं, फिर भी यह तय है कि प्रशासन या व्यवस्था के 'दरबार' से लेकर आम 'बाजार' तक इसकी शानदार भूमिका रही है। यह समय-समय पर एक ओर 'दरबार', 'बाजार', 'अदालत' और 'जनता की भाषा' बनी तो दूसरी ओर अंतर्प्रांतीय 'संपर्क भाषा' 'संसर्ग भाषा', 'जनभाषा', 'राजभाषा', 'प्रशासनिक भाषा' और 'संचार की भाषा' की भूमिका को भी इसने बखूबी जिया है।

सत्ता व्यवस्था की भाषा बनने से पहले ही वस्तुतः हिंदी ने अपने सरल-सहज स्वभाव और आत्मीय 'टोन' के कारण अपना अखिल देशीय चरित्र और चेहरा गढ़ एवं निर्मित कर लिया था। उत्तर भारत में स्थित तीर्थों ने इसमें हिंदी की अकूत मदद की। भारत के सिद्धसंतों की सर्वधर्म समभाव की विचारधारा ने हिंदी को पूरे देश में फैलाया। हिंदुओं के मुख्य देवता राम, कृष्ण और महादेव के मुख्य केंद्र क्रमशः अयोध्या, मथुरा, वृंदावन, काशी और प्रयाग हिंदी प्रदेश में ही स्थित हैं। जाहिर है, पूरे देश के धार्मिक प्रवृत्ति के लोग समय-समय पर यहाँ आते रहे। जाते समय वे हिंदी शब्दों को सौगात और भेंट के रूप में लेते जाते थे। इस प्रकार हिंदी उत्तर, दक्षिण, पूरब और पश्चिम में फैलती गई। फकीरों, दरवेशों के माध्यम से भी हिंदी का प्रचार-प्रसार हुआ। इसके बाद रेल, राजनीति, व्यापार, पर्यटन, सिनेमा और सैनिकों ने भी हिंदी को जन-जन तक पहुँचाया। इस प्रकार यह हिंदी साधु-संतों की भाषा बनी, तीर्थस्थलों की भाषा बनी, कल-कारखानों की भाषा बनी, रोजी-रोजगार की भाषा बनी। इस हिंदी ने देश के कछार-सीवान, खेतों, जंगलों-पहाड़ों, मचान और झोंपड़ियों तथा जनपदों में घूम-घूमकर उजले आँसू और रंगीन हँसी का संबल—भौगोलिक अखंडता और सांस्कृतिक एकता की रक्षा करते हुए पाया।

सूत्र और स्रोत बताते हैं कि हिंदी से पहले प्राचीन काल में राजकाज एवं प्रशासन की भाषा संस्कृत थी। इस तथ्य के प्रमाण हमें प्राचीन काल में प्राचीन सरकारी लेख, पत्रों, कानूनों, सरकार तथा नागरिकों से संबंधित अभिलेखों से मिलते हैं, क्योंकि इन सभी लेखों, अभिलेखों की भाषा संस्कृत थी। संस्कृत के बाद देश में देशज भाषाओं का प्रचलन बढ़ा, लेकिन परोक्षतः उन पर भी संस्कृत का प्रभुत्व ही विद्यमान रहा। बाद में लगभग बारहवीं-तेरहवीं शताब्दी के आस-पास पूर्वी पंजाब से बंगाल तक प्रचलित सभी बोलियों एवं भाषाओं को हिंदी ने आत्मसात् कर लिया और वह राजकाज की भाषा के रूप में व्यवहृत होने लगी। ऐसा इसलिए संभव हुआ कि वस्तुतः हिंदी का उत्तर-पूर्वी एवं मध्य भारत की समस्त भाषाओं से गहरा संबंध रहा। उदाहणार्थ, राजपूत शासकों की भाषा डिंगल-पिंगल वस्तुतः राजस्थानी हिंदी ही थी, जिसमें शासकीय पत्र, टिप्पणियाँ, राज्य कर्मचारियों की आचार-संहिता, राजा के आदेश आदि प्रस्तुत किए जाते थे। सच तो यह है कि आदिकाल के प्रारंभिक दौर में ही विभिन्न रियासतों, रजवाड़ों तथा अन्य शासकों के बीच सूचनाओं-समाचारों के लेन-देन का जरिया हिंदी ही थी। छोटे-बड़े

अधिकांश नरेशों ने अपने राज्य-संचालन का माध्यम हिंदी को ही बनाया था। डॉ. बाबूराम शर्मा इस बात की ताईद करते लिखते हैं कि इस देश में मुगलों और अंग्रेजों के आने से पूर्व तथा तदुपरांत देश के विभिन्न हिस्सों में हिंदी राजकाज की भाषा बनती आई है। हिंदी राजपूतों के शासनकाल में शासकीय भाषा थी। इसी तरह मराठों के रजवाड़ों की भाषा भी हिंदी ही थी। तत्कालीन मुगलों के राज्य-विस्तार के साथ-साथ प्रशासनिक ओहदेदारों के संपर्क से हिंदी धीरे-धीरे गुजरात, महाराष्ट्र, आंध्र प्रदेश, कर्नाटक, तमिलनाडु एवं केरल तक पहुँची और यत्र-तत्र प्रशासनिक कार्यों में संपर्क भाषा के रूप में हिंदी या उससे मिलती-जुलती भाषा-प्रयोग के प्रमाण मिलते हैं। इसी तरह मुगल शासनकालीन अनेक राजपत्रों, फरमानों, प्रशस्ति-पत्रों एवं शासकीय दस्तावेजों में हिंदी प्रयोग के प्रमाण मिलते हैं। ब्लाखमैन ने अपनी खोज के आधार पर 'कलकत्ता रिव्यू' (1871) में लिखा था कि मुगल बादशाहों के शासनकाल में ही नहीं, उससे पहले भी सभी सरकारी कागजात हिंदी में रखे जाते थे। साहित्य और शिक्षा का माध्यम भी व्यापक और सार्वदेशिक रूप से हिंदी ही थी। श्री दिनेश चंद्र सेन ने लिखा है कि अंग्रेजी राज्य से पहले बंगाल के कवि हिंदी सीखते थे। दिल्ली के मुसलमान शाहंशाह के एकच्छत्र राज में हिंदी सारे भारत की सामान्य भाषा हो गई थी। उर्दू के प्रसिद्ध कवि सौदा के उस्ताद शाहहातम (1750 ई.) ने अपनी पुस्तक की भूमिका में लिखा है—"मैंने तहरीर के लिए वो जबान इख्तियार की है, जो हिंदुस्तान के तमाम सूबों की जबान है, यानी हिंदवी, जिसे भाखा कहते हैं, क्योंकि इसे आमलोग बखूबी समझते हैं और बड़े तबके के लोग भी पसंद करते हैं।" इसी तरह बहुत पहले फ्रेयर (सन् 1673) ने अपनी एक मशहूर किताब में लिखा है कि यहाँ की अदालत की भाषा फारसी है, किंतु सामान्य भाषा इंदोस्तान (हिंदोस्तानी) है। इधर, प्रसिद्ध भाषा-वैज्ञानिक डॉ. हरदेव बाहरी ने लिखा है कि मुसलमान बादशाहों के शासनकाल में हिंदी राष्ट्रभाषा के रूप में सर्वमान्य थी। सिक्कों पर सारी सूचना हिंदी में रहती थी। शाही फरमानों में भी हिंदी का प्रयोग होता था। मुगल-काल में फारसी राजभाषा हो गई थी, किंतु हिंदी का प्रयोग शासन में वैकल्पिक रूप से होता ही था, जनता में तो हिंदी ही सार्वदेशिक भाषा थी।

राजस्थान की विभिन्न रियासतों में हिंदी भाषा का प्रयोग 12वीं शती से अब तक अनवरत रूप से होता रहा है। मुगलों के शासनकाल में राजपूत राजाओं की ओर से तत्कालीन राजधानी में वकीलों के कार्यालयों की स्थापना की जाती थी। ये कार्यालय सम्राट् को हिंदी भाषा में पत्र लिखते थे और सम्राट् द्वारा राजाओं को दी जाने वाली सारी सूचनाएँ हिंदी भाषा में रियासत को प्रेषित करते थे। अंग्रेजों के शासनकाल में रियासतों में पोलिटिकल एजेंट, गवर्नर जनरल आदि के कार्यालयों की स्थापना होती थी। ये कार्यालय राजाओं के हिंदी 'खरीतों' (एक प्रकार का पत्र) का अंग्रेजी में अनुवाद तथा गवर्नर

जनरल द्वारा संबद्ध राजाओं को अंग्रेजी में लिखे पत्रों का हिंदी में अनुवाद करते थे। रियासतों से प्रेषित पत्र हिंदी भाषा में ही होते थे। कहने का अभिप्राय यह है कि उस समय की संपर्क भाषा हिंदी थी। पृथ्वीराज के समकालीन, चित्तौड़ नरेश रावल समर सिंह के दरबार से पृथ्वीराज को लिखा गया पत्र 12वीं शती में राजभाषा हिंदी और संपर्क भाषा हिंदी के प्रयोग का प्रमाण है।

महाराज पृथ्वीराज को रावल समरसिंह का पत्र—"स्वस्ति श्री-श्री चीत्रकोट महाराजधिराज तपेराज श्री-श्री रावलजी श्री समर सिंघजी वचनातु दा अमा आचारज ठाकुर रुसीकेषकस्य थाने दली सुं डायजे लाया अणीराज में ओषद थारी लेवेगा ओषद ऊपरे माल की थारी है ओ जनाना में थारा वंसरा टाल ओ दूजो जावेगा नहीं और थारी बैठक दीली में ही जो प्रमाणे परधान वरोवर कारण देवेगा और थारा बंसक सपूत वेगा जी ने गाय गेणो अणी राज में खाद पाया जाएगा और थारा चाकर घोड़ा को नामो कोठार सूं चला जाएगा...दुबे पांचोली जानकीदास सं. 1137 काती वादी।"[1]

मेवाड़ के सभी परवर्ती राणाओं के राजकीय कार्यों में हिंदी का ही प्रयोग किया जाता था। इन पत्रों का प्रारंभ '**एकलिंग प्रसादात**' मांगलिक शब्दों से होता था। महाराणा प्रताप के पत्रों पर तो भाले का निशान अंकित होता था, जिसे हस्ताक्षर के रूप में स्वीकार किया जाता था। कोटा, बीकानेर तथा जोधपुर रियासत में हिंदी का प्रयोग 13वीं शती से प्राप्त होता है। जयपुर, अलवर, भरतपुर, रियासतों का राजकीय कार्य हिंदी में मुगलों तथा अंग्रेजों के शासनकाल में होता था। राजाओं के परस्पर पत्र-व्यवहार की पद्धति को 'खतत् महाराजान' कहते थे। ये पत्र हिंदी भाषा तथा देवनागरी लिपि में भारतीय राजाओं तथा तत्कालीन मुगल सम्राट् द्वारा आमेर के राजा जयसिंह को विविध विषयों पर लिखे गए थे। मुगल सम्राट् की आज्ञा से वकील भिखारीदास द्वारा महाराजा जयसिंह को लिखे गए एक पत्र का कुछ अंश उद्धृत है—

"...हकीकत सब अरज पहुँचेगी जी। श्री महाराजा जी सलामत हिदायतुल्लागढ़ के फौजदार की हकीकत पहले ही वसली खां व रामभोगीमल ने ही खानजादा को लिखी वी...मिती जेठ बुदी 7 वृहस्पतिवार संवत् 1766।"

केरलीय हिंदी-प्रेमी राजाओं ने भी समय-समय पर हिंदी को अपनी सत्ता व्यवस्था और शासन-संचालन की भाषा बनाया। सच तो यह है कि हिंदी ने केरल के सांस्कृतिक, राजनीतिक और प्रशासनिक क्षेत्रों में अहम योगदान दिया था। केरल में हिंदी 'हिंदी' नाम के अतिरिक्त 'हिंदुस्तानी', 'दक्खिनी', 'तुर्कभाषा', 'गोसाई भाषा', 'पट्टाणि भाषा' (पठानों की भाषा) आदि कई नामों से जानी जाती थी, किंतु 'हिंदुस्तानी' नाम यहाँ सर्वाधिक लोकप्रिय था और कोचीन के राजवंशों के लोग संगीत, कला और साहित्य में बड़ी रुचि रखते थे। इसी क्रम में केरल के राजघरानों ने हिंदी को काफी सम्मान दिया।

केरल के प्रसिद्ध राजा स्व. स्वाति तिरुनाल महाराजा (सन् 1813-1846 ई. तक) ने हिंदी में कई मधुर पद रचे हैं। अभी तक उनके हिंदी में रचित 37 गीत मिले हैं, जो भक्तिपरक हैं। केरल की तीनों देशी रियासतों—ट्रावनकोर, कोचीन, मालाबार—के राजाओं ने हिंदी को अपने राजकाज की भाषा बना बहुत महत्त्व दिया था। मुगल सल्तनत और मुसलिम शासकों से निरंतर संपर्क होने के कारण राजनीतिक क्षेत्र में, भी हिंदुस्तानी की आवश्यकता पड़ी। हैदर, टीपू आदि के समय में केरल की तीनों रियासतों में विशेषकर कोचीन और मालाबार प्रदेशों में हिंदुस्तानी का खूब प्रचार-प्रसार हुआ। इस समय राजनीतिक पत्र-व्यवहार में फारसी के साथ हिंदुस्तानी भी प्रयुक्त होती थी। प्राचीन केरल में लिखे गए अनेक हिंदुस्तानी पत्र दक्षिण भारत के कई पुरावस्तु-संग्रहालयों और लेखागारों में प्राप्त होते हैं। इन पत्रों की भाषा एक प्रकार से खड़ी बोली ही है और उस पर दक्खिनी, ब्रजभाषा और द्रविड़ भाषाओं का प्रभाव है। टीपू की भाषानीति बहुत ही सख्त थी और उन्होंने कोचीन तक में हिंदुस्तानी को कूटनीतिक भाषा बनाने की कोशिश की तथा कोचीन के राजा के साथ हुई इस संधि की एक शर्त यह रखी गई थी कि राज-परिवार के लोगों को नियमित रूप से हिंदुस्तानी पढ़ाई जाए। इधर, सन् 1928 से केरल के कोचीन प्रदेश, सन् 1931 से ट्रावनकोर प्रदेश में तथा 1940 में ट्रावनकोर विश्वविद्यालय की स्थापना के बाद से यहाँ हिंदी उपभाषा के रूप में पढ़ाई जा रही है।

इधर, मणिपुर में भी मणिपुरिया राजाओं के हिंदी के प्रति रूझान की पुख्ता सूचना मिलती है। यहाँ से प्राप्त मुद्राएँ एवं सिक्के, पुराने अभिलेख और दस्तावेजों से सिद्ध होता है कि मणिपुरी राजाओं ने हिंदी को अपनी शासन व्यवस्था का अभिन्न हिस्सा बनाया था। वस्तुतः मणिपुर के महाराजा कयंबा (सन् 1467-1508) के शासनकाल तक भारत के विभिन्न भागों से ब्राह्मणों का प्रव्रजन हुआ। श्री डाल्टन और श्री एस. कोवा ने भी ब्राह्मणों के दलों का मणिपुर में आने का उल्लेख किया है। डॉ. एम. कीर्ति सिंह ने ऐतिहासिक तथ्यों के आधार पर यह स्थापित किया है कि महाराजा गरीब-निवाज की पुत्री प्रथम मणिपुरी महिला थीं, जिसने वृंदावन की यात्रा की थी। डॉ. सरोज नलिनी पैराट ने अपनी एक पुस्तक में सन् 1735 एवं 1744 में मणिपुरी लोगों की गंगा यात्रा का उल्लेख किया है। स्पष्ट है कि 18वीं शताब्दी के आरंभ में ब्रज प्रदेश एवं गंगा यात्राएँ आरंभ हो गई थीं और निश्चित रूप से यहाँ के लोग हिंदी की बोलियाँ समझते और बोलते होंगे वरना उन दिनों इतनी दूर की यात्रा कैसे संभव हो सकती थी। डॉ. देवराज का विचार है कि प्रव्रजित ब्राह्मणों ने यहाँ संस्कृत और हिंदी का खूब प्रचार-प्रसार किया। वे धार्मिक कार्यों में हिंदी का प्रयोग करते थे। मंदिर में भोग चढ़ाने, धार्मिक भोज और कीर्तन के अवसर पर पुरोहित प्रायः हिंदी बोलते थे। वैष्णव धर्म के श्रद्धालुजन उचित रूप में हिंदी समझ लेते थे। 18वीं से 19वीं शताब्दी की मुद्राओं पर जय श्री गरीब-निवाज मेखलेश्वर गोमती रानी

तथा चैत्र सुदी तरस्यवाद संवत् 1646 और जयश्री, राम, श्रीमद्राधा गोविंद प्रद्रविंध मकरंद मधुकरस्य आदि शब्द देवनागरी लिपि में अंकित हैं। ये सिक्के मणिपुर में हिंदी एवं देवनागरी लिपि की ऐतिहासिक यात्रा के प्रमाण हैं। हो सकता है कि हिंदी के अभिव्यक्ति अंकन की विलक्षणता पर लालायित होकर यहाँ के राजाओं-शासकों ने हिंदी को अपने शासन-व्यवस्था का माध्यम बनाया हो। महाराजा भाग्यचंद्र सन् (1763-1798) तथा परवर्ती महाराजाओं की प्रार्थनाओं के संकलन भी इस बात के साक्ष्य हैं कि मणिपुर में हिंदी बोली और समझी जाती थी। कुल मिलाकर मणिपुर में हिंदी भाषा धर्म, प्रशासन, वाणिज्य, आवागमन, तीर्थयात्रा, सेना, भक्तिपरक रचनाओं, राजनीति, संविधान, शिक्षा आदि के माध्यम से मणिपुर भाषा एवं उसके बोलनेवालों के संपर्क में आई और इसने सदैव संपर्क भाषा के रूप में काम किया। आज हिंदी ही मणिपुर के निवासियों को भारत के अन्य भागों से जोड़ने वाली महत्त्वपूर्ण कड़ी है।

हिंदी बहुत पहले से ही मराठा शासकों के राज-काज की भाषा रही है। अपनी भाषागत सहजता के कारण यह वहाँ प्रशासन की भाषा थी, बौद्धिकों के बीच अकादमिक विमर्श की भाषा थी, महाराष्ट्र में पूरे देश से जाकर बस गए विभिन्न भाषियों के बीच संवाद की भाषा थी और आज भी यह वहाँ उसी भूमिका में जी रही है। पत्रों, पट्टों, सैकड़ों दानपत्रों, परवानों और बहियों को देखने से यह निष्कर्ष निकला है कि हिंदी मराठी के साथ यहाँ के शासन की भाषा थी। मराठों के शासनकाल में भी अनेक ताम्रपत्र हिंदी में लिखे गए और उन्होंने राजाओं के साथ हिंदी में पत्र-व्यवहार किया था। एक उदाहरण नीचे दिया गया है, यद्यपि यह किसने लिखा और किसे लिखा गया है, यह स्पष्ट नहीं है—**"अप्रच फौज का मुकाम नजीक आया है तो तुम षातर जमा से मीलने कु आवजा।"**

दरअसल, आज की ताजा-टटकी राजनीति मराठा धरती से हिंदी को भले ही बेदखल करने की कुत्सित कोशिश करे, पर मराठा शासकों के एक लंबे कालखंड तक पसरे साम्राज्य में मराठी के साथ हिंदी अत्यंतगता सहधर्मिणी की उज्ज्वल उपस्थिति की तरह बरती गई है। कुल मिलाकर अपनी बनावट, भंगिमा तथा मोहक अंदाज में हिंदी मराठा शासकों की मुँहबोली और बतरस की माध्यम थी। मराठा धरती कभी हिंदी से बाँझ नहीं हुई। हिंदी के प्रति मराठा शासकों की अगाध आस्था और प्रतिबद्धता असंदिग्ध रही है। मराठी भद्रजनों के यहाँ हिंदी मराठी के साथ आज भी गिटार की तरह बज रही है। अपने संयम और सुविधा के कारण यह कभी भी मराठी और वहाँ के सत्तावर्ग के लिए चुनौती बनी ही नहीं। स्पष्टत: यह कि मराठों के शासनकाल में राजकाज हिंदी में होता रहा है। इसका एक और प्रमाण पेशवा बाजीराव प्रथम के आज्ञापत्र की संवत् 1780 वि. (सन् 1723 ईस्वी) का रूप द्रष्टव्य है—

आग्या पत्र¨(अस्पष्ट) श्रीबाजिराउमुषय धान बचनात पटेल मौ. जोनारोसंमत 1780—आगें फौज का मुकाम नजीक आया है तो तुम षातर जमा से मीलने कु आवजा असावार भेजे हैं¨(अस्पष्ट)

मराठी के एक धुरंधर विद्वान् **डॉ. केलकर** कहते हैं कि उत्तरी भारत के नरेश कर्मचारी आदि तो पेशवा, मराठा सरदारों, मराठा शासन के अधिकारियों आदि को हिंदी में पत्र लिखते ही थे, परंतु उधर पेशवा, मराठा सरदारों और सेनानायकों को मराठा राज्य के अधिकारियों आदि की ओर से भी जो कागजात इन भाषी राजपूत नरेशों, उनके घरानों, कर्मचारियों आदि को लिखे जाते थे, वे भी हिंदी में होते थे। सच तो यह है कि महाराष्ट्र में मराठों के शासनकाल में मराठी भाषा का बहुत विकास हुआ और फारसी के स्थान पर वह उनके राज्य की राजभाषा बनी। मराठी के साथ-साथ मराठा शासकों ने हिंदी को भी प्रोत्साहन दिया। शिवाजी के पिता शाहजी के दरबार में 500 कवि रहा करते थे, जिनमें अनेक कवि हिंदी के ज्ञाता भी थे। शिवाजी स्वयं हिंदी कवियों को आश्रय देते थे। हिंदी के महाकवि भूषण का शिवाजी के दरबार में राजाश्रय प्राप्त करना बहुत ही प्रसिद्ध है। शिवाजी के पुत्र शंभाजी भी हिंदी में कविता किया करते थे। इससे यही स्पष्ट है कि मराठा कवियों ने हिंदी को पर्याप्त प्रोत्साहन दिया। उनके शासनकाल में अनेक मराठी भाषी संतों की वाणियाँ मिलती हैं। इस प्रकार यह स्पष्ट हो जाता है कि महाराष्ट्र प्रारंभ से ही हिंदी का अनन्य समर्थक और प्रचारक रहा है। सुप्रसिद्ध हिंदी दैनिक समाचार पत्र 'दैनिक भास्कर' लिखता है कि महाराष्ट्र में हिंदी भाषा का प्रचलन प्राचीनकाल से ही, अर्थात् ईसा की ग्यारहवीं शताब्दी के आसपास था। महाराष्ट्र के अधिकांश राजाओं ने हिंदी के प्रति उदार, व्यापक, सहानुभूतिपूर्ण एवं दूरदर्शी दृष्टि रखी थी, जिसके परिणामस्वरूप महाराष्ट्र में हिंदी को राज्याश्रय तथा लोकाश्रय दोनों प्राप्त हो सके।

इधर, पंजाब के लगभग सभी सिख गुरुओं ने हिंदी को बढ़ावा दिया। वे हिंदी के हिमायती थे। सिखों के अंतिम और दसवें गुरु गोविंद सिंहजी एक महान् कवि और ज्ञानी थे। उन्होंने हिंदी में कविता करके उसे व्यापक बनाया। 'संपूर्ण दशमग्रंथ' में अधिकांश रचनाएँ हिंदी में हैं। गुरु गोविंद सिंह के बाद अनेक सिख गुरुओं ने ब्रजभाषा में गुरु इतिहास लिखा। देवनागरी और शारदा लिपि का समन्वय कर 'गुरुमुखी' के सर्जक श्री गुरुनानक के निकट शिष्यों में से एक तथा सिखों के दूसरे गुरु श्री अंगद देवजी (1504 से 1552), सिखों के तीसरे गुरु श्री अमरदासजी (1479 से 1574), चौथे गुरु श्री रमादासजी (1534 से 1581) तथा पंचम गुरु श्री अर्जुन देवजी (1563 से 1606) ने सत्य, प्रेम, भाईचारा संबंधी

अभिव्यक्ति के लिए किसी-न किसी रूप में हिंदी को ही आधार बनाया है।

राजदरबारों में खड़ी बोली हिंदी के प्रयोग के प्रमाण पंजाब के महाराजा रणजीत सिंह के प्रलेखों में लिखे मिलते हैं। ये 19वीं सदी के आरंभिक दशकों में लिखे गए हैं। इनका एक संकलन 6 फरवरी, 1830 से जुलाई 1832 ईस्वी के मध्य लिखे गए कूटनीतिक पत्रों का मिलता है। इन्हें 'परचे' या 'खबर' कहा गया है। जानकारी मिलती है कि ये खबरें महाराज़ा रणजीत सिंह के किसी विश्वासपात्र ने संकलित करके अनधिकृत रूप से लाहौर दरबार तक पहुँचाई थीं। इनकी लिपि फारसी थी, जिन्हें पटियाला में गुरुमुखी लिपि में परिवर्तित किया जाता था। महाराजा रणजीत सिंह की पत्नी महारानी जिंदकौर के कुछ पत्र मिलते हैं, जिन्हें 'परचे' कहा गया है। ये लाहौर दरबार के प्रथम ब्रिटिश रेजिडेंट लॉरेंस को भेजे गए थे। इन्हें गुरुमुखी लिपि 'हिंदवी' की चिट्ठियों का तरजुमा कहा गया है। स्पष्ट है कि 'हिंदवी' से तात्पर्य पंजाबी मिश्रित खड़ी बोली हिंदी से ही है।

कश्मीर के प्रथम शासक शमसुद्दीनशा के समय से हिंदी को थोड़ा-बहुत आश्रय मिला। सुलतान जैनुल अब्बीद्दीन स्वयं कश्मीरी के अतिरिक्त फारसी, हिंदी और तिब्बती भाषाओं का विद्वान् था। पड़ोसी भाषा होने के कारण तिब्बती भाषा के प्रति उसका आकर्षण था। उसके सीखने का कारण यह था कि उन दिनों हिंदी अंतर्प्रांतीय व्यवहार भाषा के रूप में विद्यमान थी। उसके शासनकाल में अनेक अरबी-फारसी की पुस्तकों का अनुवाद हिंदी में हुआ। जम्मू के वल्लभदेव ने सन् 1527 में रामचरितमानस का हिंदी अनुवाद 'तुलसी रामायण' नाम से किया। सन् 1823 में कवि दत्त ने 'वीर विकास' नामक काव्य की रचना ब्रजभाषा में की है। उड़ीसा में मुसलमानों के शासनकाल में राजभाषा के रूप में फारसी प्रतिष्ठित थी, लेकिन उत्तर भारतीय सिपाही, जो उड़ीसा में आकर बस गए थे, उनके बीच में हिंदी प्रचलित थी। उड़ीसा में जब मराठों का राज्य स्थापित हुआ तब भी वहाँ फारसी, उड़िया और मराठी के साथ-साथ हिंदी का भी प्रचलन रहा। इस प्रकार उड़ीसा में भी शताब्दियों के पहले हिंदी को स्थान मिला। गुजरात, सौराष्ट्र और कच्छ के राजाओं ने भी हिंदी को आश्रय देकर बहुत से कवियों को प्रोत्साहित किया। इन राजाओं के दरबारों में हिंदी कवियों का विशेष स्थान था। गुजरात के राजाओं ने हिंदी कवियों को आश्रम देने और हिंदी सीखने की सुविधाएँ प्रदान करने के साथ-साथ स्वयं भी हिंदी में कविताएँ की थीं। राजकोट के राजा कुमार मेहरामठासिंह, सौराष्ट्र के झाला राजा अमर सिंहजी, रणमल सिंहजी, मानसिंहजी और कच्छ के महराव लखपतजी ने हिंदी में सुंदर काव्यों की रचना की है। गुजरात के राजघरानों में से काकरेची ठकुरानी हरीजी रानी, चावड़ीजी और जामसुता-प्रतापबाला की भी हिंदी रचनाएँ प्राप्त हुई हैं।

अब आइए, मुगल शासकों के दरबारों में प्रवेश किया जाए, जहाँ हम देखेंगे कि सामान्यजन से लेकर शासक-सुल्तान, शहजादी-बेगम कवियों के ठहाके फारसी, अरबी,

तुर्की और हिंदी में ही लग रहे हैं। संगीजिगर और कठोर-से-कठोर शासक भी फारसी के साथ-साथ हिंदी के प्रति इकराम और नरम दिखाई देता है। कुछेक अपवादों को नजरंदाज कर दें तो हम पाएँगे कि कट्टरपंथी मुसलिम शासकों ने भारतीय साहित्य, वास्तुकला, संगीत, आभूषण, दस्तकारी, हाथी दाँत की नक्काशी आदि को महत्त्व देते हुए यहाँ की देसी भाषाओं की भी रक्षा की। संस्कृत भाषा को महत्त्व देते हुए उन्होंने ढेरों पुस्तकों का अनुवाद फारसी में करवाया। भाषा की जिस पौध का नामकरण इन मुसलमानों ने 'हिंदी' किया, वह आज झकोर दरख्त के रूप में हमारे सामने खड़ा है। स्पष्टत: यह कि मुगल काल का तत्कालीन समाज अपनी निजता का धागा सीधे हिंदी और फारसी से जोड़ता दिखाई देता है। हिंदी और फारसी दोनों को एक-दूसरे की अनुषंगी बनाकर पूरा समाज अपनी अभिव्यक्ति को आकार देता है।

वस्तुत: इन मुगल शासकों ने हिंदी की सेवा तीन तरह से की—एक तो स्वत: इन्होंने हिंदी को राज-काज और अपने शासन-संचालन की भाषा बनाया, जहाँ हम देखते हैं कि इनके वकील (वजीर-ए-आजम) अर्थात् मंत्रिमंडल का सर्वोच्च अधिकारी, दीवान (वकील के बाद का सर्वोच्च पद), मीर बख्शी (पे-मास्टर), वाकिया नवीस (राजकीय घटनाएँ लिखने वाले प्रेस सचिव), कोतिल (अतिरिक्त प्रेस सचिव), आवारा नवीस (पैदल सैनिकों का लेखन), खिदमती (महल के पतरेदार), पटवारी (गाँव का अधिकारी), काजी-उल-कजात (प्रमुख न्यायाधीश), दीवान-ए-आलम, कोतवाल, फौजदार (आधुनिक जिलाधीश) तथा शिकदार (सामान्य प्रशासक) तक अपने नित्य के कार्यों में हिंदी का प्रयोग करते थे। वकील कार्यालयों का कामकाज हिंदी भाषा और देवनागरी लिपि में होता था। मुगल शहंशाहों के प्रशासन में हिंदी में लिखे गए पत्र खतूत, अमलदस्तूर, अहलकारन, वही तालीक, तहरीर, याददाश्त, इत्तलानामा, रसीद सनदी, दस्तूर, फरमान, अर्जदास्त आदि हिंदी की ब्रज, अवधी, मारवाड़ी, ढूंढाड़ी और खड़ी बोली आदि में लिखे जाते थे, किंतु विभिन्न बोलियाँ—भाषाएँ मिश्रित रहती थीं। उदाहरणार्थ अकबर के राजकाज की हिंदी का एक नमूना यहाँ उल्लिखित है—

1. "फलक के सुधपावणों के वास्ते व नीति मार्ग के वास्ते पहली राह पूब यही है, जुसबका सेवाकार परमार्थ के बीच सुषी साहिब कैसा सोये दरबार साहिब के आधीन हो हैं करि आपणा को अरपण करता।" अर्थात् जनता के सुख के लिए नीतिमार्ग का अवलंबन कर पहला कार्य यह है कि सबकी सेवा और परमार्थ के निमित्त बादशाह के इस दरबार के अधीन होकर स्वयं को समर्पित करता हूँ।
2. "और षुसामदी होई तिसस्ये प्यार न करिए किस वास्ते जू षुसामदी से खुसी होई जिसका काम पूरा न होई।" अर्थात् प्रशासक को खुशामदी लोगों से दूर

रहना चाहिए, क्योंकि खुशामदी व्यक्तियों के कारण राजकाज में बाधा उपस्थित होती है। *(अकबर के अलम दस्तूर से)*

दूसरे यह कि इन मुगल शासकों ने अपने दरबार में हिंदी-कवियों को राज्याश्रय देकर हिंदी के विकास में मदद की और तीसरे यह कि इन मुगल शासकों में कई ने स्वत: हिंदी में कविता कर हिंदी को सम्मानित किया।

कहते हैं, मुइजुद्दीन मुहम्मद गोरी, मुहम्मद बिन कासिम तथा महमूद गजनवी ने फारसी के साथ-साथ हिंदी को भी अपने राजकाज की भाषा का दर्जा एवं सम्मान दिया था। इनके उपजीव्य ने भी अपने-अपने स्तर पर भोगी हुई अनुभूतियों की अभिव्यक्ति की बुनावट सहज ढंग से हिंदी भाषा में की। सच तो यह है कि हिंदी को प्रकृत रूप देने में इन मुसलमान शासकों तथा उनके दरबार में रहने वाले मुसलिम कवियों का विशेष हाथ है। हिंदी की सेवा इन्होंने कांतभाव से की है। ये मुसलमान शासक तथा कवि हिंदी के आभूषण हैं। हिंदी के बढ़ाव-विकास तथा उसे संपोषित करने वाले इन मुसलमान शासकों तथा कवियों को नमन करना पड़ता है। इन्होंने हिंदी सेवा को अपना पवित्र तीर्थ माना। महमूद गजनवी ने विजयराज, सुंदर तथा नाथ आदि हिंदुओं को अपनी सभा में उच्च स्थान देते हुए तिलक तथा बहराम आदि हिंदू विद्वानों को फारसी-हिंदी के अनुवाद कार्य में लगाया था। महमूद गजनवी की संस्कृत के प्रति रुझान मशहूर है। उसके द्वारा जारी रजत मुद्रा (सन् 418वें वर्ष सं. 1097 वि.) के मुखभाग पर—"**अव्यक्तमेकं मुहम्मद अवतार नृपति महमूद**" तथा पिछले हिस्से पर—"**अयं टकं महमूदपुर घटिते हिजरियेन संवति-418**" देवनागरी लिपि में टंकित है। महमूद गजनवी के भारत पर सैनिक अभियानों के समय प्रसिद्ध विद्वान् अबू रेहान मुहम्मद अरुलबनी भारत आया था। उसकी पुस्तक 'किताबुल हिंद' अरबी भाषा में लिखी गई है। उसे संस्कृत और फारसी का ज्ञान था।

तुगलक वंश के सुलतान गयासुद्दीन तुगलक की साधारण धातु की मुद्राओं पर '**स्त्री सुलतान गयासुदां**' देवनागरी अक्षरों में लिखा हुआ प्राप्त हुआ है। फीरोज तुगलक को हिंदी और संस्कृत के प्रति रचनात्मक रुझान के लिए जाना जाता है। फीरोज स्वयं में इतिहासकार था। सुलतान नासिर शाह (1282-1325) की रुचि संस्कृत भाषा में थी। उसने महाभारत का बंगाली भाषा में अनुवाद कराया था। सिकंदर लोदी के अधिकांश फरमान फारसी के साथ-साथ हिंदी में भी जारी किए जाते थे। औरंगजेब का मजहबी जोश सुप्रसिद्ध है, फिर भी उसके दरबार में हिंदी के कवि रहते थे। औरंगजेब स्वयं हिंदी का प्रेमी शासक था। संस्कृत में भी शायद उसे कुछ दखल था। यह भी प्रसिद्ध है कि आमों के नाम 'रसना विलास' और 'सुधारस' उसी ने रखे थे। यही नहीं, औरंगजेब की पुत्री जेबुन्निसा बेगम (Zebunnissa Begum) की हिंदी में विशेष पैठ थी। 'नैन

विलास' नामक एक हिंदी कृति उसी की बताई जाती है। शाहजादी जेबुन्निसा की अधोलिखित हिंदी पंक्तियाँ इस प्रकार द्रष्टव्य हैं—

जेबुन्निता जहान में दुख्तर आलमगीर।
नैनविलास विलास में खास करी तहरीर ।।

सच तो यह है कि औरंगजेब के शासनकाल में भी खड़ी बोली हिंदी राजभाषा के रूप में इस्तेमाल होती रही है। इसका प्रमाण 'नागरी प्रचारिणी' पत्रिका के सन् 1898 ईस्वी के अंक में पृष्ठ 18 पर गार्सा द तासी (फ्रांसीसी साहित्यकार) के लेख से मिलता है, जो इस प्रकार है—

''वाकअ: यह है कि मुसलमान बादशाह हमेश: एक हिंदी सिकरेटरी जो हिंदी-नवीस कहलाता था और एक फारसी सिकरेटरी जिसको वह फारसी-नवीस कहते थे, रखा करते थे, ताकि उनके एहकाम इन दोनों जबानों में लिखे जायँ।'' 'फरीद' उपनाम से कविता करने वाले शेरशाह की मुद्राओं पर देवनागरी लिपि में खुदे अक्षर मिलते हैं। शेरशाह के पुत्र सलीमशाह अपनी प्रशासनिक व्यवस्था में हिंदी प्रयोग का आदेश देते दिखाई देते हैं। सम्राट् अकबर के दरबार में भी तुर्की, फारसी एवं हिंदी कवियों का ही सम्मान किया जाता था। हिंदू-मुसलिम सांप्रदायिक सद्‌भाव के पक्षधर अकबर ने फारसी के साथ-साथ हिंदी और संस्कृत को बढ़ावा दिया। उर्दू भूल-भटककर भी यहाँ किसी तरह की अभिव्यक्ति का हमराज नहीं बन पाती। अकबर का विचार था कि हिंदुओं को केवल इसलामी शिक्षा देने से साम्राज्य की सुरक्षा को खतरा पैदा हो सकता है। इसीलिए उसने हिंदुओं को उच्चशिक्षा देने के लिए मदरसों की स्थापना की, जहाँ उन्हें हिंदू धर्म, दर्शन और साहित्य की शिक्षा फारसी के साथ-साथ हिंदी में भी दी जाती थी। अकबर ने संस्कृत पाठशालाओं में विद्यार्थियों को व्याकरण, न्याय, वेदांत और पंतजलि के अध्ययन पर विशेष बल दिया। कुछ संस्थाओं में पुराण, वेद, दर्शन, शास्त्र, चिकित्सा शास्त्र, ज्योतिष, इतिहास, भूगोल आदि की शिक्षा दी जाती थी। अकबर के दरबार में बहुत से विद्वान् और कवि थे, जिन्हें सरकार की तरफ से अनुदान दिया जाता था। हिंदू-मुसलमान के बीच सांस्कृतिक एका स्थापित करने हेतु अकबर ने अपनी ही देख-रेख में एक अनुवाद-विभाग भी खोल रखा था, जिसके तहत संस्कृत, अरबी, तुर्की एवं यूनानी भाषा के कई ग्रंथ फारसी में अनूदित किए गए। डॉ. विद्याधर महाजन लिखते हैं—

"A large number of books were translated in to Persian in the time of Akbar. Badauni translated the Ramayan of Balmiki in to Persian. A portion of Maha Bharata was also translated. Ibrahim Sarhandi translated the Atharvaveda, Faizi translated in to Persian Lilavati, a work of Arithmetic." संस्कृत और हिंदी के विकास के लिए अकबर ने शासन-स्तर पर कई

योजनाएँ बनाईं। श्री सत्यकेतु विद्यालंकार लिखते हैं—"अकबर को स्वयं हिंदी कविता का बड़ा शौक था और अनेक ऐसे कवित्त मिलते हैं, जिन्हें 'साहि अकबर' का बनाया हुआ मानते हैं।" बीरबल के निधन पर उनके अंतर्मन का दंश और दर्द उनकी हिंदी रचना में इस प्रकार फूटता है—

"दीन जानि सब दीन, एक न दीन्हो दुसह दुख।
सो मों कहँ अब दीन, कछुक न रख्यो बीरबल॥"

ब्रजभाषा में भी उसकी रची रचनाएँ मिलती हैं। राजकाज में वह हिंदी का तो हितैषी था ही, उसके दरबार में अनेक हिंदी कवियों को सरंक्षण मिला हुआ था—"The policy of toleration of Akbar helped the growth of Hindi literature in his time. Important personalities like Mirza Abdur Rahim Khan-i-Khanan, Bhagwan Das and Man singh wrote poetry in Hindi, Birbal got the title 'Kavi Raya' from Akbar. Narhari Sahai was given the title of 'Maha Patra'. Tulsi Das (1532-1623) was a Contamporary of Akbar." दरअसल, यह वही काल था, जिसे इतिहास में हिंदी कविता का स्वर्ण युग कहते हैं। सूरी वंशीय सम्राट् के बारे में यह तथ्य प्रचलित है कि उसने अपने राज्य में फारसी के साथ-साथ हिंदी के भी मुंशी नियुक्त किए थे।

सन् 1327 में मुहम्मद तुगलक (Muhmmad Tughluq) ने दौलताबाद में अपनी राजधानी बनाई, जिसकी वजह से कालांतर में सन् 1330 से लेकर 1800 तक औम बहमनी, आदिलशाही तथा कुतुबशाही काल में हिंदी को फैलने-फूलने का अवसर मिला। इतिहासकार मुहम्मद कासिम फरिश्ता लिखते हैं—"बहमनी राज्य के दफ्तरों में हिंदी जुबान प्रचलित थी और सल्तनत ने उसे सरकारी जुबान का पद दे रखा था। बहमनी राज्य के छिन्न-भिन्न हो जाने पर भी हिंदी का यह पद उत्तराधिकारी रियासतों ने कायम रखा।" "**बदफ्तर फारसी बरतरफ साख्ता हिंदवी कर्द व बहमना रा साहब दखल गरदानीद व जमाए जवावत इस्माइल आदलशाह रा बरहमजब।**" सुप्रसिद्ध कवि और लेखक डॉ. रामधारी सिंह दिनकर भी इस बात का समर्थन करते हैं। मुसलमानों द्वारा दक्षिण में फैलाई गई यह हिंदी कितनी लोकप्रिय हुई, एक बयान देखिए, 'सन अती का'—

"जिसे फारसी का न कुछ ज्ञान है,
सो दक्खिनी जबाँ उसको आसान है।"

सन् 1690 में जनूनी भी स्वीकार करते हैं—

"मैं इस को दर हिंदी जबाँ इस वास्ते कहने लगा।
जो फारसी समझे नहीं, समझे इसे खुश होकर॥"

वीजापुर के शासकों ने दक्खिनी हिंदी को ही अपने शासन की राजभाषा बनाया।

इस प्रकार 16वीं शती के प्रारंभ तक दक्खिनी दक्षिण के राजाओं तथा प्रजा की भाषा बन गई। सभी दक्खिनी सल्तनतों ने दक्खिनी साहित्य की अभिवृद्धि में पूरा-पूरा योग दिया। एक सूचना के अनुसार बहमनी वंश के महामंत्री गंगू ब्राह्मण ने दक्खिनी भाषा को राजभाषा बनाया।

इस प्रकार हम देखते हैं कि वक्त के एक खास टुकड़े में मुसलमान शासकों ने पूरी ईमानदारी एवं निस्संगता तथा अपने रचनात्मक सामर्थ्य के साथ हिंदी को अपने कुशल प्रशासन की राजभाषा तो बनाया ही, हिंदी में एक बहुत बड़ा साहित्य भी उपजाया। मुगल शासकों ने अपने शासन की सीमाओं के भीतर प्रस्तर खंडों पर देवनागरी अक्षरों को उगाया, शिलालेखों पर हिंदी अक्षरों में तमाम आदेश उत्कीर्ण कराए। तमाम पोथे-पोथियाँ, मजमून और दस्तावेज उनके हिंदी प्रेम के मूक गवाह हैं। हिंदी के साथ आत्मीयता का संस्कार स्थापित करते हुए इन मुसलमानों ने ही 12वीं-13वीं शताब्दी में इसका नाम 'हिंदी' रखा—"Sometimes the origin of Hindi is traced to the twelfth of thirteenth century when early Muslimes writers used the word Hindi of Hindvi, not for particular language but as an adjective for Hindi and for all the languages of northern India."[1]

इसी तरह मुसलिम कवियों एवं सूफी संतों ने भी बंगाल में बाउल, दक्षिण के आलवार, महाराष्ट्र के बड़ँवे और डागे, उत्तर प्रदेश और मध्य प्रदेश के जोगी, ब्रज क्षेत्र के जिवड़ी और राजस्थान के भोपा गायकों की तरह हिंदी गीतों को गाकर अपने कलम-कुल्हाड़ा से सांप्रदायिकता और सामंतवाद के विरुद्ध विश्वास के अक्षर उगाकर एक मिले-जुले समाज के निर्माण में यादगार सहयोग किया। मुगल शासकों ने अपने दरबारों में हिंदी की ताजपोशी करते हुए अपनी वैचारिक और रचनात्मक चिंताओं की व्यापक हिस्सेदारी हिंदी में की, उन्होंने हिंदी में ही अपनी चेतना की दृष्टि दीप्ति दी। बिना किसी भेदभाव, लंपट या 'बैकलेश' से की गई इनकी हिंदी सेवा से एक प्रीतिकर एहसास होता है, तभी तो भारतेंदु हरिश्चंद्र कहते हैं—

"आलीखान पाणन सुता ब्रज रखवारे।
शेखनवी रसखान, मीर अहमद हरि प्यारे॥
निरमलदास, कबीर, ताज खाँ बेगम पारी।
तानसेन, कृष्णदास विजापुर नृपति दुलारी॥
पीराजादी बीबी रास्ती, पद रज नितसिर धारिये।
इन मुसलमान हरिजनन पर कोटिन्हहिंदुन वारिये॥"

मुसलिम शासन के स्खलन के बाद उनकी मादरी जुबान अरबी-फारसी का भी अवसान हुआ। मुसलमानों के बाद भारत में अंग्रेज आए। इनके साथ इनकी भाषा अंग्रेजी

आई। वह फारसी का स्थानापन्न बनी। अंग्रेज भारत में पुर्तगाल, हॉलैंड, यूनान, फ्रांस, डेनमार्क आदि अन्य देशों के व्यापारियों की तरह यहाँ का माल-सामान खरीदकर अपने यहाँ ब्रिटेन में बेचने की गरज से आए थे। बाद में उन्होंने देखा कि पूरी दुनिया में उनके लिए भारत से बढ़िया कोई दूसरा बाजार नहीं मिल सकता, अतः उन्होंने यहाँ बनिया से शासक बन यहाँ की मुख्य भाषाएँ हिंदी, उर्दू और हिंदुस्तानी को प्रश्रय देना शुरू किया। अंग्रेजी के साथ इन्होंने उक्त भाषाओं को भी अपने राजकाज की भाषा बनाया। इस तरह ईस्ट इंडिया कंपनी के शासनकाल में हिंदी का प्रयोग निरंतर होता रहा और खड़ी बोली हिंदी-गद्य में निखार का युग आरंभ हुआ। सन् 1803 में ईस्ट इंडिया कंपनी ने जनता से संबंधित कानूनों को हिंदी में दिए जाने के आदेश दिए, जो निम्नलिखित थे—

1. ''जीला के फौजदारी के साहेब लोग को लाजीम है के थानेदारि के तहसीलदार सभ वो दारोगा का सनद में इस आइन का तरजमा फारसी भाखा वो अछर वो हीनदोसतानी भाखा वो नागरी अछर में देहि वो उस सनद वो तरजमा के उपर फौजदारि का मोहर वो अपना दसतखत करहि।''

(अंग्रेजी सन् 1803 साल 34 आईन 22 दफा)

सभ	=	सब
तरजमा	=	अनुवाद
भाखा	=	भाषा
अछर	=	अक्षर
हीनदोसतानी	=	हिंदुस्तानी

इसके बाद पुनः निम्नलिखित आदेश दिए गए—

2. ''किसी को इस बात का उजुर नहीं होऐ के उपर के दफे का लिखा हुकूम सभी से वाकिफ नहीं है हरीऐक (हरेक) जिले के क्लीक्टर साहेब को लाजीम है के इस आइन के पावने पर ऐक ऐक केता इसतहोरनामा निचे के निचे के सतह से फारसी वो नागरी भाखा वो अछर में लीखाऐ के अपने मोहर व दसखत से अपने जीला के मालीकान जमीन बो ईजारेदार जो हजुर में मालगूजारी करता उन सभी के कचहरि में वो अमानि महाल के देसि ताहसीलदार लोग के कचहरि में भी लटकावहि।''

(अंग्रेजी सन् 1803 साल 43 आईन दफा 6 तफसील)

3. ''जो सीटामप सभ के दावे वो जवाब गैरह कागज के उपर किआ जाऐगा उसके उपर निचे का मजमून फारसी भाखे वो अछर वो हीनदवी जूबान वो नागरी अछर में खोदा जाऐगा।''

(अंग्रेजी सन् 1803 साल 43 आईन दफा 6 तफसील)

अंतरराष्ट्रीय संपर्क भाषा के रूप में अंग्रेजों ने हिंदुस्तानी का प्रयोग किया। विलियम बटर बर्थ बेली ने सन् 1802 में कहा था—"It is more over the general medium by which many persons of various foreign nations settled in Hindoostan communicate their wants and ideas to each other" दरअसल, व्यापार, वाणिज्य, राजनीति, सत्ता, शासन, कचहरी और राजकाज आदि के लिए उन्हें हिंदी-उर्दू से बहुत उपयुक्त कोई दूसरी भाषा उस समय नहीं मिल सकती थी। यह बात अलग है कि इस देश में शासन करने की नीति के तहत उन्होंने हिंदुओं और मुसलमानों के हाथों में हिंदी-उर्दू की लाठी थमा उन्हें परस्पर खूब लड़ाया। ये अंग्रेज अंग्रेजी को सत्ता की भाषा बनाने की बात सोच भी नहीं सकते थे, सो उन्होंने—" How universally are commercial and military concerns, and even political correspondence of the highest consequence, connected with it and carried on in it." इन अंग्रेजों का विचार था कि किसी देश की लोक प्रचलित भाषा में वैज्ञानिक पुस्तकों की कमी भले हो, राजकाज, सेना, व्यापार और न्यायालयों की कार्यवाही के लिए वही भाषा सबसे ज्यादा उपयुक्त है "That language in the most proper and neccessary for conducting the affairs of civil government and commerce of military as well as judicial concerns." इसलिए शासन, सत्ता और राजकाज की भाषा के रूप में उन्होंने हिंदी, उर्दू और हिंदुस्तानी को बढ़ावा दिया।

बहरहाल, आज अपने देश की राजकाज की भाषा हिंदी है, यद्यपि अहिंदी क्षेत्रों में इसका विरोध भी समय-समय पर होता रहता है। भारत के स्वतंत्र होने के पहले जुलाई 1896 में आजाद राष्ट्र के संविधान के निर्माण हेतु संविधान सभा के 389 सदस्य चुने गए, जिनमें से 296 ब्रिटिश भारत के और 93 रियासतों के प्रतिनिधि थे। 11 दिसंबर, 1946 को डॉ. राजेंद्र प्रसाद को इस सभा का स्थायी अध्यक्ष निर्वाचित किया गया। 15 अगस्त, 1947 को विशाल भारत का विभाजन और स्वतंत्र भारत एवं पाकिस्तान का उदय हुआ। स्वतंत्रता के बाद एक राष्ट्रध्वज, एक संविधान, एक राष्ट्रगान की तरह ही एक राष्ट्रभाषा अथवा राजभाषा का प्रश्न उठा और संविधान सभा द्वारा राजभाषा संबंधी विषय पर दिनांक 12, 13 एवं 14 सितंबर, 1949 को गंभीरतापूर्वक विचार-विमर्श कर हिंदी को संघ के प्रशासन की भाषा बनाया गया। यह हिंदी ही संप्रति राष्ट्रीय स्तर पर प्रशासनिक, विधायी, कार्यपालिका, न्यायपालिका, बजट तथा वित्तीय कामकाज, सूचना आदि प्रसारित करने, प्रिंट एवं इलेक्ट्रॉनिक मीडिया, बाजार और तिजारत की भाषा है, यद्यपि यह भी सच है कि तमाम दावों के बावजूद विखंडनवादी भाषा अंग्रेजी की यंत्रणाओं और संतापों को समय-समय पर डरावने रूपकों की तरह हिंदी झेलती रहती है, फिर भी भारत में यही आज कागजों में राजभाषा घोषित है।

4. सरकारी, प्रशासकीय या कार्यालयीय पत्र : अर्थ और आशय

शासकीय कर्मचारियों अथवा अधिकारियों द्वारा एक कार्यालय अथवा विभाग से दूसरे कार्यालय अथवा विभाग को अथवा एक कार्यालय से अपने ही विभाग के अंदरूनी कामकाज के लिए लिखे गए पत्र शासकीय अथवा सरकारी-पत्र कहलाते हैं। इस आलेखन का ज्ञान सरकारी कर्मचारियों के अलावा गैर-सरकारी कर्मचारियों के लिए भी आवश्यक होता है, क्योंकि प्राय: व्यापारिक संस्थान को परमिट, लाइसेंस, ठेके आदि के लिए सरकार से पत्र-व्यवहार करना पड़ता है। स्पष्टत: यह कि सरकारी पत्र सरकारी कर्मचारियों अथवा अधिकारियों के बीच सरकारी कार्य के संबंध में लिखे जाते हैं। इनमें औपचारिकता अधिक होती है। इन पत्रों में भावुकता को लेशमात्र भी स्थान नहीं होता। अतिशयोक्ति या काव्यात्मक भाषा का प्रयोग इन पत्रों में नहीं होता, पत्र-शैली संयमपूर्ण हो, आलेखन में इस बात का सदैव ध्यान रखा जाता है। केवल तथ्यों का सीधा व स्पष्ट उल्लेख किया जाता है। इन पत्रों के लिखने का ढंग तथा प्रारूप नियत होते हैं। कुल मिलाकर यह शासकीय कार्यालयों में पत्राचार का सर्वाधिक प्रचलित रूप है। सरकार के कार्य अनेक मंत्रालयों, विभागों और उनके अधीनस्थ कार्यालयों के माध्यम से होते हैं। सरकारी कार्य-संपादन हेतु इसका मुख्य रूप से प्रयोग किया जाता है। शासन के द्वारा जो पत्र आदेश के रूप में भेजे जाते हैं, उन्हें 'शासनादेश पत्र' कहते हैं। केंद्रीय सरकार से भेजे जानेवाले पत्र को 'केंद्रीय शासनादेश' और राज्य सरकारों से भेजे जानेवाले को 'राज्य शासनादेश पत्र' कहते हैं। इसे सामान्य शासकीय पत्र, सामान्य सरकारी कार्यालयीय पत्र तथा सामान्य शासनादेश पत्र भी कहते हैं। विदेशी सरकारों, राज्य सरकारों, संबद्ध तथा मातहत कार्यालयों, स्वायत्तशासी कार्यालयों, जनसेवी आयोगों, सार्वजनिक निकायों, नगर निगम, सार्वजनिक संगठनों, संघीय लोक सेवा आयोग जैसे अंत:कार्यालयों, सार्वजनिक एवं व्यक्तिगत संस्थानों, उद्योगों एवं प्रतिष्ठानों, संस्थाओं, नगरपालिकाओं, अधिकोषण (बैंक) कार्यालयों, जनप्रतिनिधियों तथा सरकारी नौकरों के साथ संपर्क-स्थापन के लिए शासकीय/सरकारी पत्र का प्रयोग किया जाता है। शासकीय पत्र एक ही विषय को लेकर लिखे जाते हैं और पूरी तरह औपचारिक होते हैं। इनमें प्रथम पुरुष का ही प्रयोग होता है।

5. सरकारी, प्रशासकीय या कार्यालयीय पत्राचार : अर्थ और अभिप्राय

'सरकारी पत्राचार' शब्द में 'पत्राचार' दो शब्दों के सम्मिलन या योग से बना है—'पत्र' और 'आचार'। 'पत्र' शब्द का मूल उत्स संस्कृत भाषा है। दूसरे शब्दों में, इसकी व्युत्पत्ति संस्कृत भाषा से हुई है। अपभ्रंश काल तक आते-आते यह 'पत्र' शब्द 'पात', 'पत्ता' और 'पत्तर' के रूप में चलने लगा। कालांतर में 'पत्र' शब्द 'पत्तर', 'पाती'

और 'चिट्ठी' के अर्थ में रूढ़ हो गया। आज के इस वैश्वीकरण के युग में यह 'पत्र' शब्द 'चिट्ठी-पत्री' या 'पत्र' के रूप में ही अपनी निर्बाध अनथक यात्रा कर रहा है। 'आ+चर्+घञ' से बना 'आचार' शब्द यहाँ 'पत्र-व्यवहार' या 'पत्राचार' अर्थात् 'चिट्ठी-पत्री' के 'आदान-प्रदान' या 'लेन-देन' के अर्थ में प्रयुक्त हुआ है। कुल मिलाकर 'पत्र' के लिखने से लेकर पत्र की प्राप्ति तक संपूर्ण कार्यवाही या प्रक्रिया को ही एक शब्द में यदि 'पत्राचार' कहें, तो अन्यथा नहीं होगा। पत्राचार की उक्त मुकम्मल प्रक्रिया को उर्दू में 'खतो किताबत' (चिट्ठियों का आदान-प्रदान) और अंग्रेजी में 'कॉरेस्पांडेंस' (Correspondence) यानी पत्र-व्यवहार, चिट्ठी-पत्री का आदान-प्रदान या 'पत्राचार' कहते हैं। इधर, इसे और अधिक साफ करते हुए एक विद्वान् डॉ. रघुनंदन प्रसाद शर्मा कहते हैं—"कार्यालयों आदि में सरकार की रीति-नीति की व्याख्या और कार्य के संबंध में किसी भी संगठन, संस्था, व्यक्ति आदि को लिखित रूप में जो कुछ भी कहा अथवा बताया जाता है, उसे पत्राचार की संज्ञा दी जाती है।"

सरकारी कार्यालयों की सरकारी गतिविधियाँ इसी 'पत्राचार' या 'पत्र-व्यवहार' पर निर्भर होती हैं। कार्यालयों की परस्पर गतिविधि, सूचनाओं के लेन-देन, दिशा-निर्देशों की जानकारी आदि का संपूर्ण कारोबार पत्राचार पर ही निर्भर होता है। सरकारी या कार्यालयीय पत्र को एक जगह इस प्रकार पारिभाषित करने का प्रयास किया गया है—'कार्यालयीय पत्र-लेखन' शब्द से ही स्पष्ट है कि 'कार्यालय-संबंधी' कामकाज निपटाने के लिए किया जाने वाला विविध प्रकार का पत्राचार। 'कार्यालय' के लिए अंग्रेजी शब्द 'ऑफिस' का विशेषण रूप 'ऑफिशियल' (Official) है, जिसका अर्थ प्राय: 'सरकारी' लिया जाता है। 'ऑफिशियल लेटर' का अभिप्राय है—'सरकारी पत्र (ऑफिस या दफ्तर 'कार्यालय') का पत्र नहीं।' 'ऑफिशियल का एक अन्य अभिप्राय 'राजकीय' या 'प्रशासकीय' भी है।' 'ऑफिशियल काररवाई'—अर्थात् राजकीय अथवा प्रशासकीय (प्रशासनिक) काररवाई। ऐसे ही ऑफिशियल लैंग्वेज अर्थात् राजकीय भाषा या राजभाषा। इस प्रकार कार्यालयीय का सामान्य अथवा सीमित अर्थ तो हुआ दफ्तरी अर्थात् दफ्तर (कार्यालय) से संबंधित, परंतु इसका व्यापक अर्थ है—सरकारी, राजकीय, प्रशासनिक इत्यादि। इस दृष्टि से 'कार्यालयीय पत्र' वे पत्र हैं, जो सरकारी, प्रशासनिक या राजकीय काम-काज को सुचारु रूप से चलाने के लिए होते हैं। इधर, डॉ. विजयपाल सिंह की बात मानें तो राष्ट्र के कार्य को सुचारु रूप से चलाने के लिए एक सुगठित सरकार की आवश्यकता होती है। यह सरकार कार्य-संचालन की सुविधा के लिए अनेक कार्यालय खोलती है। ये कार्यालय देश के कोने-कोने में एक छोर से दूसरे छोर तक फैले होते हैं। इन सबका आपसी संबंध पत्रों द्वारा स्थापित होता है। शासकीय कर्मचारियों अथवा अधिकारियों द्वारा एक कार्यालय या विभाग से दूसरे कार्यालय अथवा विभाग को लिखे

गए पत्र शासकीय अथवा सरकारी पत्र कहलाते हैं। इन पत्रों का ज्ञान सरकारी कर्मचारियों के लिए ही नहीं अपितु व्यावसायिक संस्थाओं के कर्मचारियों के लिए भी आवश्यक होता है।

कुल मिलाकर यह कि जब एक सरकार दूसरी राज्य सरकार को अर्थात् भारत सरकार राज्य सरकार को, एक राज्य सरकार दूसरी राज्य सरकार को, अपने से संबद्ध या अपने अधीनस्थ कार्यालयों को विभिन्न विषयों पर पत्र लिखती अथवा उनके उत्तर देती है, तब उन्हें सरकारी या प्रशासकीय पत्र (Official Letter) कहा जाता है। सरकार द्वारा विदेशी सरकारों, उनके राजदूतावासों, स्वदेश स्थित कार्यालयों तथा अंतरराष्ट्रीय संगठनों को लिखे गए पत्र भी इसी वर्ग में आते हैं। सरकारी पत्राचार उचित अधिकारी द्वारा आदेश दिए जाने पर तैयार करते समय संबद्ध अधिकारी द्वारा सुझाई गई राह पर सारी सामग्री तथा सभी संबद्ध टिप्पणी, सार लेखन और तत्संबंधी प्राप्तियों पर लिखे गए पूर्व पत्र का अध्ययन-मनन करना पड़ता है। इस बात की ओर ध्यान देना पड़ता है कि प्रत्येक बात तथ्याधारित, तर्क-सम्मत एवं प्रभावपूर्ण हो। उससे स्वार्थ, पूर्वग्रह तथा अशिष्टता की कोई गंध फूटती न हो। इन बातों का ध्यान रखने के बाद तैयार किए गए प्रारूप को फिर से पढ़कर अपने उच्च अधिकारी के पास अनुमोदन के लिए भेजना पड़ता है। अधिकारी द्वारा संशोधित एवं अनुमोदित होने के बाद ही प्रारूप को पत्र के रूप में टंकित या साइक्लोस्टाइल कराया जाता है और संबंधित व्यक्ति या कार्यालय को प्रेषित किया जाता है। शुद्धता, यथातथ्यता एवं औपचारिकता, संक्षिप्तता, पूर्णता, सरल तथा शिष्ट भाषा-प्रयोग, पारंपरिक शैली का अनुकरण आदि गुणों से युक्त सरकारी पत्र 'सफल पत्र' कहा जाता है।

6. सरकारी, प्रशासकीय, कार्यालयीय पत्र : वितरण प्रक्रिया तथा कुछ सुझाव-समाधान या सरकारी, प्रशासकीय कार्यालयों में पत्रों की गतिविधियाँ (Routine of Government Offices)

कार्यालयों में पत्रों के पहुँचने से लेकर उपयुक्त 'टेबुल' पर बँटने की एक निश्चित प्रक्रिया एवं प्रविधि है, उसका अपना एक निश्चित अनुशासन और तयशुदा विधान है। पत्रों की छँटाई से लेकर खानों में रखने तक के बीच उन्हें कई पड़ावों से गुजरना पड़ता है। इन्हें हम 'डाक खोलना', 'रजिस्ट्रेशन', 'डायरी में चढ़ाना', 'डॉकेटिंग', (Docketing), 'संदर्भीकरण', 'संक्षिप्तीकरण', 'टिप्पण', 'प्रारूप तैयार करना', 'हस्ताक्षर' तथा 'प्रेषक' आदि नामों से अभिहित कर सकते हैं। पत्रों की प्रकृति भी पत्रों के बँटने की उक्त प्रक्रिया को क्षिप्र और श्लथ करती है, यथा—पत्र यदि 'सामान्य' स्वभाव का है तो

उसके बँटने की गति में वह तेजी–त्वरा नहीं होगी, जितनी 'अतिगोपनीय', 'तत्काल', 'अविलंब' या 'आज', 'आवश्यक', 'तार' या 'अग्र' लिखे पत्रों की होती है।

बहरहाल, बाहर से आनेवाले पत्रों को प्राप्त करने के लिए केंद्र सरकार के कार्यालयों में एक 'केंद्रीय रजिस्ट्री अनुभाग' (Central Registry Section) की स्थापना की गई है। इस अनुभाग में बैठा प्रधान लिपिक या कोई अन्य अधिकार प्राप्त लिपिक ही बाहरी पत्रों को हस्तगत करता है। इन्हें 'डाक प्राप्ति लिपिक' या 'केंद्रीय डाक लिपिक' या 'आसादन लिपिक' (Receipt Clerk) कहते हैं। इसी लिपिक के पास सभी प्रकार के पत्र, पार्सल (Parcel), रजिस्टर्ड पैकेट (Registerd Packet), तार (Telegram) आदि एकत्र किए जाते हैं। वह उन्हें विभाग की डायरी, रिसीव-रजिस्टर्ड या डाक-बुक में दर्ज करता है। यही लिपिक या बाबू (Clerk) सभी पत्रों के ऊपर लिखे पते के अनुसार तत्संबंधी अधिकारियों के 'स्टेनोग्राफर' (Stenographer) या निजी सहायक को उन पत्रों को सीधे या अर्दली (Orderly) से भेजकर उन्हें 'रिसीव' या 'प्राप्त किया' लिखवाता है। यह लिपिक यहाँ यह ध्यान रखता है कि जिन पत्रों पर 'तत्काल', 'तुरंत' या 'अतिशीघ्र' लिखा होता है, उन्हें बिना देर किए यथाशीघ्र संबंधित अधिकारी के पास भेजवाता है। इसी तरह जिन पत्रों पर 'गोपनीय', 'नितांत गोपनीय' या 'नितांत निजी' अंकित होता है, वह उसे संबंधित व्यक्ति के पास ही सीधे भेजने की व्यवस्था करता है। यहाँ एक और बात का ध्यान रखा जाता है कि यदि 'गोपनीय पत्र' किसी अधिकारी के सीधे नाम से नहीं है तो उसे उस अधिकारी के पास भेजा जाता है, जिन्हें इस प्रकार के पत्रों को खोलने, पढ़ने और उस पर कार्यवाही करने का अधिकार विभाग से मिला होता है। अन्य सभी प्रकार के सामान्य पत्रों को 'डाक प्राप्ति सहायक लिपिक' खोलता है और उन पर 'केंद्रीय रजिस्ट्री अनुभाग' की मुहर लगाता है। इसमें 'प्राप्ति' और 'क्रम संख्या' का उल्लेख रहता है, यथा—

मुहर का नमूना इस प्रकार है—

..................मंत्रालय में
दिनांक..................को प्राप्त
केंद्रीय रजिस्ट्री क्रमांक............
अनुभाग डायरी क्रमांक............
वर्गीकरण..........................

इसके बाद पत्रों को 'छाँटा' या 'अलग-अलग' किया जाता है। पत्रों की छँटाई के बाद उन्हें निश्चित खानों में रख दिया जाता है। खानों में रखते समय पत्रों को छाँटने या छँटाई करनेवाला इस बात का बराबर ध्यान रखता है कि कोई पत्र किसी गलत खाने में न चला जाए। यदि पत्र छाँटकर उपयुक्त खाने में नहीं रखा गया तो जाहिर है, उपयुक्त

जगह विलंब से पहुँचने पर उस पर समय से विभागीय कार्यवाही नहीं हो पाएगी, हालाँकि डाकतार विभाग पत्रों की छँटाई के लिए वर्णानुक्रम की नितांत ताजा और पुख्ता-मुकम्मल जानकारी रखने वाले डाककर्मी को ही इस काम के लिए नियुक्त करता है। पत्रों की छँटाई के बाद पत्रों को रजिस्टर पर चढ़ाया जाता है, पश्चात् उन पत्रों को पत्र-वाहक की पत्र-पुस्तिका पर अंकित कर या चढ़ाकर डाकिए से यथास्थान भेजवा दिया जाता है। प्राप्ति रजिस्टर का स्वरूप अधोलिखित होता है—

क्रमांक	पत्र प्राप्ति की क्रम संख्या	प्रेषक का नाम तथा पता	अनुभाग/शाखा विशेष जिसके नाम··· अंकित किया गया	
क्रम संख्या	तारीख	... ...	... ...	
1	2	3	4	5

पत्रों को अनुभागों में भेजने हेतु दो प्रतियों में बीजक (Invoice) बनाया जाता है। बीजक की एक प्रति पर अनुभाग की डाक प्राप्त करने वाला अपना हस्ताक्षर कर तत्संबंधी लिपिक को लौटा देता है, किंतु एक प्रति को अपने पास सुरक्षित रख लेता है। बीजक का प्रारूप इस प्रकार से होता है—

बीजक

············मंत्रालय

············अनुभाग को भेजे गए पत्रों की सूची

दिनांक	भेजे गए पत्रों की केंद्रीय रजिस्ट्री संख्या	भेजे गए कुल पत्रों की संख्या	प्राप्तिकर्ता के हस्ताक्षर
1	2	3	4

अब इस डाक को दैनिक क्लर्क या दैनिकी लेखक (Diarist) प्राप्त करता है तथा उसे संबंधित अधिकारी के पास 'अवलोकनार्थ' टाँक कर भेज देता है। यहीं पर दैनिक क्लर्क इस डाक को अनुभाग की 'डायरी रजिस्टर' में दर्ज करता है। दर्ज करते समय वह अधोलिखित विवरण भी भरता है—

1. अनुभाग डायरी

क्रमांक	प्राप्त पत्र की क्रम संख्या तथा दिनांक	प्रेषक का नाम तथा पता	संक्षिप्त विषय	जिस सहायक के नाम अंकित किया गया	फाइल संख्या	विशेष
1	2	3	4	5	6	7

2. अनुभाग दैनिकी

क्रमांक	प्राप्त पत्र की क्रम संख्या	क्रम संख्या और दिनांक	कहाँ/किससे प्राप्त किया	विषय	वर्गीकरण	किस सहायता के नाम अंकित किया गया	पत्रावली संख्या	अंतिम निपटान का दिनांक	अभ्युक्ति
1	2	3	4	5	6	7	8	9	10

3. अंतर-अनुभाग संचलन रजिस्टर

क्रमांक	प्राप्त पत्र की क्रम संख्या	क्रम संख्या और दिनांक	किस अनुभाग से प्राप्त किया	विषय	किस सहायक के नाम अंकित	संचलन
1	2	3	4	5	6	7

4. सहायक की दैनिकी

सहायक का नाम......................................

दैनिक संख्या (वर्गीकरण सहित) या पत्र संख्या	विषय (केवल दैनिकी संख्याओं हेतु)	पत्र संख्या (केवल दैनिकी संख्याओं हेतु)	उपस्थापन का दिनांक	अंतिम निपटान/ निस्तारण का दिनांक
1	2	3	4	5

कुछ अन्य संस्थानों या कार्यालयों में कभी-कभी डाक-प्राप्ति और वितरण की एक भिन्न पद्धति भी देखी जाती है। यहाँ 'प्राप्ति लिपिक' केवल डाक प्राप्त करता है। वह इन पत्रों को इकट्ठा कर कार्यालय के प्रधान बाबू/लिपिक के पास भेजता है। यह प्रधान या बड़ा बाबू उन पत्रों को पढ़कर तत्संबंधी विभागों को उन्हें भेजने के लिए उन पर 'टीपता' या 'संकेत टाँकता' हैं। यह पत्र भेजने या वितरण का कार्य विभागीय रजिस्टर या वितरण पुस्तिका पर प्रमाण के लिए चढ़ाकर किया जाता है। कार्य-संपादन की सुविधा के लिए प्रत्येक कार्यालयों में एक प्राप्ति रजिस्टर होता है, जिस पर समस्त पत्र या डाक को चढ़ाया जाता है। इसके बाद वह लिपिक यहाँ दो काम करता है। पहला, यह कि प्रतिदिन की डाक को वह लालस्याही से रेखांकित करता है और दूसरा यह कि गोपनीय पत्रों को वह अलग से डायरी में चढ़ाता है। डायरी पर चढ़ाने के बाद पत्र की पीठ पर वही लिपिक उसका संक्षिप्त विवरण भी लिखता है। इस विवरण में निम्न बातें होती हैं—

1. क्रमांक,
2. भेजने वाले का नाम,
3. संक्षिप्त विषय।

कुछ कार्यालयों में उस लिपिक को यह छूट रहती है कि यदि वह चाहे तो निम्न

तरह के पत्रों को डाक-विभाग की डायरी में नहीं भी चढ़ा सकता है—

1. आकस्मिक अवकाश के लिए प्रार्थना-पत्र।
2. आकस्मिक अवकाश की पुष्ट प्रतिलिपियाँ।
3. ऐसे पत्र, जिन पर प्रेषक के हस्ताक्षर न हों।
4. बाहर से वापस प्राप्त होने वाली अनुभाग की अपनी फाइलें।
5. एक जैसे अभ्यावेदन की एक प्रति ही अंकित करना पर्याप्त है।
6. ऐसी पावती, जिसके लिए पृथक् रजिस्टर निम्न है, जैसे—पानी और बिजली का बिल, टेलीफोन बिल आदि तथा
7. सर्वसाधारण की जानकारी के लिए प्रेषित परिचय, सूचना आदि।

कभी-कभी लिपिक कुछ महत्त्वपूर्ण पत्रों को पत्र के संदर्भ के साथ नत्थी कर देता है, जिससे अधिकारी को पत्र का उत्तर देने में सुविधा होती है। कुछ महत्त्वपूर्ण कार्यालयों में शाखा-अधिकारी होते हैं, उनके पास डाक भेजी जाती है, जिसमें रखकर इन शाखा अधिकारियों को डाक भेजी जाती है, उसे 'डाक पैड' कहा जाता है, लेकिन यहाँ पर यह ध्यान रखा जाता है कि शाखा अधिकारी के पास वही डाक भेजी जाए, जिस पर अनुभाग-अधिकारी निर्णय लेने में सक्षम नहीं होता, बल्कि अनुभाग अधिकारी अपना कुछ महत्त्वपूर्ण सुझाव लिखकर उसे शाखा अधिकारी के यहाँ विचार हेतु भेजवा देता है। शाखा अधिकारी यहाँ बहुत ही सावधानीपूर्वक उस पर अपनी टिप्पणी लिखता है, लेकिन उसकी इस टिप्पणी पर उससे बड़े अधिकारी की सहमति भी आवश्यक होती है।

विशेष परिस्थितियों एवं महत्त्वपूर्ण विषयों के संबंध में मंत्री का अनुमोदन नितांत आवश्यक हो जाता है, जैसे—बड़ी योजना, मद की स्वीकृति, नीति संबंधी महत्त्वपूर्ण निर्णय आदि। ऐसी स्थिति में जब कोई मामला मंत्री के पास भेजा जाता है, तब स्वतः पूर्ण सार (सेल्फ कंटेंड) भी भेजा जाता है। कभी-कभी ऐसे भी पत्र विचारार्थ प्राप्त होते हैं, जिन पर निर्णय लेने के पूर्व दूसरे अनुभाग के अधिकारी का सुझाव भी आवश्यक होता है। ऐसे पत्र अपने अनुभाग के अधिकारी के माध्यम से संबंधित अधिकारी के पास भेजे जाते हैं।

पावतियों को कार्यवाही के बाद फाइल पर रखा जाता है और प्रत्येक फाइल के (क) समाचार भाग (ख) टिप्पणी भाग होते हैं। पत्राचार वाले भाग में केवल पत्र होते हैं और टिप्पणी वाले भाग में केवल टिप्पणियाँ रहती हैं। दोनों भागों पर पृष्ठ संख्या डाली जाती है। प्रत्येक पत्र पर क्रमांक अंकित करना नितांत आवश्यक होता है। नई पावती को फाइल के प्रथम भाग (पत्राचार भाग) में सबसे ऊपर रखा जाता है तथा उसके ऊपर बीच में पत्राचार क्रमांक अंकित कर दिया जाता है। पावती से संबंधित पुराने पत्रों आदि का उल्लेख क्रमांक एवं पृष्ठ संख्या सहित निशान लगाकर पावती में कर दिया जाता है।

पावती के ऊपर विचाराधीन पत्र (पी.यू.सी.) या नई पावती की पताका (फ्लैग) लगाकर टिप्पणी आदि लिखने का कार्य आरंभ कर दिया जाता है। पत्र, टिप्पणी आदि लिखते समय इस बात का विशेष ध्यान रखना चाहिए कि जिस भाषा का प्रयोग किया जा रहा है, वह सरल, स्पष्ट, शिष्ट, प्रभावशाली एवं वैशिष्ट्यपूर्ण हो। किसी भी प्रकार भ्रांतिपूर्ण, अस्पष्ट बात को सरकारी पत्र में नहीं लिखा जाता है। सरकारी पत्र का आरंभ मुझे यह कहने का आदेश हुआ है⋯'मुझे निर्देश दिया गया कि⋯।' वाक्यांश से किया जाता है। सरकारी पत्रों में सामान्य रूप से संबोधन के लिए 'महोदय/महोदया' शब्द का प्रयोग किया जाता है। इसी प्रकार के राजकीय पत्रों के अधोलेख में 'भवदीय/भवदीया' शब्द का प्रयोग किया जाता है। सरकारी पत्रों में प्रमुख रूप से निम्नलिखित बातों का उल्लेख होता है—

1. पत्रांक
2. भारत सरकार।⋯(प्रदेश), सरकार, मंत्रालय, विभाग, आयोग आदि का नाम, पदनाम, सरनाम एवं दिनांक
3. प्राप्तकर्ता अथवा प्रेषिती का नाम और पद, पत्र भेजनेवाले का स्थान (पता)
4. विषय
5. संबोधन (महोदय/महोदया)
6. पत्र का मुख्य विषय
7. आत्मनिर्देश-स्वनिर्देश।
8. प्रेषक का हस्ताक्षर एवं उसका पदनाम
9. पृष्ठांकन/परांकन जिन अधिकारियों को प्रतिलिपि भेजी गई हो
10. संलग्नक (यदि कोई हो)

इन बातों का ध्यान रखते हुए सरकारी पत्र लिखे जाते हैं। इस प्रकार का सरकारी पत्रों का जो ढाँचा तैयार किया गया है, उससे प्रेषक और प्रेषिती दोनों को काफी आसानी हो जाती है। सरकारी पत्र-व्यवहार में पत्र का प्रयोग सर्वाधिक होता है। देश-विदेश की सरकारों, संबंधित विभागों एवं कार्यालयों, संघीय लोक सेवा आयोग, सार्वजनिक निकायों आदि से संपर्क स्थापित करने में पत्र का प्रयोग सर्वाधिक किया जाता है।

अब यहाँ पर अधिकारी का कर्तव्य होता है कि प्रधान लिपिक द्वारा प्रस्तुत की गई डाक को अन्य कार्यों की तुलना में प्राथमिकतापूर्वक निपटाए। पत्र की विषय-वस्तु या उसमें उठाई गई समस्या को पढ़कर उस संबंध में आख्या, अभिलेख प्रस्तुत करने के लिए कार्यालय को आदेश दे। पत्र पर अपनी टिप्पणी देकर उच्चाधिकारी के पास आदेश के लिए आवश्यक कदम उठाए। विलंब होने पर अनुस्मारक भेजकर कार्य को तुरंत पूर्ण कराए। इन समस्त कार्यवाहियों को पूर्ण कराकर सक्षम अधिकारी से हस्ताक्षर कराकर उत्तर भेजने की जिम्मेदारी प्रधान लिपिक की होती है।

7. सरकारी, प्रशासकीय या कार्यालयीय पत्र का स्वरूप-प्रारूप

सरकारी पत्राचार में सबसे अधिक प्रयोग सरकारी पत्र का होता है, इसलिए प्रशासकीय पत्राचार में सरकारी पत्र का सर्वाधिक महत्त्व है। सामान्यत: विदेशी सरकारों, राज्य सरकारों, सरकारी कार्यालयों, उनके संबद्ध तथा अधीनस्थ कार्यालयों, संस्थाओं, निकायों, निगमों, कंपनियों आदि के साथ पत्र-व्यवहार के लिए सरकारी पत्र तथ्यों तथा स्थितियों को उनके मूल रूप में यथास्थिति अंकित करना अपेक्षित होता है। सरकारी पत्र के प्रारूप में आदेशात्मक, सुझावात्मक एवं कथनात्मक क्रियारूपों (कहना है, करें, किया जाए, कहने का आदेश हुआ है।) का प्रयोग किया जाता है। भारतीय जीवन बीमा निगम की एक बुलेटिन में सरकारी पत्र का स्वरूप स्थिर करते हुए बताया गया है कि सरकारी पत्राचार में प्रयुक्त होने वाले पत्राचार के विविध रूपों में से सरकारी पत्र का प्रयोग सबसे अधिक होता है। सरकारी पत्र का प्रारूप अपने-आप में पूर्ण होता है तथा इसमें कार्यालय एवं विभाग का नाम, पत्र संख्या, दिनांक, प्रेषक, सेवा में, विषय, संबोधन, पत्र का मुख्य भाग और स्वनिर्देश (अधोलेख) का समावेश होता है। सरकारी पत्र का प्रयोग किसी-न-किसी संदर्भ में सभी कर्यालयों में होता है, परंतु कार्यालयों के बीच आपसी पत्र-व्यवहार में पत्र का प्रयोग नहीं किया जाता। सामान्यत: सरकारी पत्र का प्रयोग विदेशी सरकारों, राज्य सरकारों, संबंधित अधीनस्थ कार्यालयों के अध्यक्षों, संघ लोक सेवा आयोग जैसे सांविधिक निकायों, सार्वजनिक निकायों और जनता के साथ पत्र-व्यवहार करने के लिए किया जाता है।

इधर, एक विद्वान् डॉ. रघुनंदन प्रसाद शर्मा का कहना है कि विदेशी सरकारों, राज्य सरकारों, संबद्ध और अधीनस्थ कार्यालयों, सरकारी उपक्रमों, सार्वजनिक निकायों, निर्वाचन आयोग, संघ लोक सेवा आयोग, कर्मचारी चयन आयोग जैसे अन्य कार्यालयों से समस्त औपचारिक पत्र-व्यवहार के लिए पत्र का ही प्रयोग किया जाता है। जनता या सरकारी कर्मचारियों का संस्थाओं का संगठनों के सदस्यों के साथ किए जाने वाले समस्त पत्र-व्यवहार के लिए भी इसका ही प्रयोग किया जाता है, किंतु भारत सरकार के विभिन्न मंत्रालयों के बीच परस्पर पत्र-व्यवहार के लिए इसका प्रयोग नहीं होता। अधीनस्थ कार्यालयों को स्वीकृति पत्र द्वारा ही दी जाती है।

सरकारी अधिकारियों को लिखे जाने वाले पत्रों का आरंभ 'महोदय' और गैर-सरकारी व्यक्तियों या व्यक्तियों के वर्गों को लिखे जाने वाले पत्रों का प्रारंभ 'प्रिय महोदय' के संबोधन से होना चाहिए। फर्मों को लिखे जाने वाले पत्र भी 'प्रिय महोदय' से शुरू करने चाहिए। सभी सरकारी पत्रों के अंत में अधोलेख के रूप में 'भवदीय' लिखना चाहिए और इसके बाद हस्ताक्षर और हस्ताक्षरकर्ता का नाम दिया जाना चाहिए। कुल मिलाकर डॉ. कैलाश नाथ पांडेय के अनुसार, ''इस तरह के पत्र निजी, पारिवारिक

या सामाजिक पत्रों से भिन्न होते हैं। वस्तुतः ये पत्र औपचारिक होते हैं। इनमें व्यक्तिगत संबंध, दुःख-सुख, प्रेम, बधाई आदि भावनाएँ व्यक्त नहीं की जातीं। सरकारी या प्रशासनिक पत्र एक अधिकारी अपने से बड़े अधिकारी को आवेदन-पत्र या प्रतिवेदन के रूप में तथ्यों या महत्त्वपूर्ण जानकारियों के लिए लिखता है।'' लब्बोलुबाब यह कि इस तरह के पत्र बहुत संक्षिप्त होते हैं। यहाँ निबंधात्मकता की आहट नहीं होनी चाहिए। इस तरह के पत्र की प्रकृति ही सूत्रात्मक होती है, जिससे प्रेषक और प्रेषिती दोनों ही पढ़ने और समझने में सहजता का अनुभव करते हैं। सरकारी पत्र हर कोण पर पूर्ण होना चाहिए। यदि कोई तथ्य पत्र में टाँकने से छूट जाएगा तो अधिकारी को निर्णय के पड़ाव पर पहुँचने में असुविधा होगी। पत्र में अविश्वास का संकट नहीं होना चाहिए। भाषा सपाट किंतु मीठी हो। इस तरह के पत्र अलंकृत शब्दावली से चिढ़ते हैं। तथ्यों का खुलासा बेलौस, सपाट और मुक्त रूप से होना चाहिए।

8. सरकारी, प्रशासकीय अथवा कार्यालयीय पत्र की प्रक्रिया-प्रविधि या सरकारी, प्रशासकीय अथवा कार्यालयीय पत्र की रूपरेखा, खाका या रेखाचित्र अथवा सरकारी, प्रशासकीय या कार्यालयीय पत्र के अंग या अवयव

सरकारी महकमों में काम करने वाले हर कर्मचारी को सरकारी पत्र-लेखन की प्रक्रिया-प्रविधि, उसकी तकनीक और शैली से वाकिफ तो होना ही चाहिए, व्यावसायिक क्षेत्रों, संस्थाओं के लोगों को भी इस तरह के पत्र-लेखन की जानकारी होनी चाहिए। क्योंकि यही व्यावसायिक संस्थाएँ सरकारी कार्यालयों को परमिट, लाइसेंस और ठेके आदि के लिए पत्र-प्रेषण करती हैं। अतः व्यावसायिक प्रतिष्ठानों से जुड़े लोगों को भी सरकारी पत्र-लेखन में विज्ञ होना चाहिए। उक्त दोनों सरकारी, गैर-सरकारी प्रतिष्ठानों में कार्यरत लोगों को चाहिए कि इस तरह के पत्र-लेखन में भदेस न पैदा हो। पत्र नाटकीय-वक्रता से रहित हो। उसका ऊपर से नीचे तक का ढाँचा अधकचरा न हो। पत्र में शब्द-संयम और अनुशासन होना चाहिए। पत्र शैली की कसरत और आधुनिकता के अटपटे 'फ्यूजन' से दूर हो। पत्र की आधी-अधूरी गढ़न रस-निर्माण के बजाय रसभंग पैदा करेगी। सरकारी पत्र में बेतरतीब तुकबंदी वाले संवादों के व्यामोह से बचना चाहिए। पत्र में शब्द और आशय ऋजु जटाओं की तरह न हों, बल्कि अर्थ साफ और प्रभावशाली होने चाहिए। बहरहाल, अधिकारियों और कर्मचारियों के पत्राचार की सुविधा के लिए उसे अधोलिखित टुकड़ों में बाँटा गया है—

1. शीर्षक (Heading) तथा विभाग का नाम (Name of Deptt.)
2. क्रमांक एवं पत्र संख्या (Serial and Letter No.)

3. प्रेषक (From) का नाम
4. पाने वाले का नाम व पता (प्राप्तकर्ता To)
5. स्थान तथा दिनांक (Place and Date)
6. विषय एवं संदर्भ संकेत (Subject and Reference)
7. संबोधन (Salutation) या अभिवादन
8. पत्र का मुख्य भाग (Body of Letter)
9. अभिव्यक्ति शैली (Style of Expression)
10. अंतिम वाक्य, अभिनिवेदन, प्रशंसात्मक भाग, स्वनिर्देश या अधोलेख (Complementary Clause)
11. हस्ताक्षर व पद (Signature and Designation)
12. संलग्नक, संलग्न-पत्र या अनुलग्नक (Enclosure) तथा
13. पृष्ठांकन (Endorsement)

अब इन्हें विस्तार से थोड़ा इस प्रकार समझा जा सकता है—

1. शीर्षक तथा विभाग का नाम—पत्र के प्रारंभ में विभाग का नाम और पता लिखा होना चाहिए। यह कभी-कभी कागज के ऊपर मध्य में छपा भी होता है। इसमें प्रेषक संस्था का नाम, तार का पता और दूरभाष नंबर होता है, यथा—

भारत सरकार

मानव संसाधन विकास मंत्रालय

दिल्ली

2. क्रमांक एवं पत्र संख्या—डॉ. विजयपाल सिंह लिखते हैं कि प्रत्येक सरकारी पत्र में उसकी पत्र संख्या लिखी जाती है, जो प्राय: तत्संबंधी फाइल की पत्र संख्या होती है। यह भविष्य के संदर्भ के लिए आवश्यक ही नहीं, अनिवार्य भी होती है। भविष्य में आने वाले पत्रों पर इस संख्या को देखकर कार्यवाही की जाती है। पत्र संख्या प्राय: कागज के ऊपर दाईं ओर अथवा शीर्ष के ऊपर मध्य में दी जाती है। जैसे—

पत्र संख्या 246/55/योजना 87

भारत सरकार

श्रम-मंत्रालय

अथवा

भारत सरकार

रेलवे मंत्रालय

पत्र संख्या 246/55/योजना 87

3. प्रेषक का नाम—पत्र प्रेषित करने वाला प्राय: अपना पूरा पता, यथा—नाम,

शहर का नाम, पिन कोड, पद, उपाधि आदि की चर्चा पत्र में करता है। कभी-कभी राजपत्रित अधिकारी अपना नाम और पद नहीं लिखते हैं—फिर भी अमूमन कागज के बाईं ओर प्रेषक को अपना नाम और पता शीर्षक और पत्र संख्या के ऊपर लिख देना चाहिए, वह इसलिए कि पत्र पाने वाला पलक झपकते बड़ी आसानी से समझ जाता है कि वह पत्र किस अधिकारी ने किस कार्यालय से भेजा है।

4. पाने वाले का नाम और पता—पत्र, जिसे भेजा जाता है, उसका पूरा पता ऊपर बाईं ओर लिखा जाता है। पत्र पाने वाले को 'प्रापक' कहते हैं। पत्र के ऊपर इस व्यक्ति के पद तथा विभाग का उल्लेख किया जाता है। यहाँ सामान्यतया नाम का उल्लेख नहीं करते, बल्कि कभी-कभी 'पद नाम' ही प्रयुक्त करते हैं। 'सेवा में' (To) शब्द का इस्तेमाल पत्र के ऊपर किंतु प्रेषक शब्द के नीचे उसी क्रम में किया जाता है। पत्र भेजने वाले को चाहिए कि वह पत्र प्राप्तकर्ता का पूरा पता अर्थात् नाम, पदनाम, कार्यालय का नाम, शहर, जनपद, प्रदेश, पिन कोड आदि साफ-साफ लिखे।

5. स्थान तथा दिनांक—संदर्भ के लिए स्थान और दिनांक को दाईं ओर लिखना चाहिए। दरअसल, सरकारी पत्रों में दिनांक लिखने की अंग्रेजी, अमेरिकी, देसी आदि कई विधियाँ हैं। अंग्रेजी की नकल कर कहीं-कहीं 'ली', 'वीं', 'री' प्रत्यय लगाकर दिनांक लिखते हैं, यथा—पहली जनवरी-2011, 7वीं फरवरी-2012, दूसरी जुलाई-2013 अमेरिकी पद्धति में पत्र में सर्वप्रथम महीना (अंक नहीं), फिर दिनांक और तब अल्प विराम (,) लिखते हैं, यथा—अक्तूबर 8, 2012 आदि। इसके बाद भेजने वाले और पाने वाले के नाम और पता के उपरांत उसके नीचे पत्र के दाहिनी ओर स्थान और दिनांक लिखते हैं।

6. विषय एवं संदर्भ-संकेत—विषय एवं संदर्भ-संकेत को हम पत्र का केंद्रीय तत्त्व, मूल आत्मा या पत्र की नब्ज कह सकते हैं, क्योंकि इसे ही पढ़कर पत्र पाने वाला व्यक्ति बहुत आसानी से समझ जाता है कि पत्र का मूल विषय एवं संदर्भ-संकेत फलाँ है। अत: ऐसी स्थिति में पत्र-लेखक को चाहिए कि पत्र पाने बाले का नाम व पूरा पता लिखने के पश्चात् विषय एवं संदर्भ का संकेत अति संक्षेप में करें। इससे पत्र पाने वाले पत्र का पता मूल भाव यथाशीघ्र समझकर उस कार्यवाही के लिए तत्संबंधी अधिकारी के पास भेज देता है, जैसे—'एरियर' (वेतन बकाया) के भुगतान का संदर्भ, हिंदी प्राध्यापक की नियुक्ति का संदर्भ आदि। वस्तुत: सूत्रात्मक शैली में शीर्षक लिखने से प्राप्तकर्ता का बहुमूल्य और कार्यालय का व्यस्त समय बच जाता है।

7. संबोधन या अभिवादन—पत्र-प्रेषक, जिसे पत्र भेज रहा है, उससे अपने संबंध और कार्य के महत्त्व तथा आवश्यकतानुसार विभिन्न प्रकार के संबोधनों का प्रयोग करता है। दरअसल, अलग-अलग पत्रों में अलग-अलग प्राप्तकर्ता के अनुसार संबोधनों

का प्रयोग किया जाता है, यथा—कहीं 'प्रिय महोदय', कहीं 'प्रिय', कहीं 'प्रियवर' और कहीं 'प्रिय श्री'। कभी-कभी अतिविशिष्ट व्यक्ति के लिए 'महामहिम महोदय' आदि संबोधनों का भी प्रयोग करते हैं। कुल मिलाकर विषय का विवरण दे देने के उपरांत संबोधनसूचक शब्दों का प्रयोग किया जाता है। यदि पत्र सरकारी अधिकारियों के नाम भेजा जाए तो 'महोदय' शब्द का प्रयोग होता है। यदि पत्र प्राप्तकर्ता कोई गैर-सरकारी व्यक्ति है तो 'प्रिय महोदय' और यदि पत्र किसी संस्था या व्यावसायिक प्रतिष्ठान के नाम पर लिखा जाता है तो 'महानुभाव' शब्द का प्रयोग किया जाता है। यदि पत्र-व्यवहार एक ही विभाग में हो रहा है तो पत्र में संबोधन सूचक शब्द नहीं प्रयुक्त होते। अर्द्ध-सरकारी पत्रों में भी इस प्रकार का संबोधन नहीं रहता।

8. पत्र का मुख्य भाग—सरकारी पत्राचार में प्रेषक के लिए संबोधन-प्रयोग के बाद पत्र की मूलवस्तु या सामग्री लिखने की बारी आती है। यह मूल सामग्री ही दरअसल पत्र-लेखक की मूल जरूरत होती है। इसी गरज और जरूरत की प्रपूर्ति के लिए वह आवश्यकतानुसार तत्संबंधी व्यक्ति को पत्र लिखता है। पत्र में इस मूल सामग्री को वह नए अनुच्छेद (Paragraph) से शुरू करता है, शुरू करने से पहले वह मूल सामग्री को हिलोर-पिछोरकर संक्षिप्त कर लेता है। जरूरत पड़ने पर वह नया अनुच्छेद बदलता जाता है। यहाँ वह यह ध्यान रखता है कि हर नया 'पैराग्राफ' उसकी नई बातों या तथ्यों का खुलासा करे। सुविधा के लिए पत्र के इस अंग को प्रायः तीन भागों में बाँटने की परंपरा रही है, यथा—

(क) प्रसंग तथा भूमिका (Reference and Introduction)

(ख) तथ्यों, कारणों तथा तर्कों का उल्लेख (Statement of Facts, Reason and Arguments)

(ग) निष्कर्ष (Conclusion)

जाहिर है, प्रथम भाग में प्रस्तावना और विषय-संकेत होता है, दूसरे भाग में विषय का उद्देश्य कई छोटे-छोटे अनुभागों (Sub-Clauses) में लिखा जाता है और पत्र के तीसरे भाग में पत्र का सारांश एवं पत्र लिखने का मंतव्य स्पष्ट किया जाता है।

9. अभिव्यक्ति शैली—पत्र जीवन में घटित कई तरह की बातों, तथ्यों और ढेर सारे विवरणों तथा विपुल अनुभवों का खुलासा पाठक के सामने करते हैं। पत्र में प्रेषक कभी-कभी कटु-तिक्त राग-विराग की चर्चा करता है तो कभी जीवन में घटित उल्लास का बखान करता है। यद्यपि सरकारी पत्र में निजी अनुभवों को नहीं बुना जाता, पर पत्र निजी या सरकारी हों—सहज अभिव्यक्ति और सक्षम भाषा के जरिए ही पत्र-लेखक पाठक से अपना तादात्म्य स्थापित कर पाता है। अभिव्यक्ति कौशल से कभी-कभी बिगड़ी बात बन जाती है और कभी-कभी भदेस, अशिष्ट शैली से बनती बात बिगड़

जाती है, इसलिए पत्र-लेखन में भाषा-शैली एवं अभिव्यक्ति कला का भी काफी महत्त्व होता है। शैली और भाषा के विविधवर्णी रचाव से पत्र की ढीली वस्तु में नई ताकत और जान आ जाती है। उत्तम शैली पत्र में नया मंजर, नया दृश्य और नया कोण खोलती है तथा पत्र को सलोना एवं मनमोहक बनाती है।

10. अंतिम वाक्य, अभिनिवेदन, प्रशंसात्मक भाग, स्व-निर्देश या अधोलेख—पत्र लिखने के बाद पत्र के अंत में नीचे धन्यवाद ज्ञापन की परंपरा रही है। इसे पत्र की पूर्णता के लिए बहुत जरूरी माना गया है। धन्यवाद ज्ञापन से रहित पत्र ऐसा लगता है जैसे वह प्रापक को मुँह बिरा-चिढ़ा रहा हो। ऐसा पत्र, पत्र की मुकम्मल शक्ल से मरहूम होता है, अनुशासनहीन और बेलगाम होता है। पत्र में धन्यवाद ज्ञापन की प्रक्रिया पत्र-लेखक, पत्र के अंत में अपने हस्ताक्षर करने से पहले करता है। इसके लिए कुछ निश्चित शब्द हैं, यथा—'धन्यवाद के साथ आपका शुभाकांक्षी', 'सधन्यवाद', 'धन्यवाद सहित', 'विश्वास है, पत्र का उत्तर शीघ्रातिशीघ्र देने की कृपा करेंगे, धन्यवाद।' कुछ लोग 'भवदीय' शब्द का भी इस्तेमाल करते हैं। यह 'भवदीय' शब्द पत्र के नीचे दाईं ओर अंकित किया जाता है, लेकिन यहाँ यह जानना चाहिए कि पत्राचार यदि अंतर्विभागीय हो रहा हो तो उन्हें 'भवदीय' शब्द का निषेध करना चाहिए, क्योंकि इस तरह के पत्र में 'भवदीय' शब्द के प्रयोग का चलन नहीं है। कहीं-कहीं संप्रति 'भवदीय' या 'धन्यवाद' शब्द को पत्र में दाईं की बजाय बाईं ओर भी लिखा जा रहा है।

11. हस्ताक्षर व पद—'धन्यवाद' और 'भवदीय' शब्द लिखने के बाद पत्र-लेखक पत्र के नीचे दाईं ओर अपना हस्ताक्षर करता है। हस्ताक्षर के बिना पत्र वैसे ही अपूर्ण-अधूरा लगता है, जैसे लाल सिंदूर के बिना कोई सुहागिन। कभी-कभी कुछ लोग अपना हस्ताक्षर पूरा नाम लिखकर करते हैं, तो कुछ लोग आधा। जो लोग आधे-पूरे नाम के साथ अपना हस्ताक्षर करते हैं, उन्हें कोष्ठक में अपना पूरा नाम साफ-साफ लिखना चाहिए, क्योंकि हस्ताक्षर अस्पष्ट होने से पत्र पाने वाले को समझने में असुविधा होती है, पत्र में भ्रम और संशय की स्थिति पैदा होती है। हस्ताक्षर के बाद प्रेषक को अपना पदनाम देना होता है। इसके बाद जिस अधिकारी की ओर से पत्र-निर्गत हो रहा है, उसका पदनाम (Rank of Post) तथा पत्र संख्या (Lesser Number) लिखा जाता है। यहाँ यह ध्यान रखना चाहिए कि अर्ध-सरकारी पत्र में पदनाम नहीं लिखा जाता। अगली बात यह ध्यान रखने योग्य है कि यदि पत्र किसी बड़े अधिकारी की ओर से भेजा जा रहा है, तो पत्र-लेखक को चाहिए कि वह 'कृते' या 'निमित्त' शब्द लिखकर अधिकारी का पदनाम लिखे, यथा—'कृते : प्राचार्य', 'कृते : संभाग परिवहन अधिकारी' आदि।

12. संलग्नक, संलग्न-पत्र या अनुलग्नक—पत्र के साथ जाने वाले कागजों की संख्या को संलग्नक, संलग्न-पत्र या अनुलग्नक (Enclosures) कहते हैं। दरअसल,

सरकारी पत्रों में प्रधान या मूल पत्रों के साथ कुछ जरूरी अन्य कागजात भी भेजे जाते हैं। पत्र में हस्ताक्षर या पदनाम और भवदीय आदि के ठीक बाईं ओर थोड़ा स्थान छोड़कर नीचे 'संलग्नक' शब्द लिखकर पत्र में भेजे गए मूल पत्र के अलावा शेष कागजातों का उल्लेख किया जाता है। ऐसा इसलिए किया जाता है कि पत्र खोलने वाला समझ जाए कि मूल पत्र के साथ कुछ और भी कागज साथ में आए हैं। संलग्नक में बताई गई संख्या के हिसाब से यदि कागजातों की संख्या कम पाई गई तो पत्र प्राप्त करने वाला पत्र-प्रेषक को इसकी सूचना देता है, यथा—संलग्नक-5। जाहिर है, संलग्नक '5' बताता है कि मूल पत्र के साथ आए शेष कागजों की संख्या '5' है।

13. पृष्ठांकन—सरकारी पत्रों में तात्कालिक गरज और जरूरत के हिसाब से कभी-कभार ऐसा भी होता है कि एक ही पत्र की प्रतिलिपि एक से अधिक विभाग, प्रभाग, व्यक्ति, संस्था आदि की जानकारी और सूचना के लिए जरूरी कार्यवाही या संज्ञान में लेने के लिए भेजना पड़ता है। इसे ही 'पृष्ठांकन' की संज्ञा दी गई है। इस प्रक्रिया को हम पत्र के अंत में संलग्नक के नीचे संपादित करते हैं। 'पृष्ठांकन' में पत्र की नकल या प्रतिलिपि आवश्यक कार्यवाही या जानकारी के लिए जिन विभिन्न विभागों, व्यक्तियों, संस्थाओं आदि को भेजी जाती है, उन-उनके अलग-अलग पद, नाम, विभाग-प्रभाग का स्पष्ट उल्लेख किया जाता है। इससे पत्र पाने वाले को सुविधा यह होती है कि वह बहुत आसानी से समझ जाता है कि इस पत्र की प्रतियाँ फलाँ-फलाँ विभाग में भी भेजी गई हैं। पृष्ठांकन में पत्र संख्या, दिनांक आदि के उल्लेख के साथ अधिकारी अंत में अपने पदनाम के साथ हस्ताक्षर करता है; जैसे—

नई दिल्ली
जनवरी 11, 2013

संख्या 318-20-2013
निम्नलिखित प्रतिलिपि सूचनार्थ प्रेषित :

1. ... ...
2. ... ...
3. ... ...

ऋषभ चतुर्वेदी
मुख्य सचिव
भारत सरकार

अब एक सरकारी, प्रशासनिक या कार्यालयीय पत्र की मुकम्मल रूपरेखा, खाका या रेखाचित्र इस प्रकार देखिए—

1. संख्या	—पत्र संख्या : 5-10/2011-के.अनु.ए.
2. प्रेषक का कार्यालय	—केंद्रीय हिंदी निदेशालय, नई दिल्ली
3. प्रेषक का नाम और पद	—डॉ. राकेश कुमार, अनुसंधान अधिकारी (अनुदान)
4. प्रेषिती (प्राप्तकर्ता) का नाम या पदनाम	—सेवा में, डॉ. कैलाश नाथ पांडेय रीडर तथा अध्यक्ष, हिंदी-विभाग स्नातकोत्तर महाविद्यालय, मलिकपूरा, जनपद-गाजीपुर (उ.प्र.)
5. पत्र भेजने का स्थान और दिनांक	—नई दिल्ली, 20 जनवरी, 2012
6. विषय	—आपकी पांडुलिपि 'कार्यालयीय हिंदी का नया संदर्भ' के प्रकाशन के संबंध में
7. संबोधन	—महोदय! प्रिय महोदय! (कभी-कभी 'श्री' या 'प्रिय महोदया') भी प्रयुक्त करते हैं।
8. पत्र का मुख्य भाग	—पत्र का उद्देश्य, मंतव्य या आशय और वांछित विवरण
9. मध्यभाग (संदर्भ का उल्लेख)	—आपके पत्र संख्या 725, दिनांक 17.2.2011 के उत्तर में मुझे यह कहने का निर्देश हुआ है कि···
10. स्वनिर्देश	—आपका शुभाकांक्षी या विश्वासपात्र
11. हस्ताक्षर	—राकेश कुमार
12. संलग्नक सूची	—एक पत्र
13. पृष्ठांकन	—प्रतिलिपि अधोलिखित को प्रेषित—डॉ. कैलाश नाथ पांडेय

9. सरकारी पत्र प्रारंभ करने की विधियाँ या पद्धतियाँ

सरकारी पत्र लिखने का एक तयशुदा ढाँचा-ढर्रा होता है, अनुशासन का एक निश्चित 'फ्रेम' होता है, जिसका अनुपालन करते हुए पत्र-लेखन का कार्य संपन्न किया जाता है। सरकारी पत्र-लेखन की बताई गई 'आचार-संहिता' का पालन यदि पत्र-लेखक अपने पत्र में नहीं करता है तो यह निश्चित है कि पत्र बदशक्ल और बेमानी तो हो ही जाएगा, अर्थ का अनर्थ होने की भी संभावना बराबर बनी रहती है। इससे सरकारी

कार्यों में व्यवधान उत्पन्न हो सकता है। कुल मिलाकर पत्र-लेखक की थोड़ी सी लापरवाही दूरगामी असर पैदा करेगी। अतः ऐसी स्थिति में हर सरकारी पत्र-लेखक को चाहिए कि पत्र-लेखन की विधियों-पद्धतियों को सावधानीपूर्वक पढ़े और तब चिंतन-मनन के साथ पत्र-लेखन का श्रीगणेश करे । हमारे देश में पत्र-लेखन की अधिकांश अंग्रेजी पद्धति ही प्रचलन में रही है, लेकिन यदि सरकारी पत्र-लेखक चाहे तो बताई गई अग्रलिखित हिंदी-पद्धति का अनुसरण करके अपने कार्यालयों में हिंदी को बढ़ावा देने के लिए अपने पत्रों में हिंदी-पद्धति का प्रयोग कर सकते हैं। इससे कई लाभ हो सकते हैं, जैसे यह कि पत्र किसी तरह की शंका और जवाबदेही से बचा रहेगा, असुविधाजनक और मुश्किल सवाल इसे नहीं घेरेंगे, पत्र विश्वसनीय और स्वीकार्य होगा। इसके ठीक उलट, यदि सरकारी पत्र में पत्र-लेखक अभिनव प्रयोग करता है तो इस तरह का सरकारी पत्र तमाम तरह का अंतर्विरोध पैदा करेगा, हो सकता है वह पत्र अप्रासंगिक, अपूर्ण, खामियों से भरा हुआ मान लिया जाए। अतः पत्र-लेखक को सरकारी पत्र-लेखन में भरसक 'हिंदी-पद्धति' का ही प्रयोग करना चाहिए, यथा—

1. आपके पत्र संख्या···दिनांक के उत्तर में निवेदन है कि···
2. आपके पत्र संख्या···दिनांक के संबंध में मुझे यह निवेदन करने का सुअवसर प्राप्त हुआ है।
3. आपके विभागीय परिपत्र संख्या···दिनांक···के उत्तर में निवेदन है कि—
4. आपके पत्र संख्या···दिनांक···में उल्लिखित प्रस्तावों के संबंध में अपनी सम्मति देने का मुझे निर्देश हुआ है अतः···
5. आपके पत्र संख्या···दिनांक···के संबंध में मुझे यह स्पष्टीकरण देना है कि···
6. आपके पृष्ठांकन संख्या···दिनांक···के संबंध में मेरे विभाग का विचार है कि···
7. आपका ध्यान इस कार्यालय के पत्र संख्या···दिनांक की ओर आकृष्ट किया जाता है, जिसमें लिखा था कि···
8. आपके पत्र संख्या···दिनांक···में पूछी गई जानकारी के संबंध में निवेदन है कि···
9. आपके पत्र संख्या···दिनांक···में उल्लिखित सरकारी प्रस्तावों संबंधी विचारों को पढ़ा। इस संबंध में मेरा निवेदन है कि···
10. कृपया इस कार्यालय के पत्र संख्या···दिनांक···की ओर आपका ध्यान पुनः आकृष्ट किया जाता है कि···
11. निवेदन है कि आप मेरे कार्यालय के पत्र संख्या···दिनांक के संबंध में पुनः विचार करें, ताकि इस विषय में···
12. कृपया इस कार्यालय के राष्ट्रीय एकता संबंधी प्रस्ताव संबंधी संख्या···दिनांक के विषय में अपने विचारों को शीघ्र प्रस्तुत करें, ताकि भावी कार्यक्रम की···

13. आपके कार्यालय के पत्र संख्या...दिनांक...के संबंध में मेरा निवेदन है कि...
14. इस कार्यालय के पत्र संख्या...दिनांक...के साथ संलग्न समाचार के संबंध में आपकी सम्मति का प्रस्तुतीकरण आवश्यक है, अत: आप...
15. निवेदन है कि शिक्षा मंत्रालय के पत्र संख्या...दिनांक...के संबंध में इस संगठन के सदस्यों की बैठक में यह निर्णय किया गया है कि...
16. आपके विभागीय पत्र संख्या...दिनांक...के उत्तर में निवेदन है कि आपने जल-कर की बैठक में जो निर्णय लिये हैं, उनसे इस प्रकार की...

10. सरकारी, प्रशासकीय या कार्यालयीय पत्राचार में संबोधन के लिए कुछ निश्चित शब्द

शासकीय पत्रों में संबोधन के लिए हिंदी में कुछ शब्द निश्चित किए गए हैं, उन्हीं का प्रयोग पत्रानुसार होना चाहिए—

संबोधन	*किसे कैसे संबोधित करें*
महोदय/श्रीमान्	अधिकारियों को
प्रिय महोदय/महानुभाव	गैर-अधिकारी व्यक्तियों और व्यक्ति-समूह को
महानुभाव/महोदयवृंद	व्यावसायिक संस्थानों को
महोदया	महिला अधिकारियों को
प्रिय श्री	अर्द्ध सरकारी पत्रों में
श्रीयुत्	अर्द्ध सरकारी पत्रों में
भवदीय	अभिनिवेदन (स्व-संबोधन) सरकारी पत्रों में
आपका विश्वसनीय	अभिनिवेदन (स्व-संबोधन) सरकारी पत्रों में
आपका विश्वासभाजन	अभिनिवेदन (स्व-संबोधन) सरकारी पत्रों में
आपका सद्भावी	अभिनिवेदन (स्व-संबोधन) अर्द्ध सरकारी पत्रों में
आपका शुभेच्छु	अभिनिवेदन (स्व-संबोधन) अर्द्ध सरकारी पत्रों में

11. सरकारी पत्रों का महत्त्व और उपयोगिता

आज के बाजारवादी, तिजारती और विश्व पूँजी की पराधीनता के दौर में समाचार-संप्रेषण के नितांत आधुनिक संसाधनों ने संपूर्ण धरती को वामन की तरह नापकर भले ही एक 'ग्लोबल विलेज' (विश्वग्राम) में तब्दील कर दिया हो, फिर भी निजी और सरकारी स्तर पर पत्र का महत्त्व असंदिग्ध है। अपने भीतर तमाम तरह के ब्योरों को दर्ज और इंदराज किए पत्र वस्तुत: किसी भी व्यक्ति या कार्यालय के लिए साँस की तरह मौजू होते हैं, विकास के अगले पड़ाव एवं सोपान होते हैं।

पत्र वस्तुतः मौन संदेशवाहक तो होता है, किंतु वाक्शक्तिहीन नहीं होता। कुल मिलाकर पत्र प्रेषक और प्रापक के बीच मौन संवाद या वार्त्तालाप का पुख्ता माध्यम होता है, फिर आकर्षक और लजीज ढंग से लिखे गए पत्र का कहना ही क्या? जीवन में पत्र के महत्त्व को आप एक वाक्य में इस तरह समझिए कि तमाम समाचार साधनों, यथा—दूरभाष, फैक्स, तार, इंटरनेट आदि की तुलना में यह जिंदा-जीवंत लिखित प्रमाण और साक्ष्य है। डॉ. विजयपाल सिंह लिखते हैं कि सरकारी कार्य संपादन के लिए इसका मुख्य रूप से प्रयोग किया जाता है। विदेशी सरकारों, राज्य सरकारों, सरकार से संबद्ध कार्यालयों, जनसेवी आयोगों और सार्वजनिक प्रतिष्ठानों, जन निकायों, नगर-निगम, पत्रिकाओं, जन प्रतिनिधियों आदि से जो भी पत्र-व्यवहार होता है, वह प्रायः सरकारी पत्रों द्वारा ही होता है। भारत सरकार के विभिन्न संभाग जब आपस में पत्र-व्यवहार करते हैं, तो सरकारी पत्रों का प्रयोग नहीं करते।

दरअसल, गाँव की पंचायत से लेकर मुख्यमंत्री, प्रधानमंत्री और राष्ट्रपति कार्यालय तक सभी परस्पर एक निश्चित अनुशासनात्मक सूत्र में बँधे हुए हैं। इनकी अपनी एक प्रशासनिक व्यवस्था है। इस व्यवस्था से संवाद स्थापन में सरकारी पत्र ही काम में आते हैं। वास्तविकता तो यह है कि इसके बिना प्रशासनिक व्यवस्था पंगु हो जाती है। इस प्रकार हम कह सकते हैं कि मंत्रालय से लेकर सचिवालय तक, प्रांत से लेकर जनपद तक, जनपद से लेकर गाँव तक का संबंध-सूत्र पत्र-लेखन ही है। इसी माध्यम से सरकार की सारी कार्यवाही संपन्न होती है। सरकारी कार्यप्रणाली के कुछ निर्दिष्ट नियम हैं, जिनके अंतर्गत सभी कार्यालय संचालित होते हैं। विभिन्न प्रकार के पत्र, विज्ञप्ति, अधिसूचना आदि जारी करने के साथ-ही-साथ प्राप्त पत्रों आदि पर टिप्पणी भी लिखनी पड़ती है। महत्त्वपूर्ण उत्तरदायित्व हिंदी को निभाना है। अतः इन सबको सुचारु ढंग से चलाने के लिए हिंदी का एक मानक स्वरूप होना जरूरी है। सरकारी पत्र की भाषा का प्रयोजनमूलक रूप ही सर्वोपयोगी बन सकता है। राजकीय पत्राचार के विभिन्न स्वरूप हैं—पत्र-परिपत्र, कार्यालय ज्ञापन, ज्ञापन, अधिसूचना, प्रेस विज्ञाप्ति, कार्यालय आदेश, अनौपचारिक टिप्पणी, पृष्ठांकन या परांकन, अनुस्मारक, तार, मसौदा, लेखन इत्यादि। सरकारी, गैर-सरकारी एवं व्यक्तिगत प्रतिष्ठानों में कार्यरत लिपिक एवं अधिकारी वर्ग को इनकी जानकारी होना अति आवश्यक है, क्योंकि पूरी प्रशासनिक व्यवस्था इसी पर आधारित है।

सरकारी पत्रों के महत्त्व पर प्रकाश डालते डॉ. रघुनंदन प्रसाद शर्मा लिखते हैं कि कार्यालयों में कभी साधारण पत्र लिखे जाते हैं तो कभी त्वरित (Express) पत्र, कभी अर्ध सरकारी पत्र लिखे जाते हैं तो कभी तार देना होता है। यही नहीं, कभी ज्ञापन के रूप में सूचना मँगाई जाती है तो कभी कार्यालय ज्ञापन द्वारा सरकारी निर्णय की सूचना दी

जाती है। कभी अनौपचारिक टिप्पणी द्वारा अन्य मंत्रालयों, विभागों आदि से सलाह माँगी जाती है तो कभी नियमों आदि की घोषणा, छुट्टी, तरक्की आदि की सूचना राजपत्र में अधिसूचित करने के लिए अधिसूचना जारी की जाती है, अथवा सार्वजनिक महत्त्व के मामलों पर सरकारी निर्णय की घोषणा के लिए संकल्प तैयार किए जाते हैं। सरकारी निर्णय प्रेस विज्ञप्ति या प्रेस नोट द्वारा भी प्रसारित किए जाते हैं। कार्य, अवसर और महत्त्व की आवश्यकतानुसार पत्राचार के रूपों का प्रयोग किया जाता है। कुल मिलाकर यह सरकारी पत्र ही विभिन्न कार्यालयों की जरूरत बन विभिन्न नामों से प्रयोग में आता है। वस्तुत: पत्र निजी या सरकारी कोई भी हो, वह देश की संस्कृति और सभ्यता का दर्पण होता है। वह सजग-सचेत तथा चिंतनशील संरक्षक की तरह व्यक्ति को स्थानीयता से उठाकर सार्वभौमिकता की ओर ले जाता है। तत्कालीन समाज के ढेरों छोटे-बड़े ब्योरों, गुमनाम प्रसंगों, बदलते जीवन-संदर्भों के साथ-साथ तमाम तरह के पाखंडों को वह उजागर करता है। अनुभवों को अभिव्यक्त करता है, किंतु दुर्भाग्य से आज पेज-थ्री संस्कृति और बाजार की ताकत सूचना-समाचार यहाँ से वहाँ पहुँचाने वाले इस लिखित माध्यम के अस्तित्व को समाप्त करने पर आमादा है, अत: ऐसी स्थिति में पत्र-लेखन, खासकर सरकारी पत्र-लेखन बहुत संजीदा ढंग से करने की जरूरत है तभी सरकारी-गैरसरकारी कार्यालयों में पत्र का महत्त्व सतत बना रहेगा।

12. सरकारी, प्रशासकीय या कार्यालयीय पत्राचार की भाषा-शैली

सुप्रसिद्ध ग्रंथ 'अर्थशास्त्र' के रचयिता आचार्य कौटिल्य को भारतीय राजनीति का पितामह माना जाता है। कौटिल्य ने राजकीय पत्र को 'शासन' की संज्ञा दी है। उनके अनुसार राजकार्यों में 'शासन' या लिखित पत्रों का अधिक महत्त्व होता है। शासन की भाषा में अर्थक्रम, संबंध, परिपूर्णता, माधुर्य, औदार्य, स्पष्टता—इन छह गुणों का होना नितांत आवश्यक है। कौटिल्य के मतानुसार शासन-पत्र में सबसे पहले प्रधान अर्थ का निरूपण करना अर्थक्रम कहलाता है। प्रस्तुत अर्थ में किसी प्रकार के व्यवधान के बिना लेख की समाप्ति तक विचारों का संबंध स्पष्ट होना 'संबंध' कहलाता है। शब्द और अर्थ का संतुलन और भाषा शिथिल न होकर अभिव्यक्ति की पूर्णता को 'परिपूर्णता' कहा गया। सुंदर और सरल शब्द-प्रयोग 'माधुर्य' तथा सभ्य और सुबोध शब्द प्रयोग 'औदार्य' तथा बहुप्रयुक्त और सुप्रसिद्ध शब्द-प्रयोग 'स्पष्टता' कहलाता है—**परिपूर्णता माधुर्यमौदार्य स्पष्टस्वमिति क्षेत्र संबंध।**

दरअसल, सरकारी पत्र में भाषा-प्रयोग का मसला बहुत महत्त्वपूर्ण होता है। भरसक इस तरह के पत्र की भाषा कर्कश, अपच-उबाऊ और जड़ता पैदा करने वाली न हो, बल्कि सुगम, सरल, अलंकार-विहीन और विनम्र होनी चाहिए। भाषा ऐसी हो, जो

पत्र के मूल कथ्य का खुलासा करने में सक्षम-समर्थ हो। तकनीकी शब्दावलियों का प्रयोग इस तरह के पत्रों में निषिद्ध होना चाहिए। डॉ. ओम् प्रकाश शर्मा का विचार है कि सरकारी कार्यालयों के पत्रों की भाषा में कठिन या अप्रसिद्ध शब्दों का प्रयोग नहीं करना चाहिए। प्रायः सरकारी पत्रों की भाषा निश्चित शब्दावली के अनुसार ही लिखी जाती है। प्रत्येक कार्यालय के कार्य के अनुसार विशेष शब्दों का प्रयोग किया जाता है। वाक्य स्पष्ट और पूर्ण होने चाहिए। लंबे वाक्यों वाले पत्र प्रायः अस्पष्ट हो जाते हैं। इसलिए छोटे-छोटे वाक्य लिखे जाएँ तो पत्र में अधिक स्पष्टता आ जाती है।

पत्रों में यह भी ध्यान रखना आवश्यक है कि पत्र का प्रारंभ यदि मैं, हम या अन्य पुरुष से किया जाए तो अंत तक उसी भाँति क्रम चलना चाहिए। ऐसा नहीं होना चाहिए कि कभी मैं और कभी वह का प्रयोग किया जाए। पत्र संख्या, दिनांक तथा सरकारी अधिकारियों के पदों आदि की पुनरावृत्ति भी नहीं होनी चाहिए। एक बार पूरी जानकारी के पश्चात् पुनः उद्धरण की अपेक्षा ऊपर दिए गए निर्देशों का प्रसंग मात्र उद्धृत करने से काम चल जाता है। पुनरावृत्ति से पत्र का विषय असंबद्ध होने लगता है। इधर, डॉ. विजय पाल सिंह लिखते हैं कि सरकारी पत्र एक विशिष्ट शैली में लिखे जाते हैं। इनमें न तो पारिवारिक पत्रों के समान आत्मीयतापूर्ण वाक्य होते हैं और न ही व्यावसायिक पत्रों की भाँति औपचारिकता। ये पत्र पूर्णतः अनौपचारिक होते हैं, अतः इन पत्रों की भाषा अपेक्षाकृत सुस्त होती है। संदेह, अनिश्चय और अतिशयोक्ति—इन पत्रों के दोष माने जाते हैं। ये पत्र यथासंभव संक्षिप्त, स्पष्ट, निष्पक्ष और सपाट होते हैं।

कुल मिलाकर सरकारी पत्राचार की भाषा और शैली चैत महीने की रसीली धूप और सख्त हवा में पकी गेहूँ की बाल की तरह चिम्मर होनी चाहिए। उसमें किसी तरह के संशय की आर्द्रता और चिपचिपाहट न हो। यही नहीं, सरकारी पत्र की भाषा और शैली में व्यंग्य की गंध न हो, शब्द-संयम हो तथा किसी तरह की फिकरेबाजी भी न हो। शैली रोचक-मोहक और आकर्षक-लजीज हो। भाषा-शैली प्रयोगधर्मी न हो। शब्दों का खिलंदड़पन न हो, भाषा अशुद्ध न हो। वाक्य सीधे-सीधे हों, द्विअर्थक—द्वैध से रहित हों। भाषा, विवाद और उत्तेजना पैदा करने वाली न हो। तथाकथित बौद्धिकता के नाम पर भाषा का पांडित्यपूर्ण आडंबर और दिखावा न हो। सरकारी पत्र में शिल्प-शैली और भाषा का इतना सुकर, सुंदर और मंजुल समन्वय हो कि पत्र भरोसेमंद बना रहे। अंत में यह कि सरकारी पत्र की भाषा और शैली में शब्द-क्रीड़ा न हो, कथन सूत्रात्मक हो, भाषा का रचाव सुंदर दृश्य-बिंब बुने। इन विशेषताओं से रहित कोई भी सरकारी पत्र पाठक की अंतश्चेतना में हौले-हौले उतरता जाता है।

13. उत्तम सरकारी, प्रशासकीय या कार्यालयीय पत्र के गुण अथवा विशेषताएँ या सरकारी, प्रशासकीय अथवा कार्यालयीय पत्राचार करते समय कुछ महत्त्वपूर्ण स्मरणीय तथ्य या ध्यातव्य बातें

सूचना क्रांति के इस नए दौर में दूरभाष, सैलफोन, इंटरनेट आदि सूचना तकनीक ने यद्यपि दूरी को एकदम समाप्त कर दिया है, किंतु इन्होंने लगे हाथ अंतरंगता के 'स्पेस' का भी खात्मा कर दिया है। इन यंत्रों की यांत्रिकता सूचना-समाचार संप्रेषण पहुँचाने का महज माध्यम बनी हुई है। वह जीवन की अंतरंगता-गोपनीयता को अभिव्यक्त नहीं कर सकती। सूचना संचार के नितांत नए जनमे इन उपकरणों का प्रयोग करते-करते आज का मनुष्य विखंडित हो, उपभोग की मशीन में तब्दील होता जा रहा है; लेकिन जो समाज आज भी आधुनिकता के इन यांत्रिक संसाधनों से दूर हैं, जिन्हें आज का तथाकथित 'मॉडर्न' समाज हाशिये पर मानता है, वह इन सूचना-संप्रेषण के साधनों के उपयोग के बजाय अपनी निजी अंतरंग अभिव्यक्ति एवं निजी सुख-दुःख को कलम-कुल्हाड़ा के माध्यम से 'कागज' पर ही टाँकते हैं। समय से लड़ता हुआ यह वर्ग आज भी अपने अंतर्मन की जद्दोजहद का हृदयस्पर्शी चित्रण कागज पर ही अक्स कर रहा है।

सूचना तकनीक के जन्मने के बाद एक सवाल भारत में आँधी की तरह बड़े जोर-शोर से उठा था कि क्या डिजिटल किताबों के आ जाने के बाद कागजी या कागज पर मुद्रित किताबें चलन से बाहर हो जाएँगी? पर आप देख रहे हैं कि ऐसा नहीं हुआ, बल्कि भारत कागज पर छपी किताबों का दुनिया में तीसरा बाजार बन गया है। लोगों ने संभावना व्यक्त की थी कि आई-पॉड अथवा किंडल बुक रीडर सॉफ्टवेयर के आ जाने के बाद पुस्तकें महज संग्रहालय की वस्तु बन जाएँगी। कुल मिलाकर यह कि इंटरनेट प्रौद्योगिकी के आने के बाद भी पहले से ज्यादा प्रिंटर बिक रहे हैं और कागज पर छपी पुस्तकें पहले से ज्यादा लोकप्रिय हुई हैं। इनकी माँग देश और देश के बाहर 15 फीसदी सालाना की रफ्तार से बढ़ रही है। ठीक यही हालत यांत्रिक संवाद और कागज पर हाथ से लिखे पत्रों की है। यांत्रिक संवाद बालू पर गिरे पानी की तरह अतृप्त, अबूझ और बनावटी होता है, जबकि कागजों पर व्यक्ति अपने अंतर्मन की गाँठ को खोलता हुआ तृप्त होता रहता है। इस तरह से पत्रों का महत्त्व निःसंदेह अक्षुण्ण है। वह पारिवारिक और सामाजिक जुड़ाव का सशक्त टिकाऊ साधन है। पत्र अंतर्देशीय होने के साथ-साथ ग्लोबल संवाद का भी प्रामाणिक माध्यम है। बहरहाल, यह तो रहा पत्रों का मूल्य और महत्त्व, किंतु बात जब सरकारी पत्रों की हो, तो वहाँ हमें काफी संजगता बरतनी होती है, क्योंकि ये पत्र सीधे शासकीय व्यवस्था को प्रभावित करते हैं। शासन के छोटे-बड़े निर्णय और फैसले इन पत्रों के आधार पर ही लिये जाते हैं, अतः सरकारी पत्रों की अपनी कुछ पहचान और

विशेषताएँ होती हैं, जिनका अनुपालन प्रत्येक सरकारी पत्र-लेखक को करना चाहिए। सरकारी पत्राचार करते समय कुछ महत्त्वपूर्ण स्मरणीय तथ्य या ध्यातव्य बातें हैं, जिन पर हर सरकारी पत्र लिखने वाले को गौर करना चाहिए, यथा—

1. पत्र लघुकाय एवं संक्षिप्त होना चाहिए—कहते हैं, 'अंदाजे बयाँ की खासीयत' संक्षिप्तता में ही होती है, फिर आज के इस उत्तर-आधुनिक, व्यस्त और तुर्श-तुरुर समय में व्यक्ति के पास समय का अकाल-अभाव हो गया है, कार्यालय के अदने कर्मचारी से लेकर बड़े अधिकारी तक काम के बोझ से हाँफ रहे हैं, अतः ऐसी स्थिति में अगर इनके समक्ष इनकी 'टेबुल' पर व्यास शैली में लिखा कोई लंबा सरकारी पत्र सवाल की तरह खड़ा हो जाए तो इन कर्मचारियों-अधिकारियों के काम करने की तेजी-तुर्शी और स्फूर्ति स्वतः ठिठक जाती है। इन अधिकारियों के पास पहले से ही काम का हिमालय सिर पर खड़ा होता है, अतः लंबा पत्र अनावश्यक रूप से इनके मूल्यवान समय को जाया करेगा। अतः ऐसी स्थिति में पत्र-लेखक को चाहिए कि वह एक निश्चित 'फ्रेम' में ही पत्र को लिखे। साफ शब्दों में पत्र अति संक्षेप में सूत्रात्मक शैली में लिखा जाए। ध्यान रहे, कोई मुख्य मुद्दा, तथ्य या केंद्रीय तत्त्व न छूटे। पत्र संक्षिप्त होने के साथ स्पष्ट और पूर्ण हो। संक्षिप्त पत्र की बुनावट ऐसी हो, जिसमें कोई एक ही बात बार-बार न दुहराई जाए। कुल मिलाकर यदि पत्र संक्षिप्त और भावों को स्पष्ट करने वाला होगा तो पत्र में उठाए-पूछे गए सवालों के समाधान में अधिकारी को सुविधा होगी। अतः पत्र वही संक्षिप्त एवं उत्तम-श्रेष्ठ माना जाएगा, जो अपने पूरेपन में बुनियादी सरोकारों को न छोड़े तथा 'गागर में सागर' की भूमिका में जीए।

2. पत्र प्रत्येक कोण से संपूर्ण लगना चाहिए—खंड-खंड और टुकड़ों में बँटा पत्र आधा-अधूरा तथा अधकचरा माना जाता है। पत्र की संपूर्णता का अर्थ यह है कि वह अपने भीतर किसी भी तरह की शंका, द्वैध, भ्रम या साफ-सफाई के रोग से रहित हो। मूल मंतव्य या कथ्य-कथन का वह स्पष्ट बयान करे। वह हर कोण पर पूरा हो। केंद्रीय भाव पैबंद या चकत्ती के रूप में पत्र में न आए। कुल मिलाकर यह कि जिस उद्देश्य या जिन तथ्यों के खुलासे के लिए पत्र लिखा गया है, पत्र-लेखक को चाहिए कि वह छान-निथारकर देख लें कि—वे पत्र के भीतर आ गए हैं कि नहीं, क्योंकि यदि मुख्य बात ही पत्र में लिखने से छूट जाएगी तो पत्र अधूरा-अपूर्ण माना जाएगा। उसे समझने के लिए अधिकारी को बार-बार ध्यान और कार्यालय का बहुमूल्य समय लगाना पड़ेगा, अतः पत्र को बहुत धैर्य और संयम से लिखना चाहिए। पत्र-लेखक को यह सुनिश्चित कर लेना चाहिए कि पत्र की संदर्भ-संख्या, दिनांक, समय या यदि पिछले पत्र के संदर्भ का हवाला देना है—आदि सब ठीक हैं कि नहीं, वह इसलिए कि यही पत्र अन्य जगह से स्थानांतरित होकर आए नए अधिकारियों को भी समस्या के निराकरण में सहायक होगा। पत्र-लेखन

में बिला वजह क्षिप्रता, जल्दबाजी और लापरवाही पत्र को कमजोर तो बनाएगी ही, पत्र-लेखक की क्षमता और योग्यता पर भी सवालिया निशान लगाएगी, जिसे किसी तरह से उपयुक्त-उत्तम नहीं माना जा सकता।

3. सुस्पष्टता और शुद्धता किसी भी पत्र की अलग विशिष्टता होती है— सुस्पष्टता और शुद्धता का अंत:संबंध सरकारी एवं गैर-सरकारी पत्र को सार्थक, गंभीर एवं महत्त्वपूर्ण बनाता है। तदर्थ, पत्र में उल्लिखित महत्त्वपूर्ण तथ्यों को स्पष्ट, शुद्ध एवं प्रामाणिक तथा साक्ष्यपरक होना चाहिए। आलतू-फालतू, तथ्यहीन या गलत सूचनाएँ पत्र में भ्रम और संशय पैदा कर सकती हैं, जिसका खराब असर संबंध के स्तर पर जनपद, प्रदेश, देश और कभी-कभी अंतरराष्ट्रीय फलक पर पड़ सकता है। बाहरी देशों से संबंध चटक-दरक सकते हैं। देश में भी वर्ग, संप्रदाय, जाति, धर्म आदि के नाम पर दंगे-फसाद, संघर्ष और कई अन्य तरह के विमरज पैदा हो सकते हैं। ऐसी विषम स्थिति में अर्थ का अनर्थ हो सकता है, पत्र यशस्वी होने के बजाय विडंबना और आलोचना का शिकार हो सकता है। वस्तुतः पत्र अनेक सचों का निर्भीक उद्घाटन करते हैं। अतः ऐसी स्थिति में पत्र-लेखक को चाहिए कि वह पत्र लिखने से पहले बतौर अभ्यास कड़ी मेहनत-मशक्कत और नियमित बौद्धिक व्यायाम एवं वर्जिश करे। कुल मिलाकर पत्र-लेखक को यह प्रयास करना चाहिए कि वह पत्र लिखते समय इस बात को जाँच-परख ले कि जिन तथ्यों का खुलासा वह अपने पत्र में कर रहा है, वह स्पष्ट है कि नहीं, कहीं उसकी थोड़ी ढिलाई और आलस्य से उसके पत्र में दुचित्तेपन की गंध तो नहीं आ रही है?

इसी तरह पत्र की शुद्धता भी इसका एक महत्त्वपूर्ण आयाम है। पत्र में यह शुद्धता भाव, भाषा-शैली और तथ्यों के स्तर पर होनी चाहिए। अगला प्रयास यह होना चाहिए कि पत्र में कोई प्रसंगेतर, अनगढ़ और बेजाँ बात न लिख दी जाए। अर्थ-स्फीति न पैदा हो। कुल मिलाकर पत्र में शुद्धता की रक्षा हर स्तर पर होनी चाहिए। अतः ऐसी स्थिति में पत्र-लेखक को चाहिए कि वह सघन-उत्कट सोच-विचारकर ही पत्र लिखे, जिससे पत्र में सुस्पष्टता और शुद्धता का स्वस्थ संतुलन बना रहे।

4. क्रमबद्धता पत्र का चार चाँद होती है—पत्र के बाहरी 'मॉडल' को सुरक्षित और भीतरी कलेवर को सम्मोहक बनाए रखने के लिए पत्र में क्रमबद्ध लेखन बहुत अपरिहार्य होता है। क्रमबद्धता का आशय पत्र के अनुशासन के अनुसार जो चीजें जहाँ लिखी जानी चाहिए, वहीं लिखी जाएँ, अन्यथा जहाँ लय और क्रमबद्धता टूटी, पत्र विकारग्रस्त तो होगा ही वह बोझ और भार भी बन जाएगा। जिस प्रकार कहानी, नाटक, उपन्यास एवं एकांकी की समीक्षा साहित्य शास्त्रियों द्वारा निर्धारित तत्त्वों—प्रस्तावना से उद्देश्य—की खराद पर चढ़ाकर हम क्रमबद्ध ढंग से करते हैं, उसी तरह पत्र-लेखन भी क्रमबद्ध और सिलसिलेवार होना चाहिए। पत्र बेतरतीबी और बेपैड़ेपन का शिकार न हो,

इसके लिए पत्र-लेखक को अपनी सयानी समझ का परिचय देना चाहिए। पत्र में जहाँ संबोधन लिखना है, मूल विषय लिखना है, संलग्नक के साथ जहाँ अपना हस्ताक्षर करना है, वह वहीं किया जाना चाहिए। पत्र-लेखक को यह बराबर ध्यान रखना होगा कि वह निजी या सामाजिक-व्यापारिक पत्र नहीं लिख रहा है, बल्कि वह सरकारी पत्र लिख रहा है, जहाँ एक-एक बिंदु का महत्त्व है। अतः यहाँ यदि क्रमबद्धता का ढाँचा टूटा तो पत्र बदशक्ल तो होगा ही, वह अधिकारी का कीमती और बहुमूल्य समय बरबाद करेगा, खीझ और आक्रोश अलग से पैदा करेगा, अतः पत्र-लेखक को चाहिए कि पत्र को पूरी तरह से नाप-तौल, सोच-समझ तथा स्थिर-एकाग्रचित्त के साथ लिखे, तभी उसका पत्र पूर्ण माना जाएगा।

5. पत्र-लेखन में भरसक लंबे वाक्यों से परहेज करना चाहिए—सरकारी पत्र-लेखन न तो किसी साधु-संत का उपदेश है, न किसी नेता का भाषण है, न माननीय न्यायाधीशों के न्यायालयों में होने वाली लंबी-लंबी जिरह-बहस है, न किसी 'कैफटेरिया' में समय बिताने वाले बैठे-ठाले लोगों का तर्क-वितर्क है और न संस्कृत भाषा में व्यास शैली में लिखी बाणभट्ट की आत्मकथा है, बल्कि एक निश्चित जद में आत्मीयतापूर्वक शिष्ट, सरल भाषा में मूल तथ्य को कागज पर लिखकर अधिकारी के समक्ष चुपचाप प्रस्तुत करने का माध्यम है। अतः ऐसी स्थिति में यह पत्र यदि छोटे-छोटे वाक्यों की मनका में पिरोया या बुना गया हो तो बहुत सार्थक-श्लाघनीय माना जाएगा। लंबी-लंबी शब्द-मालाएँ पत्र की चारुता-सहजता छीन लेती हैं। लंबा वाक्य पत्र को दुर्बोध बनाता है, प्रापक से सहज संवाद में खलल डालता है। वह पढ़ने वाले को थकाता और पस्त कर देता है। पत्र का आशय पकड़ से बाहर हो जाता है, इसलिए पत्र में लंबे-लंबे वाक्यों की जगह छोटे-छोटे वाक्यों का प्रयोग सुखकर होता है।

पत्र में छोटे-छोटे वाक्यों के प्रयोग से व्यक्त भाव का चित्र उगता-उतरता चला जाता है, पत्र में छोटे-छोटे शब्द-गुच्छों से बने वाक्यों के प्रयोग से पत्र की जीवंतता, संप्रेषणीयता, रोचकता, गत्यात्मकता तो बनी ही रहती है, पाठकीयता भी बाधित नहीं होती, जबकि लंबे-लंबे पाखंडी वाग्जालों से पत्र की सरलता नष्ट होती है। अतः पत्र-लेखक को चाहिए कि वह सरकारी पत्र-लेखन में लंबे-लंबे वाक्यों में अपनी बात कहने के बजाय नपे-तुले छोटे वाक्यों में ललित ढंग से अपनी बात निरापद भाव से लिखे, तभी उसका पत्र 'मानक' और 'आदर्श' पत्र माना जाएगा। सरलता की चाशनी में पगा पत्र स्निग्ध, सरस होता है, अंतर्मन में भाव भी दबे पाँव हौले-हौले उतरते जाते हैं।

6. पत्र की भाषा परिष्कृत और शैली परिपक्व होनी चाहिए—सरल-सहज, परिपक्व-परिष्कृत भाषा और सतर्क तथा व्यवस्थित शैली-चयन पत्र के प्रति पाठक की रोचकता निरंतर बनाए रखती है। बनावटी और कृत्रिम भाषा तथा अटपटी शैली सरकारी

पत्र में रसभंग पैदा करती है, इसलिए पत्र में सुबोध, प्रवाहमयी भाषा का इस्तेमाल करना चाहिए। कठिन-क्लिष्ट शब्दों से पत्र की पठनीयता, उसका प्रवाह और प्रभाव क्षरित होता है। शैली में निजीपन कुछ समय के लिए तो क्षम्य है, पर भावुकता नहीं। इससे पत्र के मूल स्वरूप पर आँच आएगी। भाषिक मधुरिमा की निष्कंप लौ पत्र को चित्ताकर्षक बनाती है। सरकारी पत्र में छंद, शब्द-शक्ति, अलंकृत भाषा, रस, करुणा और वेदना संपृक्त शब्दावली, मुहावरों का प्रयोग निषिद्ध होता है। पत्र में कर्कश, कर्ण-कटु भाषा का प्रयोग उसके चरित्र को ठिगना-बौना बनाता है। अत: पत्र में ऐसे अबूझ, अपच, उबाऊ शब्दों का प्रयोग नहीं करना चाहिए। वस्तुत: सरकारी पत्र-लेखन की भाषा कविता, कहानी, उपन्यास एवं नाटकों की आलोचना की भाषा नहीं होती, बल्कि बिना श्रम और समय गँवाए पत्र में लिखे भाव के अभिव्यक्ति की भाषा होती है, अत: यहाँ जो भाषा प्रयोग की जाए, वह सीधी-सरल हो, चमत्कारिकता के मोह से मुक्त हो, संप्रेषणीयता में बाधक फंतासी और कुहासों से मुक्त हो, शिल्प-शैली गठी और पारदर्शी हो।

7. पत्र में व्याकरणिक अनुशासनों, यथा—विराम-चिह्नों तथा अनुच्छेदों पर ध्यान देना चाहिए—व्याकरणिक अनुशासन से रहित भाषा पत्र को बेलगाम और उच्छृंखल बना सकती है। पत्र का ताना-बाना शिथिल और श्लथ हो सकता है। स्पष्टत: यह कि व्याकरण संबंधी उक्त बिंदुओं के पालन नहीं करने से पत्र की आत्मा खंडित हो जाती है। वर्तनी, विराम-चिह्न तथा अनुच्छेद-निर्माण संबंधी दोष के कारण पत्र अग्राह्य, अनाकर्षक तथा उबाऊ हो जाते हैं। पत्र-लेखन के क्रम में शब्दों की वर्तनी तथा सही विराम-चिह्नों पर ध्यान देना बहुत आवश्यक रहेगा। अनुच्छेदों के निर्माण में इस बिंदु पर अवश्य ध्यान दिया जाए कि एक-एक विषय खंड को अलग-अलग अनुच्छेद में लिखें। इस तरह पत्र-लेखन ग्राह्य, स्पष्ट और सुंदर हो सकेगा।

8. पत्र-लेखन में विनम्रता का पुट और छौंक होनी चाहिए—व्यक्ति के निजी जीवन से लेकर सरकारी पत्र-लेखन तक विनम्रता का विशिष्ट महत्त्व होता है, अतएव तमाम गहरे अंतर्विरोधों और मतभेदों के बावजूद पत्र-लेखन का कार्य तल्ख-तेवर और रौ के अंदाज में नहीं होना चाहिए। पत्र की भाषा खीझ और आक्रोश की जगह अकीदत और मुहब्बत की होनी चाहिए, क्योंकि यही अकीदत और मुहब्बत हिंदुस्तानी 'कल्चर' और तहजीब में रची-पची हुई है। यही हमारी तमद्दुन है। यदि पत्र-लेखक को प्रापक से किसी तरह की शिकायत या उलाहना है तो भी उस उलाहने के दु:ख-दर्द को पचाकर पत्र में निशात-ओ-गम को इस तरह संतुलित ढंग से समा देना चाहिए कि पत्र का संपूर्ण स्वरूप ही हसरत-ओ-हौसले में तब्दील हो जाए। साफ शब्दों में, पत्र में उग्रता और बड़बोलापन न हो। क्रूर और कष्टकारी भाषा का प्रयोग न हो, इससे पत्र-लेखक की क्षुद्रता-छुटपन ही यहाँ बार-बार झाँकती है। आपत्तिजनक तथ्यों से पत्र को दूर रखना

चाहिए। पत्र में व्यक्त बेरुखीपन कहीं-कहीं बात का बतंगड़ बना सकती है। कुल मिलाकर विनम्रता-शालीनता की जगह पत्र में रोब गाँठने की भड़ाँस नहीं होनी चाहिए, अतः ऐसी स्थिति में पत्र-लेखन का कार्य बहुत ही अनुशासन, धीरज और परिपक्व समझ के साथ होना चाहिए।

9. पत्र पढ़ने में सरल-सहज होना चाहिए—पत्र एक ऐसा दर्पण होता है, जिसमें पत्र-लेखक का चेहरा, तसवीर और मुखौटा प्रतिबिंबित होता रहता है। वह पत्र लेखक और पाठक के बीच कोमल, आत्मीय और संवेदनशील रिश्ते का पुल बनाता है, इस शर्त के साथ कि उसकी भाषा सरल, सहज हो। भद्र हो, जटिल, वक्र, ऋज, अबूझ न हो। उसमें जुमले और अल्फाज की फूहड़ तथा विद्रूप घुसपैठ न हो। कुल मिलाकर उसकी भाषा में ग्रामगंधी रस की छुअन हो। शैली में व्यंग्य की खटास न हो। दरअसल, भाषा मनुष्य को समाज से जोड़ती है, वह एक सांस्कृतिक व्यापार है। वह जीवन जीने का रसायन है, अतः पत्र में भाषा का प्रयोग तौलकर करना चाहिए, तौलकर ही पत्र में बोलना भी चाहिए। संतुलित वाणी बोलने वालों के सब लोग मित्र होते हैं तथा ऐसी वाणी पर जीवन में सफलता निहित है—

"सक्तु मिव तितउना पुनन्तो, यत्र धीरा मनसा वाचमक्रता।
अत्रा सरवायः सख्यानि जानते, भद्रैषां लक्ष्मीनि-हिताऽधिवाचि॥"

या

"मनः पूतां वदेद्वाचं, वस्त्र पूतं पिबेज्जलम्।
दृष्टि पूतं क्षिपेतपादं, शास्त्र पूतं समाचरेत॥"

कुल मिलाकर पत्र की सहजता-सरलता की रक्षा के लिए बनावटी और बेमेल शब्दों का प्रयोग नहीं करना चाहिए, जिससे भाव का प्रवाह बाधित हो। वस्तुतः कार्यालयों में तरह-तरह के पत्र प्रतिदिन जगह-जगह से प्राप्त होते हैं। कुछ में जानकारी दी गई होती है, कुछ में जानकारी माँगी गई होती है और कुछ में विचार-विमर्श के लिए तथ्य भेजे गए होते हैं। सभी का उत्तर देना आवश्यक होता है। इन पत्रों का उत्तर देते समय मुख्य रूप से ध्यान रखने वाली बात यह होती है कि उत्तर में जो कुछ भी लिखा जाए, वह कार्यालय की रीति, नीति और कार्य के अनुरूप तो हो ही, उसमें अपना मंतव्य पत्र पाने वाले तक जितनी सरल और सहज भाषा में पहुँचाया जा सकेगा, उतना ही उचित होगा। पत्र में लेखक का हृदय बोलता है, वह स्वयं सब जगह नहीं जाता, लेकिन उसकी भावना भाषा के माध्यम से सब जगह पहुँच जाती है।

10. पत्र आकर्षक और सुंदर लगना चाहिए—सभी जानते हैं, सूचना प्रसार के इस वर्तमान युग में इंटरनेट, दूरभाष, दूरदर्शन, विज्ञापन, रेडियो आदि प्रिंट और इलेक्ट्रॉनिक माध्यमों के द्वारा आज की आधुनिक बुद्धि पलक झपकते सूचनाओं का आदान-प्रदान कर

रही है, अतः ऐसी स्थिति में पत्र के अस्तित्व का संकट हमारे सामने खड़ा हो गया है। पत्र-लेखन के संदर्भ में यहाँ एक प्रासंगिक और ज्वलंत मुद्दा चुनौती और सवाल के रूप में खड़ा हुआ है कि पत्र-लेखन के प्रति लोगों में रुचि-रुझान कैसे बढ़ाई जाए? पत्र कैसे आकर्षक और सुंदर लगे? वस्तुतः इसके लिए यहाँ कई स्तरों पर सजगता बरतनी होगी।

पत्र भाई-चारे की कड़ी रचता है, संबंधों के ताने-बाने को बुनता है, संकट के समय जब सारे दोस्त अलविदा और सलाम कह जाते हैं, तब भरोसे और विश्वास का मित्र तथा ढाढ़स का संवाद बनता है। अतः ऐसी स्थिति में सरकारी-गैर सरकारी पत्र-लेखक को पत्र लिखते समय कुछ महत्त्वपूर्ण सावधानियाँ समय-समय पर बरतनी चाहिए, यथा—पत्र में व्यक्त विचार और दृष्टि साफ हो, उसकी सादगी, मोहकता और पठनीयता अजस्र बनी रहे, क्योंकि ये तीनों ही गुण उसकी कलात्मकता में वृद्धि करते हैं, उसे आकर्षक, सुंदर और सलोना बनाते हैं। अच्छी भाषा में लिखा पत्र विश्वासोत्पादक होना चाहिए। यहाँ अच्छी भाषा का अर्थ—सामान्य शब्दावली, प्रचलित शब्दावली से है। सरकारी पत्र-लेखन की भाषा और पुस्तक लेखन की भाषा में फर्क और फाँक होता है, अतः पत्र लिखते समय तथ्य को बराबर ध्यान में रखना चाहिए। अगली बात यह कि पत्र में भरसक विदेशी शब्दों के प्रयोग से बचा जाए, बल्कि उनकी जगह हिंदी के निजी, परंपरागत और देशज शब्द-भंडारों से उपयुक्त शब्दों को काढ़कर उनका प्रयोग किया जाए। विकृत 'हिंग्लिश' पत्र के भाषिक अनुशासन और उसकी लय को तोड़ती है, पाठकीयता के प्रवाह में 'स्पीड ब्रेकर' बनती है। इसके विपरीत युक्तियुक्त, सहज-स्वाभाविक लगने वाले हिंदी शब्दों का प्रयोग पत्र को भाषा-सौष्ठव की दृष्टि से एक नए ऊँचान पर ले जाएगा और पत्र भी तभी आदर्श और अनुकरणीय माना जाएगा। पत्र में विचार समावेशी हों। असंतोष न पोसे । मर्यादाहीन न हो। अतिरेक न पैदा करे। पत्र रचना-कौशल, शिल्पगत रचाव और भाषागत वैशिष्ट्य से संपृक्त हो। पत्र-लेखक को पत्र के प्रति-आकर्षण और व्यामोह पैदा करने के लिए पत्र-लेखन की क्रमबद्धता का निरंतर ध्यान रखना चाहिए। पत्र-लेखन में कहीं जड़ता पैदा न हो। इस तरह पत्र-लेखन में यदि उपर्युक्त बताई गई बातों का सम्यक् अनुपालन किया जाए तो यह बिला-शुबह तय है कि पत्र आकर्षक, मोहक और सुंदर लगेगा।

11. पत्र संभ्रांतता एवं शिष्टता का द्योतन करता हो—पत्र प्रयोजनपुष्ट सामाजिक व्यवहार माना जाता है। समाचार या सूचना-संप्रेषण का यह सशक्त लिखित परंपरागत संसाधन है। सूचनाएँ भेजने के तमाम चुनौतीपूर्ण संसाधनों के मैदान में आकर उसे ताल ठोकने के बावजूद अपनी लौ-लपक में आज भी यह सूचना-प्रेषण का लोकप्रिय आयाम बना हुआ है। नई-नई प्रौद्योगिकी और आज के बाजारवादी-भौतिकतावादी जटिल समय में पत्र-लेखन के सामने तमाम तरह के खतरे और चुनौतियाँ खड़ी हैं, फिर भी अनगिनत

लोगों के लिए यह आज भी संदेश भेजने का लोकप्रिय माध्यम और साधन बना हुआ है। अत: इसे लोगों के बीच निरंतर चलन में बने रहने के लिए कुछ जरूरी तथ्यों पर गौर करना बहुत आवश्यक है। अव्वल तो यह कि तमाम तथ्यों पर ध्यान देने के साथ-साथ हमें यह भी ख्याल करना पड़ेगा कि इसमें संभ्रांतता एवं शिष्टता-मर्यादा का संतुलन बना रहे। इनका संतुलन ही किसी श्रेष्ठ पत्र की सही और उत्तम कसौटी है। साफ शब्दों में, पत्र-लेखन की सामयिक वास्तविकताओं में संबंधित मुद्दों का शिष्ट, विनम्र और शालीन ढंग से प्रस्तुतीकरण भी एक अहम मसला है। पत्र-लेखक को बराबर इस बात के लिए चौकन्ना रहना होगा कि उसमें मर्यादा एवं संयम से तथ्यों की प्रस्तुति की गई है कि नहीं? अगली बात यह कि पत्र-लेखन में हमें भरसक नकारात्मक टिप्पणियों का निषेध करना चाहिए। यह शिष्टता के बरक्स है।

वस्तुत: सरकारी पत्र-व्यवहार ज्ञान साधना या विद्वत्ता के पाखंड-प्रदर्शन का 'प्लेटफॉर्म' नहीं है, अत: पत्र का बौद्धिकीकरण और तथ्यबहुल बोझिलता पत्र के लालित्य को सोख जाएगी। कोई भी संभ्रांत-शालीन पत्र संदेश, सौमनस्य और परामर्श की भाषा बोलता है, वह पाठक से उद्विग्न, डरावनी, खबरदार या चेतावनी की भाषा में बात नहीं करता। बतौर उदाहरण, यदि किसी नौकरी के लिए कोई प्रत्याशी अयोग्य हो गया है, अत: ऐसी निराशाजनक स्थिति में यदि वह तत्संबंधी कार्यालय से इसका कारण पूछना चाहता है तो इसका उत्तर बहुत ही शालीन-शिष्ट ढंग से दिया जाना चाहिए, यथा—कष्ट या अफसोस है कि "हम आपकी बहुमूल्य सेवाओं का सदुपयोग नहीं कर पाए।"

या

"दुर्भाग्य से हम आपकी योग्यता का लाभ लेने से वंचित रह गए, इसके लिए हमें क्षमा करेंगे।"

यदि इन्हीं उपर्युक्त वाक्यों को हम अधोलिखित ढंग से तल्ख, कटु-तिक्त भाषा में कहेंगे तो उस प्रत्याशी को मानसिक सदमा-आघात लगेगा, यथा—

"आप जैसे अयोग्य, अनुभवहीन और अकुशल उम्मीदवार के लिए हमारे पास कोई जगह नहीं है, अत: भविष्य में पुन: आवेदन न करें तो बेहतर होगा।" वस्तुत: इस तरह के कर्ण-अप्रिय वाक्यों से प्रत्याशी को काफी कष्टाघात होगा और पत्र अशिष्टता के दायरे में आ जाएगा। अत: हमें उक्त भाषिक भूलों से यहाँ सतत् सजग-सतर्क रहना पड़ेगा।

14. सरकारी, प्रशासकीय या कार्यालयीय तथा निजी और व्यापारिक पत्रों में अंतर

पत्राचार के बिना किसी सरकारी, गैर-सरकारी या व्यापारिक कार्यालयों की कल्पना नहीं की जा सकती। बिना पत्राचार के कोई भी कार्यालय सपने की तरह लगता

है। कार्यालयों का वर्तमान और भविष्य पत्राचारों से ही जुड़ा होता है। कार्यालयों का 'डिटेल-ब्योरा' पत्राचार से ही यहाँ से वहाँ जाता है। कुल मिलाकर यह कि पत्राचार ही कार्यालयों की बड़ी शक्ति होता है, पर यहाँ हमें यह ध्यान रखना चाहिए कि सरकारी, निजी और व्यापारिक पत्राचारों के ठाट और रंग में अंतर होता है। सबकी अपनी विशिष्ट प्रकृति और शैली होती है। कुल मिलाकर सरकारी, निजी और व्यापारिक पत्राचार में काफी अंतर होता है, जिन्हें हम इस प्रकार देख सकते हैं—

क्र. सं.	*पत्र आधार*	*सरकारी, प्रशासकीय या कार्यालयीय पत्र*	*व्यापारिक पत्र*	*निजी पत्र*
1.	परिभाषा	सरकारी पत्र सरकारी कर्मचारियों या अधिकारियों के बीच किसी सरकारी कार्य के संबंध में लिखे जाते हैं।	जबकि व्यापारिक पत्र से तात्पर्य उन पत्रों से है, जोकि व्यापारियों के बीच किसी व्यापारिक अथवा व्यावसायिक कार्य हेतु लिखे जाते हैं।	निजी या व्यक्तिगत पत्रों का आशय उन पत्रों से है, जो निजी या व्यक्तिगत मामलों के संबंध में, पारिवारिक सदस्यों, मित्रों एवं स्नेही जनों के बीच लिखे जाते हैं। इन्हें सामाजिक पत्र भी कहते हैं।
2.	औपचा-रिकता	सरकारी पत्र नितांत औपचारिक तथा गंभीर प्रकृति का होता है। इनके आलेखन में विभिन्न प्रकार के नियमों व प्रारूपों का पालन अनिवार्य होता है।	व्यापारिक पत्रों में औपचारिकता का पुट कम और घनिष्ठता का अधिक होता है। कुछ व्यापारिक पत्र लंबे भी होते हैं।	निजी पत्र-लेखन में किसी प्रकार की औपचारिकता का पालन करने की आवश्यकता नहीं होती है।
3.	निकटता की भावना	सरकारी पत्रों में भावुकता का लेशमात्र भी स्थान नहीं होता।	जबकि कुछ व्यापारिक पत्रों में व्यक्तिगत पत्रों की भाँति निकटता की भावना का भी आभास होता है। इनके पत्रों से ऐसा लगता है कि पत्रकार एक-दूसरे से भलीभाँति परिचित हैं।	निजी पत्रों में निकटता विशेष रूप से दृष्टिगत होती है।
4.	आलेखन की विधि	इन पत्रों में दिनांक व क्रमांक के उल्लेख के साथ-साथ पत्र के लेखक को आलेखन के विशिष्ट	इन पत्रों में दिनांक व क्रमांक दोनों का उल्लेख होता है तथा आलेखन के संबंध में भी कुछ	इनमें दिनांक तो होती है, किंतु क्रमांक नहीं होता। अभिवादन आदि का ढंग व्यक्तिगत संबंधों पर निर्भर करता है।

क्र. सं.	पत्र आधार	सरकारी, प्रशासकीय या कार्यालयीय पत्र	व्यापारिक पत्र	निजी पत्र
		नियमों की परिधि में बँधकर ही पत्र लिखना पड़ता है।	औपचारिकता का पालन करना जरूरी होता है।	
5.	भाषा व शैली	सरकारी पत्रों में सदैव इस बात का ध्यान रखा जाता है कि पत्र की शैली में संयम रखा जाए। अतिशयोक्ति या काव्यात्मक भाषा का प्रयोग नहीं होता। केवल तथ्यों का सीधा व स्पष्ट उल्लेख किया जाता है।	व्यापारिक पत्रों की भाषा व शैली में चातुर्य को भी स्थान दिया जाता है। कभी-कभी बात घुमा-फिराकर ऐसे-प्रस्तुत करनी पड़ती है, जिससे कि पाठक के मन पर विशेष प्रभाव पड़े एवं लेखक का उद्देश्य पूर्ण हो जाए।	निजी पत्रों की भाषा-शैली में अपनत्व का भाव झलकता है।
6.	विषय	सरकारी पत्रों का विषय सदैव सरकारी होता है एवं एक पत्र में एक साथ दो विषयों का उल्लेख नहीं होता है।	व्यापारिक पत्र का विषय स्पष्ट होता है, किंतु एक ही पत्र में एक से अधिक विषयों पर चर्चा हो सकती है।	इसमें पत्र का विषय कुछ भी हो सकता है तथा एक ही पत्र में अनेक विषयों की चर्चा हो सकती है।
7.	प्रापक का नाम	सरकारी पत्रों में प्रापक अधिकारी का केवल पदनाम लिखा जाता है। नाम केवल अर्द्ध-सरकारी पत्रों में ही लिखे जाते हैं।	इनमें प्रापक कोई व्यक्ति फर्म या कंपनी हो सकती है एवं पत्र उनके नाम अथवा फर्म के पूर्व या कंपनी के सचिव या प्रबंध संचालक के नाम से लिखे जाते है।	इसमें प्रापक का नाम व्यक्तिगत संबंधों के अनुसार लिखा जाता है।
8.	मौलिकता	सरकारी पत्रों में मौलिकता के लिए कोई स्थान नहीं होता है। इनके लिखने का ढंग तथा प्रारूप निश्चित होता है।	यद्यपि व्यापारिक पत्र एक विशेष ढंग के अनुसार ही लिखे जाते हैं, किंतु उनमें सुविधानुसार परिवर्तन किया जा सकता है तथा मौलिकता भी हो सकती है।	निजी पत्रों में मौलिकता हो भी सकती है और नहीं भी।
9.	हस्ताक्षर	सरकारी पत्रों में पत्र-लेखक अपना हस्ताक्षर करने के बाद अपने पद के नाम का उल्लेख भी आवश्यक रूप	व्यापारिक पत्रों में पत्र-लेखक हस्ताक्षर करके 'प्रीत' या वास्ते लिखकर अपना अधिकार भी प्रकट	निजी पत्रों में पत्र-लेखक केवल अपना हस्ताक्षर करता है।

क्र. सं.	पत्र आधार	सरकारी, प्रशासकीय या कार्यालयीय पत्र	व्यापारिक पत्र	निजी पत्र
			से करता है।	करता है।
10.	पत्र का आकार	सरकारी पत्र अधिकतर 13''×8'' अथवा इसके आधे आकार वाले सफेद या हलके भूरे कागज पर लिखे जाते हैं। बाईं ओर लगभग 2'' का चौड़ा मार्जिन टिप्पणी आदि के लिए छोड़ा जाता है।	जबकि व्यापारिक पत्रों का कोई नियत आकार नहीं होता है। विषय सामग्री के कम या अधिक होने पर पत्रों का आकार भी छोटा या बड़ा रखा जा सकता है। व्यापारिक कार्यालय में प्रयोग किए जाने वाले लिफाफे प्राय: अच्छी श्रेणी के होते हैं।	इसमें आकार आवश्यकता के अनुसार छोटा या बड़ा हो सकता है।
11.	मुद्रांकन	सरकारी पत्रों पर शासकीय सेवा वाले डाक टिकटों का प्रयोग किया जाता है।	व्यापारिक पत्रों पर साधारण डाक का ही प्रयोग होता है।	इसमें साधारण डाक टिकट का ही प्रयोग होता है।

15. सरकारी, प्रशासकीय या कार्यालयीय पत्राचार की भाषा और साहित्यिक भाषा में अंतर

कार्यालयीय पत्राचार की भाषा और साहित्यिक भाषा में प्रकृति, स्वभाव और संवेदना के स्तर पर बुनियादी रूप में बहुत अधिक फासला होता है। दरअसल, कार्यालयीय पत्राचार की भाषा चुस्त, सख्त और अनुशासनबद्ध होती है। यहाँ थोड़ी सी भी लापरवाही पत्र को बेअसर कर सकती है। साहित्यिक भाषा की तुलना में कार्यालयीय भाषा थोड़ी वक्र, जटिल और नीरस-बेरस होती है। यहाँ भाषिक प्रयोगशीलता-प्रयोगधर्मिता और बनावटीपन के लिए गुंजाइश नहीं होती। कुल मिलाकर कार्यालयीय भाषा का एक निश्चित खाना-खाँचा होता है, उसकी अपनी लक्ष्मण-रेखा और सीमाएँ होती हैं।

इसके ठीक उलट साहित्य की भाषा सृजन और सर्जक की भाषा होती है। सृजनात्मकता इसका प्रथम लक्षण है। लेखक और कवि अपनी बात को खोलने के लिए यहाँ बिंबों का प्रयोग करते हैं, सायास तुकांतता भी पैदा करते हैं, आत्मीय लगाव और रची-बसी घरेलू गंध से संपृक्त लोकभाषा का भी प्रयोग करते हैं। यह भाषा रचनात्मक ऊर्जा और उत्तेजना से लैस होती है। साहित्य की भाषा यथार्थ के साथ-साथ कल्पना, स्मृति, स्वप्न और रोमांस की भाषा होती है। वह स्मृतियों का एक संसार रचती है। वह भाषिक वर्जनाओं की कतई परवाह नहीं करती। इसका रूप-रंग विविधवर्णी होता है। कुल मिलाकर साहित्यिक भाषा संवेदना, उत्तेजना, भावुकता, मार्मिकता, सहजता के

साथ-साथ शिल्प के स्तर पर चीजों को माँजने की भाषा होती है, किंतु कार्यालयीय भाषा के लिए साहित्यिक भाषा के उपर्युक्त लक्षण एवं गुण, दुर्गुण और विकार माने जाएँगे। यहाँ जटिल और दुर्बोध शब्दों का प्रयोग निषिद्ध होता है। अप्रचलित शब्दों के प्रयोग की मनाही होती है। वाक्यांश छोटे-छोटे होने चाहिए, भाषा अनलंकृत हो, अभिधा, व्यंजना और लक्षणा शब्द-शक्तियों का प्रयोग यहाँ नहीं होता। यहाँ विचार, वस्तु, कथ्य को सहज-सरल भाषा में चुपचाप पत्र में रख दिया जाता है। यहाँ मुहावरे, छंद, शायरी आदि का प्रयोग नहीं किया जाता। कुल मिलाकर यह कि इसकी भाषा सरल, सहज और छोटे बच्चों के पैर की कोमल उँगलियों की तरह छोटे-छोटे वाक्यों वाली होती है। सच तो यह है कि कार्यालयीय पत्रों में विचार प्रधान या मूल होता है, भाषा यहाँ महज हलका माध्यम होती है।

□

भाग-दो

सरकारी/प्रशासकीय या कार्यालयीय पत्र-व्यवहार के विविध रूप

(Types of Official Letter)

1

स्थूल रूप से सरकारी पत्रों के भेद

पत्रों के ठाठ के उक्त सूक्ष्म वर्गीकरणों के अलावा विद्वानों ने स्थूल रूप से इसके कलेवर को कुछ खास संदर्भों में दो टुकड़ों में विभक्त किया है—(1) अनौपचारिक तथा (2) औपचारिक। चरित्र, वस्तु, भाषिक अनुशासन तथा प्रस्तुति-भंगिमा आदि की दृष्टि से इन दोनों प्रकारों में परस्पर काफी भेद होता है, जिन्हें हम यहाँ अति संक्षेप में इस प्रकार देख सकते हैं—

1. अनौपचारिक पत्र—व्यक्तिगत या पारिवारिक पत्र अनौपचारिक पत्रों के दायरे में आते हैं। सच तो यह है कि इस तरह के पत्र नितांत निजी होते हैं। यहाँ किसी तरह की औपचरिकता के अनुपालन या अनुशासन निर्वहन की कोई खास गरज नहीं होती, साथ ही व्याकरण के कठोर नियम यहाँ शिथिल होते हैं। पत्र-लेखक यहाँ पत्र के आकार-प्रकार, लंबाई-छोटाई रखने आदि के संदर्भ में स्वतंत्र होता है। कुल मिलाकर यह है कि अनौपचारिक पत्र में पत्र-लेखक अपनी गहरी निजता, आत्मीयता, सद्‌भाव, आपसी रिश्तों की मधुर और सहज अभिव्यक्ति निष्कपट-निश्छल भाव से व्यक्त कर सकता है।

2. औपचारिक पत्र—इस तरह के पत्रों की प्रकृति, मिजाज अनौपचारिक पत्रों से भिन्न होती है। औपचारिक पत्र अनुशासन के निश्चित फ्रेम में लिखे जाते हैं। विषय-वस्तु सरल होनी चाहिए, बाणभट्ट की कादंबरी की तरह जटिल शब्दावली का प्रयोग यहाँ उपयुक्त नहीं माना जाता। कठिन-क्लिष्ट और शास्त्रीय शब्दावली की जगह सरल-सहज शब्दों का प्रयोग उपयुक्त होता है। अनौपचारिक पत्रों की तुलना में इस तरह के पत्र-लेखन में काफी मशक्कत करनी पड़ती है। बहरहाल, औपचारिक पत्रों के अधोलिखित प्रकार हो सकते हैं—

1. कार्यालयीय पत्र या सामान्य शासकीय या विशुद्ध सरकारी पत्र (Ordinary Official Letter)

(क) अर्थ/अभिप्राय—राजकीय/सरकारी या शासकीय/प्रशासकीय कार्यकलापों को सम्यक् रूप से संचालन-संपादन हेतु विविध सरकारी कार्यालयों एवं विभागों, यथा भारत सरकार, राज्य सरकारों, न्यायालयों, लोकसेवा आयोग, महालेखापाल, अन्य स्वाधीन तथा अर्द्धस्वाधीन अधिकारियों के मध्य संप्रेषित पत्र सरकारी पत्र कहे जाते हैं। दरअसल, इन पत्रों का मूल प्रयोजन सरकारी कार्यों को गति देना होता है। संपूर्ण कार्यवाही के मूलाधार यही पत्र होते हैं। शासकीय कार्यों से संबंधित सभी प्रकार के पत्राचारों को वैधानिक आधार देने वाले ये पत्र मूलतः औपचारिक होते हैं। इस संदर्भ में केंद्रीय सरकार द्वारा निर्गत आदेश, केंद्रीय शासनादेश और राज्य सरकारों द्वारा निर्गत आदेश, राज्य शासनादेश कहे जाते हैं। यहाँ इस बात का ध्यान रखना चाहिए कि भारत सरकार के विभिन्न मंत्रालयों के आपसी पत्र-व्यवहार में ऐसे पत्रों का व्यवहार नहीं होता।

(ख) महत्त्व—

1. सरकारी पत्र सरकारी कार्यालयों की साँस होते हैं। इनके अभाव में कार्यों के संपादन में श्लथता और मंदता की संभावना बनी रहती है।
2. सार्वजनिक एवं व्यक्तिगत संस्थानों, बैंक, बीमा, नगर निकाय और जन-प्रतिनिधियों आदि के लिए ये पत्र सरकारी नीतियों की नुमाइंदगी करते हैं।
3. यही पत्र कालांतर में कार्यालय के दस्तावेज बनते हैं।
4. ये पत्र बहुत कुछ औपचारिक होते हैं। यहाँ निजी भावना-भावुकता का कोई मूल्य नहीं होता और
5. इन पत्रों का महत्त्व इसी से समझा जा सकता है कि इनके लिखने का प्रारूप और ढंग नियत होते हैं।

(ग) विशेषताएँ—

1. सरकारी पत्रों में निजी संबंधों, सुझावों-नियमों आदि का कोई महत्त्व-मूल्य कतई नहीं होता।
2. इस तरह के पत्र निजी राग, द्वेष, वैर-भाव और संवेदना-सहानुभूति तथा कनिष्ठ-वरिष्ठ के भाव से मुक्त होते हैं।
3. सरकारी पत्रों में नियमों, उपनियमों, मर्यादाओं-पद्धतियों का पूरा ध्यान रखा जाता है।
4. इस तरह के पत्र राजभाषा या राज्यों की वैकल्पिक भाषा में ही लिखे जाते हैं, तथा
5. सरकारी पत्र संक्षिप्त-संतुलित होते हैं।

(घ) सरकारी पत्र लिखते समय ध्यान देने योग्य बातें—

1. सरकारी पत्रों में कल्पना या गढ़ी हुई बनावटी बातें, अलंकार, मुहावरे, हास्य-विनोद आदि का प्रयोग बिलकुल नहीं करना चाहिए।
2. चूँकि यह पत्र सामाजिक या व्यावसायिक पत्रों से नितांत अलहदा होता है, अत: पत्र-लेखक को चाहिए कि वह विषय का स्पष्ट निर्देश करते हुए पिछले पत्र-व्यवहार का संदर्भ (Reference) उल्लेखित करे।
3. सरकारी पत्र भरसक कम-से-कम अनुच्छेदों (Paragraphs) में लिखे जाने चाहिए।
4. इस तरह के पत्र अन्य पुरुष में लिखे जाने चाहिए।
5. यदि संदर्भ की आवश्यकता हो तो संलग्नक लगाना चाहिए।
6. सरकारी पत्र की भाषा कार्यालयीय भाषा की विशेषताओं के साथ सरल और स्पष्ट होनी चाहिए। पत्र में द्विअर्थक, अस्पष्ट, भ्रमात्मक तथा अनिश्चित अर्थ देने वाले शब्दों के चयन से बचना चाहिए। सरकारी पत्र के मसौदे में संदर्भ के अनुसार 'निर्देश हुआ है', 'कहना है', 'करें', 'किया जाए', 'किया जा रहा है', 'किया जाएगा', 'किया जाना चाहिए' आदि आदेशात्मक, सुझावात्मक, कथनात्मक क्रिया रूपों की आवृत्ति होती है। पत्र-लेखक को उक्त बातों पर बराबर ध्यान देना चाहिए।
7. संबोधन में केवल महोदय, प्रिय महोदय अथवा मान्यवर महोदय लिखना चाहिए।
8. पत्र का समापन भवदीय लिखकर करना चाहिए।
9. सरकारी पत्र लेखन में यथासंभव छपे हुए लेटर हेड का प्रयोग करना चाहिए। इससे लाभ यह होता है कि पत्र प्रेषक कौन है? का शीघ्रता से पता चल जाता है।
10. इस तरह के पत्र लेखन में पत्रपाने वाले का पूरा नाम, पदनाम तथा पता लिखा जाता है। महिला के नाम के पूर्व 'कुमारी' या 'श्रीमती' तथा अन्य में 'श्री' लिखना चाहिए।

(ङ) सरकारी पत्र की रूपरेखा या पत्र लिखने की विधि-प्रक्रिया अथवा प्रारूप—

1. पत्र की संख्या
2. कार्यालय/सरकारी विभाग का नाम
3. प्रेषक का नाम तथा पदनाम
4. प्रेषिती/प्राप्तकर्ता का नाम तथा पदनाम

5. तिथि
6. विषय का उल्लेख
7. संबोधन
8. पत्र का कलेवर
9. स्वनिर्देश
10. प्रेषक के हस्ताक्षर तथा पदनाम
11. पत्र में संलग्न प्रपत्रों का उल्लेख तथा
12. प्रतिलिपि प्रेषितियों के नाम

(च) सरकारी/कार्यालयीय पत्र का नमूना या उदाहरण—

छात्रावास-निर्माण हेतु अनुदान

प्राचार्य-कार्यालय, स्नात्तकोत्तर महाविद्यालय, मलिकपूरा, गाजीपुर (उ.प्र.)

मलिकपूरा

दिनांक : 7 जुलाई, 2011

क्रमांक

प्रेषक

डॉ. दीदार सिंह यादव
प्राचार्य
पी.जी. कॉलेज–मलिकपूरा, गाजीपुर

प्रति

डॉ. डी. दूबे
सचिव
विश्वविद्यालय अनुदान आयोग
नई दिल्ली

विषय : छात्रावास–निर्माण के लिए अनुदान हेतु अनुदान

महोदय,

मैं आपका ध्यान विगत माह में प्रेषित इस कार्यालय के पत्र क्रमांक अनु/ ···दिनांक 5 अप्रैल की ओर आकर्षित करना चाहता हूँ। उक्त पत्र में महाविद्यालय की आधारभूत जानकारी भी भेजी गई थी। उक्त पत्र को पढ़कर संभवत: आपको यकीन हो गया होगा कि स्नातकोत्तर महाविद्यालय–मलिकपूरा, पूर्वांचल विश्वविद्यालय जौनपुर के बड़े महाविद्यालयों में से एक है। मेरे कुशल निर्देशन तथा योग्य अध्यापकों के कारण सुप्रसिद्ध इस महाविद्यालय में दिनानुदिन छात्रों की संख्या बढ़ती जा रही है।

अकिंचन प्राय: ग्रामीणांचल में स्थित इस महाविद्यालय के पास छात्रावास का सर्वथा अभाव है, जिसकी वजह से अनेक मेधावी छात्र-छात्राओं को निराश होकर पढ़ाई छोड़ देनी होती है। अत: आपसे अनुरोध है कि कम-से-कम दलित तथा सभी जातियों की छात्राओं के सुचारु पठन-पाठन तथा निवास हेतु दो छात्रावासों के निर्माण हेतु उचित अनुदान देने की महती कृपा करें।

भवदीय
डॉ. दीदार सिंह यादव
प्राचार्य
पी.जी.कॉ. मलिकपुरा
गाजीपुर (उ.प्र.)

2. अर्द्धसरकारी पत्र या अर्द्धकार्यालयीय पत्र (Semi or Demi Official Letter or D.O.)

(क) अर्थ-आशय—जब कोई पत्र किसी सरकारी अधिकारी द्वारा दूसरे सरकारी अधिकारियों को निजी पत्र के रूप में लिखा जाता है, तब उसे अर्द्धसरकारी पत्र कहा जाता है। 'ऋध्+णिच्+अच्' से बने अर्द्ध का अर्थ होता है—'आधा'। संज्ञा के साथ समास में प्रथम पद के रूप में इसका अर्थ है—आधा। यहाँ सरकारी शब्द के पूर्व आए हुए विशेषण अर्द्ध (Semi या Demi) शब्द से ही पता चल जाता है कि इस तरह के पत्र मुकम्मल रूप में सरकारी पत्र नहीं होते। अर्द्धसरकारी पत्र में भरसक सरकारी महत्त्व के विषय पर विशेष ध्यानाकर्षण/किसी विशेष सूचना अथवा शीघ्र कार्यवाही की अपेक्षा की जाती है। इस पत्र का प्रयोग कभी अनुस्मारक (Reminder) के रूप में होता है तो कभी मूल पत्र के रूप में। अंत में कुल मिलाकर यह कि इस तरह के पत्र का मूल स्वर किसी अधिकारी का व्यक्तिगत ध्यान किसी खास मुद्दे की ओर आकृष्ट करना भी होता है।

(ख) अर्द्धसरकारी पत्र लिखने के उद्देश्य—

1. चूँकि अर्द्धसरकारी पत्र विधिक पत्र नहीं होता। जाहिर है, इस तरह के पत्र से किसी तरह के विधिक आदेश नहीं दिए जा सकते, बल्कि इसका मकसद किसी कार्यवाही में हो रहे विलंब की ओर तत्संबंधी अधिकारी का ध्यान दिलाना होता है।
2. अर्द्धसरकारी पत्र लिखने का एक मंतव्य किसी अधिकारी का ध्यान नितांत व्यक्तिगत किसी गूढ़ या किसी विशेष समस्या की ओर आकर्षित करना होता है।
3. किसी विशेष मामले में सलाह-मशविरा या वैचारिक लेन-देन भी इस

तरह के पत्र-लेखन का एक महत्त्वपूर्ण लक्ष्य होता है।

4. विभिन्न समान स्तर के अधिकारियों के बीच किसी विषय पर विचार-विमर्श, मत तथा सम्मति लेना भी अर्द्धसरकारी पत्र-लेखन का एक महत्त्वपूर्ण लक्ष्य होता है, तथा
5. किसी विषय में गोपनीयता बनाए रखने के लिए भी इस तरह के पत्र-लेखन का एक महत्त्वपूर्ण उद्‌देश्य होता है।

(ग) अर्द्धसरकारी पत्र लिखते समय ध्यान देने योग्य बातें—

1. यदि अधिकारियों के पद संबंधी स्तर में काफी अंतर हो तो छोटे अधिकारी को चाहिए कि वह अपने से बड़े अधिकारी के साथ पत्र-व्यवहार के लिए अर्द्धसरकारी पत्र का प्रयोग न करें।
2. पत्र-लेखक को चाहिए कि वह इस तरह के पत्र को एकवचन, उत्तम पुरुष में लिखे।
3. चूँकि अर्द्धसरकारी पत्र में संबोधन और अधिलेख का बहुत महत्त्व होता है, अतः नाम के पहले प्रिय या प्रियश्री लिखना चाहिए। नाम के अंत में सम्मान करने के लिए जी शब्द जोड़ना चाहिए। अधिलेख में आपका/भवदीय शब्दों का प्रयोग करना चाहिए।
4. पत्र-प्रेषक अधिकारी को चाहिए कि वह पत्र के अंत में अपना केवल हस्ताक्षर करें, पद का उल्लेख न करें, तथा
5. पत्र-लेखक को चाहिए कि वह पत्र के अंत में बाईं ओर पत्र पाने वाले का नाम, पद व पता भी लिखें।

(घ) अर्द्धसरकारी पत्र की विशेषताएँ—

1. इस पत्र की पहली खासियत यह है कि केंद्रीय मंत्रियों अथवा राज्यमंत्रियों के बीच भी व्यवहृत होता है।
2. इसकी अगली विशेषता यह होती है कि इसका स्वरूप होता तो है व्यक्तिगत, किंतु उद्‌देश्य सरकारी होता है।
3. इस पत्र में आदेशात्मक भाषा की गंध नहीं आती, बल्कि भाषा आग्रहपरक और भाव मैत्री आत्मीयता का होता है। प्रिय, प्रियश्री, श्री, प्रियवर तथा श्री, जी आदि स्नेह रससिक्त शब्दों में संबोधन होता है।
4. इस पत्र को गैर-सरकारी व्यक्तियों (Non-official) के पास भेजे जाने पर भी यह सरकारी पत्र की संज्ञा के दायरे में नहीं आता।
5. यह पत्र किसी भी अधिकारी के पास उसके व्यक्तिगत नाम से भेजा जाता है।
6. इस तरह के पत्र व्यक्तिगत शैली में लिखे जाते हैं, अतः यहाँ 'मैं' और

'आप' का प्रयोग होता है।

7. यह पत्र जिस अधिकारी को संबोधित करके लिखा जाता है, नियम के अनुसार वही उसे खोलता है। अत: ऐसी स्थिति में पत्र के स्वरूप के प्रति किसी शक-सुबहा या गुंजाइश को दूर करने के लिए पत्र के ऊपर अर्द्धसरकारी पत्र या अर्द्धशासकीय पत्र लिखा जाता है और लिफाफे के ऊपर भेजने वाले एवं पाने वाले का नाम, पद और पता सुस्पष्ट लिखा जाता है।
8. चूँकि अर्द्धशासकीय पत्र व्यक्तिगत स्तर पर लिखे जाते हैं, अत: यहाँ पृष्ठांकन या परांकन (Endorsement) नहीं होता।
9. ये पत्र प्राय: एकवचन (Singular Number) और उत्तम पुरुष (First Person) में लिखे जाते हैं।
10. अगली विशेषता यह है कि अर्द्धसरकारी पत्र का प्रयोग प्रमुखत: गोपनीय विषयों में होता है। अत: पत्र के ऊपर 'गोपनीय' शब्द का प्रयोग किया जाता है, तथा
11. अंतिम विशेषता यह है कि इस तरह के पत्र यथासंभव संक्षिप्त एवं वस्तुनिष्ठ होते हैं।

(ङ) अर्द्धसरकारी पत्र का महत्त्व—

1. साधारण पत्र जब सो जाते हैं, उनका उत्तर प्रतीक्षा का विषय बन जाता है, तब आपसी ढंग से सरकारी प्रकरण पर सूचनाओं का आदान-प्रदान व्यक्तिगत ध्यानाकर्षण, कार्यशीघ्रता के लिए इस प्रकार के पत्र का सदुपयोग किया जाता है।
2. गोपनीय विषयों के सुरक्षित हस्तांतरण में इस पत्र का महत्त्व बढ़ जाता है।
3. लंबित मामलों के निपटान-निस्तारण में इस पत्र का बेहद उपयोग होता है। व्यक्तिगत ध्यानाकर्षण ही इनका मुख्य प्रयोजन होता है।
4. समान अधिकारियों के बीच तमाम तरह की बंद-खुली सूचनाओं के लेन-देन के साथ ये पत्र उनके बीच आत्मीय रिश्तों को जोड़ने में मजबूत और पुख्ता पुल का काम करते हैं।
5. काम सरकारी तथा भाषा निजी जैसी कई अन्य विशेषताओं से लैस अर्द्धसरकारी पत्र विचार विनिमय, सुझाव-सलाह, अभिमत, विभागीय अनुदेश आदि के सिलसिले में बहुत महत्त्व के होते हैं।

(च) अर्द्धसरकारी पत्र के अंग, रचना-विधि और रूपरेखा तथा स्वरूप-प्रारूप—

1. संख्या—अर्द्धसरकारी पत्र कई संदर्भों में सरकारी पत्रों के समान ही होता है, खासकर संख्या के संदर्भ में दोनों में काफी समानता होती है। यहाँ सरकारी पत्र के समान ही पत्र के आरंभ में ऊपर मध्य में अ.स. संख्या लिखने के बाद क्रमांक लिखा जाता है।

2. सरकार तथा मंत्रालय का उल्लेख—उसके तत्काल बाद कार्यालय का नाम या सरकार और विभाग के नाम का उल्लेख करते हैं।

3. स्थान तथा तिथि—पत्र में थोड़ा दाईं ओर हटकर स्थान एवं तिथि लिखते हैं।

4. विषय—यद्यपि इस तरह के पत्र में बहुत बार विषय की चर्चा नहीं करते हैं, किंतु यदि जरूरत हो तो पत्र में विषय का उल्लेख कर देना चाहिए।

5. संबोधन—अर्द्धसरकारी पत्र में संबोधन का कोई निश्चित नियम नहीं है। साफ शब्दों में पत्र में संबोधन पत्र भेजने और पाने वाले के संबंधों-रिश्तों पर निर्भर करता है, यथा—पत्र-प्रेषक और पत्र-प्रापक यदि दोनों अपरिचित हैं, तब प्रिय श्री/प्रिय महोदय आदि शब्दों का प्रयोग करते हैं, किंतु इसके ठीक बरक्स यदि प्रेषक-प्रापक में संबंधों की संहिता पुरानी है तो 'प्रिय' या 'प्रियवर' के साथ 'जी' शब्द का भी इस्तेमाल कर सकते हैं।

6. विषय-वस्तु—विषय-वस्तु के मामले में यह पत्र सरकारी पत्र के लगभग समान ही होता है अर्थात् राजकीय पत्र की तरह इस पत्र के भी तीन भाग प्रारंभ, मध्य और अंत होते हैं। प्रारंभ में विषय और संदर्भ का उल्लेख, मध्य में तर्क के साथ विषय-विवेचन तथा अंत में निष्कर्ष देते हैं।

7. स्व-निर्देश—स्व-निर्देश नितांत आत्मीयता का सूचक होता है। अत: पत्र के अंत में नीचे भवदीय आदि के साथ आपका ही, आपका अभिन्न या आपका सद्भावी लिखा जाता है। यहाँ यह ध्यान रखना चाहिए कि पत्र में औपचारिकता सूचक शब्दों, यथा—आपका विश्वासभाजन आदि का प्रयोग नहीं किया जाता। हाँ, पत्र-लेखक को चाहिए कि विषय-प्रतिपादन के बाद दाईं ओर स्व-निर्देश लिखे।

8. हस्ताक्षर—पत्र के अंत में दाईं ओर हस्ताक्षर करते समय यह ध्यान रखना चाहिए कि या तो नाम का पहला भाग या तो नाम के पहले भाग का पहला अक्षर तथा कुल नाम लिखा जाता है, यथा—कैलाश या 'कै.ना. पांडेय'।

9. प्रेषिती—पत्र-लेखन जब समाप्त हो जाए तो पत्र के एकदम नीचे बाईं ओर प्रेषिती का नाम, पद और विभाग आदि का उल्लेख करते हैं।

इस तरह से उक्त क्रम से अर्द्धसरकारी पत्र की क्रमबद्ध रचना करते हैं। यहाँ अंत में एक बात का खयाल रखना चाहिए कि यदि पत्र-प्रेषक चाहता है कि प्रापक के अलावा इस पत्र को दूसरा कोई न पढ़े तो उसे चाहिए कि पत्र के ऊपर लिफाफे पर गोपनीय या

जरूरत के अनुसार अति गोपनीय लिखे।

अर्द्धसरकारी पत्र : उदाहरण का नमूना

वीर बहादुर सिंह पूर्वांचल विश्वविद्यालय जौनपुर, उ.प्र.

प्रकाशन विभाग

अर्द्धसरकारी पत्र क्रमांक जौनपुर

दिनांक

प्रिय डॉ. शुक्ल

आपके पत्र क्रमांक ··· दिनांक ··· के उत्तर में मैं आपको यह सूचित करना चाहता हूँ कि वी.ब. सिंह पूर्वांचल विश्वविद्यालय जौनपुर के तत्त्वावधान में इस वर्ष शरदकालीन अवकाश में 10 दिन की एक अध्ययन गोष्ठी का आयोजन किया गया है। इसमें भाग लेने के लिए आपकी सहमति तो प्राप्त हो ही चुकी है। अब निवेदन यह है कि आप दिनांक ··· को जौनपुर अवश्य पधारें। आपके रहने, खाने-पीने की व्यवस्था कर दी गई है। आपके व्याख्यान का विषय लिख लिया गया है।

प्रति आपकी सद्भावी

डॉ. सुमेधा शुक्ल उर्मिला उपाध्याय

कनिष्ठ भाषा-वैज्ञानिक

सी-डैक

नई दिल्ली

3. अशासकीय पत्र (Non Official Letter)

जब किसी कार्यालय का एक विभाग अथवा अनुभाग (Section) अपने कार्यालय के दूसरे विभाग या अनुभाग को पत्र लिखता है तो इस तरह के पत्र को अशासकीय या असरकारी पत्र कहा जाता है। यह पत्र नितांत अनौपचारिक होता है।

इस पत्र की एक खासियत यह होती है कि इसमें किसी तरह का कोई संबोधन नहीं लिखते, बल्कि उसकी जगह विभाग या अनुभाग का नाम लिखा जाता है। हाँ, पत्र में अशासकीय पत्र संख्या का संकेत जरूरी होता है। अगली बात यह है कि यहाँ महज विषय का संकेत करते हुए अपनी बात चुपचाप पत्र में रख देते हैं। पत्र जब समाप्त हो तो अंत में नीचे भवदीय आदि न लिखकर केवल अपना हस्ताक्षर करते हुए पदनाम लिखते हैं। पत्र में पत्र-लेखक दिनांक ऊपर या नीचे कहीं भी लिखने के लिए स्वतंत्र है अर्थात वह दिनांक कहीं भी टाँक सकता है।

अशासकीय पत्र का उदाहरण

अ./शास./426-2006 दिनांक

उच्च शिक्षा/लेखानुभाग

विषय : महाविद्यालय के शिक्षकों के वेतन एरियर का भुगतान

1. कृपया इस अनुभाग के अशासकीय पत्र सं. 150/2005 का अवलोकन करें, जो महाविद्यालयों के शिक्षकों के एरियर भुगतान से संबंधित शासनादेश के संबंध में था।
2. उक्त संदर्भ में आपसे अनुरोध है कि मुझे यथाशीघ्र स्थिति से अवगत कराएँ, उक्त एरियर भुगतान के संदर्भ में विधानसभा के प्रश्न का उत्तर प्रेषित किया जाना है, अतः वांछित सूचना तुरंत प्रेषित करें।

आशुतोष उपाध्याय

उप शिक्षा निदेशक

उच्च शिक्षा अर्थ-1

4. ज्ञापन, ज्ञाप या स्मारक पत्र (Memorandum)

(क) ज्ञापन का अर्थ तथा परिभाषा—

संस्कृत के 'ज्ञा' धातु से बने 'ज्ञापन' शब्द का अर्थ होता है—किसी वस्तु की जानकारी, जानना या बताना। 'ज्ञापन' में सन्निहित 'आप' शब्द का आशय होता है—सूचित करना, ध्यान दिलाना या याद दिलाना। इस तरह से कुल मिलाकर ज्ञापन शब्द का अर्थ हुआ—किसी का ध्यान आकृष्ट करने, उन्हें स्मरण दिलाने संबंधी दिया गया पत्र—"the writing in which the terms of a transaction or contract are embodied a summary of the grounds for or against an auction." इस तरह इसकी परिभाषा बनती है—''ज्ञापन वे सरकारी पत्र हैं, जो किसी साधारण संदेश के लिए अपने समकक्ष अथवा छोटे अधिकारियों या कर्मचारियों को लिखे जाते हैं। इनका प्रयोग प्रायः कर्मचारियों द्वारा प्राप्त प्रार्थना-पत्रों, याचिकाओं आदि पत्रों की प्राप्ति स्वीकार करने के लिए अथवा अधीनस्थ अधिकारियों को सरकारी आदेशों के अतिरिक्त अन्य समाचारों से अवगत कराने के लिए किया जाता है।''

ज्ञापन के लिए कई लोग अंग्रेजी में 'Memo' शब्द का इस्तेमाल करते हैं, किंतु इसके लिए लैटिन भाषा का सही, शुद्ध और उपयुक्त शब्द होता है—Memorandum। फादर कामिल बुल्के रचित अंग्रेजी के सुप्रसिद्ध कोश में 'Memorandum' के कई अर्थ दिए गए हैं, यथा—मेमो, नोट, पत्रक, स्मरण-पत्र, अनुबोधक, ज्ञापन-पत्र, ज्ञापिका, वक्तव्य, विज्ञप्ति, विवरणिका, विवरण-पत्र। इधर, वृहत् हिंदी कोश में 'ज्ञापन' को

परिभाषित करते हुए लिखा गया है—"घटनाओं का वह संक्षिप्त अभिलेख, जो बाद में प्रयोग के लिए हो, ज्ञापन कहलाता है।" ज्ञापन के लिए चार अधोलिखित बातें बेहद महत्त्वपूर्ण होती हैं। इन्हें ध्यान में रखकर क्रम से ज्ञापन लिखने का प्रयास करना चाहिए, यथा (1) To (2) From (3) Subject तथा (4) Date.

(ख) ज्ञापन का प्रयोग क्षेत्र—

1. ज्ञापन का प्रयोग मुख्य रूप से प्रार्थनाओं या पत्रों की प्राप्ति की स्वीकृति देने के लिए किया जाता है। अधीनस्थ कर्मचारियों को आदेश/सूचना भेजने में भी इसका व्यवहार होता है।
2. इसका प्रयोग केंद्र सरकार के विभिन्न मंत्रालयों के बीच होने वाले पत्र-व्यवहार के सिलसिले में भी किया जाता है।
3. अधीनस्थ अधिकारियों को वह सूचना भेजने में जो पूर्णत: सरकारी आदेश नहीं होती, एवं
4. पत्रों की प्राप्ति में प्रार्थना-पत्रों तथा नियुक्ति के लिए दिए गए आवेदनों के उत्तर में।

(ग) ज्ञापन लिखने के नियम या विधि—

अन्य कार्यालयीय पत्रों और ज्ञापन लिखने की विधि में थोड़ी भिन्नता होती है—

1. इसमें किसी को संबोधित तथा स्वनिर्देश नहीं होता।
2. ज्ञापन में दिनांक दाईं ओर देते हैं, पत्र शीर्ष यथावत् रखते हैं।
3. पत्र के बीच में 'ज्ञापन' शीर्षक लिखते हैं और फिर ज्ञापन का मूल विषय या संकेत टाँकते हैं।
4. ज्ञापन के एक प्रकार 'कार्यालय ज्ञापन' की तरह ही यह पत्र भी अन्य पुरुष (Third Person) तथा कर्मवाच्य शैली में लिखा जाता है।
5. कार्यालय ज्ञापन पर विभाग का कार्यालय अधीक्षक (Office Superintendent) या उसकी अनुपस्थिति में विभाग का ही कोई अन्य अधिकृत कर्मचारी हस्ताक्षर कर सकता है।

(घ) ज्ञापन लिखने में सावधानियाँ—

1. ज्ञापन लिखने से पहले ज्ञापन लेखक को चाहिए कि वह आवश्यक संदर्भ (Reference) तथा आँकड़े (Data) इकट्ठा कर लें।
2. ज्ञापन लिखे जाने वाले समस्त तथ्य (Facts) सही तथा विश्वसनीय हों।
3. ज्ञापन के अंत में केवल प्रेषक का हस्ताक्षर और फिर उसके पद का नाम लिखना चाहिए।
4. जिसके नाम ज्ञापन जारी किया जाए उसका नाम, पद नीचे बाएँ कोने में लिखना चाहिए।

5. ज्ञापन लेखक को यह जानना चाहिए कि अधीनस्थ कार्यालयों को ही ज्ञापन भेजा जाता है।
6. विषय या संदर्भ संकेत के बाद ज्ञापन की मूल सामग्री यथासूचित करने, स्मरण या याद दिलाने के लिए नए अनुच्छेद (Paragraph) से लिखना चाहिए।
7. ज्ञापन में 'महोदय' या 'भवदीय' शब्दों का प्रयोग नहीं करना चाहिए, तथा
8. ज्ञापन लेखन में तकनीकी भाषा का प्रयोग निषिद्ध होना चाहिए।

(ङ) ज्ञापन के प्रकार—ज्ञापन के मुख्य दो प्रकार होते हैं—(1) सामान्य ज्ञापन (General Memo), (2) कार्यालय ज्ञापन (Office Memo)। इन्हें संक्षेप में हम इस प्रकार देख सकते हैं—

1. सामान्य ज्ञापन—जब कोई संदर्भ, सूचना, जानकारी या विषय सामग्री खास महत्त्व की नहीं होती और उसे भेजने वाला निजी क्षेत्र का व्यक्ति हो, तब उसे हम सामान्य ज्ञापन कह सकते हैं।

2. कार्यालय ज्ञापन—इस तरह के ज्ञापन का प्रयोग केंद्र सरकार के दो मंत्रालयों के बीच सूचनाओं के लेन-देन के संबंध में परस्पर होता है। साफ शब्दों में केंद्रीय सरकार का कोई एक मंत्रालय जब किसी अन्य मंत्रालय को कोई ज्ञापन भेजता है तो वह कार्यालय ज्ञापन कहा जाएगा।

ज्ञापन का उदाहरण या नमूना

संख्या-क-402/27/12 दिनांक : 10 जनवरी, 2012

भारतीय जीवन बीमा निगम
मध्य क्षेत्र, लखनऊ

विषय—राजभाषा अधिकारी पद का चयन

श्री गोलू पांडेय को सूचित किया जाता है कि वह 1 नवंबर, 2010 में ली गई उक्त पद की चुनाव परीक्षा में उत्तीर्ण घोषित किए गए हैं। अतः उन्हें आज्ञा दी जाती है कि वे फरवरी 16, 2011 को प्रातः 10 बजे व्यक्तित्व परीक्षण के लिए इस कार्यालय में उपस्थित हों।

....
उपसचिव
भारतीय जीवन बीमा निगम
लखनऊ

सेवा में,

श्री गोलू पांडेय
ग्राम व पत्रालय
रामपुर माँझा,
जनपद–गाजीपुर (उ.प्र.)

5. कार्यालय ज्ञापन, कार्यालय स्मृति पत्र, मेमो या दफ्तरीयादी (Office Memorandum)

(क) कार्यालय ज्ञापन : अर्थ और परिभाषा—कार्यालय ज्ञापन के लिए मेमो के साथ-साथ कार्यालय स्मृति-पत्र तथा दफ्तरीयादी नाम भी प्रयुक्त किए जाते हैं। इस पत्र का व्यवहार सरकार के विभिन्न मंत्रालयों के बीच सूचनाओं के आदान-प्रदान, लेन-देन, विचार-विनिमय या पत्र-व्यवहार के लिए किया जाता है। साफ शब्दों में जब कोई अधिकारी अपने से छोटे अधिकारी या कर्मचारी को सूचनाओं के आदान-प्रदान, शिकायतों के निवारण, सरकारी आदेशों की जानकारी देने, किसी नियम या आदेश संबंधी पूछताछ करने, पत्रों की प्राप्ति, कर्मचारियों के आवेदन पत्रों आदि की जानकारी के लिए पत्र लिखता है तो उसे कार्यालय ज्ञापन कहा जाता है। कुछ लोगों का विचार है कि इसका प्रयोग संबद्ध एवं अधीनस्थ कार्यालयों (Attached and Sub ordinate Office) के साथ पत्र-व्यवहार के लिए जहाँ तक संभव हो, नहीं किया जाना चाहिए। वस्तुतः मेमो का पालन करना सहायकों के लिए आवश्यक होता है, अन्यथा उनके खिलाफ कार्यवाही की जा सकती है। ऑफिस मेमो में प्रायः व्यक्ति को कार्य देना, एक स्थान से दूसरे स्थान पर भेजना, पदोन्नति करना, नौकरी से हटाना, वेतन निश्चित करना, कुछ पाबंदियाँ लगाना और आदेश न मानने पर कार्यवाही करना इत्यादि बातें सम्मिलित की जाती हैं। कभी-कभी इसकी प्रतियाँ विभागाध्यक्षों, डिवीजन के कमिश्नरों, मुख्य विभागाध्यक्षों, जिला अधिकारियों आदि को भी भेजी जा सकती हैं।

(ख) कार्यालय ज्ञापन लिखने के नियम या विधियाँ—

1. कार्यालय ज्ञापन में वाक्यों की रचना अन्य पुरुष (Third Person), कर्मवाच्य एवं सूचनात्मक भाषा में की जाती है।
2. यह पत्र आदेश नहीं होता, बल्कि इसमें कुछ विषय आदेशनुमा होते हैं, अतः इसकी भाषा आदेशात्मक नहीं होनी चाहिए।
3. इसमें संबोधन एवं स्वनिर्देश, अधोलेख (भवदीय) नहीं होता।
4. कार्यालय ज्ञापन में ऊपर पत्र संख्या तथा विभाग का नाम अंकित होता है।
5. अंत में केवल प्रेषक के हस्ताक्षर एवं पदनाम लिखते हैं। प्रेषिती का नाम एवं

पता प्रेषक के हस्ताक्षर के बाद बाईं ओर लिखा जाता है।

(ग) कार्यालय ज्ञापन लिखने में बरती जाने वाली कुछ प्रमुख सावधानियाँ—

1. कार्यालय ज्ञापन में भरसक एक ही अनुच्छेद (Paragraph) लिखना चाहिए।
2. पहला पैराग्राफ क्रम संख्या विहीन रखना चाहिए, जबकि बाद के पैराग्राफों में पत्रों के क्रमांक डालना चाहिए।
3. कार्यालय ज्ञापन के अंत में किसी कनिष्ठ अधिकारी या प्रधान लिपिक के हस्ताक्षर होने चाहिए।
4. कार्यालय ज्ञापन की भाषा में विनम्रता का पुट होना चाहिए। उदाहरण के लिए 'किया जाता है', 'किया जा रहा है', 'किया जाएगा' जैसे शिष्ट और आदेश से रहित भाषा का प्रयोग करना चाहिए।
5. पत्र के बाईं ओर अंत में जिस मंत्रालय को पत्र भेजना है, उसका नाम और पूरा पता साफ-साफ लिखना चाहिए।

(घ) कार्यालय ज्ञापन के भेद या प्रकार—

1. **अनुकूल सूचना कार्यालय ज्ञापन**—किसी कर्मचारी को अनुकूल सूचना देने के लिए लिखा गया मेमो कार्यालय ज्ञापन कहा जाता है। इसकी भाषा सरल, सहज और संदेश स्पष्ट होता है।

2. **दैनिक संदेश देने वाले कार्यालय ज्ञापन**—दैनिक कार्य संचालन संबंधी संदेश लिखे जाने वाले ज्ञापन कार्यालय ज्ञापन कहे जाते हैं।

3. **नकारात्मक सूचना कार्यालय ज्ञापन**—किसी कर्मचारी को दंडित करने के लिए लिखा गया ज्ञापन नकारात्मक सूचना कार्यालय ज्ञापन कहा जाता है।

4. **अंत कार्यालय ज्ञापन पथ-निर्धारण पर्ची**—जैसा कि नाम से ही स्पष्ट है, एक ही कार्यालय के विभिन्न कर्मचारियों को सूचना या सामग्री प्रेषण के लिए लिखा गया ज्ञापन अंत कार्यालय पथ-निर्धारण पर्ची कहलाता है।

कार्यालय ज्ञापन का उदाहरण

कार्यालय अधीक्षण अभियंता

28वाँ (रा.मा.) वृत, लो.नि.वि., बरेली

पत्रांक 1101/1टे.कै. (मुरादाबाद) 28/10-11 दिनांक : 14.3.2011

राष्ट्रीय मार्ग संख्या-93 के कि.मी. 152.00 से 168.00 तक आई.आर.क्यू.पी. के कार्य की निविदाएँ इस कार्यालय के पत्रांक 5001/1टे.कै./(मुरादाबाद 28/10 दिनांक 9.12.2010 द्वारा आमंत्रित की गई थीं। इस विषयागत कार्य की प्रशासनिक एवं वित्तीय

स्वीकृति वर्तमान तक प्राप्त न होने के कारण उक्त आमंत्रित निविदा तात्कालिक प्रभाव से अग्रिम आदेशों तक स्थगित की जाती है।

(एस.एस.आई. काजमी)
अधीक्षण अभियंता
28वाँ (रा.मा.) वृत, लो.नि.वि.
बरेली

6. अंतर कार्यालय ज्ञापन पत्र (Inter-Office Memorandum)

(क) परिभाषा—ज्ञापन और कार्यालयी ज्ञापन तथा अंतर-कार्यालयी ज्ञापन में कई संदर्भों में बहुत समानता होती है। सरकारी उपक्रमों में एक विभाग या कार्यालय जब किसी दूसरे विभाग या कार्यालय को सूचना या अन्य किसी तरह की जानकारी के लिए जो अंतर्विभागीय पत्र व्यवहार करता है, उसे हम अंतर-कार्यालय ज्ञापन कह सकते हैं, पर यहाँ हमें यह ध्यान रखना चाहिए कि केंद्र सरकार के कार्यालयों, विभागों या मंत्रालयों के बीच इस तरह के ज्ञापन नहीं लिखे जाते। जिस प्रकार कार्यालय ज्ञापन में कुछ दिन पहले तक अंग्रेजी की नकल पर हिंदी में "अधोहस्ताक्षरी को कहने का यह आदेश हुआ है।" लिखा जाता था, किंतु बाद में उसमें कुछ परिवर्तन कर "मुझे यह कहने का निर्देश हुआ है", लिखा जाने लगा और अब तो यह भी कभी-कभी नहीं लिखा जाता। कुल मिलाकर यह कि इन तीनों में लगभग काफी समानता होती है।

अंतर कार्यालय ज्ञापन का उदाहरण

सामान्यतः ज्ञापन की भाँति ही लिखा जाता है

7. अंतर-विभागीय पत्र (Inter Official Letter)

(क) स्वरूप तथा परिभाषा—अंतर-विभागीय पत्र से पहले इस पत्र का नाम **अशासकीय टिप्पणी** हुआ करता था। बहरहाल जैसा कि इसके नाम से ही जाहिर है विभिन्न मंत्रालयों/कार्यालयों के बीच होने वाला पत्र-व्यवहार, अंतर-विभागीय/अंतर्विभागीय पत्र संज्ञा से नवाजा जाता है। इसे और अधिक साफ करते हुए कह सकते हैं कि किसी टीका-टिप्पणी, विचार, राय-मशविरा, सलाह सम्मति, दिशा-निर्देश, स्पष्टीकरण संबंधी सूचना या कागज मँगवाने के लिए जो पत्र-व्यवहार विभिन्न मंत्रालयों या उसके अधीनस्थ संबद्ध कार्यालयों के मध्य किए जाते हैं, उन्हें अंतर-विभागीय या अंतर्विभागीय पत्र कह सकते हैं।

(ख) प्रकार—अंतर-विभागीय पत्र दो प्रकार के होते हैं, यथा—

1. बाहरी मंत्रालय/कार्यालय से आई हुई फाइल पर ही टिप्पणी या नोट लिखकर

पुनः उसे उसी मंत्रालय/कार्यालय में लौटा देना तथा

2. इसके अलावा दूसरा रूप है—स्वतंत्र और पूर्ण नोट या ज्ञापन लिखकर भेजना। अंतर विभागीय पत्र लेखन में अन्य पुरुष का प्रयोग किया जाता है।

अंतर विभागीय पत्र का उदाहरण

अंतर-विभागीय पत्र में प्रयुक्त अधिक आवृत्ति वाले वाक्य इस प्रकार हैं—

1. पारपत्र (Passport) प्रदान करने की वर्तमान नियमावली में अन्य बातों के साथ-साथ डॉक्टरी जाँच कराने की व्यवस्था है।
2. अब प्रश्न उठता है, जो कर्मचारी अस्थायी हैं, परंतु सामान्य भविष्य निधि में अंशदान देने लगे हैं, उन पर ये नियम किस प्रकार लागू होंगे।
3. इस मामले में शीघ्र निर्णय करने की आवश्यकता है।
4. इन पदों को रोजगार कार्यालय द्वारा भेजे गए उम्मीदवारों से भरा जाना है, तथा
5. यह मंत्रालय शिक्षा और समाज कल्याण मंत्रालय से उपर्युक्त प्रश्न के समाधान के लिए अनुरोध करता है।

8. आवेदन-पत्र (Application)

(क) अर्थ/अभिप्राय—'आ+विद्+णिच्+ल्युट्' से बने आवेदन शब्द का अर्थ होता है—प्रार्थना-पत्र, आवेदन-पत्र तथा निवेदन-पत्र आदि। कुछ लोग इसे '**अभिवाचन**' और '**अभ्यावेदन**' भी कहते हैं, पर कुछ लोग यहीं पर आवेदन और अभ्यावेदन के बीच सूक्ष्म अंतर भी मानते हैं। फारसी या उर्दू में आवेदन को '**दरख्वास्त**' या '**दरखास्त**', '**अर्जी**' या '**अर्जीदावा**' कहते हैं। संदर्भ और समय के अनुसार आवेदन-पत्र के कई प्रकार होते हैं यथा—खाली पदों पर होने वाली भरती के लिए आवेदन-पत्र, नौकरी पाने के लिए आवेदन-पत्र, परीक्षा देने के लिए आवेदन-पत्र, किसी तरह की समस्या-समाधान के लिए आवेदन-पत्र, छात्रवृत्ति पाने के लिए आवेदन-पत्र, नौकरी में प्रमोशन के लिए आवेदन-पत्र, वेतन-वृद्धि के लिए आवेदन-पत्र, आवास पाने के लिए आवेदन-पत्र, स्थानांतरण के लिए आवेदन-पत्र, स्थायीकरण के लिए आवेदन-पत्र, अर्जित अवकाश, चिकित्सा, राशन कार्ड बनवाने, बैंक में खाता खुलवाने, मनरेगा में रोजगार पाने के साथ-साथ अध्ययनार्थ छुट्टी के लिए आवेदन-पत्र आदि।

कुल मिलाकर पढ़े-अनपढ़े सबके लिए देर-सबेर आंवेदन-पत्र लिखने-लिखवाने की जरूरत पड़ती है। स्पष्टतः यह कि कचहरी, थाना, बैंक-बीमा, शिक्षण संस्थान आदि स्थानों पर अपने कार्यों के संपादन हेतु प्रथमतः आवेदन-पत्र ही व्यक्ति की प्रथम गरज और जरूरत बनता है, अतः स्पष्ट है कि आवेदन-पत्र का हमारे जीवन में बहुत महत्त्व है।

(ख) आवेदन-पत्र के भाग—छोटे आवेदन-पत्रों को छोड़कर अन्य आवेदनों

के कलेवर को तीन भागों में बाँटा जा सकता है। पहले भाग में प्रस्तावना रहती है, जिसमें संक्षिप्त रूप में विषय को प्रस्तुत किया जाता है, दूसरे भाग में विषय से संबंधित मूल वक्तव्य होता है, और तीसरे भाग में प्रार्थना निहित होती है।

बड़े आवेदनों को परिच्छेदों में बाँट देना उचित होता है। इससे विषय (मामले) को परिच्छेदों में विभाजित करके प्रस्तुत करने से आवेदक तथा अधिकारी दोनों को ही मामले को समझाने व समझने में सुविधा होती है। यद्यपि इस संबंध में कोई विशेष नियम तो नहीं बनाया जा सकता, तथापि यह कहा जा सकता है कि आवेदन का परिच्छेद विभाजन व्यवहृत विषय पर निर्भर होता है।

(ग) आवेदन-पत्रों का ढाँचा—आवेदन-पत्रों का संपूर्ण ढाँचा कुल तीन टुकड़ों, भागों या अंशों में बाँटा गया है, जिन्हें हम इस प्रकार देख सकते हैं—

1. शीर्ष या पूर्व भाग—आवेदन-पत्र का यह प्रथम भाग है। इसमें जिस पदाधिकारी को संबोधित करके आवेदन-पत्र प्रस्तुत करना है, उसके पद का नाम, कार्यालय का नाम तथा स्थान का नाम बाईं ओर लिखा जाता है। यहाँ यह ध्यान रखना चाहिए कि शुरू में ही बाएँ कोने में 'सेवा' में शब्द लिखें और उसके बाद तत्संबंधी अधिकारी का पद लिखा जाए। इस तरह आवेदन-पत्र का शीर्ष या पूर्व भाग का ढाँचा इस प्रकार होगा—

सेवा में,

प्राचार्य महोदय,
स्नातकोत्तर महाविद्यालय
मलिकपूरा, गाजीपुर

ऊपर लिखे पद तथा कार्यालय आदि के नाम के स्थान पर अन्य मंत्रालय या कार्यालय के नाम लिखे जा सकते हैं; जैसे—

सेवा में,
उपसचिव/अवरसचिव…आदि
…मंत्रालय/कार्यालय/निदेशालय…आदि
नई दिल्ली, मुंबई, लखनऊ

2. मुख्य या मध्य भाग—आवेदन-पत्र के इस दूसरे अर्थात् मध्य भाग या मुख्य भाग की शुरुआत आदर या सम्मानसूचक शब्दों से करनी चाहिए। यहाँ यह ध्यान रखें कि यदि किसी सरकारी अधिकारी को आवेदन-पत्र संबोधित करना है तो प्रारंभ में 'महोदय' शब्द का इस्तेमाल करना चाहिए। यदि आवेदन-पत्र किसी गैर-सरकारी या अशासकीय अधिकारी को संबोधित करना है तो महोदय के साथ 'प्रिय' शब्द जोड़कर 'प्रिय महोदय' या 'प्रिय महानुभाव' शब्द का ही प्रयोग करते हैं। उक्त संबोधनों के बाद आवेदन-पत्र का

प्रारंभ विनम्रता, विनय या आदर-सम्मानसूचक शब्दों से किया जाना चाहिए, यथा—

महोदय/प्रिय महोदय/प्रिय महानुभाव

सादर, सविनय, नम्र निवेदन है कि¨

अब इसके बाद आवेदन-पत्र में विषय का उल्लेख करते हैं। आवेदन-पत्र के अंत में या समापन में आभारसूचक शब्दों के प्रयोग से आभार प्रकट करते हैं। ध्यान रहे, यदि आवेदन-पत्र के अंत में आभार करना भूल गए हैं तो यह अक्षम्य और अशिष्ट माना जाता है। नीचे कुछ ऐसे वाक्यों का उल्लेख किया जा रहा है, जिनमें से किसी एक का गरज और जरूरत के अनुसार प्रयोग किया जा सकता है।

1. सधन्यवाद
2. आभार के साथ
3. आशा है, आप मेरी प्रार्थना स्वीकार कर मुझे अनुगृहीत/कृतार्थ करेंगे।
4. आपकी इस कृपा के लिए मैं निरंतर आभारी बना रहूँगा।
5. हार्दिक निवेदन/प्रार्थना है कि¨अनुज्ञा देकर मुझे कृतार्थ करें।

3. अधोभाग या अंतिम भाग—आवेदक (प्रार्थी) को चाहिए कि मध्य भाग में विषय-वस्तु का उल्लेख करने के बाद दाईं ओर भवदीय लिखकर उसके नीचे अपना हस्ताक्षर करें। हस्ताक्षर यदि संक्षेप में किया गया है तो नीचे कोष्ठक में अपना पूरा नाम लिखना चाहिए। यदि आवेदन सरकारी अधिकारी के नाम संबोधित किया गया है तो आवेदक को चाहिए कि वह अपने नाम के नीचे अपने पद नाम का भी उल्लेख करें। आवेदक को इसके बाद अपना पूरा पता अंकित करना चाहिए। नीचे बाईं ओर आवेदन-पत्र भेजने की तिथि टाँकनी चाहिए। आवेदक को यदि आवेदन-पत्र के साथ किसी तरह का कोई कागज, पत्र, रसीद आदि संलग्न करना हो तो उसे यहाँ उनका क्रमशः उल्लेख करना चाहिए। आवेदक को यहाँ पर एक और बात का ध्यान रखना चाहिए कि यदि वह अपना आवेदन किसी व्यावसायिक फर्म या समाचार-पत्र के संपादक के नाम भेज रहा हो तो उसे चाहिए कि वह अपना संपूर्ण पता सबसे ऊपर दाईं ओर एकदम कोने में लिखें। बहरहाल, हिंदी में आवेदन-पत्रों की रूपरेखा स्थूल रूप में इस प्रकार होती है—

सेवा में,

निदेशक/उपसचिव/अवर सचिव

¨ मंत्रालय/कार्यालय/विभाग/निदेशालय

¨(स्थान)

महोदय,

सादर/सविनय निवेदन है कि...

....

....

आशा है, आप मेरी प्रार्थना स्वीकार कर मुझे कृतार्थ करेंगे।

भवदीय

(नाम)

पदनाम

संलग्नक···

दिनांक···

(घ) आवेदन-पत्रों का वर्गीकरण—विषय-वस्तु की एकरूपता के आधार पर आवेदन-पत्रों, प्रार्थना-पत्रों को स्थूल रूप से निम्न तीन भागों में बाँटा गया है—

1. पहला वर्ग—प्रथम भाग में वे ओवदन-पत्र आते हैं, जो कार्यालयीय कार्यों से अनुस्यूत हैं, यथा वेतन तथा पदनाम में परिवर्तन, सरकारी मकान का आवंटन, स्थानांतरण, स्थायीकरण, भविष्य निधि के हिसाब से अनियमितता, छुट्टियों की मंजूरी आदि।

2. दूसरा वर्ग—दूसरे वर्ग में धन तथा वेतन संबंधी विसंगतियाँ, वेतन-वृद्धि, सालाना वेतन वृद्धि, विशेष वेतन वृद्धि, वरिष्ठता, पदोन्नति, विभिन्न प्रकार के अग्रिम भुगतानों को रखा जा सकता है।

3. तीसरा वर्ग—तीसरे भाग में पारिवारिक, व्यावसायिक आवेदन-पत्र, निमंत्रण-पत्र तथा संपादक के नाम पत्र आदि को रखा जा सकता है।

(ङ) आवेदन-पत्रों की भाषा-शैली—

1. आवेदन-पत्र की भाषा अत्यंत विनम्र होनी चाहिए, क्योंकि शिष्ट भाषा असंभव को संभव बनाती है।
2. भाषा में व्यक्त विचारों में मुलायमियत तथा स्पष्टता होनी चाहिए। भाषा थोड़े में सबकुछ कह देने वाली, गागर में सागर की तरह होनी चाहिए।
3. वाक्य नपे-तुले और छोटे हों। लंबे और क्लिष्ट वाक्य आवेदन-पत्र पढ़ने के प्रति नीरसता-तिक्तता पैदा करते हैं।
4. आवेदक को चाहिए कि वह पुनरुक्ति, अतिशयोक्ति के साथ-साथ आलंकारिक भाषा का प्रयोग करने से बचे, तथा
5. शैली संयत तथा अर्थ स्फीति से रहित हो, साथ ही कथ्य और मंतव्य को खोलने वाली भी होनी चाहिए।

(च) आवेदन-पत्र लिखने में बरती जाने वाली कुछ सावधानियाँ-सजगताएँ—आवेदन-पत्र लिखना अपने-आप में हुनर, कौशल या तकनीक है, फिर ऐसी स्थिति में जब अपने कार्यों को दूसरे से सिद्ध करवाना होता है, तब आवेदन-पत्र लिखते समय कुछ अधोलिखित आवश्यक तथ्यों, नियमों या प्रारूपों पर ध्यान देना जरूरी

होता है। यद्यपि प्रत्येक सरकारी प्रतिष्ठानों के अपने-अपने निश्चित, तयशुदा, आवेदन-पत्र होते हैं, जिन्हें भरकर अनुलग्नकों के साथ उन्हें अपेक्षित कार्यालयों को प्रेषित करना पड़ता है, फिर भी यहाँ कुछ बहुत जरूरी सावधानियाँ बरती जाती हैं, यथा—

1. आवेदन-पत्र लिखने की एक निर्धारित या तयशुदा पद्धति है।

2. आवेदन-पत्र का कलेवर यथासंभव छोटा रखना चाहिए।

3. आवेदक को चाहिए कि आवेदन-पत्र में वह नपी-तुली शब्दावली में संतुलित ढंग से अपनी बात रखे, क्योंकि आज के बाजारवादी और व्यस्त समय में किसी के पास बाणभट्ट की शैली में लिखे गए आवेदन-पत्र को पढ़ने के लिए समय नहीं है।

4. आवेदनकर्ता को चाहिए कि वह आवेदन-पत्र लिखने से पहले जिन मुख्य बिंदुओं या अपनी समस्याओं की ओर तत्संबंधी अधिकारी का ध्यान आकर्षित करना चाहता है, उन्हें क्रमबद्ध ढंग से बिंदुवार लिखें।

5. आवेदन-पत्र में सबसे ऊपर दाईं ओर दिनांक का निर्देश, बाईं ओर थोड़ा नीचे पदाधिकारी एवं पद का निर्देश, उसके बाद विषय का निर्देश, तकरीबन बीचोबीच बाईं ओर 'महोदय' या 'मान्यवर' जैसे संबोधन और उसके बाद 'निवेदन है' के साथ प्रारंभ कर अपनी बात अंत में दाईं ओर स्वनिर्देश करना चाहिए। यहाँ यह ध्यान रखते हैं कि स्वनिर्देश के ऊपर 'आपका विश्वासभाजन' लिखा जाए।

आवेदन-पत्र का स्वरूप-प्रारूप

1. आवेदित पद का नाम ....
2. आवेदक का पूरा नाम ....
   (क) हिंदी में (देवनागिरी लिपि में) ....
   (ख) अंग्रेजी के बड़े अक्षरों में ....
   (ग) लिंग (पुरुष/महिला) ....
3. पिता/पति का नाम ....
4. माता का नाम ....

प्रमाणित फोटो चिपकाएँ

5. जन्मतिथि—(अ) (अंकों में) .... शब्दों में ....
   (ब) 01 जुलाई, 2010 के अनुसार आयु .... वर्ष .... माह .... दिन
6. (अ) पत्र व्यवहार का पता ....
   (ब) स्थायी पता ....
7. राष्ट्रीयता ....
8. (अ) क्या आप उत्तर प्रदेश के आरक्षित श्रेणी के आवेदक हैं ... (हाँ/नहीं)
   (ब) यदि हों तो जिससे संबंधित हैं, उसे लिखें तथा सक्षम अधिकारी द्वारा जारी प्रमाण-पत्र की प्रति संलग्न करें।
   (स) यदि आप स्वतंत्रता संग्राम सेनानी के आश्रित/भूतपूर्व सैनिक हों तो उसे लिखें तथा सक्षम अधिकारी द्वारा निर्गत प्रमाण-पत्र संलग्न करें।

(1) स्वतंत्रता सेनानी (2) भूतपूर्व सैनिक

(द) क्या आप खिलाड़ी हैं/रहे हैं।

(1) अंतरराष्ट्रीय स्तर के खिलाड़ी, (2) राष्ट्रीय स्तर के खिलाड़ी, (3) राज्य स्तर के खिलाड़ी, (4) विश्वविद्यालय/कॉलेज/स्कूल स्तर के खिलाड़ी (प्रमाण पत्र संलग्न करें।)

(य) यदि आप विभाग के छटनीशुदा कर्मचारी हैं तो अंकित करें कि विभाग में

(1)एक वर्ष की सेवा पूर्ण कर ली है।

(2)दो वर्षों की सेवा पूर्ण कर ली है।

(3)तीन वर्षों की सेवा पूर्ण कर ली है।

(छटनीशुदा कर्मचारी होने का प्रमाण-पत्र संलग्न करें।)

शैक्षिक अर्हता एवं विशेष योग्यता विवरण

क्रमांक	परीक्षाफल का नाम	बोर्ड/संस्था का नाम	वर्ष	पूर्णांक	प्राप्तांक	उत्तीर्ण श्रेणी	प्रतिशत

(अंक तालिकाओं एवं अनिवार्य प्रमाण-पत्रों की प्रमाणित छाया प्रतियाँ संलग्न करें)। परीक्षा का विवरण कक्षा-8 से उल्लिखित करें।

9. ड्राईविंग लाइसेंस का नंबर (प्रमाणित छाया प्रति संलग्न करें।)

10. वाहन चलाने का अनुभव (प्रमाण-पत्र संलग्न करें।)

संलग्नकों की संख्या—

दिनांक........................

स्थान..........................

अभ्यर्थी के स्पष्ट एवं पठनीय हस्ताक्षर

घोषणा-पत्र

मैं एतद् द्वारा घोषणा करता/करती हूँ कि—

1. मैंने विज्ञप्ति में दी गई पात्रता/अर्हता की शर्तों को सावधानीपूर्वक पढ़ लिया है, जो मान्य है और ये शर्तें मैं पूरा करता/करती हूँ।
2. पुरुष हेतु मेरी एक से अधिक जीवित पत्नी नहीं है। महिला हेतु मैंने किसी ऐसे पुरुष से विवाह नहीं किया है, जिसकी पहले से जीवित पत्नी है।
3. मैं किसी आपराधिक मामले में न्यायालय द्वारा दंडित नहीं किया गया हूँ और न ही मेरे विरुद्ध किसी न्यायालय में आपराधिक वाद विचाराधीन है।
4. इस आवेदन-पत्र में दिए गए संपूर्ण विवरण/सूचनाएँ सत्य एवं सही हैं। मैंने कोई तथ्य छिपाया नहीं है।
5. यदि कोई विवरण/सूचना असत्य अथवा गलत पाई जाती है तो मेरा अभ्यर्थन निरस्त कर दिया जाए।
6. नियुक्ति हो जाने के उपरांत भी यदि मेरे द्वारा उपरोक्तानुसार दी गई सूचना एवं संलग्न प्रमाण-पत्रों में किसी विसंगति की स्थिति प्रकाश में आती है तो मेरी सेवाएँ समाप्त कर दी जाएँगी जिस पर मुझे कोई आपत्ति नहीं होगी।

दिनांक—

आवेदक के हस्ताक्षर

(स्पष्ट एवं पठनीय नाम सहित)

9. परिपत्र, गश्ती चिट्ठी या परिक्रमित पत्र (Circular Letter)

(क) परिभाषा तथा व्युत्पत्ति—परिपत्र शब्द की संरचना 'परि' उपसर्ग युक्त 'पत्र' शब्द से हुई है। 'परि' उपसर्ग का अभिप्राय है—समग्रता, व्याप्ति (चारों ओर प्रसार), आवरण इत्यादि। इस आधार पर 'परिपत्र' का अर्थ हुआ—समग्र रूप से चारों ओर या सर्वत्र भेजा जाने वाला ऐसा पत्र, जो किसी विशेष, विषयवस्तु, सूचना, निर्देश आदि को अपने भीतर सँजोए (आवृत्त किए) रहता है। अंग्रेजी में इसका अभिप्राय 'सरकुलर' (Circular)है, जिसका अभिप्राय है—वृत्ताकार अर्थात् एक बिंदु से लेकर घूमता हुआ पुनः उसी बिंदु तक आ जाने वाला पत्र। आम बोलचाल में इसके लिए 'गश्ती चिट्ठी' शब्द बहु प्रचलित है जिसका अभिप्राय है—'सब जगह घुमाई जाने वाली या घुमाए जाने योग्य चिट्ठी।' स्पष्ट है, परिपत्र वह कार्यालयी पत्र है, जो किसी एक निश्चित व्यक्ति, कार्यालय, विभाग या स्थान को नहीं भेजा जाता, अपितु जिसे सभी संबद्ध व्यक्तियों, कार्यालयों, विभागों, स्थानों को एक ही रूप में सूचनार्थ भेजा जाता है। इस आधार पर 'परिपत्र' की निम्नलिखित परिभाषा की जा सकती है—

''कुछ निश्चित बातों, सुझावों, निर्देशों आदि की सूचना देने के लिए सभी संबद्ध व्यक्तियों, संस्थाओं, कार्यालयों, विभागों आदि के पास भेजा जाने वाला समरूप पत्र 'परिपत्र' कहलाता है।''

डॉ. रमेश चंद्र त्रिपाठी तथा डॉ. पवन अग्रवाल ने ऊपर परिपत्र की मुकम्मल परिभाषा दी है, कुछ लोग इसे '**परिक्रमित पत्र**' भी कहना पसंद करते हैं। इन लोगों का विचार है कि परिपत्र ऐसा पत्र है, जो जिस कार्यालय से लिखा जाता है, प्राप्ति की संस्तुति के रूप में हस्ताक्षरित होकर उसी कार्यालय में पुनः आ जाता है। वस्तुतः परिपत्र सरकारी पत्राचार का कोई स्वतंत्र रूप नहीं है। इसकी संरचना अन्य सरकारी पत्रों के समान ही होती है। मात्र किसी भी सूचना, आदेश, अनुदेश को एक साथ अनेक कर्मचारियों को भेजना हो तो वही परिपत्र बन जाता है अथवा उस पत्र को कार्यालय-ज्ञापन, ज्ञापन का रूप न देकर परिपत्र का रूप दे दिया जाता है। एक कार्यालय का परिपत्र दूसरे कार्यालय पर लागू नहीं होता है, अगर वही अनुदेश सूचना अन्य कार्यालय भी सूचित करना चाहता है तो परिपत्र में प्रसारित कर देता है। मात्र ज्ञापन न लिखकर 'परिपत्र' शब्द लिख दिया जाता है। कुल मिलाकर हम कह सकते हैं कि परिपत्र छपे प्रपत्र पर एक सूचना या निर्देशिका है—"...an announcement or directive-typically in the form of a printed leaflet intended to be sent to many persons or otherwise."

(ख) परिपत्र की विशेषताएँ—

1. परिपत्र अपने अधीनस्थ कर्मचारियों को भेजा जाने वाला ज्ञापननुमा एक प्रकार की सूचना होता है।

2. इस पत्र की रचना प्राय: सरकारी पत्रों की तरह ही होती है।
3. परिपत्र पत्र-व्यवहार का स्वतंत्र और पृथक् रूप नहीं है।
4. इस पत्र में एक ही विषय से संबंधित तथ्यों या आदेशों को भिन्न-भिन्न अधिकारियों को भेजा जाता है।
5. परिपत्र में 'भवदीय' या 'विश्वासपात्र' आदि शब्दों का प्रयोग नहीं किया जाता।

(ग) परिपत्र लिखने में सावधानियाँ—

1. परिपत्र लिखते समय यह ध्यान रखना चाहिए कि इसमें संदर्भ, संबोधन, अधोलेख आदि की चर्चा नहीं की जाती।
2. परिपत्र में उत्तम पुरुष (मैं) शैली अथवा मध्यम पुरुष (आप, तुम) वाची सर्वनामों का प्रयोग निषिद्ध है। यह प्राय: कर्मवाच्य शैली में ही लिखा जाता है, उक्त बातों को हमेशा याद रखना चाहिए।
3. परिपत्र में एकदम नीचे हस्ताक्षर तथा पदनाम लिखना चाहिए।
4. परिपत्र में प्राप्तकर्ता के निजी नाम की चर्चा नहीं की जाती।
5. परिपत्र में यदि संलग्नक हो तो उसकी चर्चा जरूर कर देनी चाहिए।
6. यहाँ सूचनार्थ किसी उत्तर प्राप्ति की उम्मीद नहीं की जानी चाहिए।
7. इस पत्र के प्रारूप में परिपत्र संख्या और पंजीयन संख्या का उल्लेख अवश्य करना चाहिए।

(घ) परिपत्र का महत्त्व—

1. परिपत्र कभी भी व्यक्तिगत नहीं होते और न कभी निजी स्तर पर प्रेषित ही किए जाते हैं, लेकिन इनका उद्देश्य सदैव सरकारी होता है।
2. समय, संसाधन तथा श्रम आदि दृष्टियों से ये पत्र बहुत मितव्ययी मिजाज के होते हैं।
3. ये पत्र इतने महत्त्वपूर्ण होते हैं कि इन्हें सदैव विभागाध्यक्ष या सचिव स्तर से ही निर्गत किया जाता है।
4. कोई वरिष्ठ अपने से कनिष्ठ को ही परिपत्र लिखता है।
5. परिपत्र का अगला महत्त्व यह है कि यह पत्र सूचनाओं को बिना प्रभावित किए सूचना संप्रेषण में सहायक सिद्ध होता है।
6. परिपत्र सदैव वस्तुनिष्ठ होने के साथ-साथ संक्षिप्त होता है।
7. परिपत्र सदैव ऊपर से नीचे लिखे जाते हैं।
8. किसी व्यक्ति को किसी प्रकार के अनुदेश देने में परिपत्र का प्रयोग नहीं होता।

(ङ) परिपत्र भेजे जाने के कारण—कुल तीन कारण माने जा सकते हैं—

1. यदि कोई ज्ञापन किसी मंत्रालय के समस्त विभागों, अधीनस्थ कार्यालयों या अधिकारियों को भेजना हो।
2. जब यह महसूस किया जाए कि कोई कार्यालय ज्ञापन केंद्र सरकार के सभी मंत्रालयों या विभागों को भेजना आवश्यक हो।
3. जब यह भी महसूस किया जाए कि देश के सभी प्रदेशों की सरकारों को एक ही विषय पर ज्ञापन भेजा जाना अनिवार्य हो।

परिपत्र का उदाहरण

गाजीपुर
दिनांक : 1 मई, 2013

प्रेषक,

भास्कर मिश्र
जिला विद्यालय निरीक्षक
गाजीपुर (उ.प्र.)

सेवा में,

समस्त प्रधानाचार्य/हेडमास्टर
इंटर कॉलेज/हाईस्कूल
जिला–गाजीपुर

विषय : ग्रीष्म अवकाश

प्रिय महोदय,

मुझे यह सूचित करने का आदेश हुआ है कि इस वर्ष इस जिले के सभी हाई स्कूल/इंटर कॉलेज ग्रीष्म अवकाश के लिए 21 मई से 14 जुलाई, 2012 तक बंद रहेंगे।

भवदीय
भास्कर मिश्र
जिला विद्यालय निरीक्षक
गाजीपुर (उ.प्र.)

10. समापन पत्र (Concluding Letter)

इस पत्र का प्रयोग अधीन प्राधिकारियों के पास ऐसी सूचना भेजने के लिए किया जाता है, जो सरकारी आदेश के समान नहीं है। यह अन्य पुरुष में लिखा पत्र होता है और इसमें भी संबोधन या अधोलेख नहीं होता, सिर्फ अधिकारी के हस्ताक्षर और उसका पदनाम होता है। पाने वाले का नाम और पदनाम हस्ताक्षर के नीचे पृष्ठ के बाईं तरफ लिखा जाता है।

11. राजपत्र (Gazettee)

(क) अर्थ-आशय—तत्पुरुष समास के अंत में 'राजन्' (राज्+कनिन्, रञ्जयति रञ्ज+कनिन् नि.वा) का बदलकर 'राज' (राज्+क्विप्) बनता है। इस तरह से राजपत्र का आशय हुआ—राजकीय सम्मानसूचक पत्र, आदेश, अध्यादेश। इस पत्र को अंग्रेजी में 'an official news sheet' कहते हैं। सरकार द्वारा जिस पत्र में समय-समय पर निर्गत संकल्प, नियुक्तियाँ, सूचनाएँ और आदेश आदि प्रकाशित होते रहते हैं, उन्हें 'राजपत्र' कहा जाता है—"an official newspaper containing list of Government appointments legal notices"... राजपत्र में छपी सभी सूचनाएँ विश्वसनीय होती हैं। ये सूचनाएँ सरकारी नीतियों की नुमाइंदगी करने वाली सरकार के विचारों की प्रवक्ता होती हैं।

(ख) राजपत्र में सामग्री छपने संबंधी कुछ ध्यान देने योग्य बातें—राजपत्र में छपने के लिए सामग्री भेजते समय डॉ. दंगल झाल्टे के अनुसार इन बातों का ध्यान रखा जाता है—

1. सामग्री का प्रकाशन राजपत्र के किस भाग एवं खंड में होना है, इसे प्रेस के मार्गदर्शन के लिए प्रति के ऊपर हमेशा लिखा हुआ होता है।
2. सक्षम अधिकारी द्वारा हस्ताक्षर की हुई मूल टाइप प्रति ही प्रेस में भेजी जाती है। साइक्लोस्टाइल की हुई प्रति, कार्बन प्रति या ऐसी प्रति, जिस पर अधिकारी के हस्ताक्षर न हों, प्रेस स्वीकार नहीं करता। प्रेस को भेजी जाने वाली प्रति में यदि गलतियाँ ठीक की जाएँ तो शुद्धियाँ बहुत साफ तौर पर लिखी होती हैं और वे हस्ताक्षर करने वाले अधिकारी द्वारा प्रमाणित भी होती हैं।
3. कोई सामग्री तब तक साधारण राजपत्र में नहीं छपाई जाती, जब तक कि वह इतनी तात्कालिक न हो कि राजपत्र के आगामी साधारण अंक में छपने तक रोकी न जा सकती हो।
4. असाधारण राजपत्र के छपने की तारीख तय करते समय छपाई और लेखन सामग्री के मुख्य नियंत्रण द्वारा निर्धारित समय अनुसूची का पालन किया जाता है। यदि किसी विशेष कारण से ऐसा करना संभव नहीं होता है तो तारीख तय करने से पहले सरकारी प्रेस से सलाह ले ली जाती है।
5. असाधारण राजपत्रों में छपने वाली अधिसूचना और उसे भेजने के लिए लिखे गए पत्र पर हमेशा ऐसे ही अधिकारी के हस्ताक्षर होते हैं, जिसका पद संयुक्त सचिव से कम नहीं होता।

12. आमंत्रण पत्र या रीतिक निमंत्रण पत्र (Official Invitation Letter)

यह एक प्रकार का '**बुलावा**' या '**नेवता पत्र**' कहा जा सकता है। कहीं-कहीं इसे '**निमंत्रण पत्र**'—'अनिन्द्यामन्त्रणादृते' भी कहा जाता है। इसका एक मुख्य नाम 'आमंत्रण पत्र' 'आ+मन्त्र+णिच्+ल्युट' भी है। दरअसल, कभी-कभी किसी सरकारी/गैर-सरकारी संस्थानों, मंत्रालयों या विभागों में 15 अगस्त, 26 जनवरी, 2 अक्तूबर जैसे राष्ट्रीय पर्वों पर होने वाले आयोजनों में सम्मिलित होने के लिए कुछ नामवर, शोहरतप्राप्त, साहिबे फैज या वरिष्ठ नागरिकों, अतिथियों को जो निमंत्रण पत्र भेजे जाते हैं, उन्हें ही 'रीतिक निमंत्रण पत्र', 'आमंत्रण पत्र' आदि नामों से जाना जाता है।

इस तरह के पत्रों का एक निश्चित प्रारूप या मसौदा (Draft या Outlay) होता है। यह प्रारूप छपा-छपाया होता है। इस प्रारूप में अतिथियों के लिए कुछ आवश्यक संकेत, निर्देश या आग्रह होते हैं यथा—आमंत्रण पत्र में आगंतुकों से स्पष्ट आग्रह किया जाता है कि वे समय से अमुक कार्यक्रम में सम्मिलित होने का कष्ट करें। अपनी सुरक्षित सीट पर ही बैठें। साथ में झोला-बैग या अन्य कोई आपत्तिजनक/अवैध वस्तु न लाएँ। बच्चों को साथ में न लाने का कष्ट करें। अगली बात यह कि आमंत्रण पत्र भेजने वाली आयोजन समिति द्वारा अतिथियों की सुविधा के लिए पहले से ही आमंत्रण पत्र पर आयोजन स्थल का नाम, समय, दिनांक आदि का उल्लेख कर दिया जाता है।

आपाधापी और भगदड़ के इस बिगड़ैल माहौल में आयोजन समिति सरकारी पत्रों पर सुरक्षा-सजगता की दृष्टि से प्रेषिती का नाम, पता आदि का ठिकाना हाथ से ही लिखती है। यहाँ इस बात का ध्यान रखा जाता है कि आमंत्रण पत्र जिस सम्मानित व्यक्ति के नाम होता है, उसे ही उस कार्यक्रम में जाना होता है। इस पत्र को लेकर कोई दूसरा व्यक्ति उक्त कार्यक्रम में प्रवेश नहीं कर सकता, क्योंकि रीतिक निमंत्रण पत्र या आमंत्रण पत्र अहस्तांतरणीय होते हैं।

आमंत्रण पत्र या रीतिक निमंत्रण पत्र का उदाहरण

संगीत नाटक अकादमी

Sangeet Natak Akadami

संगीत, नृत्य एवं नाटक की राष्ट्रीय अकादमी

संगीत नाटक अकादमी पुरस्कार-2013

से सम्मानित कलाकारों द्वारा

प्रदर्शन कलाओं का उत्सव

23-31 जुलाई, 2013, दिल्ली

प्रवेश निःशुल्क प्रवेश-पत्र द्वारा

उपर्युक्त नाटकों के लिए प्रवेश-पत्र 24 जुलाई और उसके बाद प्रातः 11:00 से

दोपहर 3:00 बजे तक संगीत नाटक अकादेमी, रवींद्र भवन, फिरोजशाह रोड, नई दिल्ली-110001 में उपलब्ध हैं।

मेघदूत-III (150 सीटें) और श्रीराम सेंटर (375 सीटें) छोटे सभागार होने के कारण यहाँ प्रवेश-पत्र सीमित संख्या में पहले आओ, पहले पाओ के आधार पर उपलब्ध हैं।

सूचना—साथ में आपत्तिजनक वस्तु तथा बच्चों को न लाएँ।

13. साक्षात्कार के लिए आमंत्रण पत्र (Call of Interview Letter or Invitation for Interview)

(क) साक्षात्कार का अर्थ—साक्षात्कार के लिए अंग्रेजी शब्द 'Interview' प्रयोग में लाया जाता है। अंग्रेजी का यह Interview शब्द फ्रेंच भाषा के शब्द 'Entre voir' से जनमा है। हिंदी में 'Interview' शब्द के कई अर्थ चलन में हैं, यथा—सामने, सम्मुख, प्रत्यक्ष, सीधे, ठीक-ठीक, मुलाकात, आमने-सामने होना, साम्मुख्य, समालाप आदि। सरकारी, गैर-सरकारी प्रतिष्ठानों, संस्थानों, कार्यालयों में छोटे-बड़े स्तर के विभिन्न पद समय-समय पर खाली होते रहते हैं। इन पदों पर नए लोगों की तत्काल नियुक्ति न होने से संस्थान के काम और कार्य-दिवस का हर्ज होता है। अतः उक्त संस्थान या प्रतिष्ठान उन खाली पदों पर नए लोगों की नियुक्ति या भरती के लिए दैनिक, साप्ताहिक या पाक्षिक समाचार-पत्रों तथा पत्रिकाओं में विज्ञापन देते हैं। इसके बाद उक्त विभिन्न पदों पर अपनी नियुक्ति के लिए अभ्यर्थी अपने-अपने आवेदन-पत्र विज्ञापन में बताए गए पते पर भेजते हैं। संस्थान या प्रतिष्ठान इन आवेदन-पत्रों में से जिन्हें अपने मानक के अनुकूल पाता है, उन्हें साक्षात्कार के लिए 'बुलावा' भेजता है। यह बुलावा संस्थान या प्रतिष्ठान के किसी अधिकृत अधिकारी के हस्ताक्षर से भेजा जाता है। यह 'बुलावा पत्र' ही साक्षात्कार के लिए आमंत्रण पत्र कहा जाता है। इसकी भाषा सरल एवं बोधगम्य होती है। साक्षात्कार के लिए आमंत्रण पत्र भेजते समय स्थान, समय और दिनांक का बहुत ध्यान रखा जाता है कि साक्षात्कार में आनेवाले अभ्यर्थी को किसी तरह की कोई परेशानी न हो।

(ख) साक्षात्कार की परिभाषा—यहाँ साक्षात्कार की महज दो परिभाषाएँ पर्याप्त हैं। अंग्रेज विद्वान् वी.एम. पामर (V.M. Palmer) का कहना है—"The Interview constitutes situation between two persons the psychologic process involved requiring both individuals mutually to respond." अर्थात् साक्षात्कार दो व्यक्तियों के मध्य पाई जाने वाली एक विशेष सामाजिक परिस्थिति है, जिसमें एक मनोवैज्ञानिक प्रक्रिया के अंतर्गत् दोनों व्यक्ति परस्पर उत्तर-प्रत्युत्तर करते हैं।

इधर एक अन्य विद्वान् एच.पी. यंग (H.P. Young) कहते हैं कि साक्षात्कार क्षेत्रीय कार्य की एक विशेष तकनीक है, जिसका प्रयोग किसी व्यक्ति अथवा व्यक्तियों के व्यवहार को देखने, उनके कथनों को लिखने व सामाजिक अथवा अंत:क्रिया के स्पष्ट परिणामों का अध्ययन करने के लिए किया जाता है—"The Interview is a technique of field work which is used to watch the behaviour of an individual or individuals to record statements to observe the concrete results of social or group interaction."

(ग) साक्षात्कार के प्रकार—विद्वानों ने साक्षात्कार को मुख्य रूप से आठ भागों में विभक्त किया है—

1. रोजगार संबंधी साक्षात्कार,
2. शिकायत संबंधी साक्षात्कार,
3. संशोधन संबंधी साक्षात्कार,
4. काउंसलिंग संबंधी साक्षात्कार,
5. उन्मुखीकरण साक्षात्कार,
6. अर्थ निष्पादन संबंधी साक्षात्कार,
7. सूचना संग्रह संबंधी साक्षात्कार,
8. निर्णय संबंधी साक्षात्कार।

(घ) साक्षात्कार के उद्देश्य—

1. साक्षात्कार का पहला और प्रमुख उद्देश्य होता है नौकरी पाने वाले अभ्यर्थी, अर्थात् साक्षात्कार देने वाले व्यक्ति के व्यक्तित्व का मूल्यांकन करना। इस मूल्यांकन में साक्षात्कार देने वाले व्यक्ति की बातचीत का ढंग तथा उसके आचार-विचार को आवश्यकता की कसौटी और खराद पर चढ़ाते हैं।
2. साक्षात्कार का दूसरा उद्देश्य होता है साक्षात्कार देने वाले के भीतर प्रबंधकीय प्रशासनिक दक्षता या कुशलता की टटोल करना।
3. कभी-कभी विभागीय कर्मचारियों का साक्षात्कार लेकर उनका सामयिक मूल्यांकन (Periodic Evaluation) करना भी साक्षात्कार का एक उद्देश्य होता है।
4. कुल मिलाकर साक्षात्कार का लक्ष्य अभ्यर्थी की शारीरिक तथा मानसिक बनावट (Physical Make-up), सामान्य बुद्धि (General Intelligence), अभिरुचि (Interest), उपलब्धियाँ (Attainments) तथा प्रबंध (Disposition) की जाँच-परख होती है।

(ङ) साक्षात्कार की विशेषताएँ—

1. साक्षात्कार एक औपचारिक संप्रेषण की घटना माना जाता है।
2. साक्षात्कार देना अपने-आप में एक कला है, जहाँ आवेदक के ज्ञान, विचार, निर्णय क्षमता तथा बौद्धिक स्तर आदि का मूल्यांकन होता है।
3. कला के साथ-साथ साक्षात्कार एक विज्ञान भी है। अभ्यर्थी का वैज्ञानिक एवं संवेज्ञी साक्षात्कार भी यहाँ लिया जा सकता है।
4. साक्षात्कार में व्यक्ति के मनोविज्ञान, तकनीकी जानकारी, व्यावसायिक जानकारी, अनुभव आदि की भी जानकारी मिल जाती है।
5. इन सबके साथ-साथ साक्षात्कार में ओवदक की वेशभूषा, निर्णय लेने की क्षमता, भाषा पर अधिकार, हाजिरजवाबी, उसकी शालीनता, विनम्रता और आत्मविश्वास आदि की भी जानकारी मिल जाती है।

साक्षात्कार के लिए आमंत्रण पत्र का उदाहरण

दिल्ली नगर निगम

अधिशासी अभियंता का कार्यालय (पी आर)-I

शाहदरा साउथ जोन, ई-1/12, कृष्ण नगर, दिल्ली

संदर्भ 22 फरवरी, 2011

विषय : टाइप बाबू की नियुक्ति

प्रिय महोदय,

उपर्युक्त विषय से संबद्ध आपके आवेदन-पत्र दिनांक 1.10.2010 के संदर्भ में आपको सूचित किया जाता है कि दिनांक 15 मार्च, 2011 को अपराह्न 12 बजे इस कार्यालय के हॉल नं. 2 में अभ्यर्थियों का साक्षात्कार होगा।

आप अपने साथ शैक्षिक प्रमाण-पत्रों तथा अन्य आवश्यक अभिलेखों की मूल प्रतियों के साथ समय पर आने का कष्ट करें। साक्षात्कार के समय ही आपकी टंकण की परीक्षा भी होगी।

साक्षात्कार हेतु उपस्थित होने के लिए कोई मार्ग व्यय या भत्ता देय नहीं होगा। यदि आप नियुक्त होते हैं, तभी व्यय मार्ग दिया जाएगा।

आपका

मोहन पांडेय

अधिशासी अभियंता

(परियोजना)

शाहदरा, दिल्ली

14. टिप्पणी, अनौपचारिक निर्देश, संदर्भ या गैर-सरकारी पत्र (Un official note, Un official Directive/Informal Memorandum or Un official Reference Letter or Un official Letter)

(क) अर्थ/अभिप्राय—कहीं-कहीं इस सरकारी पत्र का एक अन्य नाम '**अनौपचारिक टिप्पणियाँ**' भी मिलता है। दरअसल, पत्राचार के इस तरीके का प्रयोग आमतौर पर मंत्रालय (या मंत्रालय और उसके संबद्ध कार्यालय) के बीच किसी प्रस्ताव पर अन्य मंत्रालयों के विचार, टीका-टिप्पणी आदि प्राप्त करने के लिए मौजूदा अनुदेशों के बारे में स्पष्टीकरण आदि कराने के लिए या कोई सूचना या कागज पत्र मँगवाने के लिए किया जाता है। इस प्रकार के पत्राचार में संबोधन या अंत में किसी प्रकार के आदरसूचक शब्दों का प्रयोग नहीं होता। इसमें संख्या और दिनांक प्राप्तकर्ता मंत्रालय/विभाग के नीचे लाइन खींचकर उसके नीचे दी जाती है। कुल मिलाकर इस पत्र का प्रयोग आमतौर पर किसी प्रस्ताव पर अन्य विभागों की सलाह, विचार सहमति अथवा टिप्पणियाँ प्राप्त करने अथवा मौजूदा नियमों, अनुदेशों आदि के बारे में स्पष्टीकरण कराने के लिए किया जाता है। इसका प्रयोग विभाग द्वारा अपने संबद्ध तथा अधीनस्थ कार्यालय आदि के साथ परामर्श करने और इसी प्रकार विभाग के संबद्ध तथा अधीनस्थ कार्यालयों द्वारा विभाग के साथ परामर्श करने के लिए भी किया जा सकता है।

(ख) अनौपचारिक निर्देश या टिप्पणियों की दो विधियाँ—

1. प्रथम तो यह है कि मिसिल या पंजिका (Register) पर ही यथावश्यक टिप्पणी लिखकर उस पत्रिका को ही तत्संबंधी विभाग, मंत्रालय या कार्यालय में भेज दिया जाता है।
2. दूसरी विधि में यहाँ नोट लिखने वाला टिप्पणीकार पूरी तरह स्वतंत्र होता है, यदि वह चाहे तो अपने-आप में उसे टीपकर अर्थात् टिप्पणी (Note) या ज्ञापन लिखकर अलग से संबंधित कार्यालय या मंत्रालय को भेज सकता है।

(ग) अनौपचारिक निर्देश या टिप्पणी लेखन में बरती जाने वाली सावधानियाँ—

1. इस प्रकार के पत्राचार में संबोधन, स्वनिर्देश या अंत में किसी प्रकार के आदरसूचक शब्दों का प्रयोग नहीं करना चाहिए।
2. यहाँ अशासकीय पत्र संख्या डालने के साथ विभाग या अनुभाग (Section) का नाम नहीं देना चाहिए।
3. पत्र के प्रारंभ में मंत्रालय का नाम, विषय तथा पत्र की मूल आत्मा का संकेत करते हुए तथ्य को सीधी-सरल भाषा में सीधे-सीधे कहना चाहिए। इसकी भाषा आलंकारिक और समझने में आसान होनी चाहिए।

4. इसमें संख्या और दिनांक प्राप्तकर्ता मंत्रालय/विभाग के नीचे पंक्ति खींचकर नीचे देना चाहिए।
5. पत्र के अंत में भवदीय आदि शब्द न लिखकर महज अपना हस्ताक्षर और पदनाम लिखना चाहिए। हाँ, आजकल पद के नीचे अपनी दूरभाष संख्या (Telephone Number) लिखने का चलन शुरू हुआ है, सो इसका भी अनुपालन करना चाहिए।
6. बाईं ओर प्रेषिती, फिर नीचे प्रेषक, विभाग या मंत्रालय/कार्यालय के नाम का उल्लेख क्रमांक और दिनांक के साथ किया जाता है।

अनौपचारिक निर्देश या टिप्पणी का उदाहरण

रेल मंत्रालय, नई दिल्ली

(हिंदी अनुभाग)

विषय : हिंदी में कार्य करने वाले कर्मचारियों को प्रोत्साहन-पुरस्कार

आपके पत्र क्रम संख्या 151/25/317 (हिंदी) के उत्तर में निवेदन है कि रेल मंत्रालय की योजनानुसार विभागीय कर्मचारियों को हिंदी में कार्य करने के लिए प्रेरित किया गया। इसके परिणामस्वरूप अनेक अहिंदी भाषी कर्मचारियों ने हिंदी में कार्य करना प्रारंभ कर दिया है।

इस मंत्रालय का विचार ऐसे कर्मचारियों को हिंदी में टिप्पणी, पृष्ठांकन आदि लिखने का विशिष्ट प्रशिक्षण देने की योजना प्रारंभ करने का है। ऐसी योजना में भाग लेकर सफल सिद्ध होने वाले कर्मचारियों को प्रोत्साहन पुरस्कार देने पर विचार किया जा रहा है।

...

अवर सचिव

भारत सरकार

दिनांक................

रेल मंत्रालय

रेल मंत्रालय अ.नो. क्रम संख्या 5/19/152, हिंदी, दिनांक 7/9/2011

15. संपादक के नाम पत्र (Letter to Editor)

निवेदन—कृपया इस पुस्तक का 'सार्वजनिक पत्र : स्वरूप तथा अर्थ' शीर्षक देखें, धन्यवाद।

16. तुरंत पत्र, त्वरित पत्र, द्रुतगति पत्र या द्रुतगामी पत्र (Express Letter or Immediate Letter)

(क) स्वरूप तथा संप्रति महत्त्व या प्रासंगिकता—इस पत्र को बहुत तेज और फुर्तीली (quick) गति से चलने वाला **'आशु पत्र'** भी कह सकते हैं। आज के सूचना क्रांति के विस्फोटी और बाजारवादी युग में भले ही इस पत्र की महिमा, अहमियत एवं रुतबा कुछ कम हो गया हो, पर कभी यह तत्काल, तुरंत अथवा बिना विलंब के शीघ्रतायुक्त तेज (Fast) गति से होने वाला अति महत्त्व का पत्र था। बहरहाल, तमाम चुनौतियों को झेल यह पत्र आज भी जिंदा है, यद्यपि कुछ लोग कहते हैं कि सरकार ने इसे अब बंद कर दिया है। बहरहाल यह अपुष्ट सूचना है।

इस पत्र का आकार-प्रकार तार (Telegram) या मितव्यय (Savinggram) पत्र की तरह ही होता है, किंतु यह पत्र डाक द्वारा भेजे जाने के कारण द्रुतगामी पत्र कहा जाता है। इस पत्र में अति गोपनीय शासकीय समाचार, निर्देश या सूचनाएँ या संदेश होते हैं, जिन्हें प्रापक के पास यथाशीघ्र भेजना आवश्यक होता है। अतः इसे तत्क्षण वितरित होने के लिए इसके ऊपर 'तुरंत वितरण' (Express Delivery) लिखा जाता है।

(ख) तुरंत पत्र भेजने में सावधानियाँ—

1. इस पत्र की भाषा तार की तरह संक्षिप्त होनी चाहिए, इसे बराबर याद रखना चाहिए।
2. इस पत्र के ऊपर तार की तरह ही संक्षिप्त पता लिखना होता है।
3. अगली सावधानी यह बरतते हैं कि इसमें विषय आदि नहीं लिखे जाते।
4. इसमें संबोधन तथा स्वनिर्देश भी नहीं लिखा जाता।
5. पत्र संख्या तथा शीर्ष भाग लिखना भी निषिद्ध है
6. पत्र के ऊपर द्रुतगामी पत्र लिख देना चाहिए।
7. पत्र के अंत में 'इसका निर्गमन प्राधिकृत है'—वाक्य अवश्य लिखना चाहिए।

तुरंत पत्र का उदाहरण

प्रेषक

श्री ओमप्रकाश त्रिपाठी

प्रधान सचिव

उत्तर प्रदेश शासन

लखनऊ

सेवा में,

सचिव

गृह मंत्रालय
नई दिल्ली
क्रमांक 150/2/2012

लखनऊ : दिनांक : 14 फरवरी, 2012
नियुक्ति (अ) विभाग

श्री रंगनाथ पांडेय, एडीशनल एस.पी. के रूप में नियुक्ति विषयक सरकारी तार संख्या 10 दिनांक 15.1.2012 के संदर्भ में।

पद का वेतनमान भारतीय प्रशासनिक सेवा के ज्येष्ठ काल वेतनमान में विनियमित होगा।

(इसका निर्गमन प्राधिकृत है)
प्रधान सचिव
उत्तर प्रदेश शासन, लखनऊ

17. मंजूरी पत्र या संस्वीकृति पत्र (Sanction Letter)

इस पत्र को हम '**सहमति**', '**स्वीकरण**', '**अनुमोदन**', '**समर्थन**' या '**अनुसमर्थन पत्र**' भी कह सकते हैं। वस्तुतः जब कोई मंत्रालय या विभाग किसी कार्य के संपन्न होने हेतु राष्ट्रपति भवन को पत्र लिखता है, तब उस कार्य के भविष्यगत परिणाम, उसकी संभावना आदि को ध्यान में रखकर राष्ट्रपति कार्यालय तत्संबंधी विभाग को मंजूरी पत्र लिखता है। इस आदेश या मंजूरी पत्र की सूचना जब अन्य विभागों को पत्र लिखकर भेजी जाती है, तब इस पत्र को 'मंजूरी पत्र' या 'संस्वीकृति पत्र' कहते हैं।

मंजूरी पत्र का नमूना

केंद्रीय उत्पाद शुल्क एवं सीमा शुल्क समाहर्तालय, अहमदाबाद

मैं, गृह मंत्रालय, राजभाषा विभाग, नई दिल्ली के कार्यालय ज्ञापन संख्या 14250/6/89–रा. भा. (घ) दिनांक 15.2.90 के अनुसार निम्नलिखित कर्मचारियों को केंद्रीय उत्पाद शुल्क मंडल–6 अहमदाबाद में दिनांक 12.11.90 से दिनांक 16.11.90 तक आयोजित गहन हिंदी कार्यशाला में व्याख्यान देने के लिए उनके नाम के सामने दिखाई गई राशि के बराबर मानदेय एतद् द्वारा मंजूरी देता हूँ—

क्र.सं.	*अधिकारी का नाम एवं पद नाम*	*रकम*
1.	महेश्वर प्रसाद, अपर समाहर्ता (तकनीकी) के उ.श. एवं सी.शु. अहमदाबाद	100.00
2.	एस.एम. मूर्ति, वेतन एवं लेखाधिकारी के उ.श. एवं सी.शु. अहमदाबाद	100.00

3.	बी.डी. पटेल, वेतन एवं लेखाधिकारी के उ.श. एवं सी.शु. अहमदाबाद	100.00

18. उद्घोषणा या घोषणा पत्र (Proclamation)

उद्घोषणा में 'उद्' (उ+क्विप्, तुक) नाम और धातुओं से पूर्व लगने वाला उपसर्ग है। संज्ञाओं के साथ लगकर उससे विशेषण और अव्ययीभाव समास बनाए जाते हैं। 'घोषणा' (घुष्+ल्युट) का अर्थ होता है—उच्च स्वर से बोलना, सार्वजनिक एलान—"व्याघातो जय घोषणादिषु बलादस्मद्बाना कृतः"। इसके अन्य अर्थ **'उद्घोष'** या **'घोषणा'** (announcement) **'ऐलान'**, **'मुनादी'** या **'घोषणा पत्र'** भी होते हैं—"an official and formal public announcement." वस्तुतः यह असाधारण महत्त्व का पत्र होता है, जिसे महज राष्ट्रपति ही किसी विशेष या आपातस्थिति में अपने हस्ताक्षर से जारी कर सकते हैं। इसे हम देश के सर्वोच्च अधिकारी द्वारा जारी एक प्रकार की अधिसूचना कह सकते हैं, जिसे सरकारी गजट में विधिवत् प्रकाशित किया जाता है।

कुल मिलाकर यह कि राष्ट्रपति अथवा राज्यपाल के हस्ताक्षरों से प्रसारित राष्ट्रीय महत्त्व के विषय में असाधारण घोषणा करने के लिए इसका प्रयोग किया जाता है। वस्तुतः इसका प्रयोग केवल संविधान के अनुच्छेद 352 (1) के अधीन निर्गत उद्घोषणाओं में किया जाता है। यह चूँकि अत्यावश्यक होती है, अतः इसे असाधारण गजट में प्रकाशित किया जाता है। स्पष्टतः यह कि जब देश किसी दैवी आपदा, सीमा पर अशांति तथा युद्ध, देश के भीतर युद्धोन्माद की स्थिति, सैन्य विद्रोह की स्थिति या अन्य तरह की सामाजिक उथल-पुथल की विषम स्थिति से गुजर रहा हो तब उद्घोषणा जारी की जाती है। सन् 1975 में देश में आपातकाल लागू करने की घोषणा तत्कालीन राष्ट्रपति श्री फखरुद्दीन अली अहमद ने की थी। इसके पहले एक महत्त्वपूर्ण उद्घोषणा तब हुई थी, जब भारत एक संपूर्ण प्रभुत्व-संपन्न लोकतांत्रिक गणराज्य घोषित हुआ था, जिसका उदाहरण नीचे दिया जा रहा है—

उद्घोषणा या घोषणा पत्र का उदाहरण

भारत सरकार गजट

असाधारण

प्राधिकारी द्वारा प्रकाशित

नई दिल्ली, बृहस्पतिवार 26 जनवरी, 1950

भारत सरकार

गृह मंत्रालय

विज्ञप्ति

नई दिल्ली, 26 जनवरी, 1950

संख्या एफ 34/4/49/पब्लिक

परम श्रेष्ठ श्री राजगोपालाचारी ने 26 जनवरी, 1950 को गवर्नमेंट हाउस के दरबार में 10.15 पूर्वाह्न निम्नलिखित उद्घोषणा की—

उद्घोषणा

''चूँकि भारत के लोगों, भारत को संपूर्ण-प्रभुत्व संपन्न लोकतंत्रात्मक गणराज्य बनाने के लिए दृढ़ संकल्प होकर अपनी संविधान सभा में 26 नवंबर, 1949 ई. को भारत का संविधान अंगीकृत, अधिनियमित और आत्मार्पित किया।

और चूँकि उक्त संविधान द्वारा यह घोषित किया गया है कि इंडिया अर्थात् भारत राज्य संघ होगा और संघ में राज्य क्षेत्र सम्मिलित होंगे, जो अब तक गवर्नर के प्रांत, भारतीय रियासतें और चीफ कमिश्नर के प्रांत थे;

और चूँकि 26 जनवरी, 1950 को उक्त संविधान लागू करने के लिए निश्चय किया गया है;

अतः यह एतद् द्वारा उद्घोषित किया जाता है कि 26 जनवरी, 1950 से इंडिया अर्थात् भारत एक संपूर्ण प्रभुत्व-संपन्न लोकतंत्रात्मक गणराज्य होगा और संघ तथा इसके अंग, भाग राज्य उक्त संविधान के उपबंधानुसार सरकार और प्रशासन की समस्त शक्ति एवं कार्य का उपयोग करेंगे।''

संख्या एफ/66/1/50-पब्लिक

चूँकि श्री राजेंद्र प्रसाद भारत गणराज्य के राष्ट्रपति चुन लिये गए हैं और उक्त पद ग्रहण कर लिया है, अतः उक्त नियुक्ति एतद् द्वारा विज्ञापित की जाती है।

भारत-गणराज्य के राष्ट्रपति के आदेश से।

19. पावती पत्र या प्राप्ति सूचना पत्र अथवा प्राप्ति स्वीकार सूचना पत्र (Acknowledgement)

(क) पावती : अर्थ/आशय—पावती का अर्थ होता है—किसी वस्तु के प्राप्त होने की रसीद। इसके लिए कुछ लोग अंग्रेजी 'Acknowledgement' के साथ 'Reciept' शब्द का भी इस्तेमाल करते हैं। हिंदी में पावती के लिए '**प्राप्ति सूचना**', '**स्वीकृति-अभिस्वीकृति पत्र**', आदि शब्द भी कभी-कभार चल जाते हैं। दरअसल, पावती में पत्र प्राप्ति की सूचना दी जाती है। इसे और अधिक स्पष्ट करते हुए कह सकते हैं कि सामान्य रूप में सरकारी कार्यालयों में जब विचारार्थ कोई आवेदन-पत्र या शिकायती पत्र प्राप्त होता है, तब उसे सक्षम अधिकारी के पास उचित कार्यवाही के लिए भेज दिया जाता है।

इसकी सूचना आवेदक या शिकायत करने वाले को भी दी जाती है कि आपका पत्र प्राप्त हो गया है तथा उचित कार्यवाही के लिए सक्षम अधिकारी के पास भेज दिया गया है। भविष्य में आप उन्हीं से सीधे पत्र-व्यवहार करें।

(ख) पावती पत्र की विशेषताएँ—

1. इसकी संरचना सरकारी पत्र की तरह ही होती है।
2. पावती का कलेवर और प्रारूप या आकार-प्रकार अत्यंत संक्षिप्त होता है।
3. इसमें संबोधन के बाद पत्र की शुरुआत करते हैं।
4. पावती में पत्र भेजने वाला पत्र के अंत में 'कृपया पावती दें' या 'कृपया पावती भेजें' लिखता है, जिसके उत्तर में पावती भेजी जाती है।
5. इसकी भाषा सरल-सहज होती है।
6. पत्र में पावती संलग्न होने से इसका महत्त्व स्वतः बढ़ जाता है।

पावती पत्र का उदाहरण

सेवा में,

डॉ. कैलाश नाथ पांडेय	प्रेषक
रीडर तथा अध्यक्ष	अनुसंधान अधिकारी
हिंदी विभाग	केंद्रीय हिंदी निदेशालय
स्नातकोत्तर महाविद्यालय	दिल्ली
मलिकपूरा, गाजीपुर	

आपका पत्र प्राप्त हुआ, अनुदान राशि भेजी जा रही है।

भवदीय
हस्ताक्षर...
अनुसंधान अधिकारी
केंद्रीय हिंदी निदेशालय
दिल्ली

20. मितव्यय पत्र, बचत पत्र, सेविंगग्राम या कूटपत्र (Saving-Gram Letter)

सामान्य जन के प्रयोग-पहुँच से बहुत दूर कभी भारत सरकार तथा विदेशों के बीच राजनयिक तथा कूटनीतिक संबंध-सूत्र तथा संवाद स्थापन में सहायक मितव्यय पत्र सशक्त संचार साधनों के जन्मने के कारण आज अपने अस्तित्व को लेकर काफी जद्दोजहद कर रहा है। कूट (कूट+अच्=कुटास्यु: पूर्वसाक्षिव्य:) अर्थात् गूढ़, जटिल और पेचीदी भाषा (Code Language) में लिखे जाने के कारण कभी इसे '**कूटपत्र**'

कहा गया तो कभी किफायती कम खर्चीला (Saving) तथा मितव्यय (reduction in expense) होने के कारण इसे '**मितव्यय**' तथा '**बचत पत्र**' कहा गया। इसे ही '**कूट संदेश**' भी कहा जाता है।

बहरहाल, अपने शक्लोशबाहत, आकार-प्रकार, डील-डौल तथा आकृति-स्वभाव में यह पत्र तार तथा द्रुत पत्र का हमशक्ल तथा पड़ोसी होता है। वस्तुतः यह द्रुत पत्र या तुरंत पत्र का कूटित रूप होता है। इस पत्र का प्रयोग अधिकांशतः दूतावासों तथा सैनिक गतिविधियों में होता है। समय तथा खर्च की बचत इस पत्र का मूल स्वभाव है। यह पत्र अपने-आप में इतना गोपनीय होता है कि इसे भरसक डाक के माध्यम से नहीं भेजा जाता। इसके बारे में कूट, गूढ़, रहस्याच्छदित संदेश भेजा जाता है। उसमें 'साइफर' का प्रयोग किया जाता है। जिसका आशय केवल प्रेषिती (remittee) को ही पता होता है। हाँ, एक सावधानी यहाँ यह बरती जाती है कि मितव्यय पत्र के साथ दूसरा कोई अन्य पत्र न जाए। पत्र भेजते समय यह भी ध्यान रखा जाता है कि इसके ऊपर कूट पत्र लिख दिया जाए।

अतिशय गोपनीय होने के कारण इस पत्र को दूतावासों के माध्यम से 'राजनयिक बैग' (Diplomatic bag) या 'कूटनीतिक थैले' में रजिस्ट्री (पंजीकृत) डाक बीमा द्वारा Express Delivery के रूप में भेजा जाता है। इसका महत्त्व तार की तरह होता है, लेकिन इसके साथ में प्रतिलिपि भेजने की कोई आवश्यकता नहीं होती। इसके लिखने में यथासंभव कम शब्दों का प्रयोग करते हैं। हवाई यातायात की सुविधा से पहले इसे पानी के जहाज से भेजा जाता था, पर अब यह हवाई जहाज से भेजा जाता है। प्रत्येक कार्यालय में कूटपत्र का प्रयोग नहीं किया जाता, बल्कि जिन दूतावासों में इसका प्रयोग होता है, वहाँ इसकी गूढ़ भाषा को समझने तथा इस पर अमल संबंधी कार्यवाही के लिए दिशा-निर्देश देने के लिए विशेष अधिकारी होते हैं। विदेश मंत्रालय ने संप्रति कूटपत्र भेजने संबंधी कुछ कड़े नियमों को बनाया है, उनका सख्त अनुपालन बेहद जरूरी कर दिया गया है।

21. अनुस्मारक, अनुस्मरण, संज्ञापन, ध्यानाकर्षण या स्मृति पत्र (Reminder)

(क) व्युत्पत्ति तथा परिभाषा—'अनु' उपसर्ग 'स्मृ' धातु तथा 'ल्युट्' प्रत्यय से बने 'अनुस्मरणम्' का अर्थ होता है—फिर से ध्यान में लाना, स्मरण करना, बारंबार स्मरण करना। 'स्मारक' शब्द की निष्पत्ति 'स्मृ' धातु से हुई है, जिसका आशय होता है—याद दिलाना। इधर 'अनु' का अर्थ होता है—पीछे, बाद में तथा पुनः। इस तरह से अनुस्मारक पत्र का अर्थ हुआ—'बीती या विस्मृत बात को याद दिलाने वाला पत्र।' इसी

अर्थ को और अधिक साफ करते हुए हम कह सकते हैं कि किसी सरकारी पत्र का उत्तर उचित-अपेक्षित समय पर प्राप्त न होने पर तत्संबंधी कार्यालय या विभाग को जो स्मरण पत्र लिखा जाता है, उसे हम 'अनुस्मारक पत्र' कह सकते हैं। कुल मिलाकर यह कि जब उचित समयावधि के भीतर किसी सरकारी पत्र का उत्तर प्राप्त नहीं होता है तो याद दिलाने के लिए स्मृति पत्र (Reminder) का प्रयोग किया जाता है।

'अनुस्मारक' के पर्याय के रूप में हिंदी में 'अनुस्मरण', 'संज्ञापन', 'ध्यानाकर्षण' या 'स्मृति पत्र' शब्दों का प्रयोग करते हैं। उर्दू में इसके लिए उपयुक्त शब्द **'तकाजा'** है, जिसका अर्थ होता है—किसी काम के लिए किसी से बराबर कहना। इधर, अनुस्मारक के लिए अंग्रेजी में Reminder शब्द का प्रयोग करते हैं, यद्यपि Reminder के लिए हिंदी में कई शब्दों, यथा—**'संस्मृति'**, **'स्मरण कराने वाला'**, **'याद दिलाने वाला'** शब्दों का प्रयोग करते हैं, किंतु चलन में अनुस्मारक शब्द ही है।

(ख) अनुस्मारक पत्र के अंग—

1. क्रम संख्या
2. प्रेषक कार्यालय का नाम
3. प्रेषक का नाम और पद
4. प्राप्तकर्ता का पद और पता
5. स्थान और दिनांक
6. विषय
7. संबोधन
8. विषय संदर्भ
9. स्वनिर्देश
10. हस्ताक्षर

(ग) अनुस्मारक पत्र लिखने की आवश्यकता—

1. जब किसी मंत्रालय, कार्यालय या किसी विभाग से पूर्व पत्र में माँगी गई सूचना, निर्णय या टिप्पणी आदि उपयुक्त समय पर प्राप्त नहीं होती, तब उसे प्राप्त करने के लिए अनुस्मारक लिखने की जरूरत होती है।
2. अपेक्षित सूचनाओं की समय पर अनुपलब्धता से कार्य और कार्यालय दोनों का अहित होता है, अतः ऐसी स्थिति में पुनः स्मरण के लिए 'अनुस्मारक पत्र' लिखा जाता है।
3. अनुस्मारक पत्रों के बार-बार भेजने से काम का हर्ज तो अवश्य होता है, पर दूसरी ओर कार्यालयों तथा उनकी शोभा फाइलों की गतिशीलता निरंतर बनी रहती है।

4. बार-बार अनुस्मारक पत्र भेजने से कुल मिलाकर कार्य संपादन में क्षिप्रता आती है, सोया हुआ कार्यालय जगा रहता है।
5. जब किसी पत्र का उत्तर अधिकतम 15 दिन के भीतर न आए तो पूर्व में भेजे गए पत्र के संदर्भ का हवाला देते हुए अनुस्मारक पत्र लिखने की आवश्यकता होती है।

(घ) अनुस्मारक पत्र की विशेषताएँ—

1. अनुस्मारक पत्र की कोई स्वतंत्र हैसियत, रूप या इयत्ता नहीं होती है, जो होती है वह अति संक्षिप्त होती है अर्थात् अनुस्मारक आकार में छोटे होते हैं और इनका काम ही है इच्छित पत्र का उत्तर समय पर न मिलने पर याद दिलाना।
2. अनुस्मारक का कलेवर, आकृति, आकार भेजे गए प्रथम पत्र की तुलना में कम होता है।
3. अनुस्मारक दूरभाष (Telephone), तार (Telegram) तथा द्रुतगामी पत्र (Express Letter) द्वारा भी भेजा जा सकता है।
4. अनुस्मारक पत्र कई शक्ल-सबीह में, यथा सरकारी पत्र के रूप में अर्द्ध-सरकारी पत्र के रूप में कार्यालय ज्ञापन के साथ-साथ अन्य प्रकार के भी होते हैं।
5. अनुस्मारक देते समय पहले भेजे गए पत्र के रूप को ही पुनः दुहरा दिया जाता है।
6. सांकेतिकता, संक्षिप्तता इसकी अलग विशेषता होती है।

(ङ) अनुस्मारक पत्र लिखते समय ध्यान देने योग्य बातें या अनुस्मारक पत्र की रचना विधि—

1. अनुस्मारक के लिए पत्र-व्यवहार का वही रूप अपनाना चाहिए, जिस रूप में मूल पत्र भेजा गया था अर्थात् शासकीय पत्र का अनुस्मारक शासकीय पत्र के रूप में अर्द्धशासकीय पत्र का अर्द्धशासकीय पत्र तथा कार्यालय ज्ञापन का कार्यालय ज्ञापन के रूप में ही प्रेषित किया जाएगा।
2. अनुस्मारक पत्र में पिछले पत्र या मूल पत्र की क्रम संख्या, दिनांक तथा विषय संदर्भ की चर्चा की जाती है।
3. उसे और अधिक स्पष्ट करते हुए डॉ. रमेश चंद्र त्रिपाठी तथा डॉ. पवन अग्रवाल कहते हैं कि अनुस्मारक की ऊपरी रूपरेखा अन्य सामान्य कार्यालयी पत्रों के समान ही होती है। केवल दो बातों का अंतर होता है—एक तो सबसे

ऊपर उद्धरण चिह्न या चौखटे में अनुस्मारक शब्द लिखा रहता है। इसे देखते ही प्राप्तकर्ता सचेत हो जाता है। वह समझ जाता है कि इस मामले में संबंधित प्राप्त पहले पत्र पर कार्यवाही करने में जो विलंब हुआ है, वह अब नहीं होना चाहिए। 'सामान्य कार्यालयी पत्र' से अनुस्मारक को अलगाने वाली दूसरी विशेष बात यह है कि क्रमांक, दिनांक, संबोधन, संदर्भ संकेत आदि के बाद मूल विषयवस्तु देते समय सबसे पहले पूर्व पत्र या संदर्भ का स्मरण कराया जाता है, जैसे—मुझे इसी कार्यालय के पत्र क्रमांक...दिनांक...की ओर आपका ध्यान आकृष्ट कराने का निर्देश हुआ है...इत्यादि।

4. यदि एक ही विषय पर एक से अधिक बार अनुस्मारक भेजा जाता है तो सबसे ऊपर दाईं ओर दूसरा अनुस्मारक, तीसरा अनुस्मारक आदि भी ध्यानाकर्षण के लिए लिख दिया जाता है।

अनुस्मारक का उदाहरण

सरकारी पत्र के रूप में

क्रम संख्या 160/76 प्रशासन

भारत सरकार

वित्त मंत्रालय

प्रेषक

श्री बद्रीनाथ सिंह

अवर सचिव

भारत सरकार

सेवा में,

मुख्य सचिव

बिहार सरकार

पटना

नई दिल्ली, 8 जून, 2011

विषय : जनपद बक्सर में बाढ़ नियंत्रण भवन निर्माण के लिए 50 लाख रुपए की स्वीकृति।

महोदय,

उपर्युक्त विषय पर इस मंत्रालय के इसी क्रम संख्या तथा दिनांक 10 अप्रैल, 2011 के पत्र के प्रसंग में निवेदन है कि अपेक्षित विवरण अभी तक आपके कार्यालय से प्राप्त नहीं हुआ है।

यह मामला अत्यधिक आवश्यक है, इसलिए पूर्ण विवरण तत्काल भेजने की कृपा करें।

भवदीय
संजीव दीक्षित
अवर सचिव
भारत सरकार

22. वारंट, पकड़ने का हुक्मनामा या अधिपत्र (Warrant)

(क) अर्थ/आशय तथा परिभाषा—इसे हिंदी में **'अधिपत्र'**, **'आज्ञापत्र'**, उर्दू में **'परवाना गिरफ्तारी वारंट'** तथा **'पकड़ने का हुक्मनामा'** और अंग्रेजी में **'वारंट'** (Warrant) कहते हैं। "a write or order issued by some authority, empowering an officer to make an arrest siezure or search or to execute a judicial sentence." वस्तुतः वारंट फौजदारी न्यायालय द्वारा निर्गत एक ऐसा पत्र होता है, जो थानाध्यक्ष या किसी पुलिस अधिकारी को यह निर्देशित तथा अधिकृत करता है कि वे पत्र में उल्लिखित व्यक्ति को गिरफ्तार कर उसे न्यायालय के सम्मुख प्रस्तुत करें। वारंट जारी करने से पहले तत्संबंधी व्यक्ति को सम्मन भेजा जाता है। सम्मन तामील हो जाने के बाद भी यदि अपेक्षित व्यक्ति नियत दिनांक या उससे पूर्व न्यायालय में उपस्थित नहीं होता है, तब अधिपत्र जारी किया जाता है। इसे और अधिक स्पष्ट करते हुए डॉ. मुरलीधर चतुर्वेदी कहते हैं कि यह एक ऐसा लिखित आदेश है, जो मजिस्ट्रेट द्वारा हस्ताक्षरित और जारी किया जाता है। यह आदेश किसी पुलिस अधिकारी को अथवा नाम से किसी व्यक्ति को संबोधित होता है और उसे समादिष्ट किया जाता है कि वह उस व्यक्ति को गिरफ्तार करके न्यायालय के समक्ष हाजिर करे, जिसका नाम उसमें उल्लिखित रहता है। इस तरह गिरफ्तारी का वारंट एक लिखित प्राधिकार है, जो किसी व्यक्ति की गिरफ्तारी के लिए सक्षम मजिस्ट्रेट द्वारा दिया जाता है। व्यापकतः वारंट शब्द का तात्पर्य किसी अधिकारी द्वारा जारी किया गया एक रिट या आदेश है, जिसमें किसी अधिकारी को कोई गिरफ्तारी, जब्ती या तलाशी करने के लिए अथवा किसी न्यायिक दंडादेश के निष्पादन के लिए सशक्त किया गया है—"Warrant is a writ or order issud by some authority ampowering an officer to make an arrest, seizure or search or to execute a judicial section." वारंट दो प्रकार का होता है—जमानतीय तथा गैर-जमानतीय।

(ख) गिरफ्तारी वारंट के लिए कुछ आवश्यक शर्तें—

1. गिरफ्तारी के लिए जारी किया जाने वाला वारंट लिखित होना चाहिए।

2. ऐसे प्रत्येक वारंट पर न्यायालय के पीठासीन अधिकारी का हस्ताक्षर होना चाहिए।
3. ऐसे प्रत्येक वारंट पर न्यायालय की मुद्रा या मुहर लगी होनी चाहिए।
4. गिरफ्तारी के वारंट में गिरफ्तार किए जाने वाले व्यक्ति का पूर्ण विवरण, जैसे नाम, पिता का नाम, जाति, निवास-स्थान आदि लिखा जाना चाहिए, ताकि उसको ठीक से पहचाना जा सके।
5. गिरफ्तारी के वारंट में गिरफ्तार किए जाने वाले व्यक्ति द्वारा किए गए अभिकथित अपराध का उल्लेख होना चाहिए।
6. गिरफ्तारी के वारंट में उस पुलिस अधिकारी अथवा व्यक्ति का नाम लिखा होना चाहिए, जिसे निर्दिष्ट किया गया है और जिसे वारंट का निष्पादन करना है।
7. गिरफ्तारी का वारंट तब तक प्रवर्तन में विद्यमान रहता है जब तक कि

(क) वह उसे जारी करने वाले न्यायालय द्वारा रद्द नहीं कर दिया जाता या

(ख) जब तक उसका निष्पादन नहीं कर दिया जाता।

गिरफ्तारी वारंट का उदाहरण

(धारा 70 देखिए)

प्रेषिती ····

(उस व्यक्ति या उन व्यक्तियों के नाम और पदनाम जिसे या जिन्हें वारंट निष्पादित करना है)

··· (पता) के ··· (अभियुक्त का नाम) पर ··· (अपराध लिखिए) के अपराध का आरोप है, इसलिए आपको इसके द्वारा निर्देश दिया जाता है कि आप उक्त ··· को गिरफ्तार करें और मेरे समक्ष पेश करें। इसमें चूक नहीं होनी चाहिए।

ता. ···

(न्यायालय की मुद्रा) (हस्ताक्षर)

(धारा 71 देखिए)

यह वारंट निम्नलिखित रूप से पृष्ठांकित किया जा सकेगा—

यदि उक्त··· तारीख··· को मेरे समक्ष हाजिर होने के लिए और जब तक मेरे द्वारा अन्यथा निर्दिष्ट न किया जाए ऐसे हाजिर होते रहने के लिए स्वयं··· रुपए की राशि की जमानत··· रुपए की राशि ने एक प्रतिभू सहित (या दो प्रतिभूओं सहित, जिनमें से प्रत्येक ··· रुपए की राशि का होगा) दे दे तो उसे छोड़ा जा सकता है।

ता. ....

(न्यायालय की मुद्रा) (हस्ताक्षर)

23. करारनामा या अनुबंध पत्र (Agreement)

इसके लिए हिंदी में '**आपसी समझौता पत्र**', '**सहमति पत्र**', उर्दू में '**राजीनामा**', '**करारनामा**', '**इकबाल**' एवं '**अहदनामा**' आदि शब्द भी इस्तेमाल होते हैं। अंग्रेजी में **'Promise'** तथा **'Undertaking'** शब्द प्रयुक्त किए जाते हैं। बहरहाल, दो व्यक्तियों के बीच किसी बिंदु पर सहमति बनाना करारनामा या **इकरारनामा** कहा जाता है। यहाँ दो लोगों के बीच किसी मुद्दे पर बनी सहमति ही कागज या स्टैंप पेपर पर लिखी जाती है। इसे ही अनुबंध कहा जाता है—"every promise and every set of promise forming the consideration for each other." इस करारनामे के कई रंग-रूप, आकार-प्रकार होते हैं, यथा—प्रकाशक-लेखक के बीच रॉयल्टी का करारनामा (Agreement), संपत्ति या जमीन की खरीद-फरोख्त, लेन-देन का करारनामा, निजी क्षेत्र में कार्यरत लोगों के बीच और प्रबंधन के बीच सेवा-शर्तों का करारनामा। यहाँ यह ध्यान रखना होगा कि करारनामा (Agreement) के लिए स्वीकृति (Acceptance) तथा प्रस्ताव (Offer) दोनों आवश्यक होते हैं, अन्यथा वह Agreement पुख्ता नहीं माना जाएगा। भारतीय संविदा अधिनियम की धारा 2 (ङ) में करार की परिभाषा इस प्रकार की गई है—''प्रत्येक प्रतिज्ञा तथा प्रतिज्ञाओं का प्रत्येक समूह, जो एक-दूसरे के लिए प्रतिफल का रूप ले रहे हों, एक करार कहलाता है।''

करारनामा का उदाहरण

पुस्तक की रॉयल्टी का अनुबंध पत्र

प्रथम पक्ष : लेखक का नाम, पता, दिनांक व स्थान

द्वितीय पक्ष : कोई सरकारी शिक्षा संस्थान, जिसे पूरे करारनामे में सरकार लिखा जाएगा—
दोनों पक्ष अधोलिखित शर्तों पर···

1.
2.
3.
4.

हस्ताक्षर	हस्ताक्षर
लेखक	सरकार की ओर से···
	पदनाम···
	मोहर···
साक्षी (हस्ताक्षर)	साक्षी (हस्ताक्षर)
पूरा नाम	पूरा नाम
पूरा पता	पूरा पता

24. परमिट अनुमति पत्र या आज्ञा पत्र (Permit)

'परमिट' को कुछ लोग 'लाइसेंस' का समानधर्मा-समानार्थी समझ लेते हैं, शायद इसीलिए इसके उक्त हिंदी नामों के अलावा इसका एक अन्य नाम **'अनुज्ञा पत्र'** (Permit Letter) भी मिल जाता है। दरअसल, 'परमिट' का अर्थ होता है—**इजाजत देना, आज्ञा, अनुमति** (Permission) **देना**। परमिट एक तरह का **'अधिकार पत्र'** कहा जा सकता है। जिसको परमिट दिया जाता है, वह **'अनुज्ञप्ति'** (Permitted) कहा जाता है। कुल मिलाकर 'वैध' काम करने का यह **सरकारी प्रमाण पत्र** माना जा सकता है। उदाहरण के लिए, सड़कों पर ट्रक, बस, मोटरगाड़ी चलाने के लिए परमिट दिया जाता है, जिसमें उल्लिखित होता है कि यह परमिट अमुक समय तक के लिए वैध है, उस परमिट में यह भी स्पष्ट लिखा होता है कि बस में सवारियों की अधिकतम संख्या कितनी रहनी चाहिए, ट्रक में वस्तु का भार कितना होना चाहिए। यद्यपि यह सब बस, ट्रक की छोटाई-बढ़ाई, आकार-प्रकार पर भी निर्भर होता है। इसी तरह चीनी, सीमेंट, स्पिरिट आदि बेचने के लिए परमिट की जरूरत होती है। यहाँ हमें यह ध्यान रखना चाहिए कि परमिट उन्हीं वस्तुओं का बनता है, जो सरकारी नियंत्रण में हैं। कभी-कभी सरकारी नियंत्रण वाले स्थलों पर किसी उत्सव या समारोह को संपादित करने के लिए भी परमिट की आवश्यकता होती है।

परमिट का उदाहरण

केरोसिन (मिट्टी के तेल) का परमिट

नाम…

पिता का नाम…

पता…

सामान-केरोसिन का तेल

मात्रा 10 ड्रम या बड़ा पीपा

परमिट जारी करने वाले अधिकारी का हस्ताक्षर

जिलापूर्ति अधिकारी

गाजीपुर, उत्तर प्रदेश

10 जुलाई, 2013

25. क्रयादेश या माँग पत्र (Purchase Order or Purchase Letter)

यह एक तरह का **व्यापारिक पत्र** (Business Letter) कहा जा सकता है। व्यापारिक लेन-देन में इसका विशेष महत्त्व होता है। यह पत्र किसी व्यापारिक प्रतिष्ठान या फर्म का प्रतिनिधि कहा जा सकता है। इस पत्र के माध्यम से एक व्यवसायी दूसरे

व्यवसायी से वस्तुओं की माँग या खरीद का आदेश देता है। इसकी भाषा सरल, प्रचलित तथा स्पष्ट होती है। कठिन-क्लिष्ट या साहित्यिक शब्द इस पत्र को लघुता प्रदान करते हैं।

क्रयादेश या माँग पत्र का उदाहरण

डॉ. कैलाश नाथ पांडेय
नवकापुरा, लंका
जनपद-गाजीपुर (उ.प्र.)
दिनांक : 16 अगस्त, 2011
दूरभाष : 09451779235
0548-2224275

सेवा में,

प्रभात प्रकाशन
4/19, आसफ अली रोड
नई दिल्ली-110 002
दूरभाष : 011-23289666
फैक्स : 011-23253233

महोदय,

कृपया अधोलिखित पुस्तकें रजिस्टर्ड वी.पी. से भिजवाने का कष्ट करें। वी.पी. मिलते ही छुड़ा ली जाएँगी। साथ ही अपना नवीनतम पुस्तक प्रकाशन सूची-पत्र भिजवाने का कष्ट करें।

सधन्यवाद,

भवदीय
(डॉ.) कैलाशनाथ पांडेय

पुस्तकों की सूची

1. हिंदी पत्रकारिता : विविध आयाम	डॉ. वेद प्रताप वैदिक	1 प्रति
2. जनसंचार माध्यमों में हिंदी	डॉ. चंद्रकुमार	1 प्रति
3. जनसंचार : कल और आज	डॉ. मुक्तिनाथ झा	1 प्रति
4. भाषा साहित्य और संस्कृति	डॉ. मुकेश अग्रवाल	1 प्रति
5. भाषा-विज्ञान का रसायन	डॉ. कैलाशनाथ पांडेय	1 प्रति
6. प्रयोजनमूलक हिंदी की नई भूमिका	डॉ. कैलाशनाथ पांडेय	1 प्रति

26. शासनादेश या आदेश पत्र (Govt. Order or G.O.)

(क) अर्थ/आशय—आ+दिश्+घञ = आदेश शब्द का अर्थ होता है—आज्ञा, राजादेश, सलाह, उपदेश, निर्देश, नियम, विवरण, सूचना, संकेत तथा भविष्यकथन—'आदेशं देशकालज्ञः प्रतिजग्राह'। उर्दू में इसके लिए **हुक्म**, **इजाजत**, **फरमान**, **हुक्मनामा** आदि शब्दों का प्रयोग होता है। बहरहाल, यदि यहाँ आदेश को परिभाषित किया जाए तो कह सकते हैं कि केंद्र सरकार के कार्यालयों, विभागों आदि में नए पदों के सृजन, कर्मचारियों से संबंधित महत्त्वपूर्ण विषयों पर सरकार द्वारा लिये गए निर्णयों की जानकारी, प्रशासनिक मामलों में की गई कार्यवाही की सूचना, शक्तियों के प्रत्यायोजन (Delegation of power) आदि की जानकारी आदेश के माध्यम से दी जाती है।

वित्तीय मंजूरियाँ भेजने में भी इसी पत्र का प्रयोग होता है। ये मंजूरी पत्र राष्ट्रपति की ओर से (मात्र राष्ट्रपति शब्द का उल्लेख) लिखे जाते हैं। यहाँ यह ध्यान रखना चाहिए कि विभागाध्यक्षों, कार्यालयाध्यक्षों आदि को लिखे जाने वाले आदेश या शासनादेश को '**परिपत्र शासनादेश**' कहा जाता है।

(ख) आदेश पत्र लिखते समय ध्यान देने योग्य बातें—

1. आदेश पत्र की भाषा अन्य पुरुष में होनी चाहिए।
2. यहाँ संबोधन तथा अधोलेख नहीं होता।
3. इस पत्र में प्रथम अनुच्छेद (Paragraph) में संख्या नहीं लिखी जाती।
4. आदेश पत्र की भाषा में आदेश दिया जाता है; 'करें', 'की जाए', 'सूचित किया जाता है', तथा 'की जाएगी' वाक्यों का प्रयोग करना चाहिए एवं
5. आदेश की सूचना देने के साथ-साथ यहाँ आदेशात्मक भाषा में सुझाव भी माँगा जा सकता है।

शासनादेश या आदेश पत्र का उदाहरण

कार्यालय का नाम, पता

पत्र संख्या···

दिनांक···

आदेश

अधोलिखित कर्मचारियों को बार-बार चेतावनी देने के बाद भी वे समय पर कार्यालय में उपस्थित नहीं होते हैं। उनका यह कार्य कतई उचित नहीं माना जाएगा। अतः इन्हें आदेश दिया जाता है कि आज से वे समय पर कार्यालय में उपस्थित हो अपना हस्ताक्षर उपस्थिति पंजिका में करें।

हस्ताक्षर

पदनाम

प्रतिलिपि

संबंधित कर्मचारी/अधिकारी
विभाग के विभिन्न अनुभाग

27. जिलाधिकारी का आदेश (Order of District Magistrate)

जिलाधिकारी जिले का सबसे बड़ा मुख्तार, मुस्तहक और दायाधिकारी होता है। दूसरे शब्दों में जिलाधीश या जिलाधिकारी किसी जिले का सर्वाधिक अधिकार-संपन्न, स्वत्व-संपन्न तथा शक्ति-संपन्न राजपुरुष, मालिक या स्वामी होता है—'सर्वे स्युरधिकारिण:'। किसी जनपद की शांति, सुरक्षा के साथ-साथ सांप्रदायिक, जातीय और धार्मिक उन्माद पर नियंत्रण जिलाधिकारी का प्रमुख कार्य है। बाढ़, सूखा, आगजनी आदि दैवी आपदाओं से राहत के लिए जिलाधिकारी के आदेश का बड़ा महत्त्व होता है। लोकसभा, विधानसभा, नगर निकाय या ग्राम प्रधानी के चुनावों में शांति बनाए रखना जिलाधिकारी/जिलाधीश का ही उत्तरदायित्व होता है। चुनाव के समय जिलाधिकारी द्वारा दिए गए आदेश का एक उदाहरण इस प्रकार है—

जिलाधिकारी का आदेश : उदाहरण

निर्वाचन अति आवश्यक
फोन : 2220211

कार्यालय जिला निर्वाचन अधिकारी
जनपद-गाजीपुर (उत्तर प्रदेश)

संख्या/निर्वाचन-443/11 दिनांक : 3 मई, 2009

प्रेषक,

जिला निर्वाचन अधिकारी एवं
रिटर्निंग ऑफिसर
75 गाजीपुर संसदीय निर्वाचन क्षेत्र
गाजीपुर।

सेवा में,

जिला निर्वाचन अधिकारी एवं
रिटर्निंग ऑफिसर
72 बलिया संसदीय निर्वाचन क्षेत्र
बलिया।

विषय : 72 बलिया संसदीय निर्वाचन क्षेत्र में समाविष्ट 377 जहूराबाद व 378 मोहम्मदाबाद विधानसभा क्षेत्र के कर्तव्यारूढ़ मतदाता द्वारा प्राप्त डाक

मतपत्र से संबंधित सील्ड मतपेटिका गणना हेतु भेजा जाना।

महोदय,

उपर्युक्त विषय की ओर आपका ध्यान आकृष्ट करते हुए अवगत कराना है कि 72 बलिया संसदीय निर्वाचन क्षेत्र में समाविष्ट इस जनपद के 377 जहूराबाद एवं 378 मोहम्मदाबाद से संबंधित कर्तव्यारूढ़ मतदाताओं द्वारा प्राप्त डाक मतपत्र की गणना आप के द्वारा किया जाना है। अस्तु इस संबंध में 377 जहूराबाद व 378 मोहम्मदाबाद के कर्तव्यारूढ़ मतदाता, जो मतदान कार्मिक के रूप में कार्य किए हैं, उनके द्वारा प्राप्त डाक मतपत्रों से संबंधित सील्ड मतपेटिका उप जिलाधिकारी/ए.आर.ओ. मोहम्मदाबाद द्वारा गणना हेतु भेजा जा रहा है।

कृपया इसकी प्राप्ति स्वीकार करें।

भवदीय

(संजय प्रसाद)
जिलाधिकारी/
जिला निर्वाचन अधिकारी,
गाजीपुर

प्रतिलिपि—निम्नांकित को सूचनार्थ एवं आवश्यक कार्यवाही हेतु प्रेषित—

1. पुलिस अधीक्षक, गाजीपुर को इस आशय से प्रेषित कि कृपया ए.आर.ओ./उप जिलाधिकारी, मोहम्मदाबाद को दिनांक 5.5.09 समय 10.00 बजे उक्त सील्ड मतपेटिका की सुरक्षा हेतु आवश्यक पुलिस बल प्राप्त कराने का कष्ट करें।
2. प्रतिसार निरीक्षक, पुलिस लाइन गाजीपुर।
3. ए.आर.ओ./उप जिलाधिकारी, मोहम्मदाबाद को इस निर्देश के साथ प्रेषित है कि वे डाक मतपत्र से संबंधित सील्ड मतपेटिका को गाजीपुर कोषागार के डबल लॉक से निकालकर आर.ओ. बलिया को प्राप्त कराना सुनिश्चित करें।
4. मुख्य कोषाधिकारी, गाजीपुर को इस निर्देश के साथ प्रेषित कि दिनांक 5.5.09 को उपर्युक्त सील्ड मतपेटिका डबल लॉक से निकलवाकर उप जिलाधिकारी, मोहम्मदाबाद को उपलब्ध करा दें।
5. ए.आर.ओ. 377 जहूराबाद/डिप्टी कलेक्टर, गाजीपुर को सूचनार्थ एवं आवश्यक कार्यवाही हेतु।

(संजय प्रसाद)
जिलाधिकारी/जिला निर्वाचन अधिकारी
गाजीपुर

28. कार्यालय आदेश (Office Order)

(क) अर्थ/अभिप्राय—कार्यालय आदेश को हम एक **आदेशनुमा अंतरविभागीय पत्राचार** कह सकते हैं। कार्यालयों की स्थानीय व्यवस्था, अनुशासन और प्रयोजन ही इसके मूल विषय होते हैं। साफ शब्दों में अनुभागों या अधिकारियों के मध्य कार्यों का वितरण, पदोन्नति-पदावनति, कर्मचारियों की नियुक्ति, तैनाती, स्थानांतरण, उनकी छुट्टियाँ, नए पदों का सृजन, कर्मचारियों को किसी तरह की अनुशासनहीनता के आरोप में नोटिस या चेतावनी, वेतन वृद्धि पर रोक आदि विषय ही कार्यालय आदेश की मूल जमीन होते हैं। वस्तुत: सरकारी कार्यों के लिए आजकल कार्यालय आदेश का प्रयोग प्रमुख संपर्क बना हुआ है। कार्यालय आदेश किसी भी मंत्रालय, संबद्ध विभाग-प्रभाग, अनुभाव एवं कार्यालय के कर्मचारियों के लिए समय-समय पर निकाले गए आदेशों की सूचना है। कार्यालय आदेश किसी सक्षम अधिकारी द्वारा संबंधित कार्य हेतु निकाला जाता है। इस आदेश के अनुसार कर्मचारियों को आदेशों का अनुपालन करना आवश्यक होता है। कार्यालय आदेश एक व्यक्ति या सभी कर्मचारियों के लिए होता है। इसका प्रयोग कार्यालयों की पदोन्नति, वेतन-वृद्धि, छुट्टियों की स्वीकृति या अस्वीकृति, पदवृद्धि आदि के लिए किया जाता है।

(ख) कार्यालय आदेश की रचना शैली या लिखने की विधि—

1. कार्यालय आदेश में किसी तरह की औपचारिकता का निर्वहन नहीं किया जाता।
2. इसमें अन्य पुरुष का प्रयोग किया जाता है। संबोधन और अधिलेख की गुंजाइश यहाँ नहीं होती।
3. कार्यालय आदेश में नीचे बाईं ओर उन लोगों का उल्लेख किया जाता है, जिनके निमित्त यह कार्यालय आदेश दिया गया होता है।
4. कार्यालय आदेश में सबसे ऊपर भारत सरकार या प्रदेश सरकार, तदनंतर मंत्रालय का नाम, बाईं ओर पत्र संख्या, पुन: बिना किसी संबोधन के विषय लेखन करते हैं।
5. सबसे नीचे दाईं ओर उन लोगों का उल्लेख किया जाता है, जिनके निमित्त यह कार्यालय आदेश दिया गया होता है।
6. यदि किसी को पत्र भेजना है तो पत्र की समाप्ति पर बाईं ओर प्रतिलिपि लिखते हैं।

(ग) कार्यालय आदेश की विशेषताएँ—

1. कार्यालय आदेश का प्रारूप सीधा और सरल होता है।
2. कार्यालय आदेश निश्चयात्मक होता है।

3. यह पत्र हमेशा ऊपर से नीचे अर्थात् वरिष्ठ से कनिष्ठ को संबोधित होता है।
4. कार्यालय आदेश औपचारिक होते हुए भी विषय, प्रेषक, प्रेष्य, अभिवादन तथा पत्रांक जैसी कई अन्य व्यावहारिकता से रहित होते हैं।
5. अधिकांश कार्यालयों में कार्यालय आदेश लिखने के लिए अलग से एक विशेष रजिस्टर होता है।
6. इसका स्वभाव-स्वरूप महज सूचनार्थ होता है, प्रश्नोत्तर यहाँ नहीं किया जाता।

(घ) कार्यालय आदेश लिखने के उद्देश्य—

1. नियुक्ति, पदोन्नति, सेवा-निवृत्ति आदि की सूचना देना।
2. इसके अतिरिक्त कार्यालय के एक-एक कामकाज की जानकारी तथा नियम संबंधित कर्मचारियों को देना।
3. सरकारी आदेश-निर्देश की सूचना देना।
4. किसी व्यक्ति विशेष से भी संबंधित सूचना मुहैया कराना।
5. किसी प्रशासकीय आदेश के अनुपालन के साथ-साथ स्थायीकरण तथा स्थानांतरण आदि की सूचना देना।

(ङ) कार्यालय आदेश का महत्त्व—

1. किसी कार्यालय के सभी कार्यों को विधिवत् और मुकम्मल ढंग से संपादित-संचालित करने में कार्यालय आदेश का योगदान होता है।
2. कार्यालय आदेश किसी कार्यालय की बड़ी शक्ति होता है।
3. कार्यालय आदेश अनावश्यक प्रसार की जगह वस्तुनिष्ठ होता है।
4. किसी कार्यालय के आंतरिक प्रशासन की नकेल इसी के हाथ होती है।
5. कार्यालयीय सूचनाओं के संप्रेषण में इन्हें क्षिप्रता तथा त्वरा मिलती है।

(च) कार्यालय आदेश का प्रारूप—

1. क्रम संख्या
2. कार्यालय का नाम
3. स्थान तथा दिनांक
4. शीर्षक 'कार्यालय आदेश'
5. आदेश
6. अधिकारी के हस्ताक्षर, नाम और पदनाम
7. प्रेषितियों के नाम तथा पते

कार्यालय आदेश का उदाहरण

क्रम संख्या 2/9/70 प्रशासन

भारत सरकार

नई दिल्ली

दिनांक : 13 मई, 2011

श्री घनश्याम पांडेय का दिनांक 17 जनवरी, 2011 से 10 सितंबर, 2011 तक का अर्जित अवकाश स्वीकार कर लिया गया है।

(उदय प्रताप चौबे)

अवर सचिव, भारत सरकार

1. श्री घनश्याम पांडेय
   मूल्य नियंत्रण अनुभाग
   निर्माण मंत्रालय, नई दिल्ली
2. नकदी तथा लेखा अनुभाग
   नई दिल्ली

29. अनुदेश (Instruction)

अनु+दिश्+घञ्= अनुदेश का अर्थ होता है—पीछे संकेत करना, नियम या निर्देश, जो पीछे किसी पूर्व नियम की ओर संकेत करें—'यथा संख्यमुदेशः समानाम्'। कहीं-कहीं इसके लिए **'आदेश'**, **'सूचना'** तथा **'निर्देश'** आदि शब्दों का भी प्रयोग मिलता है—"Something that is imparted in order to instruct." उर्दू में इसका अर्थ **हिदायत**, **हुक्म**, **पीर की तल्कीन** और **रहनुमाई** होता है। बहरहाल, अनुदेश एक प्रकार का सरकारी पत्र होता है, जिसका आशय होता है सूचना देना, जानकारी मुहैया कराना या अमुक कार्य में—ऐसा करना है—की सूझ, आदेश या सलाह-सूचना देना।

यहाँ हमें यह ध्यान रखना चाहिए कि सरकारी पत्रों में यह पत्र आदेश या निर्देश से भी कम महत्त्व का होता है, क्योंकि इसमें इंगित कार्यों का अनुपालन न करने पर भी किसी सजा या अनुशासनात्मक दंड का विधान नहीं है। कुल मिलाकर यह पत्र आदेश का छायाभास मात्र होता है।

अनुदेश का उदाहरण

चुनाव अधिकारी, गाजीपुर

विधानसभा चुनाव के लिए प्रत्येक विधानसभा क्षेत्र को अनेक सेक्टरों में बाँट दिया गया है। इनके इंचार्ज सेक्टर मजिस्ट्रेट होंगे। ये चुनाव के दो दिन पूर्व सभी पोलिंग बूथों वाले स्थानों का निरीक्षण कर चुनाव के एक दिन पूर्व इनसे संबंधित विस्तृत सूचना जिला चुनाव अधिकारी को देंगे।

मतदान के बाद सभी सीलबंद मतपेटियों को सुरक्षित चुनाव कार्यालय तक पहुँचाने की जिम्मेदारी सेक्टर मजिस्ट्रेटों की होगी।

दिनांक : 2.3.11

हस्ताक्षर
क,ख,ग
निर्वाचन अधिकारी

30. निर्देश (Direction)

'निर्देश' शब्द के लिए अंग्रेजी में दो शब्द 'Direction' तथा 'Reference' चलते हैं। इनमें से Reference शब्द का प्रयोग वस्तुतः न्यायालयों में अधिक होता है। यह शब्द कानून की भाषा में अधिक व्यवहृत होता है। वस्तुत: यदि किसी मामले में विधि की वैधानिकता के बारे में, चाहे वह प्रथागत विधि हो अथवा नियम, अधिनियम, अध्यादेश आदि के रूप में अन्य कोई विधि, कोई प्रश्न अथवा संदेह उत्पन्न हो जाए तो बाद के अंतिम निपटारे के पूर्व उसका समाधान आवश्यक हो जाता है, अत: ऐसी स्थिति में यहीं पर राय, सलाह, मशविरा या निर्देश (Reference) की जरूरत पड़ती है।

किंतु इससे अलग 'निर+दिश्+घञ्' से निर्मित शब्द निर्देश के लिए अंग्रेजी में Direction शब्द का इस्तेमाल होता है। इसके कई अर्थ होते हैं, यथा—आदेश, हुक्म, अनुदेश, घोषणा करना, विशिष्टता बतलाना—'अयुक्तोयं निर्देश:'। प्रशासकीय संदर्भ में इसके अर्थ दिशासूचक, निर्देश तथा निर्देश पत्र भी होते हैं। साफ शब्दों में इसे हम **'आदेश पत्र'**, **'आज्ञा पत्र'**, **'इजाजत'**, **'फरमान'**, **'हुक्मनामा'** या **'राजादेश'** कह सकते हैं—"an instruction how to proceed, an order, a precept." इसमें शासकीय आज्ञाएँ, राजाज्ञाएँ, निश्चय, नियम टाँके गए होते हैं। इस पत्र की एक खासियत यह होती है कि यह भी यद्यपि एक तरह का सरकारी आदेश पत्र होता है, फिर भी शासनादेश नहीं होता। कुल मिलाकर यह कि यह शासनादेश की तुलना में कम महत्त्व का होता है। इस तरह के पत्रों का प्रयोग सरकार छोटे-छोटे आदेशों के निर्गत करने में करती है। इस शासकीय पत्र का प्रयोग बहुधा चुनाव के समय छोटे-छोटे, हल्के-फुल्के दिशा-निर्देशों के अनुपालन के लिए किया जाता है।

निर्देश का उदाहरण

महाविद्यालय के समस्त कर्मचारियों को सख्त और तत्काल सूचित किया जाए कि कोई भी कर्मचारी निश्चित समय से देरी से महाविद्यालय न आए। इस आदेश का अनुपालन न करने पर उनके खिलाफ अनुशासनात्मक कार्यवाही की जाएगी।

आज्ञा से
प्राचार्य

31. संदेश (Message)

'सम+दिश्+घिञ्' से बने शब्द 'संदेश' का अर्थ होता है—सूचना, समाचार, संवाद—'सन्देशं मे हर धनपति क्रोध विश्लेषितस्य'। इसके अलावा इसके अन्य अर्थ, यथा—**आज्ञा**, **आदेश**—'अनुष्ठितो गुरोः सन्देशः' तथा **खबर**, **पैगाम**, **पयाम** और **दूतकार्य** आदि भी होते हैं।

दरअसल, कुछ विशिष्ट अवसरों, यथा—राष्ट्रीय पर्वों—पंद्रह अगस्त, छब्बीस जनवरी आदि के दिन या उसकी पूर्व संध्या पर राष्ट्र के नाम संदेश प्रसारित करने की परंपरा देश के स्वतंत्र होने के बाद ही शुरू हो गई थी और यह अब भी सतत जारी है। कभी-कभी सीमाओं पर उत्पन्न अशांत स्थिति या दैवी आपदाओं आदि के मौके पर भी राष्ट्रपति या प्रधानमंत्री राष्ट्र के नाम संदेश प्रसारित करते हैं। प्रदेश स्तर पर भी यही संदेश मुख्यमंत्री या कभी-कभी बड़े अधिकारी भी प्रसारित करते हैं। इन संदेशों की भाषा सरल होती है, जिसे आमजन भी समझ सके। इन संदेशों में नियम, अनुशासन के साथ-साथ ढेरों प्रेरणास्पद और उत्साहवर्द्धक बातें भी होती हैं।

संदेश का उदाहरण

शुभकामनाएँ तथा संदेश

अर्द्धसरकारी पत्र सं···

··· विभाग

नाम

पदनाम

प्रिय

··· कॉलेज की हीरक जयंती का उद्घाटन··· मंत्री द्वारा इसी महीने में होने जा रहा है। यह जानकर बड़ा हर्ष हुआ। यह कॉलेज जो सन् ··· में स्थापित हुआ था ··· की एक बड़ी पुरानी संस्था है और इसने शिक्षा की प्रगति के लिए सराहनीय कार्य किया है। मुझे पूर्ण आशा है कि भविष्य में भी यह संस्था दिन पर दिन तरक्की करती रहेगी। शिक्षा के क्षेत्र में एवं नवयुवकों के चरित्र निर्माण में योगदान देती रहेगी।

अतः इस शुभ अवसर पर मैं इस उन्नतिशील संस्था के लिए अपनी शुभकामनाएँ भेज रहा हूँ।

भवदीय

(सचिव)

सेवा में,

....

....

32. टेलेक्स संदेश (Telex Message)

यह एक दूरमुद्रक एक्सचेंज प्रणाली है, जिसमें वांछित दूरमुद्रक को डायल करके संयोजित किया जाता है। अति आवश्यक और महत्त्वपूर्ण मामलों में टेलेक्स सुविधाएँ रखने वाले विभाग अन्य स्थानों पर स्थित पार्टियों से पत्र-व्यवहार करने में तार की बजाय टेलेक्स संदेश भेज सकते हैं। वस्तुत: टेलेक्स द्वारा संदेश टाइप रूप में तार अथवा रेडियो तरंगों के माध्यम से प्रेषित किया जाता है। यह संदेश को दूरस्थ स्थान तक भेजने का एक प्रचलित तरीका है, जिसे टेलीप्रिंटर, टेलीग्राफ और टेलीफोन का मिश्रित रूप भी कहा जा सकता है। इस मशीन से संदेश भेजने के लिए टेलीफोन से नंबर डायल कर दूसरे टेलेक्स से संपर्क स्थापित किया जाता है और एक विशेष पट्‌टी पर टाइप किया हुआ संदेश ट्रांसमिट कर दिया जाता है। संदेश पाने वाली मशीन पर संदेश टाइप होता रहता है। इस मशीन की विशेषता यह है कि ग्राही मशीन के ऑपरेटर विहीन होने की दशा में भी संदेश पहुँच जाता है। पत्र-पत्रिकाओं के कार्यालयों तथा व्यापारिक संगठनों में टेलेक्स का प्रचलन लगातार बढ़ता जा रहा है। दूर स्थान तक संदेश भेजने के लिए यह एक कारगर आधुनिक तरीका है।

एक सामान्य टेलेक्स तार के रूप में संदेश विनिमय करता है। स्मृति-से-स्मृति तक टेलेक्स द्वारा सामग्री का स्थानांतरण इलेक्ट्रॉनिक्स कार्यालय के नए युग की घोषणा है। टेलेक्स द्वारा संदेश प्रेषित करने के अगले चरण में टेलेक्स सेवा प्रदान करने के लिए दूरमुद्रक (टेलीप्रिंटर) अंत:संयोजित होते हैं। प्राप्ति वाले छोर पर मशीन का नंबर डायल किया जाता है और मशीन के संयोजित हो जाने पर संदेश टंकित किया जाता है। संदेश प्राय: पहले ही तैयार कर लिये जाते हैं। टंकित संदेश को पूर्वकूटित छिद्रित टेप में परिवर्तित करते हैं और दूरमुद्रक में भर देते हैं और संदेश लगभग 70 शब्द प्रति मिनट की गति से भेज दिया जाता है। इधर डॉ. कैलाश चंद्र भाटिया इसे शीशे की तरह और अधिक साफ करते हुए कहते हैं कि टेलीग्राफ, टेलीप्रिंटर तथा टेलीफोन का संयुक्त रूप है टेलेक्स। टेलीफोन से बातें संभव हैं, लेकिन इससे बातें करना संभव नहीं। टेलीफोन से डायल कर नंबर मिलाया जाता है, जिससे बात करना संभव होता है, जबकि इसका भी नंबर होता है, जिसको डायल कर संपर्क स्थापित किया जाता है और अपने संदेश को टाइप रूप में टेलीप्रिंटर की तरह भेजा जा सकता है। जब इसका प्रयोग संदेश भेजने में नहीं किया जाता है तो दूसरे स्थानों से संदेश प्राप्त करने में उपयोग किया जाता है। इसके लिए भी टेलीफोन की तरह नंबर दिए जाते हैं, जैसे—

नाम संस्थान	**टेलेक्स नंबर**
राष्ट्रीय ग्रामीण विकास संस्थान, हैदराबाद	425-6510

इंदिरा गांधी राष्ट्रीय मुक्त विश्वविद्यालय, नई दिल्ली 031-73023IGNOU-IN
आवास एवं नगर विकास निगम लि. नई दिल्ली 031-64037 HUDC-IN
भारतीय औद्योगिक विकास बैंक, नई दिल्ली 031-63377

टेलेक्स संदेश का उदाहरण

टेलेक्स संदेश सरकारी तत्काल

हिसाब
वाराणसी

सं. ''' दिनांक'' (1) देखें कार्यालय पत्र सं. 8 जनवरी (1) प्रत्युत्तर अविलंब भिजवाइए।

उ.प्र.मा. शिक्षा परिषद्
सं. ''' इलाहाबाद दिनांक

पुष्टि के लिए डाक से प्रेषित

सेवा में,

निदेशक (मा.शि.प.)
बिहार, पटना
क ख ग
कृते/उपसचिव, उत्तर प्रदेश सरकार

33. दूरभाष या टेलीफोन संदेश (Telephone Message)

टेलीफोन के लिए हिंदी में 'दूरभाष यंत्र' शब्द प्रचलित है, किंतु कुछ लोग उसे **'दूरबोध'** शब्द से भी नवाजते हैं। बहरहाल, टेलीफोन का आविष्कार फिलवक्त की अजीब और विस्मयकारी घटना है। इस संचार तंत्र ने अपरिमित विस्तार वाले विश्व को 'कन्दुक इव' बनाकर मुट्ठी में कैद कर लिया है। इसका जन्म वस्तुतः धरती की नाटकीय और विस्मयकारी परिघटना है। धन्यवाद और श्रेय देना होगा इटली के महान् वैज्ञानिक अंतोनिपोम्यूची को, जिन्होंने सन् 1849 में इसका आविष्कार किया। यह यंत्र ध्वनि या संदेश को पलक झपकते निर्धारित दूरी तक पहुँचाकर हमें स्तब्ध और चकित कर देता है। इसके पहले सन् 1830 के दशक में ब्रिटेन से भारत भेजा गया पत्र लगभग पाँच से आठ महीने में तथा उसका उत्तर पहुँचने में दो साल के करीब लग जाते थे। कुछ लोग इस यंत्र के आविष्कार में अमेरिकी वैज्ञानिक अलेक्जेंडर ग्राहम बेल को भी श्रेय देते कहते हैं कि उन्होंने ही इस उपकरण का आविष्कार सन् 1873 में किया। बहरहाल, घर के भीतर, बाहर, सड़क, कार्यालय, सोते-बैठते, दिन-रात, हैलो-हैलो कहते हुए हम अपने-अपने संदेशों को भेज और कुशल-क्षेम के साथ निर्देश या सूचना ले और दे रहे हैं।

यही है इस यंत्र की मानव जाति के लिए अद्‌भुत उपलब्धि और सौगात।

34. डिस्पैच या संक्षिप्त आदेश (Dispatch)

अंग्रेजी शब्द 'डिस्पैच' का सामान्य अर्थ होता है—किसी वस्तु को भेजना, पर यहाँ इस शब्द का अर्थ होगा—किसी संदेश, संवाद या समाचार को अति संक्षेप में शीघ्रता और तत्परता से भेजना। दरअसल, इस तरह का संदेश सैनिक कार्यवाही के दौरान सुरक्षा बलों, सशस्त्र बलों या देश की सीमा की निगरानी कर रहे सैनिकों को कुछ निश्चित, नपे-तुले शब्दों में दिया जाता है। यह संदेश अति गोपनीय होता है। इसका महत्त्व इसी से आँका जा सकता है कि इसे सेना का कोई बड़ा और विश्वसनीय अधिकारी ही लिखता है। वही अधिकारी लिखने के लिए सेना की ओर से अधिकृत भी होता है।

यद्यपि संचार संप्रेषण के नितांत नए-नए तकनीकी संसाधनों के जन्मने के कारण 'केबल ग्राम' की तरह 'डिस्पैच' भी लगभग चलन से बाहर हो रहा है। इसका प्रयोग वस्तुत: देश के स्वतंत्र होने के पूर्व अंग्रेजों के समय खूब होता था, पर अब यह हाशिए पर जा रहा है।

डिस्पैच या संक्षिप्त आदेश का नमूना

1. अभी बंकर्स (खाइयों) में ही पड़े रहो।
2. शत्रु नजदीक ही है—सावधान।
3. युद्ध का साजो-सामान भेज दिया गया।
4. घायलों को मिलिट्री अस्पताल भेजो, सिविल अस्पताल नहीं।
5. भूकंप में मरे हुओं की चिंता न कर घायलों के उपचार में लगें।

35. सूचना या सूचनाएँ (Notices)

(क) सूचना की परिभाषा तथा क्षेत्र—संस्कृत 'सूचभावे ल्युट' से बने सूचना शब्द का अर्थ होता है—गुप्तभेद जानना, सूचित करना, 'संयोगो हि वियोगस्य संसूचयति संभवम्' तथा बतलाना, प्रकट करना आदि। "Intimation, a writing play card, board etc. Conveying an intimation or warning." जन-साधारण को सूचना देने के लिए सरकार में प्रेस विज्ञप्ति, प्रेस नोट जैसी अनेक व्यवस्थाएँ हैं, लेकिन इनके होते हुए भी जहाँ सरकार किन्हीं विशेष संदर्भित व्यक्तियों या जन-साधारण को कोई विशेष सूचना देना चाहती है तो उसके लिए समाचार पत्रों का माध्यम अपनाया जाता है। ये सूचनाएँ पर्याप्त महत्त्व की होती हैं, जैसे—टेलीफोन नंबर में परिवर्तन, कार्यालय के पते में परिवर्तन, कार्यालय के समय में परिवर्तन के संबंध में। जनसुविधा की दृष्टि से यह अत्यंत आवश्यक हो जाता है कि जन-साधारण को इसकी जानकारी दी जाए। प्रेस

विज्ञप्ति से यह भिन्न होती है।

स्पष्टत: यह कि किसी वस्तु, विषय आदि की जानकारी के लिए सूचना या सूचनाएँ सशक्त माध्यम होती हैं। कभी दीवाल पर, कभी सूचना पट्टों पर, कभी सार्वजनिक स्थानों पर, कभी रेडियो, टेलीविजन पर तो कभी अखबारों में रोजाना अपने विभिन्न रूप-रंगों में फैली सूचनाओं को देखा जा सकता है। ये सूचनाएँ ऐसी जगह प्रचारित-प्रसारित की जाती हैं, जहाँ आम और खास लोगों की दृष्टि सरलता से जाए। प्राय: भीड़ भरा चौराहा इन सूचनाओं की उपयुक्त जगह होती है। देसी-विदेशी कंपनियों का उत्पाद, सरकारी-गैर सरकारी योजनाओं की जानकारी, किसी तरह का निर्णय, किसी तरह की गुमशुदी की तलाश या सजगता ही सूचनाओं की मूल जमीन होती है। नीलाम, निविदा, रिक्त स्थानों के विज्ञापन, न्यायालयों में वादी-प्रतिवादी को ठीक समय से उपस्थित होने तक इन सूचनाओं की विभिन्न आकृतियाँ होती हैं। इनके अतिरिक्त सूचना शीर्षक में रिक्त स्थानों के विज्ञापन, प्रतियोगिता व परीक्षाओं के विज्ञापन, प्रतिवादियों व साक्षियों आदि को न्यायालय में उपस्थित होने की सूचनाएँ, सरकारी चल-अचल संपत्ति के नीलाम की सूचनाएँ, ठेके व टेंडर की सूचनाएँ आदि सम्मिलित हैं।

(ख) सूचना प्रकाशन संबंधी कुछ सावधानियाँ—

1. इन सूचनाओं की भाषा बहुत सरल होनी चाहिए, जिससे सामान्य जन से लेकर पढ़े-लिखे बौद्धिक वर्ग तक के सभी लोग आसानी से समझ सकें।
2. चट्टी-चौराहों, खंभों, स्टेशनों तक सूचनाओं के विज्ञापन के साथ-साथ सूचनाओं को छोटे-मझोले अखबारों से लेकर प्रमुख अखबारों में प्रकाशित होना चाहिए, ताकि किसी को यह शिकायत करने का अवसर न मिले कि अमुक सूचना उन्हें नहीं मिली।
3. विशिष्ट व्यक्तियों, राजनेताओं, विद्वानों, वैज्ञानिकों आदि की दुखद मृत्यु पर संवेदना प्रकट करने के लिए सूचना गजट में काले हाशिए के अंदर 'शोक-संवेदना' के रूप में प्रकाशित की जानी चाहिए।
4. अदालत या नौकरी आदि से संबंधित सूचनाएँ भरसक पंजीकृत डाक (Registry) से भेजना चाहिए, जिससे प्राप्तकर्ता को वे अवश्य मिल जाएँ।
5. न्यायालय की नोटिस, निविदाएँ, नीलामी, रिक्तियों के विज्ञापन आदि का प्रारूप व प्रेस विज्ञप्ति तथा प्रेस सूचना से भिन्न होता है—इस बात का बराबर ध्यान रखना चाहिए।
6. प्रत्येक सूचना का शीर्षक आकर्षक होना चाहिए। सूचना प्रकाशित करने वाले अधिकारी को चाहिए कि वह अपने कार्यालय का नाम, पूरा पता, क्रमांक के साथ दिनांक भी लिखें। अंत में उस अधिकारी को अपना नाम और पद लिखना चाहिए।

सूचना का उदाहरण

कारपोरेट अफेयर्स मंत्रालय

भारत सरकार

सूचना

कारपोरेट अफेयर्स मंत्रालय सामान्य परिपत्र सं. 37/2011 दिनांक 7.6.2011 के अनुपालन में समस्त संबंधितों को सूचित किया जाता है कि वि.व. 2010-11 से आगे, हेतु कंपनियाँ जो कि निम्नलिखित श्रेणी के अंतर्गत आती हैं, को एक्स बीआरएल का प्रयोग करते हुए अपनी बैलेंस शीट तथा लाभ तथा हॉनि खातों (डायरेक्टर तथा ऑडिटर की रिपोर्ट सहित) को भरने के लिए शासनादेश जारी किया जाता है।

1. भारत में सूचीबद्ध सभी कंपनियाँ तथा उनकी भारतीय अधीनस्थ कंपनियाँ।
2. वे सभी कंपनियाँ जिनकी पूँजी 5 करोड़ तथा अधिक हो।
3. वे सभी कंपनियाँ जिनका टर्नओवर 100 करोड़ तथा अधिक हो।

बैंकिंग कंपनीज, इंश्योरेंस कंपनीज, पावर कंपनीज तथा नॉन बैंकिंग फाइनेंशियल कंपनीज (एनबीएफसीएस) वर्तमान में अगले आदेश तक एक्स बीआरएल भरने हेतु शामिल नहीं हैं।

और अधिक सूचना हेतु कृपया एमसीए की वेबसाइट www.mca.gov.in अथवा http://xbrl.icai.org/ देखें।

डीएवीपी 07101/11/0057/1112

36. टेंडर नोटिस या निविदा सूचना (Tender Notice)

(क) अर्थ/आशय—'Tender' अर्थात् 'Offer to execute work' अर्थात् **ठीका-पद्धति, निविदा**। विभिन्न संस्थानों, निकायों, कार्यालयों, विभागों की ओर से अपने-अपने निर्माण कार्यों को कम लागत मूल्य में संपन्न-संपादित कराने, सामान खरीदने आदि के लिए समय-समय पर सरकारी-गैरसरकारी या नितांत निजी स्तर पर समाचार-पत्रों में सूचनाएँ प्रकाशित की जाती हैं, इन्हें ही निविदा सूचना कहते हैं। समाचार-पत्रों में छपा यह प्रारूप ही निविदा सूचना कहा जाता है। इसे सामान्य भाषा में ठेका पर काम करवाना कह सकते हैं। कुल मिलाकर अधोलिखित स्थितियों में टेंडर या निविदा सूचना निकाली जाती है—"a formal after duly made by one party to another, especially an offer of money, or the like, in discharge of a debt or liability... especially an after which thus fulfils the terms of the law and liability... an after of abid for contract..." निविदा की अपनी कुछ शर्तें होती हैं। निर्माण कार्य कराने वालों को उक्त शर्तों को मानना पड़ता है।

(ख). निविदा सूचना निकालने की विधि प्रक्रिया—

1. निविदा या टेंडर का एक निश्चित, तयशुदा या निर्धारित छपा-छपाया प्रपत्र या प्रोफॉर्मा होता है।
2. उक्त प्रपत्र तत्संबंधी कार्यालय से एक निश्चित मूल्य पर मिलता है। इसमें कार्य करवाने संबंधी सभी शर्तों का उल्लेख रहता है। टेंडर स्वीकार करने वालों को इन सारी शर्तों का कड़ाई से अनुपालन करना बहुत जरूरी होता है।
3. टेंडर संबंधी उक्त फॉर्म या प्रपत्र को विज्ञापन में बताई गई पेशगी धनराशि के बैंक ड्राफ्ट के साथ, मुहरबंद लिफाफे में निश्चित तिथि के भीतर विज्ञापनकर्ता के पास जमा करना होता है।
4. सभी टेंडर एक निश्चित तिथि पर टेंडर भरने वालों के समक्ष खोले जाते हैं। इसके बाद पूर्व शर्तों को पूरा करने वाले ठेकेदार को ठेका दे दिया जाता है। उसके पश्चात् ठेकेदार को यह हिदायत दी जाती है कि यह कार्य उसे टेंडर में बताई गई तिथि के भीतर ही मुकम्मल ढंग से पूरा करना है अन्यथा भुगतान में व्यवधान भी आ सकता है।
5. यहाँ हमें यह ध्यान रखना चाहिए कि समाचार-पत्रों में विज्ञापित टेंडर संबंधी कामों का ठेका सभी लोग नहीं ले सकते। इन कामों को प्रामाणिक और विश्वसनीय ढंग से कुशलतापूर्वक कराने के लिए सरकारी स्तर पर कुछ लोग अधिकृत-पंजीकृत (Registered) होते हैं। इन्हें ही हम स्थानीय भाषा में ठेकेदार कहते हैं।

(ग) निविदा या टेंडर का प्रारूप/स्वरूप—

1. विभाग का नाम
2. काम का नाम अर्थात् कार्य का विवरण
3. अनुमानित लागत
4. अग्रिम धनराशि
5. समय-सीमा अर्थात् काम कराने की अधिकतम अवधि
6. निविदा खुलने का समय
7. उसे जारी करने वाले अधिकारी का हस्ताक्षर
8. पद नाम
9. कार्यालय का नाम
10. पुनः विभाग का नाम
11. पता तथा जारी करने का दिनांक एवं
12. पत्रांक

टेंडर नोटिस या निविदा सूचना का उदाहरण

कार्यालय, नगरपालिका परिषद्, मीरजापुर

निविदा सूचना

सर्वसाधारण को सूचित किया जाता है कि नगरपालिका परिषद्, मीरजापुर की सीमांतर्गत निम्नांकित कार्य हेतु वर्ष 2011-12 के लिए पंजीकृत ठेकेदारों/फर्म से बिना शर्त मुहरबंद निविदाएँ दिनांक 25.3.2011 को अपराह्न 3.00 बजे कार्यालय वित्त एवं राजस्व, नगरपालिका परिषद्, मीरजापुर (लालडिग्गी) में आमंत्रित की जाती हैं, जो उक्त तिथि को ही समय 3.30 अपराह्न उपस्थित निविदादाताओं के समक्ष खोली एवं पढ़ी जाएँगी।

क्र.सं.	कार्य का विवरण	वर्ष	निविदा प्रपत्र शुल्क	धरोहर धनराशि
1.	ग्लोसाइन/साइन बोर्ड पोस्टर हैंडबिल	2011-12	1000 रुपए	40,000 रुपए
2.	वॉल पेंटिंग विज्ञापन	2011-12	500 रुपए	20,000 रुपए

नियम व शर्तें

1. क्रम सं. 1 निविदा की न्यूनतम धनराशि 12,00,000 (बारह लाख रुपए मात्र) तथा क्रम सं.2 निविदा की न्यूनतम धनराशि रुपए 2,50,000 (रुपए दो लाख पचास हजार मात्र) होगी।
2. निविदा की अवधि वित्तीय वर्ष 2011-12 हेतु नीलामी की स्वीकृति व अनुबंध तिथि से दिनांक 31.3.2012 तक के लिए होगी।
3. होर्डिंग/वॉल पेंटिंग की साइज 20 फीट × 10 फीट होगी।
4. कोई भी होर्डिंग लगाने से पूर्व जमीन की नाप-जोख की जाएगी तथा ठेकेदार/फर्म द्वारा नगरपालिका परिषद्, मीरजापुर को सूचना दी जाएगी। बिना सूचना के लगाने पर होर्डिंग अवैध मानी जाएगी।
5. होर्डिंग बोर्ड सड़क के समानांतर होगा तथा बोर्ड लगाने के पूर्व इस बात को ध्यान में रखना होगा कि आवागमन बाधित न होने पाए।
6. निविदा स्वीकृति प्राप्त होने के 2 दिनों के अंदर समस्त धनराशि जमा करनी होगी।
7. निविदा स्वीकृत करने या न करने का समस्त अधिकार अध्यक्ष, नगरपालिका परिषद् में निहित होगा। नगरपालिका के बकाएदार बकाया जमा करने के पश्चात् ही निविदा प्रक्रिया में भाग ले सकेंगे।
8. सार्वजनिक हित में नगरपालिका कभी भी बिना कारण बताए निविदा निरस्त कर सकती है।

9. किसी व्यक्तिगत विवाद के लिए नगरपालिका जिम्मेदार नहीं होगी।
10. निविदाओं की बिक्री दिनांक 24.3.11 तक होगी। उक्त के अतिरिक्त अन्य शर्तें कार्यालय दिवस में देखी जा सकती हैं।

(वीरेंद्र कुमार श्रीवास्तव)	(दीपचंद जैन)
अधिशासी अधिकारी	अध्यक्ष
नगरपालिका परिषद्	नगरपालिका परिषद्
मीरजापुर	मीरजापुर

37. अधिसूचना (Notification)

(क) अधिसूचना का तात्पर्य—कुछ लोग अधिसूचना और संकल्प का प्रारूप एक ही मानते हैं तो कुछ विद्वान् विज्ञप्ति को अधिसूचना का समानार्थी मानते हैं। इनके अनुसार अधिसूचना एक तरह से सरकारी विज्ञप्तियाँ ही हैं। अतः इन लोगों का विचार है कि अधिसूचना वे विज्ञप्तियाँ कही जाएँगी, जो समय-समय पर जन-साधारण की सूचना हेतु सरकारी गजट में प्रकाशित की जाती हैं—"a written or printed matter that gives notice." जैसे नए नियम व आदेशों का लागू होना, सरकारी कर्मचारियों की पदमुक्ति (Retirement) होना तथा पदोन्नति (Pramotion) आदि। वस्तुतः अधिसूचना सरकार की ओर से जारी एक प्रतिरूप है, जिसमें सामान्यजन या जन-साधारण के संज्ञान हेतु किसी राजपत्रित अधिकारी की नियुक्ति पदोन्नति, पदावनति, स्थानांतरण, अवकाश स्वीकृति, निलंबन, त्यागपत्र, बहाली, निधन तथा शक्तियों का सौंपा जाना, नए नियम या आदेशों को लागू करने हेतु जो सूचना राष्ट्रपति या राज्यपाल के हस्ताक्षर से जारी की जाती है, उसे ही अधिसूचना कहते हैं। अधिसूचना की मूल जमीन सार्वजनिक महत्त्व के विषय होते हैं। प्रायः ये सूचनाएँ भारत के राजपत्र (Gazette of India) में ही छपती हैं।

(ख) अधिसूचना : महत्त्व तथा प्रयोजन—

1. जनता और सरकार के बीच सीधा या प्रत्यक्ष संबंध की दृष्टि से इसका विशेष महत्त्व होता है, क्योंकि यह दोनों के बीच संबंध स्थापन हेतु पुल का काम करती है।
2. राजपत्र में प्रकाशित होकर सूचनाएँ कालांतर में दस्तावेजी महत्त्व की बन जाती हैं।
3. किसी भी अधिसूचना में अधिसूचित होकर कोई भी सूचना अपना चतुर्दिक् महत्त्व का असर पैदा करती है, अतः यहाँ सरकारी लेख की अपेक्षा पृष्ठांकन का महत्त्व ज्यादा बढ़ जाता है।
4. अधिसूचना की सुनिश्चित प्राप्ति हेतु प्रमाण के लिए सभी विभागाध्यक्षों,

अधिकारियों को इस पर हस्ताक्षर करने पड़ते हैं।

5. अतः स्पष्ट है कि अन्य किसी भी सरकारी प्रलेख के सापेक्ष अधिसूचना का बेहद महत्त्व होता है।
6. अधिसूचना में छपकर ही कोई विशिष्ट सरकारी सूचना अधिकृत सूचना में तब्दील होती है।
7. राजपत्रित अधिकारियों के सेवा विवरण को अधिसूचना द्वारा संरक्षित–सुरक्षित किया जाता है।
8. चूँकि अधिसूचनाओं का प्रकाशन अनिवार्य रूप से राजपत्र में होता है, अतः इसकी एक प्रतिलिपि तत्संबंधी राज्य के मुद्रण एवं लेखन सामग्री के निदेशक को प्रकाशन हेतु भेजी जाती है।

(ग) अधिसूचना की विशेषताएँ—

1. अधिसूचनाएँ महज औपचारिक सूचनाएँ/घोषणाएँ होती हैं।
2. अधिसूचनाओं का प्रकाशन अनिवार्यतः राजपत्र या गजट के माध्यम से ही होता है।
3. हिंदी व अंग्रेजी के अतिरिक्त प्रदेशों की वैकल्पिक राजभाषाओं में भी इनका अनुवाद कर राजपत्र में प्रकाशन हेतु भेजा जाता है।
4. चूँकि अधिसूचनाएँ सूचनार्थ होती हैं, अतः यहाँ प्रत्युत्तर की उम्मीद नहीं की जाती।
5. यहाँ विषय से पहले अधिसूचना शब्द का प्रयोग विशेष रूप से होता है।
6. अधिसूचनाएँ एकदेशीय व अधोमुखी होती हैं।
7. जिस भारतीय राजपत्र में अधिसूचनाएँ छपती हैं, उसे पाँच भागों—प्रस्ताव, प्रेस विज्ञप्ति, तार, एक्सप्रेस लेटर तथा सेविंगग्राम में विभाजित किया जाता है।

(घ) अधिसूचना लिखते समय ध्यान देने योग्य बातें या सावधानियाँ—

1. अधिसूचना में अधोलेख या संबोधन नहीं होता।
2. अधिसूचनाएँ अन्य पुरुष में लिखी जाती हैं।
3. अधिसूचनाओं में वस्तु, विषय या मुद्‌दे पर चर्चा तो की जाती है, किंतु विषय शब्द का प्रयोग लिखने में नहीं होता, बल्कि विषय से पहले अधिसूचना शब्द का प्रयोग होता है।
4. यहाँ वैकल्पिक रूप से अधोलेख में आज्ञा शब्द का इस्तेमाल करते हैं।
5. अधिसूचना में विभाग के मुखिया के हस्ताक्षर के साथ मंत्रालय और विभाग की चर्चा करनी चाहिए।
6. अधिसूचना की प्रेस को भेजे जाने वाली प्रति को छोड़कर दूसरी सभी प्रतियों

पर पृष्ठांकन टाइप किया जाना चाहिए, किंतु जिस अधिसूचना के द्वारा संवैधानिक नियमों, आदेशों आदि की घोषणा की जाती है, उसकी प्रतिलिपियों को अन्यत्र भेजने की आवश्यकता नहीं होती।

7. अधिसूचना में प्रकाशित होने वाली सूचनाओं के संदर्भ में सक्षम अधिकारी को चाहिए कि वह यह स्पष्ट करे कि अमुक सूचना अधिसूचना के किस खंड तथा अनुभाग में प्रकाशित होगी।
8. यहाँ यह भी ध्यान रखना चाहिए कि अधिसूचना का प्रयोग केवल विधिक नियमों तथा आदेशों की घोषणा करने हेतु ही किया जाता है।

अधिसूचना का उदाहरण

भारतीय राजपत्र के भाग 2 खंड 9 में प्रकाशन हेतु

भारत सरकार

मानव संसाधन विकास मंत्रालय

नई दिल्ली, दिनांक : 12 दिसंबर, 2011

अधिसूचना

क्रम संख्या 7–100/71

श्री अवधेश सिंह आई.ए.एस. उपसचिव, मानव संसाधन विकास मंत्रालय को 20 दिन का उपार्जित अवकाश प्रदान किया जाता है, जो दिनांक 16 अगस्त, 2011 से लागू होगा।

उपेंद्र विक्रम सिंह

संयुक्त सचिव, भारत सरकार

प्रति,

मैनेजर

भारत सरकार मुद्रणालय

नई दिल्ली

क्रमांक अ. 53 (10) मा. (अब 1)

उपर्युक्त अधिसूचना की अग्रिम प्रतिलिपि प्रेषित की गई—

1. व्यवस्थापन अधिकार, मा.से.वि. मंत्रालय।
2. श्री अवधेश सिंह, आई.ए.एस.

आज्ञा से

उपेंद्र विक्रम सिंह

संयुक्त सचिव, भारत सरकार

38. नीलाम सूचना या नीलामी सूचना (Auction Notice or Notice of Auction)

(क) अर्थ/अभिप्राय—किसी संपत्ति, वस्तु को बेचने के लिए आमजन के बीच लगाई जाने वाली 'बोली' को ही नीलाम सूचना कहते हैं, "A public sale of property conducted by abiddings." वस्तुत: नीलामी किसी वस्तु को बेचने, बिक्री करने का एक तरीका, प्रक्रिया या विधि है। इसे **बोली लगाना** या **नीलाम करना** कहते हैं। जहाँ नीलामी की जाती है, उस स्थल को **'नीलाम घर'** कहते हैं। इस नीलामी की सूचना, विज्ञापन या इश्तिहार, प्रचार-प्रसार, प्रोपेगेंडा, मुनादी या घोषणा अखबारों के माध्यम से सभी को दी जाती है। विज्ञापन की इस प्रक्रिया को उर्दू में **'मुश्तहरी का पर्चा'** कहते हैं। जो लोग नीलामी की शर्तों को स्वीकार करते हैं, वे ऊँचे दाम पर बोली लगाकर नीलाम की जा रही वस्तु को खरीद सकते हैं।

(ख) वस्तु की नीलामी के कारण—

1. कभी-कभी किसी निजी कंपनी, संस्था या व्यक्ति द्वारा खरीदी गई वस्तु का मूल्य, ऋण, ब्याज आदि समय पर न चुका पाने के कारण उसकी भरपाई के लिए सरकार उनकी संपत्ति को नीलाम करती है।
2. भगोड़ा या दिवालिया कंपनियों की भी संपत्तियों को बोली लगाकर नीलाम कर दिया जाता है।
3. कभी-कभी फरार अपराधी, जिसे न्यायालय भगोड़ा घोषित कर देता है, की भी संपत्ति नीलाम की जाती है। इस प्रक्रिया में सबसे पहले उसकी संपत्ति कुर्क कर जब्त की जाती है, तब नीलाम की जाती है। इसके पीछे मंशा यह होती है कि वह अपराधी अपनी संपत्ति की नीलामी के भय से समय पर न्यायालय में हाजिर हो जाए।
4. कभी-कभी सरकारी विभागों की पुरानी, जीर्ण-शीर्ण गाड़ियाँ, फालतू या बेकार हो गए कुरसी, मेज, फर्नीचर, पंखों आदि की भी नीलामी की जाती है।
5. वस्तुओं के साथ-साथ कभी-कभार घाटों की नीलामी, गाँजा, भाँग, शराब के ठेकों की नीलामी, दैनिक या साप्ताहिक हाट की कर वसूली, नगरपालिकाओं की चुंगी वसूली और पुलों पर कर वसूली की भी नीलामी या बोली लगाई जाती है।

(ग) नीलामी की शर्तें तथा प्रक्रिया-प्रविधि—

1. जिस नई पुरानी वस्तु को नीलाम करना या बोली लगाना होता है, बोली लगने या बोलने से पहले अखबारों के माध्यम से 'जहाँ है जैसी/जैसा है' की सूचना नीलामी के इच्छुक लोगों को दे दी जाती है।

2. उक्त सूचना से बाद में किसी तरह का विवाद पैदा होने की संभावना नहीं बचती।
3. जो व्यक्ति या पार्टी वस्तु की तयशुदा रकम या उससे ज्यादा की बोली लगाता है, उसे ही वह वस्तु बेची जाती है।
4. जिस खरीददार की बोली स्वीकार की जाती है, उसको कुल कीमत की बीस प्रतिशत धनराशि तत्काल जमा करनी होती है।
5. शेष धनराशि अगले तीन दिनों में जमा करके चौबीस घंटे के भीतर वस्तु को उठा ले जाना पड़ता है।
6. इनमें से किसी नियम को भंग करने पर वस्तु को नीलाम करने वाली संस्था के मुखिया को यह अधिकार होता है कि वह बिना कारण बताए या तो सौदा या बोली को निरस्त कर दे या जमा की हुई धनराशि में से पच्चीस प्रतिशत राशि काट ले।

नीलाम या नीलामी सूचना का उदाहरण

नीलामी सूचना

सर्वसाधारण को सूचित किया जाता है कि राजकीय पशुधन एवं कृषि प्रक्षेत्र आराजी लाइंस–वाराणसी जो कि राजातालाब से 10 किमी. की दूरी पर शहंशाहपुर गाँव के निकट स्थित है, पर दूध और बागबहार की नीलामी हेतु टेंडर बिक्री प्रकाशन की तिथि से दिनांक 18.4.2011 को दिन में 11 बजे तक प्रक्षेत्र कार्यालय में विक्रय किए जाएँगे; जो उसी दिन दिनांक 18.4.2011 को कार्यालय प्रक्षेत्र अधीक्षक, राजकीय पशुधन एवं कृषि प्रक्षेत्र आराजी लाइंस–वाराणसी के कार्यालय में सीलबंद टेंडर दिन के 12 बजे तक प्राप्त किए जाएँगे, जो उसी दिन मंडलीय क्रय–विक्रय परिषद् के समक्ष दिन के 2 बजे प्रक्षेत्र कार्यालय में खोले जाएँगे। टेंडर खोलते समय सभी टेंडर दाताओं की उपस्थिति अनिवार्य है। विवरण निम्नवत् है—

क्र सं.	वस्तु का नाम	निविदा का मूल्य रु. में	टेंडर के साथ धरोहर धनराशि रु. में	बतौर जमानत धनराशि रु. में
01	02	03	04	05
1.	गाय का दूध प्रक्षेत्र उत्पादित दि. 01.06.20011 से 31.5.2012	100+10=110/-	15,000/-	30,000/-
2.	आम, कटहल एवं बेल के फलों की नीलामी। (अप्रैल 2011 से अगस्त 2011 तक)	100+10=110/-	2000	सकल धनराशि का 25%

नीलामी की शर्तें—

1. नीलामी में क्रय किए निविदा प्रपत्र का मूल्य एवं सरचार्ज किसी दशा में वापस नहीं होगा।
2. नीलामी की खुली बोली एवं टेंडर दोनों प्रक्रिया दिनांक 18.4.2011 को कार्यालय प्रक्षेत्र अधीक्षक, राजकीय पशुधन एवं कृषि प्रक्षेत्र आराजी लाइंस-वाराणसी में कराई जाएगी।
3. यदि उच्चतम बोली दाताओं द्वारा बोली से मुकरने एवं धनराशि जमा करनें में असमर्थ पाया जाता है तो द्वितीय बोलीदाता को अवसर प्रदान किया जाएगा तथा उच्चतम बोलीदाता द्वारा जमा की गई जमानत धनराशि राजहित में जब्त कर ली जाएगी।
4. क्रमांक (2) के बोली/टेंडर की उच्चतम बोलीदाता/टेंडरदाता को सकल धनराशि का 25% तुरंत जमा करना होगा। शेष धनराशि उपनिदेशक, (प्रक्षेत्र) पशुपालन विभाग, उत्तर प्रदेश महानगर लखनऊ से स्वीकृति के उपरांत नियमानुसार शेष धनराशि व व्यापार कर जमा करना होगा।
5. दूध के ठेकेदार को हैसियत/स्थायी निवास प्रमाण-पत्र, जो जिलाधिकारी द्वारा प्रदत्त हो, उसे किसी राजपत्रित अधिकारी द्वारा प्रमाणित कराकर एक प्रति देना अनिवार्य होगा।
6. दूध की दर स्वीकृत होने के उपरांत ठेकेदार से अपने खर्च पर रु. 200/- के स्टांप पेपर पर शर्तनामा भरना होगा तथा बतौर जमानत के साथ रु. 30,000/- व एक सप्ताह के दूध का अग्रिम धन रु. 25,000/- कार्यालय में जमा करना होगा।
7. दूध के ठेकेदार को प्रक्षेत्र कर्मचारियों की आवश्यकता को छोड़कर शेष दूध अपने साधन एवं बरतनों में दोनों समय का उठाना होगा। दूध का मूल्य नियमित जमा करना होगा।
8. एक या समस्त बोली को निरस्त करने का अधिकार मंडलीय क्रय-विक्रय परिषद् के पास सुरक्षित होगा तथा टेंडर के साथ कोई शर्त मान्य नहीं होगी।
9. नीलामी से संबंधित अन्य जानकारी कार्यालय दिवस में प्राप्त की जा सकती है।

(सर्वजीत सिंह)
प्रक्षेत्र अधीक्षक,
राजकीय पशुधन एवं कृषि प्रक्षेत्र
आराजी लाइंस-वाराणसी

विज्ञापन वेबसाइट www.upgov.nic.in पर उपलब्ध है।

---

39. शोक संवेदना, मृत्यु समाचार या शोक-सूचना (Obtituary Notice)

यह एक तरह का शोक-सूचना, निधन-सूचना या मृत्यु-संवाद पत्र होता है। साफ शब्दों में यह पत्र दिवंगत मनुष्य का वृत्तांत होता है—"Notice of person's death या account of a dead person."। शोक (शुच्+घञ्) अर्थात् दारुण कष्ट, वेदना, रंज, दु:ख, कष्ट, विलाप—'श्लोकत्वमापद्यत यस्य शोक:'। वस्तुत: किसी निजी

क्षेत्र या सरकारी क्षेत्र के कर्मचारी या अधिकारी की असामयिक (sudden death) मृत्यु हो जाने पर उसके गुणों का बखान करते हुए उसके सहकर्मी शोक प्रस्ताव पारित करते हैं। मृतक आत्मा की शांति के लिए दो मिनट का मौन रखकर ईश्वर से प्रार्थना करते हैं। यह संपूर्ण शोक-संतप्त कार्यवाही लिखित रूप में उसके दुःखी परिवार को सांत्वना देने के लिए भेज दी जाती है।

राजकीय सेवा से सेवानिवृत्त कर्मचारी या अधिकारी की मृत्यु पर शोक-प्रस्ताव बनाने की परंपरा एकाध अपवादों को छोड़कर लगभग नहीं रही है। देश के शिखर पदों पर आसीन राष्ट्रपति, उपराष्ट्रपति, प्रधानमंत्री तथा लोकसभाध्यक्ष के देहावसान की सूचना सरकारी गजट में तो प्रकाशित होती ही है, संबंधित सदनों में लिखित प्रस्ताव भी पढ़ा जाता है।

शोक-संवेदना या शोक सूचना का उदाहरण

"राज्यपाल तथा मंत्रिपरिषद् को श्री···(पदनाम) की ··· के अपराह्न में मृत्यु का समाचार पाकर बहुत दुःख हुआ। वे बहुत कर्मठ तथा ईमानदार अधिकारी थे। राज्य सरकार शोकाकुल परिवार के सदस्यों के प्रति अपनी सहानुभूति तथा संवेदना प्रकट करती है।

...

मुख्य सचिव

40. नियम (Rules)

'नि+यन्+अप्' नियम के अलग-अलग संदर्भों में कई अर्थ होते हैं, लेकिन सभी का मूल अर्थ होता है—कर्तव्यों का दृढ़तापूर्वक पालन करने के लिए बनाए गए दिशा-निर्देश—"A prescribed, suggested or self imposed guide for conduct or action... a kind of regulation or bye-law, a principle regulating some action." इसके अन्य अर्थ नियंत्रण, रोक, सीमित करना भी होते हैं। कुछ लोग इसे **'लिखित संविदा पत्र'** भी कहना पसंद करते हैं। वामन शिवराम आप्टे के संस्कृत-हिंदी कोश में इसके विषय में लिखा है—"इस प्रकार का नियम या विधि, जिसमें उस बात का विधान किया जाता है, जो यदि यह नियम न होता तो ऐच्छिक होती—'विधिरत्यंतम प्राप्तौ नियमः पाक्षिके सति'।" उर्दू में इस शब्द के लिए **कायदा, कानून, दस्तूर**, **परंपरा** तथा **रिवाज** आदि शब्द चलते हैं। सामान्य रूप में 'नियम' को परिभाषित करते डॉ. शिवमूर्ति शर्मा कहते हैं कि किसी एक अधिकारी द्वारा तैयार प्रारूप, जो संसद्, मंत्रालय, विभाग अथवा कार्यालय के अन्य अधिकारियों या किसी निकाय के सदस्यों द्वारा अनुमोदित होने के बाद एक **बंधपत्र** की तरह काम करे, 'नियम' कहलाता है। इसमें कार्यालयों व

कर्मचारियों की कार्यप्रणाली, व्यवहार तथा नीति और विधि के विषय में निश्चित सिद्धांत या सिद्धांतों का विवरण होता है। इसका कार्यक्षेत्र अधिनियम के कार्यक्षेत्र से सीमित होता है। कुछ विभागों जैसे (डाक विभाग) में तो इन नियमों का बहुत बड़ा महत्त्व है। इनके बड़े-बड़े 'मैनुअल' (नियमों की संकलित पुस्तकें) हैं।

नियम का उदाहरण

1. संक्षिप्त नाम तथा प्रारंभ—इस नियमावली का नाम, उत्तर प्रदेश फंडामेंटल रूल (वेतन अभिनवीकरण समिति, द्वितीय संशोधन) नियमावली होगा।

यह नियमावली गजट में प्रकाशित होने के दिनांक से लागू होगी।

2. नए रूल 22 बी का बढ़ाया जाना—उपर्युक्त रुल में 22-ए के पश्चात् निम्नलिखित नया रूल बढ़ा दिया जाए, अर्थात्

22. बी—इस नियमावली में किसी बात के होते हुए भी यदि मौलिक, अस्थायी या स्थानापन्न रूप में पद धारण करने वाले किसी सरकारी कर्मचारी की किसी ऐसे अन्य पद पर मौलिक, अस्थायी या स्थानापन्न रूप में पदोन्नति अथवा नियुक्ति की जाए, जिसमें कर्तव्य और उत्तरदायित्व उसके द्वारा धृत पद के कर्तव्य और उत्तरदायित्वों से अधिक महत्त्वपूर्ण है तो उसका प्रारंभिक वेतन उच्च पद के काल मान में उस वेतन के अपने प्रक्रम पर निर्धारित किया जाएगा, जो निम्न पद के संबंध में उसके वेतन को उस प्रक्रम पर, जिस पर ऐसा वेतन प्रोद्भूत हुआ, एक वेतन वृद्धि देकर सैद्धांतिक रूप से निकाला गया हो।

प्रतिबंध यह है कि इस नियम के उपबंध उस दशा में लागू न होंगे, जब मौलिक, अस्थायी या स्थानापन्न रूप में श्रेणी-I में पद धारण करने वाले किसी सरकारी कर्मचारी की मौलिक, अस्थायी या स्थानापन्न रूप से श्रेणी-I के किसी अन्य पद या उससे उच्च पद पर प्रोन्नति या नियुक्ति की जाए।

प्रतिबंध यह भी है···

आज्ञा से
विशेष सचिव

सं·························

प्रतिलिपि

1. सचिवालय के समस्त अनुभाग
2. समस्त विभागाध्यक्ष, उत्तर प्रदेश

41. अधिनियम (Act)

संस्कृत अधि+नियम=अधिनियम, अर्थात् लोकसभा या सर्वोच्च शासक द्वारा

पारित विधि या कानून 'अधिनियम' कहा जाता है। समय-समय पर देश की संसद् (Parliament) या विधानसभा (Legislative Assembly) किसी लोक कल्याणकारी/ राष्ट्रीय मुद्दे को, जिसे वह बहुत जरूरी समझती है, पर गंभीर बहस करती है। बहस करने के बाद आवश्यक बहुमत से वह मुद्दा ही कानून या अधिनियम का जामा-जोड़ा पहनता है। कानून या अधिनियम बनने से पहले वह विषय या मुद्दा लोकसभा या राज्य स्तर पर विधानसभा के किसी सदस्य द्वारा विधेयक या बिल के रूप में लोकसभा/ विधानसभा में प्रस्तुत किया जाता है। उर्दू में इसे **कानूनसाज, कानून बनाने वाली असेंबली** और हिंदी में **'विधायिका'** कहते हैं। केंद्र में राष्ट्रपति और राज्यों में संबंधित प्रदेशों के राज्यपाल की अनुमति तथा उनके अंतिम हस्ताक्षर से यह अधिनियम लागू होता है।

देश-प्रदेश का हर विभाग अधिनियमित (Enact) होता है। अधिनियम की भाषा सरल, सहज, दुविधा रहित होती है। संदिग्ध और उलझनपूर्ण भाषा से अधिनियम भ्रम और संशय का शिकार बनता है, निरर्थक नई बहस जन्मती है। भाषा-भ्रम से अर्थ का अनर्थ बहस-मुबाहसा होता है। समय-समय पर गरज और जरूरत के अनुसार इन अधिनियमों में संशोधन-परिवर्द्धन भी होता है। नए अधिनियम जन्मते हैं और बासी तथा कुंद पड़ चुके अधिनियमों को बंद अध्याय की तरह अप्रासंगिक बना दिया जाता है। उदाहरण के लिए, स्वतंत्र होने के बाद भारत में ब्रिटिश काल में अधिनियमित पुरानी आपराधिक प्रक्रिया संहिता (सन् 1898 का अधिनियम 5) को निरसित कर दिया गया और उसकी जगह एक नवनिर्मित संहिता बनाई गई। कुल मिलाकर यह कि अनेक परस्पर विरोधी निर्णयों के कारण जब विषमताएँ और द्विविधाएँ जन्म लेती हैं, तब उनकी जगह समरूपता स्थापित करने के लिए सावधानीपूर्वक, निष्पक्ष जाँच-पड़ताल, विचारणा से संजटिल प्रक्रियाओं को दूर करते तथा विभिन्न सुझावों का सम्मान करते हुए नए अधिनियम बनाए जाते हैं।

42. अभ्यावेदन (Representation)

शक्ल-सबीह, आकृति में 'अभ्यावेदन' आवेदन-पत्र का जुड़वाँ भाई लगता है। स्पष्टत: यह कि दोनों में कोई फर्क-फाँक नहीं होता। इस पत्र में अभ्यावेदन (Memorialist) या प्रार्थी अपने-अपने अंतर्मन की पीड़ा, अपने ऊपर हो रहे जुल्म, अत्याचार, शोषण, दुर्व्यवहार, अनाचार अथवा विसंगतियों को सहज-सरल भाषा और बेबाक शैली में प्रशासन, मंत्री, राष्ट्रपति या प्रधानमंत्री को अवगत कराता है। इस पत्र की प्रस्तुति बहुत आत्मीय 'टोन' में होती है। पत्र लिखते समय इस बात का ध्यान रखते हैं कि भाषा भाव के अनुरूप हो।

स्पष्टत: यह कि पत्र में वर्णित भाव यदि कारुणिक है तो शब्दावली भी उसे मूर्त रूप देने में सक्षम हो। कर्ण-कटु और तिक्त शब्दावली बना काम बिगाड़ सकती है। अत: पत्र विनम्रता से लबरेज होना चाहिए।

अभ्यावेदन का उदाहरण

निवेदन है कि कार्यालय आदेश संख्या 9/75/205 दिनांक 1.1.2012 द्वारा मेरी पदोन्नति उच्च श्रेणी क्लर्क के पद से कार्यालय अधीक्षक के रूप में की गई थी, पर दुर्भाग्य से इस नए पद पर मेरा वेतन अभी तक नियत नहीं हुआ है। मैं विगत कई माह से अपने पुराने पद का ही वेतन पा रहा हूँ।

अत: अनुरोध है कि नए पद पर मेरे वेतन को नियत करने में शीघ्रता की जाए, साथ ही बकाया वेतन के भुगतान का भी आदेश दिया जाए।

सधन्यवाद,

भवदीय
गोकुल राम

43. विज्ञापन (रिक्तियों के विज्ञापन) (Advertisement for Vacancies)

सूचना—विज्ञापन संबंधी विस्तृत अध्ययन के लिए कृपया इस पुस्तक के भाग चार 'बाजार समाचार, बाजार विज्ञापन तथा मीडिया' शीर्षक को देखें। धन्यवाद।

रिक्तियों के विज्ञापन का उदाहरण

कृषि वैज्ञानिक चयन मंडल

(भारतीय कृषि अनुसंधान परिषद्)

कृषि अनुसंधान भवन-I, पूसा, नई दिल्ली-110012

F.No. 10 (1)/2011-Rectt.I

विज्ञापन संख्या 02/2011

भारतीय कृषि अनुसंधान परिषद्, नई दिल्ली के विभिन्न संस्थानों के तहत भारतीय नागरिकों से विभिन्न वैज्ञानिक पदों के लिए आवेदन आमंत्रित किए जाते हैं।

आर.एम.पी. पद

1. निदेशक, भारतीय सब्जी अनुसंधान संस्थान, वाराणसी (उत्तर प्रदेश)
2. परियोजना निदेशक, बीज अनुसंधान निदेशालय, मऊ (उत्तर प्रदेश)

विस्तृत विज्ञापन में उपर्युक्त आर.एम.पी. पद, मद संख्या 64 और 65 पर उपलब्ध है। उपर्युक्त आर.एम.पी. पदों के आलावा कृ.वै.च.म. की विज्ञापन संख्या 02/2011 में संयुक्त निदेशक-1 पद (मद संख्या 66), परियोजना समन्वयक-3 पद (मद संख्या 67

से 79 तक), संभाग अध्यक्ष-29 पद (मद संख्या 70 से 98 तक), प्रधान वैज्ञानिक (मद संख्या 99 से 103 तक)

आर.एम.पी., संयुक्त निदेशक, परियोजना समन्वयक, संभाग अध्यक्ष या समकक्ष एवं प्रधान वैज्ञानिक के पदों के लिए—पे बैंड-पीबी-4, रु. 37, 400-67,000/-+ अनुसंधान ग्रेड पे रु. 10,000/-

आयु (सभी आर.एम.पी. एवं परियोजना समन्वयक/संभाग अध्यक्ष/समकक्ष पदों के लिए)—20.04.2011 को उम्मीदवार की आयु 60 वर्ष की नहीं होनी चाहिए। सेवानिवृत्ति की आयु 62 वर्ष है।

आयु (सभी प्रधान वैज्ञानिक पदों के लिए)—उम्मीदवार की आयु 20.04.2011 को 52 वर्ष की नहीं होनी चाहिए। तथापि परिषद् के कर्मचारियों के लिए कोई उम्र सीमा नहीं है। सेवानिवृत्ति की आयु 62 वर्ष है।

विधिवत् रूप से भरे हुए आवेदन-पत्र कृ.वै.च.म. में जमा करने की अंतिम तिथि 20.04.2011 है। तथापि विदेशों/दूरस्थ क्षेत्रों से भेजे जाने वाले आवेदन-पत्र प्राप्ति की अंतिम तिथि 05.05.2011 है। विस्तृत विज्ञापन, आवेदन-पत्र तथा अन्य विवरण भारतीय कृषि अनुसंधान परिषद् की वेबसाइट (www.icar.org.in) तथा कृषि वैज्ञानिक चयन मंडल की वेबसाइट (www.asrb.org.in) पर उपलब्ध है। वे इन्हें वहाँ से डाउनलोड भी कर सकते हैं। आवेदन प्रपत्र सचिव, कृ.वै.च.म., के.ए.बी-I, पूसा, नई दिल्ली-110012 से अनुरोध करके भी प्राप्त किए जा सकते हैं।

(एन.एस. रंधावा)
सचिव, कृ.वै.च.म.

44. पृष्ठांकन, परांकन या अनुमोदन (Endoresement, Approval)

(क) अर्थ/आशय—पृष्ठांकन के लिए हिंदी में दो शब्दों '**परांकन**' तथा '**अनुमोदन**' का भी प्रयोग किया जाता है। ये तीनों शब्द हिंदी में लगभग एक ही अर्थ छवि का द्योतन करते हैं। पृष्ठांकन में 'पृष्ठ' (पृष् स्पृश् वा थक् नि. साधु) का अर्थ होता है—पीठ या पिछला हिस्सा। इसी प्रकार 'अवनिपृष्ठ चारिणीम्' अर्थात् किसी पत्र या दस्तावेज की पीठ या दूसरी तरफ। इस प्रकार सरकारी पत्राचार के संदर्भ में पृष्ठांकन का अर्थ हुआ—जब पत्र के प्राप्तकर्ता के अतिरिक्त अन्य अधिकारियों या उस पत्र से संबंधित दूसरे लोगों को पत्र की प्रतिलिपि सूचनार्थ या अग्रिम कार्यवाही हेतु प्रेषित की जाती है तो इसके लिए पत्र के अंत में अथवा उसकी पीठ पर जो टिप्पणी लिखी जाती है, उसे 'पृष्ठांकन' कहते हैं। इसे और अधिक साफ करते हुए कहा जा सकता है कि जब

किसी पत्र की नकल या प्रतिलिपि सूचनार्थ, आवश्यक कार्यवाही हेतु, अनुरोध, टिप्पणी, राय अथवा संक्षिप्त निर्देश के साथ किसी दूसरे संबंधित अधिकारी, अधीनस्थ कार्यालय या विभाग, अनुभाग को भेजी जाती है तो उसे पृष्ठांकन कहते हैं।

पृष्ठांकन के लिए कुछ लोग अंग्रेजी शब्द 'Remark' (रिमॉर्क) का भी प्रयोग करते हैं, किंतु मेरे विचार से इसके लिए उपयुक्त शब्द 'Endorse' ही है, जिसका अर्थ होता है—पृष्ठांकन, Endorsed, पृष्ठांकित, पृष्ठांकिती 'Endorsement', अनुमोदन या मंजूरी। इस तरह Endorse शब्द का मुकम्मल अर्थ हुआ—पीछे से अंकित करना। लब्बोलुबाव यह कि किसी तार, बिल अथवा लेख के पीछे लिखने की क्रिया पृष्ठांकन कहलाती है—"An act of writing on the back of note, bill and other written instrument."

इधर अनु+मन्+क्त से बने अनुमति और अनुमोदन का अर्थ होता है—अनुज्ञा, स्वीकृत सूचक पत्र या लेख। यहाँ 'अनु' संस्कृत का उपसर्ग है, जिसका अर्थ होता है—पीछे। कानून की एक किताब में Endorsement के लिए इस प्रकार लिखा गया है—"A writing on the back of a document, this will include an endorsement on a negotiable instrument and also the writing in evidence of a payment of any account or portion of amount due on a document."

(ख) पृष्ठांकन के उद्देश्य—

1. पाने वाले के अलावा जब किसी अन्य विभाग आदि को कागज-पत्रों की प्रतिलिपियाँ भेजनी होती हैं।
2. जब सूचना, टीका-टिप्पणी या निपटान के लिए किसी मंत्रालय या संबद्ध अथवा अधीनस्थ कार्यालय को भेजनी होती है।
3. जब कागज मूल रूप में भेजने वाले को लौटाना होता है।
4. प्रशासनिक मंत्रालयों द्वारा जारी की गई वित्तीय मंजूरियों की नकलें भी लेखा परीक्षा अधिकारियों के पास पृष्ठांकन द्वारा भेजी जाती हैं।
5. पाने वाले के अतिरिक्त पत्रादि की प्रतिलिपि सूचना के लिए/सूचना तथा संदर्शन के लिए/आवश्यक कार्यवाही के लिए/जवाब के लिए/शीघ्र अनुपालन के लिए भेजी जाती है।

(ग) पृष्ठांकन की रचना, पद्धतियाँ या प्रक्रिया-प्रविधि—निम्नलिखित वाक्यांशों का प्रयोग करके पृष्ठांकन किया जा सकता है—

1. मूल पत्र की एक प्रतिलिपि जानकारी के लिए/जानकारी तथा मार्गदर्शन हेतु/आवश्यक कार्यवाही के हेतु/उत्तर देने के लिए/शीघ्र अनुपालन के लिए भेजी जा रही है।

2. ··· को उनके अधीनस्थ समस्त सरकारी विभागों को सूचित करने के हेतु प्रतिलिपि प्रेषित।
3. कर्मचारियों में सूचनार्थ वितरित करने के लिए मूल पत्र क्रमांक···दिनांक··· की प्रतिलिपि प्रेषित।
4. अनुरोध/टिप्पणी···सहित··· को प्रतिलिपि प्रेषित आदि।

(घ) पृष्ठांकन के मुख्य प्रकार—पृष्ठांकन पूरा या संपूर्ण पत्र न होकर पत्र का एक टुकड़ा या भाग होता है। यह किसी भी कार्यालय की कार्यपद्धति का बहुत महत्त्वपूर्ण अंग होता है। स्थूल रूप से यह दो प्रकार का होता है या कह सकते हैं, इसका प्रयोग दो तरह से होता है—

1. **एक**—मूल पत्र पर नीचे लिखकर। साफ शब्दों में सरकारी तथा अन्य दूसरे पत्रों के नीचे ही पृष्ठांकन कर दिया जाता है।

2. **दूसरा**—अलग से मसौदा प्रस्ताव बनाकर अर्थात् स्वतंत्र या पृथक् रूप से भी पृष्ठांकन कर दिया जाता है।

राज्य सरकारों को पत्रों की प्रतिलिपि पृष्ठांकन के रूप में न भेजकर प्रायः पत्र के रूप में ही भेजी जाती है। प्रशासनिक मंत्रालयों द्वारा जारी किए गए वित्तीय स्वीकृति-पत्रों की प्रतिलिपियों को भी पृष्ठांकन के रूप में ही भेजना चाहिए। कुल मिलाकर मूल पत्र में अधोलेख के बाद हस्ताक्षर और पदनाम दिया जाता है, पर अन्य प्रतियों में हस्ताक्षर पृष्ठांकन के बाद नीचे किए जाते हैं। इसी प्रकार अधिसूचना की प्रथम प्रति, जो प्रेस को भेजी जाती है, उसे छोड़कर शेष प्रतियों पर ही पृष्ठांकन टाइप किया जाता है। प्रायः इन प्रतियों के पृष्ठांकन पर पत्र के पृष्ठांकन के समान वही अधिकारी हस्ताक्षर नहीं करता।

(ङ) पृष्ठांकन संबंधी अतिरिक्त सावधानियाँ—

1. पृष्ठांकन में संबोधन, उपसंहार और समापन नहीं होता, इसका ध्यान रखना चाहिए।
2. राज्य-सरकारों को पृष्ठांकन की प्रतियाँ भेजते समय आबद्ध पृष्ठांकन नहीं करना चाहिए, बल्कि पत्र के रूप में ही भेजना चाहिए।
3. पृष्ठांकन की प्रतिलिपि जब एक ही व्यक्ति को भेजनी हो तो खाली स्थान में उसका पद तथा नाम लिखा जाना चाहिए, किंतु यदि उसकी प्रतिलिपि कई अधिकारियों को भेजनी है तो उस पर इस प्रकार से लिखा जाना चाहिए— 'सूचनार्थ-प्रतिलिपि निम्नांकित के लिए प्रेषित'।
4. पृष्ठांकन में क्रमांक, दिनांक और हस्ताक्षर अनिवार्य रूप से अंकित होते हैं।
5. इसकी रचना अन्य पुरुष में होती है।

पृष्ठांकन का उदाहरण

क्रम संख्या···

भारत सरकार

···मंत्रालय

नई दिल्ली·······2012

निम्नलिखित पत्रों की प्रतिलिपि अधोलिखित अधिकारियों को प्रेषित है—

1. संयुक्त सचिव—शिक्षा विभाग
2. उपमहानिदेशक—डाकतार विभाग
3. हिंदी अधिकारी—कृषि मंत्रालय

परिप्रेषित पत्र

1. निर्माण विभाग की ज्ञापन क्रम संख्या··· दिनांक···
2. वित्त मंत्रालय का ज्ञापन क्रम संख्या··· दिनांक···

...

शंभुनाथ सिंह यादव

अवर सचिव

भारत सरकार

45. रपट, रिपोर्ट या प्रतिवेदन (Report)

(क) अर्थ/अभिप्राय तथा व्युत्पत्ति—अंग्रेजी 'रिपोर्ट' (Report) शब्द लोक भाषाओं में 'रपट' शब्द के रूप में स्वीकार कर लिया गया है। 'रपट' अंग्रेजी के रिपोर्ट का तद्‌भव रूप है। सुप्रसिद्ध कोशकार फादर कामिल बुल्के ने अपने सुप्रसिद्ध कोश ग्रंथ में रिपोर्ट शब्द के विविध अर्थों को इस प्रकार बताया है—Verb (क्रिया)—1. Official [रिपोर्ट (या प्रतिवेदन) प्रस्तुत करना, लिखना या देना]; 2. Give an account (विवरण देना); 3. For press (संवाद लिखना या भेजना); 4. Inform (खबर समाचार या सूचना देना; बतलाना; कहना); 5. Complain (के विरुद्ध शिकायत करना); 6. समुपस्थित या उपस्थित हो जाना; Noun (संज्ञा) 1. रिपोर्ट, प्रतिवेदन, 2. विवरण, 3. संवाद, सूचना, 4. (To police) रपट आदि।

सच तो यह है कि अंग्रेजी का रिपोर्ट शब्द हिंदी में अलग-अलग संदर्भों में कई आशयों को छूता है, यथा—वृत्त, इतिवृत्त, वृत्तांत, विवरण, विवरणिका, विवरणी, विज्ञापन, सूचना, रपट, संवाद, समाचार आदि। इन्हीं पर्यायों में प्रतिवेदन और प्रतिवेदन पत्र भी

सम्मिलित हैं। वस्तुतः किसी गंभीर और रहस्यमय मामले की छानबीन करने में पूरे मामले की रिपोर्ट तैयार की जाती है। सामान्य घटना के विवरण में भी रिपोर्ट जरूरी होती है। पत्र-पत्रिकाओं में छपने वाली किसी भी तरह की खबर रिपोर्ट ही होती है, किसी व्यक्ति का किसी नौकरी में चयन हो, स्थानांतरण हो, समायोजन या पदोन्नति हो तो भी अपने से बड़े अधिकारी को रिपोर्ट करनी पड़ती है। इसी तरह विधानसभा में प्रश्नोत्तर की रिपोर्ट होती है तो इसी क्रम में व्यावसायिक तथा सांगठनिक 'रिपोर्ट' भी होती है। कुल मिलाकर यह कि रिपोर्ट या रपट के कई अर्थ होते हैं, यथा—"Something which give information, a account or statement of legal case heard and of the descision and openion of the court or quasi-judicial administrative agency, determining the case a record of the speeches delivered and actions taken during a session of any deliberative body as formally published a formal and official statement giving the conclusions and recommendations of a person or group authorised to consider a proposal, formal account of the results of an investigations given by a person authorised to make the investigation."

हिंदी में कई विद्वान् रिपोर्ट या रपट के लिए प्रतिवेदन शब्द का इस्तेमाल करते हैं। डॉ. विजयपाल सिंह लिखते हैं कि प्रतिवेदन शब्द का प्रयोग अंग्रेजी के दो शब्दों रिपोर्ट (Report) एवं रिप्रेजेंटेशन (Representation) के हिंदी पर्याय के रूप में किया जाता है। हम 'रिपोर्ट' शब्द को 'प्रतिवेदन' के रूप में ही लेते हैं। रिप्रेजेंटेशन के लिए हिंदी में 'अभ्यावेदन' शब्द उपयुक्त प्रतीत होता है। इधर सुप्रसिद्ध भाषा-विज्ञानी डॉ. कैलाश चंद्र भाटिया कहते हैं कि प्रतिवेदन तो रिपोर्ट (Re=back+portrate=to carry) का रूपांतर मात्र है, जिसका प्रयोग निम्नलिखित अर्थों में किया जाता है—

1. To carry and repeat (a message),
2. To given account of a legal case heard. To give information about,
3. To make known the presence, approach,
4. To write an account... for publication as in a newspaper,
5. To give official account/formal account of the results of an investigation,
6. To present something referred for study with conclusion/recommendations (to a person or group authorised to consider proposal),
7. To make a charge about to a person in a authority,
8. A record of speeches delivered and actions taken during a sessions of any deliberative body.

'प्रतिवेदन' संस्कृत शब्द है। इसका प्रयोग प्राचीन काल में नहीं होता था। प्रति

संस्कृत का उपसर्ग है, जिसको लगा देने से (1) की ओर, की दिशा में, (2) लौटकर वापिस, (3) के मुकाबले/के विरुद्ध/के विपरीत, (4) ऊपर आदि अर्थ अभिव्यक्त होते हैं। 'प्रतिवेदम्' प्रत्येक वेद में या 'प्रत्येक वेद के लिए' अर्थ में प्रयोग आता था। आज इसका प्रयोग किसी घटना, कार्य, योजना आदि के संबंध में छानबीन, पूछताछ आदि करने के बाद तैयार किया गया विवरण, जो किसी अधिकारी या सभा आदि के सामने प्रस्तुत करने को हो—अर्थ में किया जाता है।

एक विद्वान् डॉ. धर्मपाल मित्तल 'प्रतिवेदन' को परिभाषित करते हुए लिखते हैं कि सरकारी या गैर-सरकारी स्तर पर विभिन्न मामलों की छानबीन के लिए जो जाँच समितियाँ, आयोग, अध्ययन दल गठित किए जाते हैं, उनके द्वारा जाँच के पश्चात् प्रस्तुत किए गए विवरण, सुझाव और सिफारिशों आदि को सामूहिक रूप से प्रतिवेदन कहा जाता है। वहीं एक अंग्रेजी शब्दकोश के अनुसार—"To give a spoken or written account of something heared, seen, done, studied etc." अर्थात् प्रतिवेदन से अभिप्राय एक मौखिक या लिखित लेखा-जोखा से है, जो सुना हुआ, देखा हुआ, अध्ययन किया हुआ इत्यादि होता है। 'वृहत् हिंदी कोश' में प्रतिवेदन शब्द का अर्थ इस प्रकार बताया गया है, ''किसी घटना, किसी कार्य योजना आदि के संबंध में छानबीन, पूछताछ आदि करने के बाद तैयार किया गया विवरण, जो किसी अधिकारी या सभा आदि के सामने प्रस्तुत करने को हो।'' व्यावसायिक संदर्भ में प्रतिवेदन का अर्थ अंग्रेज विद्वान सी.ए. ब्राउन (C.A. Brown) के अनुसार—"A business report is an orderly and objective-communication of factual information that serves a business purpose." अर्थात् व्यावसायिक रिपोर्ट तथ्यों पर आधारित सूचना का क्रमबद्ध एवं वस्तुगत संचार है, जो व्यावसायिक उद्देश्य की पूर्ति करता है।

वस्तुत: प्रतिवेदन शब्द 'प्रति' उपसर्ग युक्त 'विद्' (जानना) धातु का भाववाचक रूप है, जिसका व्युत्पत्तिलभ्य अर्थ होगा—समांतर जानकारी। 'प्रति' उपसर्ग का प्रयोग प्राय: विपरीत, दूसरे अथवा समांतर के अर्थ में होता है, जैसे प्रतिकूल, प्रतिपक्ष, प्रतिनायक, प्रतिनारायण आदि। 'प्रति' का प्रयोग उन्मुखता के लिए भी होता है, जैसे—'आपके प्रति आदर और श्रद्धा'। 'विद्' धातु का अर्थ है—जानना। हिंदी के शब्दकोशों में 'प्रतिवेदी' का अर्थ—अनुभव करने वाला, जानने वाला आदि बताया गया है। इस दृष्टि से भी प्रतिवेदन का अभिप्राय, 'अनुभव-संपन्न विशद जानकारी' ही उपयुक्त-संगत है। इस प्रकार प्रतिवेदन में रिपोर्ट अथवा सूचना, समाचार या वृत्तांत परक तत्त्व के साथ-साथ ज्ञातव्य (जानने योग्य) अथवा ज्ञात (जाना गया, अनुभव किया गया)—इसच्अर्थ छाया का भी समावेश है। इस आधार पर 'प्रतिवेदन' का तात्पर्य 'जानने योग्य वितरण', 'अनुभव के आधार प्राप्त या ज्ञात विवरण', 'सूचना' आदि भी लिया जा सकता है। कुछ

लोग इसके लिए '**आख्या**' शब्द का भी इस्तेमाल करते हैं। संस्कृत में इसका (आख्या) प्रयोग नाम अभिधान के लिए होता था। बहुधा समास के अंत में जब प्रयुक्त होता है तो इसका अर्थ होता है—'नामक' या 'नामवाला'। वस्तुतः आख्या किसी 'टिप्पणी' के लिए प्रयोग में लाया जा सकता है।

(ख) प्रतिवेदन लिखते समय ध्यान देने योग्य बातें या अच्छे प्रतिवेदन के गुण या लक्षण—

1. तथ्यों की शुद्धता—किसी श्रेष्ठ और उत्तम प्रतिवेदन के लिए तथ्यों का शुद्ध तथा विश्वसनीय होना बेहद आवश्यक होता है। तथ्यों और सूचनाओं की विश्वसनीयता यदि संदिग्ध है तो कई तरह के खतरे खड़े हो सकते हैं।

2. मुद्दे एवं विषय स्पष्ट हों—प्रतिवेदन की एक-एक बात स्पष्ट होनी चाहिए। साफ शब्दों में, रिपोर्ट या प्रतिवेदन द्वैध-दुविधा का शिकार नहीं होना चाहिए। प्रतिवेदन के मुददे एवं उसके प्रयोजनों का स्पष्ट उल्लेख होना चाहिए। प्रतिवेदन में वर्णित भावों का खुलासा बेबाक होना चाहिए। अस्पष्ट प्रतिवेदन विषय को शंकालु बना सकते हैं।

3. यथार्थपरकता—प्रतिवेदन या रिपोर्ट यथार्थ की जमीन पर खड़ा होना चाहिए। प्रतिवेदन में वर्णित सभी तथ्य, अनुसंधान, विश्लेषण, सिफारिशें आदि एकदम सही होनी चाहिए। स्पष्टतः यह कि प्रतिवेदन लिखने वालों को चाहिए कि वे प्रतिवेदन में यथार्थ तथ्यों को ही समाविष्ट करें।

4. उद्देश्यात्मक—गहरी छानबीन के बाद यदि रिपोर्ट के अंत में किसी तरह की सिफारिश या आग्रह करना है तो उसका भी एक निश्चित उद्देश्य होना चाहिए। इस रिपोर्ट में रिपोर्ट लेखक का किसी तरह का निजी आग्रह, स्वार्थ और प्रयोजन नहीं होना चाहिए, क्योंकि यदि रिपोर्ट की प्रस्तुति स्वस्थ मन और निस्स्वार्थ हुई है तो वह देर-सबेर अपने उद्देश्य को अवश्य प्राप्त होगी।

5. भाषा सरल होनी चाहिए—प्रतिवेदन की भाषा सरल-सहज, बोधगम्य होनी चाहिए। आलंकारिक भाषा में प्रतिवेदन की प्रस्तुति कतई नहीं होनी चाहिए। दरअसल, प्रतिवेदन में उद्देश्य मूल होता है, भाषा नहीं। जटिल या क्लिष्ट भाषा में लिखा गया प्रतिवेदन अपने प्रति विरक्ति पैदा करता है। इसलिए यहाँ प्रतिवेदन या रिपोर्ट की भाषा पर ध्यान देना चाहिए।

6. व्याकरणिक शुद्धता—प्रतिवेदन प्रस्तुति में व्याकरण संबंधी अशुद्धियाँ नहीं होनी चाहिए। रिपोर्ट की फाइनल प्रस्तुति से पहले उसमें से विराम, अर्द्धविराम और अन्य मात्रा संबंधी अशुद्धियों को छान-निथार लेना चाहिए, जिससे उसका असर पाठक के ऊपर बहुत अच्छा पड़े।

7. संक्षिप्तता और पूर्णता—प्रतिवेदन लेखक को चाहिए कि वह प्रतिवेदन

लिखने में व्यास शैली का इस्तेमाल न करें। कम शब्दों में ठोस तथ्यों की प्रस्तुति हो, अर्थ-स्फीति न हो, पर संक्षिप्तता के प्रयास से कोई मुद्दा भी न छूटे। प्रतिवेदन पूर्ण हो। थोड़े में अपनी पूरी बात का बयान करे। दरअसल, किसी भी प्रतिवेदन की प्रस्तुति उसकी विषय सामग्री और स्थितियों पर निर्भर करती है, फिर भी संक्षिप्तता तथा पूर्णता का ध्यान अवश्य रखा जाना चाहिए।

8. तर्कपूर्ण तथा पक्षपात से रहित हो—प्रतिवेदन या रिपोर्ट में निकाले गए निष्कर्ष पक्षपातपूर्ण एवं मोहग्रस्त नहीं होने चाहिए। तथ्यों की तोड़-मरोड़ प्रतिवेदन को अविश्वसनीय बनाती है। अपनी बात की पुष्टि के लिए यदि संभव हो तो सही और तथ्यों पर आधारित आँकड़ों को प्रस्तुत करना चाहिए। रिपोर्ट में प्रस्तुत सभी आग्रह, सिफारिशें या सुझाव व्यावहारिक और तर्कपूर्ण होने चाहिए।

(ग) रपट या प्रतिवेदन के भेद, प्रकार अथवा रूप—विद्वानों ने प्रतिवेदन के दो से लेकर पाँच भेद माने हैं। डॉ. एस.एन. अय्यर ने प्रतिवेदन के दो भेद माने हैं—

1. किसी एक व्यक्ति द्वारा प्रस्तुत किया जानेवाला प्रतिवेदन,
2. समितियों, उपसमितियों आदि के सचिव द्वारा प्रस्तुत किया जाने वाला प्रतिवेदन।

स्पष्ट है कि प्रतिवेदन के स्वरूप में इन दो प्रकारों में अंतर आ जाता है। व्यक्ति द्वारा प्रस्तुत प्रतिवेदन पत्र के रूप में होता है और इसलिए इसमें प्रतिवेदक प्रथम पुरुष—मैं शैली—का प्रयोग करता है। समितियों के सचिवों द्वारा प्रस्तुत प्रतिवेदन पत्र शैली में न होकर कार्यवृत्त लेखन शैली में होता है। इसमें बैठक में प्रस्तुत किए गए सभी मुद्दों, तर्क-वितर्क का कार्यसूची के अनुसार सार-रूप में उल्लेख किया जाता है। समिति की कार्यप्रणाली का भी उल्लेख कभी-कभी कर दिया जाता है।

किंतु डॉ. कैलाश चंद्र भाटिया के विचार से प्रतिवेदन के पाँच प्रकार हो सकते हैं—

1. व्यक्ति द्वारा प्रस्तुत किया गया प्रतिवेदन।
2. किसी विभाग/मंत्रालय का वार्षिक प्रतिवेदन। कभी-कभी पाँच वर्ष/दस वर्ष की अवधि का हो सकता है। रजत जयंती के अवसर पर पच्चीस वर्ष का लेखा-जोखा प्रस्तुत किया जाता है।
3. किसी संस्था/संस्थान द्वारा उसको वार्षिक बैठक के समय सूचनार्थ प्रस्तुत की गई रिपोर्ट।
4. समिति/आयोग (यह जाँच समिति अथवा आयोग भी हो सकता है) द्वारा प्रस्तुत प्रतिवेदन तथा
5. किसी संगोष्ठी/सम्मेलन की समाप्ति पर तैयार किया गया प्रतिवेदन।

(घ) प्रतिवेदन तैयार करने का ढाँचा या स्वरूप—

1. शीर्षक
2. रूपरेखा-शीर्षक सूची
3. रिपोर्ट का संक्षेप (यह अंत में भी पृथक् से दिया जाता है)
4. आमुख
5. आभार प्रदर्शन
6. मुख्य प्रतिवेदन
   (क) बड़ा होने पर अध्यायों में विभक्त किया जा सकता है, जिसको तारतम्य में प्रस्तुत करना होता है,
   (ख) प्रमुख सिफारिशें।
7. तालिकाएँ—कुछ महत्त्वपूर्ण तालिकाएँ मूल प्रतिवेदन के साथ लगाई जा सकती हैं, अन्यथा अंत में परिशिष्ट में लगाना चाहिए।
8. संदर्भ-सूची तथा
9. अनुक्रमणिका।

(ङ) प्रतिवेदन या रिपोर्ट का महत्त्व—

1. प्रतिवेदन किसी संस्थान, गोष्ठी, सेमिनार, आयोजन या उत्सव का मूर्त दर्पण होता है। साफ शब्दों में किसी संपन्न हो गए आयोजन या गोष्ठी का केंद्रीय तत्त्व यही प्रतिवेदन होता है।
2. प्रतिवेदन किसी समिति, गोष्ठी या बैठक की संपूर्ण गतिविधियों, प्रश्नावलियों, बहस के मुद्‌दे, सिफारिशें, आम राय, बीच बहस में आने वाली बाधाएँ, तत्कालीन स्थितियों या वातावरण का जिंदा-जीवंत दस्तावेज होता है।
3. प्रतिवेदन का एकमात्र लक्ष्य या उद्‌देश्य सही स्थितियों का आकलन कर उन्हें सबके सामने उपस्थित करना होता है।
4. यदि प्रतिवेदन सही तथ्यों पर आधारित है, सारे विवरण, सारी सूचनाएँ और शिकायतें सही हैं तो तत्संबंधी अधिकारी उनके आधार पर अपना निर्णय लेकर समस्याओं को दूर करने का प्रयास करते हैं।
5. यदि रिपोर्टर रिपोर्ट तैयार करने में कुशल है, उसकी रिपोर्ट बेबाक एवं निष्पक्ष है तो भविष्य में घटनाओं की पुनरावृत्ति रोकने में इससे सहायता मिलती है।
6. मौखिक प्रतिवेदनों का कोई खास महत्त्व नहीं होता। अतः यदि प्रतिवेदन लिखित है तो उसका रिकॉर्ड भविष्य के संदर्भ में महत्त्वपूर्ण होता है। मौखिक प्रतिवेदन में झूठ बोला जा सकता है, किंतु लिखित प्रतिवेदन में

किसी तरह की हेराफेरी नहीं की जा सकती।

(च) प्रेस रिपोर्ट का संपादन या प्रेस रिपोर्ट लेखन एक कला है (Art of Report Writing)—प्रेस रिपोर्ट एक तरह का लिखित विवरण होता है। इस विवरण में किसी कार्यव्यापार या विषय के विभिन्न तथ्यों का लेखा-जोखा प्रस्तुत किया जाता है। यह लेखा-जोखा या रिपोर्ट किसी समारोह, उत्सव, घटना, गोष्ठी, सेमिनार, समिति की बैठक, सभा, जुलूस, उद्घाटन, विमोचन, लोकार्पण आदि—की हो सकती है। इस रिपोर्ट के दायरे में कंपनियाँ, मंत्रालय, कार्यालय, विभाग आदि के कार्यकलाप भी आ सकते हैं। इनकी बैठकों की कार्यवाही के ब्योरे रिपोर्ट में दिए जाते हैं। कोई भी रिपोर्टर अपने पत्र का प्रतिनिधि होता है। सरकार देश के समाचारों को जनता तक पहुँचाने के लिए श्वेत पत्र के रूप में रिपोर्ट का प्रयोग करती है। अत: ऐसी स्थिति में रिपोर्टर का उत्तरदायित्व और बढ़ जाता है।

दरअसल समाचार-पत्रों के लिए समाचारों के संकलन के बाद उसे विधिवत् रूप में संपादित करने की समस्या आ जाती है। यह कार्य बहुत अधिक जटिल, क्लिष्ट और चुनौतीपूर्ण होता है जो रिपोर्टर इन चुनौतियों को झेलकर/समाचारों का सही संपादन कर लेते हैं, वही सफल रिपोर्टर होते हैं। वे ही इस कला में पारंगत माने जाते हैं। कहते हैं, प्रेस रिपोर्टर के संपादन में मुख्य रूप से तीन बातों का ध्यान देना चाहिए, ये हैं—महत्त्व, समय और स्थान। इन तीनों की संगति बहुत आवश्यक है। अगर समाचार-पत्र में समय और स्थान दोनों मौजूद हैं तो समाचार को विस्तार के साथ प्रस्तुत किया जा सकता है और यदि समय-स्थान का अभाव है तो समाचार को विस्तार के लोभ से बचना चाहिए। समय और स्थान के साथ रिपोर्टर को समाचार के महत्त्व पर गौर करना चाहिए, क्योंकि थोड़ी सी लापरवाही के कारण पत्र का महत्त्व जनता की दृष्टि में कम हो सकता है।

सच तो यह है कि रिपोर्टर की भूमि का किसी स्टेनो की तरह नहीं होती, जो भाषण सुनकर रिपोर्टिंग कर दिया। उसे राष्ट्रीय-अंतरराष्ट्रीय खबरों और घटनाओं से परिचित होना चाहिए। रिपोर्टर को चाहिए कि वह समाचार-पत्रों में कोई लंबा समाचार न दे। समाचारों की भाषा सरल और स्पष्ट होनी चाहिए। रिपोर्टर को चाहिए कि किसी सरकारी नीति से संबंधित समाचारों में अपना मत न दे, उसमें कोई फेरबदल न करे। हाँ, गैर-सरकारी स्तर पर अपना कुछ सतर्क संशोधन वह प्रस्तुत कर सकता है। कोई घटना किसलिए, क्यों और किस समय घटी—इन सबकी जानकारी जनता जानना चाहती है, अत: इन सबकी प्रस्तुति बहुत सावधानी से होनी चाहिए। महत्त्व, समय और स्थान की तरह किसी भी अच्छी रिपोर्ट के लिए पाँच तत्त्वों का खयाल रखना पड़ता है। ये हैं—निकटता, सार्वजनिकता, सामयिकता, महत्त्वपूर्ण व्यक्ति के विषय में जिज्ञासा तथा अभिरुचि। रिपोर्टर की भाषा अपनी होनी चाहिए। रिपोर्टर रिपोर्टिंग कानून का उल्लंघन न करे।

रिपोर्टिंग में 'हम' शब्द की जगह 'ऐसा खयाल किया जाता है' आदि शब्दों का प्रयोग होना चाहिए।

रिपोर्ट या प्रतिवेदन का उदाहरण

आपके कई सुरक्षित जमा लॉकर-धारकों ने आपको सूचित किया है कि लॉकर्स में जंग लग गई है। क्षेत्रीय प्रबंधक को भेजी जाने वाली रिपोर्ट बनाएँ, जिसमें इस बारे में आप द्वारा की गई कार्यवाही का उल्लेख हो। साथ ही, भविष्य में की जाने वाली कार्यवाही के बारे में मार्गदर्शन का अनुरोध भी करें।

द स्टेट बैंक ऑफ इंडिया

204, चावड़ी बाजार,
दिल्ली
20 अक्तूबर, 2009

क्षेत्रीय प्रबंधक
द स्टेट बैंक ऑफ इंडिया
पैडर रोड
मुंबई

विषय : लॉकर्स में जंग का लगना।

प्रिय महोदय,

मैं आपको सूचित करता हूँ कि हमारे शाखा के कई लॉकर्स में जंग लग गई है। इस आशय की शिकायत हमारी शाखा के कई सुरक्षित जमा लॉकर-धारकों ने हमसे की है। मैंने उनकी शिकायत पर तत्काल ध्यान देते हुए उन लॉकर्स की जाँच की तथा उन लॉकर धारकों को अन्य सुरक्षित लॉकर दे दिए हैं। लेकिन मेरे द्वारा किया गया यह कार्य इस समस्या का स्थायी निदान नहीं है। अत: आपसे निवेदन है कि हमारी शाखा में उत्पन्न इस समस्या के स्थायी निदान के लिए आप शीघ्र ही आवश्यक निर्देश भेजने की कृपा करें।

भवदीय
आर.पी. गुप्ता
शाखा प्रबंधक

46. तलबनामा, बुलावा देना या सम्मन (Summons)

(क) अर्थ एवं परिभाषा—अदालत में तयशुदा समय पर उपस्थित होने के लिए न्यायालय द्वारा जो पत्र जारी किया जाता है, वह सम्मन होता है—'An authoritative call to appear incourt. दरअसल, सम्मन का अर्थ होता है—आहूत करना,

आह्वान करना। यह एक खास उद्देश्य से न्यायालय में खास स्थान पर उपस्थित होने के लिए '**आधिकारिक बुलावा**' या '**इत्तिला पत्र**' होता है—'An authoritative call to attend a specified place for a specified purpose, a writ by which a person is called to appear before a court, judicial officer.'

उर्दू में सम्मन को 'तलबनामा' कहते हैं। हिंदी में यदि इसे परिभाषित करें तो कह सकते हैं कि सम्मन न्यायालय द्वारा जारी/निर्गत किया जाने वाला एक ऐसा आदेश होता है, जो किसी व्यक्ति को न्यायालय के समक्ष उपस्थित होने के लिए दिया जाता है। सामान्यतः यह वादी द्वारा वाद संस्थित किए जाने पर प्रतिवादी को लिखित कथन प्रस्तुत करने के लिए न्यायालय में उपस्थित होने हेतु जारी किया जाता है। कभी-कभी यह साक्षियों की उपस्थिति के लिए भी जारी किया जाता है। दीवानी मामलों का सम्मन न्यायालय का चपरासी लेकर जाता है, जबकि आपराधिक मामलों से संबंधित सम्मन थाने के माध्यम से भेजे जाते हैं।

(ख) सम्मन जारी किए जाने के प्रमुख प्रयोजन—सम्मन मुख्यतया अग्रलिखित प्रयोजनों के लिए जारी किए जा सकते हैं—

1. प्रतिवादी को
   (क) व्यक्तिशः उपस्थिति के लिए या
   (ख) अधिवक्ता के द्वारा उपस्थित होने के लिए या
   (ग) अधिवक्ता के साथ ऐसे व्यक्ति की उपस्थिति के लिए, जो सारभूत प्रश्नों का उत्तर दे सके,
2. प्रतिवादी को अपनी प्रतिरक्षा का लिखित कथन प्रस्तुत करने के लिए,
3. जहाँ न्यायालय को यह प्रतीत हो कि प्रतिवादी की व्यक्तिशः उपस्थिति आवश्यक है, वहाँ ऐसी व्यक्तिशः उपस्थिति के लिए,
4. वाद-पद (issues) निश्चित किए जाने अथवा वाद के अंतिम निपटारे के लिए,
5. प्रतिवादी को दस्तावेज के प्रस्तुतीकरण के लिए,
6. साक्षियों की न्यायालय में उपस्थिति के लिए,
7. कारावास में परिरुद्ध अथवा विरुद्ध व्यक्तियों को साक्ष्य देने हेतु न्यायालय में उपस्थित होने के लिए।

(ग) सम्मन तामील में सावधानियाँ—

1. जहाँ प्रतिवादी स्वेच्छा से अदालत में हाजिर हो जाए और फैसला स्वीकार कर ले तो उसे सम्मन की तामील से छूट मिल जाती है, इसका ध्यान रखना चाहिए।
2. सम्मन प्राप्त न होने के आधार पर दूसरा सम्मन निकालने का आदेश दिया जा सकता है।

3. यदि प्रतिवादी अस्थायी रूप से अनुपस्थित हो जिस पर सम्मन की तामीली की जानी है तो तामीली कुनिंदा (Process server) के लिए यह उचित नहीं है कि वह दरवाजे पर सम्मन चस्पा कर दे।
4. तामील कुनिंदा का यह कर्तव्य है कि वह जिस व्यक्ति पर सम्मन तामील किया जाना है, उसे ढूँढ़े और जहाँ तक संभव हो, जाती तामीली (personal service) करे तथा
5. नया सम्मन तब तक मंजूर नहीं किया जाता, जब तक पहला अदालत में वापस नहीं आ जाता।

सम्मन का उदाहरण

व अदालत, सब जज–2, पटना,

इजराय बाद संख्या 14 सन् 2004

पंजाब नेशनल बैंक, न्यू मार्केट ब्रांच, फ्रेजर रोड, पटना ̈डिक्री डेबटर

सम्मन बनाम

1. मेसर्स नार्थन रेफरीजरेशन ऐंड इंजीनियरिंग कंपनी, फ्रेजर रोड, थाना–कोतवाली, जिला–पटना द्वारा प्रोपराइटर श्री त्रिलोकीनाथ सिंह।

2. श्री त्रिलोकीनाथ सिंह बल्द श्री बच्चा सिंह, प्रोपराइटर मेमर्स नार्थन रेफरीजरेशन ऐंड इंजीनियरिंग कंपनी, फ्रेजर रोड, थाना–कोतवाली, जिला–पटना, निवासी ग्राम–बलिया (यू.पी.)।

3. श्री रामेश्वर प्रसाद सिंह उर्फ रमेश प्रसाद सिंह वल्द स्व. केशव प्रसाद सिंह, प्रोपराइटर क्लाइमेट कंट्रोल कॉरपोरेशन, फ्रेजर रोड, थाना–कोतवाली, जिला–पटना, निवासी ग्राम–कोरराहा, थाना–बलिया, पो.–जयप्रकाश नगर, जिला–बलिया (यू.पी.)।

जहाँ कि उपरोक्त डिक्री होल्डर ने धन वाद संख्या 400 सन् 1985/161 सन् 1997 में आप सभी के विरुद्ध दिए गए जजमेंट डिक्री के निष्पादन हेतु उपरोक्त इजराय वाद मेरे न्यायालय में लाया है। और चूँ बजरिये कोर्ट नजारत एवं रजिस्टर्ड डाक से सम्मन किए जाने पर भी आप सभी अभी तक न्यायालय में हाजिर नहीं हुए हैं। इसलिए इस नोटिस के प्रकाशन से आप सभी को सूचित किया जाता है कि आप सभी दिनांक 3.09.11 को समय 11:00 बजे दिन में मेरे न्यायालय में स्वयं अथवा वकालतन उपस्थित होकर अपना पक्ष प्रस्तुत करें, अन्यथा इस वाद की सुनवाई एकतरफा की जाएँगी। ताकिद जाने।

आज दिनांक 7.7.11 को मेरे हस्ताक्षर व न्यायालय की मुहर से जारी किया गया।

हस्ताक्षर

सब जज 2, पटना।

47. केबल ग्राम (Cable Gram)

सूचना-संचार के विस्फोटी संसाधनों के अवतरित होने से पहले सूचनाओं के लेन-देन में कभी 'केबल ग्राम' का विशेष महत्त्व था, लेकिन अब इसका प्रयोग संभवतः बराए-नाम ही रह गया है। संभव है, बहुत सारे लोग इस नाम को जानते भी नहीं होंगे, क्योंकि अब यह संचार साधन महज पुस्तकों के पृष्ठों में ही सिमटकर रह गया है। फैक्स, इ-मेल, इंटरनेट, टेलीफोन, अर्थात् मल्टीमीडिया के आते ही यह माध्यम बेकद्री का शिकार हो गया।

इसे कुछ लोग 'केबल' या 'केबिलग्राम' नाम भी देते हैं। दरअसल, केबल या केबिलग्राम का अर्थ होता है—समुद्री तार। समुद्र में बिछाए गए इन्हीं तारों से दूसरे देशों से संदेश-प्रेषण का कार्य होता था। यद्यपि ऑप्टिकल फाइबर पर आधारित सामुद्रिक केबलें विश्वव्यापी संचार प्रणाली की डिजिटल हाई-वे हैं। संप्रति मुंबई स्थित विदेश संचार निगम लिमिटेड के गेट-वे एसईए-एम ई-डब्ल्यू ई-2, ऑप्टिक फाइबर डिजिटल हाई-वे से जुड़ा है, जो एशिया में सिंगापुर से यूरोप में मारसेलिज (फ्रांस) तक जुड़ा है। इस सामुद्रिक केबल की क्षमता संपूर्ण विश्व में टेलीडिजिटल कनेक्टिविटी की है। सच तो यह है कि समुद्रपारीय देशों में संचार सुविधा के लिए समुद्र के नीचे एक केबल डाली गई थी। इसके द्वारा विदेशी तार या टेलेक्स भी किए जाते थे, इसलिए इस माध्यम से प्राप्त होने वाले संदेश को 'संदेश केबल ग्राम' कहा जाता है। आजकल इस सेवा का प्रयोग केवल कुछ पड़ोसी देशों जो हमारे निकट हैं, के साथ ही किया जाता है। निष्कर्षतः यह कि कभी संचार साधन का यह लोकप्रिय माध्यम नए संचार साधनों के आ जाने से संप्रति बासी, पुराना, कुंद तथा अनुपयोगी हो गया है।

48. रेडियो ग्राम (Radio Gram)

रेडियो का अर्थ होता है—बिना तार की तारवर्की या टेलीफोनी (Telephony), और रेडियो ग्राम का अर्थ होता है—बिना तार के संदेश भेजने की क्रिया। संदेश-संप्रेषण का यह महत्त्वपूर्ण माध्यम है। इसका संचालन पुलिस वायरलेस की रेडियो टेलीग्राफी (Radio Telegraphy) द्वारा आपातकालीन स्थितियों में तत्काल संदेश भेजने के लिए किया जाता है। गृह सचिव जिन मामलों-मुद्दों को निर्दिष्ट करते हैं, उन्हें ही केबल रेडियोग्राम के द्वारा भेजा जाता है। अमूमन शांति और प्रशासनिक व्यवस्था दुरुस्त रखने जैसे मामलों में इसका इस्तेमाल होता है। इस माध्यम से बहुत कम शब्दों में संदेश भेजते हैं एवं प्रयास करते हैं कि वह संदेश किसी तरह के अर्थ का अनर्थ न पैदा करे। अतः रेडियोग्राम लंबा नहीं होना चाहिए। चूँकि रेडियोग्राम का संदेश बहुत महत्त्वपूर्ण होता है, अतः इसे उपयुक्त स्थान पर बहुत जल्दी पहुँचाया जाता है। रेडियोग्राम के तीन प्रकार

होते हैं। (1) सामान्य, (2) आवश्यक तथा (3) क्रैश अर्थात् अत्यावश्यक।

49. विज्ञप्ति (Bulletin)

वि+ज्ञप्+क्तिन=विज्ञप्ति का अर्थ होता है—उक्ति, समाचार, प्रार्थना, अनुरोध तथा घोषणा आदि। अंग्रेजी में इसके लिए Bulletin शब्द के साथ 'Comminique' शब्द भी चलता है। वस्तुतः विज्ञप्ति का प्रयोग छुट्टियों, नियुक्तियों, अधिकारी की प्रतिनियुक्ति, भूमि अधिग्रहण, दुकानों का नवीनीकरण और नीलामी के संबंध में सूचना देने के लिए किया जाता है। इन सबके अलावा विज्ञप्ति का प्रयोग अधिनियम, विधायन, विधि तथा आदेश को प्रवर्तित करने के लिए भी किया जाता है।

विज्ञप्ति का उदाहरण

कार्यालय जिलाधिकारी, आजमगढ़

विज्ञप्ति

वर्ष 2011-12 में जनपद-आजमगढ़ की देशी शराब, विदेशी मदिरा बीयर की फुटकर दुकानों एवं मॉडल शॉप का नवीनीकरण/सार्वजनिक लॉटरी द्वारा व्यवस्थापन एवं भाँग की फुटकर दुकानों की नीलामी हेतु आवश्यक सूचना

एतद् द्वारा सर्वसाधारण को सूचित किया जाता है कि आबकारी आयुक्त उत्तर प्रदेश के आदेश सं. 22398/दस-लाइसेंस-367/अबकारी नीति/2011-12 दिनांक इलाहाबाद, 12 मार्च, 2011 के क्रम में जनपद-आजमगढ़ की समस्त देशी शराब/विदेशी मदिरा/बीयर एवं मॉडल शाप की दुकानों का व्यवस्थापन नवीनीकरण/सार्वजनिक लॉटरी के माध्यम से किया जाना है। आबकारी दुकानों का नवीनीकरण निम्न प्रतिबंधों के अधीन होगा।

1. फरवरी 2011 तक समस्त देयताएँ बेबाक हों।
2. वर्ष 2010-11 की प्रतिभूति धनराशि जमा एवं सुरक्षित हो।
3. वर्ष 2011-12 के लिए निर्धारित देयताओं की अदायगी के लिए तत्पर हो।

व्यवस्थापन का कार्यक्रम निम्नवत् है—

1. नवीनीकरण हेतु आवेदन-पत्रों का वितरण	दिनांक 14.03.11 से दिनांक 18.03.11 को अपराह्न 13:00 बजे तक।
2. नवीनीकरण हेतु आवेदन-पत्र जमा करने की अंतिम तिथि	18.03.2011 के अपराह्न 16:00 बजे तक
3. भाँग की फुटकर दुकानों की नीलामी	22.03.2011 को प्रातः 11:00 नेहरू हॉल (जिला परिषद्)
4. नवीनीकरण से अवशेष देशी/विदेशी/बीयर की दुकानों तथा नव सृजित विदेशी मदिरा एवं बीयर की दुकानों के व्यवस्थापन हेतु विज्ञप्ति का प्रकाशन एवं आवेदन-पत्रों का वितरण।	19.03.2011 से 24.03.2011 के अपराह्न 14:00 बजे तक

उपरोक्त के संबंध में विस्तृत विवरण कार्यालय जिला आबकारी अधिकारी अथवा क्षेत्रीय निरीक्षकों से प्राप्त किया जा सकता है।

(विजय कुमार मिश्र)
जिला आबकारी अधिकारी
आजमगढ़

(आर.एन. सिंह)
जिलाधिकारी
आजमगढ़

संख्या—304 आ.लि./व्यवस्थापन-2011-12, दिनांक 13 मार्च 2011

50. प्रेस विज्ञप्ति, प्रेस नोट, प्रेस संचार, प्रेस कम्यूनिक और प्रेस पत्राचार (Press Note and Press Comminique)

(क) अर्थ/अभिप्राय—केंद्र सरकार द्वारा जनहित में लिये गए ढेर सारे निर्णय, सूचना, प्रस्ताव तथा आदेश आदि गजट या राजपत्र में अधिसूचित होने के कारण सामान्यजन तक आसानी से नहीं पहुँच पाते। अत: सरकार उन्हीं निर्णयों, प्रस्तावों, सूचनाओं तथा आदेशों को जोर-शोर से जन-जन तक पहुँचाने, उनका प्रचार-प्रसार करने की गरज से प्रेस विज्ञप्ति का सहारा लेती है। सरकारी नीतियाँ, छोटे-बड़े हर अखबार में जनसामान्य को सूचित करने के लिए 'प्रेस विज्ञप्ति' या 'प्रेस नोट' के रूप में छपती हैं। समाचार-पत्र संपादक इन विज्ञप्तियों को अपने-अपने अखबारों में यथास्थान प्रथम पृष्ठ से लेकर कहीं भी छोटे-बड़े आकार में प्रकाशित-विज्ञापित करते हैं। कुल मिलाकर यह कि सरकारी सूचनाओं का अधिकाधिक प्रचार-प्रसार ही प्रेस विज्ञप्ति का एकमात्र लक्ष्य होता है।

प्रेस-विज्ञप्ति के लिए हिंदी में अन्य शब्द, यथा—'प्रेस नोट', 'प्रेस संचार', 'प्रेस कम्यूनिक' और 'प्रेस पत्राचार' तथा अंग्रेजी में 'Press Note' एवं 'Press Comminique' तथा 'Press Bulletin' आदि शब्द व्यवहृत होते हैं। उर्दू में इसके लिए **इश्तिहार**, **इश्तिहारी**, **मुश्तहरी** का पर्चा तथा **मुनादी** कह सकते हैं। इधर व्यावसायिक पत्र-लेखन के संदर्भ में प्रेस संचार का आशय प्रेस विज्ञप्ति तथा प्रेस नोट से ही लिया जाता है।

(ख) प्रेस विज्ञप्ति का उद्देश्य या प्रयोजन—अभी ऊपर स्पष्ट किया गया है कि सरकार अपनी जिन सूचनाओं, सरोकारों, विचारों-निर्णयों और आदेशों आदि को जन-सामान्य तक पहुँचाना चाहती है, उसे प्रेस विज्ञप्ति के रूप में समाचार-पत्रों, रिसालों आदि में प्रकाशित करती है। इस तरह की प्रेस विज्ञप्तियाँ हमेशा प्रकाशित नहीं की जातीं, बल्कि खास मकसद तथा प्रयोजन से किसी खास अवसर पर ही प्रकाशित की जाती हैं। बहरहाल, प्रेस-विज्ञप्ति के कुछ निश्चित प्रयोजनों को इस प्रकार देखा जा सकता है—

1. राष्ट्रीय, अंतरराष्ट्रीय सिफारिशों की घोषणा के लिए,
2. अंतरराष्ट्रीय गोष्ठियों, सम्मेलनों आदि की जानकारी देने के लिए,
3. सरकार द्वारा किसी विषय पर अपनी नीति अथवा निर्णय की घोषणाओं के लिए,

4. अपने देश तथा बाहरी मुल्कों के प्रधानमंत्रियों, राष्ट्राध्यक्षों, विदेश मंत्रियों के बीच हुई नीतिगत वार्त्ता संबंधी जानकारी देने के लिए,
5. राष्ट्रीय समस्याओं के समाधान हेतु बनी समितियों और आयोगों द्वारा दिए गए सुझावों-समाधानों की जानकारी देने के लिए तथा
6. विदेशों के साथ अपनी राजनीतिक, कूटनीतिक, आर्थिक तथा सांस्कृतिक संबंधों की घोषणा के लिए।

(ग) प्रेस विज्ञप्ति के प्रकाशन में कुछ आवश्यक सावधानियाँ—प्रेस विज्ञप्ति को सरकारी बयान कहते हैं। ये सरकारी नीतियों की प्रवक्ता होती हैं। केंद्र सरकार अपनी हर तरह की नीतियों सूचनाओं को इन्हीं के माध्यम से लोगों तक पहुँचाती है। स्पष्टत: यह कि केंद्र सरकार अपने निर्णयों, प्रस्तावों, आदेशों आदि को प्रेस विज्ञप्ति के रूप में अखबारों में छपवाकर अपनी नीतियों का खुलासा करती है। अत: प्रेस विज्ञप्ति के रूप में छपे उक्त तथ्यों का जनता के ऊपर गंभीर, व्यापक और सीधा असर होता है, इसलिए इन्हें समाचार-पत्रों में प्रकाशनार्थ देते समय कुछ सावधानियाँ-सजगताएँ बहुत जरूरी होती हैं, यथा—

1. प्रेस विज्ञप्ति के रूप में खबरें समाचार-पत्रों में ज्यों-की-त्यों बिना किसी छेड़छाड़ या तोड़-मरोड़ के प्रस्तुत की जाती हैं—
2. यहाँ यह भी ध्यान रखना चाहिए कि अखबार के संपादक कहीं प्रेस विज्ञप्ति के रूप में छपने वाली सूचनाओं को घटा-बढ़ा तो नहीं रहे हैं। साफ शब्दों में समाचार संपादक या मालिक को यह कतई अधिकार नहीं है कि प्रेस विज्ञप्ति में किसी तरह का अनावश्यक तसर्रुफ करें। हाँ, प्रेस विज्ञप्ति के अलावा समाचार संपादक समाचारों में थोड़ा-बहुत संशोधन कर सकता है।
3. प्रेस में जाने से पहले प्रेस विज्ञप्ति को भेजने वाले को प्रेस विज्ञप्ति से संबंधित कानूनी विधिक नियमों को जानना चाहिए, क्योंकि थोड़ी सी चूक सरकार और जनता के बीच मनमुटाव पैदा कर सकती है।
4. प्रेस विज्ञप्ति में संबोधन, प्रेषक-प्रेषिती तथा स्वनिर्देश आदि नहीं होते तथा
5. प्रेस विज्ञप्ति पर प्रेस विज्ञप्ति अग्रसारित करने वाले अधिकारी का हस्ताक्षर होना चाहिए। उसके पदनाम का उल्लेख दाईं ओर होना चाहिए। इसके बाद बाईं ओर थोड़ा स्थान छोड़कर मंत्रालय का नाम, तिथि व स्थान अंकित करना चाहिए।

(घ) प्रेस विज्ञप्ति का विस्तार क्षेत्र—सामान्य सूचनाओं, नीतिगत मसलों से लेकर अंतरराष्ट्रीय स्तर पर दो देशों के बीच कूटनीतिक, सामरिक संबंध भी प्रेस विज्ञप्ति के क्षेत्र में आते हैं। दरअसल, प्रेस विज्ञप्ति के जरिए सरकार सामाजिक,

राजनीतिक, व्यावसायिक एवं अन्यान्य क्षेत्रों से संबंधित घोषणाएँ समाचार-पत्रों में प्रकाशित करती है। उदाहरण के लिए, सरकार हर तरह की सामाजिक गतिविधियों, गोष्ठियों, सूचनाओं आदि का प्रकाशन व्यक्ति की सामाजिक जिज्ञासाओं की शांति के लिए समय-समय पर करती रहती है। सरकार अपने देश के अन्य देश से व्यावसायिक रिश्ते, आयात-निर्यात, लेन-देन आदि की जानकारी विज्ञप्ति के रूप में ही देश की जनता को देती है। राजनीतिक मसले, अंतरराष्ट्रीय संबंध, दो देशों के बीच चल रहे विवादास्पद मुद्दे, संधियाँ, सहयोग, राष्ट्राध्यक्षों के बीच बनी राजनीतिक सहमति आदि की भी जानकारी अखबारों में प्रेस विज्ञप्ति के रूप में ही देती है। इधर, देश के भीतर हो रही हर तरह की उथल-पुथल, संसदीय सूचनाएँ, परीक्षा संबंधी जानकारियाँ आदि भी प्रेस विज्ञप्ति के ही दायरे में आती हैं।

(ङ) प्रेस विज्ञप्ति की भाषा-शैली—

1. प्रेस विज्ञप्ति की भाषा अत्यंत सरल-सहज होनी चाहिए, जिससे सामान्य जन भी उसे समझ सके।
2. वस्तुतः इसकी भाषा भद्र, विनम्र, शिष्ट-संयम होनी चाहिए।
3. इसमें कहावतों, मुहावरों, लोकोक्तियों के साथ-साथ अलंकारादि का भी प्रयोग नहीं होना चाहिए, क्योंकि अबूझ भाषा से कभी-कभी दिक्कतें हो सकती हैं।
4. व्याकरणिक अनुशासनों का निर्वाह यहाँ बेहद आवश्यक होता है। साफ शब्दों में अर्द्धविराम, पूर्ण विराम आदि का उचित स्थान पर प्रयोग होना चाहिए।
5. भाषा रोचक-रुचिकर होनी चाहिए। शब्दों का प्रयोग नाप-तौलकर होना चाहिए। कुल मिलाकर भाषा अर्थ-साधक की जगह अर्थ-बाधक न हो।

प्रेस विज्ञप्ति का उदाहरण

भारत और बांग्लादेश के मध्य राजनयिक संबंध

भारत और बांग्लादेश की सरकारें इस बात पर सहमत हो गई हैं कि दोनों देशों में राजनयिक संबंध स्थापित किए जाएँ। इससे दोनों देशों में मैत्रीपूर्ण संबंध सुदृढ़ होंगे और इससे दोनों देशों को लाभ होगा।

मुख्य सूचना अधिकारी प्रेस सूचना ब्यूरो, नई दिल्ली के पास प्रेस विज्ञप्ति जारी करने तथा इसे विस्तृत रूप से प्रसारित करने के लिए प्रेषित।

विदेश मंत्रालय
नई दिल्ली
17 अगस्त, 1973

ऋषभ चतुर्वेदी
संयुक्त सचिव
भारत सरकार

51. लाइसेंस, अनुज्ञप्ति या प्रज्ञप्ति (Licence)

इसे हम एक प्रकार का सरकारी **अधिकार पत्र**, **अनुज्ञा पत्र** (Permit Letter), **अनुमति** या **आज्ञा पत्र** भी कह सकते हैं। उर्दू में लाइसेंस को '**परवानगी**', '**हुक्म**' या '**इजाजत**' पत्र कहते हैं। वस्तुतः हर तरह का वैध काम करने के लिए सरकार से मंजूरी लेना आवश्यक होता है, तब सरकार अधिकार पत्र या अनुमति पत्र देती है, इसे ही अंग्रेजी में हम 'लाइसेंस' कहते हैं। यह 'लाइसेंस' ही इस बात का पुख्ता प्रमाण होता है कि अमुक काम करने के लिए सरकार की ओर से अमुक व्यक्ति को किसी तरह की आपत्ति नहीं है। यह लाइसेंस जिस व्यक्ति को मिल जाता है, वह **अनुज्ञप्तिधारी** (Licensee या License-holder) कहा जाता है। कहते भी हैं फलाँ व्यक्ति 'लाइसेंस धारक' है, इसके घर में लाइसेंसी बंदूक है।

बहरहाल, लाइसेंस का जीवन में बहुत महत्त्व होता है, यथा—ट्रक, बस, स्कूटर, मोटरसाइकिल या जहाज चलाने तक का लाइसेंस बनता है; शराब, गाँजा, भाँग जैसी नशीली वस्तुओं को बेचने का लाइसेंस, अस्त्र-शस्त्र या हथियार यथा—बंदूक, पिस्तौल आदि को अपने पास रखने का लाइसेंस; मकान, भूमि आदि के कारोबार का लाइसेंस अर्थात् विभिन्न रूप-रंग के लाइसेंस। हर तरह के उक्त लाइसेंसों को बनवाने के लिए विभिन्न कार्यालयों से उपयुक्त और निर्धारित प्रपत्र (फॉर्म) मिलते हैं। इन लाइसेंसों की एक निश्चित अवधि होती है। इनकी उम्र या मियाद बीतने से पहले इनका नवीनीकरण (Renew) कराना पड़ता है। किसी लाइसेंस धारक के लिए यह बहुत जरूरी होता है।

वाहन लाइसेंस का उदाहरण

फॉर्म-6

ऑल इंडिया मोटर ड्राइविंग लाइसेंस

लाइसेंस धारक का नाम | फोटो

ड्राइविंग लाइसेंस नंबर

नाम

पिता का नाम

अस्थायी पता

स्थायी पता

जन्म तिथि | लाइसेंस धारक के हस्ताक्षर का नमूना

शैक्षिक योग्यता

रक्त-ग्रुप

लाइसेंस का प्रभाव क्षेत्र/उत्तर प्रदेश/पूरा जिला या पूरा भारत
नवीनीकृत दिनांक··· से···दिनांक··· तक

लाइसेंस जारी करने वाले अधिकारी का पद तथा हस्ताक्षर

52. शासकीय संकल्प, प्रस्ताव या संस्ताव (Govt. Resolution)

(क) अर्थ/अभिप्राय—संस्कृत सम्+ कृप्+घञ, गुण रस्यलः=संकल्प शब्द का अर्थ होता है—**दृढ़ निश्चय, पक्का इरादा**। अंग्रेजी में इसके लिए 'Resolution', 'Determination', 'Will' तथा 'Vow' शब्दों का प्रयोग करते हैं। उर्दू में इसे '**करार**', '**इकरार**' तथा '**अहद**' आदि नामों से जानते हैं। राजनीति की भाषा में संकल्प वास्तव में मूल प्रस्ताव होता है। यह एक प्रक्रियागत उपाय है, जो आम लोगों के हित के किसी मामले पर सदन में चर्चा उठाने के लिए सदस्यों और मंत्रियों को उपलब्ध होता है, पर सामान्य भाषा में किसी विवादग्रस्त प्रश्न पर सरकार की नीति और निर्णय तथा उस प्रश्न को सुलझाने के लिए की गई सिफारिशों का लिखित प्रस्ताव संकल्प कहलाता है। इसे किसी सभा, निकाय या वैधानिक समूह का निश्चित एवं औपचारिक मत भी कहा जा सकता है। वस्तुतः किसी विनिश्चय या नीति अथवा महत्त्वपूर्ण विषय संबंधी प्रश्नों पर सामान्यतः लागू होने वाले आदेशों के संबंध में संकल्प जारी किए जाते हैं, जब विनिश्चय या आदेश का प्रसार सार्वजनिक रूप से करना हो। विभिन्न विभागों, प्रशासनिक प्रतिवेदनों तथा सामान्य प्रशासन-प्रतिवेदनों के संबंध में भी संकल्प जारी किए जाते हैं। कभी-कभी समितियों के संगठन के संबंध में भी ये जारी किए जाते हैं। ये गजट में भी प्रकाशित किए जाते हैं।

इधर, प्रस्ताव या संस्ताव को कुछ लोग संकल्प का समानधर्मा मानते हैं। बहरहाल, 'प्र+स्तु+घञ्' से बने शब्द प्रस्ताव का सामान्य अर्थ होता है—'**आमुख**', '**उल्लेख**' या '**सभा**' अथवा '**समाज**' के सामने उपस्थित मंतव्य। इसके लिए अंग्रेजी में motion, proposal तथा Offer आदि शब्दों का प्रयोग होता है। राजनीति की भाषा में प्रस्ताव संसदीय कार्यवाहियों के आधार होते हैं। लोक महत्त्व का कोई भी मामला किसी प्रस्ताव का विषय हो सकता है। स्पष्टतः यह कि प्रस्ताव सदन का फैसला जानने के लिए या उसकी राय व्यक्त करने के लिए सदन के समक्ष लाया गया एक सुझाव होता है। सामान्य भाषा में कहें तो कह सकते हैं कि प्रस्ताव एक विशेष प्रकार का सरकारी प्रपत्र होता है। यह विभागीय सचिवों के हस्ताक्षर से सामान्य-जन की सूचना या जानकारी के लिए संकल्प की तरह गजट में प्रकाशित किया जाता है।

(ख) संकल्प/प्रस्ताव : प्रयोजन या उद्देश्य—

1. औद्योगिक क्षेत्र में लाइसेंस नीति, आयोगों तथा जाँच समितियों की स्थापना जैसे नीतिगत मसलों पर सरकार के निर्णयों की सार्वजनिक घोषणा के लिए,
2. महत्त्वपूर्ण रिपोर्टों की समीक्षा के परिणामों की जानकारी देने के लिए तथा
3. आयोग के महत्त्वपूर्ण प्रतिवेदनों की समीक्षा के परिणामों की जानकारी जनसाधारण को देने के लिए।

(ग) संकल्प के मुख्य चार भाग—

1. उद्देश्य (Preamble)—संकल्प का पहला भाग उद्देश्य होता है। इस प्रथम भाग में उन स्थितियों-परिस्थितियों की चर्चा की जाती है, जिनके कारण फलाँ प्रस्ताव की आवश्यकता महसूस की गई। इसमें महत्त्वपूर्ण पत्रों अथवा प्रलेखों की चर्चा रहती है।

2. अवलोकन (Observation)—संकल्प का यह दूसरा भाग है। इसे अवलोकन कहते हैं। इसमें आधारभूत तथ्यों को समाविष्ट किया जाता है।

3. प्रस्ताव (Resolution)—इसमें मूल प्रश्न उठाने के कारणों और परिस्थितियों का उल्लेख होता है।

4. आदेश (Order)—संकल्प के इस चौथे भाग को आदेश कहते हैं। संकल्प को मूर्त रूप देने के लिए इस भाग में आदेश दिया जाता है। अगली बात यह है कि यहाँ उन पक्षकारों के नाम दिए जाते हैं, जिनके संकल्प की प्रतिलिपि भेजना होता है। संकल्प का यह अंतिम भाग उच्च अधिकारी के हस्ताक्षर से प्रकाशित होता है।

(घ) संकल्प का प्रारूप तैयार करने में बरती जाने वाली सावधानियाँ—

1. संकल्प में संबोधन और स्वनिर्देश नहीं होता।
2. संकल्प हमेशा एकवचन तथा तृतीय पक्ष (Third Person) को संबोधित होना चाहिए।
3. संकल्प के मसौदे की पहली टाइप प्रति ही प्रेस में भेजी जानी चाहिए। साइक्लोस्टाइल, फोटोस्टेट या कार्बन प्रति नहीं भेजनी चाहिए।
4. मसौदे में कहीं भी काट-छाँट, लिखे पर दुहराव तथा अशुद्ध हस्ताक्षर एवं कटा-पिटा नहीं होना चाहिए तथा
5. अंतिम सजगता यह होनी चाहिए कि कृते के रूप में किसी अपात्र-अनधिकृत व्यक्ति का हस्ताक्षर नहीं हो। यह हस्ताक्षर भी स्याही से ही होना चाहिए।

संकल्प का उदाहरण

भारतीय राजपत्र (Gazette) के भाग-I अनुभाग/खंड । में प्रकाशनार्थ

भारत सरकार

मानव संसाधन विकास मंत्रालय

नई दिल्ली, दिनांक 10 जनवरी, 2012

संकल्प

विगत कुछ समय से भारत सरकार इस प्रश्न पर गंभीरता से विचार कर रही है कि अखिल भारतीय स्तर के पाठयक्रमों में एकरूपता या समरूपता कैसे हो? इस सिलसिले में विद्वानों तथा अनुभवी वैज्ञानिकों की एक उच्चाधिकार प्राप्त समिति गठित करने का फैसला लिया गया है। इस समिति में सरकारी तथा गैर-सरकारी दोनों क्षेत्रों के अनुभवी सदस्य होंगे।

1. श्री···संसद् सदस्य इस समिति के अध्यक्ष होंगे।
2. यह समिति अधोलिखित बातों पर विचार करेगी—

   क. ....

   ख. ....

   ग. ....

आदेश—आदेश दिया गया है कि इस संकल्प की एक-एक प्रति निम्नलिखित को भेज दीजिए—

1.

2.

यह भी आदेश दिया गया है कि जन-साधारण की जानकारी के लिए यह संकल्प भारतीय राजपत्र में भी प्रकाशित कर दिया जाए।

रविशंकर चतुर्वेदी

संयुक्त सचिव, भारत सरकार

53. त्रुटि सुधार या शुद्धि पत्र या भूल सुधार (Erratum)

लिखने या छापने की अशुद्धि को ही अंग्रेजी में Erratum कहते हैं—"An error in writing or printing." वस्तुत: जब किसी गजट में कोई समाचार मुद्रित हो जाता है और बाद में जब यह पता चलता है कि उस समाचार में कुछ त्रुटि रह गई है, तब गजट को प्रकाशित होने से पूर्व उसमें एक 'स्लिप' जोड़कर 'भूल सुधार' किया जाता है। उक्त स्लिप के ऊपर 'भूल सुधार' या 'शुद्धि पत्र' लिखा जाता है।

कभी-कभी ऐसा भी होता है कि गजट के प्रकाशन के उपरांत किसी त्रुटि का

आभास हो। इस प्रकार की गलती नए गजट के साथ पुराने गजट की भूल सुधार स्लिप द्वारा सही की जा सकती है। Corrigendum के साथ-साथ पूर्व त्रुटि संदर्भ देना नितांत आवश्यक होता है, जिससे पाठकों को यह ज्ञात हो जाए कि पहले क्या गलती हुई थी और अब उसकी जगह क्या सुधार किया गया है।

त्रुटि सुधार का उदाहरण

शुद्धि पत्र

शुद्धि पत्र सं. डब्ल्यू 584//2010-11/ओपेन/55 धनबाद, दिनांक 14.3.2011 यह पुनः सूचित किया जाता है कि निविदा सूचना सं. डब्ल्यू 584/ /2010-11/ओपेन/55 दिनांक 22.2.2011 के आइटम संख्या 01 से 22 तक कुछ प्रशासनिक कारणों से अगली तारीख तक स्थगित की जाती है, जिसकी सूचना यथाशीघ्र दी जाएगी।

पीआर/1681/डीएचएन/सी/24 वरीय मंडल अभियंता (3), पूर्व मध्य रेल, धनबाद

पूर्व मध्य रेलवे

शुद्धि पत्र

खुली निविदा केस सं.—3014101116 देय तिथि-11/4/11 खुली निविदा केस सं···· देय तिथि··· के अंतर्गत वार्निश इंसुलेटिंग बैकटॉल रेड सीएलडब्ल्यू विनिर्देशन सं. 4 टीएमएस 092.106 अल्ट-2 की आपूर्ति हेतु निम्नलिखित शुद्धि पत्र निर्गत किया जाता है।

मद सं.	वर्तमान प्रविष्टि	पढ़ा जाए
स्टोर सुपुर्दगी का स्थान	स.सा.प्र./सीएसडी/गोमो-929 कि.ग्रा.	स.सा.प्र./सीएसडी/गोमो-929 कि.ग्रा. स.सा.प्र./डी/मुगलसराय-107 कि.ग्रा.

अन्य विवरण एवं शर्तें पूर्ववत् रहेंगी।

54. अपील (Apeal)

(क) अर्थ/अभिप्राय तथा परिभाषा—जिस प्रकार अंग्रेजी भाषा के 'एकेडमी' (Academy) तथा रिपोर्ट (Report) शब्द हिंदी भाषा में सहज रूप में अकादमी तथा रपट शब्द के रूप में स्वीकार कर लिये गए हैं, ठीक उसी तरह अंग्रेजी अपील (Appeal) शब्द भी हिंदी में अपने मूल रूप में हिंदी भाषा की महत्त्वपूर्ण शब्द संपदा बन गया है। अलग-अलग संदर्भों के अनुसार हिंदी में अपील शब्द के कई अर्थ होते हैं। यथा—**पुनरावेदन**, **अनुरोध**, **आग्रह**, **निवेदन**, **पुनर्वाद**, **अभ्यर्थना**, **सहायता** या **समर्थन माँगना** आदि। अपील जारी होना मुहावरा हिंदी में बहुत चर्चित है। शिक्षा संस्थाओं और कारखानों में हड़ताल हो जाने पर प्रबंधन शांति बनाए रखने के लिए अपील जारी करता

है। सांप्रदायिक या जातीय फसाद हो जाने पर सरकारें सद्भाव कायम करने के लिए अपील जारी करती हैं। दैवी आपदा, बाढ़, सूखा आदि विषम स्थितियों में धैर्य बनाए रखने तथा उन्हें आर्थिक सहायता देने हेतु अपील की जाती है। समाज में भ्रूण हत्या रोकने तथा घरेलू हिंसा से स्त्रियों की रक्षा के लिए समय-समय पर सरकारी-गैर सरकारी संस्थाओं द्वारा अपील की जाती है। कुल मिलाकर अपील के कई रूप-रंग हैं। यह अपील सरकारी, गैर-सरकारी दोनों स्तरों पर जारी हो सकती है।

लेकिन इन सबके बीच 'अपील' शब्द का बहुत गहरा रिश्ता कचहरी और वहाँ होने वाली मुकदमेबाजी से है। वहाँ सैकड़ों लोग हाथ में अपील लेकर दिन भर कचहरी का रकबा नापते रहते हैं। दरअसल, न्यायालय का कोई भी आदेश अथवा निर्णय अंतिम नहीं होता और न ही उनके अंतिम होने का दावा ही किया जा सकता है। अत्यंत सावधानी बरतने के बाद भी उसमें तथ्य, विधि अथवा प्रक्रिया संबंधी किसी त्रुटि का रह जाना स्वाभाविक है और यदि ऐसी त्रुटि को दूर नहीं किया जाता है तो यह न्याय को दूषित कर देती है अथवा न्याय के उद्देश्यों को विफल बना देती है। यही कारण है कि तथ्य, विधि एवं प्रक्रिया संबंधी ऐसी त्रुटियों को दूर करने के लिए विधि में अपील का प्रावधान किया गया है। यद्यपि अपील के अधिकार मौलिक अधिकार होते हैं, केवल प्रक्रिया के विषय नहीं, फिर भी कुछ ऐसी स्थितियाँ हैं, जिनमें अपील का कोई अधिकार नहीं होता।

अपील के एक प्रकार का उदाहरण

अपील

रिहंद परियोजना के अंतर्गत गोविंद वल्लभ पंत सागर का डूब क्षेत्र आर.एल. 880 फीट तक है, जो कि उत्तर प्रदेश के जनपद सोनभद्र तथा मध्य प्रदेश के जनपद सिंगरौली में पड़ता है। समस्त जनों को यह सूचित किया जाता है कि जलाशय की संपूर्ण भूमि रिहंद परियोजना की है। यदि कोई व्यक्ति रिहंद जलाशय के डूब क्षेत्र में अवैध रूप से अध्यासन करता है तथा जल भराव की दशा में किसी प्रकार की कोई अनहोनी होती है तो वह स्वयं जिम्मेदार होगा। इस दुर्घटना के लिए सिंचाई विभाग उत्तर प्रदेश तथा उ.प्र. जल विद्युत् निगम लि. किसी भी प्रकार से उत्तरदायी नहीं होगा और न ही किसी प्रकार का दावा मान्य होगा।

अतः सभी जनसाधारण को यह सूचित किया जाता है कि यदि कोई व्यक्ति अवैध रूप से रिहंद जलाशय के डूब क्षेत्र में अध्यासित है तो वह तत्काल खाली कर दे।

आज्ञा से
अधिशासी अभियंता
रिहंद बाँध सिविल खंड
पिपरी, सोनभद्र

55. तार (Telegram)

(क) तार का स्वरूप—बेहद आवश्यक संदेश, सूचना-समाचार, आदेश या किसी आकस्मिक एवं अति संवेदनशील विषय से संबंधित निर्णय अथवा कार्यवाही के शीघ्रातिशीघ्र निष्पादन हेतु सरकारी या निजी स्तर पर तार का प्रयोग होता है—"A message sent by telegraph, a telegraphic dispach or communication." पर अब तार का प्रयोग कुछ अपवादों को छोड़कर खुदानाख्वास्त भी नहीं होता, क्योंकि सूचना प्रौद्योगिकी की नई तकनीक ने अब इसे तकरीबन तारीख की किताब बना दिया है। कभी दरवाजे पर डाकिए द्वारा तार शब्द का उच्चारण करने से चेहरे पर 'फक', 'भय' या अर्द्धमुस्कान का चित्र उग जाता था, पर अब तार आकाशीपुष्प की तरह हो गए, क्योंकि तार अब कहीं से नहीं आते और यदि आते भी हैं तो बहुत कम। बहरहाल, सरकारी स्तर पर तार का प्रयोग किसी संदेश-आदेश के बहुत ही महत्त्वपूर्ण होने पर उस पर कार्यवाही के लिए किया जाता है।

(ख) तार भेजने की प्रक्रिया/प्रविधि—तार भेजने या करने के लिए इसका कोई विशिष्ट प्रपत्र नहीं होता। तार की आकृति/आकार बहुत छोटा होता है। यह बेहद नपे-तुले, अति संक्षिप्त तथा स्पष्ट शब्दों में लिखा जाता है। सर्वप्रथम टेलीग्राफिक मशीन में भेजे जाने वाले संदेश को भरते हैं, उसके बाद यह संदेश भेजे गए स्थान पर पहुँच जाता है। संदेश के पहुँचते ही डाक-तार विभाग में दिन-रात काम करने वाले डाकिए उसे तत्संबंधी व्यक्ति के पास पलक झपकते पहुँचाने का प्रयास करते हैं। जहाँ तारघर नहीं है, जो स्थान काफी दुर्गम-दुरूह है, वहाँ इस तार को लिफाफे में भरकर तत्काल भेजते हैं। इसलिए कभी-कभी ऐसी जगहों पर तार पहुँचने में विलंब भी हो सकता है।

वस्तुतः तार में प्रयुक्त शब्दावली यथासंभव संक्षिप्त तथा स्पष्ट होती है। इसमें भेजनेवाले तथा तार पाने वाले के नामों के संबंध में पंजीयित टेलीग्राफीय पता इस्तेमाल किया जाता है। बाद में डाक द्वारा तार की प्रति भी भेजी जाती है। यही तार में किसी पद की स्वीकृति दी हो अथवा उसमें किसी विधिक या प्रशासनिक मामला विहित हो तो सामान्यतया तार पर उस समय कार्यवाही न की जानी चाहिए, जब तक कि डाक से उसकी प्रति न मिल जाए या अत्यावश्यक मामला होने पर टेलीफोन पर उसकी पुष्टि न कर ली जाए। तार के प्रारंभ में प्रेषिती का नाम, पता इसके बाद अति संक्षेप में विषय का उल्लेख और अंत में प्रेषक का नाम, पदनाम होता है। तार के नीचे प्रेषक का नाम, पद नाम, पता तथा हस्ताक्षर किए जाते हैं। कई विभागों में प्रेषक, प्रेषिती का नाम, पता टेलीग्राफिक सांकेतिक भाषा का भी उल्लेख किया जाता है। तार की प्रतिलिपि बाद में डाक से प्रेषिती को पुष्टि के रूप में भेज दी जाती है। अब तो इसकी पुष्टि दूरभाष द्वारा

भी कर ली जा रही है। तार में जो सूचना भेजी जाती है, उसके अक्षरों की गिनती करके तार भेजने का मूल्य निर्धारित किया जाता है। पहले सभी तार अंग्रेजी में भेजे जाते थे किंतु अब हिंदी (देवनागरी लिपि) के साथ-साथ किसी भी भारतीय भाषा में तार भेजे जा सकते हैं। इसका एक आर्थिक लाभ यह हुआ है कि अंग्रेजी में तार भेजना जहाँ महँगा पड़ता था, देवनागरी में उसके सापेक्ष सस्ता पड़ता है।

(ग) तार करना या भेजना एक कला है—तार पत्र का एक संक्षिप्त रूप है। दूसरे शब्दों में तार पत्राचार की एक विधा है। तार लिखना अपने-आप में एक कला है। अगर तार भेजने-लिखने के नियमों को यदि जान लिया जाए तो कम खर्च में कलात्मक ढंग से तार को भेजा जा सकता है। थोड़े से अभ्यास या मेहनत से तार भेजने की कला में प्रवीण-पारंगत हुआ जा सकता है। बहुत कम शब्दों में अधिक-से-अधिक संदेश-सूचना भेजना-पहुँचाना ही तार की विशेषता होती है, तार को इस ढंग या सलीके से लिखा जाए कि उसका आशय तार पाने वाला आसानी से समझ जाए। कुल मिलाकर यहाँ गागर में सागर की कहावत चरितार्थ करनी होती है। इससे लाभ यह होता है कि तार प्रभार (Telegraphic Charges) में काफी बचत होती है। डाक तार विभाग ने देवनागरी में तार भेजने के काफी पुख्ता एवं विस्तृत नियम बनाए हैं। इन नियमों को बनाते समय देवनागरी लिपि के अक्षरों, मात्राओं, हिंदी के शब्दों, वाक्यांशों और संख्याओं पर ही नहीं, व्याकरण के विभिन्न चिह्नों पर भी गहराई में जाकर विचार किया गया है। कुल 20 नियम बनाए गए हैं।

(घ) देवनागरी तारों का 20 सूत्री कार्यक्रम—

अक्षर विचार—

1. दस अक्षरों तक के शब्द पर एक शब्द का तार-प्रभार लगता है। यदि एक शब्द में दस से अधिक अक्षर हों तो दस-दस अक्षरों का एक और जो अक्षर बाकी बचे रहें, उनका भी एक शब्द माना जाएगा। जैसे यदि किसी हिंदी शब्द में 22 अक्षर हों तो उस पर 10+10+2 अर्थात् तीन शब्द का प्रभार लगेगा।
2. संयुक्त व्यंजनों में प्रत्येक अक्षर को तार-प्रभार के लिए अलग-अलग गिना जाएगा। जैसे क्त, क्ष, त्र, ज्ञ, प्र आदि दो-दो अक्षर माने जाएँगे, जबकि रोमन में क्ष (KSHA) में चार और त्र (TRA), ज्ञ (JYA) आदि में तीन-तीन अक्षर माने जाएँगे।

मात्रा विचार—

3. मात्राओं को अलग अक्षर नहीं माना जाता, जैसे ज+ई=जी एक ही अक्षर माना जाएगा, जबकि रोमन में JEE (जी) तीन अक्षर माने जाते हैं।

शब्द विचार—

4. दस अक्षरों तक का समासयुक्त शब्द भी एक ही शब्द माना जाता है, उत्तराभिलाषी,

विश्वासभाजन दृष्टि बंधक, प्रधान कार्यालय आदि। जबकि रोमन में Head Office/Reginal Office आदि पर दो-दो शब्दों का प्रभार लगता है।

5. हिंदी तारों में क्रिया का रूप थोड़ा सा बदलकर उन्हें आदरसूचक बनाया जा सकता है और उसमें अंग्रेजी में Please, Kindly आदि शब्दों के पर्याय की बचत की जा सकती है, जैसे 'Please send' के लिए 'भेजिए' या 'भेज दीजिए' लिखना पर्याप्त है। 'कृपया भेजिए' लिखने की विशेष आवश्यकता नहीं है। तारों में बचत करने के लिए क्रियापद के विभिन्न शब्दों का प्रयोग इस प्रकार से भी किया जा सकता है— Please arrange to send के भावों को हिंदी का अकेला शब्द 'भिजवा दीजिएगा' पूरी तरह व्यक्त करता है।
6. पैसे की बचत और अपनी पहचान बनाने के लिए तार का संक्षिप्त पता भी रजिस्टर्ड करा लिया जाता है। अनेक सरकारी कार्यालयों ने अपने तार के पते हिंदी तारों के लिए भी रजिस्टर्ड करा लिये हैं, जैसे—

मंत्रालय या कार्यालय का नाम	*संक्षिप्त तार-पता*
Ministry of... lousings	निर्माणम्
Ministry of Food and Agriculture (Food Dep.II)	खाद्य-विभाग
Ministry of Irrigation & Power	बिजसिंचम्
Film Division Auditorium	चित्रवाणी
Railway Electrification	रेल बिजली
Permanent Way Training School	रेलपथ स्कूल
Ministry of Education	भारत शिक्षा

7. अनेक संस्थाओं और व्यापारी संस्थानों ने अपने नाम हिंदी में भी रजिस्टर्ड करा लिये हैं और तार देते समय उनके उन रजिस्टर्ड नामों का ही प्रयोग करने से कम खर्चा होता है, जैसे केंद्रीय सचिवालय हिंदी परिषद् के लिए 'परिषद्', हिंदी साहित्य सम्मेलन के लिए 'सम्मेलन', दक्षिण भारत हिंदी प्रचार सभा के लिए 'दक्षिण' लिखने पर एक ही शब्द माना जाएगा।
8. अंग्रेजी के कुछ क्रियावाचक शब्द ऐसे हैं कि उनके हिंदी पर्याय दो शब्दों में आते हैं, परंतु उनको यदि मिलाकर लिखा जाए तो तार के लिए एक ही शब्द माना जाता है, जैसे—

अंग्रेजी शब्द	*हिंदी पर्याय*	*तार में लिखने का रूप*
Expendite	जल्दी करो	जल्दीकरो
Arrange	प्रबंध करो	प्रबंधकरो
Contact	संपर्क करें	संपर्ककरें

Informed	सूचित किया	सूचितकिया
Wire	तार दो	तारदो

वाक्यांश—

9. मिलाकर लिखने पर अधिक-से-अधिक दस अक्षरों वाले संपूर्ण क्रियावाचक वाक्य या वाक्यांश को तार-प्रभार के लिए एक ही शब्द गिना जाता है जैसे—आरहाहूँ, भेजदियागयाथा, पहुँचादियाजाएगा, करलियाजानाचाहिए था, इनको एक-एक शब्द ही माना जाएगा। अंग्रेजी तार के हिसाब से Should have been sent या has been taken आदि में चार-चार शब्द माने जाते हैं।
10. यदि बीच में स्थान न छोड़ा गया हो और 10 से अधिक अक्षर न हों तो पदनाम वाले शब्द एक ही शब्द माने जाएँगे, जैसे उपमहाप्रबंधक, क्षेत्रीयप्रबंधक, शाखाप्रबंधक, राजभाषाअधिकारी, कृषिक्षेत्रअधिकारी। अंग्रेजी में General Manager, Regional Manager आदि पर दो-दो और Dy. Gen. Manager, Official Language Officer, Agricultural Officer आदि पर तीन-तीन शब्दों का प्रभार लगता है।
11. संक्षिप्तियों के प्रारंभिक अक्षरों में से प्रत्येक को एक शब्द माना जाता है, जैसे—कृ.ऋ.वि. (कृषि ऋण विभाग) के लिए तीन शब्दों का प्रभार लगेगा, किंतु यदि हम इसे मिलाकर अर्थात् कृऋवि लिखें तो उस पर एक शब्द का प्रभार लगेगा। 'संग्राविका' (समन्वित ग्रामीण विकास कार्यक्रम), 'भारिबै' (भारतीय रिजर्व बैंक) को भी एक ही शब्द माना जाएगा। केंद्रीय लोक निर्माण विभाग के लिए कें.लो.नि.वि. लिखा जाएगा तो चार शब्द माने जाएँगे, किंतु यदि उसे केलोनिवि लिखा जाएगा तो केवल एक ही शब्द गिना जाएगा।
12. जिस स्थान पर तार भेजा जा रहा है, उसके नाम को एक माना जाता है, किंतु उसे उसी रूप में लिखा जाना चाहिए, जैसा तार निर्देशिका के नामों की सूची में लिखा गया है। उदाहरण के लिए, विक्टोरियाटर्मिनलमुंबई को एक शब्द गिना जाएगा। राम प्रसाद शर्मा को अलग-अलग लिखा जाएगा तो तीन शब्द गिने जाएँगे, किंतु इसे रामप्रसादशर्मा लिखा जाएगा तो केवल एक ही शब्द माना जाएगा।
13. अंग्रेजी तार में प्रयुक्त एकाधिक पदों/वाक्यांशों के स्थान पर हिंदी के ऐसे एकल शब्दों का प्रयोग किया जा सकता है, जिन पर एक ही शब्द का प्रभार लगे, जैसे—Loss of Life & Property (5 शब्द) के स्थान पर 'धनजनहानि', During the course of time (5 शब्द) के स्थान पर 'चर्चामध्य' तथा In due course of time (5 शब्द) के स्थान पर 'यथासमय', Profit and Loss Account (4 शब्द) के स्थान पर 'लाभहानिलेखा' तथा Under certificate of posting (4 शब्द) के स्थान पर, 'डाकप्रमाणित' का प्रयोग कर खर्च में सहज ही कमी की जा सकती है।

ऐसे और भी अनेक शब्द हो सकते हैं।

संख्या—

14. व्यापारिक चिह्न या संख्याएँ गिनने के लिए पाँच अंकों/चिह्नों तक के समूह को एक शब्द गिना जाता है, जैसे—6845901 के लिए 5+2 अर्थात् दो शब्द का प्रभार लगेगा।
15. टेलीफोन नं. टी.एफ. और एक्सटेंशन सहित के लिए एक ही शब्द माना जाएगा।

व्याकरण के विभिन्न चिह्न—

16. विभक्ति के चिह्नों अथवा संबंधसूचक शब्दों, जैसे—ने, को, के लिए, का, की, के, में, पर, से आदि को पहले शब्द के साथ मिलाकर लिखने पर एक ही शब्द का प्रभार लगता है। जैसे—भुगतानकेलिए, आदाताको, खातेमें आदि। अंग्रेजी में for, to आदि के लिए भी एक-एक शब्द का प्रभार लगता है।
17. तिर्यक् रेखा सहित प्रत्येक विराम-चिह्न और कोष्ठक-युग्म को एक शब्द माना जाता है, जैसे—प्रबंधक (राजभाषा), मई/जून इनके लिए तीन-तीन शब्द का प्रभार लगेगा।
18. समासों और संधियों का उचित प्रयोग करके भी हिंदी तारों में शब्दों की बचत की जा सकती है—जैसे रात और दिन के लिए 'रातदिन', वर और वधू के लिए 'वरवधू', सुविधा के अनुसार के लिए 'सुविधानुसार', खेद के साथ के लिए 'सखेद', बिना देर लगाए के लिए 'अविलंब', बहुत आवश्यक के लिए 'अत्यावश्यक' आदि कुछ दिन के अभ्यास से ऐसे शब्द अपने ध्यान में आते जाएँगे और तार लेखक को उन्हें ढूँढ़ने के लिए विशेष प्रयास नहीं करना पड़ेगा।
19. अंग्रेजी के तार में लंबा संदेश लिखते हुए विराम-चिह्न लगाना आवश्यक हो जाता है, वरना उसका अर्थ ठीक से समझ नहीं आएगा। इसके विपरीत यह देखा गया है कि उन्हीं संदेशों को यदि हिंदी में लिखा जाए तो विराम-चिह्न न लगाने पर भी अर्थ समझने में कोई कठिनाई नहीं होती।
20. तार संदेशों के अंत में विराम-चिह्न लगाने की आवश्यकता नहीं है। यदि विराम-चिह्न लगाया जाएगा तो उसके लिए एक शब्द का प्रभार देना पड़ेगा।

उक्त आधारों पर देवनागरी लिपि में लिखे गए तार रोमन लिपि में अंग्रेजी में लिखे गए तारों से सस्ते पड़ते हैं, क्योंकि उनमें कम शब्दों का प्रयोग होता है। कुछ उदाहरण इस प्रकार हैं—

(क) जबतक काम अपूर्ण भुगतान रोकेरखना (5 शब्द) Withhold payment so long as work incomplete (7 words).

(ख) नियुक्तिपत्र प्राप्त धन्यवाद परसों आरहाहूँ (5 शब्द) Received appointment letter thanks reaching day after tomorrow (8 शब्द)।

(ङ) तार के प्रकार—तार दो तरह के होते हैं—(1) साधारण (Ordinary) तथा (2) द्रुततार (Express Telegram)। साधारण तार सामान्य, ठोस, संक्षिप्त तथा स्पष्ट भाषा में लिखे होते हैं। इन्हें 'शब्दबद्ध तार' भी कहते हैं। तारों के लिंग कोड (Code) का प्रयोग जनसाधारण की सुविधा के लिए किया जाता है। इस प्रकार का तार सीधे तारघर में भेज दिया जाता है। दूसरे तरह के तार को कूटतार तथा बीजांक भी कहते हैं। इन्हे अन्य तारों के मुकाबले डाकघरों द्वारा अग्रता दी जाती है। ये तार कूट भाषा में लिखे जाते हैं। इनका प्रयोग सामान्य जन कम करते हैं। कूट तार अर्थात् इस तार में गुप्त या रहस्यमय बातें सांकेतिक भाषा में लिखी जाती हैं। इसका प्रयोग बहुधा गृह मंत्रालय, रक्षा मंत्रालय तथा विदेश मंत्रालय के (केंद्रीय कूट भाषा ब्यूरो) द्वारा किया जाता है।

तार के उक्त प्रकारों के अतिरिक्त इनकी कुछ अन्य कोटियाँ या भेद भी हैं, तथा—

1. संकट संदेश (S.O.S.)—संकट या खतरे में पड़े जीवन को बचाने में इस तरह के तार का प्रयोग कर सहायता माँगी जाती है, क्योंकि थोड़े से ही विलंब से जीवन का अस्तित्व समाप्त हो सकता है।

2. सैन्य तात्कालिक तार (Operation Immediate)—इस प्रकार का तार तीनों सेनाओं से संबद्ध होता है। इसका प्रयोग आपातकालीन स्थिति में सेनाएँ करती हैं। वस्तुतः यह तार सेना से ही संबंधित होता है। कुल मिलाकर सेना के तीनों अंगों—नौ सेना, वायु सेना तथा थल सेना से संबंधित होने के कारण इसे 'संक्रियात्मक तत्काल तार' भी कहा जाता है।

3. अति तात्कालिक (Most Immediate)—यह तार अति प्राथमिकता वाला सरकारी प्रयोजन हेतु होता है। 'अति तत्काल' का अर्थ ही होता है—किसी शासकीय प्रयोजन में प्रथम वरीयता वाला तार।

4. तात्कालिक (Immediate)—यह तार सामान्य तार से कुछ अधिक महत्त्व का होता है।

5. आवश्यक महत्त्वपूर्ण (Importent)—यह तार सामान्य से शीघ्र प्रयोग हेतु होता है।

(च) उक्त तारों को भेजने में कुछ सावधानियाँ—

1. तार की उक्त पाँच महत्त्वपूर्ण कोटियों में यह पहले से ही निर्धारित होता है कि किस प्रकार के तार का प्रयोग किस स्तर का अधिकारी करेगा।

2. अगली सावधानी यहाँ यह बरतनी होती है कि तार के इन प्रकारों में 'तत्काल', 'अति तात्कालिक' तथा 'संक्रियात्मक तत्काल तार' भेजने का अधिकार महज उपसचिव

तथा उससे ऊपर के अधिकारी को ही होता है।

3. इन तारों में जिस तरह का तार करना होता है, उसे तारफॉर्म (Telegrem Form) में उपयुक्त जगह भरकर यह संकेत करना होता है कि यह तार किस तरह का है, क्योंकि सबके मूल्य पृथक्-पृथक् होते हैं।

4. बीजांक तारों तथा कूट भाषा तारों को छोड़कर अन्य तरह के तारों की पुष्टि डाक द्वारा कर लेनी चाहिए, बल्कि इसकी प्रतियाँ डाक से पृथक् रूप में भेज देनी चाहिए।

5. तार की उक्त पाँचों कोटियों में चार अर्थात् संकट संदेश (S.O.S), अतितत्काल (Most Immediate), संक्रियात्मक तत्काल (Coperation Immediate) तथा तत्काल (Immediate) प्राधिकृत अति आवश्यक क्रम हैं। इन क्रमों का प्रयोग डाक तार महानिदेशालय द्वारा निर्धारित नियमों से परिचालित होता है।

6. अंतरदेशीय तारों के संबंध में गृह मंत्रालय द्वारा निर्धारित नियमों-अनुदेशों का अनुपालन सावधानीपूर्वक करना जरूरी होता है।

(छ) तार संबंधी प्रचलित कुछ शब्दावली—

Detained	रोक लिया गया है
Day after tomorrow	परसों
Deserving candidates	सुपात्र
In toto	पूर्णतः
In lieu of	की वजह
So long as	जब तक
As soon as	ज्यों ही
Free of charge	निःशुल्क
Day and Night	रात दिन
Again and Again	बारंबार
Sent by goods train	मालगाड़ी से भेज दिया
Parcel has been sent	पार्सल भेज दिया गया है
Date of Arrival	आगमन तिथि
Leave rejected	छुट्टी नामंजूर
Suspended	निलंबित
On the face of it	प्रत्यक्षतः
In due course	यथासमय
By registered post	रजिस्ट्री से

As early as possible यथाशीघ्र

Through proper channel विधिवत्

(ज) टेलीफोन पर तार की स्वीकृति—सूचना संचार की नितांत नई तकनीक ने विगत वर्षों में दूरभाष पर तारपत्र स्वीकार करना शुरू कर दिया है। इस नई तकनीक के कारण दूरभाष पर तार करने में 6 शब्द के बाद 4 शब्द मुफ्त होते हैं। यही वजह है कि यह नई सुविधा आमजन के बीच लोकप्रिय हो रही है।

टेलीफोन पर तार करने और उसकी स्वीकृति के अपने कुछ नियम होते हैं, जिन्हें हम इस प्रकार देख सकते हैं—

1. दूरमुद्रक उपभोक्ताओं द्वारा दूरमुद्रण से तारों का संप्रेषण एवं तारों का वितरण भी स्वीकार किया जाता है। भुगतान सामान्य तार की दर के मुद्रक बिल में जोड़कर ले लिया जाता है।
2. समस्त अधिसूचित तार कार्यालयों द्वारा बिना पूर्व भुगतान के अंतर्देशीय/विदेशी तारों का संप्रेषण फोन द्वारा स्वीकार किया जाता है। भुगतान ट्रंककॉल बिल के साथ प्राप्त कर लिया जाता है।
3. दूरभाष या दूर मुद्रक पर अनुरोध के आधार पर तारों का वितरण पूरे दिन या दिन के किसी समय में पंजीकृत तार पते पर किया जा सकता है। प्रति कलेंडर वर्ष में प्रति टेलीग्राफिक पते के नवीनीकरण हेतु पूर्व वर्ष के 31 दिसंबर के पहले 200 रुपए का भुगतान होना चाहिए।
4. एक ही समय एक ही तार संप्रेषक द्वारा पाँच समाचारों को प्रस्तुत करने पर 2 रुपए विलंब शुल्क प्रति 5 समाचारों हेतु कार्यालय कार्यवाही तार वितरण होने तक बंद रहने की सूची में लिया जाता है।

(झ) दूरभाष पर बधाई के तार की स्वीकृति—भारतीय डाक तार महानिदेशालय ने अब बधाई के तार भी स्वीकार करना प्रारंभ कर दिया है। डाक तार विभाग में बधाई के तार एक महीने पहले बुक हो जाते हैं। बधाई का तार भेजनेवाला तार फॉर्म पर साफ शब्दों में बधाई का तार लिखता है। बस थोड़ी सी सजगता यह करनी होती है कि इसे मानक (Standard) वाक्यांशों के ठीक सामने दिए गए नंबर शब्दों में विषय के स्थान पर लिखें। वस्तुतः मानक वाक्यांशों के प्रयोग से बधाई के तार संपूर्ण भारत में कहीं भी कम मूल्य पर टेलीफोन (दूरभाष) द्वारा आसानी से भेजे जा सकते हैं। अगली बात यह ध्यान में रखनी चाहिए कि तार में लिखा पता सही हो। इससे यह तार पानेवाले को जल्दी प्राप्त हो जाता है।

(ञ) तार का महत्त्व—

1. तार क्षिप्र गति से सूचना-संप्रेषण की सतत तीव्रतम प्रणाली है।

2. किसी घटना, समस्या, मामला या अन्य विषय की गंभीरता को अविलंब ज्ञापित करने के लिए तार बेहद सहायक होता है।
3. चूँकि तार डाकतार विभाग के माध्यम से संप्रेषित होता है, अतः इसकी विश्वसनीयता तथा मान्यता वैधानिक होती है।
4. इसमें विषयगत गंभीरता के अनुरूप प्राप्तकर्ता द्वारा आवश्यक कार्यवाही सुनिश्चित की जाती है।
5. अंग्रेजी के अलावा चूँकि लगभग सभी भाषाओं के माध्यम से अब तार भेजे जा सकते हैं, अतः यदि लिखने वाला थोड़ा ध्यान दे तो वह अपने विचारों, भावों को अंग्रेजी की तुलना में हिंदी में कम शब्दों में सरलता से व्यक्त कर सकता है, लाभ पैसे की बचत का होगा, तार भी मितव्ययी होगा।

(ट) तार संबंधी कुछ प्रमुख विशेषताएँ—

1. सूत्रात्मकता-संक्षिप्तता तथा भाषिक स्पष्टता तार की प्रमुख विशेषता होती है।
2. गूढ़-गोपनीय विषयों के संदर्भ में इसमें कूट भाषा का प्रयोग होता है।
3. शासकीय/राजकीय तार पर सर्विस स्टांप (Service Stamp) लगाया जाता है।
4. यदि तार सरकारी है तो उसका उल्लेख ऊपर ही कर दिया जाता है।
5. शासकीय तार में नाम की जगह अंत में महज पद नाम तथा कार्यालय का संक्षिप्त नाम लिखा होता है।
6. तार ऊपर-नीचे दोनों दिशाओं में लिखे जाते हैं।
7. चूँकि तार में प्रेषक का हस्ताक्षर और सील मुहर नहीं होती। अतः इसके अनावश्यक इस्तेमाल को रोकने के लिए इसकी पुष्टि सामान्य डाक द्वारा कर ली जाती है।
8. तार फॉर्म में नीचे एक लाइन खींची गई होती है, उस लाइन के बाद भी यदि पता विस्तृत रूप में लिखा जाता है तो इनकी गिनती नहीं होती।
9. चूँकि तार की भाषा टेलीग्राफिक होती है, अतः वह औपचारिकता से मुक्त व स्वच्छंद होती है।
10. विषयगत गंभीरता के लिहाज से तार को प्राथमिकता दी जाती है।

तार का उदाहरण या नमूना

1. सहायता कार्य चालू रखनेकेलिए एक लाख रुपएकी मंजूरीका प्रस्ताव विचाराधीन, स्वीकृतहोतेही मंजूरी भेजदीजाएगी।
2. अनुदानका 25 मार्चतक पूरा हुआ काम लेआइए शेष तीसतक आजाएगा।
3. निदेशक बीसको सुबह लखनऊ एक्सप्रेससे रामपुर पहुँचरहेहैं।

56. इलेक्ट्रॉनिक टाइपराइटर (Electronic Type-Writer)

तत्काल सूचना संदेश टंकित करने तथा भेजने का यह यंत्र भी एक सशक्त माध्यम रहा है। मैनुअल (हाथ से चलनेवाला) और इलेक्ट्रॉनिक टाइपराइटरों पर केवल एक ही लिपि का टंकन संभव है, जबकि इलेक्ट्रॉनिक टाइपराइटर डेजीव्हील बदलकर एकाधिक लिपियों के लिए काम में आता है। इसमें अशुद्धियों को ठीक करने की स्वचालित व्यवस्था है। इस तरह के टाइपराइटरों में टाइप की सामग्री को एक छोटी सी खिड़की (पट्टी) पर देखा भी जा सकता है, ताकि टाइप की सामग्री को कागज पर उतारने के पहले पढ़ा जा सके। इस मशीन में कुछ आदेश स्थायी रूप से काम करने के लिए भी भरे जा सकते हैं, जिससे लेख आदि को सज-धज के साथ छापने अथवा एकाधिक प्रतियाँ निकालने अथवा पहले टाइप की सामग्री को कुछ समय बाद पुनः टाइप करने के लिए काम में लाया जा सकता है। अनेक सरकारी कार्यालयों में ऐसे टाइपराइटर काम कर रहे हैं।

57. दूरमुद्रक या टेलीप्रिंटर (Teleprinter)

टेलीप्रिंटर को हिंदी में दूरमुद्रक कहते हैं। यह दूरमुद्रक संदेश भेजने और प्राप्त करने के लिए अपेक्षित मुद्रण करनेवाला टेलीग्राफ (Telegraph) यंत्र है। साफ शब्दों में यह दूरमुद्रक रिकॉर्डित संदेशों को भेजता और प्राप्त करता है। दूरमुद्रक में लगभग 2,400 पुर्जे होते हैं। यह संदेश प्रेषित करने और प्राप्त करने के लिए मुद्रण टेलीग्राफ यंत्र होता है। टेलीप्रिंटर सार्वजनिक तार सेवाओं, समाचार-पत्रों, समाचार एजेंसियों, रेलवे, एयरलाइनों, बैंकों, फैक्टरियों और कार्यालयों द्वारा प्रयोग में लाया जाता है। इसमें टाइपराइटर जैसा एक कुंजीपटल संदेश प्रेषित करने के लिए होता है। दूरमुद्रक की सहायता से किसी भी माध्यम से, फिर चाहे वे ओपन वायर लाइनें हों, भूमिगत केबिल हों, रेडियो संपर्क हो अथवा कैरियर तार लाइनें हों, संदेश प्रेषित किए जा सकते हैं। यही नहीं, दूरमुद्रक स्थल से स्थल के आधार पर अथवा टेलेक्स नामक टेलीप्रिंटर एक्सचेंज जैसी स्विचिंग सुविधाओं से युक्त नेटवर्क में प्रयुक्त हो सकते हैं। नंबर डायल करके वांछित दूरमुद्रक से संयोजन किया जा सकता है।

भारत में ही एक इलेक्ट्रॉनिक दूरमुद्रक विकसित किया गया है, जो उत्पादनाधीन है। यह विद्युत् यांत्रिकीय मॉडल से अधिक परिष्कृत है। इसका कुंजीपटल अपेक्षाकृत अधिक हलका और अधिक गति से चलनेवाला है। परंपरागत ढंग के दूरमुद्रक से 66 शब्द प्रति मिनट भेजे जा सकते हैं, जबकि नए मॉडल में तीव्रगति से प्राप्त होने वाले शब्दों को जमा करके आगे भेजने की क्षमता है। स्वचालित विपरिवर्तक को प्रचालित करके, अक्षरों के बदले अंक सरलता से मुद्रित किए जा सकते हैं।

58. अनुलिपि या फैक्स (Fax)

(क) अर्थ तथा स्वरूप—फैक्स को हिंदी में 'अनुलिपि' कहा जाता है। अंग्रेजी में इसे फैक्स के अलावा '**फेसिमिल**' भी कहते हैं। दरअसल, यह एक ऐसी तकनीक है, जिससे एक निश्चित दूरी पर उपलब्ध किसी दस्तावेज या चित्र की हू-ब-हू नकल उतारी जा सकती है। साफ शब्दों में फैक्स सूचना-संप्रेषण की क्षिप्र, त्वरित एवं सस्ती प्रणाली है। फैसीमाइल यंत्र ही फैक्स कहा जाता है। फैसीमाइल (Facsimaile)+टेलीग्राफी (Telegraphy) का संयुक्त रूप ही फैक्स है। यह एक ऐसा इलेक्ट्रॉनिक यंत्र है, जिसके माध्यम से आप कोई भी सूचना लिखित रूप में दुनिया के किसी भी कोने में पहुँचा सकते हैं। फैक्स का लाभ यह होता है कि हम पूरा-का-पूरा पत्र, डॉक्यूमेंट अथवा चित्र चंद सेकेंड में हू-ब-हू दुनिया के किसी भी कोने में पहुँचा सकते हैं, चाहे वह देवनागरी में लिखा हुआ हो अथवा रोमन में। जिस कागज पर आप सूचना भेजना चाहते हैं, वह पतला होना चाहिए। फैक्स मशीन में टोन-सेलेक्शन स्विच होता है, जिसका उपयोग किया जा सकता है। फैक्स में कुछ ऐसी व्यवस्था होती है, जिससे गति को बढ़ाया-घटाया जा सकता है। इससे कार्यालयों तथा पत्रकारिता जगत् में क्रांति आ गई है।

(ख) फैक्स का सामान्य सिद्धांत—

1. दिए हुए दस्तावेज की सामग्री को इलेक्ट्रॉनिक तरंगों में बदलना,
2. यही सामग्री निर्धारित स्थान पर, जहाँ फैक्स लगा है, उसी रूप में भेजने का काम फैक्स मशीन संबंधित सामग्री की स्केनिंग कर (सामग्री को बहुत बारीक बिंदुओं में बदलकर) पूरा करती है। आँकड़ा संपीड़न क्रिया द्वारा स्केनिंग के बिंदुओं को घटाकर अपेक्षित रूप दिया जाता है, तथा
3. मॉड्यूलेशन में उपर्युक्त बिंदुओं को चुंबकीय तरंगों से भेजा जाता है। फिर यह सामग्री सार्वजनिक टेलीफोन की लाइन माइक्रोवेव लिंक की सहायता से निर्धारित स्थान पर भेजी जाती है, जहाँ डिमॉडुलेशन कर आँकड़ों की पुन: प्राप्ति के बाद छापा जाता है और संदेश की प्रति सुलभ हो जाती है। फैक्स मशीन देश के टेलीफोन तंत्र पर आधारित है और संचार प्रणाली का महत्त्वपूर्ण अंग है।

(ग) फैक्स : प्रक्रिया/प्रविधि—दरअसल, अनुलिपि एक निश्चित दूरी पर किसी दस्तावेज की हू-ब-हू प्रतिलिपि को संप्रेषण करता है। सन् 1843 में अलेक्जेंडर बेल ने एक ब्रिटिश पेटेंट में इन सिद्धांतों की रूपरेखा प्रस्तुत की थी। भारत में अनुलिपि प्रणाली सन् 1969 में 'हिंदू' समाचार-पत्र में प्रारंभ की गई। 'हिंदू' अखबार के पृष्ठ 480 किलोमीटर दूर कोयंबटूर में संप्रेषित किए गए। बाद में इस अखबार ने सन् 1970 में

बंगलौर के लिए दूसरा अनुलिपि संस्करण प्रारंभ किया। इसमें संप्रेषण के लिए कोएक्सिएल प्रणाली के जरिए 12 चैनल का टेलीफोन परिपथ प्रयुक्त होता है। पृष्ठ का प्रूफ ट्रांसमीटर के ड्रम पर लगा दिया जाता है और एक विद्युत् स्केनर एक छोर से दूसरे छोर तक चलता है। टंकित सामग्री वाला पृष्ठ अर्द्धटोन चित्रों की अपेक्षा अधिक तेजी से संप्रेषित हो सकता है। जैसे-जैसे वह घूमता है, पृष्ठ के श्वेत-श्याम अंश विद्युत् स्पंदनों में बदल जाते हैं और पुनः प्रकाश स्पंदनों में परिवर्तित हो जाते हैं। एक विशेष फिल्म पृष्ठ का बिंब ग्रहण करते हैं। बाद में मुद्रण की प्रक्रिया से गुजरते हैं। एक पृष्ठ के संप्रेषण में 6 से 9 मिनट तक का समय लगता है, किंतु अब यह पलक झपकते हो जाता है। समाचार पृष्ठों के अलावा भी फैक्स के नए प्रयोग रोज सामने आ रहे हैं।

कुल मिलाकर यह कि फैक्स मशीन टेलीफोन के साथ भी काम करती है। जिस स्थान पर सूचना भेजनी होती है, वहाँ का दूरभाष नंबर तथा फैक्स नंबर मिलाकर मशीन का बटन दबाकर सारी सामग्री भेज दी जाती है, फल होता है—सारी सामग्री सूचना एकदम उसी रूप में उस स्थान पर पहुँच जाती है। यहाँ भेजने वाली सूचना या खबर को टाइप नहीं करना पड़ता। इस तरह से नक्शे, चॉर्ट, कंपनियों के हिसाब-किताब, लेखा-जोखा या अन्य तरह के दस्तावेज—इन सभी को फैक्स के माध्यम से शुद्ध रूप में अपेक्षित स्थान पर भेजा जा सकता है।

(घ) फैक्स : महत्त्व तथा विशेषताएँ—

1. कम समय, कम खर्चे में फैक्स के माध्यम से सूचना सामग्री को भेजा जा सकता है।
2. संदेश की गोपनीयता बनी रहती है, क्योंकि फैक्स से भेजा गया संदेश प्राप्तकर्ता तथा भेजने वाले के बीच ही सीमित रहता है।
3. फैक्स के माध्यम से कोई भी उचित सूचना संदेश विश्व के किसी कोने में जब चाहें, भेज सकते हैं।
4. यहाँ तथ्यों की विश्वसनीयता बनी रहती है, किसी भी तथ्य से किसी भी तरह की छेड़छाड़ संभव नहीं है।
5. फैक्स को चौबीस घंटे में दिन-रात जब चाहे हम भेज सकते हैं, क्योंकि इसकी सुविधा निजी क्षेत्र में भी होने से इसकी सेवा अहर्निश उपलब्ध रहती है।

59. इंटरनेट (Internet)

कंप्यूटर यदि सूचनाओं का पथ है तो इंटरनेट को हम सूचनाओं का राजपथ (International Highway) कह सकते हैं। इतना ही नहीं, इंटरनेट को सूचनाओं के तंत्र का भी तंत्र कहा जाता है। यह सूचना संसाधनों का सशक्त विद्युतीय माध्यम है। कुछ

लोगों के अनुसार इंटरनेट का आविष्कार 'स्याहीविहीन क्रांति' के रूप में हुआ है। वैद्युतीय संचार साधनों में इसने बामन की तरह पूरे पृथ्वी मंडल और अंतरिक्ष को नाप दिया है। स्पष्टतः सूचना की गति को इसने बहुत आगे बढ़ाया है। संप्रति सूचना लेने-देने का यह सशक्त साधन सिद्ध हुआ है। एक शब्द में इंटरनेट सूचना बैंक है। सूचना के स्तर पर इसने पूरी धरती को खगोलीय ग्राम में तब्दील कर दिया है।

इंटरनेट पर प्रकाश की गति से सूचना, आवाज, चित्र, आँकड़ा तथा अन्यान्य खबरों को कहीं भी भेजा जा सकता है। इंटरनेट के माध्यम से इस समय खेलकूद, सूचनाओं का प्रकाशन, कार्यालय से दूर रहकर भी व्यवसाय करना, परियोजनाओं की जानकारी लेना, उत्पादों को बाजार में भेजना, रेल, जहाज के लिए टिकड़ों का आरक्षण करवाना—कुल मिलाकर दुनिया की हर गली की जानकारी इंटरनेट के जरिए आसानी से उपलब्ध है। यह सूचनाओं का अकूत खजाना है। केवल इस पर अपनी 'वेब' बनाकर सूचनाओं को लेते-देते रहिए—"Web is the name given to a large collection of information, pictures and other data you access over the Internet. In Web language any information that contains links to other information or to a service is called HYPERTEXT."

60. स्पीड पोस्ट सेवा (Speed Post Service)

भारत में स्पीड पोस्ट सेवा की बुनियाद सन् 1986 में तत्कालीन प्रधानमंत्री स्वर्गीय श्री राजीव गांधी के कार्यकाल में रखी गई थी। शुरू में यह सेवा भारत के प्रमुख महानगरों के बीच समयबद्ध वितरण सेवाओं के लिए की गई थी, बाद में व्यापार विकास निदेशालय की स्थापना के बाद इस सेवा को नई दिशा मिली। आज यह हर छोटे-बड़े नगरों, शहरों में अपनी सेवा दे रही है, बल्कि कह सकते हैं कि सीमित अवधि में स्पीड पोस्ट भारत का शानदार ब्रांड बन गया है। स्पीड पोस्ट सेवा के तहत विभिन्न कोटि के उपभोक्ताओं के लिए घर-घर जाकर डाक सुपुर्दगी, बाद में भुगतान की सुविधा, गारंटीशुदा वितरण जैसी सुविधाएँ निश्चित की गई हैं।

दरअसल, भारतीय डाक विभाग के पास मौजूद सेवाओं में निजी कोरियर कंपनियों का सबसे मुँहतोड़ जवाब अगर है तो वह है स्पीड पोस्ट। इसकी तुलना संप्रति विश्व की इस तरह की श्रेष्ठ डाक सेवाओं में की जा रही है। ब्रिटेन की डाटा पोस्ट, फ्रांस की कोनोपोस्ट, अमेरिका तथा जापान की ईएमएस (एक्सप्रेस मेल सर्विस) की तरह भारतीय डाक की स्पीड पोस्ट सेवा व्यावसायिक दक्षता तथा विश्वसनीयता के लिए देश-विदेश में एक स्थापित ब्रांड के रूप में उभरी है। भारत ही नहीं, दुनिया के हर हिस्से में यथासंभव समय पर सामग्री पहुँचाकर उपभोक्ताओं को संतुष्टि की गारंटी देने की इसकी

पहल तथा मजबूत नेटवर्क ने स्पीड पोस्ट को सीमित समय में बहुत लोकप्रिय बना दिया है। स्पीड पोस्ट भारतीय डाक तंत्र का गौरव बन गया है, इसीलिए इसके ग्राहकों की संख्या में लगातार इजाफा हो रहा है और हर तरह की सेवाओं की तुलना में इसकी विश्वसनीयता बहुत ज्यादा है। स्पीड पोस्ट ब्रांड में घरेलू सेवाएँ, अंतरराष्ट्रीय सेवा, पासपोर्ट सेवा, मनीऑर्डर तथा स्पीड पोस्ट सेवा, उपहार सेवा जैसे कई उत्पाद शामिल हैं। कुल मिलाकर यह कि स्पीड पोस्ट सेवा की विश्वसनीयता और गुणवत्ता का मुकाबला भारत की कोई कोरियर सेवा नहीं कर सकी है।

61. संविदा (Contract)

संविद्+टाप्=संविदा का अर्थ होता है—**करार, ठेका, ठीका या ठीका पत्र, संविदा पत्र, अनुबंध पत्र, इकरारनामा** आदि। इसे **सट्टा-पट्टा** (agreement between parties) या an agreement enforceable by law) भी कहते हैं। सामान्य भाषा में संविदा की परिभाषा इस प्रकार बनती है—सरकारी कार्य हेतु जिस निविदादाता की निविदा स्वीकृत की जाती है, उसके बीच और सरकारी प्रतिष्ठानों के बीच एक लिखित समझौता होता है, इसे ही संविदा कहते हैं। यह स्टांप पेपर तथा वॉटर मार्क पेपर पर लिखी जाती है। निविदा के संदर्भ में स्टांप पेपर की चर्चा की गई है। ठेकेदार सारी शर्तों को मानते हुए अपनी ही कुछ शर्तें लिखित रूप में रखता है, जब ठेकेदार की शर्तें सरकारी प्रतिष्ठान को उपयुक्त लगती हैं तो दोनों के बीच लिखित संविदा हो जाती है। संविदा में सभी विवरणों के साथ कार्य की शर्तें, कार्य की दरें, भुगतान का तरीका (अग्रिम अथवा कार्य समाप्ति के बाद) आदि सब लिखा जाता है। संविदा के अंत में प्रथम पक्ष (सरकारी प्रतिष्ठान का कोई अधिकारी) व द्वितीय पक्ष (ठेकेदार) द्वारा हस्ताक्षर करके संविदा की पुष्टि कर दी जाती है।

किंतु कानूनी भाषा में विधि द्वारा लागू होने वाले करार 'संविदा' कहलाते हैं। यहाँ हमें यह ध्यान रखना होगा कि प्रत्येक संविदा करार होती है, किंतु प्रत्येक करार संविदा नहीं होता। संविदा के यद्यपि कई रूप होते हैं, जिनमें दो मुख्य होते हैं—

1. **शून्यकरणीय संविदा (Vaidable Contract)**—कोई करार जो उसके (पक्षकारों में से एक या अधिक के विकल्प (Option)) पर प्रवर्तनीय (Enforceable) है, किंतु दूसरे पक्षकार या दूसरे पक्षकारों के विकल्प पर प्रवर्तनीय नहीं है, शून्यकरणीय संविदा है।

2. **शून्य संविदा (Vaid Contract)**—वह संविदा जो विधि द्वारा लागू नहीं की जा सकती, शून्य हो जाती है। शून्य संविदा विधि द्वारा लागू किए जाने की शक्ति से वंचित हो जाती है।

62. लैपटॉप (Laptop)

सूचना संदेश के लेनदेन का खूबसूरत माध्यम या उपकरण 'लैपटॉप' उस नोट बुक की तरह है, जिसे जब चाहे और जहाँ चाहे अपने साथ लेकर आ-जा सकते हैं। धरती पर इसका प्रयोग आठवें दशक में ही शुरू हो गया था। भारत में यह बाद में आया, पर संप्रति इसकी लोकप्रियता और उपयोग चरम पर है। इसका उपयोग बहुविध है। यह सूचनाओं का आगार है। टेलीफोन की सुविधा से जुड़े होने के कारण इसमें इंटरनेट संपर्क भी संभव हो गया है—"A laptop, also called a note-book, is a personal computer for mobile use. A laptop integrates most of the typical components of desktop computer, including a display, a keyboard, a pointing device and speakers into single unit. A laptop is powered by mains electricity via an AC adopter and can be used away from an outlet using a rechargeable battery. As portable computers became smaller, lighter, cheaper, more powerful and as screans became larger and better quality. Laptops become very widely used for all sorts of purposes."

इसके माध्यम से घटनाओं का विवरण भेजने और संदेश प्राप्त करने में अब बहुत सुविधा हो गई है। कुल मिलाकर यह कि लैपटॉप व्यक्तिगत कंप्यूटर की तरह हल्के शरीर का, आसानी से स्थानांतरित किया जा सकने वाला यंत्र है। यह अपने में की-बोर्ड, मॉनीटर, टच पैड तथा स्पीकर आदि सम्मिलित किए रहता है। इसके माध्यम से सूचनाओं और खबरों का मुक्त और स्वतंत्र लेन-देन बहुत आसान हो गया है।

63. इ-मेल (e-mail)

यह इंटरनेट की डाक सेवा है, जिसका पूरा नाम 'इलेक्ट्रॉनिक मेल' है, साफ शब्दों में संदेश या पत्र-व्यवहार का विद्युतीय सूचना-तंत्र है, जिसे की-बोर्ड द्वारा लिख सकते हैं या किसी कॉम्पेक्ट डिस्क (Compact disk) में संग्रहित कर सकते हैं। इ-मेल के माध्यम से हम अपने सूचना-संदेश को क्षण भर में इसके गंतव्य तक भेज सकते हैं। यह सबसे सस्ती सेवा है, पर यह जरूरी है कि हम जिसे इ-मेल भेजना चाहते हैं, उसका इ-मेल हमें ज्ञात हो। इसमें बटन दबाते ही संदेश पाने वाले (receiver) के पास पहुँच जाता है। इ-मेल के माध्यम से संदेश भेजनेवाले को अब लिफाफा, टिकट और डाकखाना जाने की जरूरत नहीं होती। "All online services and Internet service-provides offer e-mail and most also support gatways so that you can exchang mail with users of others system usually, it takes only a few seconds or minits for mail to arrive at it destination. This is a particularly effective may to communicate with a group because you can broadcast a message or documents to everyone in the group at once."

कुल मिलाकर यह कि इ-मेल एक समानांतर डाक-व्यवस्था है। संदेश भेजने की तेज और भरोसे की विश्वसनीय व्यवस्था है। कुछ इ-मेल पद्धति महज एक कंप्यूटर पद्धति या तंत्र तक सीमित रहती है, किंतु कई अन्य इ-मेल अन्य कंप्यूटर के लिए द्वारपथ का काम करते हैं। आज इ-मेल का प्रयोग हर तबके और कुनबे तथा पेशे के लोग खूब कर रहे हैं। लोग अपनी सूचनाओं-संदेशों को पलक झपकते ही सुविधाजनक ढंग से अपने संगठन या चहेते के पास भेज रहे हैं।

64. ब्लॉग (Blog)

व्यक्तिगत सूचनाओं या टीका-टिप्पणियों के अंकन का सशक्त माध्यम ब्लॉग वेबसाइट (Website) का एक प्रकार या अंग होता है। इसका प्रयोग निजी स्तर पर समालोचना, टीका-टिप्पणी, वैचारिक लेन-देन आदि के लिए होता है। अब आजकल सूचना तकनीक के सस्ते रूप में सुलभ हो जाने के कारण अधिकांश कवि, लेखक, राजनेता, फिल्मों से जुड़े लोग, कारोबारी, उद्यमी आदि अपनी स्वतंत्र वेबसाइट रखते हैं। ज्यादातर ब्लॉग समाचार, समालोचना, सूचना, मत-विचार, सहमति आदि के लिए प्रयोग किए जाते हैं। एक आदर्शभूत ब्लॉग अपने में चित्र तथा लेखन आदि समाहित किए हुए वेबपृष्ठ से जुड़ा होता है। अतः ब्लॉग को पढ़ने वाले उस विषय या प्रकरण पर अपनी टिप्पणी करते हैं। अधिकांश ब्लॉग पाठ्य-पुस्तक पर आधारित होते हैं। ब्लॉग के अलग-अलग कई प्रकार, यथा—फोटो ब्लॉग, आर्ट ब्लॉग, वीडियो ब्लॉग तथा संगीत संबंधी ब्लॉग होते हैं। नितांत नई सूचना के अनुसार 16 फरवरी, 2011 तक लगभग 15 करोड़ 60 लाख लोगों के अपने-अपने ब्लॉग थे। "A typical blog combines text, images and links to other blogs, web pages and other media related to its topic. The ability of readers to leave comments is an interactive formet is an important part of many blogs. People can create blogs on places like blogspot. Can and its completely free. कुल मिलाकर यह कि "Blogs are useally maintained by individual with regular entries of commentary, descriptions of events or other material such as graphics or video."

□

2

कुछ सरकारी पत्रों में महत्त्वपूर्ण परस्पर अंतर

1. सरकारी (Ordinary Official Letter) तथा अर्द्धसरकारी (Semi Official Letter) पत्र में अंतर

1. सरकारी पत्र निजी विचारों के संवाहक नहीं होते, जबकि अर्द्धसरकारी पत्र में निजी विचारों को स्थान देते हुए किसी अधिकारी का ध्यान किसी मामले की ओर निजी स्तर पर भी दिलाया जा सकता है।
2. सरकारी पत्र नितांत औपचारिक होते हैं, जबकि अर्द्धसरकारी पत्र अनौपचारिक।
3. इन दोनों पत्रों में अगला अंतर संबोधन के अंतर पर भी होता है, यथा—सरकारी पत्र में जहाँ 'महोदय' का प्रयोग होता है वहीं अर्द्धसरकारी पत्र में प्रिय शब्द का प्रयोग करते हैं। व्यक्तिगत पत्र की तरह यहाँ प्रेषिती का नाम दिया जा सकता है।
4. सरकारी पत्र में कार्यालयीय नियमों, उपनियमों, पद्धतियों तथा अनुशासनों-मर्यादाओं का ध्यान रखा जाता है, अर्द्ध सरकारी पत्र इसके ठीक प्रतीप आचरण और प्रकृति का होता है। यथा—यहाँ किसी निश्चित अनुशासन पद्धति, लेखन-विधि या नियम आदि का बहुत सख्त पालन न भी किया जाए तो भी बहुत अनुपयुक्त-असंगत नहीं माना जाएगा।
5. सरकारी पत्र-लेखन अन्य पुरुष में होते हैं। यहाँ लिखते समय छोटे-बड़े पदाधिकारियों के मध्य सम्मान के स्तर पर बहुत फर्क-फाँक नहीं करते, किंतु अर्द्धसरकारी पत्र का प्रयोग समान स्तर के अधिकारियों के बीच होता है।
6. सरकारी पत्र एक तयशुदा अनुशासन के दायरे में लिखा जाता है। यहाँ निजी स्तर पर किसी तरह का राग-द्वेष, लाभ-लोभ की भावना का अंकन नहीं होता, किंतु इसके

ठीक उलट अर्द्धसरकारी पत्र नितांत निजी मैत्री तथा सद्भाव एवं आत्मीयता से लबरेज होते हैं।

7. सरकारी पत्र में जहाँ शासकीय नीतियों, निर्णयों तथा समस्याओं को इंगित करते हैं, वहीं अर्द्धसरकारी पत्र का प्रयोग किसी बात की याद दिलाने, सलाह–मशविरा तथा सूचनाओं के आदान–प्रदान आदि के लिए करते हैं, तथा
8. सरकारी पत्र में प्रारूपगत (Drafting या Layout) संबंधी समानता होती है, किंतु अर्द्धसरकारी पत्र में इसका लगभग अभाव ही होता है।

2. सरकारी पत्र (Ordinary Official Letter) तथा परिपत्र (Circular Letter) में अंतर

1. सरकारी पत्र किसी विशिष्ट व्यक्ति या अधिकारी को संबोधित होता है, जबकि परिपत्र में ऐसा नहीं होता।
2. परिपत्र में सदैव अन्य पुरुष का प्रयोग करते हैं। यहाँ सरकारी पत्र की तरह अंत में आपका विश्वासपात्र अथवा भवदीय स्वनिर्देश सूचक शब्दों का प्रयोग नहीं करते। प्रारूप या मसौदे में प्रेषक, संबोधन आदि नहीं होता।
3. सरकारी पत्र जहाँ एक अधिकारी से दूसरे अधिकारी या कर्मचारी के बीच आवाजाही करते हैं, वहीं परिपत्र कार्यालय प्रमुख द्वारा अपने अधीनस्थ कार्यालयों के सभी संबंधियों को संबोधित करते हैं।
4. परिपत्र महज उच्च कार्यालयों द्वारा ही निर्गत होते हैं। परिपत्र जारी करने वाले कार्यालयाध्यक्ष या प्रभारी अधिकारी अंत में अपना हस्ताक्षर करते हैं।
5. इन दोनों में एक महत्त्वपूर्ण अंतर होता है कि शासकीय पत्र किसी विभागाध्यक्ष और अधिकारी विशेष को लिखा जाता है और उसकी प्रतिलिपियाँ अन्य संबंधित विभागों, कार्यालयों या अधिकारियों के नाम पृष्ठांकित कर दी जाती हैं, पर परिपत्र में संबोधन उन सभी अधिकारियों, विभागों तथा कार्यालयों को किया जाता है, जो उस विषय से संबंधित हैं। परिपत्र में कोई भी पृष्ठांकन नहीं किया जाता।

3. परिपत्र (Circular) तथा अधिसूचना (Notification) में अंतर

1. परिपत्र का प्रकाशन गजट के माध्यम से नहीं होता, जबकि अधिसूचना किसी भी रूप में गजट में ही प्रकाशित होती है।
2. परिपत्र में पृष्ठांकन का उतना महत्त्व नहीं होता, जितना अधिसूचना में।
3. परिपत्र में संलग्नक लगे रहते हैं, जबकि अधिसूचना में संलग्नक नहीं होते।
4. परिपत्र में प्रेषक के नाम का उल्लेख तभी करते हैं, जब वह मुख्यालय के बाहर

अधीनस्थ कार्यालयों को भेजा जा रहा हो, जबकि अधिसूचना में प्रेषक के नाम का उल्लेख करना बहुत आवश्यक नहीं होता।

5. परिपत्र का प्रकाशन कार्यालय मुखिया के स्तर से होता है, जबकि अधिसूचना राष्ट्रपति, राज्यपाल या अधिक-से-अधिक संयुक्त सचिव या बहुत वरिष्ठ अधिकारी द्वारा की जाती है।

4. कार्यालय आदेश (Office Order) तथा अधिसूचना (Notification) में अंतर

1. कार्यालय आदेश का प्रभाव क्षेत्र जहाँ कार्यालय, विशेष तक होता है, वहीं अधिसूचना के प्रभाव का दायरा काफी विस्तृत होता है। इसका विस्तार कई कार्यालयों या विभागों तक हो सकता है।
2. दोनों में अगला महत्त्वपूर्ण फासला यह होता है कि कार्यालय आदेश में विषय की चर्चा नहीं की जाती, लेकिन अधिसूचना में विषय का उल्लेख होता है।
3. कार्यालय आदेश में पृष्ठांकन बहुत जरूरी नहीं समझा जाता, लेकिन अधिसूचना में यदि पृष्ठांकन न हो तो अधिसूचना का कोई अर्थ नहीं। पृष्ठांकन यहाँ निर्णायक तत्त्व होता है।
4. प्रकाशन के स्तर पर भी दोनों में एक मौलिक अंतर है। दरअसल, कार्यालय आदेश समाचार पत्रों/अखबारों के माध्यम से प्रकाशित होता है, किंतु अधिसूचना सरकारी गजट में प्रकाशित होती है।
5. कार्यालय आदेश, कार्यालयीय अनुशासन का मूल होता है, किंतु इसके ठीक विपरीत अधिसूचना में राजपत्रित अधिकारियों का सेवा-विवरण अंकित होता है।

5. परिपत्र (Circular) तथा तार (Telegram) में अंतर

1. विषय-वस्तु के संदर्भ में परिपत्र में कोई सीमा-रेखा नहीं होती, जबकि तार में संक्षिप्तता के लिए शब्द सीमा का बंधन होता है।
2. परिपत्र सदैव मुख्यालय से निर्गमित या जारी किया जाता है, जबकि तार उपयुक्त डाकघर से भेजे जाते हैं।
3. परिपत्र का क्षेत्र जहाँ नीति-विषयक तथ्य, विशेष सूचना तथा उनके अनुपालन-क्रियान्वयन का होता है, वहीं तार में विकट, आकस्मिक एवं गंभीर संदेशों के शीघ्रतम भेजने की व्यवस्था मुख्य होती है।
4. भाषा के स्तर पर भी दोनों में थोड़ा सा फासला होता है। स्पष्टतः यह कि परिपत्र की भाषा जहाँ सपाट तथा स्पष्ट होती है, वहीं कभी-कभी तथ्यों के गोपन के संदर्भ में

तार में कूट–गूढ़ भाषा इस्तेमाल होती है।

5. परिपत्र हमेशा अन्य पुरुष में लिखे जाते हैं, क्योंकि ये औपचारिक होते हैं, किंतु तार किसी भी प्रकार की औपचारिकता से बहुत दूर होते हैं।

6. तुरंत पत्र (Express Letter) तथा तार (Telegram) में अंतर

1. तुरंत पत्र तथा तार में कई संदर्भों में बहुत समानता होती है, यथा—तुरंत पत्र को जहाँ डाक से भेजा जाता है, वहीं तार को भी डाकखाने से ही भेजा जाता है। तुरंत पत्र पर जितनी शीघ्रता से कार्यवाही होती है, तार पत्र पर भी उतनी ही जल्दी अमल होता है, किंतु दोनों में तमाम समानताओं के बावजूद एक भिन्नता यह होती है कि तुरंत पत्र की पुष्टि प्रति तार की तरह नहीं भेजी जाती।
2. तुरंत पत्र में प्रेषिती का पता, पत्र की संख्या और दिनांक भेजने वाले के पते के नीचे और विषय के ऊपर लिखा जाता है, जबकि तार में पत्र संख्या वगैरह लिखने की बहुत बाध्यता नहीं होती।
3. तुरंत पत्र पर विभागीय कार्यवाही यथाशीघ्र शुरू हो जाती है, जबकि तार के मामले में ऐसा नहीं होता। यहाँ पर विभागीय कार्यवाही तब शुरू होती है जब डाक से आए पत्र द्वारा उसकी पुष्टि हो जाती है।
4. तुरंत पत्र में अधिक संदेश, निर्देश आदि भेजने की व्यवस्था रहती है, जबकि तार में नपे–तुले और संक्षिप्त संदेश भेजे जा सकते हैं।
5. तुरंत पत्र को कम खर्च में हवाई डाक, डाक या तुरंत डाक सेवा के माध्यम से भेजा जा सकता है, जबकि इसकी तुलना में तार थोड़ा खर्चीला होता है।

7. टेलेक्स (Telex) संदेश तथा तार (Telegram) में अंतर

1. टेलेक्स तथा तार दोनों शीघ्र संदेश भेजने के माध्यम हैं, पर दोनों में कुछ प्रक्रियागत अंतर है।
2. तार में जहाँ शब्दों की गणना के आधार पर शुल्क लिया जाता है, वहीं टेलेक्स में टेलीफोन की तरह शुल्क समय के हिसाब से लिया जाता है।
3. टेलेक्स में डायल करने के लिए नंबर होता है, जबकि तार 'पता' के हिसाब से भेजा जाता है।
4. टेलेक्स की तुलना में तार सूचना भेजने का विश्वसनीय माध्यम माना जाता है।
5. तार का किसी के द्वारा किसी तरह का दुरुपयोग न हो, अतः यह तय करने के लिए इसके साथ पुष्टिकरण पत्र डाक से भेजा जाता है, जबकि टेलेक्स में ऐसा नहीं होता।

8. कार्यालय ज्ञापन (Office Memorandum) तथा ज्ञापन (Memorandum) में अंतर

1. रूप-स्वरूप में ज्ञापन और कार्यालय ज्ञापन समान हैं, मगर प्रयोग क्षेत्र भिन्न होता है। जो सूचना आदेश स्तर में नहीं रखी जा सकती या अधीनस्थ कार्यालय को भेजी जाने वाली सूचना का प्रेषण ज्ञापन द्वारा होता है। इसका अंग्रेजी पर्याय 'मीमो' यदि सरकारी विभाग में जारी हो जाता है तो उसका अर्थ प्रेम पत्र यानी किसी स्पष्टीकरण माँगने की सूचना होती है। ज्ञापन का प्रयोग विभागीय कर्मचारियों से सूचना माँगने के लिए किया जाता है।
2. यद्यपि दोनों की लेखन विधि लगभग एक सी होती है, तथापि इनके प्रयोग का स्वरूप अलग-अलग है। कार्यालय ज्ञापन का प्रयोग विभिन्न मंत्रालयों, विभागों आदि के कार्यालयों के मध्य आपसी संचार तक ही सीमित रहता है, अर्थात् इसका प्रयोग कार्यालयों की सीमाओं के अंदर ही होता है। उसको कहीं बाहर नहीं भेजा जाता। समान वर्ग, क्षेत्र, विभाग के विभिन्न कार्यालयों के आपसी पत्र-व्यवहार में ही इसका प्रयोग होता है। दूसरी ओर ज्ञापन का प्रयोग प्राय: कार्यालयीय कर्मचारियों के आवेदनों, याचिकाओं आदि के उत्तर के रूप में किया जाता है। प्राय: अनुशासन संबंधी कार्यवाही की प्रकिया भी ज्ञापन के माध्यम से आरंभ होती है। प्राय: सुना जाता है कि अमुक को तो मेमो (ज्ञापन) मिल गया है।
3. इन दोनों में अगला अंतर यह है कार्यालय ज्ञापन सरकार के किसी नियमों से संबंधी निर्णय को सर्वसंबंधित को सूचित करने के लिए जारी किया जाता है, जबकि सामान्य ज्ञापन किसी कर्मचारी विशेष या कर्मचारी वृंद विशेष की अनुशासनहीनता की ओर उनका ध्यान आकृष्ट करते हुए उन्हें चेतावनी के रूप में जारी किया जाता है। कहीं-कहीं चेतावनी के अलावा नियुक्ति आदेश के रूप में भी जारी किए जाते हैं।

9. अधिसूचना (Notification) तथा घोषणापत्र (Proclamation) में अंतर

1. अधिसूचना तथा घोषणापत्र में ढेरों समानताओं के बावजूद कुछ सूक्ष्म अंतर भी हैं, यथा—अधिसूचनाएँ अधिकांशत: राष्ट्रपति, राज्यपाल, राजप्रमुख अर्थात् राष्ट्र के सर्वोच्च अधिकारियों द्वारा निकाली जाती हैं, किंतु कभी-कभी सचिव अथवा उसके समकक्ष अधिकारी भी इसे यदि बहुत जरूरी हुआ तो जारी कर सकते हैं, किंतु घोषणापत्र में ऐसा कम होता है।

2. घोषणापत्र का प्रयोग संविधान के अनुच्छेद 352(1) के अधीन निर्गत् उद्घोषणाओं के संबंध में किया जाता है, किंतु अधिसूचना में ऐसा नहीं होता।
3. अधिसूचना की तुलना में घोषणापत्र की भाषा अपेक्षाकृत परिमार्जित होती है।
4. अधिसूचना और घोषणापत्र यद्यपि दोनों ही सरकारी विज्ञप्तियाँ हैं, किंतु घोषणा जन-सामान्य के सूचनार्थ पढ़कर सुना भी दी जाती है।
5. अधिसूचना वाला गजट कई भागों में प्रकाशित किया जाता है, किंतु घोषणा इससे मुक्त होती है।

10. अधिसूचना (Notification) तथा संकल्प (Resolution) में अंतर

1. राजपत्रित अधिकारियों की नियुक्ति, तरक्की, स्थानांतरण आदि की सूचना राजपत्र में प्रकाशित करने के लिए अधिसूचना के रूप में ही भेजी जाती है, लेकिन संकल्प का प्रयोग नीति संबंधी सरकारी निर्णयों, जाँच समितियों या जाँच आयोगों की नियुक्तियों अथवा समितियों के निर्णयों के निष्कर्ष आदि की सार्वजनिक घोषणा करने के लिए किया जाता है।
2. यद्यपि अधिसूचना और संकल्प, दो ऐसे पत्राचार हैं, जिनका प्रकाशन भारत सरकार के राजपत्र में किया जाता है, किंतु संकल्प के पृष्ठांकन के रूप में यह आदेश होता है कि संकल्प का प्रकाशन राजपत्र में ही हो।
3. अधिसूचना का मूल विषय जहाँ राजपत्रित अधिकारियों की नियुक्ति, पदोन्नति, अवकाश, स्थानांतरण आदि होता है, वहीं संकल्प की मूल जमीन नीतिगत मसले, आयोगों या समितियों की सलाह-मशविरे, सरकारी निर्णय आदि होते हैं।
4. अधिसूचना के जहाँ पाँच भाग—प्रस्ताव, प्रेस विज्ञप्ति, तार, एक्सप्रेस लेटर तथा सेविंगग्राम होते हैं, वहीं संकल्प के कुल मुख्य तीन भाग—भूमिका, संकल्प तथा आदेश होते हैं।

11. निर्देश (Direction) तथा अनुदेश (Instruction) में अंतर

1. निर्देश का मुख्य स्वर जहाँ राजकीय आज्ञा, निश्चय, संकल्प, नियम के अनुपालन के निर्देश या सलाह का होता है, वहीं अनुदेश में सूचना या हिदायत दी जाती है।
2. निर्देश आकृति-आकार में होता तो है शासनादेश की तरह, फिर भी कई संदर्भों में यह इससे क्षीण और कम महत्त्व का होता है।
3. इधर, अनुदेश में कई तरह की लापरवाही या अनुशासनहीनता होने पर वह दंड-विधान की प्रक्रिया से रहित होता है, अतः यह निर्देश से भी कमजोर होता है।

4. दरअसल, कुल मिलाकर विधानसभा, लोकसभा आदि छोटे-बड़े चुनावों के समय जहाँ निर्देश आचार-संहिता के अनुपालन की सलाह-मशविरा देता है, वहीं अनुदेश कई तरह की सामान्य सूचना जैसा पत्र होता है।

12. प्रस्ताव (Motion) तथा संकल्प (Govt. Resolution) में अंतर

प्रस्तावों और संकल्पों में एक-दूसरे से भेद करना आसान नहीं है, क्योंकि बहुत से ऐसे तत्त्व हैं, जो दोनों में समान होते हैं। वास्तव में दोनों में ज्यादा अंतर प्रक्रिया का होता है, विषय-वस्तु का नहीं। प्रायः प्रस्ताव और संकल्प दोनों एक ही विषय पर कुछ रूप बदलकर गृहीत किए जाते हैं। हाँ, इनमें एक अंतर है। सभी संकल्प मूल प्रस्तावों की श्रेणी में आते हैं अर्थात् प्रत्येक संकल्प एक विशिष्ट प्रकार का प्रस्ताव होता है, परंतु यह आवश्यक नहीं है कि सभी संकल्प मूल प्रस्ताव ही हों। इसके अतिरिक्त सभी प्रस्ताव आवश्यक रूप से सदन के मतदान के लिए नहीं रखे जाते, जबकि यह आवश्यक होता है कि सभी संकल्पों पर मतदान हो। किसी संकल्प पर स्थानापन्न प्रस्ताव पेश नहीं किया जाता; दूसरी ओर मूल प्रस्तावों पर ऐसे प्रस्ताव पेश किए जा सकते हैं।

13. रिपोर्ट (Report) तथा प्रतिवेदन (Representation) में अंतर

'रपट' शब्द का हिंदी पर्याय यद्यपि 'प्रतिवेदन' अवश्य किया गया है, किंतु दोनों शब्दों के अर्थ अलग-अलग चित्र प्रस्तुत करते हैं। 'प्रतिवेदन' शब्द से जहाँ अर्थ की मीठी मद्धिम आँच निकलती है, वहीं रपट शब्द का नाम लेते ही थाना, कचहरी का खौफनाक मंजर सामने खड़ा हो जाता है। साहित्य में रिपोर्ट शब्द 'रिपोर्ताज' बन जाता है, किंतु इसी का हिंदी रूप प्रतिवेदन उक्त झंझटों से दूर किसी समिति, उपसमिति, गोष्ठी विभाग, संस्थान यथा—विद्यालय, महाविद्यालय आदि द्वारा प्रस्तुत किए जाने वाले विवरणों, लेखा-जोखा के अर्थ में प्रयुक्त किया जाता है। किसी उत्सव, बैठक, उद्घाटन, समारोह के अंत में भी प्रतिवेदन ही प्रस्तुत किए जाते हैं।

कुल मिलाकर समाचार-पत्रों अथवा आकाशवाणी और दूरदर्शन के संवाददाता (रिपोर्टर) किसी घटना, सम्मेलन, वस्तुस्थिति, समाचार आदि की जो रिपोर्ट भेजते हैं, वह सूचना समाचार या वृत्तांत तो है, प्रतिवेदन नहीं। इसी प्रकार कोई व्यक्ति जब किसी दुर्घटना, अपराध, चोरी, झगड़े आदि की रिपोर्ट पुलिस में करता है, तो वह भी सूचना, शिकायत आदि है, प्रतिवेदन नहीं। हम जब किसी महत्त्वपूर्ण समाचार, वृत्त, सूचना, बात या घटना के संबंध में सुनते-पढ़ते हैं तो उसकी पूर्ण रिपोर्ट जानने की इच्छा करते हैं, जो विवरण कहलाता है, प्रतिवेदन नहीं। इस प्रकार मात्र रिपोर्ट प्रतिवेदन नहीं है, उससे कुछ अधिक और विशिष्ट है।

14. सामान्य पत्र (Letter) तथा अनुस्मारक (Reminder) में अंतर

सामान्य पत्र तथा अनुस्मारक में काफी एकरूपता होते हुए भी दोनों में थोड़ा बारीक अंतर होता है—

1. सामान्य पत्र में किसी संदर्भ या विषय का उल्लेख बेहद हलके या सामान्य रूप में होता है, किंतु 'अनुस्मारक' अर्थात् जिसके लिखने का अर्थ ही होता है—पत्र प्राप्तकर्ता का ध्यान किसी खास मकसद या उद्‌देश्य की ओर दिलाना। सामान्य पत्र में पिछले किसी संदर्भ का ध्यान दिलाना जहाँ बहुत जरूरी नहीं होता, वहीं अनुस्मारक में पिछले पत्राचार के विषय संदर्भ आदि का स्मरण दिलाते कार्य संपादन पर ध्यान देने का आग्रह किया जाता है।
2. सामान्य पत्र को बार-बार भेजने की जरूरत नहीं महसूस की जाती, लेकिन समय पर उत्तर न मिलने पर अनुस्मारक भेजने की जरूरत पड़ती है।
3. सामान्य पत्र में विषय तथा संदर्भ संकेत को टाँकना जहाँ बहुत मौजू नहीं होता, वहीं अनुस्मारक में पत्रांक, क्रमांक, दिनांक, संदर्भ-संकेत तथा संबोधन के बाद पहले भेजे गए पत्र का स्मरण कराया जाता है।
4. सामान्य पत्र में लिफाफे के ऊपर प्रापक के पता के अलावा कुछ लिखा नहीं जाता, किंतु अनुस्मारक में भीतर संदर्भ-संकेत की जगह यदि अनुस्मारक लिख दिया जाता है, तो पत्र पाने वाला यह समझ जाता है कि इस बार उत्तर देने में कतई विलंब नहीं होना चाहिए।
5. सामान्य पत्र की भाषा सरल-सहज, शालीन होती है, किंतु अनुस्मारक की भाषा, संदर्भ, विषय या कार्य की जरूरत के अनुसार थोड़ी तल्ख और सख्त भी हो सकती है।

15. प्रेस नोट (Press Note) तथा प्रेस-विज्ञप्ति (Press Communication) में अंतर

1. प्राय: लोग प्रेस नोट और प्रेस-विज्ञप्ति में अंतर नहीं मानते, पर दोनों में अंतर है। प्रेस विज्ञप्ति प्रेस नोट की अपेक्षा अधिक औपचारिक होती है और समाचार-पत्रों में उसका प्रकाशन बिना किसी काट-छाँट, परिवर्तन या संशोधन के उसी रूप में कर दिया जाता है। कभी-कभी उसे सरकारी गजट में भी प्रकाशित किया जाता है। इसके विपरीत, प्रेस नोट को समाचार-पत्रों के संपादक अपनी मरजी से काट-छाँट, संक्षिप्त, परिवर्द्धित करके प्रकाशित करते हैं। यह पूर्णरूपेण अनौपचारिक होता है।
2. प्रेस नोट की तुलना में प्रेस-विज्ञप्ति औपचारिक तथा संवेदनशील होती है अर्थात् शब्दों के थोड़े से भी हेर-फेर से अर्थ का अनर्थ हो सकता है।

3. प्रेस नोट में किसी विषय को अत्यंत संक्षिप्त रूप में प्रस्तुत करते हैं। प्रेस-विज्ञप्ति सूचनात्मक होती है।
4. प्रेस नोट के सापेक्ष प्रेस-विज्ञप्तियाँ प्रत्येक अवसंर पर जारी न होकर किसी खास मकसद से किसी खास अवसरों पर ही जारी की जाती हैं।
5. प्रेस नोट में तथ्यों में काट-छाँट या छेड़छाड़ हो सकती है, किंतु प्रेस-विज्ञप्ति में ऐसा नहीं होता।
6. प्रेस नोट की तुलना में प्रेस-विज्ञप्ति की जरूरत सामान्यजन को बहुत अधिक होती है।
7. प्रेस नोट का कोई वैध पक्ष नहीं होता, जबकि प्रेस-विज्ञप्ति के कई वैध पक्ष होते हैं।
8. प्रेस-नोट में संबोधन, अभिवादन, प्रेषक-प्रेषिती का उल्लेख कर सकते हैं, जबकि प्रेस-विज्ञप्ति में ऐसा नहीं कर सकते।
9. प्रेस नोट का विषय संक्षिप्त हो सकता है, जबकि प्रेस-विज्ञप्ति में ऐसा बहुत जरूरी नहीं है।
10. प्रेस नोट में मंत्रालय तथा स्थान आदि का उल्लेख नहीं होता, जबकि प्रेस-विज्ञप्ति में इनका उल्लेख हो सकता है।

16. वारंट (Warrant) और सम्मन (Summons) में अंतर

वारंट और सम्मन के बीच व्यापक अंतर होता है। इन दोनों के बीच प्रथम और मूल अंतर यह होता है कि जहाँ सम्मन उस व्यक्ति के नाम जारी किया जाता है, जिसे न्यायालय में हाजिर होना होता है, वहीं गिरफ्तारी का वारंट किसी पुलिस अधिकारी या अन्य व्यक्ति के नाम से निर्दिष्ट होता है कि उसमें उल्लिखित व्यक्ति को गिरफ्तार करके अथवा वस्तु को अभिप्राप्त करके न्यायालय में प्रस्तुत करें।

सामान्यत: सम्मनवाले मामलों में अभियुक्ति की उपस्थिति के लिए न्यायिक मजिस्ट्रेट द्वारा सम्मन जारी किया जाता है और वारंट वाले मामलों में वारंट। यदि किसी विशिष्ट मामले में परिस्थितियाँ अन्यथा अपेक्षा करती हैं तो मजिस्ट्रेट अपने विवेक से इस सामान्य नियम का परित्याग कर सकता है और सम्मन के मामले में सम्मन अथवा उसके अतिरिक्त या उसके स्थान पर वारंट अथवा वारंट के मामले में वारंट या यदि ठीक समझता है तो सम्मन जारी कर सकता है।

17. टिप्पणी (Note) और टिप्पण (Noting) में अंतर

हिंदी के बहुत से पाठक टिप्पणी और टिप्पण में एका मानते हैं। इन लोगों के विचार से टिप्पण और टिप्पणी में तत्त्वत: कोई भिन्नता-भेद या अलगाव नहीं होता,

जबकि इन दोनों में अर्थ के स्तर पर बहुत फासला होता है। सं + टिप् + क्विप् + टिप् + पन् + अच् + डीष्, डीष्, णत्व से बने टिप्पण का अर्थ 'टीपने' और 'नोट' करने से है। इसके लिए अंग्रेजी में 'Noting' शब्द का प्रयोग होता है। कहीं-कहीं अंग्रेजी का 'Comment' शब्द भी इसके लिए व्यवहृत किया जाता है। हिंदी में 'टीपने' के लिए 'टीपना' और 'टेपन' शब्द भी चलता है, जिसका अर्थ होता है—लिख लेना, दर्ज कर लेना, अंकित कर लेना। अंग्रेजी में इसके लिए 'to record', 'to enter', 'to jotdown' तथा 'to copy' आदि शब्द भी चलते हैं।

बहरहाल, मूल विषय पर लौटते हुए हम यहाँ यह कहना चाहेंगे कि टिप्पणी और टिप्पण में अंतर होता है। इसके लिए एक शब्द में कह सकते हैं कि टिप्पणी लिखने की प्रक्रिया टिप्पणी कही जाती है। इन दोनों के बीच के अंतर पर प्रकाश डालते डॉ. विनोद गोदरे लिखते हैं—गैर-सरकारी प्रतिष्ठानों में भी अधिकारियों के विचारार्थ सामग्री प्रस्तुत की जाती है, परंतु यह विषय सामग्री सरकारी कार्यालयों में जितने विस्तार से दी जाती है, उतने विस्तार से गैर-सरकारी प्रतिष्ठानों में नहीं दी जाती। सरकारी दफ्तरों में विषय से संबंधित सभी प्राप्त सूचनाएँ तथा नियमों के बारे में सभी आवश्यक जानकारी दी जाती है, जिसके आधार पर अधिकारी को किसी निष्कर्ष पर पहुँचने में सफलता मिलती है। टिप्पणीक तटस्थ भाव से अपने सुझाव देता है। इसी स्वत: पूर्ण सामग्री की प्रस्तुति को ट्रिप्पण तथा जो नोट लिपिक लिखता है, उसे टिप्पणी कहते हैं। इसे टिप्पणीक, प्रलेखक अथवा नोटर-ड्राफ्ट कहा जाता है। इसी तरह प्रो. विराज कहते हैं कि अंग्रेजी भाषा में टिप्पण के लिए 'Noting' शब्द का प्रयोग होता है। 'टिप्पण' का अर्थ है—टिप्पणी लिखने का कार्य। इसी तरह एक अन्य विद्वान् डॉ. ईश्वरदत्त शील इन दोनों के बीच के अंतर को रेखांकित करते इस प्रकार कहते हैं—जिस प्रकार संक्षेप की कला संक्षेपण, विस्तार करने की कला विस्तारण कहलाती है, उसी प्रकार टिप्पणी-लेखन की कला 'टिप्पण' है। इसे यूँ भी कहा जा सकता है कि टिप्पण 'प्रक्रिया' है, 'टिप्पणी' उसका प्रतिफलित रूप। डॉ. महेंद्र चतुर्वेदी का मानना है कि प्राप्त पत्रादि, डाक के बारे में उसके निपटारे तक जो लिखित या मौखिक कार्यवाही होती है, वह 'टिप्पण' या अंतिम टिप्पण-कार्य कहलाती है। निष्कर्षत: यह कि टिप्पणी लिखने की कला या विधि ही टिप्पण है।

18. प्रारूप (Draft) तथा प्रारूपण या प्रारूप-लेखन (Drafting) में अंतर

प्रारूप और प्रारूपण या प्रारूप-लेखन में काफी अंतर होता है। प्रारूप के पर्याय के रूप में हिंदी में आलेख, प्रालेख आदि शब्द व्यवहृत होते हैं। प्रारूप को हम विषय मान सकते हैं और उस विषय (प्रारूप) को लिखने की प्रक्रिया को प्रारूप-लेखन या प्रारूपण

कह सकते हैं। जाहिर है, दोनों पृथक्-पृथक् हैं। एक को हम संज्ञा कह सकते हैं तो दूसरी को क्रिया। कुल मिलाकर यह कि पत्र का कच्चा रूप और मसौदा तैयार करने की प्रक्रिया को हम प्रारूप-लेखन कह सकते हैं। इसे और अधिक साफ करते हुए कहा जा सकता है कि प्रारूप कार्यालय का वह कच्चा माल है, जिसे प्रारूप लेखक अपनी प्रज्ञा की छेनी-रेती से तराशकर अपनी बौद्धिक भट्ठी और आँच में पका-तपाकर ठोस और मुकम्मल शक्ल अख्तियार कराता है। निष्कर्षत: यह कि प्रारूप-लेखन एक प्रक्रिया है, विधि है, तरीका है। यह एक खराद या फ्रेम है, जिस पर प्रारूप को कसा जाता है। अंतिम रूप दिया जाता है और अंत में लेटरहेड पैड पर बिना किसी छेड़छाड़ के उसे उसके मूलरूप में उतार दिया जाता है। लब्बोलुवाब यह कि प्रारूप लेखन में प्रारूप की शुरुआती रूपरेखा तैयार की जाती है।

19. प्रारूप (Draft) और पत्र (Letter) में अंतर

प्रारूप और पत्र में भी काफी फर्क होता है। दरअसल, प्रारूप पत्र का कच्चा खाका है, जो बाद में कई प्रक्रियाओं या सीढ़ियाँ चढ़ने के बाद पत्र का आकार ग्रहण करता है। साफ शब्दों में कह सकते हैं कि पत्र प्रारूप का मूर्त, पुष्ट और प्रामाणिक रूप होता है। यही प्रारूप किसी लेटरहेड पैड के स्वच्छ-श्वेत कागज पर अक्षर के रूप में उगकर पत्र के रूप में जन्मता है। इसे 'पत्र' की संज्ञा से नवाजते ही तत्संबंधी अधिकारी इस पर अपना हस्ताक्षर करता है। बाद में अपने अधीनस्थों को आदेश देकर इसे जरूरी कार्यालयों में भिजवाता है। कभी-कभी ऐसा भी होता है कि प्रारूप के पत्र की वेशभूषा धारण करते समय कई तरह की अशुद्धियाँ हो जाती हैं। ये अशुद्धियाँ लिपिक से लेकर कार्यालय के बड़े अधिकारी तक से हो जाती हैं। इन अशुद्धियों में पत्र संख्या का छूटना, दिनांक का छूटना, कभी-कभी भाषागत अशुद्धियों का होना या किसी अन्य तरह की तथ्यगत भूलों का होना आम बात है। कालांतर में इन अशुद्धियों पर कार्यालय के बाबू या अधिकारी की निगाह जाते ही इन्हें पुन: छान-निथार और खँगालकर शुद्ध किया जाता है। तब जाकर पत्र पत्र की सार्थक संज्ञा को प्राप्त करता है। प्रारूप को सदैव किसी सादे कागज पर लिखा जाता है। प्राय: प्रत्येक सरकारी कार्यालयों में प्रारूप लिखने के लिए कुछ पृष्ठ तय किए गए होते हैं। इन्हें 'नोटशीट' कहा जाता है। इन्हीं पर प्रारूप अंकुरित हो बाद में पत्र के रूप में पुष्पित-पल्लवित होता है।

20. प्रारूपण-आलेखन (Drafting) और टिप्पण (Noting) में अंतर

इन दोनों के लेखन को कुछ लोगों ने कला माना है और बताया है कि इन दोनों के लेखन में अनुभव, परंपरा, ज्ञान और नियमों की जानकारी बहुत आवश्यक होती है।

बहरहाल, आलेखन-प्रारूपण और टिप्पण कई स्तरों पर यद्यपि एक-दूसरे से अनुस्यूत हैं, फिर भी दोनों में शैलीगत भेद है। दरअसल, कागज पर पहले टिप्पणी जन्मती है और बाद में आलेख। साफ शब्दों में, टिप्पणी के आधार पर ही आलेख तैयार किया जाता है। आशय यह कि टिप्पण और प्रारूपण कार्यालय कार्य की दो भिन्न-भिन्न कार्यविधि हैं, टिप्पण और प्रारूपण पत्राचार के दो अलग-अलग माध्यम हैं। टिप्पण कार्यालय के आंतरिक उपयोग की ऐसी व्यवस्था है, जिससे एक अनुभाग अपने कार्यालय के दूसरे अनुभाग की कार्य-प्रक्रिया में सहयोग एवं सुझाव लेता और देता है। प्रारूपण के माध्यम से एक कार्यालय या अनुभाग दूसरे कार्यालय या अनुभाग को परस्पर अपेक्षित सूचना, निर्देश, आदेश आदि भेजता है अथवा प्राप्त करता है। इस दृष्टि से टिप्पण और प्रारूपण के अलग-अलग कार्यक्षेत्र हैं और दोनों की लेखन-प्रक्रिया में पर्याप्त विभेद है। अतः टिप्पण तथा प्रारूपण दोनों की संकल्पना अलग-अलग है।

21. संक्षेप (Precis) और सारांश (Summary) में अंतर

संक्षेप और सारांश में कुछ सूक्ष्म भेद किया जाता है। किसी प्रसंग के अंतर्गत सारी बातों को थोड़े शब्दों में कहना या लिखना उस प्रसंग का संक्षेप होता है। सारांश में उन बातों का अत्यधिक संक्षेपण किया जाता है अर्थात् सारांश संक्षेप का संक्षेप होता है। जिस बात को संक्षेप में आठ पंक्तियों में कहा जाएगा, उसी का सारांश चार पंक्तियों में कहना होगा। इसे और अधिक साफ करते हुए कह सकते हैं कि सार लेखन (संक्षेप) में सभी महत्त्वपूर्ण तथ्यों को प्रस्तुत नहीं किया जाता। सारांश के आकार-विस्तार के संबंध में कोई निश्चित नियम नहीं, पर इतना निश्चित है कि यह मूल अंश के तृतीयांश से कम ही होता है अर्थात् सार-लेखन से सारांश कम शब्दों में होता है। सारांश में आसक्ति मूल अवतरण के भाव को जानने की ओर उन्मुख रहती है और उसी की प्रधानता रहती है, जबकि सार-लेखन में लेखक की दृष्टि मूल-अंश के समस्त महत्त्वपूर्ण तथ्यों को ठोस रूप में प्रस्तुत करने की ओर टिकी रहती है। लेखक तथ्यों को व्यवस्थित रूप से प्रकट करने के लिए बुद्धिमंथन करता है।

□

भाग-3

राजभाषा हिंदी के कुछ अन्य प्रमुख प्रकार्य (Functions) अथवा कार्यालयीय कार्य पद्धति के विविध आयाम

1

संक्षेपण, संक्षिप्त लेखन, संक्षिप्तीकरण या सार-लेखन (Precis Writing या Summary) अथवा समराइजिंग या प्रेसी : स्वरूप और सिद्धांत

1. संक्षेपण का अर्थ एवं स्वरूप—संक्षेपण के लिए हिंदी में संक्षिप्त लेखन, संक्षिप्तीकरण आदि शब्दों का प्रयोग किया जाता है। इसे ही 'सार-लेखन' भी कहा जाता है। 'सृ+घञ्, सार्+अच्+वा=सार का अर्थ होता है—निचोड़, सारांश, संक्षेप, संक्षिप्त, सत् या सत्त्व—'स्नेहस्य तत्फलमसौ प्रणयस्य सारः' तथा 'असरे खलु संसारे सारमेतच्चतुष्टयम् काश्यां वासः सतां सङ्गो गंगांभः शंभुसेवनम्'। संक्षेपण को हम उक्त नामों के अतिरिक्त मुख्य बिंदु नाम भी दे सकते हैं। इस संक्षेपण का रिश्ता अंग्रेजी शब्दों Summarising, Precis Writing तथा Precis से है। यह Precis शब्द फ्रेंच भाषा का विशेषण है—"The word precis is a French adjective meaning exact or precise; but it derives its origin from the Latin verb praecidere, which means to cut off."

'समक्षिप्+ल्युट+अन्' के संयोग से निर्मित 'संक्षेपण' शब्द का अर्थ है—काट-छाँटकर या और किसी प्रकार संक्षिप्त करने की प्रक्रिया या भाव। संक्षेपण एक कला है—किसी सारलेख को एक सुनिश्चित पद्धति में लिखने की कला, जिसके लिए निरंतर अभ्यास की आवश्यकता होती है। यह एक कला तो है ही, साथ ही एक विधा भी है, जिसके अपने नियम, अपनी सुनिश्चित पद्धति है। अपने विचारों और भावों को अभिव्यक्त करने के लिए अकसर दो शैलियाँ अपनाई जाती हैं। एक 'व्यास शैली' और दूसरी है 'समास शैली'। व्यास शैली में विचारों या भावों को विस्तार से उदाहरणों के साथ स्पष्ट

किया जाता है। समास शैली में अपने विचारों को संक्षेप में कहा जाता है। हमारे पास समय का अभाव होने के कारण आजकल व्यास शैली की अपेक्षा समास शैली का अधिक प्रयोग होता है। संक्षेपण समास शैली का ही एक रूप है। संक्षेपण का मतलब है—छोटा कर देना। किसी बड़े अनुच्छेद में अभिव्यक्त विचारों या भावों को थोड़े में प्रस्तुत करना ही संक्षेपण है। संक्षेपण में केवल आवश्यक बातें ही लेनी पड़ती हैं। अनावश्यक बातें, अलंकार, अनावश्यक संदर्भ आदि को हटाना पड़ता है। संक्षेपण यानी गागर में सागर भर देना या बिंदु में सिंधु भर देना है। संक्षेपण यानी किसी बड़े चित्र का छोटा छवि चित्र मात्र है। संक्षेपण में शब्द कम कर दिए जाते हैं, लेकिन भाव और विचार वे ही रखे जाते हैं। संक्षेपण के मुख्य विचारों की रक्षा करनी पड़ती है। उसमें कोई भी महत्त्वपूर्ण और आवश्यक विचार नहीं छूटना चाहिए और कोई भी अनावश्यक तथा फालतू बात नहीं आनी चाहिए। इस दृष्टि से संक्षेपण लिखना आसान काम नहीं है। उसके लिए अभ्यास की आवश्यकता होती है। इस तरह से हम कह सकते हैं कि संक्षेपण एक कला है, हुनर है, तकनीक है, शिल्प-सौष्ठव है। पलक झपकते भागते इस बाजारवादी समय में संक्षेपण पहले की तुलना में और भी प्रासंगिक और मौजू हो गया है।

2. संक्षेपण की परिभाषा—

1. डॉ. हरदेव बाहरी के अनुसार—"किसी लंबी-चौड़ी बात को थोड़े में या संक्षेप में कहना ही संक्षेपण है। इसमें अप्रासंगिक, असंबद्ध, अनुपयोगी एवं अनावश्यक बातों को छोड़कर मतलब की बात ग्रहण की जाती है और उसे अपने शब्दों में कह दिया जाता है। संक्षिप्त कथन मूल के एक-तिहाई से अधिक नहीं होना चाहिए। किसी पैरा (अनुच्छेद), वक्तव्य, लेख या कविता का संक्षेपण एक-दूसरे से संबद्ध वाक्यों में किया जाता है।"

2. डॉ. गोपीनाथ श्रीवास्तव का विचार है—"किसी विस्तृत विवरण, सविस्तार आख्या, वक्तव्य, पत्र-व्यवहार, लेख आदि के तथ्यों एवं निर्देशों के सुरुचिपूर्ण संयोजन को, जिनमें अप्रासंगिक असंबद्ध, पुनरावृत्त, अनावश्यक बातों का बहिष्कार तथा समस्त अनिवार्य, उपयोगी एवं मूल तथ्यों का प्रवाहपूर्ण और संक्षिप्त संकलन हो, संक्षिप्त लेखन कहते हैं।"

3. डॉ. ओमप्रकाश शर्मा कहते हैं—"सार-लेखन से तात्पर्य किसी विस्तृत लिखे विषय को संक्षेप में लिखकर प्रस्तुत करने से है। सार-लेखन का अभिप्राय केवल इतना है कि अधिकारी वर्ग को सारा लंबा पत्र न पढ़ना पड़े, अपितु सार पढ़कर ही निर्णय लिया जा सके और आदेश जारी किए जा सकें। सार में मूल सामग्री का विषय अवश्य आ जाना चाहिए। इससे समय की बचत हो जाती है और विषय का बोध भी हो जाता है।

4. डॉ. रमेश चंद्र त्रिपाठी तथा डॉ. पवन अग्रवाल लिखते हैं—"संक्षेपण शब्द

का अर्थ है—छोटा करना या सार लिखना। मूल विषय को सामान्यतः एक तिहाई शब्दों में प्रस्तुत करके, मूल भाव तथा विचार-शृंखला को अपनी भाषा में बहुत ही सरल तथा स्पष्ट शब्दों में प्रस्तुत कर देने की कला को संक्षेपण कहते हैं। किसी उपन्यास, कहानी, निबंध, लेख, पत्र या प्रपत्र आदि को व्यावसायिक या कार्यालयों के कामकाज में संक्षेप करने की आवश्यक विस्तार तथा अभिव्यक्ति की जटिलता को दूर करके उसे संक्षेप तथा सरल ढंग से प्रस्तुत करना ही संक्षेपण है।"

5. डॉ. रामकिशोर शर्मा संक्षेपण को परिभाषित करते हुए लिखते हैं—"किसी विस्तृत विवरण, व्याख्या, वक्तव्य, पत्र-व्यवहार लेख के मूल तथ्यों और निर्देशों का इस प्रकार से संयोजन करना कि उसमें अप्रासंगिक, अनावश्यक, अनुपयोगी तथ्यों को त्यागकर उसे प्रवाहपूर्ण और संक्षिप्त ढंग से प्रस्तुत करना संक्षेपण या संक्षिप्तीकरण है।"

6. बकौल डॉ. शिवमूर्ति शर्मा—"किसी विस्तृत विवरण, व्याख्या, पत्र-व्यवहार अथवा वक्तव्य एवं लेख की अनावश्यक, अप्रासंगिक, बार-बार दोहराई गई तथा असंबद्ध बातों को हटाकर, अत्यंत संक्षेप में इस तरह प्रस्तुत करना कि विस्तृत रूप का मूल भाव आ जाए, संक्षेपण कहलाता है।" इस प्रकार संक्षेपण एक महत्त्वपूर्ण आलेख है। इसे पढ़ लेने के बाद निर्णय लेने वाले अधिकारी को सारी बातें समझ में आ जाती हैं और वह संबंधित विषय पर उपयुक्त निर्णय तक पहुँचने में कोई कठिनाई अनुभव नहीं करता। किसी ने ठीक ही कहा है—"संक्षेपण किसी बड़े ग्रंथ का संक्षिप्त संस्करण, बड़ी मूर्ति का लघु अंकन तथा बड़े चित्र का छोटा चित्रण है।"

7. पाश्चात्य चिंतक बीक (Beak) के अनुसार—"A precis is usually defined as the generalization in narrative form giving with great conciseness the silent features and only a series of events which have already taken place."

8. अंग्रेजी विद्वान् डॉ. लॉरेंजो का कहना है—"A precis is a systematically and scientifically abbreviated from any written or spoken matter."

9. पश्चिम के ही सुप्रसिद्ध विद्वान् कालिंस (Collins) कहते हैं—"Infact, a precis is just a straight forward statement of the bare facts without any necessary trimmings. To make a precis of a given passage is to extract its main points and to express them as clearly and in as few words as possible."

3. संक्षेपण की भारतीय परंपरा—संस्कृत का यह श्लोक—'अर्द्धमात्रा लाघवेन पुत्र जन्म मन्यते वैयाकरणः' अर्थात् 'यदि व्याकरण में आधी मात्रा कम हो जाए तो वैयाकरण को इतनी प्रसन्नता होती है, जितनी पुत्र जन्म पर'—सिद्ध करता है कि भारतीय मनीषा की समझदारी और सोच प्रारंभ से ही संक्षेपण के प्रति सजग-सतर्क रही है।

दरअसल, प्राचीन काल में मुद्रण कला का विकास न होने के कारण वाचिक परंपरा पर बल तो दिया ही जाता था, तथ्यों को कंठस्थ भी करना पड़ता था। संभवतः इसीलिए ज्ञान के साधकों ने सूत्र शैली का इजाद किया। उन्होंने इस बात पर बल दिया कि कम-से-कम शब्दों और अक्षरों में अधिक-से-अधिक भावाभिव्यक्ति हो। वेद, उपनिषद्, गीता तथा अष्टाध्यायी उनके सूत्र शैली में बात करने के ही प्रमाण हैं। कुल मिलाकर संक्षेपण का महत्त्व हमारे यहाँ शुरू से ही रहा है। विस्तृत कथ्य, भाषण, व्याख्या, विवरण, वक्तव्य को काट-छाँटकर उनमें से फिजूल, व्यर्थ, अप्रासंगिक, निरर्थक, पुनरावृत्त और असंबद्ध तथ्यों को त्यागकर ठोस और संक्षिप्त रूप में प्रस्तुत करने की परंपरा हमारे देश में बहुत पहले से ही रही है। हमारे धर्म, दर्शन एवं साहित्य के अनेक प्राचीन ग्रंथ सूत्रों में ही लिखे गए हैं। उन सूत्रों को कंठाग्र करने की परंपरा बहुत पहले से रही है। हिंदी में भी सूत्र रूप में अपनी बात कहने के ढेरों पुष्ट प्रमाण मिलते हैं। हिंदी के दोहे यदि सूत्र शैली में अपनी अभिव्यक्ति के प्रमाण माने जा सकते हैं, तो सवैया और छंद के रूप में फैले वही भाव पल्लवन और विस्तारण के रूप कहे जा कहते हैं।

4. कार्यालयों के साथ अन्य क्षेत्रों में संक्षेपण का महत्त्व एवं उपयोगिता— संप्रति बाजार और समय, दोनों बेहद क्रूर हो गए हैं। इन दोनों ने मिलकर व्यक्ति से उसके सुकून, शगल-शौक और एकांत क्षणों को छीन लिया है। व्यक्ति के सिर पर इनका भूत चढ़कर बोल रहा है। परिणामतः आज का आदमी अपनी लंपट और अनंत-उद्दाम इच्छाओं की प्रपूर्ति हेतु दिशाहीन हो बेतहाशा भाग रहा है। बाजारवादी प्रवृत्तियों के दबाव में गाँव से लेकर नगरवासी तक व्यक्ति के भीतर की सारी संवेदनाएँ सूख गई हैं। संबंध बेमानी हो छीज रहे हैं। रिश्तों की संहिता छिन्न-भिन्न हो गई है। व्यक्ति के पास अब थोड़ा रुककर किसी का कुशल-क्षेम पूछने का अवसर नहीं रह गया है—

"What is life if full of care
We have no time to stand and stare."

अतः ऐसी स्थिति में जहाँ व्यक्ति के पास समय का सर्वथा अकाल हो गया है, संक्षेपण का महत्त्व स्वतः सिद्ध हो जाता है।

मेरा विचार है कि यदि संक्षेपक के पास उदग्र प्रतिभा और थोड़ा धैर्य हो तो वह जतन तथा मनोयोगपूर्वक संक्षेपण को ठोंक-पीट, काट-छाँटकर संगीत कला, चित्रकला, मूर्तिकला आदि की पाँत में खड़ा कर सकता है। दरअसल, संक्षेपण चिंतनधर्मी कर्म है। यह असाध्य काम तो नहीं है, फिर भी कठिन साधना की माँग करता है। साधना और अभ्यास से किया गया संक्षेपण उसे श्रेष्ठ कला का रूप देते हुए शून्य शिखर पर दीया जला सकता है—'सुन्न शिखर पर दियना बार..।' संक्षेपक चित्रकार की तरह संक्षेपण को रंग और कैनवास के साथ उसे लयात्मक, लोचदार, संप्रेषणीय और ध्यानाकर्षक बना

सकता है। उसके थोड़े से श्रम से संक्षेपण रेखाचित्र, संस्मरण, निबंध तथा यात्रा-वृत्तांत की तरह महत्त्वपूर्ण हो सकता है।

आज तेजी से घटते घटनाचक्रों, बदलती परिस्थितियों के बीच बड़े-बड़े भाषणों-घटनाओं के विस्तृत विवरणों को पढ़ने का अवकाश सभी के पास नहीं है। अत: इस अति व्यस्त आधुनिक जीवन में संक्षेपण का महत्त्व बढ़ गया है। संक्षिप्त रूपांतरों एवं संक्षेपण के माध्यम से सूचना अधिकाधिक व्यक्तियों तक पहुँच जाती है। विविध कार्यालयों तथा संस्थानों के लिए यह संभव नहीं है कि प्रतिदिन प्राप्त होने वाले बहुसंख्यक पत्रों को पूरा-पूरा पढ़ सकें। अत: पत्राचार के शीघ्र निबटान के लिए अधीनस्थ कर्मचारी उनका संक्षेप अधिकारी के सम्मुख प्रस्तुत करते हैं।

कुल मिलाकर हमारे जीवन में संक्षेपण का बहुविध महत्त्व है। आज के आपाधापी समय में तो संक्षेपण की उपयोगिता तथा महत्त्व पहले की तुलना में और भी अधिक बढ़ गया है। आज के व्यक्ति के पास लंबे-लंबे वाक्यों को पढ़ने-समझने का समय नहीं रह गया है। व्यक्ति की जिंदगी ही संप्रति शॉर्टकट चल रही है। वह थोड़े में ही पूरा निष्कर्ष ले लेना चाहता है। अत: संक्षेपण का महत्त्व असंदिग्ध रूप से बढ़ गया है। इतना ही नहीं, इसका महत्त्व वाणिज्य, व्यापार के क्षेत्र से लेकर अध्यापक, वकील, पत्रकार, राजकीय कार्यालयों, मंत्रियों, विधायकों, लेखकों, संपादकों तथा अन्य विभिन्न क्षेत्रों में कार्यरत सभी लोगों के लिए है। बाणभट्ट की तरह इतिहासनुमा विवरण पढ़कर उसे समझने-समझाने का अवकाश अध्यक्षों, आयुक्तों, मंत्रियों, सचिवों के पास काम की अधिकता, समय की कमी, हर काम एक निश्चित समय में पूरा करने की हड़बड़ी, उस पर कार्यालयों में फाइलों का अंबार—अत: ऐसी स्थिति में कार्यों की संक्षिप्त प्रस्तुति की जगह यदि उन्हें गरुड़ पुराण के रूप में प्रस्तुत किया जाएगा तो जाहिर है काम बाधित होगा। और यदि होगा भी तो अपूर्ण होगा। अत: ऐसी स्थिति में कार्यालयों में संक्षेपण का महत्त्व स्वत: सिद्ध है। कार्यालयों में सुंदर, ठोस और उपयोगी संक्षेपण के लिए हमें मूल सार का तथ्य (Facts) और संपूर्ण तथ्यों (All aspects) का समावेश कर लेना चाहिए। भाषा में द्विअर्थक शब्द न रहें, संक्षेपण मूल का एक तिहाई हो, अर्थ की दृष्टि से पूर्ण हो, तर्कों, तथ्यों का सिलसिला मूल का ही रहे, भाषा खुद की मौलिक हो, फालतू भावों की फौज न भरी जाए, केंद्रीय कथ्य न छूटे—यदि इन बातों पर ध्यान दिया जाए तो कार्यालयीय संक्षेपण महत्त्वपूर्ण होने के साथ-साथ कार्यों की संपन्नता संपादन में सहायक सिद्ध होंगे।

5. संक्षेपण से लाभ—गहरी समझ, विलक्षण-विचक्षण अध्ययन के आधार पर किए गए संक्षेपण से अनेक लाभ हैं। विस्तृत क्षेत्र में फैला विचार सूत्र रूप में शब्दबद्ध होता है। बिखरी सामग्री सार सूत्र रूप में एक छोटे 'प्लेटफॉर्म' पर बैलोस, सटीक और रोचक रूप में चरित्रों, घटनाओं, बिंबों, प्रभावों के साथ प्रकट होती है। वस्तुत: संक्षेपण

में कोई भी संक्षेपक तुच्छ-त्याज्य सामग्री को छोड़कर दिलचस्प और सार्थक-ठोस सामग्री को हिलोर-पछोर कर निकालता है, तभी उसके लिए किया गया संक्षेपण पैना, गहरा तथा विशिष्ट बनता है एवं संक्षेपण से ताल्लुक रखनेवालों के लिए लाभकर सिद्ध होता है। बहरहाल, संक्षेपण से होने वाले कुछ महत्त्वपूर्ण लाभों को निम्नवत् इस प्रकार देखा जा सकता है—

1. संक्षेपण से हमारा समय और श्रम बचता है।
2. संक्षेपण से मानसिक चिंतन और विचारों में स्पष्टता आती है।
3. छात्रों में मनोयोग, एकाग्रता तथा दृढ़ता का विकास होता है।
4. शब्द-संयम, शब्दों की मितव्ययिता की क्षमता बढ़ती है।
5. कम-से-कम शब्दों में अधिक-से-अधिक विचार स्पष्ट करने की शक्ति का विकास होता है।
6. छात्रों की विश्लेषण शक्ति का विकास होता है और अभिव्यक्ति नियंत्रित तथा प्रभावशाली बनती है।
7. छात्रों की मानसिक योग्यता, ग्राहिका शक्ति और अभिव्यंजना शक्ति का विकास होता है।

इस तरह से संक्षेपण से दैनिक जीवन और अध्ययन में अनेक लाभ होते हैं। अतः संक्षेपण व्यावहारिक दृष्टि से महत्त्वपूर्ण कला है।

6. संक्षेपण की प्रविधि/पद्धति, प्रक्रिया/नियम या संक्षेपण कला— उपभोक्तावादी-बाजारवादी संस्कृति ने हमारे जीवन को गहरे तक प्रभावित किया है। अबोधता-आत्मवंचना की जकड़ बंदी ने हमें चतुर्दिक् घेर लिया है। साफ शब्दों में उपभोक्तावादी जीवन-शैली के रिसाव के कारण हमारी वैचारिकता असमंजस और शैथिल्य का शिकार हुई है। उपभोक्तावादी आयातित सांस्कृतिक उत्पादों के कारण भारतीय समाज और संस्कृति के सामने एक विराट् संकट सवाल की तरह खड़ा हुआ है। ऐसी विषम स्थिति में संक्षेपण के महत्त्व को बनाए रखने के लिए संक्षेपण को उत्तम और श्रेष्ठ कोटि में रखने, उसे विश्वसनीय प्रामाणिक बनाने के साथ-साथ एक नए मुहावरे में ढालने के लिए हमें संक्षेपण संबंधी कुछ मूलभूत नियमों-विधियों को जानना आवश्यक है, तभी हमारे संक्षेपण में कलात्मकता के साथ-साथ उसे हम नए आकार, रूप-रंग और गंध दे सकते हैं। श्रेष्ठ संक्षेपण के लिए व्यक्ति के पास विदग्धता तो होनी ही चाहिए संक्षेपण-संबंधी कुछ आवश्यक तत्त्वों की पहचान भी जरूरी है। उन्हें हम नीचे संक्षेप में इस प्रकार देख सकते हैं—

1. मूल विषय को समझना— सार-लेखन प्रस्तुत करते समय सार-लेखक को मूल-विषय को समझ लेना चाहिए। पढ़ते-पढ़ते आवश्यक स्थानों को रेखांकित कर लेना

आवश्यक है। इसके पश्चात् एक खाका बना लेना चाहिए और उपयुक्त शीर्षक देकर भावों को क्रम से रखे जाने पर नजर डाल लेनी चाहिए। अपनी भाषा में सार लेखन होना चाहिए तभी मूल विषय स्पष्ट हो सकता है। ऐसे शब्दों का प्रयोग करना चाहिए, जिससे मूल विषय के वाक्यों का सारा अर्थ संगृहित हो जाए। ऐसा करने से उत्तम सार-लेखन संभव हो सकेगा।

2. सारी बातों का समावेश होना—संक्षेपण में इस बात की ओर ध्यान अवश्य देना चाहिए कि कहीं मूल से तथ्य संक्षेपण में समाप्त या छूट न जाए। मूल को पढ़-समझकर नए सिरे से संक्षेपण में प्रस्तुत करना चाहिए। मूल के स्पष्टीकरण या पिष्टपेषण से बचना चाहिए। संक्षेपण में तर्कों, तथ्यों का क्रम वही रहे जो मूल में है।

3. क्रमबद्धता भंग न हो—संक्षेपण की क्रमबद्धता खंडित नहीं होनी चाहिए। मूल तथ्यों में किसी तरह का बदलाव न हो तो ठीक है। वाक्यों के दुहराव से भरसक बचना चाहिए।

4. संक्षेपण आदर्श लगना चाहिए—आदर्श संक्षेपण वह है, जो हमें बहुत थोड़े से समय में बहुत थोड़े श्रम से विषय को हृदयंगम करवा सके। आदर्श संक्षेपण में स्पष्टता, संक्षिप्तता, सरलता, विचार-शृंखला की क्रमबद्धता, समग्रता के साथ-साथ रोचक, सरल, सहज तथा शुद्ध भाषा-शैली का होना आवश्यक है। आदर्श संक्षेपण मूल शब्दावली के स्थान पर समानार्थी या पर्यायवाची शब्दों का प्रयोग करते हुए अन्य पुरुष तथा भूतकाल में लिखा जाना चाहिए।

5. संक्षेपण की भाषा सरल हो—संक्षेपण करते समय भाषा पर खास ध्यान देना चाहिए। संक्षेपण की भाषा अति सरल-सहज, शीघ्र बोधगम्य और अलंकारहीन होनी चाहिए, तभी वह प्रभावोत्पादक हो सकती है। कार्यालयीय संक्षेपण के लिए मुहावरे, सूक्तियाँ प्रयुक्त नहीं की जानी चाहिए। हाँ, साहित्यिक अवतरणों में इनका प्रयोग हो सकता है।

6. समास शैली का प्रयोग होना चाहिए—संक्षेपण में व्यास शैली की जगह समास शैली का प्रयोग करना चाहिए। अनावश्यक भाषिक प्रयोग तथा शैली के विस्तार की यहाँ कोई गुंजाइश नहीं होती।

किसी अनावश्यक या अप्रासंगिक तथ्यों का समावेश या उल्लेख संक्षेपण को बदशक्ल बना सकता है। डॉ. हरदेव बाहरी के शब्दों में—

1. जिस रचना का सार-संक्षेप करना हो, उसे एक बार अच्छी तरह पढ़कर उसका विषय समझ लें।
2. अब एक बार खंड-खंड करके पढ़ें और आवश्यक बातों को रेखांकित करते जाएँ।

3. चमत्कारपूर्ण उक्तियों, लोकोक्तियों, उदाहरणों, दृष्टांतों, अलंकारों, पुनरावृत्तियों, असंगत और अनावश्यक बातों को छोड़ दें।
4. प्रत्यक्ष कथन और कथोपकथन या संवाद की बात अपने शब्दों में कहें।
5. अपनी ओर से कुछ नहीं कहना चाहिए। मूल बात की पकड़ रहनी चाहिए। किसी प्रकार की टीका-टिप्पणी नहीं करनी चाहिए।
6. रेखांकित वाक्यों के आधार पर अपने शब्दों में एक कच्चा प्रारूप बना लेना चाहिए। विचार तो मूल के अनुरूप हों, पर भाषा आपकी हो, लेकिन कोई शब्द अर्थ-व्यंजना की दृष्टि से बहुत सहायक हों तो उसे ले लेना चाहिए।
7. संक्षेपण सदैव अन्य पुरुष में लिखना चाहिए और उसी के अनुरूप क्रियाएँ भी होनी चाहिए।
8. यह भान रहे कि विचार का तारतम्य बना रहना चाहिए। वाक्य परस्पर संबंधित हों। सार-संक्षेप के गुण हैं—प्रवाहपूर्णता और स्पष्टता। सारांश में पूरा आशय आ जाना चाहिए।
9. मूल प्रकरण में शीर्षक न भी हो तो भी एक शीर्षक बना लेना चाहिए। इससे विषय को समझने में बड़ी सुविधा होती है।
10. अंत में संक्षेपण में प्रयुक्त शब्दों की गिनती कर लेनी चाहिए।

7. पत्र-क्षेप (Summary of Letter) या सार-संक्षेप—पत्र-क्षेप को हम कई संदर्भों में सार-संक्षेप भी कह सकते हैं। लंबे-लंबे भाषणों, वक्तव्यों या काफी विस्तार में लिखे गए पत्रों को हिलोर-पछोरकर उनके मूल मंतव्य की रक्षा करते हुए जब उन्हें अत्यंत संक्षिप्त रूप में प्रस्तुत किया जाता है, तब इस प्रक्रिया को पत्र-क्षेप या सार-संक्षेप कहते हैं। संप्रति अत्यंत व्यस्तता और कार्य के बोझ के कारण सरकारी, गैर-सरकारी कार्यालयों में किसी अधिकारी या मंत्रियों के समक्ष बीघे भर में फैले हुए बयानों को अति संक्षेप में प्रस्तुत करने की तकनीक इस समय काफी लोकप्रिय हुई है। वस्तुतः किसी अधिकारी के पास समय के अभाव के कारण लंबे-चौड़े वक्तव्यों को पढ़ने का समय कतई नहीं रह गया है। अतः उनके सामने सार-संक्षेप या पत्र-क्षेप करके तथ्यों को प्रस्तुत किया जाता है। लोकसभा या राज्यसभा में भी यह विधि काफी लोकप्रिय हुई है। यहाँ भी दोनों सदनों के पटलों पर पत्र-क्षेप की प्रक्रिया अपनाई जाती है। दरअसल, इससे कई लाभ होते हैं, यथा—समय की बचत का होना, इतने ही समय में अधिक-से-अधिक अन्य कार्यों का संपादित होना। इसके लिए महज कुछ छोटे विधि-विधान या प्रक्रिया अपनाई जाती है, जैसे—पत्र-क्षेप करते समय उनकी एक तालिका बना ली जाती है। इस तालिका में क्रम संख्या, दिनांक आदि के लिए खाने बना लिये जाते हैं। पत्र-क्षेपक या संक्षेप-लेखक इन तालिकाओं में क्रमबद्ध ढंग से सारी मूल बातों या निचोड़ को लिखता

जाता है। यहाँ यह ध्यान रखते हैं कि पत्र-क्षेप के साथ टिप्पणियाँ भी लगी रहें, क्योंकि इनसे विवादास्पद विषयों के निपटाने में सहूलियत भी मिलती है। कुल मिलाकर इस बाजारवादी भगदड़ भरे समय में जहाँ पल-पल का बहुत महत्त्व-मूल्य है, पत्र-क्षेप या सार-लेखन की उपयोगिता असंदिग्ध है। पत्र-क्षेप का उदाहरण—

क्र. पत्र की संख्या	*प्रेषक*	*प्राप्तकर्ता*	*विषय-वस्तु का संक्षेप*
1. 8 जुलाई, 2012	जिलाधिकारी, गाजीपुर	उपसचिव, उत्तर प्रदेश	...
2. 17 अगस्त, 2011	निदेशक, दिल्ली जल-कल विभाग	अनुसचिव, सिंचाई-विभाग दिल्ली सरकार	... ...
3. 01 अक्तूबर, 2011	महानिदेशक, खाद्य आपूर्ति विभाग, लखनऊ	महानिदेशक, खाद्य आपूर्ति विभाग, दिल्ली सरकार	...
4. 30 दिसंबर, 2011	उपनिदेशक, उच्च शिक्षा उत्तर प्रदेश, इलाहाबाद	उपनिदेशक, उच्च शिक्षा शिमला, हिमाचल प्रदेश सरकार	...

8. संक्षेपण के भेद या प्रकार—आज के व्यस्ततम यांत्रिक युग में व्यक्ति के पास मुक्त और फुरसती क्षणों का अभाव है। हर व्यक्ति कम समय में अधिक लाभ और उपार्जन चाहता है। व्यस्ततम समय के दबाव का असर उसकी कार्य-संस्कृति पर पड़ा है। संभवत: इसीलिए लोगों में व्यास या व्याख्यात्मक शैली की जगह समास शैली प्रिय हुई है। पत्र-पत्रिकाओं में छपे लंबे लेख, उबाऊ बैठकें, बड़े सम्मेलनों आदि की तुलना में लोग छोटे लेख, छोटी बैठकें और छोटे सम्मेलनों को अधिक महत्त्व देते हैं। जाहिर है, यह संक्षेपण सार-संक्षिप्त की ही मनोवृत्ति का द्योतन करता है। खासकर, सरकारी कार्यालयों में लोग अपने कार्यों को संपादित करने में संक्षेपण विधि को अधिक तवज्जो देते हैं। कुल मिलाकर कार्यों को सुगमतापूर्वक निपटाने में संक्षेपण विधि एक कारगर प्रविधि है। संभवत: इसीलिए इसके महत्त्व को देखते हुए विद्वानों ने इसके कई भेद किए हैं, यथा—

1. किसी स्वतंत्र विषय का संक्षेपण तथा
2. पत्र-व्यवहार का संक्षेपण।

यहाँ हमें यह ध्यान रखना चाहिए कि संक्षेपण के उक्त दोनों भेदों में कई स्तरों पर कुछ मौलिक अंतर होते हैं। बहरहाल, आगे चलकर विद्वानों ने पत्र-व्यवहार संक्षेपण को दो भागों में विभक्त किया है—'प्रवाही या प्रवाह संक्षेपण' तथा 'तालिका या सूची संक्षेपण'। अब उक्त तीनों अर्थात् 1. स्वतंत्र विषय का संक्षेपण, 2. प्रवाही या प्रवाह विषय का संक्षेपण तथा 3. तालिका य सूची संक्षेपण के संबंध में संक्षेप में हम आगे इस

प्रकार देखेंगे—

1. स्वतंत्र विषय का संक्षेपण—स्वतंत्र विषय के संक्षेपण का प्रयोग बहुधा विद्यालयों, माध्यमिक तथा महाविद्यालयों की पाठ्य-पुस्तकों में सार-लेखन के रूप में किया जाता है। विद्यार्थियों को स्वतंत्र विषय के रूप में इसका अध्ययन कराया जाता है। पुस्तकों में या कक्षा में अध्यापक अपने विद्यार्थियों को कोई गद्यांश दे देते हैं फिर संक्षेपण की विधि और नियमों पर प्रकाश डालते हुए उनसे उस गद्यांश को संक्षेप में प्रस्तुत करने के लिए कहते हैं। बार-बार अभ्यास कराते हैं और अपने विद्यार्थियों को बताते हैं कि संक्षेपण अपने मूल का करीब-करीब एक तिहाई ही होना चाहिए। कार्यालयों में इस संक्षेपण का प्रयोग लगभग न के बराबर होता है। शैली के आधार पर इस संक्षेपण के भी कई भेद किए गए हैं तथा कथात्मक शैली, पत्र-शैली, विचारात्मक शैली, वर्णनात्मक शैली, संवाद शैली तथा समाचार-पत्रों का संक्षेपण।

2. प्रवाही, प्रवाह या प्रवहमान संक्षेपण—प्रवाह संक्षेपण का आशय होता है—ऐसा संक्षेपण, जिसमें गतिशीलता निरंतर बनी रहे। उसमें जड़ता या ठहराव न आए। उसमें कुछ-न-कुछ सतत ताजा जुड़ना चाहिए। प्रवहमान अर्थात् इस तरह का संक्षेपण बासीपन का शिकार नहीं होता। दरअसल, प्रवाह संक्षेप ही एक प्रकार से स्वतः पूर्ण टिप्पणी (Self contained note) है, जिस पर टिप्पण-लेखन के साथ विवरण प्रस्तुत किया जाता है। अतएव संक्षेपण से इसका सीधा संबंध है। जब भी किसी विभाग में कोई नया अधिकारी कार्यभार सँभालता है तो अपने सहायक को फाइल को ठीक-ठीक समझने के लिए इस प्रकार की टिप्पणी लिखने का आदेश (मौखिक अथवा लिखित) देता है। अतः ऐसी स्थिति में किसी भी कार्यालय के समस्त पत्र-व्यवहार को पूर्वा पर क्रम से लगा लेना चाहिए और संपूर्ण पत्र-व्यवहार के आधार पर प्रवाह-संक्षेप तैयार करना चाहिए, जिसमें आवश्यकतानुसार तारीख तथा पत्र के क्रमांक का उल्लेख भी किया जाना उचित रहता है, जैसे क्रमांक 190/राज/1-4/1989 दिनांक 28.8.1992 के पत्र द्वारा··· ने सूचित किया है कि तीस हजार रुपए की स्वीकृत राशि हर हालत में प्राप्त होने के दो माह के अंदर व्यय हो जानी चाहिए, जिसका विवरण आवश्यक निर्देशानुसार लेखा-विभाग को प्रेषित कर देना चाहिए।

3. तालिका या सूची संक्षेपण—तालिका संक्षेप में एक तालिका बनाई जाती है और उसके स्तंभों के अनुसार प्रत्येक पत्र का विवरण अंकित कर दिया जाता है। इस तालिका में सामान्यतः निम्न स्तंभ होते हैं—

क्रम संख्या	पत्र संख्या	दिनांक	प्रेषक	प्रेषिती	प्रत्येक पत्र का (आशय) विषय
1	2	3	4	5	6

पहले स्तंभ में पत्रों की क्रम संख्या क्रमानुसार अंकित की जानी चाहिए, दूसरे पत्र में लिखा हुआ दिनांक लिखा जाए, चौथे में प्रेषक अर्थात् पत्र भेजने वाले का नाम, स्थान आदि, पाँचवें में जिसे पत्र भेजा जाए, उसका नाम और छठे में प्रत्येक पत्र का विषय तथा आशय लिखा जाए।

तालिकाबद्ध संक्षेपण का उदाहरण

पत्र संख्या	दिनांक	प्रेषक	प्रेषिती	पत्र का संक्षिप्त विषय
	11.9.71	गजाधर प्रसाद बेनी प्रसाद, बरेली	गुरुकुल काँगड़ी फार्मेसी	हमसे कच्ची औषधियाँ मँगाएँ
	18.9.71	गुरुकुल काँगड़ी फार्मेसी	ग.प्र.बेनी प्रसाद, बरेली	कुछ औषधियाँ मँगा सकते हैं, कमीशन की दर बताएँ।
	2.10.71	ग.प्र.बेनी प्रसाद, बरेली	गुरुकुल काँगड़ी, हरिद्वार	कमीशन तो नहीं, 1000 से ऊपर के ऑर्डर पर रेलभाड़ा दे देंगे।

9. उत्कृष्ट संक्षिप्तीकरण के निषेध—सरकारी कार्यालयों में आपत्तियों के निस्तारण-कार्य में संक्षेपण या सार लिखने की आवश्यकता पड़ती है। जब भी विचारार्थ बहुत से कागज-पत्र होते हैं, विस्तृत पत्राचार फाइलें होती हैं, कई जगहों से एकत्र किए हुए विविध तथ्य और आँकड़े होते हैं, विषय से संबंधित उनका उलझा हुआ इतिहास होता है अथवा घटनाएँ तथा क्रियाएँ होती हैं और जब भी विभिन्न व्यक्तियों, संस्थाओं और विभागों आदि के मंतव्यों आदि पर विचार करने की बात होती है तब संक्षेपण आवश्यक हो जाता है। प्रत्येक सरकारी और गैर-सरकारी कार्यालयों में लिपिक से लेकर उच्च अधिकारियों को कदम-कदम पर संक्षेपण करना अथवा करवाना पड़ता है। आज का युग औद्योगिक क्रांति का युग है, जिसमें अभिव्यक्ति के विस्तार की अपेक्षा संक्षेप सूक्ष्म की ओर ही प्रवृत्ति अधिक है। जीवन के प्रत्येक क्षेत्र में व्यक्ति के मन एवं मस्तिष्क पर विभिन्न घटनाएँ, समस्याएँ छाई रहती हैं, उनके समाधान आदि की प्रक्रिया में उसे संक्षेपण का सहारा लेना पड़ता है।

अत: ऐसी स्थिति में संक्षेपण करते समय कुछ प्रमुख अधोलिखित निषेधों-दोषों से बचना चाहिए, यथा—

1. संक्षेपण में व्यास शैली की जगह समास शैली का प्रयोग, अर्थात् बहुत अधिक विस्तार का निषेध होना चाहिए।
2. संक्षेपण कठिन-क्लिष्ट शब्दों के प्रयोग से रहित होना चाहिए।
3. संक्षेपण में मूल का सार तथ्य (Facts) और अन्य सारी बातें (All aspects) छूटने न पाएँ।

4. संक्षेपण में अर्थ स्फीति न हो।
5. संक्षेपण में प्रत्यक्ष-कथन का निषेध होना चाहिए।
6. तथ्यों के पिष्ट-पेषण का निषेध।
7. द्विअर्थक शब्दों के इस्तेमाल से परहेज।
8. प्रथम पुरुष (First Person) तथा मध्यम पुरुष (Second Person) के कथनों का निषेध।
9. निजी आलोचनाओं, विचारों के खंडन-मंडन, तोड़-मरोड़ का निषेध।
10. तर्कों, तथ्यों के व्यतिक्रम का निषेध।
11. मुहावरे, कहावतें, अलंकारों के प्रयोग का निषेध।
12. भाषागत अशुद्धियाँ और व्याकरण संबंधी खामियों का निषेध।
13. शब्दों, भावों के दुहराव का निषेध।
14. संक्षेपण अपने मूल से विस्तृत—बड़े का निषेध।
15. गीतात्मक या काव्यात्मक प्रयास का निषेध।

10. अच्छे संक्षेपण की विशेषताएँ या गुण—

हिंदी विद्वानों का बड़ा जनमत तथा कॉरपोरेट पूँजी से नियंत्रित मीडिया भी संक्षेपण को कला मानते हैं। दोनों इसे बहुत महत्त्व देते हैं। अतः ऐसी स्थिति में संक्षिप्त-लेखन स्वतः पूर्ण होना चाहिए। उसे पढ़ लेने के पश्चात् ठीक से समझने के लिए मूल संदर्भ को पढ़ने की आवश्यकता न रहनी चाहिए। वास्तव में संक्षिप्त लेखन का प्रयोजन ही यह होता है कि उपर के अधिकारी किसी विषय के लंबे व समस्त पत्र-व्यवहार या अत्यंत विस्तृत वक्तव्य, लेख आदि को पूरा न पढ़कर केवल इनके द्वारा ही तद्विषयक स्पष्ट तथा पूर्ण जानकारी प्राप्त कर सके, जिससे उनके समय तथा श्रम की बचत हो सके। अतः संक्षिप्तीकरण का यह कार्य यद्यपि एक ओर तो सरल एवं सुगम जान पड़ता है, परंतु दूसरी ओर उतना ही अधिक चातुर्य एवं उत्तरदायित्व का है। अतः उत्कृष्ट संक्षिप्त लेखन के लिए कुछ निश्चित मानदंड, आवश्यक गुण या विशेषताओं का होना अपरिहार्य होता है, यथा—

1. संक्षेपण नातिदीर्घ हो—नाम से ही स्पष्ट है, संक्षिप्त लेखन ही 'संक्षेपण' है। अतः संक्षेपण बड़ा विस्तृत नहीं होना चाहिए। संक्षिप्तता ही इसकी शोभा है। कहते भी हैं, इसका आकार सामान्यतः मूल का एक तिहाई होना चाहिए, इससे अधिक कतई नहीं, बल्कि एक तिहाई से भी कम हो जाए तो उत्तम है। पर यहाँ यह ध्यान रखना चाहिए कि संक्षिप्तता के नाम पर संक्षेपण कहीं अपनी मूल जमीन या भावभूमि से ही दूर न हो जाए। स्पष्टता, पूर्णता और शुद्धता भी बनी रहनी चाहिए। व्यर्थ के विचारों का अनावश्यक

विस्तार न हो। अप्रासंगिक तथ्यों का प्रवेश निषिद्ध होना चाहिए। लंबी शब्दावली से परहेज होना चाहिए, बल्कि उसकी जगह सामासिक चिह्नों का प्रयोग कर उन्हें लघुकाय बनाया जा सकता है। कुल मिलाकर संक्षेपण में संक्षिप्त रूप देते समय इसके मूल स्वरूप और गुणों की रक्षा करनी चाहिए।

2. मिथ्याभास से रहित हो—संक्षेपण द्वैध-दुविधा का शिकार न हो। उसमें से अर्थ की रहस्यमय गंध न निकले। अत: इसके लिए हमें कई स्तरों पर ध्यान देना चाहिए, यथा—संक्षिप्त लेखन में मूल संदर्भ मौजूद रहना चाहिए। किसी अशुद्ध, भ्रम या संशयग्रस्त तथ्यों का समावेश न हो, मूल आशय बिगड़कर बदशक्ल न हो जाए। इसके लिए हमें चाहिए कि संक्षेपण को छोटा आकार देते समय कहीं रफ (Rough) पर हम इसका 'कच्चा आलेख' तैयार कर लें। तदनंतर उसे अपनी जरूरत के अनुसार काट-छाँट, नाप-तौलकर मुकम्मल और पुख्ता संक्षेपण का स्वरूप देना चाहिए।

3. संक्षेपण का शीर्षक अनुच्छेद के मूल भाव पर आधारित हो—संक्षेपण का शीर्षक निर्धारित करते समय हमें यह ध्यान रखना चाहिए कि उसका शीर्षक संक्षेपण के केंद्रीय बिंदु पर आधारित हो। मूल आत्मा और उसकी ध्वनि उसमें स्पंदित होती रहे। दरअसल, संक्षेपण का शीर्षक अनुच्छेद के मूल भाव पर आधारित होता है। कई बार तो मूल भाव सूचक ध्वनि अनुच्छेद के प्रारंभ में ही मिल जाती है। कई बार वह अनुच्छेद के अंत में लक्षित होती है। कभी-कभी शीर्षक अपने मूल शब्दों में ही अनुच्छेद में विद्यमान रहता है। उसे पहचानकर ज्यों-का-त्यों या उसके सूचक पर्यायवाची शब्द चुनकर शीर्षक बनाना चाहिए। पर शीर्षक वाक्य में नहीं, भाव छोटे से शब्द-समूह में होना चाहिए।

4. संक्षेपण व्याकरण संबंधी अशुद्धियों से रहित हो—संक्षेपणकर्ता को भाषा का पर्याप्त ज्ञान होना चाहिए। भाषा ज्ञान से तात्पर्य है कि एक तो उसे भाषा का व्याकरणिक ज्ञान हो, दूसरे भाषागत रचनात्मकता भी हो। प्रथम से उसकी भाषा में शुद्धता रहेगी, व्याकरण ज्ञान से भाषा में शुद्धता आती है। रचनात्मकता भाषा में प्रवाहमयता, सरलता एवं स्पष्टता लाती है। इन सबके होने के साथ ही संक्षेपणकर्ता में सतत अभ्यास की प्रवृत्ति भी होनी चाहिए। सतत अभ्यास से ही भाषा क्रमबद्धता (Logical-Sequence) आती है। जहाँ तक संक्षेपण के लिए आदर्श भाषा के स्वरूप की बात है, वह ऐसी होनी चाहिए, जिसमें संक्षिप्तता (Brevity), क्रमबद्धता (Coherence) तथा स्पष्टता (Clearity) हो। कुल मिलाकर संक्षेपण में व्याकरण की उपेक्षा नहीं करनी चाहिए। सरल किंतु कसे हुए शब्द संक्षेपण में चुनने चाहिए। अगली बात यह कि व्याकरणिक अशुद्धियों से अर्थ का अनर्थ होने की संभावना रहती है। कारक चिह्नों, विराम-चिह्नों, योजक चिह्नों के प्रयोग में सावधानी आवश्यक है। शब्द का सही अर्थ-ज्ञान भी इस प्रक्रिया में आवश्यक है।

5. सधा अभ्यास संक्षेपण का विशिष्ट गुण—संक्षेपण में विशिष्टता पैदा करने के लिए संक्षेपणकर्ता को संक्षेपण की प्रक्रिया में निपुण, चतुर और चालाक होना चाहिए। उसे अपने संक्षेपण को उत्तम और मनोहारी बनाने के लिए निरंतर अभ्यासरत रहना चाहिए। इसके लिए उसे प्रयास करना चाहिए कि उसके संक्षेपण में किसी तरह का चमत्कार-वैचित्र्य न पैदा हो, शब्दों का अनावश्यक आडंबर किसी भी संक्षेपण में हीनता-लघुता पैदा कर उसे बौना बनाता है। संक्षेपण को संक्षिप्त रूप देते समय सरल-सहज भाषा का प्रयोग होना चाहिए, क्योंकि क्लिष्ट, दुरूह और रघुवीरी हिंदी के प्रयोग से संक्षेपण का मूल अर्थ या आशय उसी तरह से फिसल-बहक सकता है, जैसे थोड़ी सी असावधानी से कोई मछली हाथ से सरक जाती है।

6. प्रवाहपूर्णता तथा बोधगम्यता—प्रवाहमयता किसी भी संक्षेपण का शृंगार-अलंकार है। उसे बोधगम्य भी होना चाहिए। अतः इसके लिए भाषा के साथ-साथ वाक्यों के गठन पर भी ध्यान देना चाहिए। वाक्य-गठन सुडौल-सुगठित और सुसंबद्ध होने चाहिए। जान-बूझकर प्रयोग किए गए अलंकारों, मुहावरों का प्रयोग संक्षेपण के प्रवाह और लय को भंग करेगा। विद्वत्ता के पाखंड प्रदर्शन हेतु संस्कृतनिष्ठ अप्रचलित शब्दावली का प्रयोग संक्षेपण को बोधगम्यता से महरूम रखेगा। दरअसल, संक्षेपण लैनू की तरह मुलायम, समझने में सरल और आत्मसात् होनेवाला होना चाहिए। यहाँ यह ध्यान रखना चाहिए कि संक्षेपण के पाठक हर मिजाज और प्रकृति के होते हैं। अतः सभी को ध्यान में रखकर संक्षेपण को संतुलित तथा चित्ताकर्षक बनाना चाहिए।

7. संवाद, वार्त्तालाप और कथन के स्तर पर सजगता—किसी भी उत्तम कोटि के संक्षेपण के लिए संवाद, वार्त्तालाप और मूल कथन का विशेष महत्त्व होता है। दरअसल, इन तीनों के प्रयोग से संक्षेपण में नई शक्ति और चमक तेज पैदा होती है। बेजान संक्षेपण भी जानदार और आकर्षक बन जाता है। इसके लिए हमें चाहिए कि इन्हें हम प्रथमतः साधारण वर्णन के रूप में परिवर्तित कर दें, पर यदि हमें लगे कि वाक्य या किसी अनुच्छेद में आए संवादों, वार्त्तालापों या कथनों का विशेष महत्त्व है, तो उन्हें उनके मूल स्वरूप से बिना हस्तक्षेप और छेड़छाड़ या तसर्रूफ के उनका प्रयोग करना चाहिए।

8. संक्षेपण मौलिकता का आनंद देने वाला हो—मौलिकता के आवरण में लिपटा संक्षेपण उत्तमोत्तम माना जाता है। वस्तुतः मौलिकता संक्षेपण को 'आम के आम गुठलियों के दाम' की तरह रक्षा करती है। मौलिक संक्षेपण में कोई संक्षेपक न अपनी ओर से कुछ जोड़ता है और न संक्षेपण के किसी मूल तत्त्व को छोड़ता है। बल्कि संक्षेपण में मूल रचना की रक्षा करते हुए अपनी प्रज्ञा की छेनी-रेती से विशिष्ट आकार-प्रकार देता है। भावों-विचारों की क्रमबद्धता और संगति की रक्षा करता है। किसी तरह का व्यतिक्रम उत्पन्न नहीं होने देता है। वह मौलिकता की लय और सतत् प्रवाह को अजस्र बनाए

रखता है। कुल मिलाकर मौलिकता से किसी भी संक्षेपण की लौ-लपक ताजा-टटकी तो बनी ही रहती है, उसके बिंब की चमक भी बाद में श्रीहीन-कांतिहीन नहीं होती।

11. संक्षेपण के लिए कुछ अनिवार्य शर्तें—

अच्छे संक्षेपण के लिए कुछ अनिवार्य शर्तें, विधि-विधान और नियम हैं, जिनका अनुपालन करना किसी भी संक्षेपक के लिए मौजू होता है। इनमें से कुछ मुख्य को इस प्रकार देखा जा सकता है—

1. आपको ज्ञात है संक्षेपण अपने-आप में कला है, अत: संक्षेपण में कलात्मकता पैदा करने के लिए संक्षेपक को चाहिए कि वह मूल संक्षेपण का बखूबी अध्ययन-मनन करे। इसके बाद वह संक्षेपण के केंद्रीय भाव को पकड़े। पढ़ते समय वह कुछ मुख्य बिंदुओं को अलग पन्ने पर लिखे और इन्हें ही बाद में संक्षिप्त लेखन में समाविष्ट करे।

2. संक्षेपक को संक्षेपण करते समय अपनी ओर से किसी नई बात का संकेत नहीं करना चाहिए, क्योंकि संक्षेपण में मूल बात का ही सार निकाला जाता है। दरअसल, उसे भी यह जानना चाहिए कि संक्षेपण किसी तरह की व्याख्या, भावार्थ या सारांश नहीं है, बल्कि यहाँ महज मूल के विस्तार को उसकी आत्मा की सुरक्षा करते हुए सार या संक्षेप को चुपचाप कुशलतापूर्वक रख देना है।

3. जहाँ तक संभव हो, संक्षेपण में अनेक शब्दों के लिए एक शब्द का प्रयोग करना चाहिए। इससे भाषा में चुस्ती आती है और शब्दों की संख्या भी कम हो जाती है। आशय यह कि अनेक शब्दों के बदले एक शब्द का प्रयोग संक्षेपण लिखने में बहुत मदद करता है। संधि और समास की सहायता से भी शब्दों की संख्या कम की जा सकती है। यदि हम 'बहुत जरूरी' को 'अत्यावश्यक' में बदल दें और 'राजा का पुत्र' को 'राजपुत्र' में तो शब्दों की संख्या अवश्य कम हो जाएगी और वाक्य में चुस्ती आ जाएगी। वस्तुत: संक्षेपण का उद्देश्य ही गागर में सागर भरना है।

4. संकेत बिंदुओं की सहायता से इनका प्रारूप (Draft) तैयार करना चाहिए। प्रारूप (Draft) तैयार करते समय निम्न बातों का ध्यान रखना चाहिए—

(क) मूल अंश के प्रत्यक्ष कथन (Direct Speech) को अप्रत्यक्ष कथन (Indirect Speech) के रूप में बदल लेना चाहिए।

(ख) प्रथम तथा द्वितीय पुरुष वाले कथन को अन्य पुरुष (Third Person) में बदलना चाहिए।

(ग) 'मैं' से शुरू होने वाले वाक्यों का 'वे' में परिवर्तन।

प्रारूप तैयार होने पर उसकी पुनरावृत्ति की जाए, जिससे कोई विचार छूटने न पाए। शब्द संख्या एक तिहाई (One Third) से अधिक नहीं होनी चाहिए। प्रारूप

(Draft) तैयार हो जाने के पश्चात् इसकी भाषा और व्याकरण संबंधी अशुद्धियों पर दृष्टिपात करना चाहिए। गद्यांश (Original passage) से अलग शब्दावली का प्रयोग करना चाहिए। संशोधित प्रारूप (Revised Draft) को पुनः स्पष्ट शब्दों में लिखा जाना चाहिए। इस अंतिम प्रारूप को पढ़कर शीर्षक पर विचार किया जाए और छोटा सा शीर्षक इस प्रारूप के बाईं ओर लिखना चाहिए। अंतिम प्रारूप (Final Draft) के दाईं तरफ प्रारूप की शब्द संख्या अंकित करनी चाहिए।

5. तमाम सावधानियों के साथ यह कि संक्षेपण की भाषा-शैली व्याकरण-सम्मत होनी चाहिए। संक्षेपण में तार की टेलीग्राफिक (Telegraphic) शैली का प्रयोग न हो, क्योंकि इस शैली में वाक्य अपूर्ण होते हैं। भाषा अलंकार संपृक्त न हो। अपूर्णता का दोष न हो। लंबे-लंबे वाक्यखंड न हों। भरसक शब्द यदि इकहरे, सरल और छोटे हों तो वह श्लाघनीय संक्षेपण माना जाएगा। एक अलहदा बात यह है कि संक्षेपण में समानार्थी शब्दों के प्रयोग से बचना चाहिए। संक्षेपण करते समय वाक्यखंडों के बदले एक शब्द का प्रयोग करें तो अच्छा होगा, जैसे—

नवरत्नों का समूह—नवरत्न
तीन लोकों का समूह—त्रिलोक
चार राहों का समूह—चौराहा
चार वर्णों का समूह—चतुर्वर्ण
शक्ति के अनुसार—यथाशक्ति
जीविका को आपन्न—जीविकापन्न
विधि के अनुसार—यथाविधि

6. और अंत में यह कि संक्षेपण में पुनरुक्ति दोष न पैदा हो। अंग्रेजी में इसे 'Tautology' अर्थात् द्विरुक्त-पुनरुक्तात्मक दोष कहते हैं। अभ्यस्त संक्षेपक भरसक इस दोष से बचने का प्रयास करता है।

12. कुशल संक्षेपक की योग्यता—

संक्षेपण कार्य बहुत सरल और आसान नहीं है, बल्कि उसे कई संदर्भों में कष्ट एवं श्रमसाध्य कार्य कह सकते हैं। अतः सुगम-सुंदर और नपे-तुले तथा उपयुक्त संक्षेपण के लिए संक्षेपक को निरंतर अभ्यासरत रहना चाहिए। अभ्यास करते रहने से दुष्कर कार्य भी सिद्ध-सरल हो जाते हैं। बहरहाल, आगे हम देखेंगे किसी कुशल, दक्ष, प्रवीण और पारंगत संक्षेपक के लिए कौन-कौन से गुण जरूरी होते हैं—

1. सजग, सावधान पाठक हो—किसी चतुर-चालाक, तीक्ष्ण-बुद्धि संपन्न संक्षेपक के लिए पहली शर्त होती है कि उसमें पाठकीयता का गुण कूट-कूटकर रचा-

बसा हो, क्योंकि संक्षेपक संक्षेपण करते समय पूरे स्थल की नब्ज पकड़ता है। वह दही के थक्के को मथकर लैनू निकालता है। वह नीर-क्षीर-विवेक के गुणों से लैस होता है। उसे पता होता है कि सार या संक्षेपण में किस तथ्य को लेना है और खर-पतवार मान तुच्छ या बेजान तथ्य को छोड़ना है। साफ शब्दों में वह फिजूल या व्यर्थ के प्रसंगों को बेरहम हो छोड़ देता है। वह 'सार-सार को गहि रहै थोथा देइ उड़ाय' की तईं संक्षेपण के अमृत तत्त्वों को ही ग्रहण करता है। अतः इस दृष्टि से वह 'सूप सुभाय' होता है। कुल मिलाकर वह एकाग्रचित्त हो 'मूल' ले लेता है और झाड़-पात को छोड़ देता है।

2. उसे व्याकरण-बोध हो—कुशल संक्षेपक व्याकरण में निष्णात होता है। उसे भाषा-प्रयोग के तकनीक की जानकारी होती है। उसके पास विशाल शब्दराशि होती है, जिसे जरूरत पड़ने पर वह निकालता चलता है। उसे यह पता होता है कि किस शब्द का प्रयोग अमुक स्थल पर उपयुक्त होगा और किस शब्द का प्रयोग निषिद्ध व वर्जित। वस्तुतः सरल भाषा में सार-संक्षिप्तीकरण में पूर्णता लाना चुनौतीपूर्ण कार्य है। कुशल-संक्षेपक सार-लेखन में क्लिष्ट-कठिन शब्दावली के बल पर ज्ञान की शेखी नहीं बघारता। वह शांत संयत हो सरल और ललित शैली में खामोशीपूर्वक संक्षेपण का केंद्रीय तत्त्व निकालता चलता है। सरल भाषा में उसे पिरो-गूँथकर पाठकों के समक्ष परोस प्रशंसा प्राप्त करता है।

3. गंभीर अध्येता और चिंतक—कोई भी गंभीर चिंतन-मनन करनेवाला संक्षेपक संक्षेपण-प्रक्रिया से गुजरते समय छोटी-छोटी क्षुद्रताओं से बचता है। वह बेमेल और अनावश्यक प्रसंगों को कतई ठूँसता नहीं। वह प्रयास करता है कि उसके संक्षेपण में भाव-प्रवाह और उसकी लय बनी रहे। संक्षेपण में किसी तरह की चटक-दरक न पड़े। वह विभिन्न विचारों के मेल का पैबंद और मजमुंआ न लगे। अतः वह मूल भाव की रक्षा के लिए निरंतर सजग रहता है, जिसके कारण विचारों-भावों की क्रमबद्धता कहीं भी खंडित नहीं हो पाती विचारों का सातत्य और तारतम्य निरंतर बना रहता है।

4. निर्णय लेने में दक्ष—योग्य एवं कुशल संक्षेपक में निर्णय लेने की विशिष्ट क्षमता होती है। वह हाजिरजवाब होता है, खासकर प्रशासनिक पत्रों के संक्षेपण में उसकी तात्कालिक दक्षता की परीक्षा होती है। जहाँ फाइलों को यथाशीघ्र निपटाना होता है। बड़े-बड़े वाक्यांशों, संवादों, अनुच्छेदों के परीक्षण में उसके धैर्य का इम्तिहान होता है। ऐसी विषम स्थिति में भी वह विभाजित नहीं होता, बल्कि सरल, सार्थक शब्दों के मेल और प्रयोग से वह सौंदर्यवर्द्धक संक्षेपण प्रस्तुत करता है। वह यहाँ दीर्घ वाक्यों और व्याख्यात्मक शब्दों के प्रयोग से बचता हुआ अपने द्वारा किए जाने वाले संक्षेपण को खूबसूरत स्वरूप देता है। वह झुंड-के-झुंड शब्दों की जगह महज एक शब्द रखता है। वह यह भी प्रयास करता है कि उसके द्वारा किया गया संक्षेपण एक तिहाई से ज्यादा न

होने पाए, क्योंकि भाषा-विज्ञानियों ने इसे ही आदर्श संक्षेपण की संज्ञा दी है।

5. निर्लिप्तता-पक्षधरता से रहित हो—आदर्श या कुशल संक्षेपक बिना किसी लाभ-लोभ या पूर्वग्रह के संक्षेपण का कार्य करता है। वह अपने निजी विचारों और मान्यताओं को जबरिया किसी संक्षेपण में लादता नहीं और न वह किसी स्थल विशेष के संक्षेपण में किसी भाव-विचार का खंडन-मंडन ही करता। वह निजी टीका-टिप्पणी या तर्जन-मर्जन से बचता है। कुल मिलाकर वह तटस्थ संक्षेपक की तरह बिना किसी पक्षपात या राग-द्वेष, ईर्ष्या अथवा अन्य किसी तरह की विकृतियों-विकारों से दूर रहकर संक्षेपण का काम करता है।

6. श्रमी और धैर्यवान—कुशल संक्षेपक धैर्यवान होता है। वह काम के बोझ से विचलित नहीं होता। अपनी विवेकी निगाह से बिना कोई शोर किए वह संक्षेपण कार्य को करता है। वह अपने श्रमी स्वभाव एवं कर्मठता के बल पर धैर्यपूर्वक संक्षेपण कार्य करते हुए अपने संक्षेपण को अतिव्याप्ति और अव्याप्ति दोषों से बचाने का यथासंभव प्रयास करता है। कुल मिलाकर यह कि वह बहुत ही मनोयोगपूर्वक दत्तचित्त-शांतचित्त हो समग्र संक्षेपण को पढ़ता है, शब्दों को गिनता है, सार-संक्षेप के लिए मुख्य विचारों को हंस की तरह चुनता है। उसका प्रारूप (Draft) तैयार करता है और अंत में उसके लिए बहुत सटीक, सार्थक और उपयुक्त शीर्षक चुनता है। इस तरह यह बहुत श्रम साध्य, धैर्य-धीरज और अग्नि-परीक्षा का कार्य होता है।

7. चिंतन और विचारों के स्तर पर स्पष्टता—कुशल संक्षेपक संक्षेपण करते समय भ्रामक शब्दों एवं बेतरतीब भाषा के प्रयोग से अपने को यथासंभव बचाता है। वह प्रयास करता है कि कठिन भाव भी सरल और बोधगम्य रूप में पाठकों के सामने रखे जाएँ। विचार स्पष्ट और पारदर्शी हों। वह अपने संक्षेपण को खुसरो की पहेली और कबीर की उलटबाँसी होने से बचाता है। कुल मिलाकर अनुभवी और मझा-मझाया संक्षेपक अभिव्यक्ति की स्पष्टता और खुलेपन पर विशेष बल देता है।

13. संक्षेपण के समानार्थी शब्द या संक्षेपण के अन्य रचना-प्रकार—

अंग्रेजी शब्द 'प्रेसी' (Precis) के लिए हिंदी में संक्षेपण शब्द इस्तेमाल किया जाता है। हालाँकि हिंदी में संक्षेपण के बदले संक्षेप, सार, सार-लेखन (Precis writing), संक्षेपीकरण, संक्षिप्ति तथा संक्षिप्त लेख आदि शब्द भी चलन में हैं, किंतु 'संक्षेपण' शब्द ही हिंदी में लोकप्रिय और रूढ़ हुआ। उक्त प्रेसी के समानार्थी-समानधर्मी हिंदी में अनेक शब्द, यथा—'रूपरेखा' (Synopsis), 'मुख्यार्थ' (Purpose), 'भावार्थ' (Substance), 'अन्वय' (Paraphrasing), 'सारांश' (Summary) तथा 'निबंध' (Essay) भी प्रचलित हैं। इन सबका अर्थ होता है—किसी बात को थोड़े में व्यक्त करना।

बहरहाल, यहाँ हमें यह ध्यान रखना चाहिए कि इनमें अर्थों की परस्पर एकता-एका तथा समानता होते हुए कई संदर्भों में कई कोणों पर अंतर भी है। इन समानार्थी शब्दों के परस्पर अंतर को हम यहाँ संक्षेप में इस प्रकार देख सकते हैं—

(क) संक्षेपण और सारांश (Precis and Summary)—

1. संक्षेपण में किसी अवतरण या उद्धरण का सामान्यतः एक-तिहाई शब्दों में सारतत्त्व प्रस्तुत करना होता है, जबकि सारांश लेख में मूल अवतरण का सारा विवरण स्पष्ट करना होता है। यह विवरण मूल से साधारणतया कम होता है, पर वैसे आवश्यकतानुसार यह मूल के लगभग बराबर भी हो सकता है, पर उससे बड़ा नहीं होना चाहिए।

2. संक्षेपण में 'सार' निकालना मुख्य उद्देश्य होता है, जबकि सारांश लेख में प्रायः मूल का उलटा करना होता है।

3. संक्षेपण में मूल में आए शब्द और वाक्य प्रयुक्त नहीं किए जा सकते, जबकि सार-लेख में ऐसा किया जा सकता है।

4. संक्षेपण में मूल भाव को उभारा जाता है, जबकि सारांश लेख में भावों के साथ-साथ भाषा-शैली तथा विषयवस्तु को सरल करना होता है।

5. संक्षेपण में अनावश्यक तत्त्वों की छँटाई की जाती है, सारांश लेख में मूल तर्कों को अपनाना जरूरी होता है।

इधर, डॉ. हरदेव बाहरी इस अंतर को अपनी भाषा में कहते लिखते हैं कि किसी प्रसंग के अंतर्गत सारी बातों को थोड़े शब्दों में कहना या लिखना उस प्रसंग का संक्षेप होता है। सारांश में उन बातों का अत्यधिक संक्षेपण किया जाता है, अर्थात् सारांश संक्षेप का संक्षेप होता है। जिस बात को संक्षेप में आठ पंक्तियों में कहा जाएगा, उसी का सारांश चार पंक्तियों में कहना होगा।

(ख) संक्षेपण और निष्कर्ष (Precis and Conclusion)—निष्कर्ष सार-लेखन से बहुत संक्षिप्त होता है। संक्षिप्त-लेखन में निष्कर्ष निकालना आवश्यक नहीं है। निष्कर्ष में किसी भी कथन का निचोड़ निकालकर रखा जाता है। पचास-साठ पृष्ठों का निष्कर्ष कभी-कभी मात्र दो-तीन वाक्यों में लिखा जा सकता है। दरअसल, निष्कर्ष आशय से भी संक्षिप्त होता है। बड़े-से-बड़े कथन का निष्कर्ष कतिपय वाक्यों में ही दिया जा सकता है, अतः यह संक्षेपण या संक्षिप्त लेखन से भिन्न होता है।

(ग) संक्षेपण और पाठ-बोधन या अपठित (Precis and Unseen)— हिंदी के एक गंभीर विद्वान् आदरणीय डॉ. शिवमूर्ति शर्मा ने संक्षेपण और अपठित के बीच के अंतर को रेखांकित करते हुए लिखा है कि अपठित को अंग्रेजी में 'Unseen' कहते हैं; ऐसा गद्यांश या पद्य जो कभी न पढ़ा गया हो। यहाँ पढ़ा न गया हो से तात्पर्य

है—जो पाठ्यक्रम में निर्धारित न हो। बहरहाल, संक्षेपण और अपठित के बीच के अंतर को निम्नवत् देखा जा सकता है—

संक्षेपण और अपठित में अंतर

संक्षेपण	***अपठित***
1. गद्यांश का लगभग एक तिहाई, सहज और व्यवस्थित सार।	1. अपठित में एक तिहाई का कोई बंधन नहीं होता। इसमें सारांश अथवा भावार्थ पूछे गए अंश के स्वरूप पर आधारित होगा।
2. संक्षेपण भी अनदेखे गद्यों या पद्यों का होता है।	2. अपठित भी अनदेखे गद्यों या पद्यों का होता है।
3. संक्षेप में दिए गए अवतरण का शीर्षक और संक्षिप्त सार लिखना होता है।	3. अपठित में अवतरण से संबद्ध पूछे गए प्रश्नों का उत्तर देना होता है। पूछे जाने पर इसमें भी शीर्षक देना होता है।
4. संक्षेपण में अवतरण की व्याख्या का कोई अवसर नहीं होता।	4. अपठित में किसी भी अंश की व्याख्या पूछी जा सकती है।
5. संक्षेपण में मुहावरे और लोकोक्तियों के अर्थ-विस्तार का अवसर नहीं होता।	5. अपठित में मुहावरे और लोकोक्तियों की विस्तृत व्याख्या पूछी जा सकती है।

(घ) संक्षेपण और व्याख्या (Precis and Explanation)—व्याख्या का मूलाधार है विस्तृतीकरण। व्याख्या में मूल गद्य में अभिव्यक्त विचारों का स्पष्टीकरण रहता है। विचारों की सारी विशेषताएँ बताई जाती हैं। व्याख्या में अनुकूल-प्रतिकूल समीक्षा भी होती है। संक्षेपण में समीक्षा का स्थान नहीं रहता। व्याख्या में तुलना भी की जा सकती है, पर संक्षेपण में तुलना की गुंजाइश नहीं होती।

(ङ) संक्षेपण और भावार्थ (Precis and Substance)—संक्षेपण और भावार्थ में कई स्तरों पर समानता होती है तो कई संदर्भों में असमानता भी। उदाहरण के लिए, दोनों में ही भावों और विचारों की संक्षिप्तता-सूक्ष्मता रहती है। यह दोनों में समानता का पक्ष है, किंतु दोनों में कुछ अंतर भी है, यथा—जहाँ शैली और आकार के स्तर पर भावार्थ की तुलना में छोटा यानी एक तिहाई ही होना चाहिए। यहाँ शैली का कोई खास मतलब नहीं रहता। अगला अंतर दोनों में यह है कि जहाँ संक्षेपण में प्रत्यक्ष कथन निषिद्ध-वर्जित है, वहीं भावार्थ में प्रत्यक्ष कथन कभी-कभी चल भी सकता है। इसी तरह संक्षेपण में जहाँ शब्दों की गिनती होती है, भावार्थ में यदि शब्दों की गिनती न भी की जाए तो काम चल सकता है; क्योंकि यहाँ मुख्य या प्रधान भावों-विचारों के साथ गौण भाव और विचार ही ग्रहण किए जाते हैं।

(च) संक्षेपण और आशय (Precis and Intention)—संक्षेपण और आशय

में भिन्नता होती है। दरअसल आशय में जहाँ गूढ़, उलझे हुए या रहस्यमय भावों की गाँठ को खोलकर उनका अर्थ आशय स्पष्ट करते हैं, संक्षेपण में न तो ऐसा करते हैं और न इस तरह की यहाँ कोई बाध्यता ही है। कुल मिलाकर यह कि आशय का रकबा या क्षेत्र किसी सीमा तक तय नहीं होता, किंतु संक्षेपण अपने नाम के अनुकूल संक्षिप्त होता है। आशय में किसी गूढ़ पद, सूक्ति या वाक्य का खुलासा करते हैं। इन दोनों में एक महत्त्वपूर्ण अंतर यह भी है कि आशय की तुलना में संक्षेपण नियंत्रित और संतुलित होता है।

(छ) संक्षेपण और अन्वय (Precis and Paraphrasing)—अन्वय हमेशा काव्य पंक्तियों का ही किया जाता है, लेकिन कभी-कभी गद्य के जटिल तथा अलंकारपूर्ण वाक्यों का भी अन्वय करना पड़ता है। अन्वय करते समय मुख्य और गौण, दोनों विचारों का समावेश किया जाता है। संक्षेपण में केवल मुख्य विचार ही लिये जाते हैं। अन्वय यानी किसी विचार को दूसरे ढंग से या दूसरे शब्दों में कहना, लेकिन संक्षेपण उससे अलग है।

(ज) संक्षेपण और रूपरेखा (Precis and Synopsis)—संक्षेपण और रूपरेखा में कुछ बुनियादी अंतर होता है। विद्वानों का मानना है कि रूपरेखा एक तरह का अलिखित लेख और वक्तव्य होता है। यह एक ऐसा प्रारूप होता है, जिसके बूते तथ्यों तक सुगमता से नहीं पहुँचा जा सकता; दोनों में अगला अंतर यह है कि रूपरेखा में जहाँ भावों की कोई क्रमबद्धता और समंजन-संतुलन नहीं मिलता वहीं ठीक इसके उलट संक्षेपण में भावों की तारतम्यता, एकरूपता, समानता, क्रमबद्धता तथा स्पष्टता साफ तौर पर देखी जा सकती है।

(झ) संक्षेपण और मुख्यार्थ (Precis and Purpose)—संक्षेपण और मुख्यार्थ में जहाँ कई मुद्दों पर समानता होती है, वहीं कई जगह असमानता भी होती है। दरअसल, इन दोनों में समानता मूल भाव पर बल देने को लेकर है। दोनों मुख्यार्थ पर विशेष जोर देते हैं, पर इनके बीच थोड़ी असमानता भावों की क्रमबद्धता तथा स्पष्टता के स्तर पर होती है। साफ शब्दों में मुख्यार्थ में जहाँ मूल भाव बहुत स्पष्ट और क्रमबद्ध नहीं होता, वहीं संक्षेपण इस दोष से रहित होता है।

(ट) संक्षेपण और पल्लवन या विस्तारण (Precis and Expansion)—संक्षेपण और पल्लवन में बहुत अंतर होता है। दोनों अर्थ और भाव के स्तर पर एक-दूसरे के विपरीत ध्रुव पर स्थित होते हैं। वस्तुतः संक्षेपण का अर्थ होता है संक्षिप्त या छोटा रूप, जबकि पल्लवन का अर्थ होता है विस्तृत या बड़ा रूप। इस तरह से संक्षेपण का विपरीतार्थ बिखेरता है पल्लवन या विस्तारण। कुल मिलाकर संक्षेपण में जहाँ किसी विस्तृत भाव विचार या अनुच्छेद को छोटे रूप में प्रस्तुत करते हैं, वहीं पल्लवन में वही

भाव फैलकर विशद रूप धारण कर लेता है। एक शब्द में यह कि संक्षेपण छोटा होता है, पल्लवन उसकी तुलना में बड़ा होता है।

14. संक्षेपण का उदाहरण—

"वंशी की ध्वनि सुनकर गोपियों की अन्य समस्त इंद्रियाँ कर्ममय हो गईं। अन्य इंद्रियों के धर्म लोप हो गए। अकेली श्रवणेंद्रिय अक्षुण्ण रहीं। श्रीकृष्ण के द्वारा बजाई गई वंशी की ध्वनि सुनकर गोपियाँ व्याकुल हो उठीं। उन्होंने घर के सारे काम छोड़ दिए। शिशुओं को स्तनपान कराना और पतियों की शुश्रूषा करना भी भूल गईं। वे सहसा घर से निकल पड़ीं और उसी ओर दौड़ीं, जिस ओर से वह मनोमुग्धकारिणी ध्वनि आ रही थी। आकर उन्होंने देखा कि श्रीकृष्णजी अपने नटवर वेश में खड़े वंशी बजा रहे हैं। धीरे-धीरे इनके पास एक-दो नहीं, सैकड़ों गोपियाँ आ खड़ी हुईं। वे आतुर होकर हड़बड़ी में घर से निकल पड़ी थीं कि अपने वस्त्राभूषण तक ठीक-ठीक नहीं पहने थीं।" (महावीर प्रसाद द्विवेदी)

शीर्षक—वंशी पर मुग्ध गोपियाँ।

सारांश—बाँसुरी की धुनि सुनकर गोपियों को घर-द्वार, पति और बच्चों तक की सुध-बुध न रही। वे सैकड़ों की संख्या में उधर चल पड़ीं, जिधर से बाँसुरी की ध्वनि आ रही थी। वस्त्रों और आभूषणों को गलत-सलत पहने वे नटवर कृष्ण के पास आकर खड़ी हुईं।

□

2

विस्तारण या पल्लवन (Expansion) अथवा भाव-संवर्द्धन या भाव-विस्तार (Amplificaton)

1. विस्तारण या पल्लवन : स्वरूप, अर्थ तथा परिभाषा

विस्तारण या विस्तार शब्द की उत्पत्ति 'वि+स्तृ+घञ्' से हुई है, जिसके कई अर्थ होते हैं, यथा—फैलाव, विस्तृत, प्रसारण—'प्रांत विस्तार भाजाम्'। इसका अगला अर्थ होता है—आयाम या चौड़ाई—''विलोकयंत्यो वपुरापरक्ष्णां प्रकाम विस्तार फलं हरिण्य:'। इसी तरह फैलाव, विपुलता, विशालता भी इसके अन्य अर्थों में से हैं—'मध्य: श्याम: स्तन इव भुव: शेष विस्तार पांडु'। वृत्त का व्यास तथा विवरण या पूरा ब्योरा भी विस्तार के अर्थ विस्तार हैं—'कण्वोऽपि तावच्छुत विस्तार:' अंग्रेजी में इसके लिए Extent, Extension, Expansion, Expense, Enlargement आदि शब्द भी चलते हैं, जिनके लिए हिंदी में विवर्धन, अभिवर्द्धन, परिवर्द्धन, विकास, विकासन, गवेषण, विश्लेषण, प्रसार, प्रसारण आदि शब्दगुच्छ प्रयुक्त होते हैं।

विस्तारण-विस्तार के लिए 'भाव विस्तार' और 'भाव संवर्द्धन' के साथ-साथ 'पल्लवन' शब्द भी मुख्य रूप से व्यवहृत होता है। पल्लवन शब्द को लोग विस्तारण का समानधर्मा मानते हैं। पल्लवन अर्थात् पल्लव शब्द की निर्मिति 'पल+क्विप=पल्, ल्+अप=लव से हुई है। 'पल् चासौ लवश्च' अर्थात् अर्थ का नया अंकुर या नव-पत्र यानी कोपल या टहनी का निकलना-फूटना। इसके अन्य अर्थों में एक अर्थ 'अभिस्तृति' भी है। उक्त पल्लवन शब्द सकर्मक क्रिया से संबंधित है। विस्तार के लिए अंग्रेजी में शब्द 'Expansion' का इस्तेमाल करते हैं। कुछ लोगों का विचार है कि अंग्रेजी का ही 'Amplification' शब्द थोड़े से ना-नुकुर के साथ 'Expansion' की अर्थ-द्युति प्रकाशित करता है। इधर Amplification के लिए हिंदी में प्रवर्धन, विस्तारण, बढ़ावा, प्राचुर्य तथा

आधिक्य आदि शब्द व्यवहृत होते हैं। कुल मिलाकर Expansion तथा Amplification शब्दों में अर्थ के स्तर पर जुड़वाँ भाई का रिश्ता है।

बहरहाल, विस्तारण और संक्षेपण में अर्थगत छत्तीस का रिश्ता है। दोनों एक-दूसरे के ठीक प्रतीप अर्थ देते हैं। संक्षेपण में जहाँ किसी बड़ी बहस, लंबे भाषण, दीर्घाकार वक्तव्य तथा भीमाकार वार्त्ता को अत्यंत लघु आकार या तलछट, गाद, निचोड़, सार-सारांश रूप में प्रस्तुत करते हैं, वहीं विस्तारण में उक्त सभी को बड़े आकार-प्रकार, शक्ल-सबीह में सामने रखते हैं। स्पष्टत: यह कि संक्षेपण में तथ्य सिकुड़ता-बढ़ता है तो पल्लवन-विस्तारण में वही तथ्य फैलता-पसरता है। अब यहाँ पर एक महत्त्वपूर्ण सवाल जन्मता है कि दोनों में श्रेष्ठ कौन है? अर्थात् संक्षेपण और विस्तारण में अर्थाभिव्यक्ति के लिए किसका चुनाव उपयुक्त और सटीक होगा? आखिर इन दोनों में उत्तम-मद्धिम, अव्वल-दोयम, प्रासंगिक-अप्रासंगिक किसे माना जाए? दरअसल, इन सवालों का उत्तर बहुत शीघ्रता से देना नादानी, अपरिपक्व तथा बचकानी बुद्धि का द्योतन होगा, क्योंकि गरज, जरूरत और समय के अनुसार दोनों प्रासंगिक एवं महत्त्वपूर्ण हैं। जब जैसी जिसकी जरूरत पड़ जाए। अगली बात यह है कि हर व्यक्ति के अभिव्यक्ति के अपने-अपने तरीके होते हैं। कुछ लोग किसी बात को बहुत बढ़ा-चढ़ाकर विस्तार या व्यास शैली में कहने के अभ्यस्त होते हैं तो कुछ लोग उसी बात को सूत्रात्मक या सूत्र समास शैली में कहने में महारत रखते हैं। साफ शब्दों में प्रत्येक व्यक्ति के अभिव्यक्ति संबंधी अपने अलग-अलग अंदाजेबयाँ होते हैं। उदाहरण के लिए, रीतिकालीन कवि बिहारी जिस बात को महज दो पंक्तियों में कह जाते हैं—

सतसय्या के दोहरे, औ नावक के तीर।
देखन में छोटन लगे, घाव करै गंभीर॥

उसी बात को उनके समकालीन कवि उस कौशल-निपुणता में कई पंक्तियों में भी विधिवत् नहीं कह पाते हैं। यही बिहारी की लाघवता है। संस्कृत साहित्य में तो बड़े वक्तव्य, भाव-विचार सूत्र रूप में अभिव्यक्त होते दिखाई पड़ते हैं, जिनकी समझ के लिए कालांतर में भाष्य और टीकाएँ जन्मती हैं। कुल मिलाकर हम निष्कर्ष के इस पड़ाव पर पहुँचते हैं कि समय के अनुसार दोनों का अलहदा महत्त्व है। प्रत्येक व्यक्ति की अभिव्यक्ति पसंद अलग-अलग है। अपनी-अपनी शैली है, जिसे इन दोनों में जो पसंद हो, उसके माध्यम-बजरिए वह अंतर्मन् के तथ्यों का खुलासा करे। हर व्यक्ति स्वतंत्र है। अत: जब यह तय हो गया कि दोनों—संक्षेपण और पल्लवन—का अवसर के अनुसार अलग पृथक् महत्त्व है, तब यह सवाल ही बेमानी हो गया कि दोनों में श्रेष्ठ-श्रेयस्कर कौन है? ऐसी स्थिति में यह जानकर चुप और खामोश हो जाना पड़ता है कि 'को बड़ छोट कहत अपराधू'। अब हम आगे पल्लवन या विस्तारण संबंधी कुछ महत्त्वपूर्ण

परिभाषाओं को इस प्रकार देख सकते हैं—

विस्तारण की परिभाषा—

1. एस.टी. इमाम लिखते हैं कि—"Amplification is an act of expansion or a enlargement of thought, process by manner of representation. It is a diffusive discussion. It is dilating upon all the particulars of a subject by way of illustration and various examples and process." अर्थात् विस्तारीकरण विचारों के विस्तारण अथवा संविकासन की एक क्रिया है अथवा अभिव्यक्ति की एक प्रक्रिया है। यह विचारों का विस्तारण है। यह दृष्टांतों, विभिन्न उद्धरणों और प्रमाणों की सहायता से संबंधित सभी विवरणों को पल्लवित करता है।

2. पश्चिम के एक चिंतक बेकन के अनुसार—"विस्तारण किसी एक विचार को एक अनुच्छेद में विस्तृत करना है। उसका उद्देश्य नियंत्रित होता है तथा इसमें मूल विचार को विकृत करने तथा अवांछनीय सामग्री देने का निषेध होता है।

3. हिंदी के विद्वान् डॉ. शिवमूर्ति शर्मा के विचार से यह एक प्रकार की गद्य रचना है, जिसमें किसी विषय या विचार को विस्तार दिया जाता है। पल्लवन में लेखक की मानसिक विचारधारा, कल्पनाशक्ति, मौलिक उद्भावना, क्षमता तथा उसके भाषा सामर्थ्य का परिचय मिलता है। पल्लवन प्रतिभा के साथ-साथ निरंतर अभ्यास की भी अपेक्षा रखता है। पल्लवन शब्द पल्लव से बना है, जैसे कोई बीज, खाद और पानी पाकर पहले अंकुरित होता है, फिर उसमें तने, शाखाएँ और इन शाखाओं में पल्लव आते हैं, उसी प्रकार कोई सूत्र वाक्य, उक्ति, विशिष्ट विषय अथवा विचार बिंदु लेखक की अपनी कल्पनाशीलता, मौलिकता एवं प्रवाहमयी सुललित भाषा द्वारा विस्तृत रूप में प्रस्तुत किया जाता है।

4. विदुषी डॉ. उमा बहन शुक्ल का कहना है—"विचार अथवा भाव के मूल अर्थ को स्पष्ट करने के लिए कुशल व्याख्या की आवश्यकता रहती है। इस प्रक्रिया को विचार-विस्तार अथवा पल्लवन कहते हैं। वास्तव में यह लघु निबंध ही है।

5. डॉ. विजयपाल सिंह पल्लवन के विषय में लिखते हैं—"पल्लवन शब्द का प्रयोग अंग्रेजी के शब्द के हिंदी पर्याय के रूप में किया जाता है। वैसे पल्लवन शब्द से अभिप्राय विस्तार से है। जिस प्रकार से खेती अथवा बागवानी के समय पहले बीज बोते हैं और फिर वह अंकुरित एवं पल्लवित होता है, उसी प्रकार जब हम किसी विषयरूपी बीज को विस्तार देना शुरू करते हैं तब उसे पल्लवित करना कहते हैं।"

6. बकौल डॉ. मुंशीराम शर्मा—"वस्तुतः किसी सूत्रबद्ध अथवा संगुफित विचार या भाव के संविकासन को विस्तारण कहते हैं।"

7. सुप्रसिद्ध भाषा-विज्ञानी डॉ. हरदेव बाहरी इसे परिभाषित करते हुए कहते

हैं—विस्तारण लेखन कला का महत्त्वपूर्ण अंग है। मोटे तौर पर इतना समझना चाहिए कि यह संक्षेपण का सर्वथा उलटा है। किसी भावपूर्ण वाक्य, वाक्यांश, लोकोक्ति या दो-चार वाक्यों के भाव को विस्तार देकर कहना या लिखना उसका विस्तारण है।''

2. विस्तारण : विधि, प्रक्रिया या नियम

प्रकृति और प्रक्रिया की दृष्टि से पल्लवन और संक्षेपण में काफी अंतर होता है। वस्तुतः पल्लवन या विस्तारण में जहाँ मूल कथन या सूक्ति का विस्तार किया जाता है, वहीं संक्षेपण में उसी को अत्यंत सार या सारांश रूप देते हैं। विस्तारण में लेखक को एक बँधे-बँधाए निश्चित दायरे में रहना पड़ता है, उसे मूल विषय से थोड़ा सा भी टस-से-मस होने की गुंजाइश नहीं होती। यहाँ तक कि वह मुक्त रूप से किसी विषय पर टीका-टिप्पणी या आलोचना भी नहीं कर सकता। दरअसल, पल्लवन का तात्पर्य स्पष्टीकरण होता है, आलोचना नहीं। विस्तारण में व्याख्या अधिक नहीं होनी चाहिए। विस्तारण में विवेचन और विश्लेषण की आवश्यकता बहुत कम होती है। इनसे विस्तार का आकार बहुत अधिक हो जाएगा। यहाँ विषय का विकास धीरे-धीरे और स्वाभाविक ढंग से करना चाहिए। वाक्य का शब्दार्थ, भावार्थ, लक्ष्यार्थ और तात्पर्य अच्छी तरह समझ लेना चाहिए। उसके एक-एक अंग पर दो-दो वाक्य बनाना चाहिए। वाक्य एक-दूसरे से संबद्ध होने चाहिए। अभ्यासाधीन उक्ति का कोई अंश छूटने न पाए, न ही कोई बात दोहराई जाए। केवल बहुत आवश्यक बातों पर प्रकाश डालना चाहिए। इन सबके अलावा पल्लवन या विस्तारण के कुछ नियम या विधियाँ हैं, जिनका अनुपालन करना किसी भी श्रेष्ठ विस्तारक के लिए जरूरी होता है, यथा—

1. सूत्र, भाव अथवा विचार को अच्छी तरह पढ़िए और समझिए। मूल के अंतर्गत दबे हुए सारे विचारों को ढूँढ़िए।
2. मूल और सहायक विचारों की व्याख्या छोटे-छोटे अलग-अलग परिच्छेदों में कीजिए।
3. प्रत्येक परिच्छेद में आए हुए विचार की पुष्टि में आवश्यक तर्क, दृष्टांत, उदाहरण दीजिए। खंडन-मंडन की प्रवृत्ति नहीं दिखनी चाहिए।
4. भाषा अपनी होनी चाहिए और स्पष्टता, सरलता तथा यथासंभव मौलिकता का ध्यान रखना चाहिए। वाक्य छोटे-छोटे और शैली अनलंकृत होनी चाहिए।
5. विस्तार करने का अर्थ दुहराना नहीं होता। किसी भी बात को दुहराइए मत।
6. अप्रासंगिक या अनावश्यक बात भी न लिखिए।
7. पल्लवन करते समय अन्य पुरुष का ही प्रयोग होना चाहिए।
8. व्यास शैली अपनाइए समास शैली नहीं।

9. इतना ध्यान रखिए कि विस्तार निबंध न बन जाए।

कुल मिलाकर यह कि पल्लवन में विचार के एक बिंदु का विस्तार होता है। अतः इसकी भाषा में 'मैं' और 'हम' का प्रयोग नहीं करना चाहिए। भाषा अनलंकृत हो, स्पष्ट और स्वाभाविक हो, व्याकरणगत भूलें न हों, पल्लवन में मौलिकता की सुगंध बिखरे, यदि बहुत जरूरी हो तभी उद्धरण दें। पल्लवन में व्यास शैली का यथासंभव प्रयोग करते हुए उसे पूर्णता का आकार देने की कोशिश करें।

3. पल्लवन की विशेषताएँ

सूत्र या संक्षेप में कहे गए भावों-विचारों को उनके मूल की रक्षा करते हुए उनका विस्तार करना बहुत सरल कार्य नहीं है। इसके लिए बहुत अभ्यास करने के साथ-साथ पल्लवन कर्म से निरंतर जूझने का माद्दा भी अपने भीतर पैदा करना पड़ता है। दरअसल, सूत्र की व्याख्या-विस्तार उस बंद गाँठ की तरह है, जिसे बहुत सजगता-सावधानी से खोलना होता है। इसके लिए कौशल-निपुणता होनी चाहिए। संक्षेपण का विस्तारण अपने-आप में एक कला है। कुछ अपवादों को छोड़ दें तो अधिकांश लेखक अपनी बातों को सूत्र-शैली में ही रखना-लिखना पसंद करते हैं। कम या संक्षेप में अधिक भावों का प्रकटीकरण उनका प्रिय शगल होता है। अतः ठूँस-ठूँसकर भरे गए इन भावों को विस्तृत आकार देना अपने-आप में एक विशिष्ट कला है। इस कला में निपुण होने के लिए पल्लवनकर्ता को पल्लवन संबंधी कुछ निश्चित अनुशासनों-विशेषताओं या मानदंडों को जान लेना अपरिहार्य होता है। बहरहाल, पल्लवन संबंधी कुछ प्रमुख विशेषताएँ इस प्रकार हैं—(1) सृजनशीलता, (2) केंद्रोन्मुखता, (3) अंधानुकरण से परहेज, (4) मौलिक उद्भावना, (5) कल्पना जगत् में विचरण, (6) सहजता-स्वाभाविकता, (7) गद्यात्मक रचना, (8) व्याकरण-सम्मत भाषा, (9) मूल विषय या सूक्ति वाक्य की सम्यक् समझ तथा (10) खंडन-मंडन का निषेध।

अब इन्हें हम अति संक्षेप में इस प्रकार देख सकते हैं। श्रेष्ठ पल्लवन के लिए पल्लवनकर्ता या भाव-विस्तारक के पास उर्वर मस्तिष्क होना चाहिए। प्रतिभा-चातुर्य के साथ-साथ उनके पास 'सर्जनात्मकता' या 'सृजनशीलता' का सुखद संयोग होना चाहिए। महज प्रतिभा, दक्षता-प्रवीणता से ही उत्तम पल्लवन संभव नहीं है। इसके लिए उसे निरंतर पल्लवन कार्य में अभ्यासरत रहना होता है, तभी वह श्रेष्ठ और उत्तम कोटि का पल्लवन कर सकता है। कुल मिलाकर अव्वल दर्जे के पल्लवन के लिए सृजनक्षमता बहुत जरूरी होती है। श्रेष्ठ पल्लवन की अगली विशेषता केंद्रोन्मुखता होती है। पल्लवन में यद्यपि भावों का विस्तार तो किया जाता है, पर इसके लिए इसकी कुछ निश्चित सीमा या चौहद्दी होती है, जिन्हें लाँघना बहुत अच्छा नहीं माना जाता। साफ शब्दों में पल्लवनकर्ता

को चाहिए कि वह जिन संक्षेप या सार स्थलों का विस्तार कर रहा है, उसका ध्यान मूल भाव पर ही होना चाहिए। मूल भाव या केंद्रीय भाव का ही विस्तार होना चाहिए। अनावश्यक या बेजाँ विस्तार पल्लवन कर्म को लघुता देता है। पल्लवनकर्ता को स्थल-विशेष के विस्तार में अंधानुकरण से परहेज करना चाहिए। उसे लकीर का फकीर नहीं होना चाहिए। उसे यह प्रयास करना चाहिए कि उसके पल्लवन में भावों की ताजगी और टटकापन निरंतर बना रहे। बासीपन से उसका पल्लवन उपेक्षा और बेकद्री का शिकार हो सकता है। एक बात और, पल्लवन को चित्ताकर्षक बनाने के लिए उसमें 'मौलिक उद्‌भावना' का होना बेहद जरूरी होता है। यहाँ मौलिकता का आशय भावों की तोड़-मरोड़ नहीं है, बल्कि पल्लवन को नई शक्ल, नया बिंब और नई पैरहन देना है। दरअसल, भावों के पल्लवन में परंपरा की अंधी नकल पल्लवन को दोयम दर्जे की कतार में खड़ा करता है।

पल्लवक को कल्पना जगत् में विचरण करनेवाला होना चाहिए। पर यहाँ यह ध्यान रखना चाहिए कि कल्पनाशीलता की एक लक्ष्मण रेखा होती है। भावों का पल्लवन करना कविकर्म नहीं है, बल्कि विस्तार के साथ कल्पनाशीलता को यथार्थ की जमीन पर खड़ा होना चाहिए। कल्पनाशीलता की अति भावों की दुर्गति का कारण बन सकती है। अतः यहाँ इस बात का निरंतर ध्यान रखना चाहिए। पल्लवन को सहज और स्वाभाविक होना चाहिए। कृत्रिमता और बनावटीपन से पल्लवन का चेहरा दगीला हो सकता है। शंका और अविश्वास की आँच से वह पीतवर्णी हो सकता है। भाव-प्रवाह अवरुद्ध हो सकता है। श्लथता एवं मंदता पल्लवन को स्खलित कर सकती है। कुल मिलाकर यह कि पल्लवन सहज और स्वाभाविक लगना चाहिए। अगली बात यह है कि हमें निरंतर यह ध्यान रखना चाहिए कि पल्लवन सृजन किसी गद्य को रचना-जन्मना है, जिसकी अपनी सीमाएँ हैं। वस्तुतः पल्लवन कर्म निबंध-लेखन नहीं है। सच तो यह है कि निबंध विस्तृत गद्य-विधा है, जबकि उसकी तुलना में पल्लवन लघु-सूक्ष्म आकार की गद्य-रचना है। लेखक को यहाँ निबंध की तरह स्वच्छंदता-उन्मुक्तता नहीं मिलती, बल्कि पल्लवन में उसे थोड़े में ही सारी बातें कहनी-लिखनी पड़ती हैं। पल्लवन की भाषा सरल-सहज व्याकरण-सम्मत या व्याकरणसिद्ध होनी चाहिए। बोलचाल की भाषा विस्तारण-प्रविधि को नया कलेवर देती है, वहीं संस्कृतनिष्ठ, आलंकारिक, कठिन-क्लिष्ट शब्दावली पल्लवन को बौना बनाती है। अतः पल्लवनकर्ता को चाहिए कि वह पल्लवन करते समय केंद्रीय या मूलभूत मूल विषय के अनुरूप ही भाषा का इस्तेमाल करे। अस्वाभाविक भाषा से पल्लवन में बनावटीपन की दुर्गंध निकलती है। भाव-विस्तारक को चाहिए कि वह पल्लवन करते समय केंद्रीय या मूलभूत मूल विषय या सूक्ति वाक्य को समझे, क्योंकि इससे एक खतरा यह होता है कि बेवजह के स्थलों का

विस्तार हो जाता है और केंद्रीय भाव गौड़ भाव बन सतह या हाशिए पर चला जाता है। पल्लवन अपने मूल धुरी से खिसक जाता है। अतः वर्ण्य-विषय का विस्तार ही बराबर लक्ष्य बने रहना चाहिए। अगर मूल विषय छूट गया तो पल्लवन में अपेक्षित संदेश नहीं जा पाएगा। अतः ऐसी स्थिति में पल्लवन सदैव दुविधाग्रस्त से पीड़ित रहेगा। अंतिम बात यह है कि पल्लवन में किसी तथ्य के खंडन-मंडन का निषेध होता है। पल्लवनकर्ता यदि किसी उक्ति या कथन से असहमत है तो भी उसे यहाँ किसी मत या विचार का खंडन करने का अधिकार नहीं है। सार-संक्षेप में जो अभिप्रेत अर्थ है—चुपचाप उसे ही विस्तृत आकार देने की उसे स्वतंत्रता है। किसी अन्य वाद-प्रतिवाद, मत-मतांतर या तर्क-भेद द्वारा किसी तथ्य पर टीका-टिप्पणी उसके अधिकार क्षेत्र से बाहर होता है।

4. पल्लवन या विस्तारण के कुछ प्रमुख तत्त्व

किसी भी पल्लवन या विस्तारण की श्रेष्ठ पहचान के लिए कुछ नियामक और प्रमुख तत्त्व चिह्नित किए गए हैं। दरअसल, श्रेष्ठ पल्लवन का अपना अंदाज होता है, मुहावरा होता है, अपनी शब्दावली होती है। यदि उक्त तथ्यों को ध्यान में रखकर पल्लवन किया जाए तो कोई भी पल्लवन खूबसूरत हो सकता है, वह किसी भी विकृति-विकार का शिकार बन लकवाग्रस्त नहीं हो सकता, बल्कि बतौर उदाहरण वह श्रेष्ठ पल्लवन की मिसाल और मशाल बन सकता है। बहरहाल, अति संक्षेप में उन प्रमुख प्रधान तत्त्वों को इस प्रकार देखा जा सकता है—

(क) भाषा ऊर्जावान हो—पल्लवन की भाषा ऐसी हो, जो पढ़ने वाले के सिर पर जादू की तरह चढ़ असर कर बोले। सरल-सहज और बोधगम्य भाषा किसी भी पल्लवन को मोहक रूप देती है। भाव और कथ्य को संप्रेषणीय बनाती है। दरअसल, सुंदर भाषा पल्लवक-पाठक के बीच संवाद का सुंदर और सुदृढ़ सेतु निर्माण करती है, पर इसका अर्थ यह नहीं है कि पल्लवन करते समय भाषा से खिलवाड़ और खिलंदड़पन किया जाए। सच तो यह है कि पल्लवन की भाषा में लोच-लचीलापन होना चाहिए। कुल मिलाकर यहाँ आसपास और बोलचाल की भाषा का प्रयोग हो तो उपयुक्त और संगत लगता है, क्योंकि इस तरह की भाषा पल्लवन के प्रति पाठकीयता की रुचि और चाव निरंतर बनाए रखती है।

(ख) वांछित और उचित शब्दों का प्रयोग—पल्लवन में उचित शब्दों का चयन बहुत जरूरी होता है। सुंदर वाक्य-रचना और शब्द-विधान से अटपटा और बेतरतीब पल्लवन भी सँवर सकता है। वस्तुतः शब्दों में बड़ी ताकत होती है। वे अदृश्य दृश्यों को दृश्यमान बनाने में सक्षम होते हैं। पल्लवन में आ रही जड़ता को तोड़ उन्हें नई गति और जीवंतता-प्राणवत्ता देते हैं। अतः पल्लवन में उपयुक्त और सटीक शब्द चयन

का निरंतर ध्यान रखना चाहिए। कठिन या समझ से परे शब्द पल्लवन के लिए काँटे की तरह चुभते हैं, किए गए पल्लवन की समझ में बाधक बनाते हैं।

(ग) कलात्मक प्रौढ़ता का ध्यान—पल्लवन करते समय हमें निरंतर सचेष्ट रहना चाहिए कि जीवन के कोने-अंतरे में छूट गए उपेक्षित अंशों का अक्स-अंकन पल्लवन में छूटने न पाए। जीवन के राग-विराग, हर्ष-विषाद, अरमान-पश्चात्ताप, इरादे-हसरतें, कामनाएँ-प्रार्थनाएँ, अँधेरे, अफसोस, जाले-उजाले इन सभी पक्षों का स्वस्थ और मुक्तमन से चित्रण-अंकन होना चाहिए। जीवन में घटित होने वाली घटनाओं और बातों के साथ छोटी घटनाएँ और बातें भी चित्रित होनी चाहिए, क्योंकि उक्त छोटी घटनाएँ और बातें ही कभी बड़ा आकार ग्रहण कर जीवन में हर्ष-विषाद का कारण बनती हैं।

(घ) सुंदर और संतुलित कैरीकेचर—पल्लवन का दायरा बहुत असंतुलित नहीं होना चाहिए। एकदम नपा-तुला, ठोस और गठा हुआ। बहुत उतार-चढ़ाव, नाटकीय और घटना-बहुल पल्लवन अस्वाभाविक लगता है। स्पष्टत: यह कि संतुलित और सुंदर कलेवर-कैरीकेचर वाला पल्लवन संपूर्ण दृश्यों और अनुभवों का प्रामाणिक बयान और एलबम होता है। उसमें व्यक्ति जीवन की सोच और विचलन का स्वस्थ चित्रण होना चाहिए, तभी वह अपने होने की सार्थकता सिद्ध करता है।

(ङ) पल्लवन में बिखराव और शिथिलता न हो—बिखराव और श्लथता-शिथिलता किसी भी पल्लवन के श्रेष्ठ-सिद्ध होने में जोखिम पैदा करते हैं। उपयुक्त स्थल पर उद्धरण और उक्तियाँ प्रयुक्त कर पल्लवन को माँजा जा सकता है। पल्लवन गठा हुआ, सुचिंतित ढंग से मनोयोगपूर्वक लिखा जाना चाहिए। शब्दों का बेढब और अस्वाभाविक प्रयोग पल्लवन के प्रति अरुचि पैदा करता है। कुल मिलाकर वाक्यों का प्रयोग तरतीब से हो। जबरिया थोपी गई विचारधारा की जकड़बंदी से वह मुक्त हो। अधिक संश्लिष्ट और जटिल विचारों को आरोपित नहीं किया जाना चाहिए। विचारों का सतहीपन और अप्रासंगिकता पल्लवक की नादानी-नासमझी के प्रतीक होंगे।

5. पल्लवन या विस्तारण के समानार्थी शब्द

विस्तारण या पल्लवन के लिए हिंदी में यद्यपि विस्तार, विकास-विकासन, विवर्धन-अभिवर्द्धन, परिवर्द्धन, प्रसार-प्रसारण तथा गवेषण-विश्लेषण आदि शब्दों का प्रयोग तो होता ही है, लगे हाथ इसके लिए निबंध, व्याख्या, टीका, भावार्थ तथा भाष्य आदि शब्द भी समानधर्मा-समानार्थी संदर्भ में प्रयुक्त किए जाते हैं, किंतु यदि उक्त शब्दों पर गौर किया जाए तो विस्तारण या पल्लवन के पर्यायवाची से लगने वाले इन शब्दों में परस्पर फर्क दिखाई देता है। इनमें कई कोणों पर अर्थगत भिन्नता मिलती है, जिन्हें हम

अति संक्षेप में निम्न प्रकार देख सकते हैं—

1. पल्लवन और निबंध—पल्लवन निबंध जैसी एक रचना होती है। निबंध भी एक निश्चित विषय पर आधारित होता है, पल्लवन का भी विषय निश्चित होता है, पर दोनों में विस्तार का अंतर होता है। निबंध एक विस्तृत गद्य विधा है, जबकि पल्लवन इसकी अपेक्षा सीमित स्वरूप वाली गद्य विधा है। दोनों में केवल उद्देश्य और उक्ति वैचित्र्य की दृष्टि से पर्याप्त अंतर है। निबंध में विषय के सभी पहलुओं का विस्तार के साथ आवश्यकता पड़ने पर दृष्टांतों के साथ विवेचन किया जाता है। पल्लवन की सीमा इतनी विस्तृत नहीं होती। पल्लवनकर्ता को बहुत सारगर्भित शैली में पल्लवन के विषय को इस तरह विस्तृत करना पड़ता है कि थोड़े में ही उसका भावार्थ पाठक की समझ में आ जाए। पल्लवन में बहुत अधिक विस्तार या दृष्टांत आदि प्रस्तुत करने का अवसर नहीं रहता। संक्षेप में यह कहा जा सकता है कि पल्लवन और निबंध दोनों गद्य रचनाएँ होने के कारण जहाँ स्वरूपगत साम्य रखती हैं वहीं विषय और उसके विस्तारण की दृष्टि से दोनों में पर्याप्त अंतर है।

2. पल्लवन और व्याख्या—पल्लवन और व्याख्या को बहुत से लोग एक ही मान लेते हैं, जबकि इन दोनों में अर्थ के स्तर पर अंतर होता है। पहली बात तो यह है कि व्याख्या में व्याख्याकार जहाँ मूल भाव का अनुसरण करने के लिए बाध्य नहीं होता, वहीं पल्लवन में इसके ठीक उलट यहाँ केंद्रीय भाव का अनुगमन किया जाता है। दरअसल, व्याख्या में अर्थ के स्वतः स्फूर्ति प्रवाह के लिए सुंदर प्रतीकों, मोहक बिंबों तथा कल्पनाशीलता एवं अपनी निजी अनुभव संपदा की विपुलता का प्रयोग किया जा सकता है, किंतु पल्लवन में मूल स्वरूप और मूल भाव से छेड़छाड़ की सख्त मनाही है।

3. पल्लवन और टीका—विस्तारण और टीका दोनों ऊपरी तौर पर समानार्थी लगते हैं, लेकिन इनमें भी कुछ मौलिक अंतर है। विस्तारण यदि निश्चित या पूर्व तयशुदा कोल्हू का बैल है तो टीका की रेंज व्यापक और बहुत हद तक मुक्त है। यहाँ सरल भाषा में विचार-विमर्श, टीका-टिप्पणी कर सकते हैं। इस तरह से विस्तारण की तुलना में टीका स्वायत्त होती है, लेकिन यह टीका कबीर के बेहद्दी मैदान की तरह स्वतंत्र नहीं होनी चाहिए।

4. पल्लवन और भावार्थ—पल्लवन और भावार्थ ऊपर से एकार्थी होते हुए भी अर्थ संबंधी परस्पर दूरी रखते हैं। दरअसल, भावार्थ में मूल भाव का विस्तार तो हम करते ही हैं, उस पर विशेष बल भी देते हैं, जबकि पल्लवन में महज केंद्रीय भाव का फैलाव करते हैं। पल्लवन अपने विस्तार के लिए जहाँ गंभीर अध्ययन-अध्यवसाय की माँग करता है, वहीं भावार्थ के लिए इन सबके साथ कुछ तकनीकी विशेषज्ञता की जरूरत होती है।

5. पल्लवन और भाष्य—'भाष+व्यत्'=भाष्य अर्थात् व्याख्या, वृत्ति या टीका आदि। प्राय: सूत्रों पर भाष्य होता रहा है। जैसे पाणिनि के सूत्रों पर पतंजलि का महाभाष्य सुप्रसिद्ध है। भाष्य में शब्दश: व्याख्या और टिप्पण होते हैं—"सूत्रार्थो वर्ण्यते यत्र पदै: सूत्रानुसारिभि:, स्वपदानि च वर्ण्यन्ते भाष्यं भाष्य विदो विदु:"। दरअसल, पल्लवन और भाष्य थोड़ी दूर तक समान लक्ष्य के साथ यात्रा करते हैं, अर्थात् भाव का विस्तार दोनों का लक्ष्य होता है, किंतु भाष्य में मूल भाव को भाष्यकार अपनी तीक्ष्ण और प्रखर प्रज्ञा की छेनी-रेती से खामोशी के साथ तराशता है, अनपढ़ और गूढ़ तथ्यों को हौले-हौले इत्मीनान से खोलता है।

6. पल्लवन या विस्तारण : महत्त्व एवं उपयोगिता

इस उत्तर-आधुनिक दौर में जैसे-जैसे सूचना तकनीक आगे बढ़ रही है, पल्लवन या विस्तारण के सामने नई-नई चुनौतियाँ ताल ठोंकती खड़ी हो रही हैं। अत: ऐसी स्थिति में चुस्त, स्वस्थ एवं पठनीय पल्लवन के लिए पल्लवनकर्ता को बेहद चौकन्ना रहना पड़ेगा, तभी उसके द्वारा किया गया पल्लवन गरिष्ठ और बड़े कलेवर का बन सकता है। वस्तुत: पल्लवन बहुत सरल और संपन्न हो जाने वाला कार्य नहीं है। इसके लिए कठिन बौद्धिक वर्जिश और रियाज-रिहर्सल करना बहुत जरूरी होता है। संप्रति पल्लवन की उपयोगिता और महत्त्व असंदिग्ध है। छोटे कार्यालयों से लेकर बड़े शिक्षण संस्थाओं तक इसका अनेकविध महत्त्व है। पल्लवन में जीवन के रंग-बिरंगे गतिमान दृश्य-बिंबों से लेकर सफ्फाक सन्नाटे तक बुने जाते हैं। जीवन की छोटी-बड़ी हर हलचलों, संवाद, सहकार-संगत ये सभी पल्लवन के अंग बनते हैं। कार्यालयों के छोटे बाबुओं से लेकर बड़े अधिकारियों तक सूत्र ढंग से टाँके गए भावों को स्थूल और वृहद् आकार देकर उन्हें सरल भाषा में विश्लेषण तथा विन्यस्त कर बोधगम्य बनाते हैं।

दरअसल, पल्लवन-प्रक्रिया से छोटे-छोटे प्रसंग बड़े आकार ग्रहण करते हैं। पल्लवनकर्ता अपने विवेक और समझदारी से उनका विस्तार करता है। उन्हें अपने रचना-रसायन से बड़ा करता है। कोने-अंतरे दब गए सूक्ष्म प्रसंगों को पुनर्जीवित करता है, भाषा के प्रसन्न प्रवाह से उन्हें खूबसूरत स्वरूप देता-ढालता है। उसका परिणाम होता है—कुछ अल्प, अनभ्यासी लोग उससे लाभान्वित होते हैं। पल्लवन में सारे तथ्य शीशे की तरह साफ और स्पष्ट होते हैं। कार्यालयों में प्रारूपण तैयार करते समय पल्लवन विधि की सहायता ली जाती है। कुल मिलाकर प्रशासनिक हिंदी के संदर्भ में विस्तारण प्रविधि कार्यालयों में विशेष योजनाओं, कार्यक्रमों को लागू करने से पहले कर्मचारियों के भाव और विचार जानने के लिए अत्यंत उपयोगी प्रक्रिया है। संक्षिप्त नियमों को और अधिक बोधगम्य बनाने के लिए भी विस्तारण प्रविधि का प्रयोग कार्यालयों में किया जाता

है। कार्यालयों में मूल पत्रों का मसौदा लेखन विस्तारण प्रविधि के आधार पर ही किया जाता है। सरकारी पत्र का मसौदा तैयार करते समय प्राय: एक वाक्य में सबसे पहले विषय का उल्लेख होता है। इसके पश्चात् इस सूक्तिपरक तत्संबंधी विषय वाक्य को विस्तारण प्रविधि के माध्यम से सरकारी पत्र का रूप दिया जाता है। सरकारी कार्यालयों में जिन कर्मचारियों को विस्तारण प्रविधि में जितनी अधिक कार्यकुशलता प्राप्त होती है, वे उतने ही प्रभावी प्रशासक सिद्ध होते हैं।

7. पल्लवन का उदाहरण

मनका फेरत दिन गया, गया न मन का फेर।
कर का मनका छाँड़ के, मन का मनका फेर॥

विस्तारण या पल्लवन—हाथ में माला लेकर और माथे पर तिलक-छाप लगाकर, आसन पर चौकड़ी जमाकर बैठ जाने से कोई आदमी संत नहीं हो जाता। जब तक मन की चंचलता नहीं मिटती, जब तक मन के विकार नष्ट नहीं होते तब तक भक्ति और जप-तप ढोंग मात्र हैं। जीवन भर चोरी, बटमारी और लूटमार करने वाले चांडाल वाल्मीकि ने जब अपने मन को निर्विकार कर लिया तो उसे माला फेरने का ढोंग नहीं रचना पड़ा। जब उसका मन सुमार्ग पर लग गया तो भक्ति उसके लिए सहज हो गई और संसार ने उसे महर्षि कहकर सम्मानित किया। भक्ति के लिए बाहर का आडंबर नहीं चाहिए, हृदय की शुद्धता और मन की अचंचलता आवश्यक है। मन चंगा, कठौती में गंगा। गीता में भगवान् कृष्ण कहते हैं कि मनुष्यों के बंधन और मोक्ष का कारण मन ही है, जो व्यक्ति मन की साधना करके उस पर अपना वश प्राप्त कर लेता है और उसे सत्य-अहिंसा द्वारा शुद्ध और पवित्र बना लेता है, वही सच्चा भक्त है।

□

3

टिप्पणी, आख्या या विवरण (Note) और टिप्पण या अभ्युक्ति (Noting)

1. व्युत्पत्ति, अर्थ और स्वरूप

'टिप्+क्विप्' टिपा पन्यते स्तूयते—टिप्+पन+अच्+डीष (पृषो. पात्वं वा)=टिप्पणी का अर्थ होता है—भाषा या टीका। कभी-कभी भाष्य पर लिखी गई 'व्याख्या' के लिए भी 'टीका' शब्द का इस्तेमाल किया जाता है, यथा—महाभाष्य पर कैयट की व्याख्या या टीका अथवा कैयट के भाष्य पर नागोजी भट्ट की टीका या भाष्य। 'टीका' शब्द की व्युत्पत्ति संस्कृत 'टीक्+क+टाप्' से हुई है—'टीक्यते गम्यते, ग्रन्थार्थोऽनया'। टीका शब्द का अर्थ होता है—व्याख्या तथा भाष्य—''काव्य प्रकाशस्य कृता गृहे-गृहे टीका तथ्याप्येष तथैव दुर्गमः।'' टीका के लिए अंग्रेजी में Annotation, note, remark, Commentary आदि शब्दों का प्रयोग होता है। हिंदी में टीका का सामान्य अर्थ होता है—किसी वाक्य, पद या ग्रंथ का अर्थ स्पष्ट करने वाला वाक्य या ग्रंथ। 'टीका' को 'अर्थ का विवरण' या 'विवृत्ति' भी कह सकते हैं। इसी तरह किसी ग्रंथ का अर्थ लिखने वाला व्याख्याकार, वृत्तिकार या टीकाकार कहा जाता है। अंग्रेजी में इन्हें Commentator या Annotator कहते हैं। 'टिप्पणी' या 'मसौदा' लेखन को अंग्रेजी में 'Noting' and 'Drafting' कहते हैं। 'टिप्पणीकार' को Noter कहते हैं तो 'टिप्पणी पत्र' को 'Note sheet' कहते हैं। सुप्रसिद्ध ग्रंथ 'हिंदी साहित्य कोश' में टिप्पणी शब्द की व्याख्या इस प्रकार की गई है—

(क) (1) संक्षिप्त टीका, विषम स्थलों का व्याख्यान, (2) टीका की टीका, जैसे—महाभाष्य की कैयटकृत, प्रदीप टीका की नागेश कृत 'उद्योत टिप्पणी'।

(ख) हिंदी में 'टिप्पणी' शब्द प्राय: अंग्रेजी के नोट (Note) शब्द का अर्थ देता है। 'टीक', 'टीका' के साथ समास (टीका-टिप्पणी) के रूप में प्रयुक्त होने पर आलोचना, दोष-प्रदर्शन, छिद्रान्वेषण या नुक्ताचीनी का अर्थ देता है।

(ग) इसके पर्याय टीका, विवृत्ति, व्याख्या इत्यादि शब्द हैं। व्याख्या विस्तृत होती है, टीका भी टिप्पणी की अपेक्षा विस्तृत ही कही जाएगी। टिप्पणी तो टीका की टीका है। उसके दुरूह या अस्पष्ट स्थल को सरल और स्पष्ट करती है।

राजभाषा के संदर्भ में टिप्पणी का अर्थ होता है—स्मरण रखने के लिए बात टीपने या संक्षिप्त प्रारूप में लिख रखने की क्रिया। इसका एक अलहदा अर्थ होता है—किसी संबंध में प्रकट किया जाने वाला संक्षिप्त विचार। टिप्पणी के लिए कहीं-कहीं 'सूचना' तथा 'आलोचना' शब्द भी प्रयोग किए जाते हैं।

2. टिप्पणी की परिभाषा

1. डॉ. रघुनंदन प्रसाद शर्मा के अनुसार—"कार्यालयों में किसी भी पत्र आदि के प्राप्त होने पर सक्षम अधिकारी को उस पर यथा आवश्यक निर्णय लेने में सहायता देने के उद्देश्य से उस विषय से संबंधित कार्यालय की रीति, नीति और कार्य की स्थिति के अनुसार लिखित रूप में दी जाने वाली जानकारी को टिप्पणी कहा जाता है। कार्यालयों की कार्य प्रणाली का यह एक महत्त्वपूर्ण अंग है।"

2. डॉ. कैलाश चंद्र भाटिया लिखते हैं—"शास्त्रीय रूप में टिप्पणी से आशय किसी पत्र/प्रकरण के निपटान को सुविधाजनक और सुकर बनाने के उद्देश्य से उस पर की गई 'लिखत' से होता है।"

3. डॉ. ओम प्रकाश शर्मा का कहना है—"किसी भी पत्र को निपटाने के लिए उस पर लिपिक से लेकर सचिव तक जो संक्षिप्त या विस्तृत मंतव्य लिखा जाता है, उसे टिप्पणी कहते हैं। इनमें पूर्ववर्ती पत्रादि का सारांश, निर्णय के लिए प्रश्न, विवरणादि सब कुछ रहता है। आदेश, अनुदेश, निर्देश आदि का भी स्पष्ट उल्लेख टिप्पणी में रहता है।"

4. केंद्रीय सचिवालय की विधिक नियमावली के अनुसार—"Notes are written remarks recorded on a paper under consideration to facilitate its disposal." अर्थात् टिप्पणी वे अभ्युक्तियाँ, संस्तुतियाँ हैं, जो किसी विभागाधीन कागज के संबंध में लिखी जाती हैं, जिससे उनके निस्तारण में सरलता हो सके।

5. उत्तर प्रदेश सरकार की हिंदी निर्देशिका में टिप्पणी पर प्रकाश डालते हुए लिखा गया है—"टिप्पणी का उद्देश्य उन बातों को, जिन पर निर्णय करना होता है, स्पष्ट रूप से तर्क के अनुसार प्रस्तुत करना है, साथ ही वह उन बातों की ओर भी संकेत करता है, जिनके आधार पर उसका निर्णय संभवत: लिया जा सकता है।"

6. बिहार सरकार की हिंदी प्रशिक्षण पुस्तिका में टिप्पणी के विषय में लिखा गया है—"पत्र के सार को बतलाते हुए उसके निर्णय के लिए अपना सुझाव देना ही टिप्पणी है।"

7. डॉ. रमेश चंद्र त्रिपाठी तथा डॉ. पवन अग्रवाल का विचार है कि सरकारी एवं अर्ध-सरकारी कार्यालयों को अपने संबंधित व्यक्तियों, कार्यालयों अथवा संस्थाओं से पत्राचार करना होता है। इस तरह पत्रों के आने और जाने की, उत्तर-प्रत्युत्तर के रूप में एक श्रृंखला सी बन जाती है। एक पत्र के एक कार्यालय में आने से लेकर उसमें उठाए गए मुद्दों को निपटाने के अंतिम चरण तक, लिखित या मौखिक जितनी भी काररवाई करनी होती है, उसे 'टिप्पण' कार्य कहते हैं। इस टिप्पण कार्य में समय-समय पर पत्रों पर लिखी जाने वाली अभ्युक्तियों की मुख्य भूमिका रहती है। अतः 'टिप्पण' को एक प्रक्रिया और 'टिप्पणी' को उसका परिणाम कहा जा सकता है।

8. डॉ. विजयपाल सिंह का कहना है—"जब किसी कागज पत्र के निपटाने की दृष्टि से सहायक या लिपिक मामले को स्पष्ट करने के लिए आवश्यकतानुसार उससे संबंधित पिछले मामलों का भार, निर्णयाधीन प्रश्नों का विवरण तथा विश्लेषण कार्यवाही से संबंधित सुझाव और उसके बारे में जारी किए गए आदेश फाइल पर लिखकर प्रस्तुत करता है तो उसके द्वारा लिखे गए ये रिमार्क्स टिप्पणी कहलाते हैं और इस प्रक्रिया को टिप्पण कहा जाता है।"

9. डॉ. गोपीनाथ श्रीवास्तव की मंशा है—"किसी भी विचाराधीन पत्र के निस्तारण को सुगम और सरल बनाने के लिए जो टिप्पणी लिखी जाती है, वह 'टिप्पण' कही जाती है। इन टिप्पणियों में उस पत्र के पूर्व पत्रों का संक्षेप, निर्णीत प्रश्नों का विवरण अथवा विश्लेषण, उस संबंध में क्या कार्यवाही की जाए, आदि इन विषयों पर सुझाव का उल्लेख रहता है।"

3. टिप्पणी का प्रयोग-क्षेत्र

कार्यालय और टिप्पणी का अंतर्गुंफित संबंध माना जाता है। खासकर सरकारी कार्यालयों में टिप्पणी-लेखन का चलन बहुत पुराना है। गैर-सरकारी और व्यापारिक कार्यालयों से भी टिप्पणियों का नाता दृश्य-अदृश्य रूप से जुड़ा ही रहता है, लेकिन इनकी तुलना में सरकारी कार्यालयों में ही टिप्पणियों का प्रयोग प्रमुखता से होता है। इन टिप्पणियों के प्रयोग से जटिल, दुष्कर और वर्षों, महीनों से सोए-लेटे कामों को पंख लगते हैं, उनकी तंद्रा टूटती है, वे उठते हैं और अंततः गति पकड़कर कार्यों को क्षिप्रता के साथ संपादित करते हैं।

दरअसल, कार्यालयों में कामों को सरल-सहज रूप से निपटाने और निस्तारण

(Dispoal) हेतु ही टिप्पणियों का जन्म हुआ। सरकारी कार्यालयों में टिप्पणियों का प्रयोग फाइलों पर सामान्य लिपिक से लेकर बड़े अधिकारी तो करते ही हैं, जरूरत पड़ने पर ये मंत्रियों के सामने भी पहुँच जाती हैं। रुके या ठप्प पड़े कामों को प्राथमिकता से निष्पादन हेतु मंत्रियों को भी अपनी कलम से फाइलों पर टिप्पणी लिखनी पड़ती है। सच तो यह है कि टिप्पणियाँ एक तरह से लिखित मंतव्य और बयान होती हैं। इनका अंकन-टंकन विचाराधीन कागजों पर होता है। ये टिप्पणियाँ किसी भी सरकारी, गैर-सरकारी कार्यालयों की प्राणतत्त्व होती हैं। कागजों की जड़ी-बूटी होती हैं। इनको सूँघते ही मुरदा कागज बनबनाकर उठता है और अंततः किसी निष्कर्ष एवं समाधान के पड़ाव को प्राप्त कर लेता है।

टिप्पणियों का प्रयोग क्षेत्र बड़ा व्यापक-विशाल फलक लिये होता है। विकास-खंडों के अदने और छोटे कार्यालयों से लेकर जिलाधिकारी के कार्यालयों से होती हुई प्रदेश की राजधानियों के तमाम कार्यालयों को अपनी जद में लपेटती ये देश की राजधानी दिल्ली तक के सभी मंत्रालयों-कार्यालयों को भी अपनी गिरफ्त में लेती हैं। रक्षा, सेना, सूचना, स्वास्थ्य, शिक्षा, कानून, खाद्य, परराष्ट्र, गृह आदि मंत्रालयों के तमाम कार्यालयों में अपनी महत्त्वपूर्ण उपस्थिति दर्ज करवाती ये टिप्पणियाँ भारतीय जीवन बीमा निगम, संघ लोक सेवा आयोग, लोकसभा, राज्यसभा सचिवालयों, संसद् सदस्यों तथा तमाम परिषदों के साथ-साथ भारतीय रिजर्व बैंक और सभी राष्ट्रीय-अराष्ट्रीय बैंकों, निर्वाचन आयोग, शिक्षा आयोगों, महालेखा परीक्षक, विश्वविद्यालय अनुदान आयोग, निदेशालयों अर्थात् निगम-निकाय, स्वायत्तशासी संस्थाओं, सरकारी-गैर सरकारी विभागों की छोटी-बड़ी हर फाइलों को खँगालती हैं। कोमा में चले गए विचाराधीन कागजों पर इनके चस्पा होते ही कठिन-दुरूह काम सरलता से होने लगते हैं। जिन कामों के पूरा होने की कतई उम्मीद नहीं होती या जिन्हें मूर्त आकार लेते-लेते वर्षों, महीनों लग जाते थे, टिप्पणियों के प्रयोग से वे पलक झपकते संपन्न होने लगते हैं। कुल मिलाकर टिप्पणियों से विचाराधीन प्रश्न, प्रकरण और अन्य अनेक तरह की कठिन, असंभव, अनसुलझी समस्याएँ एक ठोस तथा निश्चित, पुख्ता निदान-समाधान और निष्कर्ष-निर्णय को प्राप्त करती हैं।

4. टिप्पणी-निर्माण की क्रिया-विधि या टिप्पणी-लेखन की प्रक्रिया

कार्यालयों में विचाराधीन, लंबित या अनिर्णित (Pending) फाइलें किसी बड़े अधिकारी या मंत्री तक सीधे फड़फड़ाकर नहीं पहुँच जातीं, बल्कि कार्यालयों में इनके प्रथम बार पाँव रखने और बड़े अधिकारी से अपने मकसद को पूरा करवाने तक की एक प्रक्रिया-प्रविधि होती है; एक निश्चित अनुशासन, नियम और कायदे-कानून होते हैं। इन

अनुशासनों को किसी भी स्थिति में भंग नहीं किया जा सकता। दरअसल, इन फाइलों में कुछ सामान्य महत्त्व की होती हैं, तो कुछ गोपनीय और कुछ अतिगोपनीय। इन फाइलों की गोपनीयता के खंडन का खतरा और संशय निरंतर बना रहता है। अतः इन्हीं सभी बिंदुओं का खयाल करके कार्यालयों में फाइलों के पहुँचने और अंतिम निर्णय को प्राप्त करने तक एक प्रक्रिया तय की गई है। स्पष्ट शब्दों में बाबू के हाथ में फाइल टिप्पणी के लिए जब आती है, तो वह उस फाइल को नियम के अनुसार अगले पड़ाव या सोपान (Chennels) तक पहुँचने के लिए उपयुक्त 'टेबुल' पर भेजता है।

सच तो यह है कि टिप्पण या टिप्पणी का संबंध कार्यालयीय कार्य-प्रणाली से है। कार्यालयों में प्रतिदिन बहुत से पत्र आते हैं। ये पत्र एक रसीद क्लर्क पत्र प्राप्त करता है। इन पत्रों को रसीद या डाक भी कहा जाता है। रसीद क्लर्क इन पत्रों को प्राप्त कर इन्हें छाँटता है और जहाँ-जहाँ, जिस-जिस अधिकारी से संबंधित पत्र होते हैं, उन्हें डाकबुक पर चढ़ाकर प्रेषित कर देता है। रसीद क्लर्क किसी पत्र पर कोई टिप्पणी नहीं लिखता। अधिकारी अपने पास आए पत्रों को ध्यान से पढ़ते हैं और आवश्यक हुआ तो उन पत्रों से संबंधित तथ्यों की जानकारी हेतु टिप्पणी लिखकर, उन्हें संबंधित सेक्शन (अनुभाग) में भेज देते हैं। इस क्रिया को अधिकारी द्वारा पत्रों को मार्क (Mark) करना कहते हैं। ये पत्र सेक्शन के अनुभाग अधिकारी या हेड क्लर्क के पास जाते हैं और वह इन्हें अधिकारी के आदेशों का क्रियान्वयन कराने हेतु सर्वप्रथम रजिस्टर-कीपर को देता है, जो सभी पत्रों को एक डायरी या रजिस्टर पर चढ़ाता है। प्रत्येक पत्र पर डायरी की क्रम संख्या और तिथि भी लिखता चलता है। अनुस्मारक पत्र, चेक, बैंक ड्राफ्ट ये सभी अलग कर दिए जाते हैं। इनका टिप्पण या टिप्पणी से कोई संबंध नहीं होता। टिप्पण संबंधी पत्रों का पूरा लेखा-जोखा अनुभाग के एक बड़े रजिस्टर पर चढ़ाया जाता है, इससे स्पष्ट पता चलता है कि पत्र कब आया, किस कार्यवाही हेतु, कहाँ भेजा गया और कार्यवाही हुई तो कब लौटा। इस रजिस्टर में पत्र का पूरा ब्योरा रखा जाता है। यह सब करने के बाद रजिस्टर-कीपर या फाइल क्लर्क तुरंत पत्र को आवश्यक टिप्पणी हेतु संबंधित आलेखक या लिपिक के पास भेज देता है। फाइलों पर होने वाली सिलसिलेवार टिप्पणी की उक्त प्रक्रिया को और अधिक विस्तार देते डॉ. दंगल झाल्टे कहते हैं कि कार्यालय का अधीक्षक अथवा अनुभाग अधिकारी टिप्पणी को पढ़कर उस पर हस्ताक्षर करता है। सहायक द्वारा लिखी गई पूर्ववर्ती टिप्पणी पर अपना मत या विचार व्यक्त करना चाहे तो अपनी टिप्पणी के साथ अवर सचिव को प्रस्तुत करता है। पूर्व प्रक्रिया के अनुसार अवर सचिव (Under Secretary) को अपने विचारों के टिप्पणी के अनुसार उसे उपसचिव के पास प्रस्तुत करता है। यदि विचाराधीन मामला उपसचिव (Deputy Secretary) के स्तर पर निपटाया जा सकता है तो वह आवश्यक आदेश देकर उस पर हस्ताक्षर करता है

और इस प्रकार मामले का निपटान हो जाता है।

5. संरचना की दृष्टि से टिप्पणी के प्रकार या भेद

कार्यालयी कामकाज की विविधता के आधार पर टिप्पणियों के कई रूप, रंग, आकार-प्रकार होते हैं। कुछ विद्वान् इनकी संख्या आकृति एवं संरचना की दृष्टि से तीन, कुछ लोग चार, कुछ लोग पाँच तो कुछ लोग छह तक मानते हैं। बहरहाल, बहुमत टिप्पणियों की संख्या पाँच ही मानता है। इन्हें हम संक्षेप में आगे इस प्रकार देख सकते हैं—

(क) नेमी, आदेशात्मक या प्रशासनिक टिप्पणी—यह टिप्पणी आदेश या सूचना प्रधान होती है। कार्यालयों में नियमित अर्थात् रोजाना काम-काज के निपटान-निस्तारण में प्रयुक्त होने के कारण ही कदाचित् इसका नाम 'नेमी' टिप्पणी पड़ा। इन टिप्पणियों का आकार बहुत छोटा होता है। इनका स्वरूप 'आदेशात्मक' होने के साथ-साथ 'व्याख्यात्मक' भी होता है। ये टिप्पणियाँ कम या अत्यल्प शब्दों में टाँकी जाती हैं। छोटी शब्दावली में होने वाली इन टिप्पणियों में आदेश देने की गंध फूटती रहती है। अधीनस्थ अधिकारियों और कार्यालयों के मातहतों को टिप्पणियों की भाषा और उसमें व्यक्त भाव के अनुसार आचरण करना होता है। इसमें अधिकांश—'तत्काल कारर‌वाई करें', 'स्पष्टीकरण माँगा जाए', 'कारर‌वाई शीघ्र करें', 'कार्यालय इसे सावधानीपूर्वक नोट कर ले', 'फाइल कर दीजिए', 'उत्तर की प्रतीक्षा करें' आदि वाक्यांशों का प्रयोग किया जाता है। कुल मिलाकर नेमी टिप्पणियाँ दैनिक जीवन की जरूरतों और उनकी प्रपूर्ति से संबंधित होती हैं।

(ख) सामान्य टिप्पणी—कार्यालयों में प्रथम बार कार्य संपादन हेतु दाखिल होने वाले पत्रों पर उसके पलक पाँवड़े इस्तिकबाल के लिए जो टिप्पणियाँ की जाती हैं, उन्हें सामान्य टिप्पणी कहते हैं। चूँकि यह पत्र पहली बार कार्यालय में आया है, अतः इसमें किसी पूर्व प्रसंग या संदर्भ का हवाला नहीं होता। दरअसल, छोटे-बड़े हर कार्यालयों में प्रतिदिन हजारों की संख्या में पत्र आते हैं। इन पत्रों में सामान्य प्रशासन, लेखा-जोखा, रोकड़ आदि से संबंधित पत्र अधिकांश होते हैं। इन पत्रों पर जो टिप्पणियाँ की जाती हैं, उन्हें 'सामान्य कोटि की टिप्पणी' कहते हैं। इस टिप्पणी की भाषा भी अति सामान्य होती है। सामान्य टिप्पणी का एक नमूना इस प्रकार देखा जा सकता है—"कुछ समय पूर्व इस अनुभाग की दीवार घड़ी प्रशासन अनुभाग ने हटवा ली थी और उसके स्थान पर एक मेज घड़ी दी थी। उस मेज घड़ी ने संतोषजनक कार्य नहीं किया और इस समय वह चल भी नहीं रही है। अनुभाग में दीवार घड़ी के अभाव में बड़ी असुविधा अनुभव की जा रही है। अनुरोध है कि इस अनुभाग में एक दीवार घड़ी लगा दी जाए।"

(ग) संपूर्ण या विस्तृत टिप्पणी—अनेक बार कार्यालयों में कुछ उलझे हुए अर्थात् विवाद वाले विषयों पर टिप्पण करने होते हैं। ऐसे प्रसंगों में संबंधित विवाद के पूरे इतिहास का विवरण देखकर, पुरानी संबंधित फाइलों का, उससे संबंधित नियमों तथा पहले से लिये गए फैसलों के आधार पर अध्ययन करके, विषय-वस्तु का संक्षिप्त इतिहास देते हुए जो टिप्पण लिखना होता है, उसे 'संपूर्ण टिप्पण' कहा जाता है। ऐसे टिप्पण तैयार करने का कार्यभार कार्यालय के लिपिकों तथा अन्यान्य सहायकों पर रहता है, अधिकारियों पर नहीं। अधिकारियों को तो मात्र उन पर अपनी सम्मति ही देनी होती है।

(घ) स्वतः पूर्ण टिप्पणी या विवेचनात्मक टिप्पणी—इस टिप्पणी के लिए अंग्रेजी में 'Self content Note' कहा जाता है। जैसा कि नाम से ही विहित है—इस प्रकार की टिप्पणियाँ अपने-आप में स्वतः पूर्ण होती हैं। सामान्य अवस्था में कार्यालय को स्वतः पूर्ण टिप्पणी लिखने की आवश्यकता नहीं होती है, किंतु जब कोई प्रकरण उच्च आदेश के लिए परिपक्व हो जाए तो निम्नलिखित दशाओं में स्वतः पूर्ण टिप्पणी लिखी जाएगी—

1. जबकि पत्र-व्यवहार तथा टिप्पणी इतनी बड़ी हो जाए कि वह असुविधाजनक प्रतीत होने लगे।
2. जबकि प्राप्ति लंबी और जटिल हो तथा एक ही विषय की जाँच के संबंध में कई उत्तर प्राप्त हों।
3. जब किसी प्रकरण के कई पहलू हों, जिनके आधार पर ऐसे मामलों की उत्पत्ति होती हो, जिससे कई विभागों पर प्रभाव पड़ता हो और उन विभागों को विभिन्न दृष्टिकोण से उन मामलों पर विचार करने की आवश्यकता हो।
4. जब किसी विषय पर वित्त अथवा किसी अन्य विभाग की मंत्रणा अपेक्षित हो।
5. जब कोई प्रस्ताव किसी सरकारी बैठक या सरकार द्वारा नियुक्त किसी समिति के समक्ष विचारार्थ भेजा जाए।

(ङ) आवती पर आधारित टिप्पणी या अनौपचारिक टिप्पणी—जब एक अधिकारी अपने से ऊपर के अधिकारी को टिप्पणी प्रस्तुत करता है, तब उसका स्वरूप सहायक स्तर की टिप्पणी से मिलता-जुलता है, क्योंकि वह अधिकारी अपने स्तर पर अपने सुझाव व विषय का विवरण ऊपर के अधिकारी के समक्ष प्रस्तुत करता है। टिप्पणी का यह स्वरूप स्वतंत्र टिप्पण के रूप में होता है। यह वह रूप है, जब टिप्पणी किसी आवती पर आधारित न होकर परिस्थिति या आवश्यकता के लिए प्रस्ताव होता है, जैसे काम अधिक बढ़ जाने पर पदों के सृजन से संबंधित टिप्पणी होती है।

6. टिप्पण-लेखन के आवश्यक गुण या विशेषताएँ अथवा टिप्पणी-लेखन के सामान्य मार्गदर्शक सिद्धांत, नियम या अनिवार्यताएँ अथवा टिप्पणी के संबंध में कुछ सुझाव-सावधानियाँ अथवा टिप्पणी के सामान्य दोष और उनसे बचाव

टिप्पणियाँ किसी भी कार्यालयीय काम-काज की आत्मा-अस्मिता होती हैं। बिना इनके किसी कार्यालय का मुकम्मल खाका या स्वरूप नहीं बन सकता। साफ शब्दों में, ये किसी भी कार्यालय की रीढ़ की हड्डी होती हैं। जैसे पुरोहित के बिना कोई शुभ कार्य संपन्न नहीं होता, वैसे ही टिप्पणियों के बिना किसी कार्यालय की पूर्णता नहीं हो पाती। इन कार्यालयों में यदि बाबू या अधिकारी के रूप में कोई श्रेष्ठ या कुशल टिप्पणीकार विराजमान है, तो उस कार्यालय की प्रतिष्ठा बढ़ जाती है। कामों की पूर्णता में पंख लग जाते हैं। दरअसल, फाइलों के ऊपर चढ़ी धूल को ये टिप्पणियाँ साफ करवाती हैं, रुके और अपाहिज कामों को टिप्पणियाँ अपनी ऊष्मा से हिलाती-डुलाती हैं। टिप्पणी की बैसाखी से फाइलों में निरुद्ध काम चलना शुरू कर देते हैं। यह है—टिप्पणियों का असर और जादू। अतः ऐसी असरकारक टिप्पणियों की अपनी कुछ खासियतें होती हैं, इन विशेषताओं को बनाए रखने के लिए कुछ मार्गदर्शक सिद्धांतों के नियम का अनुपालन किसी भी टिप्पणीकार के लिए बहुत आवश्यक होता है। इन सुझावों-सावधानियों पर ध्यान देने से टिप्पणी-संबंधी सामान्य दोषों से बचा जा सकता है। इनमें कुछ प्रमुख इस प्रकार हैं—

1. टिप्पणी सदैव तयशुदा और स्वच्छ प्रपत्र पर लिखनी चाहिए। लिखते समय सदैव इस बात का ध्यान रखना चाहिए कि कागज पर बाईं ओर काफी जगह छूटे। दाईं ओर टिप्पणी स्वच्छ, सुंदर और स्पष्ट अक्षरों में लिखी जाए।

2. टिप्पणी संक्षिप्त होनी चाहिए। छोटी टिप्पणी होने की वजह से टिप्पणी पढ़ने वाले अधिकारी को यथाशीघ्र कार्यवाही करने में सुविधा होती है। कम समय में वह अधिक काम संपादित कर सकता है।

3. जहाँ तक हो सके, टिप्पणी में कंडिकाओं (अनुच्छेदों) का प्रयोग टालना चाहिए, किंतु यदि यह संभव न हो पाए तो प्रथम अनुच्छेद के बाद से 2, 3, 4 क्रमानुसार संख्या देनी चाहिए।

4. मूल अथवा विचाराधीन पत्र पर कोई टिप्पणी न लिखें। टिप्पणी अलग पन्ने पर लिखी जाए। कार्यालयीय भाषा में मूल या विचाराधीन पत्र का हिंदी में वि.प. तथा अंग्रेजी में P.U.C. कहते हैं।

5. टिप्पणी क्रमबद्ध रूप में लिखें। यदि टिप्पणी एक पृष्ठ में न समाप्त हो और

अधिक पृष्ठों का प्रयोग करना पड़े तो पृष्ठ संख्या अवश्य डालनी चाहिए।

6. टिप्पणी में पृष्ठ प्रेषण और पुनरावृत्ति या दुहराव की प्रवृत्ति से बचना चाहिए। हाँ, प्रारूप (Draft) में जो प्रसंग छूट जाए, उसे जरूरत के अनुसार जरूर जोड़ देना चाहिए।

7. टिप्पणी में आवश्यक दिनांक आदि नहीं भूलना चाहिए, उदाहरणार्थ, यदि टिप्पण में इसका उल्लेख किया जा रहा है कि अमुक पत्र का उत्तर नहीं आया और कई अनुस्मारक भेजने पड़े तो यह अवश्य बताया जाए कि अंतिम अनुस्मारक कब भेजा गया था। इससे पाठक को विलंब का तुरंत बोध हो जाता है। इसी प्रकार जहाँ पिछले पत्र का स्मरण दिलाना अपेक्षित हो, वहाँ उस पत्र की संख्या तथा दिनांक देना उचित होगा।

8. टिप्पणी की भाषा सहज और स्वाभाविक होनी चाहिए। इसमें अलंकारों, मुहावरों तथा लोकोक्तियों का प्रयोग यथासंभव नहीं किया जाना चाहिए। कई लोग अपनी वर्षों की आदत के अनुसार अंग्रेजी में ही सोचते हैं और बाद में उसको हिंदी में रूपांतर करके लिखते हैं, तब उनकी भाषा में वह सहजता और स्वाभाविकता नहीं आ पाती, जो मूलतः हिंदी में सोचकर लिखने में आती है। अतः टिप्पणी लिखते समय विषय का चिंतन मूलतः हिंदी में ही करके लिखा जाना चाहिए। टिप्पणी तैयार करना एक कला है, कला के साधन जितने अमूर्त होते हैं, कला की अभिव्यक्ति उतनी ही सुंदर होती है। अब तो विधि-विशेषज्ञों और तकनीकी विद्वानों ने भी हिंदी में सोचना और लिखना आरंभ कर दिया है। वे कुछ ही दिनों में अच्छी टिप्पणी लिखने की कला में माहिर हो जाते हैं।

9. टिप्पणी तारतम्य में लिखी जानी चाहिए। क्रम भंग न हो। कहीं पैबंद न लगे। प्रवाह और लय निरंतर बनी रहनी चाहिए। अतः इसके लिए टिप्पणी लिखने वाले को चाहिए कि वह तत्संबंधी नियमों का मजे में अध्ययन करके ही टिप्पणी लिखे तो श्रेयस्कर होगा।

10. टिप्पणी करते समय सदा इस बात का ध्यान रखें कि आपके कार्यालय से जो प्रारूप जा रहा है, उसको पूर्णतर बनाना आपका कर्तव्य है। आपको इसमें अभिमान को त्यागकर अपने सहायक कर्मचारियों का पूरा सहयोग करना चाहिए।

11. टिप्पणी में पत्रांक, मिसिल या रजिस्टर के पृष्ठ, प्राप्ति के दिनांक तथा संबंधित कानून की धाराओं अथवा नियमावली के अनुच्छेद विशेषज्ञ का उल्लेख अवश्य, किया जाना चाहिए। टिप्पणी लेखक याद रखें कि उनके हाथों किसी का भाग्य लेख लिखा जा रहा है, अतः वे यह कार्य बड़ी सावधानी से और पूर्वग्रहों से बचते हुए करें।

12. टिप्पणी-लेखन में शैली की अपनी स्वतंत्र सत्ता और महत्ता होती है। वैसे प्रत्येक व्यक्ति की लेखन की अपनी एक विशिष्ट शैली होती है, किंतु इसके बावजूद, शैली के बारे में कुछ सामान्य एवं सर्वमान्य बातों की ओर ध्यान दिया जाना चाहिए। एक

बात विशेष ध्यान में रखी जानी चाहिए कि हिंदी लेखन की शैली अंग्रेजी लेखन शैली से भिन्न होती है। अत: हिंदी में सोचकर हिंदी में अनुवाद के रूप में टिप्पण नहीं करना चाहिए, जैसे Necessary action may kindly be taken at the earliest—इसे हिंदी में लिखते समय 'कृपया तुरंत आवश्यक काररवाई करें' लिखा जाना चाहिए।

कुल मिलाकर यह कि टिप्पणी विषय-संगत होनी चाहिए। यदि इस विषय पर पहले कोई टिप्पण दिए गए हैं तो उनका संदर्भ-मात्र दे देना पर्याप्त होगा। अगली बात यह कि टिप्पणी में उल्लेख्य विषय का संकेत हो, उस विषय का संक्षिप्त संदर्भ और इतिहास हो, उस विषय के विभिन्न पहलू तथा हर पहलू के निपटारे का सुझाव हो। यदि एक ही विषय से संबद्ध अनेक बातें विचाराधीन हों, तो उनकी क्रम संख्या लिखकर प्रत्येक पर अलग टिप्पणी लिखनी चाहिए। सच तो यह है कि टिप्पणी का उद्‌देश्य यथा संभव स्पष्टतम शब्दों में आदेश देने वाले अधिकारी को मामले की पूरी जानकारी कराना होता है, जिससे वह उचित और न्यायसंगत आदेश दे सके।

7. टिप्पणी के अंग-अवयव या भाग

टिप्पणी के अंग-अवयव या उसके कितने भाग होते हैं, इस प्रश्न पर हिंदी विद्वानों में एकराय का अभाव है। कुछ विद्वानों ने इसके मुख्य अंगों की संख्या चार माना है, किसी ने पाँच तो किसी ने आठ भी माना है। डॉ. गोपीनाथ श्रीवास्तव ने टिप्पणी के मुख्य अंगों की मुख्य संख्या चार बताते हुए सोदाहरण इस प्रकार प्रकाश डाला है—

1. टिप्पणी प्रारंभ—टिप्पणी प्रारंभ करने से पूर्व टिप्पणी फलक पर सर्वप्रथम विचाराधीन पत्र की क्रम संख्या, दिनांक, निर्देश आदि देना आवश्यक है, जैसे—वि.प. : मुख्यमंत्री, उत्तर प्रदेश शासन को संबोधित मुख्यमंत्री, बिहार सरकार का अर्द्धशासकीय पत्र संख्या··· दिनांक।

2. वाद प्रश्न—टिप्पणी का मुख्यतया संबंध किस प्रश्न विशेष से है, उसे टिप्पणी के प्रारंभ में ही देने से टिप्पणी को समझने में सरलता होती है, जैसे—विचाराधीन पत्र में यह सुझाव दिया गया है कि···दिवस के उपलक्ष्य में सार्वजनिक छुट्‌टी मनाई जाए।

3. प्रकरण—इसमें उस प्रश्न का इतिहास दिया जाता है, विभिन्न दृष्टिकोण से उस प्रश्न पर विचार किया जाता है, प्रकरण संबंधी पूर्व दृष्टांत, यदि कोई हो, दिए जाते हैं।

4. निष्कर्ष अथवा समाप्ति—इसमें प्रकरण का संक्षेप किया जाता है, प्रस्तुत सुझावों की ओर ध्यान आकृष्ट करते हुए उस वाक्य से प्रकरण समाप्त करना, कि यह आवश्यक प्रतीत होता है कि श्री गुरुगोविंद सिंहजी के जन्म दिवस के उपलक्ष्य में सार्वजनिक छुट्‌टी मनाई जाए और एतद्‌विषयक विज्ञप्ति जारी की जाए।

अनुमोदनार्थ प्रालेख

5. टिप्पणीक का नाम, पद नाम—टिप्पणीक का नाम, पद नाम, यदि टिप्पणीक अराजपत्रित कर्मचारी है तो बाईं ओर लिखा जाना चाहिए और यदि वह राजपत्रित अधिकारी है तो दाहिनी ओर लिखा जाना चाहिए।

डॉ. माणिक मृगेश ने टिप्पणी के अंगों की संख्या आठ मानी है—(1) आवती का विषय, (2) विभाग, (3) विषय, (4) पृष्ठभूमि, (5) मुख्य बात के बारे में विवरण (यदि एक ही नोट में तीन-चार मुद्दों के लिए अनुमति देनी है तो पैरावाइज प्रस्तुतीकरण), (6) उपसंहार, (7) प्रस्तुतकर्ता तथा (8) अनुमोदनकर्ता। एक अन्य विद्वान् डॉ. विनोद गोदरे का कहना है कि किसी भी टिप्पणी (Note) के पाँच भाग हो सकते हैं—(1) आवती का विषय, (2) कारण, (3) नियम, (4) कार्यालय में कार्य की स्थिति, (5) सुझाव। इसे और अधिक स्पष्ट करते हुए वे कहते हैं कि पहले दो चरणों में 'आवेदन किया है', 'बताया गया है'—वाक्य-साँचों का प्रयोग अधिकता से किया जाता है। तीसरे चरण में 'है' या 'नहीं है' एवं पाँचों में 'किया जा सकता है', वाक्यांशों का प्रयोग बाहुल्य होता है।

8. कुशल टिप्पणी लेखक की पहचान

कुशल टिप्पणीकार चतुर-चालाक और दक्ष-प्रवीण होने के साथ-साथ कार्यालय के भीतर हर कोने-अँतरे में रखी विचाराधीन फाइलों की जानकारी रखता है। उसे यह ज्ञात होता है कि किस फाइल में किस समस्या का समाधान अभी लंबित है एवं उक्त लंबित फाइलों के निपटान के लिए क्या कार्यवाही, कब और कैसे करनी है? साफ शब्दों में, फाइलों में उठाई गई समस्याओं की प्रकृति और स्वभाव के अनुकूल उसके पास अभ्यास और अनुभव की विशाल संपदा होती है। वह फाइलों को सूँघकर समस्याओं को भाँप लेता है और निर्णय ले लेता है कि इस फाइल पर उपयुक्त टिप्पणी क्या हो सकती है और उसे कैसे लिखा जा सकता है? वह विचाराधीन कागजों में उठाई गई जटिल समस्याओं के समाधान में घबड़ाता नहीं। अपनी लगन तथा धैर्य संबंधी दृढ़ता की पुख्ता आंतरिक चारित्रिक बुनावट से उक्त सभी समस्याओं का समाधान बेहद शालीनता और संयतभाव से कर लेता है। उसके पास समस्याओं के मूल कारणों की सुलझी, पक्की और विश्वस्त परख होती है। वह समस्याओं की गहन पड़ताल अंतर्मन के चक्षुओं से करता है और उनके साथ सामंजस्य बिठाने की कोशिश करता है।

कुशल टिप्पणीकार किसी भी समस्या के व्यावहारिक और स्थायी समाधान की पुरजोर कोशिश करता है। इसके लिए उसे फाइलों में की जाने वाली टिप्पणी संबंधी दाँव-पेंच को बखूबी जानना होता है। उसे टिप्पणियों के कानूनी पेंच को भी समझना

होता है। दरअसल, कुशल और अनुभवी-टिप्पणीकार यह जानता है कि टिप्पणियाँ समाज की दिशा-दशा बदल सकती हैं, किसी की भाग्य-लिपि को बदल सकती हैं। अतः वह गंभीरता से विचाराधीन कागजों में उठाई गई समस्याओं का चिंतन-मनन और 'पोस्टमार्टम' करता है, तभी वह टिप्पण-टिप्पणी लेखन का कार्य करता है। कभी-कभी कुछ प्रतिष्ठित और गंभीर चिंतन-मनन करने वाले टिप्पणीकार जिन समस्याओं को अपने स्तर पर समझ नहीं पाते, उन्हें अपने सहकर्मी मित्रों से मिल-बैठकर समझते और उन्हें सुलझाने का प्रयास करते हैं, नियमों का अध्ययन करते हैं, तभी विचाराधीन कागजों पर टिप्पणी लेखन का कार्य करते हैं जिसका परिणाम होता है कि उनके द्वारा की गई टिप्पणियों पर कभी किसी की पक्षपात या अन्य दोष-संबंधी उँगली नहीं उठती। यही है—सिद्ध, संतुलित, तटस्थ और निर्लिप्त टिप्पणीकार की मुकम्मल और पुख्ता परिचय-पहचान।

9. टिप्पण-लेखन के उद्देश्य

कोई भी कार्य या सर्जना निरुद्देश्य नहीं होते—"प्रयोजनमनुद्दिश्य मन्दोऽपि न प्रवर्त्तते।" अर्थात् हर सर्जना या कर्म का अँखुआ उद्देश्य की एक निश्चित जमीन को फोड़कर निकलता है। स्पष्टतः यह कि बिना किसी लक्ष्य, प्रयोजन या उद्देश्य के मूर्ख व्यक्ति भी कोई कार्य नहीं करता। उसी तरह टिप्पणी-लेखन के भी अपने निहितार्थ होते हैं। वस्तुतः आज के आस्थाहीन भौतिकवादी संसार में व्यक्ति साँप की जीभ की तरह लपलपाती अपनी महत्त्वाकांक्षाओं की प्रपूर्ति हेतु अंधाधुंध भाग रहा है। कुछ पल रुककर विश्राम करने का अवकाश उसके पास नहीं रह गया है। अतः ऐसे व्यस्ततम और आपाधापी के माहौल में वह लंबे-लंबे प्रपत्र, दस्तावेज या विभिन्न तरह की समस्याओं से अटे-पटे विचाराधीन पन्नों को पढ़ने के लिए उसके पास फुरसत के क्षणों का नितांत अभाव हो गया है। एक तो दिन-पर-दिन कागजों में उगती-पैदा होती समस्याएँ, वहीं दूसरी ओर उन समस्याओं के समाधान हेतु समय का निपट अभाव। जाहिर है, ऐसी विषम स्थिति में विचाराधीन कागजों पर समस्याओं के निदानार्थ की जाने वाली संक्षिप्त टिप्पणियों का कितना महत्त्व होगा?

दरअसल, टिप्पणी लेखन से जटिल कार्य सरल होते हैं, लंबित मामले समाधान की कतार में खड़े होते हैं। टिप्पणियाँ तमाम तरह की समस्याएँ, प्रश्नों, निर्णयों और सुझावों के लिए प्रामाणिक और पुख्ता मंच, मचान या 'प्लेटफॉर्म' होती हैं। कार्यों के संपादन में इनसे बेहद सहायता मिलती है। कम या अत्यल्प समय में अधिक कार्यों को इनकी मदद से निपटाया जा सकता है। ये टिप्पणियाँ विचाराधीन कागजों पर पसरी समस्याओं को निचोड़-निथारकर कुछ वाक्यों में एक जगह बटोर देती हैं। परिणाम होता

है, समस्याओं के समाधान में अधिकारी को सुविधा होती है। उसका मूल्यवान समय जाया नहीं जाता। वह कम समय में अधिक-से-अधिक अन्य दूसरे कार्यों को निपटा सकता है। सच तो यह है कि ये टिप्पणियाँ अपने-आप में समस्याओं के समाधान-निदान का संकेत-सुझाव स्वतः दे देती हैं। ढेरों जानकारियाँ, उपाय, राय-मशविरा, तर्क-आँकड़ों से भरी ये टिप्पणियाँ अधिकारी को निर्णय लेने में सुगम-सहयोग करती हैं। इधर, इसी बात को अपने ढंग से डॉ. रमेश चंद्र त्रिपाठी तथा डॉ. पवन अग्रवाल ने इस प्रकार व्याख्यायित किया है—कार्यालय में सहायक किसी भी पत्र के उत्तर लिखकर सीधे प्रेषित नहीं करता। उस पर उसे अपने अधिकारी को दिखाकर उससे अनुमोदन करवाना पड़ता है। अर्थात् प्रारूपण से यह सहज ही स्पष्ट किया जा सके कि किन परिस्थितियों में ऐसा किया गया था। टिप्पण इस प्रकार की सारी कार्यवाही में 'स्थायी स्मरण रिकॉर्ड' का काम करता है। टिप्पण के मुख्य तीन उद्देश्य हैं—(1) अपने से उच्च अधिकारी को पत्र-विशेष में लिखित विषय-वस्तु की संपूर्ण जानकारी दिलाना, (2) विषय से संबंधित कार्यवाही के विकल्पों का स्पष्टीकरण करना और (3) किसी विकल्प विशेष को क्रियान्वयन के लिए चयन करने का कारण स्पष्ट करना। टिप्पणी की उक्त प्रक्रिया से अधिकारी विशेष को अपना निर्णय लेने में सुगमता रहती है। इस प्रकार पत्र-विशेष के निरीक्षण-परीक्षण में समय नष्ट होने से बच जाता है।

कुल मिलाकर टिप्पणी का मूल उद्देश्य विचाराधीन पत्र से संबंधित सभी तथ्यों को निपुणतापूर्वक संक्षेप में तर्कसंगत ढंग से इस प्रकार प्रस्तुत कर देना होता है, जिससे उसकी सारी बातें स्पष्ट हो जाएँ और अधिकारी को निर्णय लेने अथवा आदेश पारित करने में किसी प्रकार की कठिनाई न हो। सामान्य रूप से टिप्पणी लिखने के पहले पूर्व पत्र में लिखे गए विषय या प्रकरण की पूरी जाँच-पड़ताल की जाती है, फिर तथ्यों को संक्षिप्त किया जाता है, गलत तथ्यों को शुद्ध करके क्रमबद्ध ढंग से लिखा जाता है अथवा उसके संबंध में अपनी आख्या लिखी जाती है। भ्रामक एवं संदेहजनक तथ्यों का निराकरण कर मुख्य बिंदु या विषय की ओर अधिकारी का ध्यान आकृष्ट किया जाता है। यदि कोई तथ्य संक्षिप्त है तो उसे भी स्पष्ट रूप से प्रस्तुत किया जाता है। यदि विचाराधीन प्रकरण या विषय का संबंध किसी नियम, अधिनियम, उपनियमों या पूर्व संदर्भ से होता है तो टिप्पणी लेखक उनको भी संक्षेप में लिख देता है। यदि आवश्यक हुआ तो वह कार्यवाही-संबंधी सुझाव भी लिख देता है। इस प्रकार टिप्पणी अधिकारी के कार्य को सुगम और सरल बना देती है और वह शीघ्र निर्णय ले लेता है।

10. टिप्पणी-लेखन में प्रयुक्त होने वाली भाषा

टिप्पणी-लेखन में भाषा का विशिष्ट महत्त्व होता है। दरअसल, टिप्पणी के

तमाम उद्देश्यों में एक उद्देश्य यह भी होता है कि इसके प्रयोग से कार्य संपादन में गत्यात्मकता पैदा होती है। कठिन कार्य सरल और सुगम हो जाते हैं, कार्य निष्पादन में शीघ्रता होती है, अतः ऐसी स्थिति में टिप्पणी में प्रयुक्त भाषा यदि ऊहापोह, भटकाव, संशय और भदेसपन पैदा करेगी तो यह टिप्पणी के लिए बहुत शुभ नहीं माना जाएगा। इस कृति के पाठक जानते हैं, हिंदी विराट् क्षेत्रफल की भाषा है। इसके पास शब्दों का विशाल भंडार है, अतः इस विशाल भंडार से टिप्पणी में व्यक्त भाग के अनुरूप ही शब्दों को निकालकर उनका उपयुक्त प्रयोग करना चाहिए। प्रयास यह भी हो कि भावों को तल्ख अंदाज प्रदान करने वाली भाषा का प्रयोग निषिद्ध हो, तर्कशील भाषा का प्रयोग भी वर्जित हो, बल्कि टिप्पणी में भाव भाषा का संतुलन साधने वाला हो। टिप्पणी में भाषा ऐसी हो, जो टिप्पणी को सुंदर चित्र, रंग और कैनवास दे सके।

सच तो यह है कि टिप्पणीकार को भाषा-प्रयोग के संबंध में अत्यधिक सावधान रहना चाहिए। उसे ऐसी भाषा का प्रयोग नहीं करना चाहिए, जिससे किसी प्रकार की असंगति अथवा भ्रांति पैदा होने की संभावना हो। भाषा इतनी साफ-सुथरी और अभिप्राय इतना स्पष्ट होना चाहिए कि अधिकारी टिप्पणीकार की नीयत पर किसी तरह का कोई संदेह न करे। अलंकृत, सांकेतिक, जटिल भाषा एवं कहावतों-मुहावरों की लाक्षणिक व्यंजनामयी अभिव्यक्तियों का उपयोग टिप्पणीक को नहीं करना चाहिए। इनसे अर्थ-भेद होने का खतरा पैदा हो जाता है। इन सबके अतिरिक्त एक बात यह कि यदि टिप्पणीकार अंग्रेजी तथा हिंदी के संस्कृतनिष्ठ शब्दों का प्रयोग करना ही चाहता है तो उसके लिए भी कुछ विकल्प और समाधान हैं, जैसे—जब तक सारे नियम, उपनियम हिंदी में उपलब्ध नहीं हो जाते, तब तक अंग्रेजी के उचित और प्रचलित शब्दों का प्रयोग करने से भी हिचकना नहीं चाहिए। पारिभाषिक और क्लिष्ट हिंदी शब्दों के साथ-साथ कोष्ठकों में उनके अंग्रेजी पर्यायों का नागरीलिपि में और आवश्यक होने पर रोमन लिपि में उल्लेख कर देने से टिप्पणी अधिक उपयोगी बन सकती है। दोनों भाषाओं के शब्द साथ-साथ रहने से हिंदी के शब्द जहाँ धीरे-धीरे लोगों के मन-मस्तिष्क में घर करेंगे, वहाँ उनका स्वरूप भी निखरने लगेगा। बाद में कोष्ठकों के अंग्रेजी शब्दों की आवश्यकता नहीं रह जाएगी और कालांतर में वे विलीन होते जाएँगे।

निष्कर्षतः यह कि टिप्पणी की भाषा सरल, संक्षिप्त, ठोस, सहज, बोधगम्य, स्पष्ट, संयत, विनम्र-विनीत तथा भद्र होनी चाहिए। टिप्पणी में अधीनस्थ प्राधिकारी द्वारा प्राप्त किसी प्रस्ताव की आलोचना की दुर्गंध-सड़ाँध की बदबू नहीं निकलनी चाहिए। अतिशयोक्ति का प्रयोग टिप्पणी को बौना बनाता है। मुहावरे टिप्पणी को उँगली तरेरते हैं। स्पष्टतः यह कि—टिप्पणीकार के पास भाषा की अपेक्षित सौम्य शब्दावली होनी चाहिए। दरअसल, यह शब्दावली ही टिप्पणीकार की योग्यता और श्रेष्ठता को तय करती है।

इतना ही नहीं, तभी उसकी टिप्पणी भी सार्थक, दिलचस्प तथा कमनीय-मनोरम बन सकती है।

11. टिप्पणी तथा संक्षेपण, टिप्पणी तथा पल्लवन, टिप्पणी तथा प्रारूपण : कुछ साम्य-वैषम्य

(क) टिप्पणी तथा संक्षेपण—संक्षेपण तथा टिप्पणी में अनेक बिंदुओं पर सहमति-समानता होते हुए भी कई ऐसे बिंदु हैं, जहाँ परस्पर भिन्नता होती है, यथा—संक्षेपण में संक्षेपक अधिक विस्तार से बचता है। वह बड़े स्थलों का संक्षिप्तीकरण या संक्षिप्त लेखन करता है। सार या संक्षिप्त लेखन करते समय उसे संक्षेपण-संबंधी कुछ नियमों का कड़ाई से अनुपालन करना पड़ता है। अतः इस संबंध में पहली बात तो यह कि वह संक्षेपण में निजी स्तर पर कुछ जोड़ नहीं सकता। संक्षेपण संबंधी नियम उसे ऐसा करने की इजाजत-आज्ञा नहीं देते, जबकि इसके ठीक उलट, वहीं टिप्पणी में कोई टिप्पणीकार इन्हीं परिस्थितियों में अपनी ओर से कुछ मौलिक उद्भावना करने में थोड़ा स्वतंत्र है। वस्तुतः संक्षेपण में संक्षेपक पसरे भावों को काट-छाँट, नाप-तौलकर अति लघु रूप देता है, किंतु टिप्पणी में टिप्पणीकार को समस्याओं के समाधान हेतु विचाराधीन कागज अपनी ओर से कुछ सुझाव-समाधान के साथ कुछ आवश्यक मार्गदर्शन भी करना पड़ता है। अतः इस स्तर पर यह स्पष्ट है कि दोनों—रूप, रंग, प्रकृति—स्वभाव में थोड़ा अलहदा है।

इसी तरह अगली बात यह है कि संक्षेपण में संक्षेपणकर्ता मूल स्थल को खींच-तानकर एक तिहाई आकार में अँटाता है। यह उसकी बाध्यता होती है, जबकि टिप्पणी में टिप्पणीकार के लिए इस तरह की कोई विवशता नहीं होती। वह स्वतंत्र होता है, मुक्त होता है। यहाँ उसके लिए कोई सीमा-रेखा नहीं खींची गई होती है। वह मुक्त होकर सार्थक टिप्पणी करने में संक्षेपणकार की तुलना में थोड़ा आजाद होता है। वह मूल की तुलना में विचाराधीन कागज पर अपने द्वारा की गई टिप्पणी का रकबा और क्षेत्रफल थोड़ा बढ़ा भी सकता है।

(ख) टिप्पणी तथा पल्लवन—संक्षेपणकार की तुलना में यदि टिप्पणीकार थोड़ा स्वतंत्र है तो इसका यह अर्थ नहीं है कि वह टिप्पणी को पल्लवन की शक्ल अख्तियार करा दे। साफ शब्दों में, संक्षेपण में यदि संक्षेपक के हाथ संक्षेपण संबंधी विधि-विधान के तहत बँधे हुए होते हैं तो पल्लवनकर्ता के हाथ इतने खुले हुए भी नहीं हैं कि वह टिप्पणी को पल्लवन बना दे। दरअसल, पल्लवन को जहाँ व्यास शैली में लिखते हैं, वहीं टिप्पणी को समास शैली में। पल्लवन में अर्थ-विचार—(Expansion of Meaning) होता है तो टिप्पणी में अर्थ-संकोच (Contraction Meaning)। टिप्पणी

में टिप्पणीकार जहाँ अपने स्तर पर कुछ सुझाव, समाधान देता है, पल्लवन में पल्लवनकर्ता को यह छूट नहीं होती। इस तरह से हम देखते हैं कि टिप्पणी और पल्लवन, दोनों प्रक्रिया और पृष्ठभूमि के स्तर पर भिन्न होते हैं, पल्लवन यदि भावों-विचारों का बड़ा जलाशय है तो टिप्पणी उपायों-निदानों की गंभीर अर्थ-संपृक्त झील।

(ग) टिप्पणी तथा प्रारूपण—इसी प्रकार जहाँ प्रारूपण अपने-आप में कच्चा मसौदा है, जिसे अपने से बड़े अधिकारी के संशोधन अथवा अनुमोदन से अंतिम रूप दिया जाता है, वहीं टिप्पण एकदम स्पष्ट तथा अंतिम रूप से सीधे लिखा जाता है, संशोधन नहीं किया जाता। प्रारूपण की रचना-प्रक्रिया का सारा ढाँचा नियमबद्ध होता है। उसमें प्रारंभ, मध्य और अंत आदि खंड आवश्यक रूप से विद्यमान रहते हैं, जबकि टिप्पण के लिए ऐसा कोई बंधन नहीं होता है। टिप्पण दो प्रारूपों के बीच की महत्त्वपूर्ण कड़ी है। वह एक प्रारूप को दूसरे में जोड़ने की महत्त्वपूर्ण भूमिका निभाता है।

12. फाइलों पर टिप्पणी में प्रयोग होने वाले महत्त्वपूर्ण अंग्रेजी-हिंदी वाक्यांश (Standard Phrases used in Notings on Files)

Above cited	ऊपर उद्धृत
Above Mentioned/said	उपर्युक्त
Above quoted/noted	उल्लिखित
According to	के अनुसार
Accord approval/sanction	कृपया अनुमोदन/मंजूरी प्रदान करें
A draft-reply is put up for approval	उत्तर का मसौदा अनुमोदनार्थ प्रस्तुत है
Amending Notitication	संशोधी अधिसूचना
As per instructions	आदेशानुसार
As regards	के संबंध में
By reason of	के कारण
Attached here with	साथ में संलग्न है
Bill outstanding	बकाया बिल
Call for explanation	स्पष्टीकरण माँगा जाए
Certified that	प्रमाणित किया जाता है
Bill for signature Please	कृपया बिल पर हस्ताक्षर करें
Date of application	आवेदन दिनांक
In the concluding para	अंतिम पैरा में
Held in abeyance	स्थगित रखें

I have the honour to say — सादर निवेदन है
Kindly Confirm — कृपया पुष्टि करें

13. टिप्पणी और टिप्पण में अंतर

कृपया इसके लिए इस पुस्तक के भाग दो का 'ब' **'कुछ सरकारी पत्रों में महत्त्वपूर्ण परस्पर अंतर'** शीर्षक देखने का कष्ट करें, धन्यवाद।

14. टिप्पणी-लेखन का उदाहरण

सेवा में,

नंद किशोर सिंह इंटर कॉलेज
रामपुर माँझा, जनपद–गाजीपुर

सूचना
10.01.2012

विद्यालय के समस्त अध्यापकों, लिपिकों और चतुर्थ श्रेणी के कर्मचारियों को सहर्ष सूचित किया जाता है कि होलिका दहन से दो दिन पूर्व दिनांक 23.01.2012 को निदेशक, माध्यमिक शिक्षा, उ.प्र. इलाहाबाद विद्यालय में पधार रहे हैं। इस बीच वे विद्यालय के निरीक्षण के साथ सभी अध्यापकां और गैर–शिक्षण कर्मचारियों से बात कर उनकी समस्याओं का समाधान प्रस्तुत करेंगे।

अत: विद्यालय के सभी कर्मचारी इस दिन उपस्थित रहेंगे। विद्यालय का शिक्षण कार्य इस दिन अर्थात् 23.01.2012 को स्थगित रहेगा।

(क) अध्यापक की टिप्पणी—खेद है कि मुझे इस दिन बनारस में होने वाली एक गोष्ठी में भाग लेने जाना है। चूँकि यह तिथि पहले से ही तय हो चुकी है, अत: उस दिन मैं विद्यालय में उपस्थित नहीं हो सकूँगा। कष्ट के साथ,

भोला नाथ पांडेय
अध्यापक

(ख) लिपिक की टिप्पणी—महोदय, उक्त अध्यापक आए दिन इस प्रकार की बहानेबाजी कर विद्यालय से पलायित रहते हैं। अत: सूचनार्थ प्रेषित है।

प्रियंकर मिश्र
प्रधान लिपिक

□

4

आलेखन, प्रालेखन, आलेख, प्रालेख या मानक प्रारेख अथवा मसौदा, मसविदा, प्रारूप या प्रारूपण (Drafting)

1. आलेखन शब्द की व्युत्पत्ति, अर्थ तथा स्वरूप

संस्कृत 'आ+लिख्+ल्युट्' से जन्मे 'आलेखन' शब्द का अर्थ होता है—लिखना, चित्रण करना। आलेख के लिए अंग्रेजी में 'Graph' शब्द का इस्तेमाल होता है, जिसका हिंदी अर्थ 'लेखाचित्र' होता है। Graph से बने Graphic शब्द का अर्थ होता है—'आलेख' या 'लेखाचित्रीय'। दरअसल, स्थूल रूप से किसी भी प्रकार का पत्र-लेखन 'आलेखन' की परिधि में ही आता है। साफ शब्दों में, औपचारिक और अनौपचारिक सभी अवसरों और क्षेत्रों में पत्र लिखने की प्रक्रिया निरंतर और स्वाभाविक गति से चलती रहती है। विभिन्न पत्रों के लेखन एवं उन्हें अंतिम रूप देने से पहले कतिपय औपचारिकताओं को अपनाना पड़ता है। सरकारी कार्यालयों में तो यह कार्य और भी महत्त्वपूर्ण हो जाता है। इन औपचारिकताओं के नाम हैं—टिप्पण, प्रारूप, पत्र-लेखन, प्रेषण आदि। बहरहाल, जो लिखना है, उसका प्रारूप (Draft) तैयार करना ही 'आलेख' कहा जाता है। 'आलेखन' शब्द के लिए उर्दू में 'तहरीर' या 'तह्रीर' शब्दों का प्रयोग होता है। 'तहरीर' शब्द का अर्थ होता है—लिखना, लिखने का अमल, हस्तलिपि, हाथ की लिखावट, अक्षरन्यास, लेख-पत्र, लेख्य, दस्तावेज, लिखित प्रमाण, तह्रीर सुबूत, मज्मून, इबारत, खत, इकरारनामा और लिखने की उजरत। आलेखन को कहीं-कहीं 'संविदा पत्र' भी कहते हैं। हिंदी में आलेखन शब्द के पर्याय के रूप में अनेक शब्दों का व्यवहार होता है, यथा—प्रालेख,

प्रालेखन, मानक प्रारेख, प्रारूप या प्रारूपण, मसौदा या मसविदा आदि।

आलेखन के पर्याय 'प्रारूप' के लिए अंग्रेजी में 'Draft' शब्द का प्रयोग किया जाता है। हिंदी में इस प्रारूप के समानार्थी शब्द प्रालेख (Out lay या Lay out), मसौदा (Draft of document), खाका या पांडुलेख (Sketch) चलते हैं। प्रारूप बनाने वाले को 'प्रारूपकार', 'नक्शानवीस' या 'मानचित्रक' (Draftsman) कहते हैं। 'Draft' या 'Drafting' के अन्य अर्थों के साथ-साथ कुछ प्रशासनिक अर्थ भी होते हैं, यथा—

1. A rough sketch of writing,
2. A plan or drawing of a work to be done,
3. A written order from a person to another.

हिंदी में 'प्रारूप' या 'प्रारूप लेखन' के लिए प्रारंभ में 'आलेखन', 'आलेख तैयार करना', 'प्रारूपण' अथवा 'प्रारूप-लेखन', 'मसौदा' आदि शब्दों का प्रयोग हुआ। कालांतर में 'ड्राफ्टिंग' के लिए 'प्रारूप-लेखन' या 'प्रारूपण' अधिक प्रचलित हुआ। प्रत्येक लिखित आलेख को अंतिम रूप देने से पूर्व 'प्रारूप-लेखन' की प्रक्रिया को अपनाना एक प्रकार की रूढ़ि भी है और अनिवार्यता भी, क्योंकि कोई भी उच्चाधिकारी प्रत्येक मामले में स्वयं कुछ पहल करने में असमर्थ होता है। संप्रति कार्यालयों में प्रारूप-लेखन के लिए 'मसौदा लेखन' शब्द चल रहा है। सच तो यह है कि आलेखन के इस समानार्थी शब्द 'प्रारूप' का आशय होता है, किसी प्रस्ताव, योजना, विधेयक आदि का वह प्राथमिक रूप, जो शीघ्रता में तैयार कर लिया जाता है, किंतु बाद में जिसमें कुछ काट-छाँट या संशोधन की आवश्यकता पड़ती है। इसे 'मसौदा' या 'प्रालेख' (प्रीकर्सर-Prcursour) तथा 'खर्रा' नाम से भी जाना जाता है। इसी प्रारूप से प्रारूपण शब्द बना है। प्रारूपण के लिए अंग्रेजी में 'ड्राफ्टिंग' (Drafting) शब्द का प्रयोग किया जाता है। 'प्रारूपण' से तात्पर्य उस पत्र-लेखन से है, जिसमें आदेश, निर्देश, विज्ञापन अथवा अन्य किसी प्रकार की सामग्री के आधार पर पत्र-लेखन की सभी बातों को पूरा करते हुए लिखा जाता है अर्थात् टिप्पणी-लेखन के पश्चात् और पत्र-लेखन के पूर्व होने वाली कार्यालयीय कार्यवाही को 'प्रारूपण' कहा जाता है। व्यावहारिक दृष्टि से देखा जाए तो सभी सरकारी, गैर-सरकारी कार्यालयों में जो 'ड्राफ्टिंग' की जाती है, उसे 'प्रारूपण' ही कहा जाता है। 'प्रारूप', 'प्रालेख' या 'प्राख्य' (Draft) जारी करने से पूर्व संबद्ध अधिकारी की स्वीकृति (अनुमोदन) आवश्यक होता है। केंद्रीय शिक्षा मंत्रालय के पारिभाषिक शब्दावली आयोग ने 'Draft' के लिए 'प्रारूप' और 'Drafting' के लिए 'प्रारूपण' समानक शब्द निर्धारित किए हैं और ये शब्द नए होने के बावजूद अर्थव्यंजना में पूर्ण समर्थ हैं।

2. आलेखन की परिभाषा

1. बकौल डॉ. रमेश चंद्र त्रिपाठी तथा डॉ. पवन अग्रवाल—"प्रारूप लेखन का अर्थ है—पत्र का कच्चा रूप तैयार करना, पत्र का मसौदा तैयार करना। सभी सरकारी और औपचारिक पत्रों के लिए सबसे पहले उसका कच्चा रूप तैयार किया जाता है।"

2. डॉ. ओम प्रकाश शर्मा के अनुसार—"आलेखन से तात्पर्य उन पत्रों, परिपत्रों, समझौतों, अधिसूचनाओं, निविदा सूचनाओं एवं अन्य आवश्यक सूचनाओं के आलेख प्रस्तुत करने से है। व्यापारिक संस्थानों एवं अर्द्धसरकारी कार्यालयों में ऐसे पत्र तैयार करके रखे रहते हैं।"

3. डॉ. गुलाम मोइनुद्दीन खान का कहना है—"दफ्तरों में आवती पर टिप्पणी कार्य समाप्त होने के पश्चात् जो पत्रोत्तर का प्रालेख तैयार किया जाता है, उसे मसौदा कहते हैं। दूसरे शब्दों में कहें तो मसौदा लेखन टिप्पणी कार्य का अंतिम सोपान है।"

4. डॉ. ईश्वरदत्त शील मसौदे का रूपांकन करते हुए लिखते हैं—"सरकार या निजी संस्थाओं में आए हुए पत्रों के उत्तर देने के लिए और सरकार की नीति-निर्धारण संबंधी सूचनाओं, स्मारकों, ज्ञापनों और परिपत्रों आदि के प्रेषण के लिए टिप्पण की यथोचित कार्यवाही के बाद अधिकारियों के आदेश पर अन्य सहायक कर्मचारियों द्वारा प्रालेख (प्राख्य-Draft) तैयार किया जाना प्रालेखन कहलाता है।"

5. डॉ. रामचंद्र सिंह सागर का कहना है—"आवती पर टिप्पणी कार्य समाप्त होने के बाद टिप्पणी के आधार पर आवती का उत्तर देने के लिए जो प्रारूप तैयार किया जाता है, उसी को आलेखन या मसौदा या प्रारूप तैयार करना कहते हैं।"

6. डॉ. महेंद्र चतुर्वेदी का विचार है—" 'प्रारूप' वस्तुतः 'प्राक्रूप' होता है, अर्थात् पत्र का कच्चा, अंतिम रूप और इसे तैयार करने का कार्य 'प्रारूपण' कहलाता है।"

7. डॉ. चंद्रपाल लिखते हैं—"सरकारी कार्यालयों में पत्र, परिपत्र, सूचना, आदेश, करार, संकल्प, ज्ञापन, विज्ञप्ति इत्यादि पत्राचार के प्रारूपों का जो लेखन कार्य होता है, उसे प्रारूप लेखन या मसौदा या प्रारूपण कहते हैं।"

3. आलेखन : क्षेत्र और प्रकार

आलेखन और कार्यालय के बीच के रिश्ते को नकारा नहीं जा सकता। दोनों के बीच परंपरागत संबंध होते हैं। सच तो यह है कि आलेखन और टिप्पणी के बिना किसी भी कार्यालय के मुकम्मल स्वरूप की कल्पना ही नहीं की जा सकती। ये दोनों ही कार्यालयों में होने वाले प्रत्येक लिखा-पढ़ी के केंद्र होते हैं। साफ शब्दों में, इन दोनों के अभाव में किसी कार्यालय की पूर्णता बनती ही नहीं। कार्यालय चाहे सरकारी, अर्द्धसरकारी,

सामाजिक, व्यापारिक या निजी क्षेत्र में हो, आलेखन की जरूरत हर जगह पड़ती है। कार्यालयों में टिप्पणी उम्र में बड़ी होती है और आलेखन छोटा। स्पष्टतः यह कि कार्यालयों में विभिन्न समस्याओं के निराकरणार्थ आए हुए विचाराधीन कागजों पर समाधान के लिए प्रथमतः टिप्पणी की या लिखी जाती है, उसके बाद अधिकारी उन टिप्पणियों के आधार पर अपने सहायकों या अधीनस्थों से आलेखन करवाता है। अंत तक यह तारतम्य और सिलसिला निरंतर बना रहता है।

इस प्रकार कार्यालयों में प्राप्त बाहरी पत्रों या किसी अन्य कार्यालयों से प्राप्त पत्रों पर जो आलेखन किए जाते हैं, उनके आधार पर आलेखन के कई प्रकार और क्षेत्र सुनिश्चित किए गए हैं। डॉ. गुलाम मोइनुद्दीन खान का विचार है कि मसौदा लेखन कार्यालयीय प्रक्रिया का एक अनिवार्य अंग है। सरकारी पत्रों, परिपत्रों तथा कार्यालय ज्ञापन में तो इसका विशद प्रयोग होता ही है, किंतु इसके प्रयोग के क्षेत्र की सूची और भी लंबी हो सकती है। मसौदा-लेखन का प्रयोग निम्नलिखित क्षेत्रों में भी किया जाता है—

1. संकल्प (Resolution)
2. अधिसूचना (Notification)
3. पृष्ठांकन (Eudorsement)
4. कार्यालय ओदश (Office Order)
5. प्रेस-विज्ञाप्ति (Press Communique)
6. अनौपचारिक टिप्पणी (Unofficial Note)
7. द्रुत पत्र (Express Letter)
8. मितव्यय पत्र (Sevingram)
9. तार (Telegram)
10. अनुस्मारक (Reminder)
11. प्रतिवेदन (Reporting)

इधर, एक अन्य विद्वान् डॉ. मुंशीराम शर्मा आलेखन के प्रकार और क्षेत्र पर और अधिक रोशनी डालते हुए लिखते हैं कि आलेखन के प्रकार और क्षेत्र का निर्धारण इस प्रकार किया जा सकता है—

1. केंद्रीय शासनादेश प्रालेखन,
2. प्रादेशिक शासनादेश प्रालेखन,
4. परिपत्रात्मक शासनादेश प्रालेखन,
5. पत्रात्मक प्रालेखन,
6. द्रुतगामी पत्र प्रालेखन,
7. पृष्ठांकन प्रालेखन,

8. तार प्रालेखन,
9. कूट-संदेश प्रालेखन,
10. 'रेडियो' ग्राम प्रालेखन,
11. टेलीफोन संदेश प्रालेखन,
12. अर्द्धसरकारी पत्र प्रालेखन,
13. विज्ञप्ति-प्रालेखन—
    (अ) नियम, अधिनियम, विनियम संबंधी विज्ञापन,
    (ब) नियुक्ति, पदच्युति, स्थानांतरण, पदोन्नति संबंधी विज्ञप्ति,
    (स) भूमि, आवास, संपत्ति प्राप्ति संबंधी विज्ञप्ति,
    (द) विविध विज्ञप्ति,
14. उद्घोषणा प्रालेखन,
15. संकल्प प्रालेखन,
16. प्रेस विज्ञप्ति-प्रालेखन,
17. कार्यालयीय ज्ञापन या आदेश प्रालेखन,
18. अनुस्मारक प्रालेखन,
19. प्राप्ति-स्वीकृति प्रालेखन,
20. असरकारी पत्र प्रालेखन।

4. आलेखन के अंग-अवयव या भाग अथवा आलेखन की रूपरेखा या प्रस्तुति अथवा आलेखन की रचना-प्रक्रिया अथवा आलेखन की संरचना-विधि (Preparation of Draft-Report)

आलेखन कार्यालयीय कामकाज या कार्य प्रणाली का एक अहम हिस्सा होता है, विचाराधीन कागजों पर की गई टिप्पणियों को किताब के खुले पन्नों में लिखी गई इबारत की तरह समझने का सशक्त तंत्र और जरिया होता है। आलेखन से कार्यालयीय कामकाज में पारदर्शिता के साथ-साथ अनुशासन भी स्थापित होता है। अतः कार्यालयीय आलेखन को प्रभावशाली-प्रभविष्णु, वैज्ञानिक तथा आदर्श बनाने के लिए हमें आलेखन के अंग-प्रत्यंगों पर गौर करना चाहिए। यदि हम आलेखन की रचना-प्रक्रिया या संरचना-संबंधी सभी आवश्यक तत्त्वों को नजरंदाज कर उन्हें अमल में लाने में आनाकानी, शिथिलता या उन्हें ठंडे बस्ते में डालने की कोशिश करेंगे तो आलेखन, यह तय है कि कई तरह की अर्थगत-स्वरूपगत खामियों का शिकार होगा। वह कमजोर और बेतरतीब हो हाशिये पर चला जाएगा। विभिन्न तरह की गड़बड़ियों और बेढंगेपन के कारण वह भरोसेलायक और विश्वसनीय नहीं रहेगा। दरअसल, आलेखन किसी सरकारी-गैरसरकारी कार्यालय

की श्रेष्ठता के मापदंड का सशक्त मीटर और कसौटी होता है। आलेखन में यदि आलेखक आलेखन संबंधी अंगों-अवयवों पर बखूबी ध्यान नहीं देगा तो आलेखन के बेतरतीब और बेडौल, मसनुई हो जाने का खतरा निरंतर बना रहेगा। कुल मिलाकर यह कि निजी पत्रों के अलावा आज व्यावसायिक संस्थाओं तथा सरकारी कार्यालयों में पत्र-लेखन कला चरम सीमा पर पहुँच गई है। आलेखन का ज्ञान आज समस्त कार्य-कर्ताओं के लिए अत्यंत उपयोगी है। अतः आलेखन का ज्ञान सभी प्रकार के व्यवस्थित कार्यालयों के लिपिकों, सहायकों, विभागाधिकारियों, निरीक्षकों आदि कर्मचारियों के लिए बहुत आवश्यक है। सरकारी, अर्द्धसरकारी एवं निजी व्यापारिक संस्थानों के कर्मचारियों के लिए आलेखन-विधि के ज्ञान के बिना पत्र-व्यवहार में कठिनाई होती है। कार्यव्यवहार में भी अव्यवस्था एवं असुविधा उत्पन्न हो जाती है। बहरहाल, किसी उत्कृष्ट, उत्तम, विश्वसनीय आलेखन की संरचना में सहायक आलेखन के प्रमुख अंगों को अधोलिखित रूप में इस प्रकार देखा जा सकता है—

(क) प्रेषक का नाम और पता—आलेखन या प्रारूप की रूपरेखा तैयार करते समय आलेख लिखने वाले का ध्यान सबसे पहले पत्र भेजने वाले और उसके पते पर जाता है। इससे लाभ यह होता है कि पत्र पाने वाला तत्काल समझ जाता है कि पत्र कहाँ से आया है और इसे किसने भेजा है। अतः पत्र भेजने वाले का नाम और पता ऊपर की ओर दाईं ओर कोने में लिखा जाता है। यदि पत्र लेखक चाहे तो बाईं ओर कोने में नाम, पदनाम तथा दाएँ कोने में पता एवं दूरभाष नंबर दे सकता है। दूरभाष के नीचे तारीख के लिए स्थान तय रहता है। शासकीय कार्यालयों में उसके ठीक सामने बाईं ओर पत्र का संदर्भ एवं पत्र संख्या लिखी जाती है। वस्तुतः सरकारी कार्यालयों में उक्त सारी सामग्री प्रायः छपवा ली जाती है। इसे लेटर हेड पैड (Letter Head Pad) कहा जाता है।

(ख) पाने वाले का नाम और पता—ठीक इसी तरह पाने वाले अर्थात् प्रापक का पता लिखने में भी सावधानी बरतनी होती है। कागज के बाईं ओर पत्र प्राप्त करने वाले का नाम और पूरा पता लिखा जाता है। यहाँ यह ध्यान रखा जाता है कि कभी-कभी नाम के बदले महज पदनाम ही लिख दिया जाता है। कभी-कभी नाम तथा पदनाम, दोनों का अंकन कर दिया जाता है। कुल मिलाकर यह कि पत्र पाने वाले का पता स्पष्ट तथा क्रमबद्ध होना चाहिए, जिससे पत्र पाने वाले को कोई असुविधा न हो। अतः यदि पत्र-प्रापक के पते का प्रारूप इस प्रकार हो तो अच्छा होगा—नाम, पदनाम, कार्यालय का नाम, स्थान, जिला-शहर तथा पिन कोड (Postal Index) संख्या।

(ग) विषय की पूर्ण जानकारी (Knowledge of Subject)—प्रारूप लेखक प्रारूप लिखने से पूर्व विषय-वस्तु का ध्यानपूर्वक मनन-चिंतन करता है। वह संपूर्ण विषय को अपनी समझ की चलनी से हिलोरता-पछोरता है, समझता है। चूँकि विविध

आलेखों के विषय भी पृथक्-पृथक् होते हैं, अतः यहाँ प्रारूप-लेखक को प्रारूपों के उक्त भिन्न-भिन्न विषय-वस्तु को चबा-चबाकर समझना आवश्यक होता है। सच तो यह है कि यदि प्रारूप-लेखक विषय को सांगोपांग समझ लेता है तो प्रारूप लिखते समय उसे तथ्यों की तार्किक जानकारी हो जाती है। वह तटस्थ होकर, बिना लाग-लपेट के, विश्वास के साथ प्रारूप लेखन का कार्य करता है।

(घ) निर्देश (Reference)—जिस विषय पर प्रारूप तैयार किया जाता है, यदि वह सर्वथा नया नहीं होता है और उसका संबंध किसी पहले पत्र से होता है तो उसका निर्देश देना आवश्यक होता है। पहले पत्र के निर्देश के बिना प्रारूप का पूरा-पूरा तात्पर्य ही समझ में नहीं आता है। प्रारूप का सुंदर ढंग से बनाया जाना और उसके अर्थ का पूर्णतया अवगत होना पूर्व निर्देश पर निर्भर करता है।

(ङ) प्रारूप का विभाजन (Three Main Parts)—प्रत्येक सरकारी पत्र में तीन महत्त्वपूर्ण भाग होते हैं—(1) प्रथम भाग में विषय का संकेत तथा पूर्व पत्र-व्यवहार का निर्देश दिया जाता है, जिससे पत्र पढ़ने वाला पत्र के विषय को पूर्णतः समझ सके। (2) पत्र के दूसरे भाग में प्रमुख विषय के पक्ष या विपक्ष में दलीलें प्रस्तुत की जाती हैं तथा (3) तीसरे भाग में उन दलीलों के आधार पर निष्कर्ष निकालकर अपनी सिफारिश प्रस्तुत की जाती है।

(च) मसौदे या प्रारूप का आकार—विषय-वस्तु के महत्त्व के अनुसार ही मसौदे का आकार छोटे से बड़ा हो सकता है। छोटे मसौदे में उपविभाग या अनुच्छेद किए जाने की आवश्यकता नहीं होती, किंतु दो-तीन पृष्ठों से ज़्यादा के मसौदों में अनुच्छेदों का होना विषय-वस्तु के सहज ढंग से संप्रेषित करने के लिए आवश्यक है। ऐसे अनुच्छेदों को क्रम संख्या से अभिहित किया जाना चाहिए।

(छ) भाषा-शैली की भिन्नता—यह कोई बहुत आवश्यक नहीं कि सभी प्रकार के आलेखों की विषय-वस्तु एक ही हो। अलग-अलग प्रकार के मसौदों की विभागीय जरूरत के अनुसार अलग-अलग विषय-वस्तु होती है। हम सभी जानते हैं, अलग-अलग विभागों की अपनी पृथक्-पृथक् शब्दावली भी होती है। यथा—रेल-विभाग, शिक्षा-विभाग अथवा भारतीय जीवन बीमा निगम की शब्दावली परस्पर भिन्न होती हैं। अतः ऐसी स्थिति में प्रारूप-लेखक आलेखन करते समय उक्त अलग-अलग विभागीय शब्दावलियों पर भी बराबर ध्यान रखता है और उसी के अनुरूप प्रारूप-लेखन में भिन्न भाषा-शैली का प्रयोग करता है।

(ज) संबोधन—पत्रों में सबसे पहले पाने वाले के साथ प्रेषक के संबंध और कार्य की आवश्यकतानुसार संबोधनसूचक शब्द पत्र के बाईं ओर लिखा जाता है। व्यक्तिगत अथवा अर्धसरकारी पत्र में 'प्रिय' लिखकर उसका नाम व उपनाम दिया जाता है, जैसे—

'प्रिय श्री गुप्ता', 'प्रिय राकेश' आदि। सरकारी पत्रों में यह कार्य 'प्रिय महोदय' या 'प्रिय महोदया' के द्वारा संपन्न करा लिया जाता है। बहुत हुआ तो 'आदरणीय' या 'मान्य', 'महोदय' लिखा जाता है। किसी अति विशिष्ट व्यक्ति को सम्राट्, महागरिमामय, महागरिमामयी, महामहिम आदि संबोधन दिए जाते हैं। प्रारूप-लेखक इस गंभीरता को सबसे पहले सुनिश्चित कर ले।

(झ) उद्धरण (Extract) और संलग्न-पत्र (Enclosures)—यदि सरकारी पत्र में किसी विषय से संबंधित नियम या उच्च अधिकारी के आदेश को उद्धृत करना आवश्यक हो तो यथासंभव उस नियम या आदेश के मूल शब्दों को ही उद्धृत करना चाहिए। इसी तरह यदि किसी पत्र के साथ अनेक प्रपत्र संलग्न हैं तो उनका उल्लेख पत्र के नीचे बाएँ कोने में कर देना चाहिए।

(ट) समापनसूचक शब्द—पत्र की सामग्री समाप्त होने पर प्रेषक के हस्ताक्षर से पहले प्राप्तकर्त्ता से उसके संबंध और विषय की औपचारिकता-अनौपचारिकता के अनुसार समापनसूचक कुछ शब्दों का प्रयोग होता है, जैसे—माता-पिता, गुरु आदि को आपका आज्ञाकारी पुत्र/शिष्य आदि लिखते हैं। किसी अन्य बड़े व्यक्ति को 'आपका', 'विनीत' आदि लिखते हैं। छोटे को 'तुम्हारा', 'शुभाकांक्षी', 'शुभैषी', 'शुभेच्छु' लिखेंगे। मित्र को 'तुम्हारा मित्र' या 'तुम्हारा' लिखते हैं। औपचारिक सरकारी पत्रों में 'भवदीय' लिखा जाता है। उपर्युक्त सभी समापनसूचक शब्द मूल सामग्री के फौरन बाद नई पंक्ति में दाएँ कोने में लिखा जाता है। आजकल व्यावसायिक पत्रों में बाएँ कोने में भी यह सब लिखा जाने लगा है।

5. सरकारी कार्यालयों में आलेखन-प्रविधि (Drafting in Govt. Offices) अथवा सरकारी कार्यालयों में प्रारूपण संबंधी कुछ ध्यातव्य बातें अथवा सरकारी कार्यालयों में प्रारूप तैयार करने के कुछ नियम या सिद्धांत

सरकारी कार्यालयों में होने वाले आलेखन के आकार-प्रकार, प्रविधि-प्रक्रिया के कतिपय निश्चित सिद्धांत और नियम होते हैं। किसी भी आलेखन-कर्मी के लिए इन पर अमल-आचरण करना बहुत आवश्यक होता है। थोड़ी सी लापरवाही या श्लथता-ढिलाई से आलेखन श्रेष्ठता के मानक-मानदंड से दूर हो भटक सकता है, शंकास्पद हो छिन्न-भिन्न हो सकता है। वस्तुत: कार्यालयों के दैनिक कार्यों में पत्रों, परिपत्रों, आदेशों, सूचनाओं का विशेष महत्त्व होता है। रोजाना एक कार्यालय से दूसरा कार्यालय अनेकानेक मामलों से संबंधित पत्र-व्यवहार करता है। इसलिए कार्यालयों में कार्यरत कर्मचारियों एवं अधिकारियों को विविध प्रकार के पत्रों, आदेशों, परिपत्रों और सूचनाओं आदि के

मसौदे तैयार करने पड़ते हैं। अस्तु, सरकारी कर्मचारियों और अधिकारियों को प्रारूप लेखन का समुचित ज्ञान होना आवश्यक है, क्योंकि मसौदे के आधार पर ही पत्र-प्राप्तकर्ता मसौदा प्रेषक की योग्यता के संबंध में अपनी धारणा बना लेता है। अतः प्रारूप लेखन के समय तत्संबंधी नियमों और सिद्धांतों का अनुपालन आवश्यक है। अतः श्रेष्ठ आलेखन के लिए पहली बात तो यह ध्यान में रखनी चाहिए कि यदि आलेखन का विषय सरल-सहज, साफ-स्पष्ट हो तो इसे कार्यालय के अधीक्षक, बड़े बाबू या आलेखन कला में मर्मज्ञ-सिद्धहस्त एवं पारंगत तत्संबंधी कार्यालय के किसी बाबू-लिपिक को ही तैयार करना चाहिए। इसके ठीक उलट, यदि आलेखन का विषय जटिल, क्लिष्ट या समझ से परे दुष्कर हो तो इसका निर्माण अनुभाग-अधिकारी (Section officer) या अवर सचिव (Under sceretary) को संपादित करना चाहिए।

बहरहाल, मसौदा या आलेखन किसी भी स्तर पर कार्यालय में तैयार हो, निरंतर इस बात का ध्यान रखना चाहिए कि कोई भी शीर्षक, उपशीर्षक या बिंदु नजरअंदाज न हो। अंत में मसौदा जब तैयार हो जाए तो मसौदा लेखक को चाहिए कि वह आलेखन के ऊपर दाहिनी ओर 'अनुमोदन के लिए मसौदा' या 'अनुमोदनार्थ मसौदा' (Draft for Approval अर्थात् D.F.A) लिखकर एक चिट के साथ तत्संबंधी अधिकारी के पास भेज दे। यदि वह मसौदा अधिकारी के लिए सही-सटीक और उपयुक्त होगा तो वह उसे स्वीकार कर लेगा अन्यथा वह उसे बैरंग, जहाँ से आया है, उसे वहीं पर वापस सुधार-संशोधन के लिए भेज देगा। अब आगे मसौदा या उत्तम आलेखन के आकार-प्रकार या विधि-प्रविधि को हम इस प्रकार देख सकते हैं—

(क) शीर्षक (Heading)—शीर्षक किसी भी आलेखन का महत्त्वपूर्ण भाग होता है। यह मसौदे का केंद्रीय तत्त्व होता है। शीर्षक पढ़कर मसौदे के भीतर की सारी अंतर्वस्तु को तत्काल समझा जा सकता है। इस शीर्षक के भीतर स्थूल रूप से कुल पाँच बिंदुओं पर ध्यान दिया जाता है—

1. पत्र संख्या का उल्लेख—किसी भी तरह के राजकीय या निजी क्षेत्र के लिए लिखे जाने वाले मसौदे में सबसे पहले दाहिनी ओर ऊपर पत्र संख्या का अंकन करते हैं। यद्यपि कहीं-कहीं कुछ पत्रों में प्रेषक-प्रेषिती के पद नाम के बाद बाईं ओर पत्र संख्या का उल्लेख करते हैं।

2. पत्र भेजने वाले कार्यालय का नाम—आलेखन करते समय अगली इस बात का ध्यान रखते हैं कि पत्र संख्या के नीचे पत्र-प्रेषक कार्यालय का नाम लिखना चाहिए। कभी-कभी पत्र छपे पन्ने अर्थात् 'लेटर हेड' (Letter Head) पर भी लिखा जाता है, अतः ऐसी स्थिति में कार्यालय के नाम का यदि उल्लेख न भी किया जाए तो कम चल सकता है।

3. पत्र भेजने वाले का नाम व पद—पत्र भेजने वाले का नाम और पद इस प्रकार लिखना चाहिए—

ऋषभ चतुर्वेदी
सचिव,
मानव संसाधन विकास मंत्रालय
भारत सरकार
नई दिल्ली

4. प्राप्तकर्ता या प्रेषिती का नाम, पद तथा पता—पत्र भेजने वाले अर्थात् प्रेषक के नाम तथा पद के बाद प्रेषिती अर्थात् जिसे पत्र भेजा जाता है, उसका पूरा पता अर्थात् नाम तथा पद का अंकन किया जाता है, उदाहरण के लिए—

प्रेषिती—
देवानंद पांडेय
उपसचिव,
विद्युत् विभाग
उत्तर प्रदेश सरकार
लखनऊ

5. स्थान तथा दिनांक—पत्र भेजने वाले और पाने वाले अर्थात् प्रेषक-प्रेषिती के नाम, पद तथा संपूर्ण पता अंकन के बाद थोड़ा दाहिनी ओर स्थान तथा तारीख लिखते हैं। कभी-कभी कुछ पत्रों में स्थान के साथ-साथ बाईं तरफ पत्र संख्या (Letter No.) भी डालते हैं, यथा—

प्रेषक—
सचिव,
सिंचाई विभाग
उत्तर प्रदेश शासन
विधानसभा मार्ग
लखनऊ

प्रेषिती—
मुख्य सचिव
उत्तर प्रदेश शासन
विधान-भवन, लखनऊ

पत्र संख्या-1050, स.क.वि. 07, लखनऊ, दिनांक 17 अगस्त, 2012

(ख) विषय—आलेख लेखन में अगला ध्यान पत्र के मूल विषय पर जाता है। दरअसल, पत्र संख्या, स्थान एवं दिनांक लिखने के पश्चात् पत्र-लेखक पत्र में केंद्रीय विषय का उल्लेख करता है, पत्र-लेखन के उद्‌देश्यों पर रोशनी डालता है। पत्र के इस मूल विषय को एक ही वाक्य में भरसक लिखा जाता है। इससे लाभ और सुविधा यह होती है कि पाठक केंद्रीय कथ्य या ध्वनि को बहुत आसानी से समझ लेता है, पत्र के मूल मंतव्य को समझने में उसे बहुत माथा-पच्ची नहीं करनी पड़ती।

(ग) संबोधन—संबोधन का उल्लेख किसी भी आलेख के लिए महत्त्वपूर्ण होता है। बिना संबोधन के कोई भी पत्र गूँगा माना जाता है। अतः यह संबोधन विषय-संकेत के पश्चात् पत्र के बाईं तरफ लिखा जाता है। पत्र में अधिकांशतः महोदय 'महोदय' या 'प्रिय महोदया' संबोधनों का प्रयोग किया जाता है, किंतु सरकारी तथा अर्द्धसरकारी पत्रों में इन संबोधनों का प्रयोग होता है। हाँ, यहाँ यह ध्यान रखना चाहिए कि अर्द्धसरकारी पत्रों में बतौर संबोधन 'प्रिय श्री', 'प्रिय महोदय', 'महानुभाव' या 'प्रिय महोदया' आदि शब्दों के प्रयोग की छूट होती है।

(घ) पत्र की मुख्य सामग्री—संबोधन के पश्चात् पत्र की मूल सामग्री लिखी जाती है। यह वह विषय क्षेत्र है, जिसके कारण ही हम किसी को पत्र लिखने को तत्पर हुए हैं। यह नए अनुच्छेद (Paragraph) से आरंभ किया जाता है। सरकारी और व्यावसायिक पत्रों में यदि किसी विषय पर पहले भी पत्राचार हो चुका हो या हो रहा हो तो उन सबका संदर्भ-संकेत सबसे पहले दिया जाता है। पिछला पत्र संबोधित व्यक्ति का भी हो सकता है, जिसका हम उत्तर दे रहे हैं या अपना भी हो सकता है, जिसमें पहले ही उत्तर दिया जा चुका था, जैसे—उपर्युक्त विषय पर कृपया अपना पत्र सं⋯ दिनांक⋯ देखें, अथवा "आपके पत्र सं⋯ दिनांक⋯ और उस संदर्भ में हमारे सं⋯ दिनांक⋯ के संदर्भ में कहा जा सकता है कि⋯।" विषय की सामग्री को अत्यंत संक्षेप में पैराग्राफ में बाँटकर लिखा जाना चाहिए। नया तथ्य, नवीन तर्क, नई माँग, नया स्पष्टीकरण अलग-अलग अनुच्छेद से आरंभ करने चाहिए। प्रत्येक अनुच्छेद के ऊपर के अनुच्छेदों का विकास होना चाहिए।

(ङ) पत्र का मध्य भाग—पत्र के मध्य भाग में पूर्व पत्र व्यवहार का संदर्भ देते हैं। इसके लिए कई तरीके चलन में हैं। पत्र के इस भाग को लिखते समय इस बात का ध्यान रखते हैं कि यह बहुत ही सुंदर, आकर्षक और प्रभावकारक हो। तथ्यों के खुलासे के बाद उद्‌देश्य पर प्रकाश डालना चाहिए। उद्‌देश्य का प्रकाशन सरल, शुद्ध, स्पष्ट भाषा में हो तो चार चाँद की बात बनती है। संपूर्ण तथ्य रुचिकर और लजीज ढंग से प्रस्तुत होने चाहिए, भले ही वे विवादास्पद और अपने में अस्पष्ट हों। अच्छा हो, प्रत्येक अनुच्छेद को पृथक् रूप में लिखा जाए। अनुच्छेद संख्या अंक 2, 3, 4 के क्रम से प्रारंभ हो तो

सर्वोत्तम है। प्रारूप के इस मध्यम भाग को लिखते समय यह ध्यान रखना चाहिए कि यदि प्रारंभ प्रेषिती को अन्य पुरुष से संबोधित किया गया है तो अंत तक अन्य पुरुष का ही प्रयोग करना चाहिए। इसी प्रकार यदि प्रेषक ने 'मैं' का प्रयोग किया है तो अंत तक 'मैं' का और यदि 'हम' का प्रयोग किया है तो अंत तक 'हम' का ही प्रयोग करना चाहिए। यदि 'आप' का प्रयोग किया गया है तो अंत तक 'आप' का ही प्रयोग होना चाहिए। इसके अतिरिक्त अनावश्यक विस्तार, अलंकृत भाषा, पुनरुक्ति दोष आदि से बचना चाहिए।

(च) स्वनिर्देश तथा हस्ताक्षर—आलेख के अंत में स्वनिर्देश लिखने की परंपरा है। बाहर से आए पत्रों का सारांश, सुझाव देने के बाद प्रेषक स्वनिर्देश देता है। उसके बाद अपना हस्ताक्षर करता है। हस्ताक्षर करते समय वह एक बात का ध्यान रखता है कि यदि पत्र सरकारी है तो वह 'भवदीय' लिखता है और यदि पत्र अर्द्धसरकारी है तो 'आपका विश्वासपात्र' या 'विश्वासभाजन' लिखकर हस्ताक्षर करता है। प्रारूप के अंत में हस्ताक्षर करने वाले अधिकारी का पूरा नाम, पदनाम एवं कार्यालय का पता आदि भी लिखना अपेक्षित होता है।

(छ) अनुलग्नक-संलग्नक—पत्र लिखने के अंत में संलग्नक का स्पष्ट संकेत होना चाहिए। इससे लाभ यह होता है कि पत्र पाने वाला यह समझ जाता है कि पत्र के साथ कौन-कौन से और कितनी संख्या में नए पत्र संलग्न होकर आए हैं। इन संलग्नकों की चर्चा हस्ताक्षर के नीचे बाईं ओर पत्र में करनी चाहिए, बल्कि यदि संलग्नकों की संख्या अधिक हो तो उनका पूरा विवरण प्रस्तुत करना चाहिए।

(ज) पृष्ठांकन—कभी-कभी मूल पत्र की प्रतिलिपि किसी या अधिक व्यक्तियों, संस्थाओं, प्रभागों में भेजना आवश्यक होता है। इसलिए 'संलग्नक' के बाद 'सूचनार्थ प्रतिलिपि' या 'प्रतिलिपि' शीर्षक के अंतर्गत् जिन-जिन के पास पत्र की प्रति भेजनी हो, उनका क्रमशः नाम व पता लिखा जाता है। यह भी पत्र का महत्त्वपूर्ण अंग है। इसे पृष्ठांकन (Endorsemnt) कहा जाता है। इसके बाद वही अधिकारी पुनः अपना हस्ताक्षर करता है, जिसने ऊपर भवदीय के बाद हस्ताक्षर किए हैं।

6. श्रेष्ठ या अच्छे आलेखन की विशेषताएँ या गुण

(क) पूर्णता एवं भाषिक शुद्धता—लगभग अधिकांश सरकारी-गैरसरकारी कार्यालयों में मसौदा लेखन का कार्य निरंतर चलता रहता है। यहाँ विभिन्न विषयों, समस्याओं, प्रकृति और मिजाज के मसौदे प्रतिदिन तैयार किए जाते हैं। अतः इन मसौदों का भाषा और भाव संबंधी दृष्टि से पूर्ण और शुद्ध-सही होना अपरिहार्य होता है। अशुद्ध और अपूर्ण मसौदे कार्यालय को मुँह चिढ़ाते हैं, कार्यालय की श्रेष्ठता में शंका पैदा करते हैं। इन अशुद्ध आलेखों से अर्थाभिव्यक्ति बाधित होती है। चूँकि कार्यालयों में समय-

समय पर कर्मचारियों-अधिकारियों के स्थानांतरण होते रहते हैं, अतः आने वाले नए कर्मचारी-अधिकारी के लिए शुद्ध और पूर्ण मसौदे समझ संबंधी किसी परेशानी के सबब नहीं बनते। इसके लिए अनुभवी और सजग मसौदाकार मसौदे पर तिथियों, सभी निर्देशों, संख्या, कथनों और उद्धरणों का मुकम्मल रूप में सही-सही उल्लेख करता है, क्योंकि थोड़ी सी भी चूक या असावधानी अर्थ का अनर्थ पैदा कर सकती है।

(ख) नातिदीर्घता—आलेख स्वरूप और आकार में बहुत बड़ा नहीं होना चाहिए, बल्कि संतुलित एवं नपा-तुला अर्थात् संक्षिप्त आलेख समस्याओं के यथाशीघ्र निपटान में सहायक होता है। सच तो यह है कि कार्यालयों में फाइलों का अंबार लगा होता है। जाहिर है, जितनी फाइलें होंगी, उतने ही उन पर आलेख भी लिखने होंगे। अतः लंबे आलेख समय और श्रम दोनों का नुकसान करेंगे और इसके ठीक उलट छोटे आलेख फाइलों के निस्तारण में उतने ही सहायक होंगे। अतः कुल मिलाकर यह कि छोटे-संक्षिप्त, चुस्त-दुरुस्त प्रारूप से काम जल्दी-जल्दी सरकता है और बड़े-बड़े आकार वाले प्रारूपों से काम महज रेंगता है।

(ग) एकान्विति—एक पत्र में प्रायः किसी एक ही विषय, संदर्भ अथवा उद्देश्य की पूर्ति संभव है। पत्र-प्रेषक, पत्र प्राप्तकर्ता तक जो बात पहुँचाना है, वही मुख्य होनी चाहिए। अभिवादन, अनुशंसा अथवा उत्तर पाने की इच्छा आदि तो पत्र के औपचारिक अंग हैं। इनसे पत्र की एकान्विति भंग नहीं होती, किंतु यदि किसी पत्र में व्यावसायिक पूछताछ की जा रही है और वर्णन राजनीतिक गतिविधियों का होने लगे, तब एकान्विति भंग होगी। अतः आलेखक को चाहिए कि वह अपने मसौदा लेखन में निरंतर यह प्रयास करे कि किसी भी स्तर पर एकान्विति भंग न हो।

(घ) प्रारूप की खूबसूरत प्रस्तुति—

1. मसौदे का प्रस्तुतीकरण हमेशा फाइल में रखकर किया जाना चाहिए।
2. फाइल के ऊपर फाइल की क्रम संख्या के साथ-साथ अनुमोदनार्थ-मसौदा (Draft for Approval) की चिट लगाई जानी चाहिए।
3. विशेष संवेदनशील एवं न्यायालय से संबंधित मसौदों की फाइलों पर 'गोपनीय' लिख दिया जाना चाहिए।
4. प्रारूप सुंदर अक्षरों में अथवा टाइप करके ही प्रस्तुत किए जाने चाहिए।
5. यदि प्रारूप के साथ कुछ संलग्न सामग्री भी भेजी जा रही हो तो अंत में बाईं ओर उसका उल्लेख किया जाना चाहिए।
6. अंत में निर्णय लेने वाले संबंधित अधिकारी का नाम और पदनाम भी स्पष्ट रूप में उल्लेख किया जाना चाहिए, ताकि उसके हस्ताक्षर के साथ ही मसौदा 'अनुमोदित' हो गया है, यह केंद्रीय रजिस्ट्रीय कक्ष को मालूम हो जाए।

(ङ) भाषा-शैली का सुंदर-मंजुल समन्वय— भाषा पर संतुलित-सधा अधिकार रखने वाला आलेखक यदि अपने आलेख को सुंदर शैली में लपेटकर प्रस्तुत करता है तो निश्चित रूप से उसका प्रारूप स्तुत्य और श्लाघनीय होगा। दरअसल, प्रारूप-लेखक स्पष्ट भाषा में अपने प्रारूप को यदि लिखे तो निश्चय ही उसका प्रारूप प्रभावशाली माना जाएगा। प्रारूप लेखन में व्याकरणगत खामियों से भी बचना होता है। अर्द्ध विराम, पूर्णविराम का ध्यान रखना होगा। आलेख में द्विअर्थक भाषा का प्रयोग न हो। मुहावरे एवं कहावतें प्रारूप की विशेषताओं पर सवालिया निशान लगाती हैं। अतिशयोक्ति और संशय पैदा करने वाले शब्द प्रारूप को श्रेष्ठता की कतार से बाहर करेंगे। स्पष्टतः यह कि आलेख की भाषा व्याकरण सिद्ध, शिष्ट, भद्र, विनम्र-विनयी, गंभीर, संयमित, अर्थ-स्फीति से रहित होनी चाहिए।

7. प्रारूप-लेखन संबंधी दोष तथा उनसे बचाव और सावधानियाँ

1. प्रारूप-लेखन में प्रयुक्त होने वाली भाषा भ्रम रहित हो, उसमें शब्दाडंबर न हो। गूढ़ोक्ति तथा अप्रचलित विदेशी शब्दों का प्रयोग प्रारूप-लेखन में दोष पैदा करते हैं। पाठक के समक्ष समझ का संकट पैदा करते हैं। अतः इस तरह के दोषों से बचते हुए इनकी जगह प्रारूप में सरल, स्पष्ट, सुबोध, सहज शब्दों का प्रयोग होना चाहिए।

2. प्रारूप अपने-आप में संपूर्ण होना चाहिए। अधूरा-अधकचरा प्रारूप स्वतः में बहुत बड़ा दोष होता है। दरअसल, इस तरह के दोष कई तरह के संकट पैदा करते हैं, यथा—काम के बोझ से दबा अधिकारी अधूरे दस्तावेज के कारण और अधिक परेशान होगा, कार्यालयीय कार्य-संपादन में विलंब होगा। अगली बात यह कि अधूरा प्रारूप-लेखक की अक्षमता-अयोग्यता का परिचायक होगा। अतः प्रारूप-लेखक को इस संदर्भ में यह कोशिश करनी चाहिए कि उसके द्वारा लिखा गया प्रारूप हर कोण पर पूरा हो। अधिकारी के समक्ष प्रस्तुत करने से पहले उसे कई बार दुहरा लेना चाहिए।

3. प्रारूप-लेखन में यदि प्रारूप के तीनों अंगों का सम्यक् आचरण नहीं किया गया है तो यह एक बड़ा दोष माना जाएगा। अतः प्रारूप-लेखक को चाहिए कि वह अपने आलेखन में प्रारूप के तीनों भागों—विषय निर्देश, विषय या प्रकरण का तर्क-सम्मत प्रतिपादन तथा निष्कर्ष का अनुपालन करे। दरअसल, इनके उपयुक्त प्रयोग से प्रकरण को समझने में सुविधा होती है। अनुच्छेदों के टुकड़ों में बँट जाने से एक तो प्रारूपण देखने में सुंदर लगता है, पाठक को पढ़ने-समझने में आसानी होती है और स्वतः प्रारूप-लेखक को भी प्रारूप लिखने में सुविधा होती है।

4. कार्यालयों में कभी-कभी कठिन-क्लिष्ट विषयों पर प्रारूप-लेखन करना पड़ता है। अतः ऐसी स्थिति में प्रारूप-लेखक को विषय का आशय और मंतव्य समझ

लेना चाहिए। यदि प्रारूप-लेखक ऐसा नहीं करता है तो यह उसका दोष और प्रारूप का कमजोर पक्ष माना जाएगा। दरअसल, प्रारूप लिखने से पहले जटिल विषय की सम्यक् समझ से प्रारूप-लेखक और पाठक, दोनों को सुविधा होती है। अतः प्रारूप-लेखक को इस दोष से बचना चाहिए।

5. प्रारूप-लेखक को परांकन-पृष्ठांकन (Endorsement) संबंधी दोष से भी सावधान रहना चाहिए। अतः इस संबंध में उसे प्रथमतः मूल पत्र का पृष्ठांकन साफ-स्वच्छ प्रतियों में करना चाहिए। वस्तुतः मूल पत्र या ज्ञापों के आलेख तैयार करते समय अलग-अलग पृष्ठांकन देना चाहिए। अगली बात यह कि प्रत्येक पृष्ठांकन के लिए अलग से एक-एक संख्या दे दी जाती है। सुविज्ञ प्रारूप-लेखक उक्त पृथक्-पृथक् पृष्ठांकनों पर अधिकारी के पृथक्-पृथक् हस्ताक्षर करा लेते हैं। कुल मिलाकर यह कि यदि उपर्युक्त तथ्यों का प्रालेख लेखन में सख्ती से पालन नहीं किया गया तो यह एक बहुत बड़ा दोष माना जाएगा। अतः उक्त दोष से आलेखक को बचना चाहिए।

6. प्रारूप-लेखक को चाहिए कि वह प्रारूप-लेखन में दुहराव के दोष से बचे। एक ही बात या तथ्य-कथ्य का बार-बार दुहाराया जाना प्रारूप के स्वभाव-स्वरूप पर विकार की लकीर खींचेगा। इतना ही नहीं, यह प्रारूप-लेखक की दक्षता-कुशलता पर भी सवाल पैदा करेगा, अतः लेखक को इस दोष पर भी ध्यान देना चाहिए।

7. प्रारूप के साथ सहपत्र का जाना बहुत आवश्यक होता है। यदि प्रारूप लेखक सहपत्र को साथ नहीं भेजता है तो यह भूल भी एक नया दोष पैदा करेगी। अतः प्रारूप-लेखक को चाहिए कि वह प्रारूप के साथ साफ-सुथरे ढंग से लिखे सहपत्र को भेजे, बल्कि यदि प्रारूप के साथ सहपत्रों की सूची भी भेज दी जाए तो उत्तम होगा।

8. कभी-कभी बड़े अर्थात् दीर्घाकार आलेखों में आलेख-क्रम फलक रूप में अकसर दूसरा प्रालेख प्रपत्र ही प्रयोग किया जाता है। वस्तुतः यह एक दोष है। अतः ऐसी स्थिति में प्रारूप-लेखक को चाहिए कि वह 'प्रालेख क्रम-फलकों' का ही प्रयोग करे।

9. कभी-कभार कुछ प्रालेख-लेखक, टाइपिस्ट तथा अधिकारी-प्रारूप लेखन में कीमती कागजों का फिजूल इस्तेमाल करते हैं। इससे दो तरह का क्षय होता है। एक तो समय, श्रम तथा दूसरा कार्यालय के बहुमूल्य कागजों का। अतः इस दोष से प्रारूपक को बचना चाहिए।

10. यदि कोई परांकन-पृष्ठांकन महालेखापाल के लिए लिखा गया हो और उसे वित्त-विभाग के किसी सक्षम अधिकारी से जारी कराना हो तो प्रारूप-लेखक को चाहिए कि वह पृष्ठांकन को संयुक्त रूप से लिखे और उस अधिकारी के लिए स्वतंत्र रूप से पृष्ठांकन तैयार करे। यदि प्रारूप-लेखक ऐसा नहीं करता है तो यह भी एक तरह का दोष ही स्वीकार किया जाएगा।

8. आलेखन : कला, शिल्प या शास्त्र

एक बड़ा मनोविनोदी प्रश्न संप्रति विचारणीय है कि क्या आलेखन-प्रालेखन को कला, शिल्प या शास्त्र की श्रेणी में रखा जा सकता है? यदि आलेखन कर्म को कला या शिल्प-शास्त्र का दर्जा दिया जाता है तो क्या आलेख लिखनेवाला कलाकार या शिल्पकार की श्रेणी में खड़ा होगा? सवाल है तो कौतूहलपूर्ण, किंतु गंभीर चिंतन-मनन और अनुशीलन की माँग करता है। प्रयोजनमूलक हिंदी पर अच्छी पुस्तक लिखने वाले डॉ. विनोद गोदरे आलेखन को कला के साथ-साथ शास्त्र भी मानते हैं। आलेखन 'शास्त्र' है, यह बात तो मैं नहीं जानता, पर मेरी निजी सोच है कि आलेखक यदि चाहे तो अपनी उदग्र प्रतिभा द्वारा प्रेम, जतन और मनोयोगपूर्वक किसी आलेख में कलात्मकता पैदा कर सकता है। अपनी बौद्धिक वर्जिश से आलेख को आकर्षित, ललित-लयात्मक बना सकता है। असाध्य को साध सकता है। निरंतर अभ्यास से आलेख को नया रंग और सुंदर कैनवास दे सकता है।

इस संदर्भ में यहाँ पर आलेखक को अपने आलेख को ललाम और कलात्मक बनाने के लिए कुछ सावधानियाँ बरतनी होंगी, यथा—आलेखक को लेखन करते समय सामाजिक परिवेश पर ध्यान देना होगा। विषय का मूल आशय न छूटे, इसके लिए उसे अपने विवेक के गवाक्ष को निरंतर खुला रखना चाहिए। आलेख पढ़कर यह न लगे कि उक्त आलेख किसी विवशता या मजबूरी में लिखा गया है। वस्तु का ताजा-टटका बिंब आलेख में निरंतर प्रकाशित होता रहे। अगली बात यह कि आलेखक का आलेख के साथ तादात्म्य अनवरत बना रहना चाहिए। उसे निरंतर प्रयास करके अपने आलेख को इस तरह बुनना चाहिए कि वह विलक्षण तो लगे ही, उसकी विशिष्ट पहचान भी सतत बनी रहे। अतः ऐसी स्थिति में यहाँ आलेख और आलेखक के बीच एका स्थापित होना चाहिए। अपने आलेख को कलात्मक रूप देने के लिए उसे यह प्रयास करना होगा कि उसके आलेख में विश्वसनीयता का क्षरण न हो। दरअसल, श्रमसाध्य से उपजा आलेख सजीव और जीवंत होता है। अगली सजगता यह होनी चाहिए कि उसमें किसी तरह का संशय, भटकाव, ऊहापोह और भदेसपन न पैदा हो। कुल मिलाकर यह कि आलेख-लेखक को यह पुरजोर प्रयास करना चाहिए कि उसका आलेख विचारणीयता के परिसर से बाहर न हो।

कुल मिलाकर यह कि यथार्थ की जमीन पर खड़े उस आलेख में अपनी ओर रिझाने-लुभाने की कला हो। इन सबके अलावा आलेख लेखक को अपने आलेख में कलात्मकता और शिल्प-सौष्ठव पैदा करने के लिए कुछ अन्यान्य तथ्यों पर भी ध्यान देना चाहिए, यथा—कागज पर पर्याप्त हाशिया छोड़कर आलेख लिखा जाए। यदि वह आलेख टाइप किया हुआ या कंप्यूटर विधि से छपा हो तो उसमें दुहरा आकर्षण पैदा हो

सकता है। मूल आलेख के साथ संलग्नकों को नत्थी करने के बाद उनका संकेत अवश्य करना चाहिए। प्रारूप में किसी चिट पर 'अनुमोदनार्थ प्रारूप' (Draft for Approval) लिखकर फाइल में लगा लेना चाहिए। आलेखन में फाइल संख्या अवश्य टाँकनी चाहिए। यदि पत्र अर्द्धसरकारी है तब तो अधिकारी या अन्य प्रापक के नाम पत्र भेजा जा सकता है, अन्यथा सरकारी पत्र कभी भी अधिकारी के व्यक्तिगत नाम से नहीं भेजना चाहिए। चूँकि भाषा भाव का अलंकरण तथा अभिव्यक्ति की पैरहन होती है, अत: आलेखन में आलेखक को भाषा-प्रयोग पर सजग-सचेष्ट रहना चाहिए। स्पष्टत: यह कि प्रारूप की भाषा सरल, भावानुकूल, संयत और शिष्ट संतुलित होनी चाहिए। अशिष्ट-असंयत भाषा-प्रयोग से प्रारूप का चरित्र खंडित-क्षरित हो सकता है, दाग-दगीला हो सकता है। उसका कलात्मक स्वरूप बेतरतीब हो सकता है। सावधानी के क्रम में यह भी ध्यान रखना होगा कि तथ्य-कथ्य का पिष्टपेषण न होने पाए तथा अंत में आलेखक को अपने द्वारा सृजित आलेख पर अपना लघु हस्ताक्षर कर देना चाहिए। जाहिर है, उक्त सजावट और रंग-रोगन के साथ चित्रित-लिखित कोई भी आलेख कलात्मकता से लबरेज हो सकता है। वह संगीतकला, चित्रकला, मूर्तिकला तथा काव्यकला की तरह समादर को प्राप्त होगा।

९. आलेखन की भाषा-शैली

श्रेष्ठ और आलेखन कला में निष्णात और मर्मज्ञ आलेखक इस बात को बखूबी जानता है कि परिष्कृत भाषा और उत्तम शैली किसी भी प्रारूप को गहरा और धारदार बनाती हैं, इसलिए निपुण और दक्ष आलेखक अभिव्यक्ति अंकन में सक्षम-समर्थ भाषा का ही इस्तेमाल करता है। स्पष्टत: यह कि आलेख की भाषा सरल सुस्पष्ट, स्वच्छ, साफ होनी चाहिए। भाषा में किसी की आलोचना, टीका-टिप्पणी या उलाहना-उपालंभ की दुर्गंध न निकले। भाषा भद्र, विनम्र हो। किसी तरह का संताप और क्षोभ न पैदा करे। आलेख में बात को बढ़ा-चढ़ाकर बयान करने वाली अतिशयोक्ति-ऊहात्मकता का प्रयोग कतई न हो। इसी तरह पुनरुक्त, अतिरेक और वक्रोत्ति-अत्युक्ति भाषा में समाविष्ट हो झाँकने न पाएँ। मिथ्याबोध और डरावने रूपकों का प्रयोग आलेख की भाषा को आँखें तरेरते हैं। अविवक्षा और अनियतत्त्व भाषा को मेझड़ा, पंगु और अपाहिज बनाते हैं। अत: आलेखक को इनके प्रयोग का यथासंभव निषेध करना चाहिए। विशेषणों का प्रयोग भाषा में बहिष्कृत होना चाहिए।

इन सबके साथ-साथ आलेख में भाषा-प्रयोग के संदर्भ में यह भी ध्यान रखना चाहिए कि प्राय: सरकारी पत्रों में उत्तम पुरुष तथा मध्यम पुरुष का व्यवहार नहीं होता, बल्कि इनकी जगह अन्य पुरुष का प्रयोग होता है। दरअसल, टिप्पणी के समान प्रारूप

की भाषा सर्वदा सरल, सुबोध, स्पष्ट, विनीत, संयत, परिमार्जित एवं विषयानुकूल होनी चाहिए। भाषा अनलंकृत हो, वाक्य घुँघरू की तरह छोटे-छोटे हों। वाक्य-रचना में क्रिया को विधेय या उद्देश्य से अथवा सहायक क्रिया को क्रिया से पृथक् नहीं करना चाहिए। भाषा और वस्तुनिष्ठता की गलबहियाँ मित्रता होनी चाहिए। कुल मिलाकर प्रारूप में लंबे-लंबे, भीमकाय संस्कृतनिष्ठ शब्दों का प्रयोग नहीं होना चाहिए। डॉ. हरदेव बाहरी का मानना है कि प्रारूप की भाषा में शुद्धता, स्पष्टता, सरलता, संक्षिप्तता, पूर्णता और शिष्टता का गुण होना चाहिए। बात के तर्कपूर्ण और सप्रमाण कहने के वे पक्षधर हैं। प्रारूप लेखन में अधोलिखित वाक्यांश या पदबंध प्रयुक्त होते हैं—

1. सरकार की आज्ञा से।
2. उल्लिखित कारणों से।
3. शासन के आदेश से।
4. मंत्री महोदय की अनुमति से।

प्रारूप चूँकि पत्र का शुरुआती रूप होता है, अतः इसे तैयार करते समय निम्न वाक्यों का प्रयोग करना चाहिए—

1. के संदर्भ में मुझे निवेदन करने का निर्देश हुआ है कि¨
2. के संदर्भ में मुझे अनुरोध करने का निर्देश हुआ है कि¨

प्रारूप लेखक को भाषा-संबंधी एक अनुशासन पर यहाँ ध्यान देना चाहिए। वस्तुतः सारा पत्र-व्यवहार शासन तथा शासनाध्यक्ष, राज्यपाल और राष्ट्रपति की ओर से किया जाता है, अतः भरसक प्रयास यह हो कि भाषा में पुनरुक्ति या दुहराव का दोष न पैदा हो।

सच तो यह है कि भाषा से ही प्रारूप का स्वरूप बनता है। एक सफल प्रारूप के लिए स्पष्ट, परिमार्जित एवं सरल भाषा का प्रयोग आवश्यक है। कठिन या अप्रचलित शब्दों के प्रयोग से प्रारूप बोझिल हो जाता है। यदि प्रारूप को शब्दकोश (Dictionary) की सहायता से ही समझना पड़े तो ऐसा प्रारूप किस काम का होगा। विषय से संबंधित प्रारूप में विषय के अनुकूल भाषा के शब्दों का प्रयोग करना अनिवार्य होता है। तकनीकी प्रारूपों में उस विषय से संबंधित शब्दों का प्रयोग नहीं होगा तो प्रारूप उचित सिद्ध नहीं होगा। वाक्य छोटे-छोटे और प्रभावशाली होने चाहिए। शब्दों और वाक्यों का अर्थ स्पष्ट होना चाहिए। अस्पष्टता प्रारूप को हीन कोटि का बना देती है, इसलिए भी अस्पष्टता से सदा बचना चाहिए। इसी तरह प्रारूप अथवा मसौदा लिखने की एक विशिष्ट शैली होती है, जिसका अनुपालन आवश्यक है। इसमें संशोधन-परिवर्धन के लिए हाशिए की ओर काफी जगह छोड़ दी जाती है तथा 'अनुमोदनार्थ आलेख' अथवा 'आलेख स्वीकृति के लिए' की चिट लगाकर संबद्ध अधिकारी को भेजी जाती है।

10. प्रारूप लेखन के उद्‌देश्य

1. प्रारूप लेखन से कार्यालयीय कार्यकलापों को नई दिशा, गति और सुगमता मिलती है।

2. प्रारूप लेखन तत्संबंधी कार्यालय के आदर्श स्वरूप को प्रस्तुत करता है।

3. सुंदर और आदर्श रूप में प्रस्तुत किया गया आलेखन अन्य कार्यालयों के ढीले-ढाले, सुस्त और श्लथ मानसिकता वाले कर्मियों के मन प्रदेश के भीतर की अकर्मण्यता की जड़ता को तोड़ उनकी जगह जागरूकता और कर्तव्यबोध पैदा करता है।

4. उपयुक्त भाषा और मान्य शैली में रचा गया प्रारूप अधिकारी के मन पर गहरी छाप छोड़ता है। इससे कार्य-संपादन में अधिकारी को सुविधा होती है।

5. सच तो यह है कि प्रारूप लेखन का एक प्रमुख उद्‌देश्य कार्यालयीय पत्र-व्यवहार को शीघ्रगामी और कार्यक्षम भी बनाना है।

6. प्रारूपण-आलेखन से हिंदी के निर्विवाद राजभाषा, संपर्क भाषा, कामकाजी भाषा आदि स्वरूपों की सार्थकता सिद्ध करने में सहायता मिलती है।

7. सुंदर और सही आलेखन का एक लक्ष्य किसी अधिकारी को नए सिरे से किसी प्रश्न का उत्तर तैयार करने से मुक्ति दिलाना भी है।

8. आलेखन का एक उद्‌देश्य संबंधित तथ्यों, पूर्व निर्णयों, आदेशों अथवा परिज्ञात नियमों-उपनियमों के माध्यम से संबंधित अधिकारी के समक्ष तथ्यों का खुलासा करना है, इससे कार्य-निपटान में अधिकारी को सहूलियत मिलती है।

9. आलेखन का एक महत्त्वपूर्ण उद्‌देश्य कार्यालयों के लिपिकों, सहायकों, विभागाधिकारियों एवं निरीक्षकों तथा अन्य कर्मियों को आलेखन-विधि का ज्ञान कराना भी होता है। इसका परिणाम यह होता है कि कार्यालय के दुष्कर एवं जटिल कार्य पलक झपकते संपन्न हो जाते हैं।

11. प्रारूपण तैयार करने में सहायक शब्दों की सूची

Act	अधिनियम
Acting	कार्यकारी
Admissible	ग्राह्य
Allowance	भत्ते
Agency	अभिकरण
Atonomy	स्वायत्तता
Adjourn	स्थगित
Board	मंडली

Bar	रुकावट
Bill	विधेयक
Breach	भंग करना
Broadcasting	प्रसारण
Entrust	सौंपना
Exercise	अभ्यास
Efficiency	कार्यक्षमता
Formula	सूत्र
Grant	अनुदान
Gazette	राजकीय सूचना-पत्र
Guarantee	प्रत्याभूति
Illegal	अवैध
Trust	न्यास
Tenant	किराएदार
Void	शून्य
By order	आज्ञा से
Cabinet	मंत्रिमंडल
Charge	दोषारोपण
Casual	आकस्मिक
Commission	आयोग
Communication	संचार
Contempt	अपमान
Concept	सहमति
Context	संदर्भ
Deputy	उप
Debate	वाद-विवाद
Draft	प्रारूपण
Document	दस्तावेज, लेखा
Migration	प्रव्रजन
Memorandum	ज्ञापन
Ordinance	अध्यादेश
Octroi	चुंगी

Pass	साख
Pending	लंबित
Privilege	विशेषाधिकार
Suspend	निलंबन
Warrant	अधिपत्र
Writ	लेख
Under Secretary	अनुसचिव
Note	टिप्पणी

12. आलेखन का उदाहरण

दैनिक रूप से प्रयुक्त होने वाले प्रारूपों/फॉर्मों के नमूने

(Specimen of Drafts/Forms of Daily use)

1. कार्य पर भेजने का आदेश

(Order of Posting)

शिक्षा व समाज कल्याण मंत्रालय

(Ministry of Education and Social welfare)

प्रशासन अनुभाग

श्री जनार्दन सिंह को दिनांक 21.5.2012 (पूर्वाह्न/अपराह्न) से शिक्षा व समाज कल्याण मंत्रालय के अनुभाग···में नियुक्त किया जाता है।

2. कृपया श्री जनार्दन सिंह को पूर्वाह्न/अपराह्न से भार-मुक्त कर दिया जाए तथा प्रशासन अनुभाग में तत्काल रिपोर्ट करने के लिए कहा जाए।

अनुभाग अधिकारी (प्रशासन)

अनुभाग

प्रशासन अनुभाग

(टंकण परीक्षा के आवेदन-पत्रों को संघ लोक सेवा आयोग को प्रेषित करना)

(Forwarding the Applications for Typewriting Tests to U.P.S.C.)

भारतीय कृषि विकास निदेशालय

क्रम संख्या··· प्रशासन नई दिल्ली दिनांक

सचिव

संघ लोक सेवा आयोग

शाहजहाँ रोड, नई दिल्ली

विषय—दिल्ली सरकार के सचिवालय तथा उसके संबद्ध कार्यालयों के कर्मचारी

वर्ग के लिए टंकण लिपिकों की परीक्षा।

महोदय,

हिंदी की टंकण लिपिक परीक्षा में बैठने के लिए निर्धारित आवेदन-पत्रों सहित निदेशालय के अधोलिखित कर्मचारियों के नाम आपके पास भेजने का मुझे निर्देश हुआ है—

1.
2.
3.
4.
5.
6.
7.
8.

भवदीय

उपनिदेशक

(प्रशासन)

13. कार्यालयीय हिंदी : कुछ महत्त्वपूर्ण बिंदु

राजभाषा अधिनियम, निगम, संकल्प एवं राजभाषा कार्यान्वयन संबंधी कुछ सामान्य जानकारियाँ—

1. (अ) 14 सितंबर, 1949 ई. को संविधान निर्माताओं ने भारतीय संविधान के अनुच्छेद 343 (1) के अधीन हिंदी को संघ की राजभाषा के रूप में स्वीकार किया।
   (ब) हिंदी की लिपि देवनागरी होगी।
   (स) प्रयोग किए जाने वाले अंक, भारतीय अंकों का अंतरराष्ट्रीय स्वरूप होंगे।
2. राज्यों की राजभाषा/राजभाषाओं का उल्लेख भारतीय संविधान के अनुच्छेद 345 में किया गया है।
3. भारतीय संविधान की आठवीं अनुसूची में कुल 22 भाषाएँ सम्मिलित हैं।
4. राजभाषा हिंदी के विकास की व्यवस्था का उल्लेख भारतीय संविधान के अनुच्छेद 351 में किया गया है।
5. संविधान में कहीं भी हिंदी के लिए 'राष्ट्रभाषा' शब्द का इस्तेमाल नहीं किया गया है। इसे या तो संघ की भाषा (Language of the Union) या संघ की राजभाषा

(Official language of the Union) कहा गया है।

6. राजभाषा आयोग का गठन वर्ष 1955 में श्री वी.जी. खरे की अध्यक्षता में हुआ था।
7. राजभाषा आयोग ने अपनी रिपोर्ट सन् 1959 में प्रस्तुत की थी।
8. राजभाषा अधिनियम 1963 में पारित किया गया, जिसकी धारा 3(3) बहुत महत्त्वपूर्ण है। इसके अनुसार कार्यालयों से नोटिस, करार, टेंडर, संकल्प, परिपत्र व सामान्य आदेश आदि कागजात अनिवार्य रूप से द्विभाषी जारी होने चाहिए।
9. राजभाषा अधिनियम सन् 1963 का सन् 1967 में संशोधन किया गया।
10. (अ) सन् 1967 में संसद् के दोनों सदनों द्वारा राजभाषा संकल्प पारित किया गया, जिसके अंतर्गत गृह मंत्रालय प्रतिवर्ष एक वार्षिक कार्यक्रम तैयार करता है और कार्यालयों को राजभाषा कार्यान्वयन हेतु एक निर्धारित लक्ष्य प्रदान करता है।
    (ब) राजभाषा संकल्प सं. 4 (अ) में प्रश्नों के उत्तर हिंदी अथा अंग्रेजी में लिखने का विकल्प।
    (स) राजभाषा संकल्प सं. 4 (क) में केंद्रीय या अखिल भारतीय सेवाओं में भाषा के प्रश्नपत्र में हिंदी अथवा अंग्रेजी में लिखने का विकल्प।
    (द) राजभाषा संकल्प 1968 में राजपत्र में प्रकाशित हुआ और राजभाषा संकल्प 1968 कहलाया।
11. सन् 1976 में राजभाषा नियम बनाया गए, जिसके अंतर्गत पूरे भारत को भाषायी दृष्टि से तीन क्षेत्रों—'क', 'ख' तथा 'ग' में बाँटा गया है—
    (अ) **'क' क्षेत्र**—बिहार, हरियाणा, हिमाचल प्रदेश, मध्य प्रदेश, उत्तर प्रदेश, राजस्थान, दिल्ली और संघ शासित क्षेत्र, अंडमान और निकोबार द्वीप समूह।
    (ब) **'ख' क्षेत्र**—गुजरात, महाराष्ट्र, पंजाब व संघ राज्य क्षेत्र चंडीगढ़।
    (स) **'ग' क्षेत्र**—तमिलनाडु, आंध्र प्रदेश, कर्नाटक, बंगाल, त्रिपुरा, मेघालय, मिजोरम, केरल, मणिपुर, असम, उड़ीसा, अरुणाचल प्रदेश, जम्मू-कश्मीर, गोवा एवं अन्य शेष राज्य।
12. राजभाषा नियम 1976 के नियम (5) तथा (7) में प्रावधान किया गया है कि कार्यालयों द्वारा हिंदी में प्राप्त/हस्ताक्षरित पत्रों का उत्तर अनिवार्यतः हिंदी में ही दिया जाना चाहिए।
13. राजभाषा नियम 1976 के नियम 10 (4) के अंतर्गत जिन कार्यालयों के 80 प्रतिशत से अधिक कर्मचारियों को हिंदी का कार्य साधक ज्ञान प्राप्त हो जाता है, उस कार्यालय को भारत सरकार के राजपत्र में अधिसूचित कर दिया जाता है।

14. राजभाषा नियम 1976 के नियम (2) के अनुसार कार्यालय प्रधान का यह दायित्व है कि वह अपने कार्यालय में राजभाषा आदेशों का अनुपालन सुनिश्चित करें।

15. (अ) राजभाषा नियम 1976 के नियम 8 (4) के अनुसार हिंदी में प्रवीणता प्राप्त कर्मचारी को हिंदी में कार्य करने हेतु आदेश द्वारा विनिर्दिष्ट किया जा सकता है।

 (ब) नियम (12) के अनुसार प्रशासनिक प्रधान, राजभाषा आदेशों का जान-बूझकर अवहेलना करनेवालों के विरुद्ध कार्यवाही कर सकते हैं।

 (स) नियम (12) के अनुसार प्रशासनिक प्रधान राजभाषा आदेशों को प्रभावी ढंग से लागू करने हेतु जाँच-पड़ताल के उपाय करें और जाँच बिंदु बनाएँ।

16. (1) संसदीय राजभाषा समिति का गठन 1976 में राजभाषा अधिनियम 1963 की धारा (4) के अंतर्गत किया गया।

 (2) इसके अध्यक्ष केंद्रीय गृहमंत्री होते हैं।

 (3) इसकी तीन उपसमितियाँ हैं।

 (4) संसदीय राजभाषा समिति में कुल 30 सदस्य होते हैं।

 (5) इनमें 20 सदस्य लोकसभा से और 10 सदस्य राज्यसभा से होते हैं।

 (6) बैंकों और वित्तीय संस्थानों के निरीक्षण का कार्य तीसरी उपसमिति करती है।

17. (अ) वार्षिक कार्यक्रम 2009-10 के अनुसार 'क' क्षेत्र से 'क' एवं 'ख' क्षेत्रों के लिए मूल पत्राचार का लक्ष्य शत प्रतिशत है।

 (ब) 'क' एवं 'ख' क्षेत्रों को भेजे जाने वाले तारों का प्रतिशत 100 प्रतिशत होना चाहिए।

18. केंद्रीय हिंदी समिति के अध्यक्ष प्रधानमंत्री होते हैं।

19. (1) नगर राजभाषा कार्यान्वयन समिति के गठन हेतु कम-से-कम 10 केंद्रीय सरकारी कार्यालयों का होना आवश्यक है।

 (2) नगर के केंद्रीय सरकार के कार्यालयों के वरिष्ठतम अधिकारी इसके सदस्य होते हैं।

20. किसी कार्यालय में राजभाषा कार्यान्वयन समिति के अध्यक्ष कार्यालय प्रमुख होते हैं। इसकी बैठक एक तिमाही में कम-से-कम एक बार अवश्य होनी चाहिए।

21. 'हिंदी' शब्द की उत्पत्ति फारसी भाषा से हुई है।

22. हिंदी के 'कार्यसाधक ज्ञान' का अर्थ है—किसी कर्मचारी/अधिकारी ने—

 (क) मैट्रिक/एस.एस.सी. परीक्षा या उसके समकक्ष या उससे उच्चतर परीक्षा हिंदी विषय के साथ उत्तीर्ण कर ली है, या

(ख) केंद्रीय सरकार के राजभाषा विभाग गृह मंत्रालय के हिंदी प्रशिक्षण योजना के अंतर्गत आयोजित प्राज्ञ परीक्षा उत्तीर्ण कर ली है, या

(ग) केंद्रीय सरकार द्वारा उस निमित्त विनिर्दिष्ट कोई अन्य परीक्षा उत्तीर्ण कर ली है, या

(घ) कर्मचारी यदि लिखित रूप से यह घोषणा करता है कि उसे हिंदी का 'कार्यसाधक ज्ञान' है ऐसे कर्मचारी को हिंदी का कार्यसाधक ज्ञान रखने वाला कर्मचारी कहा जाएगा।

23. ऐसे कर्मचारी/अधिकारी को हिंदी में 'प्रवीणता प्राप्त' माना जाएगा, यदि उसने—

(क) मैट्रिक परीक्षा या उसके समतुल्य या उससे उच्चतर कोई परीक्षा हिंदी माध्यम से उत्तीर्ण कर ली है, या

(ख) स्नातक परीक्षा या स्नातक परीक्षा के समतुल्य या उससे उच्चतर किसी परीक्षा में हिंदी को एक वैकल्पिक विषय के रूप में लिया था, या

(ग) यदि वह लिखित रूप से घोषणा करता है कि उसे हिंदी में प्रवीणता प्राप्त है।

24. राजभाषा नियम 1976 के अनुसार केंद्रीय सरकारी कार्यालयों की परिभाषा—

(क) केंद्रीय सरकार का मंत्रालय/विभाग या कार्यालय

(ख) केंद्रीय सरकार द्वारा नियुक्त कोई आयोग/समिति या अधिकरण

(ग) केंद्रीय सरकार के स्वामित्व में या नियंत्रणों में कोई निगम/कंपनी/कार्यालय

25. **कर्मचारी द्वारा अंग्रेजी अनुवाद की माँग**—केंद्रीय सरकार का कोई कर्मचारी, जो हिंदी का कार्यसाधक ज्ञान रखता है, हिंदी में किसी दस्तावेज का अंग्रेजी अनुवाद की माँग तभी कर सकता है, जबकि दस्तावेज विधिक या तकनीकी प्रकार के हों अन्यथा नहीं। यदि यह प्रश्न उठता है कि कोई दस्तावेज विधिक या तकनीकी है या नहीं, तो विभाग/कार्यालय का प्रधान उसका निर्णय करेगा।

26. **उच्चतम/उच्च न्यायालय की भाषा—**

(क) संविधान के अनुच्छेद 340 (1) के अनुसार अंग्रेजी में अपेक्षित है।

(ख) परंतु किसी राज्य का राज्यपाल राष्ट्रपति की पूर्व सहमति से, उस उच्च न्यायालय, जिसका मुख्य स्थान उस राज्य में है, की कार्यवाहियों में उच्च न्यायालय द्वारा दिए गए निर्णय, डिक्री या आदेश को छोड़कर हिंदी भाषा या उस राज्य के शासकीय प्रयोजनों के लिए प्रयोग में आने वाली किसी अन्य भाषा को प्राधिकृत कर सकता है। (संविधान के अनुच्छेद 348 (2)।) इस प्रावधान के अधीन उत्तर प्रदेश, मध्य प्रदेश, बिहार और राजस्थान के उच्च न्यायालयों में हिंदी का प्रयोग प्राधिकृत किया गया है।

(ग) किसी राज्य का राज्यपाल राष्ट्रपति की पूर्व सहमति से अंग्रेजी भाषा के

अतिरिक्त हिंदी या राज्य की राजभाषा का प्रयोग, उस राज्य के उच्च न्यायालय द्वारा पारित या दिए गए निर्णय, डिक्री या आदेश के लिए प्राधिकृत कर सकता है (अधिनियम की धारा 7 के अनुसार)।

उत्तर प्रदेश, मध्य प्रदेश, बिहार और राजस्थान में हिंदी का प्रयोग प्राधिकृत है।

14. हिंदी के बढ़ाव-विकास के लिए निम्न अनुशासनों को प्रतिदिन अवश्य बरतिए

1. उपस्थिति पंजी में प्रतिदिन हिंदी में हस्ताक्षर करें।
2. आकस्मिक छुट्टी, अर्जित छुट्टी आदि सभी प्रकार की छुट्टियों के आवेदन-पत्र हिंदी में ही भरें।
3. छुट्टी के लिए यदि घर से पत्र भेजना पड़े तो वह भी हिंदी में ही लिखें।
4. कार्यालय में देर से आने तथा कार्यालय से जल्दी जाने की अनुमति पाने के आवेदन-पत्र हिंदी में ही भरें/लिखें।
5. पर्व अग्रिम, छुट्टी यात्रा रियायत अग्रिम तथा कार्यालयीय कामकाज हेतु करने वाले दौरों के लिए माँगी जाने वाली अग्रिम राशि आदि के आवेदन-पत्र हिंदी में भरें। लिखें।
6. वेतन प्रमाण-पत्र, अतिथि गृह की सुविधा पाने के लिए प्रमाण-पत्र तथा पासपोर्ट आदि के लिए अनापत्ति प्रमाण-पत्र, विद्याभ्यास जारी रखने तथा परीक्षा देने के लिए अनुमति प्राप्त करने आदि के लिए आवेदन-पत्र हिंदी में ही लिखें।
7. एक कार्यालय से दूसरे कार्यालय में स्थानांतरण करवाने के लिए अपना आवेदन हिंदी में ही प्रस्तुत करें।
8. अपनी पदोन्नति को स्वीकार/अस्वीकार दरशाने के लिए पत्र हिंदी में ही भरें।
9. छुट्टी, यात्रा रियायत के प्रवास भत्ते प्राप्त करने के आवेदन-पत्र हिंदी में ही लिखें।
10. कार्यालय के कामकाज के लिए किए जाने वाले दौरे का प्रवास भत्ता-प्रपत्र हिंदी में ही भरें।
11. कार्यालय में कामकाज संबंधी कोई तकलीफ हो, किसी प्रकार की कोई शिकायत हो तो उस विषय के पत्राचार हिंदी में ही करें।
12. अपनी दैनिकी (डायरी) हिंदी में ही लिखें।
13. कार्यालय से वेतन, पर्व अग्रिम आदि राशि प्राप्त करते समय अपने हस्ताक्षर हिंदी में ही करें।
14. पत्राचार चाहे किसी भी भाषा में क्यों न हुआ हो, अपने हस्ताक्षर हिंदी में करें।

15. सभी नोट/टिप्पणी/निर्णय आदि हिंदी में ही लिखें।
16. कार्यालय के सभी आंतरिक एवं बाह्य पत्राचार हिंदी में ही करें।
17. सभी मूलपत्र हिंदी में ही जारी करें।
18. हिंदी में प्राप्त पत्रों के उत्तर अनिवार्यत: हिंदी में ही दें।
19. सभी परिपत्र हिंदी में या द्विभाषी (हिंदी, अंग्रेजी) में ही जारी करें।
20. सभी फाइलों, रजिस्टरों, फोल्डरों आदि पर नाम, विषयवस्तु, विषय हिंदी में ही लिखें।
21. सभी रजिस्टरों में शीर्षक तथा विषय हिंदी में ही लिखें।
22. रजिस्टरों में सभी प्रविष्टियाँ (एंट्री) हिंदी में ही करें।
23. रबड़ की सभी मोहरें द्विभाषी (हिंदी व अंग्रेजी) बनवाएँ।
24. भुगतान वाउचर सभी हिंदी में तैयार करें।
25. सभी चेक हिंदी में ही जारी करें।
26. सभी तार हिंदी में ही भेजें।
27. सभी पत्रों/लिफाफों में नाम व पते हिंदी में ही लिखें।
28. कार्यालय में बीमादारों आदि के लिए लगवाए जाने वाले सूचना-पट्ट द्विभाषी हों, जिसमें ऊपर हिंदी तथा नीचे अंग्रेजी भाषा में सूचना लिखी गई हो तथा दोनों भाषाओं के अक्षरों की नाप एक समान हो।
29. कार्यालयाध्यक्ष द्वारा दीपावली तथा नववर्ष आदि जैसे पावन पर्वों पर जारी किए जाने वाले अभिनंदन पत्र हिंदी में ही जारी करें।
30. कार्यालय में आयोजित किसी भी अवसर के लिए जारी किए जाने वाले आमंत्रण पत्र हिंदी में ही जारी करें।
31. पत्रों में प्रकाशित करवाए जाने वाले विज्ञापन, नोटिस आदि हिंदी में ही जारी करें।
32. कार्यालय द्वारा प्रकाशित की जाने वाली पत्रिकाएँ हिंदी में ही प्रकाशित करें।
33. अभिकर्ताओं, विकास अधिकारियों, कर्मचारियों के नाम जारी किए जाने वाले प्रोत्साहन पत्र हिंदी में ही जारी करें।
34. कार्यालय द्वारा आयोजित सभी विभागों के सेमिनार, कार्यशाला, प्रशिक्षण सत्र आदि में सभी प्रवचन, प्रशिक्षण, प्रश्नोत्तरी आदि हिंदी में ही भरें।
35. कार्यालय द्वारा प्रायोजित सभी प्रकार के समारोहों में पूरे क्रियाकलाप हिंदी में ही संपन्न करें।
36. कार्यालय-प्रधान को बराबर ध्यान देना चाहिए कि उनके यहाँ सभी फाइलों पर हिंदी में ही टिप्पणियाँ लिखी जाएँ।
37. कार्यालय-प्रधान को यह भी ध्यान देना चाहिए कि उनके कार्यालय में प्रत्येक

तिमाही में राजभाषा कार्यान्वयन समिति की एक बैठक अवश्य हो।

38. राजभाषा हिंदी संबंधी जो भी आदेश/निर्देश ऊपर के अधिकारियों द्वारा शाखाओं को भेजा जाए, उसका सभी कर्मचारियों/अधिकारियों में अनुपालन/परिचालन समुचित रूप से संपादित कराने का काम उस कार्यालय के किसी कुशल कर्मचारी/अधिकारी को सौंप देना चाहिए।
39. प्रत्येक तिमाही में राजभाषा हिंदी कार्यान्वयन समिति की एक बैठक अवश्य होनी चाहिए।
40. जिस अनुभाग में कर्मचारियों की सेवा पुस्तिकाओं में प्रविष्टियाँ करने का काम होता है, उनके प्रभारी अधिकारी को यह सुनिश्चित करने की जिम्मेदारी होनी चाहिए कि 'क' तथा 'ख' क्षेत्रों में काम करने वाले कर्मचारियों की सेवा पंजिका में प्रविष्टियाँ हिंदी में की जा रही हैं।
41. जिस अधिकारी के हस्ताक्षर से कोई पत्र जारी होता है, उसकी यह जिम्मेदारी होनी चाहिए कि यदि पत्र हिंदी में प्राप्त हुआ है, तो उसका उत्तर हिंदी में ही दिया जाए।
42. 'क' तथा 'ख' क्षेत्रों को जाने वाले पत्रों के लिफाफों पर पते देवनागरी लिपि में लिखे जाएँ।
43. कार्यालयों में राजभाषा हिंदी के प्रयोग को बढ़ावा देने तथा समय-समय पर जारी किए जाने वाले अनुदेशों को कारगर ढंग से कार्यान्वित करने के लिए राजभाषा कार्यान्वयन समिति का गठन/पुनर्गठन अति आवश्यक है। कार्यालय में यदि कोई अहिंदी-भाषी सहायक हों तो उन्हें भी समिति का सदस्य ससम्मान बना देना चाहिए।
44. मंडल या उससे ऊपर कहीं से भी प्रेषित राजभाषा हिंदी से संबंधित परिपत्रों को सुरक्षित रखना तथा उनमें निहित निर्देशों के अनुरूप कार्यवाही सुनिश्चित करना प्रत्येक कार्यालय अधीक्षक का प्रमुख कर्तव्य है।
45. प्रत्येक कार्यालय में प्रतिवर्ष 14 सितंबर को सादर तथा उल्लास के साथ हिंदी दिवस का आयोजन करना चाहिए।

□

सहायक ग्रंथ-सूची

हिंदी तथा अंग्रेजी की पत्र-पत्रिकाएँ एवं हिंदी-संस्कृत कोश

1. धर्मयुग
2. कथादेश, दिल्ली
3. भाषा–भारती
4. नागरी प्रचारिणी पत्रिका, वाराणसी
5. हिंदी–परिचय, नई दिल्ली
6. दैनिक भास्कर, इंदौर
7. जनसत्ता, लखनऊ संस्करण
8. भारतीय जीवन बीमा निगम बुलेटिन, वाराणसी
9. केंद्रीय सचिवालय की विधिक नियमावली, भाग–1
10. उत्तर प्रदेश सरकार की हिंदी निर्देशिका
11. बिहार सरकार की हिंदी–प्रशिक्षण पुस्तिका, अनुभाग–4
12. Calcutta Review
13. Oriental College-Magzine Lahore, May-1930
14. संस्कृत–हिंदी कोश, वामन शिवराम आप्टे
15. हिंदी–अंग्रेजी–हिंदी कोश, सं. छैल बिहारी मिश्र
16. अंग्रेजी–हिंदी कोश, सं. फादर कामिल बुल्के
17. शिक्षार्थी हिंदी कोश, सं. डॉ. हरदेव बाहरी
18. हिंदी साहित्य कोश, पहला भाग, ज्ञानमंडल लिमिटेड, वाराणसी

संस्कृत ग्रंथ

1. अष्टाध्यायी—पाणिनि
2. अर्थशास्त्र—कौटिल्य
3. कुमारसंभव—कालिदास
4. नल चंपू—त्रिविक्रम भट्ट

5. मेघदूतम्—कालिदास
6. रघुवंश—कालिदास

हिंदी ग्रंथ

अठारहवीं शती के हिंदी पत्र—डॉ. केलकर
आधुनिक हिंदी पत्र-लेखन—डॉ. हरिवंश तरुण
इस मुश्किल वक्त में—ज्ञान प्रकाश विवेक
उर्दू : दूसरी राजभाषा—डॉ. कैलाश नाथ पांडेय
कवियों के पत्र—डॉ. रामविलास शर्मा
कचहरी की भाषा और लिपि—डॉ. चंद्रबली पांडेय
कार्यालयीय हिंदी—डॉ. विजयपाल सिंह
तारीखे फरीश्ता—फिदा मुहम्मद अली
दक्खिनी हिंदी—डॉ. बाबूराम सक्सेना
दंड प्रक्रिया संहिता—डॉ. मुरलीधर चतुर्वेदी
दूर संचार कथा—मोहन सुंदर राजन
दीवान जादे—शाह हातम
देखते न देखते—मलय
प्रयोजनमूलक हिंदी—डॉ. विजयपाल सिंह
प्रयोजनमूलक हिंदी—सं. डॉ. बालेंदु शेखर तिवारी
प्रयोजनमूलक हिंदी—डॉ. विनोद गोदरे
प्रयोजनमूलक हिंदी—डॉ. रघुनंदन प्रसाद शर्मा
प्रयोजनमूलक हिंदी—डॉ. माधव सोनटक्के
प्रयोजनमूलक हिंदी—डॉ. एस.एन. अय्यर
प्रयोजनमूलक हिंदी—डॉ. मधुबाला नयाल
प्रयोजनमूलक हिंदी : सिद्धांत और प्रयोग—डॉ. दंगल झाल्टे
प्रयोजनमूलक हिंदी की नई भूमिका—कैलाश नाथ पांडेय
प्रयोजनमूलक हिंदी : विविध परिदृश्य—डॉ. रमेश चंद्र त्रिपाठी तथा डॉ. पवन अग्रवाल
प्रशासनिक हिंदी : टिप्पण और प्रारूपण—डॉ. चंद्रपाल
प्रशासनिक हिंदी : प्रयोग और संभावनाएँ—डॉ. पं. प. आंडाला
बारहवीं सदी से राजकाज में हिंदी—डॉ. बाबूराम शर्मा
भारतीय मीडिया—सं. डॉ. स्मिता मिश्र
भाषा, साहित्य और संस्कृति—डॉ. मुकेश अग्रवाल
भाषा इतिहास की भाषा—वैज्ञानिक भूमिका—डॉ. जे. वांद्रियेज
भारतीय डाक : सदियों का सफरनामा—डॉ. अरविंद कुमार सिंह
भारतीय संस्कृति और उसका इतिहास—डॉ. सत्यकेतु विद्यालंकार
भारतेंदु युग और हिंदी भाषा की विकास परंपरा—डॉ. रामविलास शर्मा

मित्र-संवाद—सं. डॉ. रामविलास शर्मा
मणिपुर में हिंदी—डॉ. देवराज
मणिपुरगी निंथौशिंगी रचना—श्री आर.के. सनाहल सिंह
मैं पढ़ा जा चुका पत्र—नंद किशोर नवल
राजभाषा हिंदी—डॉ. महेश चंद्र गुप्त
राष्ट्रभाषा का आंदोलन और गांधीजी—डॉ. रामधारी सिंह दिनकर
राजभाषा हिंदी : विकास के विविध आयाम—डॉ. मलिक मोहम्मद
राजभाषा हिंदी—प्रकाशन विभाग, सूचना प्रसारण मंत्रालय, भारत सरकार
राजभाषा विविधा—डॉ. माणिक मृगेश
राजभाषा सहायिका—डॉ. अवधेश मोहन गुप्त
विपणन के मूल तत्त्व—डॉ. डी.पी. अग्रवाल
विक्रय कला, विज्ञापन एवं विपणन—प्रो. आर.सी. अग्रवाल
विज्ञापन : सिद्धांत और प्रयोग—डॉ. विजय कुलश्रेष्ठ
विधि शब्दावली—विधि एवं न्याय मंत्रालय, विधायी विभाग, राजभाषा खंड, भारत सरकार
व्यवसाय प्रबंध, कार्यालयीन कर्म विधि तथा पत्र-व्यवहार—डॉ. एस.सी. सक्सेना
व्यावहारिक हिंदी—डॉ. शिवमूर्ति शर्मा
व्यावसायिक संप्रेषण—डॉ. अनिल प्रताप सिंह
व्यावहारिक हिंदी निर्देशिका—डॉ. गोपीनाथ श्रीवास्तव
व्यापारिक संगठन—डॉ. एस.सी. सक्सेना
व्यावसायिक हिंदी—डॉ. महेंद्र चतुर्वेदी
व्यावसायिक संप्रेषण—डॉ. संजय गुप्त
व्यावहारिक हिंदी—डॉ. विजयपाल सिंह
व्यावसायिक हिंदी—श्री दिलीप सिंह
व्यावहारिक एवं प्रयोजनमूलक हिंदी तथा साहित्यशास्त्र—डॉ. वशिष्ठ अनूप
व्यावहारिक एवं प्रयोजनमूलक हिंदी तथा साहित्यशास्त्र—डॉ. फूलबदन सिंह
व्यावहारिक हिंदी—डॉ. रामकिशोर शर्मा
संपर्क भाषा हिंदी—सं. डॉ. भोलानाथ तिवारी तथा डॉ. कमल सिंह
संपर्क भाषा हिंदी : मणिपुर के झरोखे से
संचार क्रांति और विश्वजन माध्यम—डॉ. प्रेमचंद पातंजलि एवं डॉ. अनिल अंकित
सपनों का बाजार—प्रभात पांडेय
सरकारी कार्यालयों में हिंदी का प्रयोग—डॉ. गोपीनाथ श्रीवास्तव
हिंदी भाषा—डॉ. ईश्वरदत्त शील
हिंदी भाषा—डॉ. भोलानाथ तिवारी
हिंदी भाषा : विकास और विश्लेषण—डॉ. चंद्रभान रावत
हिंदी भाषा और साहित्य का इतिहास—आचार्य चतुरसेन शास्त्री
हिंदी भाषा, देवनागरी लिपि एवं प्रयोजनमूलक हिंदी—प्रो. अनंत मिश्र तथा डॉ. विजय कुमार

हिंदी भाषा का प्रयोजनमूलक स्वरूप—डॉ कैलाश चंद्र भाटिया
हिंदी भाषा : विकास और स्वरूप—डॉ कैलाश चंद्र भाटिया
हिंदी भाषा सर्वेक्षण—डॉ. मुंशीराम शर्मा
हिंदी रूप-रचना—सं. आचार्य जयेंद्र त्रिवेदी
हिंदी : आलेखन एवं टिप्पण—डॉ. ओम प्रकाश शर्मा
हिंदी का गद्य-साहित्य—डॉ. रामचंद्र तिवारी
हिंदी : उद्भव और विकास—डॉ. हरदेव बाहरी
हिंदी : कुछ नई चुनौतियाँ—डॉ. कैलाश नाथ पांडेय
हिंदी, उर्दू और हिंदुस्तानी—पद्म सिंह शर्मा
हिंदी पर फारसी का प्रभाव—अंबिका प्रसाद बाजपेयी
हिंदी साहित्य : एक परिचय—डॉ. त्रिभुवन सिंह
हिंदी का सामान्य ज्ञान—डॉ. हरदेव बाहरी

अंग्रेजी ग्रंथ

A History of Ancient Sanskrit Literature—Max Mullar
Advance Economic Theory—Prof. J.K. Mehta
Aspects of the Translation—Beckon
An A.B.C. of General English—S.T. Eman
Cambridge History of India—Sir John Marshall
Coins of Medieval India—Sir A. Cunnigham
Calcutta Review—Block Man
Delhi : Its Story and Building—Sir Henry Sharpe
Element of South Indian Paleography—Burnell
Education in Muslim Indian—S.N. Zafar
History of Bengali Language and Literature—Dr. Dinesh Chandra Sen
History of Indian Education—P.L. Ravt
Indian Paleography—Buhlar
Indian Paleography—Dr. Raj Bali Pandey
Introduction of Manipur—Dr. L.I. Singh
Languages of India—Amal Sarkar
Muslim Rule in India—Dr. V.D. Mahajan
Mughal Poetry—Hadi Hasan
Marketing Research—Stounier and Hauge
Medieval Indian Culture—A.L. Shrivastava
On the Origin of the Indian Brahim Alphabet—George Bullar
Principles of Marketing—Clark and Clark
Religion of Manipur—Dr. Saroj N. Parrot
Scientific History of the Hindi Language—Sham Sher Singh Narula
Theory of Political Economy—Jevous
Tribal History of Eastern India—E.T. Dolton

□□□